KB089965

범우비평판 한국문학 4-❶

안국선 편

금수회의록(외)

책임편집 김영민

종합출판 범우

국립중앙도서관 출판시도서목록(CIP)

금수회의록(외) / 안국선 지음 ; 김영민 책임편집. ――
파주 : 범우, 2004
    p. ;   cm. ―― (범우비평판 한국문학 ; 4-1)

ISBN 89-954861-4-7 04810 : ₩13000
ISBN 89-954861-0-4(세트)

813.6-KDC4
895.733-DDC21   CIP2004001259

한민족 정신사의 복원
—범우비평판 한국문학을 펴내며

    한국 근현대 문학은 100여 년에 걸쳐 시간의 지층을 두껍게 쌓아왔다. 이 퇴적층은 '역사' 라는 이름으로 과거화 되면서도, '현재' 라는 이름으로 끊임없이 재해석되고 있다. 세기가 바뀌면서 우리는 이제 과거에 대한 성찰을 통해 현재를 보다 냉철하게 평가하며 미래의 전망을 수립해야 될 전환기를 맞고 있다. 20세기 한국 근현대 문학을 총체적으로 정리하는 작업은 바로 21세기의 문학적 진로 모색을 위한 텃밭 고르기일뿐 결코 과거로의 문학적 회귀를 위함은 아니다.

    20세기 한국 근현대 문학은 '근대성의 충격' 에 대응했던 '민족정신의 힘' 을 증언하고 있다. 한민족 반만년의 역사에서 20세기는 광학적인 속도감으로 전통사회가 해체되었던 시기였다. 이러한 문화적 격변과 전통적 가치체계의 변동양상을 20세기 한국 근현대 문학은 고스란히 증언하고 있다.

    '범우비평판 한국문학' 은 '민족 정신사의 복원' 이라는 측면에서 망각된 것들을 애써 소환하는 힘겨운 작업을 자청하면서 출발했다. 따라서 '범우비평판 한국문학' 은 그간 서구적 가치의 잣대로 외면 당한 채 매몰된 문인들과 작품들을 광범위하게 다시 복원시켰다. 이를 통해 언어 예술로서 문학이 민족 정신의 응결체이며, '정신의 위기'로 일컬어지는 민족사의 왜곡상을 성찰할 수 있는 전망대임을 확인하고자 한다.

'범우비평판 한국문학'은 이러한 취지를 잘 살릴 수 있도록 다음과 같은 편집 방향으로 기획되었다.

첫째, 문학의 개념을 민족 정신사의 총체적 반영으로 확대하였다. 지난 1세기 동안 한국 근현대 문학은 서구 기교주의와 출판상업주의의 영향으로 그 개념이 점점 왜소화되어 왔다. '범우비평판 한국문학'은 기존의 협의의 문학 개념에 따른 접근법을 과감히 탈피하여 정치·경제·사상까지 포괄함으로써 '20세기 문학·사상선집'의 형태로 기획되었다. 이를 위해 시·소설·희곡·평론뿐만 아니라, 수필·사상·기행문·실록 수기, 역사·담론·정치평론·아동문학·시나리오·가요·유행가까지 포함시켰다.

둘째, 소설·시 등 특정 장르 중심으로 편찬해 왔던 기존의 '문학전집' 편찬 관성을 과감히 탈피하여 작가 중심의 편집형태를 취했다. 작가별 고유 번호를 부여하여 해당 작가가 쓴 모든 장르의 글을 게재하며, 한 권 분량의 출판에 그치는 것이 아니라 작가별 시리즈 출판이 가능케 하였다. 특히 자료적 가치를 살려 그간 문학사에서 누락된 작품 및 최신 발굴작 등을 대폭 포함시킬 수 있도록 고려했다. 기획 과정에서 그간 한 번도 다뤄지지 않은 문인들을 다수 포함시켰으며, 지금까지 배제되어 왔던 문인들에 대해서는 전집발간을 계속 추진할 것이다. 이를 통해 20세기 모든 문학을 포괄하는 총자료집이 될 수 있도록 기획했다.

셋째, 학계의 대표적인 문학 연구자들을 책임 편집자로 위촉하여 이들 책임편집자가 작가·작품론을 집필함으로써 비평판 문학선집의 신뢰성을 확보했다. 전문 문학연구자의 작가·작품론에는 개별 작가의 정신세계를 보다 구체적으로 살펴볼 수 있는 한국 문학연구의 성과가 집약돼 있다. 세심하게 집필된 비평문은 작가의 생애·작품세계·문학사적 의의를 포함하고 있으며, 부록으로 검증된 작가연보·작품연구·기존 연구 목록까지 포함하고 있다.

넷째, 한국 문학연구에 혼선을 초래했던 판본 미확정 문제를 해결하기 위해 최선의 노력을 기울였다. 특히 일제 강점기 작품의 경우 현대어로 출판되는 과정에서 작품의 원형이 훼손된 경우가 너무나 많았다. 이번 기획은 작품의 원본에 입각한 판본 확정에 특별한 노력을 기울여 근현대 문학 정본으로서의 역할을 다했다.

신뢰성 있는 선집 출간을 위해 작품 선정 및 판본 확정은 해당 작가에 대한 연구 실적이 풍부한 권위있는 책임편집자가 맡고, 원본 입력 및 교열은 박사 과정급 이상의 전문연구자가 맡아 전문성과 책임성을 강화하였다. 또한 원문의 맛을 최대한 살리기 위해 엄밀한 대조 교열작업에서 맞춤법 이외에는 고치지 않는 것을 원칙으로 했다. 이번 한국문학 출판으로 일반 독자들과 연구자들은 정확한 판본에 입각한 텍스트를 읽을 수 있게 되리라고 확신한다.

'범우비평판 한국문학'은 근대 개화기부터 현대까지 전체를 망라하는 명실상부한 한국의 대표문학 전집 출간을 목표로 한다. 따라서 권수의 제한 없이 장기적이면서도 지속적으로 출간될 것이며, 이러한 출판 취지에 걸맞는 문인들이 새롭게 발굴되면 계속적으로 출판에 반영할 것이다. 작고 문인들의 유족과 문학 연구자들의 도움과 제보가 지속되기를 희망한다.

2004년 4월

범우비평판 한국문학 편집위원회 임헌영·오창은

1. 《금수회의록》은 황성서적업조합이 발행한 1908년 판을 대본으로 삼아 현 대어로 교열한 것이다.

2. 《공진회》는 수문서관이 발행한 1915년 판을 대본으로 삼아 현대어로 교 열한 것이다.

3. 《연설법방》과 《정치원론》 및 기타 저작물들은 모두 원문이 국한문혼용 체로 되어있다. 이 작품들은 한글체로 번역한 후 주석을 단 것이다.

4. 원본의 문장성분 중 조사나 부사 등은 될 수 있는 대로 원형을 유지하 였다.

5. 외래어, 인명 및 지명과 풀어쓰기 어려운 한자 어휘 등은 원어를 병기하 고, 각주를 달아 이해를 도왔다.

6. 번역에 사용된 원본의 소장처는 연세대학교 중앙도서관임을 밝혀둔다. 단, 《야뢰夜雷》 제4호(1907.5)와 제5호(1907.6) 및 《청년靑年》 창간호(1921.3) 는 서울대학교 도서관 소장본이다.

금수회의록 禽獸會議錄

서언

　머리를 들어 하늘을 우러러보니 일월과 성신이 천추의 빛을 잃지 아니하고, 눈을 떠서 땅을 굽어보니 강해와 산악이 만고의 형상을 변치 아니하도다. 어느 봄에 꽃이 피지 아니하며, 어느 가을에 잎이 떨어지지 아니하리요. 우주는 의연히 백대에 한결같거늘, 사람의 일은 어찌하여 고금이 다르뇨. 지금 세상 사람을 살펴보니 애닯고 불쌍하고 탄식하고 통곡할 만하도다. 전인의 말씀을 듣든지 역사를 보든지 옛적 사람은 양심이 있어 천리를 순종하여 하나님께 가까웠거늘 지금 세상은 인문이 결딴나서 도덕도 없어지고 의리도 없어지고, 염치도 없어지고, 절개도 없어져서, 사람마다 더럽고 흐린 풍랑에 빠지고 헤어나올 줄 몰라서 온 세상이 다 악한 고로 그르고 옳음을 분변치 못하여 악독하기로 유명한 '도척'[1]이 같은 도적놈은 청천백일에 사마를 달려 왕궁 극도에 횡행하되 사람이 보고 이상히 여기지 아니하고, '안자'[2] 같이 착한 사람이 누항[3]에 있어서 한 도시락밥을 먹고 한 표주박물을 마시며 간난을 견디지 못하되 한 사람도

---

1) 중국 춘추전국시대의 도적. 키가 8척이 넘는 큰 체구의 괴력으로 9천 명의 졸개를 거느리고 영토를 넘나들며, 재물을 약탈하고 부녀자를 겁탈할 뿐 아니라 사람을 죽여 인육을 먹는 등의 포악하기로 악명을 떨쳤다.
2) 안회顏回, 중국 춘추시대 노나라의 현인. 공자의 수제자.
3) 가난한 삶 속에서도 도를 추구하는 공간.

불쌍히 여기지 아니하니, 슬프다. 착한 사람과 악한 사람이 거꾸로 되고 충신과 역적이 바뀌었도다. 이같이 천리에 어기어지고 덕의가 없어서 더럽고, 어둡고, 어리석고, 악독하여 금수만도 못한 이 세상을 장차 어찌하면 좋을꼬. 나도 또한 인간의 한 사람이라, 우리 인류사회가 이같이 악하게 됨을 근심하여 매양 성현의 글을 읽어 성현의 마음을 본받으려 하더니, 마침 서창에 곤히 든 잠이 춘풍에 일어난 바 되매 유흥을 금치 못하여 죽장망혜로 녹수를 따르고 청산을 찾아서 한 곳에 다다르니 사면에 기화요초는 우거졌고 시냇물소리는 종종하여 인적이 고요한데, 흰 구름 푸른 수풀 사이에 현판 하나가 달렸거늘, 자세히 보니 다섯 글자를 크게 썼으되 '금수회의소'라 하고 그 옆에 문제를 걸었는데, '인류를 논박할 일'이라 하였고, 또 광고를 붙였는데, '하늘과 땅 사이에 무슨 물건이든지 의견이 있거든 의견을 말하고 방청을 하려거든 방청하되 다 각기 자유로 하라' 하였는데, 그곳에 모인 물건은 길짐승, 날짐승, 버러지, 물고기, 풀, 나무, 돌 등물⁴이 다 모였더라. 혼자 마음으로 가만히 생각하여 보니, 대저 사람은 만물지중에 가장 귀하고 제일 신령하여 천지의 화육을 도우며 하나님을 대신하여 세상만물의 금수초목까지라도 다 맡아 다스리는 권능이 있고, 또 사람이 만일 패악한 일이 있으면 천히 여겨 금수같은 행위라 하며, 사람이 만일 어리석고 하는 일이 없으면 초목같이 아무 생각도 없는 물건이라고 욕하나니, 그러면 금수초목은 천하고 사람은 귀하며 금수초목은 아무것도 모르고 사람은 신령하거늘 지금 세상은 바뀌어서 금수초목이 도리어 사람의 무도패덕함을 공격하려 하니 괴상하고 부끄럽고 절통 분하여 열었던 입을 다물지도 못하고 정신없이 섰더니,

---

4) 等物 : 여러 가지 것들, 따위의 것.

개회취지

별안간 뒤에서 무엇이 와락 떠다밀며 "어서 들어갑시다 시간 되었소" 하고 바삐 들어가는 서슬에 나도 따라 들어가서 방청석에 앉아보니 각색 길짐승, 날짐승, 모든 버러지, 물고기 등물이 꾸역꾸역 들어와서 그 안에 빽빽하게 서고 앉았는데 모인 물건은 형형색색이나 좌석은 제제창창[5]한데 장차 개회하려는지 규칙방망이 소리가 똑똑 나더니 회장인 듯한 한 물건이 머리에는 금색이 찬란한 큰 관을 쓰고 몸에는 오색이 영롱한 의복을 입은 이상한 태도로 회장석에 올라서서 한 번 읍하고, 위의가 엄숙하고 형용이 단정하게 딱 서서 여러 회원을 대하여 하는 말이,

"여러분이여, 내가 지금 여러분을 청하여 만고에 없던 일대 회의를 열 때에 한마디 말씀으로 개회 취지를 베푸려 하오니 재미있게 들어주시기를 바라오.

대저 우리들이 거주하여 사는 이 세상은 당초부터 있던 것이 아니라, 지극히 거룩하시고 지극히 전능하신 하나님께서 조화로 만드신 것이라. 세계만물을 창조하신 조화주를 곧 하나님이라 하나니, 일만 이치의 주인 되시는 하나님께서 세계를 만드시고 또 만물을 만들어 각색 물건이 세상

---

5) 위의가 장하고 엄숙함.

에 생기게 하셨으니, 이같이 만드신 목적은 그 영광을 나타내어 모든 생물로 하여금 인자한 은덕을 베풀어 영원한 행복을 받게 하려 함이라. 그런 고로 세상에 있는 모든 물건은 사람이든지 짐승이든지 초목이든지 무슨 물건이든지 다 귀하고 천한 분별이 없은즉, 어떤 것은 높고 어떤 것은 낮다 할 이치가 있으리요. 다 각각 천지의 기운을 타고 생겨서 이 세상에 사는 것인즉, 다 각기 천지 본래의 이치만 좇아서 하나님의 뜻대로 본분을 지키고, 한편으로는 제 몸의 행복을 누리고, 한편으로는 하나님의 영광을 나타낼지니, 그 중에도 사람이라 하는 물건은 당초에 하나님이 만드실 때에 특별히 영혼과 도덕심을 넣어서 다른 물건과 다르게 하셨은즉, 사람들은 더욱 하나님의 뜻을 순종하여 천리정도를 지키고 착한 행실과 아름다운 일로 하나님의 영광을 나타내어야 할 터인데, 지금 세상 사람의 하는 행위를 보니 그 하는 일이 모두 악하고 부정하여 하나님의 영광을 나타내기는 고사하고 도리어 하나님의 영광을 더럽게 하며 은혜를 배반하여 제반 악증이 많도다. 외국 사람에게 아첨하여 벼슬만 하려 하고, 제 나라이 다 망하든지 제 동포가 다 죽든지 불고하는 역적놈도 있으며, 임군을 속이고 백성을 해롭게 하여 나랏일을 결딴내는 소인놈도 있으며, 부모는 자식을 사랑치 아니하고, 자식은 부모를 효도로 섬기지 아니하며, 형제간에 재물로 인연하여 골육상잔하기로 일삼고, 부부간에 음란한 생각으로 화목치 아니한 사람이 많으니, 이같은 인류에게 좋은 영혼과 제일 귀하다 하는 특권을 줄 것이 무엇이오.

　하나님을 섬기던 천사도 악한 행실을 하다가 떨어져서 마귀가 된 일이 있거든 하물며 사람이야 더 말할 것 있소. 태고적 맨 처음에 사람을 내실 적에는 영혼과 덕의심을 주셔서 만물 중에 제일 귀하다 하는 특권을 주셨으되 저희들이 그 권리를 내어버리고, 그 성품을 잃어버리니 몸은 비록 사람의 형상이 그대로 있을지라도 만물 중에 가장 귀하다 하는 인류의 자격은 있다 할 수가 없소.

여러분은 금수라, 초목이라 하여 사람보다 천하다 하나, 하나님이 정하신 법대로 행하여 기는 자는 기고, 나는 자는 날고, 굴에서 사는 자는 깃들임을 침노치 아니하며, 깃들인 자는 굴을 빼앗지 아니하고, 봄에 생겨서 가을에 죽으며, 여름에 나와서 겨울에 들어가니, 하나님의 법을 지키고 천지 이치대로 행하여 정도에 어김이 없은즉, 지금 여러분 금수초목과 사람을 비교하여 보면 사람이 도리어 낮고 천하며, 여러분이 도리어 귀하고 높은 지위에 있다 할 수 있소. 사람들이 이같이 제 자격을 잃고도 거만한 마음으로 오히려 만물 중에 제가 가장 귀하다, 높다, 신령하다 하여 우리 족속 여러분을 멸시하니 우리가 어찌 그 횡포를 받으리요. 내가 여러분의 마음을 찬성하여 하나님께 아뢰고 본 회의를 소집하였는데, 이 회의에서 결의할 안건은 세 가지 문제가 있소.

제일, 사람된 자의 책임을 의론하여 분명히 할 일.

제이, 사람의 행위를 들어서 옳고 그름을 의론할 일.

제삼, 지금 세상 사람 중에 인류 자격이 있는 자와 없는 자를 조사할 일.

이 세 가지 문제를 토론하여 여러분과 사람의 관계를 분명히 하고, 사람들이 여전히 악한 행위를 하여 회개치 아니하면 그 동물의 사람이라 하는 이름을 빼앗고 이등 마귀라 하는 이름을 주기로 하나님께 상주할 터이니, 여러분은 이 뜻을 본받아 이 회의에서 결의한 일을 진행하시기를 바라옵나이다."

회장이 개회 취지를 연설하고 회장석에 앉으니, 한 모퉁이에서 우렁찬 소리로 회장을 부르고 일어서서 연단으로 올라간다.

제일석, 반포의 효(까마귀)[6]

후록코트를 입어서 전신이 새까맣고 똥그란 눈이 말똥말똥한데, 물 한 잔 조금 마시고 연설을 시작한다.

"나는 까마귀올시다. 지금 인류에 대하여 소회를 진술할 터인데 반포의 효라 하는 문제를 가지고 잠깐 말씀하겠소.

사람들은 만물 중에 제가 제일이라 하지마는, 그 행실을 살펴볼 지경이면 다 천리에 어기어져서 하나도 그 취할 것이 없소. 사람들의 옳지 못한 일을 모두 다 들어 말씀하려면 너무 지리하겠기에 다만 사람들의 불효한 것을 가지고 말씀할 터인데, 옛날 동양 성인들이 말씀하기를 효도는 덕의 근본이라, 효도는 일백 행실의 근원이라, 효도는 천하를 다스린다 하였고, 예수교 계명에도 부모를 효도로 섬기라 하였으니, 효도라 하는 것은 자식된 자가 고연한 직분으로 당연히 행할 일이올시다. 우리 까마귀의 족속은 먹을 것을 물고 돌아와서 어버이를 기르며 효성을 극진히 하여 망극한 은혜를 갚아서 하나님이 정하신 본분을 지키어 자자손손이 천만 대를 내려가도록 가법을 변치 아니하는 고로 옛적에 '백낙천'[7]이라 하는 사람이 우리를 가리켜 새 중의 '증자'[8]라 하였고, 본초강목[9]에는 자

---

6) 反哺之孝 : 까마귀는 씹은 먹이를 되뱉어 부모를 봉양하는 효성이 지극한 새로 알려져 있다.
7) 백거이. 중국 당나라 때의 이름난 시인.

조라 일컬었으니, '증자' 라 하는 양반은 부모에게 효도 잘하기로 유명한 사람이요, 자조라 하는 뜻은 사랑하는 새라 함이니, 부모는 자식을 사랑하고, 자식은 부모에게 효도함이 하나님의 법이라. 우리는 그 법을 지키고 어기지 아니하거늘, 지금 세상 사람들은 말하는 것을 보면 낱낱이 효자 같으되, 실상 하는 행실을 보면 주색잡기에 침혹하여 부모의 뜻을 어기며, 형제간에 재물로 다투어 부모의 마음을 상케 하며, 제 한 몸만 생각하고 부모가 주리되 돌아보지 아니하고, 여편네는 학식이라고 조금 있으면 주제넘은 마음이 생겨서 온화유순한 부덕을 잊어버리고 시집가서는 시부모 보기를 아무것도 모르는 어리석은 물건같이 대접하고, 심하면 원수같이 미워하기도 하니, 인류사회에 효도 없어짐이 지금 세상보다 더 심함이 없도다. 사람들이 일백 행실의 근본되는 효도를 아지 못하니 다른 것은 더 말할 것 무엇 있소.

우리는 천성이 효도를 주장하는 고로 출천지효성[10] 있는 사람이면 우리가 감동하여 '노래자'[11]를 도와서 종일토록 그 부모를 즐겁게 하여주며, '증자' 의 갓 위에 모여서 효자의 아름다운 이름을 천추에 전케 하였고, 또 우리가 효도만 극진할 뿐 아니라 자고 이래로 사기에 빛난 일이 한두 가지가 아니오니 대강 말씀하오리다.

우리가 떼를 지어 논밭으로 내려갈 때 곡식을 해하는 버러지를 없애려고 가건마는 사람들은 미련한 생각에 그 곡식을 파먹는 줄로 아는도다. 서양책력 일천팔백칠십사 년의 미국 조류학사 '피이루' 라 하는 사람이 우리 까마귀 족속 이천이백오십팔 마리를 잡아다가 배를 가르고 오장을

8) 이름은 증삼曾參. 공자의 제자이며 《대학》의 저자. 이 책에서 증자는 "부모를 기리고, 부모를 등한시하지 않으며, 부모를 부양한다" 라 하여 효를 3단계로 열거하고, 유가에서 강조하는 '효' 의 재확립에 힘썼다.
9) 1590년 중국 명나라의 이시진이 그 이전의 본초학을 바탕으로 지어 간행한 52권의 책. 생물, 화학, 천문, 지리, 지질, 채광 등의 과학적인 분류 방법과 풍부한 임상 경험이 반영된 역작.
10) 出天之孝誠 : 타고난 효성.
11) 중국 춘추시대 초나라의 현인. 70살에 어린 아이의 옷을 입고 재롱을 부리며 늙은 부모를 위로하는, 지극한 효성을 보인 것으로 유명하다.

꺼내어 해부하여 보고 말하기를, 까마귀는 곡식을 해하지 아니하고 곡식에 해되는 버러지를 잡아먹는다 하였으니, 우리가 곡식밭에 가는 것은 곡식에 이가 되고 해가 되지 아니하는 것은 분명하고, 또 우리가 밤중에 우는 것은 공연히 우는 것이 아니오, 나라에서 법령이 아름답지 못하여 백성이 도탄에 침륜하여 천하에 큰 병화가 일어날 징조가 있으면 우리가 아니 울 때에 울어서 사람들이 깨닫고 허물을 고쳐서 세상이 태평무사하기를 희망하고 권고함이오, 고소성 한산사에서 달은 넘어가고 서리 친 밤에 쇠북을 주둥이로 쪼아 소리를 내서 대망[12]에게 죽을 것을 살려준 은혜를 갚았고, 한나라 '효무제'가 아홉 살 되었을 때에 그 부모는 '왕망'[13]의 난리에 죽고 '효무제' 혼자 달아날 새, 날이 저물어 길을 잃었거늘 우리들이 가서 인도하였고, 연 태자 '단'이 진나라에 볼모잡혀 있을 때에 우리가 머리를 희게 하여 그 나라로 돌아가게 하였고, '진문공'이 '개자추'[14]를 찾으려고 면상산에 불을 놓으매 우리가 연기를 에워싸고 타지 못하게 하였더니, 그 후에 진나라 사람이 그 산에 은연대라 하는 집을 짓고 우리의 은덕을 기념하였으며, 당나라 '이의부'는 글을 짓되 상림에 나무를 심어 우리를 준다 하였고, 또 물병에 돌을 던지니 '이솝'이 상을 주고, 탁자의 포도주를 다 먹어도 '프랭클린'이 사랑하도다. 우리 까마귀의 사적이 이러하거늘, 사람들은 우리 소리를 듣고 흉한 징조라 길한 징조라 함은 저희들 마음대로 하는 말이오, 우리에게는 상관없는 일이라. 사람의 일이 흉하든지 길하든지 우리가 울 일이 무엇 있소. 그것은 사람들이 무식하고 어리석어서 저희들이 좋지 아니한 때에 흉하게 듣고 하는 말이로다. 사람이 염병이니 괴질이니 앓아서 죽게 된 때에 우리가 어찌하여 그 근처에 가서 울면, 사람들은 못생겨서 저희들이 약도 잘못 쓰고 위생

---

12) 큰 구렁이.
13) 중국 한나라 말엽, 왕위를 빼앗은 인물.
14) 중국 춘추시대의 은사隱士. 개자추가 면산이 숨어 나오지 않자, 진문공이 불을 질러 나오도록 했으나 끝내 나오지 않고 타 죽었다고 한다.

도 잘못하여 죽는 줄은 알지 못하고 우리가 울어서 죽는 줄로만 알고, 저희끼리 욕설하려면 염병에 까마귀 소리라 하니 아, 어리석기는 사람같이 어리석은 것은 세상에 또 없도다. '요순' 적에도 봉황이 나왔고, '왕망'이 때도 봉황이 나오매 '요순' 적 봉황은 상서라 하고, '왕망'이 때 봉황은 흉조처럼 알았으니, 물론 무슨 소리든지 사람이 근심 있을 때에 들으면 흉조로 듣고, 좋은 일 있을 때에 들으면 상서롭게 듣는 것이라. 무엇을 알고 하는 말은 아니오. 길하다, 흉하다 하는 것은 듣는 저희게 있는 것이요, 하는 우리에게 있는 것이 아니어늘, 사람들은 말하기를, 까마귀는 흉한 일이 생길 때에 와서 우는 것이라 하여 듣기 싫어하니, 사람들은 이렇듯 이치를 알지 못하는 어리석은 동물이라, 책망하여 무엇하겠소.

또 우리는 아침에 일찍 해뜨기 전에 집을 떠나서 사방으로 날아다니며 먹을 것을 구하여 부모 봉양도 하고, 나뭇가지를 물어다가 집도 짓고, 곡식에 해되는 버러지도 잡아서 하나님 뜻을 받들다가 저녁이 되면 반드시 내 집으로 돌아가되, 나가고 돌아올 때에 일정한 시간을 어기지 않건마는, 사람들은 점심때까지 자빠져서 잠을 자고, 한 번 집을 떠나서 나가면 혹은 협잡질하기, 혹은 술장보기, 혹은 계집의 집 뒤지기, 혹은 노름하기, 세월이 가는 줄을 모르고 저희 부모가 진지를 잡수었는지, 처자가 기다리는지 모르고 쏘다니는 사람들이 어찌 우리 까마귀의 족속만 하리요. 사람은 일 아니하고 놀면서 잘 입고 잘 먹기를 좋아하되, 우리는 제가 벌어 제가 먹는 것이 옳은 줄 아는 고로 결단코 우리는 사람들 하는 행위는 아니하오. 여러분도 다 아시거니와 우리가 사람에게 업수이 여김을 받을 까닭이 없음을 살피시오."

손뼉소리에 연단에 내려가니, 또 한편에서 아리땁고도 밉살스러운 소리로 회장을 부르면서 강똥강똥 연설단을 향하여 올라가니, 어여쁜 태도는 남을 가히 호릴 만하고 갸웃거리는 모양은 본색이 드러나더라.

제이석, 호가호위(여우)[15]

여우가 연설단에 올라서서 기생이 시조를 부르려고 목을 가다듬는 것처럼 기침 한 번을 캑하더니 간사한 목소리로 연설을 시작한다.

"나는 여우올시다. 점잖으신 여러분 모이신 데 감히 나와서 연설하옵기는 방자한 듯하오나, 저 인류에게 대하여 소회가 있사와 호가호위라 하는 문제를 가지고 두어 마디 말씀을 하려 하오니, 비록 학문은 없는 말이나 용서하여 들어주시기 바랍니다.

사람들이 옛적부터 우리 여우를 가리켜 말하기를, 요망한 것이라, 간사한 것이라고 하여 저희들 중에도 요망하든지 간사한 자를 보면 여우같은 사람이라 하니, 우리가 그 더럽고 괴악한 이름을 듣고 있으나 우리는 참 요망하고 간사한 것이 아니오, 정말 요망하고 간사한 것은 사람이오. 지금 우리와 사람의 행위를 비교하여 보면 사람과 우리와 명칭을 바꾸었으면 옳겠소.

사람들이 우리를 간교하다 하는 것은 다름 아니라 전국책[16]이라 하는 책에 기록하기를, 호랑이가 일백 짐승을 잡아먹으려고 구할 새, 먼저 여

15) 狐假虎威 : 여우가 호랑이의 위세를 빌려 허세를 부리다. 이 내용에서는 열강의 위협에 처해 있던 당대의 정치 상황으로 보면, 여우와 같은 지혜가 오히려 현실적이고 필요하다는 점을 강조하는 뜻에서 사용되고 있다.
16) 중국 전국시대의 사적을 기록한 책.

우를 얻은지라, 여우가 호랑이더러 말하되, 하나님이 나로 하여금 모든 짐승의 어른이 되게 하였으니, 지금 자네가 나의 말을 믿지 아니하거든 내 뒤를 따라와 보라. 모든 짐승이 나를 보면 다 두려워하느니라. 호랑이가 여우의 뒤를 따라가니, 과연 모든 짐승이 보고 벌벌 떨며 두려워하거늘, 호랑이가 여우의 말을 정말로 알고 잡아먹지 못한지라. 이는 저들이 여우를 보고 두려워한 것이 아니라 여우 뒤에 호랑이를 보고 두려워 한 것이니, 여우가 호랑이의 위엄을 빌어서 모든 짐승으로 하여금 두렵게 함인데, 사람들은 이것을 빙자하여 우리 여우더러 간사하니 교활하니 하되, 남이 나를 죽이려 하면 어떻게 하든지 죽지 않도록 주선하는 것은 당연한 일이라. 호랑이가 아무리 산중 영웅이라 하지마는 우리에게 속은 것만 어리석은 일이라. 속인 우리야 무슨 불가한 일이 있으리요.

지금 세상사람들은 당당한 하나님의 위엄을 빌어야 할 터인데, 외국의 세력을 빌어 의뢰하여 몸을 보전하고 벼슬을 얻어 하려 하며, 타국 사람을 부동하여 제 나라를 망하고 제 동포를 압박하니, 그것이 우리 여우보다 나은 일이오. 결단코 우리 여우만 못한 물건들이라 하옵네다.

(손뼉소리 천지 진동)

또 나라로 말할지라도 대포와 총의 힘을 빌어서 남의 나라를 위협하여 속국도 만들고 보호국도 만드니, 불한당이 칼이나 육혈포를 가지고 남의 집에 들어가서 재물을 탈취하고 부녀를 겁탈하는 것이나 다를 것이 무엇 있소. 각국이 평화를 보전한다 하여도 하나님의 위엄을 빌어서 도덕상으로 평화를 유지할 생각은 조금도 없고, 전혀 병장기의 위엄으로 평화를 보전하려 하니 우리 여우가 호랑이의 위엄을 빌어서 제 몸의 죽을 것을 피한 것과 어떤 것이 옳고 어떤 것이 그르오. 또 세상 사람들이 구미호를 요망하다 하나, 그것은 대단히 잘못 아는 것이라. 옛적 책을 볼지라도 꼬리 아홉 있는 여우는 상서라 하였으니, 잠학거류서라 하는 책에는 말하였으되, 구미호가 도 있으면 나타나고, 나올 적에는 글을 물어 상서를 주

문에 지었다 하였고, '왕포' 사자강덕론이라 하는 책에는 주나라 '문왕'
이 구미호를 응하여 동편 오랑캐를 돌아오게 하였다 하였고, 산해경이라
하는 책에는 청구국에 구미호가 있어서 덕이 있으면 오느니라 하였으니,
이런 책을 볼지라도 우리 여우를 요망한 것이라 할 까닭이 없거늘, 사람
들이 무식하여 이런 것은 알지 못하고 여우가 천 년을 묵으면 요사스러
운 여편네를 화한다 하고, 혹은 말하기를 옛적에 음란한 계집이 죽어서
여우로 태어났다 하니, 이런 거짓말이 어디 또 있으리요. 사람들은 음란
하여 별일이 많으되 우리 여우는 그렇지 않소. 우리는 분수를 지켜서 다
른 짐승과 교통하는 일이 없고, 우리뿐 아니라 여러분이 다 그러하시되
사람이라 하는 것들은 음란하기가 짝이 없소. 어떤 나라 계집은 개와 통
간한 일도 있고, 말과 통간한 일도 있으니, 이런 일은 천하 만국에 한두
사람뿐이겠지마는, 한 숟가락 국으로 온 솥의 맛을 알 것이라. 근래에 덕
의가 끊어지고 인도가 없어져서 세상이 결딴난 일을 이루 다 말할 수 없
소. 사람의 행위가 그러하되 오히려 하나님을 두려워하지 아니하며 짐승
을 부끄러워하지 아니하고, 대갓집 규중 여자가 논다니[17]로 놀아나서 이
사람 저 사람 호리기와 각부 아문 공청에서 기생 불러 노름 놀기, 전정[18]
이 만리 같은 각 학교 학도들이 청루방[19]에 다니기와, 제 혈육으로 난 자
식을 돈 몇 푼에 욕심나서 논다니로 내어놓기, 이런 행위를 볼작시면 말
하는 내 입이 더러워지오. 에, 더 러 워, 천지간에 더럽고 요망하고 간사
한 것은 사람이오. 우리 여우는 그렇지 않소. 저들끼리 간사한 사람을 보
면 여우라 하니, 그러한 사람을 여우라 할진댄 지금 세상 사람 중에 여우
아닌 사람이 몇몇이나 있겠소. 또 저희들은 서로 여우같다 하여도 가만
히 듣고 있으되, 만일 우리더러 사람 같다 하면 우리는 그 이름이 더러워

---

17) 웃음을 파는 계집.
18) 前程 : 앞 날.
19) 유곽. 창기의 집.

서 아니 받겠소. 내 소견 같으면 이후로는 사람을 사람이라 하지 말고 여우라 하고, 우리 여우를 사람이라 하는 것이 옳은 줄로 아나이다."

제삼석, 정와어해(개구리)[20]

　여우가 연설을 그치고 할금할금 돌아보며 제자리로 내려가니, 또 한편에서 회장을 부르고 아장아장 걸어와서 연단 위에 깡충 뛰어올라간다. 눈은 툭 불거지고 배는 똥똥하고 키는 작달막한데 눈을 깜짝깜짝하며 입을 벌죽벌죽하고 연설한다.

　"나의 성명은 말씀 아니하여도 여러분이 다 아시리다. 나는 출입이라고는 미나리논 밖에 못 가본 고로 세계 형편도 모르고, 또 맹꽁이를 이웃하여 산 고로 구학문의 맹자왈 공자왈은 대강 들었으나 신학문은 아는 것이 변변치 아니하나, 지금 정와의 어해라 하는 문제로 대강 인류사회를 논란코자 하옵네다.

　사람들은 거만한 마음이 많아서 저희들이 천하에 제일이라 하고, 만물 중에 저희가 가장 귀하다고 자칭하지마는, 제 나랏일도 잘 모르면서 양비대담[21]하고 큰소리 탕탕하고 주제넘은 말하는 것들 우습다. 우리 개구리를 가리켜 말하기를, 우물 안 개구리와 바다 이야기 할 수 없다 하니, 항상 우물 안에 있는 개구리는 우물이 좁은 줄만 알고 바다에는 가보지 못하여 바다가 큰지 작은지, 넓은지 좁은지, 긴지 짧은지, 깊은지 얕

---

20) 井蛙語海 : 우물 안 개구리가 바다를 말한다는 말로 어리석음을 이름.
21) 攘臂大談 : 소매를 걷어올리고 큰소리를 침.

은지 알지 못하나 못 본 것을 아는 체는 아니하거늘, 사람들은 좁은 소견을 가지고 외국 형편도 모르고 천하 대세도 살피지 못하고 공연히 떠들며, 무엇을 아는 체하고 나라는 다 망하여 가건마는 썩은 생각으로 갑갑한 말만 하는도다. 또 어떤 사람들은 제 나라 안에 있어서 제 나랏일을 다 알지 못하면서 보도 듣도 못한 다른 나라 일을 다 아노라고 추척대니 가증하고 우습다. 연전에 어느 나라 어떤 대관이 외국 대관을 만나서 수작할 새 외국 대관이 묻기를, "대감이 지금 내부대신으로 있으니 전국의 인구와 호수가 얼마나 되는지 아시오"한데 그 대관이 묵묵무언 하는지라 또 묻기를, "대감이 전에 탁지대신[22]을 지내었으니 전국의 결총[23]과 국고의 세출 세입이 얼마나 되는지 아시오"한데 그 대관이 또 아무 말도 못하는지라, 그 외국 대관이 말하기를, "대감이 이 나라에 나서 이 정부의 대신으로 이같이 모르니 귀국을 위하여 가석하도다"하였고, 작년에 어느 나라 내부에서 각 읍에 훈령하고 부동산을 조사하여 보아라 하였더니, 어떤 군수는 보 하기를, '이 고을에는 부동산이 없다' 하여 일세의 웃음거리가 되었으니, 이같이 제 나라 일도 크나 적으나 도무지 아는 것 없는 것들이 일본이 어떠하니, 아라사가 어떠하니, 구라파가 어떠하니, 아메리카가 어떠하니 제가 가장 아는 듯이 지껄이니 기가 막히오. 대저 천지의 이치는 무궁무진하여 만물의 주인 되시는 하나님 밖에 아는 이가 없는지라, 논어에 말하기를, 하나님께 죄를 얻으면 빌 곳이 없다 하였는데, 그 주에 말하기를, 하나님은 곧 만물 이치의 주인이라. 그런 고로 하나님은 곧 조화주요, 천지만물의 대주제시니 천지만물의 이치를 다 아시려니와, 사람은 다만 천지간의 한 물건인데 어찌 이치를 알 수 있으리요. 여간 좀 연구하여 아는 것이 있거든 그 아는 대로 세상에 유익하고 사회에 효험 있게 아름다운 사업을 영위할 것이어늘, 조그만치 남보다 먼저

22) 대한제국 때 재정을 담당하던 탁지부의 으뜸 벼슬.
23) 땅 넓이의 단위.

알았다고 그 지식을 이용하여 남의 나라 빼앗기와 남의 백성 학대하기와 군함 대포를 만들어서 악한 일에 종사하니, 그런 나라 사람들은 당초에 사람되는 영혼을 주지 아니하였더면 도리어 좋을 뻔하였소. 또 더욱 도리에 어기어지는 일이 있으니, 나의 지식이 저 사람보다 조금 낫다고 하면 남을 가르쳐준다 하고 실상은 해롭게 하며, 남을 인도하여 준다 하고 제 욕심 채우는 일만 하며, 어떤 사람은 제 나라 형편도 모르면서 타국 형편을 아노라고 외국사람을 부동하여, 임군을 속이고 나라를 해치며 백성을 위협하여 재물을 도둑질하고 벼슬을 도둑하며 개화하였다 자칭하고, 양복 입고, 단장 짚고, 궐련 물고, 시계 차고, 살죽경 쓰고, 인력거나 자행거 타고, 제가 외국사람인 체하여 제 나라 동포를 압제하며, 혹은 외국사람 상종함을 영광으로 알고 아첨하며, 제 나라 일을 변변히 알지도 못하는 것을 가르쳐 주며, 여간 월급냥이나 벼슬낱이나 얻어 하노라고 남의 나라 정탐군이 되어 애매한 사람 모함하기, 어리석은 사람 위협하기로 능사를 삼으니, 이런 사람들은 안다 하는 것이 도리어 큰 병통이 아니오.

우리 개구리의 족속은 우물에 있으면 우물에 있는 분수를 지키고, 미나리 논에 있으면 미나리 논에 있는 분수를 지키고, 바다에 있으면 바다에 있는 분수를 지키나니, 그러면 우리는 사람보다 상등이 아니오니까.

　(손뼉소리 짤각짤각)

또 무슨 동물이든지 자식이 아비 닮는 것은 하나님의 정하신 뜻이라. 우리 개구리는 대대로 자식이 아비 닮고 손자가 할아비를 닮되, 형용도 똑같고 성품도 똑같아서 추호도 틀리지 않거늘, 사람의 자식은 제 아비 닮는 것이 별로 없소. '요' 임군의 아들이 '요' 임군을 닮지 아니하고, '순' 임군의 아들이 '순' 임군과 같지 아니하고, '하우씨' 와 은왕 '성탕' 은 성인이로되, 그 자손 중에 포학하기로 유명한 '걸', '주' 같은 이가 낳고, '왕건' 태조는 영웅이로되 '왕우', '왕창' 이가 생겼으니, 일로 보면 개구리 자손은 개구리를 닮으되 사람의 새끼는 사람을 닮지 아니하도다.

그러한즉 천지 자연의 이치를 지키는 자는 우리가 사람에게 비교할 것이 아니오. 만일 아비를 닮지 아니한 자식을 마귀의 자식이라 할진대 사람의 자식은 다 마귀의 자식이라 하겠소.

또 우리는 관가 땅에 있으면 관가를 위하여 울고, 사사 땅에 있으면 사사를 위하여 울거늘, 사람은 한번만 벼슬자리에 오르면 붕당을 세워서 권리다툼하기와, 권문세가에 아첨하러 다니기와, 백성을 잡아다가 주리 틀고 돈 빼앗기와 무슨 일을 당하면 청촉 듣고 뇌물 받기와 나랏돈 도적질하기와 인민의 고혈을 빨아먹기로 종사하니, 날더러 도적놈 잡으라 하면 벼슬하는 관인들은 거반 다 감옥서감이요, 또 우리들의 우는 것이 울 때에 울고, 길 때에 기고, 잠 잘 때에 자는 것이 천지 이치에 합당하거늘, 불란서라 하는 나라 양반들이 우리 개구리의 우는 소리를 듣기 싫다고 백성들을 불러 개구리를 다 잡으라 하다가, 마침내 혁명당이 일어나서 난리가 되었으니, 사람같이 무도한 것이 세상에 또 있으리요. 당나라 때에 한 사람이 우리를 두고 글을 짓되, 개구리가 도의 맛을 아는 것 같아 연꽃 깊은 곳에서 운다 하였으니, 우리의 도덕심 있는 것은 사람도 아는 것이라. 우리가 어찌 사람에게 굴복하리요. 동양 성인 '공자' 께서 말씀하시기를, 아는 것은 안다 하고, 알지 못하는 것은 알지 못한다 하는 것이 정말 아는 것이라 하셨으니, 저희들이 천박한 지식으로 남을 속이기를 능사로 알고 천하 만사를 모두 아는 체하니, 우리는 이같이 거짓말은 하지 아니하오. 사람이란 것은 하나님의 이치를 알지 못하고 악한 일만 많이 하니 그대로 둘 수 없으니, 차후는 사람이라 하는 명칭을 주지 마는 것이 대단히 옳을 줄로 생각하오."

넙죽넙죽 하는 말이 '소진', '장의'[24]가 오더라도 당치 못할러라. 말을 그치고 내려오니 또 한편에서 회장을 부르고 나는 듯이 연설단에 올라간다.

---

24) 중국 전국시대에 뛰어난 언변으로 맹활약을 했던 외교가들.

제사석, 구밀복검(벌)[25]

허리는 잘룩하고, 체격은 조그마한데 두 어깨를 떡 벌이고 청량한 소리로 머리를 까딱까딱하면서 연설한다.

"나는 벌이올시다. 지금 구밀복검이라 하는 문제를 가지고 잠깐 두어 마디 말씀할 터인데, 먼저 서양서 들은 이야기를 잠깐 하오리다. 당초에 천지개벽할 때에 하나님이 에덴 동산을 준비하사 각색 초목과 각색 짐승을 그 안에 두고 사람을 만들어 거기서 살게 하시니, 그 사람의 이름은 '아담'이라 하고 그 아내는 '하와'라 하였는데, 지금 온 세상 사람들의 조상이라. 사람은 특별히 모양이 하나님과 같고 마음도 하나님과 같게 하였으니, 사람은 곧 하나님의 아들이라 하는 뜻을 잊지 말고 하나님의 마음을 본받아 지극히 착하게 되어야 할 터인데, '아담'과 '하와'가 죄를 짓고 에덴 동산에서 쫓겨난지라. 우리 벌의 조상은 죄도 아니 짓고 하나님의 뜻대로 순종하여 각색 초목의 꽃으로 우리의 전답을 삼고 꿀을 농사하여 양식을 만들어 복락을 누리니, 조상 적부터 우리가 사람보다 나은지라, 세상이 오래되어 갈수록 사람은 하나님과 더욱 멀어지고, 오늘날 와서는 거죽은 사람의 형용이 그대로 있지마는 실상은 시랑과 마귀가

---

25) 口蜜腹劍 : 입에는 꿀을 담고 있으면서 뱃속에는 칼을 숨기고 있다는 말로 인간의 표리부동함을 비판함.

되어 서로 싸우고, 서로 죽이고, 서로 잡아먹어서, 약한 자의 고기는 강한 자의 밥이 되고, 큰 것은 작은 것을 압제하여 남의 권리를 늑탈하여 남의 재산을 속여 빼앗으며, 남의 토지를 앗아가며, 남의 나라를 위협하여 망케 하니, 그 흉칙하고 악독함을 무엇이라 이르겠소. 사람들이 우리 벌을 독한 사람에게 비유하여 말하기를, 입에 꿀이 있고 배에 칼이 있다 하나 우리 입의 꿀은 남을 꾀려 하는 것이 아니라 우리 양식을 만드는 것이오, 우리 배의 칼은 남을 공연히 쏘거나 찌르는 것이 아니라 남이 나를 해치려 하는 때에 정당방위로 쓰는 칼이오. 사람같이 입으로는 꿀같이 말을 달게 하고 배에는 칼 같은 마음을 품은 우리가 아니오. 또 우리의 입은 항상 꿀만 있으되 사람의 입은 변화가 무쌍하여 꿀같이 단 때도 있고, 고추같이 매운 때도 있고, 칼같이 날카로운 때도 있고, 비상같이 독한 때도 있어서, 맞대하였을 때에는 꿀을 들어붓는 것같이 달게 말하다가 돌아서면 흉보고, 욕하고, 노여하고, 악담하며, 좋아라고 지낼 때에는 깨소금 항아리같이 고소하고 맛있게 수작하다가, 조금만 미흡한 일이 있으면 죽일 놈 살릴 놈 하며 무성포가 있으면 곧 놓아 죽이려 하니 그런 악독한 것이 어디 또 있으리요. 에, 여러분, 여보시오, 그래, 우리 짐승 중에 사람들처럼 그렇게 악독한 것들이 있단 말이오.

(손뼉소리 귀가 막막)

사람들이 서로 욕설하는 소리를 들으면 참 귀로 들을 수 없소. 별 흉악 망측한 말이 많소. '빠가', '갓뎀' 같은 욕설은 오히려 관계치 않소. '네밀 붙을 놈', '염병에 땀을 못 낼 놈' 하는 욕설은 제 입을 더럽히고 제 마음 악한 줄을 모르고 얼씬하면 이런 욕설을 함부로 하니 어떻게 흉악한 소리요. 에, 사람의 입에는 도덕상 좋은 말은 별로 없고 못된 소리만 쓸데없이 지저귀니 그것들을 사람이라고. 그것들을 만물 중에 가장 귀한 것이라고. 우리는 천지간의 미물이로되 그렇지는 않소. 또 우리는 임군을 섬기되 충성을 다하고, 장수를 뫼시되 군령이 분명하며, 다 각각 직업을 지켜 일을 부지런히 하여 주리지 아니하거늘, 어떤 나라 사람들은 제 임군을 죽이고 역적의 일을 하며 제 장수의 명령을 복종치 아니하고 난병도 되며, 백성들은 게을러서 아무 일도 아니하고 공연히 쏘다니며 놀고 먹고 놀고 입기 좋아하며, 술이나 먹고, 노름이나 하고, 계집의 집이나 찾아다니고, 협잡이나 하고, 그렁저렁 세월을 보내어, 집이 구차하고 나라이 간난하니 사람으로 생겨나서 우리 벌들보다 낫다 하는 것이 무엇이오. 서양의 어느 학자가 우리를 두고 노래를 지었으니,

　　　아침 이슬 저녁볕에
　　　이 꽃 저 꽃 찾아가서
　　　부지런히 꿀을 물고
　　　제집으로 돌아와서
　　　반은 먹고 반은 두어
　　　겨울양식 저축하여
　　　무한복락 누릴 때에
　　　하나님의 은혜라고
　　　빛난 날개 좋은 소리
　　　아름답게 찬미하네

　그래, 사람 중에 사람스러운 것이 몇이나 있소. 우리는 사람들에게 시비들 것 조금도 없소. 사람들의 악한 행위를 말하려면 끝이 없겠으나 시간이 부족하여 그만 둡네다."

제오석, 무장공자(게)[26]

벌이 연설을 그치고 미처 연설단에 내려서기 전에 또 한편에서 회장을 부르고 나오니, 모양이 기괴하고 눈에 영채가 있어 힘센 장수같이 두 팔을 쩍 벌리고 어깨를 추썩추썩하며 하는 말이,

"나는 게올시다. 지금 무장공자라 하는 문제로 연설할 터인데, 무장공자라 하는 말은 창자 없는 물건이라 하는 말이니, 옛적에 '포박자'라 하는 사람이 우리 게의 족속을 가리켜 무장공자라 하였으니 대단히 무례한 말이로다. 그래, 우리는 창자가 없고 사람들은 창자가 있소. 시방 세상 사는 사람 중에 옳은 창자 가진 사람이 몇 명이나 되겠소. 사람의 창자는 참 썩고 흐리고 더럽소. 의복은 능라주의로 지르르 흐르게 잘 입어서 외양은 좋아도 다 가죽만 사람이지 그 속에는 똥 밖에 아무것도 없소. 좋은 칼로 배를 가르고 그 속을 보면, 구린내가 물큰물큰 나오. 지금 어떤 나라 정부를 보면 깨끗한 창자라고는 아마 몇 개가 없으리다. 신문에 그렇게 나무라고, 사회에서 그렇게 시비하고, 백성이 그렇게 원망하고, 외국 사람이 그렇게 욕들을 하여도 모르는 체하니, 이것이 창자 있는 사람들이오. 그 정부에 옳은 마음먹고 벼슬하는 사람 누가 있소. 한 사람이라도

26) 無腸公子 : 창자가 없는 게를 등장시켜 줏대 없는 인간을 경계함.

있거든 있다고 하시오. 만판 경륜이 임군 속일 생각, 백성 잡아먹을 생각, 나라 팔아먹을 생각 밖에 아무 생각 없소. 이같이 썩고 더럽고 똥만 들어서 구린내가 물큰물큰 나는 창자는 우리의 없는 것이 도리어 낫소. 또 욕을 보아도 성낼 줄도 모르고, 좋은 일을 보아도 기뻐할 줄 알지 못하는 사람이 많이 있소. 남의 압제를 받아 살 수 없는 지경에 이르되 깨닫고 분한 마음 없고, 남에게 그렇게 욕을 보아도 노여할 줄 모르고 종노릇하기만 좋게 여기고 달게 여기며, 관리에 무례한 압박을 당하여도 자유를 찾을 생각이 도무지 없으니, 이것이 창자 있는 사람들이라 하겠소.

우리는 창자가 없다 하여도 남이 나를 해치려 하면 죽더라도 가위로 집어 한 놈 물고 죽소. 내가 한 번 어느 나라에 지나다가 보니 외국 병정이 지나가는데, 그 나라 부인을 건드려 젖통이를 만지려 하매 그 부인이 소리를 지르고 욕을 한즉, 그 병정이 발로 차고 손으로 때려서 행악이 무쌍한지라, 그 나라 사람들이 모여 서서 그것을 구경만 하고 한 사람도 대들어 그 부인을 도와주고 구원하여 주는 사람이 없으니, 그 사람들은 그 부인이 외국 사람에게 당하는 것을 상관없는 줄로 알아서 그러한지 겁이 나서 그러한지 결단코 남의 일이 아니라 저의 동포가 당하는 일이니 저희들이 당함이어늘, 그것을 보고 분낼 줄 모르고 도리어 웃고 구경만 하니, 그 부인의 오늘날 당하는 욕이 내일 제 어미나 제 아내에게 또 돌아올 줄을 알지 못하는가. 이런 것들이 창자 있다고 사람이라 자긍하니 허리가 아파 못 살겠소. 창자 없는 우리 게는 어찌하면 좋겠소. 나라에 경사가 있으되 기뻐할 줄 알지 못하여 국기 하나 내어 꽂을 줄 모르니 그것이 창자 있는 것이오. 그런 창자는 부럽지 않소.

창자 없는 우리 게의 행한 사적을 좀 들어보시오. 송나라 때 '추호'라 하는 사람이 채경에서 사로잡혀 소주로 귀양갈 때 우리가 구원하였으며, 산주구세라 하는 때에 한 처녀가 죽게 된 것을 살려내느라고 큰 뱀을 우리 가위로 잘라 죽였으며, 산신과 싸워서 호인의 배를 구원하였고, 객사한 송장을 드러내어 음란한 계집의 죄를 발각하였으니, 우리의 행한 일은 다 옳고 아름다운 일이요. 사람같이 더러운 일은 하지 않소. 또 사람들도 우리의 행위를 자세히 아는 고로 '게도 제 구멍이 아니면 들어가지 아니한다'는 속담이 있소. 참 그러하지요. 우리는 암만 급하더라도 들어갈 구멍이라야 들어가지, 부당한 구멍에는 들어가지 않소. 사람들을 보면 부당한 데로 들어가는 사람이 많소. 부모 처자를 내버리고 중이 되어 산속으로 들어가는 이도 있고, 여염집 부인네들은 음란한 생각으로 불공한다 핑계하고 절간 초막으로 들어가는 일도 있고, 명예 있는 신사라 자칭하고 쓸데없는 돈 내버리러 기생집에 들어가는 이도 있고, 옳은 길 내버리고 그른 길로 들어가는 사람, 옳은 종교 싫다 하고 이단으로 들어가는 사람, 돌을 안고 못으로 들어가는 사람, 섶을 지고 불로 들어가는 사람, 이루 다 말할 수 없소. 당연히 들어갈 데와 못 들어갈 데를 분변치 못하고 못 들어갈 데를 들어가서 화를 당하고 패를 보고 해를 끼치니, 이런 사람들이 무슨 창자 있노라고 우리의 창자 없는 것을 비웃소. 지금 사람들은 보면 그 창자가 다 썩어서 미구에 창자 있는 사람은 한 개도 없이 다 무장공자가 될 것이니, 이 다음에는 사람더러 무장공자라고 불러야 옳겠소."

제육석, 영영지극(파리)[27]

게가 입에서 거품이 부걱부걱 나오며 수용산출[28]로 하던 말을 그치고 엉금엉금 기어 내려가니, 파리가 또 회장을 부르고 나는 듯이 연단에 올라가서 두 손을 싹싹 비비면서 말을 한다.

"나는 파리올시다. 사람들이 우리 파리를 가리켜 말하기를, 파리는 간사한 소인이라 하니, 대저 사람이라 하는 것들은 저의 흉은 살피지 못하고 다만 남의 말은 잘하는 것들이오. 간사한 소인의 성품과 태도를 가진 것들은 사람들이오. 우리는 결단코 소인의 성품과 태도는 가진 것이 아니오. 시전이라 하는 책에 말하기를, 영영한 푸른 파리가 횃대에 앉았다 하였으니, 이것은 우리를 가리켜 한 말이 아니라 사람들을 비유한 말이오. 옛 글에 '방에 가득한 파리를 쫓아도 없어지지 않는다' 하는 말도 우리를 두고 한 말이 아니라, 사람 중의 간사한 소인을 가리켜 한 말이오. 우리는 결단코 간사한 일은 하지 아니하였소마는, 인간에는 참 소인이 많습디다. 사슴을 가리켜 말이라, 하여 임군을 속인 것이 비단 '조고'[29] 한 사람뿐 아니라, 지금 망하여 가는 나라조정을 보면 온 정부가 다 '조

---

27) 營營之極 : 여기저기 왕래하는 모양 또는 악착같이 이익을 추구하는 모양을 가리킴.
28) 水湧山出 : 시문을 짓는 재주가 비상함.
29) 진나라의 환관. 호해를 왕으로 세워 허수아비로 만들고 승상의 자리에 앉아 권력을 쥠.

고' 같은 간신이오, 천자를 끼고 제후에게 호령함이 또한 '조조' 한 사람
뿐 아니라, 지금은 도덕은 떨어지고 효박한 풍기를 보면 온 세계가 다
'조조' 같은 소인이라. 웃음 속에 칼이 있고 말 속에 총이 있어, 친구라고
사귀다가 저 잘되면 차버리고, 동지라고 상종타가 남 죽이고 저 잘되기,
누구누구는 빈천지교[30] 저버리고 조강지처 내쫓으니 그것이 사람이며,
아무아무 유지지사 고발하여 감옥서에 몰아넣고 저 잘되기 희망하니, 그
것도 사람인가. 쓸개에 가 붙고 간에 가 붙어 요리조리 알씬알씬하는 사
람 정말 밉기도 밉습니다. 여러분도 다 아시거니와 그래 공담으로 말하
자면 우리가 소인이오, 사람들이 간물이오. 생각들 하여 보시오. 또 우리
는 먹을 것을 보면 혼자 먹는 법 없소. 여러 족속을 청하고 여러 친구를
불러서 화락한 마음으로 한 가지로 먹지마는, 사람들은 이끝만 보면 형
제간에도 의가 상하고 일가간에도 정이 없어지며, 심한 자는 서로 골육
상쟁하기를 예사로 아니 참 기가 막히오. 동포끼리 서로 사랑하고, 서로
구제하는 것은 하나님의 이치어늘 사람들은 과연 저의 동포끼리 서로 사
랑하는가. 저들끼리 서로 빼앗고, 서로 싸우고, 서로 시기하고, 서로 흉
보고, 서로 총을 놓아 죽이고, 서로 칼로 찔러 죽이고, 서로 피를 빨아 마
시고, 서로 살을 깎아 먹으되 우리는 그렇지 않소. 세상에 제일 더러운
것은 똥이라 하지마는, 우리가 똥을 눌 때 남이 다 보고 알도록 흰 데는
검게 누고, 검은 데는 희게 누어서 남을 속일 생각은 하지 않소. 사람들
은 똥보다 더 더러운 일을 많이 하지마는 혹 남의 눈에 보일까, 남의 입
에 오르내릴까 겁을 내어 은밀히 하되, 무소부지[31]하신 하나님은 먼저 아
시고 계시오. 옛적에 '유형' 이라 하는 사람은 부채를 들고 참외에 앉은
우리를 쫓고, '왕사' 라 하는 사람은 칼을 빼어 먹이를 먹는 우리를 쫓을
새, 저 사람들이 그렇게 쫓치되 우리가 가지 아니함을 성내어 하는 말이,

---

30) 貧賤之交 : 가난한 시절에 사귄 친구.
31) 無所不至 : 전지전능한.

'파리는 쫓아도 도로 온다' 미워하니, 저희들이 쫓을 것은 쫓지 아니하고 아니 쫓을 것은 쫓는도다. 사람들은 우리를 쫓으려 할 것이 아니라, 불가불 쫓아야 할 것이 있으니, 사람들이, 부채를 놓고 칼을 던지고 잠깐 내 말을 들어라. 너희들이 당연히 쫓을 것은 너희 마음을 수고롭게 하는 마귀니라. 사람들아 사람들아, 너희들은 너의 마음속에 있는 물욕을 쫓아 버리라. 너희 머리 속에 있는 썩은 생각을 내어 쫓으라. 너희 조정에 있는 간신들을 쫓아버려라. 너희 세상에 있는 소인들을 내어 쫓으라. 참외가 다 무엇이며, 먹이 다 무엇이냐. 사람들아 사람들아, 우리 수십억만 마리가 일제히 손을 비비고 비나니, 우리를 미워하지 말고 하나님이 미워하시는 너희를 해치는 여러 마귀를 쫓으라. 손으로만 빌어서 아니 들으면 발로라도 빌겠다."

의기가 양양하여 사람을 저희 똥만치도 못하게 나무라고 겸하여 충고의 말로 권고하고 내려간다.

제칠석, 가정이 맹어호(호랑이)[32]

웅장한 소리로 회장을 부르니 산천이 울린다. 연단에 올라서서 머리를 설레설레 흔들고 좌중을 내려다보니 눈알이 등불 같고 위풍이 늠름한데, 주홍 같은 입을 떡 벌리고 어금니를 부지직 갈며 연설하는데, 좌중이 조용하다.

"본원의 이름은 호랑인데 별호는 산군이올시다. 여러분 중에도 혹 아시는 이도 있을 듯하오. 지금 가정이 맹어호라 하는 문제를 가지고 두어 마디 할 터인데, 이것은 여러분 아시는 것과 같이, 옛적 유명한 성인 공자님이 하신 말씀이라. 가정이 맹어호라 하는 뜻은 까다로운 정사가 호랑이보다 무섭다 함이니, '양자'[33]라 하는 사람도 이와 같은 말이 있는데 혹독한 관리는 날개 있고 뿔 있는 호랑이와 같다 한지라, 세상에 사람들이 말하기를, 제일 포악하고 무서운 것은 호랑이라 하였으니, 자고 이래로 사람들이 우리에게 해를 받은 자가 몇 명이나 되느뇨. 도리어 사람이 사람에게 해를 당하며 살육을 당한 자가 몇억만 명인지 알 수 없소. 우리는 설사 포악한 일을 할지라도 깊은 산과 깊은 골과 깊은 수풀 속에서만 횡행할 뿐이오, 사람처럼 청천 백일지하에 왕궁 국도에서는 하지 아니하

---

32) 苛政猛於虎 : 가혹한 정치는 호랑이보다 무섭다는 뜻. 정치인의 악행을 경계함.
33) 양주楊朱. 중국 전국시대의 학자.

거늘, 사람들은 대낮에 사람을 죽이고 재물을 빼앗으며, 죄 없는 백성을 감옥서에 몰아넣어서 돈 바치면 내어놓고 세 없으면 죽이는 것과, 임군은 아무리 인자하여 사전[34]을 내리더라도 법관이 용사[35] 하여 공평치 못하게 죄인을 조종하고, 돈을 받고 벼슬을 내어서 그 벼슬한 사람이 그 밑천을 뽑으려고 음흉한 수단으로 정사를 까다롭게 하여 백성을 못 견디게 하니, 사람들의 악독한 일을 우리 호랑이에게 비하여 보면 몇만 배가 될는지 알 수 없소. 또 우리는 다른 동물을 잡아먹더라도 하나님이 만들어주신 발톱과 이빨로 하나님의 뜻을 받아 천성의 행위를 행할 뿐이어늘, 사람들은 학문을 이용하여 화학이니 물리학이니 배워서 사람의 도리에 유익한 옳은 일에 쓰는 것은 별로 없고, 각색 병기를 발명하여 군함이니 대포니 총이니 탄환이니 화약이니 칼이니 활이니 하는 등물을 만들어서 재물을 무한히 내버리고 사람을 무수히 죽여서, 나라를 만들 때의 만반 경륜은 다 남을 해하려는 마음뿐이라. 그런 고로 영국 문학박사 '판스'라 하는 사람이 말하기를, 사람이 사람에게 대하여 잔인한 까닭으로 수천만 명 사람이 참혹한 지경에 들어갔도다 하였고, 옛날 '진희왕'이 '초희왕'을 청하매 '초희왕'이 진나라에 들어가려 하거늘, 그 신하 '굴평'이 간하여 가로되, 진나라는 호랑이 나라이라 가히 믿지 못할지니 가시지 말으소서 하였으니, 호랑이의 나라이 어찌 진나라 하나뿐이리요. 오늘날 오대주를 둘러보면, 사람 사는 곳곳마다 어느 나라이 욕심 없는 나라가 있으며, 어느 나라이 포학하지 아니한 나라이 있으며, 어느 인간에 고상한 천리를 말하는 자가 있으며, 어느 세상에 진정한 인도를 의론하는 자가 있느뇨. 나라마다 진나라요 사람마다 호랑이라.

　세상 사람들이 말하기를, 호랑이는 포학무쌍한 것이라 하되, 이것은 알지 못하는 말이로다. 우리는 원래 천품이 은혜를 잘 갚고 의리를 깊이

---

34) 赦典 : 죄를 용서하는 사면 법칙.
35) 用事 : 권세를 마음대로 부림.

아나니, 글자 읽은 사람은 짐작할 듯하오. 옛적에, 진나라 '곽무자' 라 하는 사람이 호랑이 목구멍에 걸린 뼈를 빼내어 주었더니 사슴을 드려 은혜를 갚았고, '영윤자문' 을 나서 몽택에 버렸더니 젖을 먹여 길렀으며, '양위' 의 효성을 감동하여 몸을 물리쳤으니, 이런 일을 보면 우리가 은혜를 감동하고 의리를 아는 것이라. 사람들로 말하면 은혜를 알고 의리는 지키는 사람이 몇몇이나 되겠소. 옛적 사람이 말하기를, 호랑이를 기르면 후환이 된다 하여 지금까지 양호유환[36]이라 하는 문자를 쓰지마는, 되지 못한 사람의 새끼를 기르는 것이 도리어 정말 후환이 되는지라. 호랑이 새끼를 길러서 돈을 모으는 사람은 있으되 사람의 자식을 길러서 덕을 보는 사람은 별로 없소. 또 속담에 이르기를, 호랑이 죽음은 껍질에 있고, 사람의 죽음은 이름에 있다 하니, 지금 세상사람의 정말 명예 있는 사람이 몇 명이나 있소. 인생 칠십 고래희라, 한세상 살 동안이 얼마 되지 아니한데 옳은 일만 할지라도 다 못하고 죽을 터인데 꿈결같은 이 세상을 구구히 살려 하여 못된 일 할 생각이 시꺼멓게 있어서, 앞문으로 호랑이를 막고 뒷문으로 승냥이를 불러들이는 자도 있으니 어찌 불쌍치 아니하리요. 옛적 사람은 호랑이의 가죽을 쓰고 도적질하였으나, 지금 사람들은 껍질은 사람의 껍질을 쓰고 마음은 호랑이의 마음을 가져서 더욱 험악하고 더욱 흉포한지라, 하나님은 지공무사하신 하나님이시니, 이같이 험악하고 흉포한 것들에게 제일 귀하고 신령하다는 권리를 줄 까닭이 무엇이오. 사람으로 못된 일 하는 자의 종자를 없애는 것이 좋은 줄로 생각하옵네다."

36) 養虎有患 : 호랑이를 길러 후환을 남김.

제팔석, 쌍거쌍래(원앙)[37]

호랑이가 연설을 그치고 내려가니 또 한편에서, 형용이 단정하고 태도가 신중한 어여쁜 원앙새가 연단에 올라서서 애연한 목소리로 말을 한다.

"나는 원앙이올시다. 여러분이 인류의 악행을 공격하는 것이 다 절당한 말씀이로되 인류의 제일 괴악한 일은 음란한 것이오. 하나님이 사람을 내실 때에 한 남자에 한 여인을 내셨으니, 한 사나이와 한 여편네가 서로 저버리지 아니함은 천리에 정한 인륜이라. 사나이도 계집을 여럿 두는 것이 옳지 않고 여편네도 서방을 여럿 두는 것이 옳지 않거늘, 세상 사람들은 다 생각하기를, 사나이는 계집을 많이 두고 호강하는 것이 좋은 것인 줄로 알고 처첩을 두셋씩 두는 사람도 있으며, 어떤 사람은 오륙 명도 두는 자도 있으며, 혹은 장가든 뒤에 그 아내를 돌아다보지 아니하고 두 번 세 번 장가드는 자도 있으며, 혹은 아내를 소박하고 첩을 사랑하다가 패가망신하는 자도 있으니, 사나이가 두 계집 두는 것은 천리에 어기어짐이라. 계집이 두 사나이를 두면 변고로 알고 사나이가 두 계집 두는 것은 예사로 아니, 어찌 그리 편벽되며, 사나이가 남의 계집 도적함은 꾸짖지 아니하고, 계집이 남의 사나이를 상관하면 큰 변인 줄 아니,

---

37) 雙去雙來 : 부부간의 금실이 좋다는 뜻의 원앙새를 통해 부부간의 윤리와 애정을 강조함.

어찌 그리 불공하오. 하나님의 천연한 이치로 말할진대 사나이는 아내 한 사람만 두고 여편네는 남편 한 사람만 쫓을지라. 무론 남녀하고 두 사람을 두든지 섬기는 것은 옳지 아니하거늘, 지금 세상 사람들은 괴악하고 음란하고 박정하여 길가의 한 가지 버들을 꺾기 위하여 백년해로 하려던 사람을 잊어버리고, 동산의 한 송이 꽃 보기 위하여 조강지처를 내쫓으며, 남편이 병이 들어 누웠는데 의원과 간통하는 일도 있고, 복을 빌어 불공한다 가탁하고 중서방 하는 일도 있고, 남편 죽어 사흘이 못되어 서방해갈 주선하는 일도 있으니, 사람들은 계집이나 사나이나 인정도 없고 의리도 없고 다만 음란한 생각뿐이라 할 수밖에 없소.

우리 원앙새는 천지간에 지극히 적은 물건이로되 사람과 같이 그런 더러운 행실은 아니하오. 남녀의 법이 유별하고 부부의 윤기가 지중한 줄을 아는 고로 음란한 일은 결코 없소. 사람들도 우리 원앙새의 역사를 짐작하기로 이야기하는 말이 있소. 옛날에 한 사냥꾼이 원앙새 한 마리를 잡았더니 암원앙새가 수원앙새를 잃고 수절하여 과부로 있은 지 일 년만에 또 그 사냥꾼의 화살에 맞아 얻은 바 된지라, 사냥꾼이 원앙새를 잡아 가지고 집으로 돌아와서 털을 뜯을 새, 날개 아래 무엇이 있거늘 자세히 보니 거년에 자기가 잡아온 수원앙새의 대가리라. 이것은 암원앙새가 수원앙새와 같이 있다가 수원앙새가 사냥꾼의 화살을 맞아서 떨어지니, 그 창황 중에도 수원앙새의 대가리를 집어 가지고 숨어서 일시의 난을 피하여 짝 잃은 한을 잊지 아니하고 서방의 대가리를 날개 밑에 끼고 슬피 세월을 보내다가 또한 사냥꾼에게 얻은 바 된지라, 그 사냥꾼이 이것을 보고 정절이 지극한 새라 하여 먹지 아니하고 정결한 땅에 장사를 지낸 후로부터 다시는 원앙새는 잡지 아니하였다 하니, 우리 원앙새는 짐승이로되 절개를 지킴이 이러하오. 사람들의 행위를 보면 추하고 비루하고 음란하여 우리보다 귀하다 할 것이 조금도 없소. 사람들의 행사를 대강 말할 터이니 잠깐 들어보시오. 부인이 죽으면 불쌍히 여기는 남편이 몇이나 되겠소. 상처한 후에 사나이 수절하였다는 말은 들어보도 못하였소. 낱낱이 재취를 하든지 첩을 얻든지, 자식에게 못할 노릇하고 집안에 화근을 일으키어 화기를 손상케 하고, 계집으로 말하면 남편 죽은 후에 수절하는 사람은 많으나 속으로 서방질 다니며 상부한 지 며칠이 못되어 개가할 길 찾느라고 분주한 계집도 있고, 또 자식을 낳아서 개구멍이나 다리 밑에 내어버리는 것도 있으며, 심한 계집은 간부에게 혹하여 산 서방을 두고 도망질하기와 약을 먹여 죽이는 일까지 있으니, 저희들이 별별 괴악한 일은 이루 다 말할 수 없소. 세상에 제일 더럽고 괴악한 것은 사람이라, 다 말하려면 내 입이 더러워질 터이니까 그만두겠소."

원앙새가 연설을 그치고 연단에 내려오니, 회장이 다시 일어서서 말한다.

폐회

"여러분 하시는 말씀을 들으니 다 옳으신 말씀이오. 대저 사람이라 하는 동물은 세상에 제일 귀하다 신령하다 하지마는, 나는 말하자면 제일 어리석고, 제일 더럽고, 제일 괴악하다 하오. 그 행위를 들어 말하자면 한정이 없고, 또 시간이 진하였으니 고만 폐회하오."

하더니 그 안에 모였던 짐승이 일시에 나는 자는 날고, 기는 자는 기고, 뛰는 자는 뛰고, 우는 자도 있고, 짖는 자도 있고, 춤추는 자도 있어, 다 각각 돌아가더라.

슬프다. 여러 짐승의 연설을 듣고 가만히 생각하여 보니, 세상에 불쌍한 것이 사람이로다. 내가 어찌하여 사람으로 태어나서 이런 욕을 보는고. 사람은 만물 중에 귀하기로 제일이오, 신령하기도 제일이오, 재주도 제일이오, 지혜도 제일이라 하여 동물 중에 제일 좋다 하더니, 오늘날로 보면 제일로 악하고 제일 흉괴하고 제일 음란하고 제일 간사하고 제일 더럽고 제일 어리석은 것은 사람이로다.

까마귀처럼 효도할 줄도 모르고, 개구리처럼 분수 지킬 줄도 모르고, 여우보담도 간사한, 호랑이보담도 포악하고, 벌과 같이 정직하지도 못하고, 파리같이 동포 사랑할 줄도 모르고, 창자 없는 일은 게보다 심하고, 부정한 행실은 원앙새가 부끄럽도다. 여러 짐승이 연설할 때 나는 사람을 위하여 변명 연설을 하리라 하고 몇 번 생각하여 본즉 무슨 말로 변명할 수가 없고, 반대를 하려 하나 현하지변[38]을 가졌더라도 쓸데가 없도다. 사람이 떨어져서 짐승의 아래가 되고, 짐승이 도리어 사람보다 상등이 되었으니, 어찌하면 좋을꼬. 예수 씨의 말씀을 들으니 하나님이 아직도 사람을 사랑하신다 하니, 사람들이 악한 일을 많이 하였을지라도 회개하면 구원 얻는 길도 있다 하였으니, 이 세상에 있는 여러 형제자매는 깊이깊이 생각하시오.

---

38) 懸河之辯 : 흐르는 물과 같이 말을 거침없이 잘하는 것.

공진회 共進會

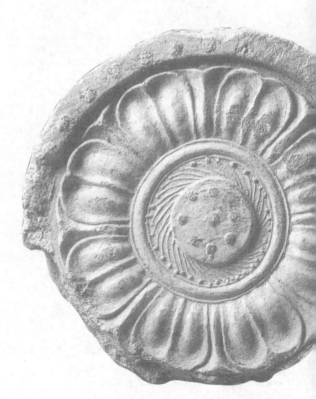

서문

　총독부에서 새로운 정치를 시행한 지 다섯 해 된 기념으로 공진회를 개최하니, 공진회는 여러 가지 신기한 물건을 벌여놓고 모든 사람으로 하여금 구경하게 하는 것이어니와, 이 책은 소설 공진회라. 여러 가지 기기묘묘한 사실을 책 속에 기록하여 모든 사람으로 하여금 보게 한 것이니 총독부에서는 물산 공진회를 광화문 안 경복궁 속에 개설하였고, 나는 소설 공진회를 언문으로 이 책 속에 진술하였도다. 물산 공진회는 돌아다니며 구경하는 것이오, 소설 공진회는 앉아서 드러누워 보는 것이라. 물산 공진회를 구경하고 돌아와서, 여관 한등 적적한 밤과 기차 타고 심심할 적과 집에 가서 한가할 때에 이 책을 펼쳐들고 한 대문 내려보면 피곤 근심 간데 없고, 재미가 진진하여 두 대문 세 대문을 책 놓을 수 없을 만치 아무쪼록 재미있게 성대한 공진회의 여흥을 돕고자 붓을 들어 기록하니, 이때는 대정 사년 초팔월이라.

천강天江 안국선安國善

이 책을 보는 사람에게 주는 글

　사람들은 울지 말지어다. 슬픈 후에는 기꺼움이 있느니라. 사람들은 웃지 말지어다. 기꺼운 후에는 슬픔이 생기느니라. 기꺼운 일을 보고 웃으며, 슬픈 일을 보고 우는 것은 인정의 상태라 하지마는, 사람의 국량局量은 좁으니라. 넓은 체하지 말지어다. 사람의 지식은 적으니라. 많은 체하지 말지어다. 하늘은 크고 큰 공중이라 누가 그 넓음을 측량하리오. 지구에서 태양을 가려면 몇백만 리가 되는데, 태양에서 또 저 편 별까지 가려면 몇억백만 리가 되고, 그 별에서 또 저 편 별까지 가려면 몇억천만리가 되어, 이렇게 한량없이 갈수록 마치는 곳이 없으니 그 넓음이 얼마나 되느뇨. 세상은 가늘고 가는 이치 속이라. 누가 능히 그 아득함을 발명하리요. 사람마다 생각하라. 우리 할아버지가 우리 아버지를 낳으셨으며, 아버지가 나를 낳으셨으니 할아버지가 할머니와 혼인이 되었으므로 아버지를 낳으셨으나, 그때 만일 할머니와 혼인이 아니 되고 다른 부인과 혼인이 되었으면 그래도 우리 아버지를 낳으시고 또 내가 생겨났을는지. 또 아버지가 어머니와 혼인이 되었으므로 나를 낳으셨으나, 그때 만일 다른 부인과 혼인이 되었다면 그래도 내가 이 모양으로 이 세상에 생겨났을는지. 이것으로 말미암아 증조부, 고조부, 오대조, 육대조, 시조까지 올라가며 여러 십 대, 여러 백 대 중에서 어느 대에서든지 한번만 혼인이

빗되었으면 오늘 이 모양의 나는 이 세상에 생기게 되었을는지 알지 못할지니, 세상 사람이 생겨난 것부터 이렇게 요행이요, 우연한 인연이라. 그 아득함이 어떠한가. 하늘은 큰 공중이라 넓고 넓어 한량이 없고, 세상은 가늘고 가는 이치 속이라 아득하고 아득하여 알지 못할지니, 사람의 국량이 아무리 넓을지라도 공중에 비할 수 없고, 사람의 지식이 아무리 많을지라도 조화주는 따르지 못할지라. 그러나 사람은 일정한 국량이 있고 보통의 지식이 있는 고로 기뻐하며 노여워하며, 슬퍼하며, 즐겨하며, 사랑하며, 미워하며, 욕심내며 겁내는 인정이 있으니, 사람은 이 여덟 가지 정이 있는 고로 사람은 아무리 하여도 사람에 벗어나지 못하고, 국량은 아무리 하여도 그 국량이오 지식은 아무리 하여도 그 지식이라. 술 취하여 미인의 무릎을 베개하고 술 깨어 천하의 권세를 주무르며, 한 번 호령하면 천지가 진동하고, 한 번 나서면 만민이 경외하는 고금의 영웅들이 장하고 크다마는, 역시 한때 장난에 지나지 못하고, 물리를 연구하여 화륜선, 화륜차, 전보, 비행기 등속을 발명하여 예전에 없던 일을 지금 있게 하는 이학박사여, 용하고 가상하다마는 세상 이치의 일부분을 깨달음에 지나지 아니하도다. 영웅의 끼친 역사歷史는 슬픔과 기꺼움의 종자요, 박사의 발명한 물건은 욕심과 희망의 자취라. 그러한즉 사람은 욕심과 희망으로 살고 슬픔과 기꺼움으로 소견하는 것인가. 사람이 아들 낳기를 바라다가 아들을 낳으면 기꺼워하고 그 아들이 죽으면 슬퍼하리니, 아들 낳기를 바라는 것은 욕심이며 희망이오, 낳을 때에 기꺼워하고 죽을 때에 슬퍼함은 사람이 세상에 살아가는 역사를 지음이오, 사람이 부자 되기를 원하다가 재물을 얻으면 기꺼워하고 그 재물을 잃으면 슬퍼하리니, 부자 되기를 원함은 욕심이며 희망이요, 얻을 때에 기꺼워하고 잃을 때에 슬퍼함은 또한 사람이 세상에 살아가는 역사를 만듦이라. 크고 넓은 천지에서 내가 지금 다른 곳에 있지 아니하고 이곳에 있으며, 가늘고 아득한 이치 속에서 내가 이왕에 나지도 아니하고 장래에 나지도 아니하고 불선불후 꼭 지금 이때에 나서 입을 열어 기껍게 대소할 때도 있고, 주먹을 두드려 슬프게 통곡할 때도 있고, 지금은 먹을 갈고 붓을 들어 눈으로 보이는 세상 사람의 슬퍼하고 기꺼워하는 여러 가지 형편을 재료로 삼아 이 책을 기록하니, 이것은 슬픈 중에 기꺼움을 얻고 기꺼운 중에 슬픔을 알아 한때를 소견하려 하는 나의 욕심이며 희망이니, 이 책 보는 여러 군자는 나와 인연이 있도다. 여러 군자가 이 책을 볼 때에 기꺼워할는지 슬퍼할는지 나는 알 수 없으나, 여러 군자의 슬퍼함이 있고 기꺼워함이 있으면 또한 여러 군자가 세상에 지나가는 역사를 지음인즉, 크고 넓은 천지와 가늘고 아득한 이치 속에서 여러 군자와 나의 사이에 한 가지 심령이 교통함을 깨달으리로다.

기생

　문명이니 개화이니 발달, 진보이니 하는 여러 가지 말이 지금 세상에 행용들 하는 의례건의 말이라. 조선도 여러 해 동안을 문명진보에 열심 주의하여 모든 사물의 발달되어 가는 품이 날마다 다르고 달마다 다르도다. 이번 공진회를 구경한 사람은 누구든지 조선의 문명 진보가 오륙 년 전에 비교하면 대단히 발달되었다고 할 터이라. 그러나 외국의 문명을 수입하여 내지의 문명을 발달케 하는 때는 제일 먼저 들어오는 것은 사치奢侈라 하는 풍속이라. 교화의 아름다운 풍속은 별로 들어오지 아니하고 사치하는 풍속은 속히 들어오니, 외국 사람은 상등 사람이라야 파나마 모자를 쓰는 것인데, 조선 사람은 하등 연소한 사람도 그것만 따르고자 하고, 외국 사람은 하이칼라를 즐겨하지 아니하는 경향이 있건마는 조선 사람은 도리어 하이칼라를 부러워하는 모양이라. 이것은 무슨 연고인가 하면, 역시 세상의 풍조를 따라 남보다 신선한 풍채를 내고 싶은 마음이 생기는 까닭이오, 남보다 신선한 풍채를 내고 싶은 까닭은 오입쟁이 풍류랑을 좋아하는 마음이 있는 까닭에서 생기어나는 법이라. 사나이가 고운 의복에 말쑥하게 차리고 버선등이나 맵시를 내고 다니는 것은 점잖은 사회교제社會交際에 자기위의自己威儀를 보전하려는 마음이 아니라, 기생이나 다른 계집들에게 곱게 보이기를 위하는 마음이 있음이오, 여자가 자기 지위에 상당치 아니한 사치를 하는 것도 남의 눈에 예쁘게 보이기를 바라서 그리함인즉, 사치의 풍속은 사회 이면에 말할 수 없는 이상한 관계로 인연하여 생기는 것이라. 그 중에도 기생이라 하는 무리가 있어서 직접 간접으로 사치의 풍속을 조장助長하는 일대 기관一代機關이 되었도다. 기생도 여러 종류가 있어서 예전에는 약방 기생이니 상방 기생이니 하더니 지금은 무부기 유부기 삼패 색주가 밀매음 은근자 여러 무리의 계집들이 있어서 화용월태를 한 번 세상에 자랑하면 부랑 남자는 더 말할 것 없고 남의 집 청년 자제들이 놀아나기를 시작하여, 여러 대 내려오던 세전 기업을 일조에 탕패하는 일이 많이 있더라.

경상도 진주라 하면 조선 안에 유명한 도회처요, 진주군에는 두 가지 명산이 있으니 파리와 기생이라. 파리의 수효와 기생의 수효를 비교하면 기생 수효가 파리보다 하나 둘 더하다 하는 말이 거짓말 같은 참말이라. 닭이 천이면 봉이 한 마리 있다더니, 기생이 하도 많으니까 그 중에 절대 미인 하나가 있던 것이야.

진주성 안에 한 기생이 있으니 얼굴이 절묘하고 행동이 얌전하여 사람마다 한 번 보면 두 번 보고 싶고, 두 번 보면 껴안고 싶고, 껴안으면 집어삼키고 싶을 만치 되었는데, 어느 누가 한 번 보기를 원치 아니하는 자가 없으나, 이 기생은 무슨 까닭인지 남자의 소원을 한 번도 들은 일이 없는 고로 진주성 안 청년 남자의 경쟁거리가 되었더라.

이 기생은 성질이 다른 기생들과 다르고 언어, 행동 모든 범절이 일반 기생계에 일종 특별한 광채를 빛내게 되었는데, 이름부터 다른 기생들과 같지 아니하도다. 기생의 이름은 행용[1] 많이 사월이니 산홍이니 매월이니 도홍이니 하는 두 자 이름을 짓건마는, 이 기생의 이름은 석 자 이름인고로 또 기생계에 보지 못하던 이름이라. 이름을 향운개라 부르는데

---

1) 行用 : 널리 퍼뜨려 씀. 두루 씀.

어찌하여 이름을 향운개라 지었느냐고 물은즉, 처음에는 대답지 아니하더니 부득이하여 향내나는 입을 열어 말을 하는데, 말소리만 들어도 아리따운 꾀꼬리가 버들가지에서 우는 소리같도다.

"이름이야 아무렇게 지으면 상관있습니까. 그러나 저는 실상 그러할 수는 없지요마는, 마음으로는 춘향春香의 절개와 춘운春雲의 재주와 논개論介의 충성을 본받기 위하여 춘향이란 향자와 춘운이란 운자와 논개라는 개자를 가지고 향운개라 하였습니다."

이 말을 듣고 생각한즉, 춘향은 남원 기생으로 일부종사하기 위하여 정절을 지키던 춘향전의 주인이오, 춘운은 김춘택씨가 지은 구운몽이라 하는 책에 있는 가춘운인데, 신선도 되었다가 귀신도 되었다가 막판 재주를 부리어 양소유를 농락하던 계집이오, 논개는 진주 기생으로 예전에 어느 나라 장수가 조선을 치러 왔을 때에 촉석루에서 놀음을 놀다가 그 장수를 껴안고 강물에 떨어져서 그 적장과 함께 죽은 충심 있는 계집이라. 그러면 이 기생은 내력을 듣지 아니하면 알 수 없으나, 절개와 재주와 충심을 겸전한 계집인가.

향운개의 집 이웃집에 강씨 부인이 사는데 이십 전 과부로 다만 유복자 아들 하나가 있어 구차한 살림살이를 근근히 지내는데, 세상을 버리고 싶은 마음이 하루도 열두 번씩 나지마는, 어린 아들을 길러낼 마음으로 그럭저럭 살아오는 터이라. 그 아들의 이름은 유만이니, 향운개보다 나이 두 살이 위가 되는 터이로되, 어려서부터 장난도 같이 하고 음식도 서로 나누어 먹고, 자주 서로 오락가락하며 놀다가, 향운개는 열한 살이오, 유만이는 열세 살 되었을 때에 남녀의 교정을 알지 못하는 두 아이들이 살을 한데 대고 드러누웠다가 아이들 장난으로 남녀 교합하는 흉내를 내었더니, 그 후로는 두 아이의 정의가 더욱 깊으나 다시 놀지 못할 사유가 생겼으니, 강씨 부인이 그 아들 교육하기 위하여 천리원정에 서울로 올라가서 학교에 입학을 하게 하고, 강씨 부인은 방물장사를 하면서 그 학비를 대어주기로 하였는데, 이것도 사소한 까닭이 있어서 강씨 부인으로 하여금 이러한 결심을 하게 함이러라.

그 까닭은 무엇이냐 하면, 향운개의 어미는 추월이라 하는 퇴기로 젊어서 기생 노릇할 때에 여러 사람의 재산도 많이 없애어주고 사나이의 등골도 많이 뽑던 솜씨가 아직도 남아 있어서, 그 딸 향운개의 얼굴이 절묘함을 보고 큰 보물덩어리로 생각하여, 사오 년만 지나면 조선 천지의 재산 있는 집 자제들은 모두 후려들일 작정인데, 향운개는 기생 노릇하기를 싫어할 뿐 아니라, 유만이를 특별히 정 있게 굴며 상대하는 모양이 다른 아이들과 다른지라, 추월이가 하루는 향운개를 꾀어가며 말을 물어 유만이와 향운개 사이에 그러한 사정이 있는 줄을 알고, 강씨 부인집에를 가서 은근히 포달을 부리며 유만이는 남의 집 아이 사람 못되게 하는 놈이라고 대단 포학을 하는 것이 한 번 두 번이 아니오, 또 강씨 부인은 가세가 빈한하여 추월의 집 의복 빨래와 침선 등을 맡아 하여주고 살아오던 터인데, 그 후로는 생명이 끊어진 것 같은지라. 강씨 부인이 살아갈 생각도 하고 유만이 교육시킬 생각도 하다가 추월에게 그러한 불법의 창피한 꼴을 당하고 분김에 살림을 헤치고 유만이를 앞세우고 서울로 올라와서 방물장사도 하며 남의 집 드난도 하여 목숨을 보전하는 동시에, 유만이는 고등학교에 입학하게 하고 돈푼이나 생기는 대로 학비를 대어주되 조금도 게으른 기색이 없더라.

세월이 흐르는 물결같이 달아나는 서슬에 향운개의 연광이 십오 세에 이르고 세상 물정은 문명개화의 풍조를 따라 사치하는 풍속이 날마다 늘어가매, 사람마다 비단옷이 아니면 입지 아니하건마는, 진주성 중에 사는 김부자는 위인이 검소하기로 짝이 없어 수백만 원 재산을 가지고도 비단옷은 단 한 번도 몸에 대어보지 못하였더라. 김부자는 여러 대를 내려오는 부자로되, 자손은 그리 대대로 귀하든지 일가친척 하나 없고, 자기 집에는 자기와 그 모친과 그 부인과 두 살 먹은 딸 하나뿐이오, 아들이 없이 삼십 세나 되었는 고로 그 모친과 그 부인이 항상 첩이라도 치가하여 자손을 보라고 권고하는 터이로되, 김부자는 위인이 재산을 아끼기 위할 뿐만 아니라, 평생에 옷 잘 입고 음식 사치하고 첩 두고 호강하는 것은 남자의 숭상할 것이 아닌즉, 자손 없는 것은 한탄할 바이로되 첩 두는 것은 패가의 근본이라 하여 친구상종도 별로 많지 아니하거니와 기생이나 남의 계집은 별로 구경하지 못하였더니, 하루는 심심함을 견디지 못하여 촉석루에서 논개의 제사를 지내는데 대단히 야단법석이라는 말을 듣고 구경을 갔더라.

이 위에 말하였거니와, 논개는 예전 기생으로 충심이 갸륵하다 하여 일 년에 한 번씩 촉석루에서 남강물을 향하여 제사를 지내는데, 이 제사는 진주 기생이 모두 모여서 설비도 장하거니와 사람도 많이 모여들어 대단 굉장하도다. 그 중에 향운개는 원래 논개의 충심을 사모하는 터이라, 자기 집 제사는 궐할지언정 어찌 논개의 제사야 참례치 아니하리요. 수백 명 기생이며 수만 명 구경꾼이 모였는데 기생마다 사람마다 제집에 있는 대로 궁사극치²하여 의복도 잘들 입었거니와 맵시도 이상야릇하게 잘들 내었도다. 구경하는 모든 사나이들이 이렇게 궁사극치의 고운 모양을 내는 연고는 사람마다 필경코 수백 명 기생에게 어여삐 보이고자 하는 마음이 있는 까닭이 아닌가. 그 중에도 보잘것없이 무명의복에 아무 모양도 내지 아니한 사람은 김부자라. 김부자는 여러 사람의 호화한 기상과 찬란한 모양을 보고 혼자 마음으로 한탄하여 말하기를,

"세상이 이렇게 사치가 늘어가다가는 나중에는 어찌되려는고. 진주 같은 지방풍속이 이러할 제야 서울 같은 번화한 곳이야 오죽할꼬. 참, 한심한 일이로고."

모든 것을 비관적으로만 생각하고 이리저리 구경할 새, 어여쁘고 고운

---

2) 窮奢極侈 : 사치가 극도에 달함.

기생을 보아도 심상하게 여기더니, 한곳에 이른즉 어떠한 기생 하나가 다른 기생과 마주서서 이야기하는 것을 보았도다. 모든 것을 심상히 보고 다니던 김부자가 그 기생을 보더니 우두커니 서서 한참동안을 정신없이 바라볼 때에, 무슨 까닭인지 가슴이 울렁울렁하고 자기 몸뚱이가 그 기생에게로 부쩍부쩍 가까이 가는 듯하도다. 다른 이에게 수상스러이 보일까 두려워하여 고개를 돌이키고 다른 것을 보는 체하여도 눈은 자연히 그 기생에게로 가는지라. 그리할 때에 마침 아는 사람 하나가 앞으로 오거늘, 김부자가 그 사람과 두어 말 수작한 후에 저 편에 있는 기생의 이름을 물어보아 향운개라 하는 당년 십오 세의 유명한 기생인 줄도 알았으며, 가무 음률 서화의 모든 재주가 당시에 제일인 줄도 들었더라. 그날 밤에 자기 집으로 돌아와서 잠을 이루려 한즉 향운개의 형용이 눈앞에 왕래하여 가슴만 뚝딱거리고 잠은 조금도 이룰 수 없는지라, 드러누웠다가 일어앉았다가 일어서서 거닐다가 도로 드러누워 무슨 생각도 하다가 도로 일어앉아서 담배도 피우다가 다 타지 아니한 담배를 재떨이에 탁탁 털고 도로 드러누워 혼자 마음으로, '내가 이것이 무슨 일인가, 망측하여라. 마음이 튼튼치 못하여 이러하지. 다시는 생각지 아니하리다' 하되 자연히 생각은 도로 향운개에게로 간다.

김부자가 여러 시간을 혼자 공연히 번뇌하다가 나중에는 벌떡 일어나서 의관을 정제하고 대문을 나서서 사고무인 적적한 밤에 이 골목 저 골목 돌아다니다가 향운개의 문을 두드리니, 맞아들이는 사람은 향운개의 어미 추월이라. 추월이는 김부자의 얼굴도 자세히 알고 그 성질도 또한 짐작이나 하는 터인데, 아닌 밤중에 자기 집을 찾아온 것을 이상스럽게 생각하건마는 부자에게 아첨하는 것은 세상 사람의 보통 형편이라. 추월이는 더욱 김부자가 자기 집 대문 안에 발 한 번 들여놓는 것만 하여도 얼마쯤 영광으로 생각하는 터인 고로 우선 반가이 김부자를 맞아들이며 한편으로 담배를 권한다, 주안을 차린다, 들어왔다 나갔다, 얼렁얼렁하며 분주불가한 중에도 김부자가 어찌하여 우리 집에를 이 밤중에 찾아왔을까 하는 의심이 가슴속에 풀리지 아니하여 솜씨 좋은 수작을 난만히 벌여 놓으며 한편으로 눈치를 보고 한편으로 말귀를 살피는데, 김부자가 주저주저한 모양이 저절로 나타나지마는 역시 옹졸한 사나이는 아니라. 이런 말 저런 말로 추월의 말을 따라 한참을 늘어놓다가,

"향운개는 어디 갔느냐. 지금 데려오너라."

한즉 추월이는 굿들은 무당 같아서 속마음으로, '인제 제— 밀 수가 나나 보다' 하고 지급히 사람을 보내어 촉석루 논개제에서 아직 돌아오지 아니한 향운개를 불러왔더라.

김부자는 향운개를 앞에 앉히고 술잔이나 마시며 행용하는 수작으로 한참동안을 노닐다가 취흥이 도도한 중에 아무리 하여도 그저 갈 수는 없는지라, 향운개를 대하여,

"오늘밤에 좋은 인연을 맺고 내일부터는 기생 영업을 그만두고 나와 백년가약을 맺자."

하였으나 향운개는 당초에 듣지 아니하려 하여 처음에는 좋은 말로 김부자의 소청을 거절하다가, 나중에는 불쾌한 말로 김부자의 얼굴을 붉게 하기까지 이르렀더라.

김부자가 할 수 없이 그날 밤에는 향운개의 집을 사례하고 자기 집으로 돌아와서 사랑방에서 혼자 잠을 자면서 향운개와 놀던 꿈만 꾸었도다. 김부자는 향운개와 인연을 맺지 못한 것만 한탄하고 한편으로 분한 마음을 금할 수 없으나, 향운개를 어여쁘게 생각하는 사랑마귀는 김부자의 가슴속을 떠나지 아니하더라.

그 이튿날 김부자의 집에는 양반 상하 없이 괴상스럽게 생각하는 별안간 생긴 일이 있으니, 다름 아니라 김부자가 수천 원 돈을 들여 시체[3] 비

---

3) 時體 : 그 시대의 풍습과 유행.

단을 필로 끊어다가 의복을 지으라 재촉이 성화같고 금반지, 보석반지, 금테안경, 금시계, 파나마 모자, 단장, 맵시 있는 마른신까지 꾸역꾸역 사들이는 것이라. 평생에 검소하기로 짝이 없고 세상 사람의 사치하는 풍속을 꾸짖고 비평하던 김부자가 이렇게 의복을 장만하고 사치품을 사들이는 것은 아무라도 괴상히 생각할 수밖에 없도다. 김부자가 이렇게 호사를 찬란히 하고 어디를 가느냐 하면 첫 출입이 향운개의 집이라. 김부자가 향운개를 생각하는 품이 이도령이 춘향이를 생각하는 것보다 더하면 더하였지 조금도 덜하지 아니한데, 향운개와 인연을 맺고자 하다가 뜻을 이루지 못한 후로는 혼자 생각하기를, '내가 얼굴이 남만 못한가, 돈이 없는가. 어찌하여 제가 일개 기생으로 나의 말을 듣지 아니하노. 아마도 내가 의복이 추솔하여 고운 모양이 없으므로 제 눈에 들지 아니하여 그러한가' 하고 아무쪼록 향운개의 눈에 들기 위하여 의복범절을 찬란히 하고 향운개의 집을 자주자주 찾아다니게 되었더라. 말을 하여도 총채 수작을 배워가며, 재담은 듣는 대로 기억하여 두고 말솜씨를 이상야릇하게 지어서 한다. 혼자 다니는 것은 심심도 할 뿐 아니라 자기 혼자 수단으로 능히 향운개의 마음을 돌리기 어려울까 하여 기생좌석에 익달한 친구 두어 사람을 데리고 다니는데, 이 사람들은 모양도 썩 하이칼라요, 수작도 잘하고 노래도 잘하고 음률도 반짐작이나 하는 위인들이니, 기생집이라면 자기 집 안방으로 알고 기생을 마음대로 농락하는 사람들이라. 하루 다니고 이틀 다니고 그럭저럭 수십 일이 넘었으되 향운개의 마음은 조금도 김부자에게 따르지 아니하는 고로, 김부자는 할 수 있는 대로 수단을 부리며 돈을 들이며 향운개를 집어삼키려 하고, 함께 다니는 여러 사람들도 김부자를 위하여 향운개의 마음을 돌리려고 제갈량 같은 모든 기기묘묘한 계략을 다 부리는 터이라.

향운개의 집에서는 그 어미 추월이가 향운개를 시시로 때리며 어르며 혹간 달래기도 하여, 향운개로 하여금 김부자의 소청을 들어 김부자의 재산으로 호강을 하려 하니, 향운개는 사면수적이요 고성낙일의 비참한 지경에 빠졌는데, 향운개는 일개 섬섬한 약질이오, 한 사람도 도와줄 사람은 없고 대적은 모두 위의당당한 출출명장이라……. 이 책을 기록하는 이 사람은 향운개를 위하여 불쌍한 눈물을 뿌리노니, 향운개여, 네가 어찌하여 이 지경을 당하느냐. 네가 장차 어떻게 하려느냐. 향운개여 …… 향운개는 지금 겨우 십오 세의 어린 기생이로되 숙성하기는 열칠팔 세나 되어 보이는 고로 향운개의 어미 추월이는 어서 하루바삐 부자들 많이 상관케 하여 재물을 뺏어먹을 작정인데, 향운개는 일향 청종치 아니하고 어미 추월이가 꼬이고 달래며 김부자와 상관하라 하면 향운개는 온순한 태도로 공손히 말하되,

"내가 불행히 기생의 몸이 되었을지라도 절개는 지킬 수밖에 없으니, 계집사람이 일부종사 못하고 이 사람 저 사람 뭇 사람을 상관하면 짐승이나 다른 것이 무엇 있사오리까. 짐승 중에도 원앙새나 제비 같은 것은 그렇지 아니하니, 사람이 되어 미물만 못하오리까. 나는 어려서 유만이와 상종이 있었으니, 유만이는 나의 남편인즉 유만이를 만나기 전에는 결코 다른 사람과 추한 관계를 맺지 아니하겠사오이다. 또 지금 법률에는 기생이라 하는 것이 재주를 팔아먹으라는 것이지 매음하라는 것은 아니온즉, 여간 재산을 욕심하여 법률을 위범하는 것은 국민의 도리가 아니오이다. 어찌 사람이 법률을 범하고 행실을 부정히 하여 금수만 못하게 된단 말씀이오니까. 기생노릇을 하더라도 정당하게 할 것이지. 뭇 사람들 상관하여 매음을 하는 것은 기생이 아니라 짐승이올시다. 나는 죽어도 어머니 말씀을 청종할 수 없어요."

향운개의 어미 추월이가 이 말을 듣더니 하도 기가 막히고 분하여 열 길 스무 길 반자가 뚫어지도록 날뛴다.

"잘났다, 잘났다. 우리 집안에 정절부인 났구나. 이년, 정절이 다 무엇 말라죽은 것이냐. 정절, 정절. 이년, 네 어미는 뭇 서방질을 하여 너를 낳

앉으니 네 어미도 기생노릇을 아니하고 짐승노릇을 하였다는 말이로구나. 이년, 유만이 하고 상관이 있었다고. 계집아이년이 남부끄럽지도 아니하여 그런 말을 하느냐. 여남은 살 먹은 어린것들이 철모르고 장난친 것이지, 상관이 다 무엇이냐. 이년아, 네 두 살 먹어 같이 잤어도 서방이라고 정절을 지킬 터이냐. 네가 나이 어려서 철을 몰라도 분수가 있지, 유만이 그까짓 가난뱅이 빌어먹는 놈이 네 서방이란 말이냐. 요년, 굶어 죽기는 똑 알맞다. 이년, 네가 아무리 하여보아라. 내 솜씨에 내 말 아니 듣고 견디어내나. 요년, 법률은 어디서 그렇게 똑똑히 배웠느냐. 이년, 법률을 그렇게 자세히 아니 변호사가 되겠구나. 이년아, 변호사는 목구멍을 팔아먹고 기생은 그 구멍을 팔아먹는다는 말을 듣지도 못하였느냐."

입으로는 소리를 지르고 손으로는 방망이를 가지고 사정없이 때리며 금방 향운개를 죽일 것 같이 날뛰는데, 향운개는 조금도 원망하는 기색도 없고 두려워하는 기색도 없고, 다만 죽으면 죽었지 그러한 행위는 아니할 터이야, 하는 기색이 자연히 그 얼굴에 나타나더라.

추월이는 날마다 날마다 하루도 열두 번씩 향운개를 들볶는데 향운개는 혼자 생각하기를, '내가 아무리 철모르고 어려서 유만이와 그리하였을지라도 그것은 잊히지 아니하니 다른 남편은 세상없어도 얻지 아니하리라' 하고 어미가 야단을 칠수록 향운개의 결심은 더욱 단단하여 지는지라.

김부자의 마음은 더욱 간절하고 어미의 욕심은 더욱 불같아서 향운개를 에워싸고 만반 수단을 다 부리고 일천 가지 꾀를 다 써보아도 향운개의 마음은 항복받지 못하였는지라, 김부자는 추월이와 여러 사람들과 의논을 정하고 이제는 할 수 없이 배성일전에 단병접전으로 돌관할 방침을 작정하였더라.

하루는 어미 추월이가 향운개를 대하여 말하기를,

"너는 그전부터 기생노릇하기를 싫어하기에 오늘부터는 기생 영업을 폐지하게 되었으니 그리 알아라. 경찰서에 기생 영업 폐지신고도 다 하여놓았고 기생 조합에 이름도 빼었다."

향운개는 벌써 추월의 눈치도 짐작하였으며, 김부자의 음흉한 계략인 줄도 심량[4] 하였더라.

하루는 낯모르는 사람 수삼 인이 향운개의 집을 찾아와서 술도 먹고 노닥거리더니 그 중에 한 사람이 저희끼리 하는 말이,

"내가 서울 갔다가 작일에 내려왔는데 서울서 불쌍한 일을 보았거니."

또 한 사람이 무슨 일이냐 물은즉,

"유만이라는 진주학생이 학교의 공부도 잘하고 사람도 착실하여 사람마다 칭찬이 대단하더니, 그 아이가 일전에 괴질 같은 급병으로 죽었는데 유만이의 어미가 울고 돌아다니는 꼴은 참 불쌍하기가 이를 데 없어......"

저희들끼리 서로 주거니 받거니 하는 이야기로되 자연 향운개의 귀에도 들릴 만치 하는 말이라.

그 후 수십 일이 지난 후에 향운개는 김부자의 집으로 들어가게 되었는데, 이것은 향운개의 마음이 아니라 김부자와 향운개의 어미 추월이와 언약을 정하고, 경찰서에 대하여 향운개는 첩으로 들어가는 입가신고를 하여놓고 부지불각에 향운개를 김부자의 집으로 데려갔더라.

향운개는 아무 말 없이 김부자의 집에서 거처하게 되었는데, 향운개는 김부자더러 말하기를,

"나는 유만이를 남편으로 알았더니 유만이가 죽었다 하온즉 석 달만 유만의 복을 입을 터이니 그 동안만 참아 주시면 그 후는 영감의 말씀대로 하오리다."

하였더니, 김부자는 향운개의 소청을 의지하여 아직 몇 달은 향운개와 동침하지 아니하기로 되었는지라.

---

4) 深量 : 깊이 헤아림.

김부자의 집에서는 노소남녀 없이 향운개를 수직하기를 감옥에서 갇힌 죄인 간수하는 것과 일반이라.

김부자 집의 침모로 있는 김씨라 하는 젊은 부인이 있는데, 당년 이십오 세의 청춘과부라. 얼굴이 어여쁘지는 아니하나 위인은 단정하고 침선 범절이 능란한 계집이라, 자연 향운개가 침모더러 수작을 한다.

(향) "침모는 청춘에 과부가 되었으나 개가하지 아니하고 정절을 지키니 참 장한 일이요."

(침) "나는 남편을 얻고 싶었지마는 마음에 맞는 사나이를 아직 만나지 못하였어."

(향) "그러면 이 집 주인영감의 별당마마가 되었으면 어떠하겠소."

침모의 얼굴은 붉어지며 남부끄러워하는 기색이 나타난다.

(침) "그렇지 아니하여도 내가 이 댁에 침모로 들어온 것은 당초에 이 댁 노마나님이 주인영감의 첩을 삼아 자손을 보려고 데려온 것인데, 주인영감이 첩은 당초에 아니 둔다고 떼치는 까닭으로 첩이 되지 못하고 침모가 되었어요."

(향) "그러면 내 말대로만 꼭 하면 주인영감의 별실마마가 될 터이니 그리하여 보겠소."

(침) "어떻게 하라는 말씀이요."

향운개가 침모의 귀에다 입을 대고 무슨 말을 한참 수군수군하더니 침모는 고개를 끄떡끄떡하며 하는 말이,

(침) "그런 일은 잘할 사람이 하나 있으니 염려마시오."

그 해는 그럭저럭 다 넘어가고 그 이듬해 이월이 되었는데, 김부자는 하루바삐 향운개의 향기 나는 이불을 함께 덮고 잠을 자고 싶어서 애를 부등부등 쓰건마는, 향운개의 마음을 사기 위하여 향운개의 소청대로 지금까지 참아오던 터라. 소청한 기한도 얼마 멀지 아니하였는데, 그 달 초파일은 김부자의 부친 제삿날이라. 부잣집 제사라 굉장히 제사를 성설

하는데 집안 사람은 모두 제사 차리기에 분주하건마는, 향운개는 수일 전부터 병이 나서 제사 차리는데 조금도 내어다보지 아니하고 별당에 드러누워 한숨만 쉬고 있다. 김부자가 제사를 다 지내고 제물을 철상하려 하는 즈음에, 어떤 사람이 바깥으로부터 안마당에 썩 들어서며 김부자를 청하여, 제물을 철상하기 전에 급히 할 말씀이 있다 하거늘, 김부자가 내려다본즉 풍신 좋은 백발노인이라. 의복은 이슬밭에 쏘다니던 사람같이 휘지르고 손바닥에는 생률 친 밤 한 개와 잣 박은 대추 한 개를 가졌더라. 김부자가 괴상한 늙은이라 생각하고 묻는 말이,

(김) "누구이시며 무슨 일로 오셨소."

그 노인이 김부자더러 잠깐 이리 내려오라 하여 자세히 말을 하는데,

"내가 지금 남강가에서 오늘 제사 잡수시는 댁 부친의 혼령을 만났소. 댁 부친의 혼령이 나를 보고 하는 말이…… '우리 집이 여러 대를 내려오던 부자인데 아들 대에 와서 부자가 결딴나고 집안에 큰 화란이 장차 이르겠으니, 내가 오늘 제사라도 잘 먹지 못하고 그 앙화를 면하게 하여 주고 싶지마는, 유명이 달라 말할 수가 없으니 당신이 내 아들을 가서 보고 말씀하여 주시오. 가서 말을 하더라도 내 아들이 믿지 아니하기 쉬우니 이것을 가지고 가서 증거를 삼으시오……' 하고 이 밤 한 개와 대추 한 개를 내 손에다 얹어주신 것이니, 우선 이 밤, 대추를 가지고 제상에 진설한 제물을 살펴보시오. 부탁하신 말씀과 전후 사정은 추후로 알게 하리라."

김부자가 그 노인이 주는 밤과 대추를 가지고 제상 앞으로 올라가서 밤 접시와 대추 접시를 살펴본즉 과연 중간에 한 개씩 빼어낸 자리가 있고, 밤, 대추가 다른 밤, 대추도 아니오, 정녕히 그 접시에서 빼낸 밤, 대추라. 빼어낸 구멍으로 들여다본즉 밤, 대추 괴느라고 동그랗게 베어서 켜켜이 깔아놓은 백지종이에 무슨 글씨가 있는 듯하거늘 밤 접시를 내려다가 밤을 쏟고 그 종이를 들고 본즉 글이 있는데 하였으되,

'김가 성을 취하여 아들을 낳으면 대대 영광이 문호를 빛내리라.'

또 대추 접시를 내려다가 대추를 쏟고 종이를 본즉 거기도 글이 있는데 하였으되,

'향운개는 전생에 너와 동복이니 취하면 앙화 있으리라.'

김부자는 사물에 자상한 사람이라, 글씨를 자세히 살펴본즉 먹으로 쓴 것도 아니오, 붓으로 쓴 것도 아니오, 글자 체격도 이상하여 아무리 보아도 세상 사람의 글씨는 아닌 듯하다. 돌아서서 그 노인을 찾으니 그 노인을 벌써 간 곳이 없고 그 노인 섰던 자리에는 자기 부친 생전에 쓰던 벼룻돌이 있는데, 먹을 간 형적이 마르지 아니하였더라.

김부자는 원래 효성이 지극한 사람이라, 부친 생전에 한 번도 그 부친의 명령을 어긴 일이 없다고 자랑하던 터인데, 이번에 이러한 희한한 일을 당하여 어찌 믿지 아니하리요. 당장에 별당으로 가서 향운개를 보고 이왕에 잘못한 일을 사과하는 동시에 남매지의를 맺고, 이튿날 즉시 경찰서에 가서 신고서를 빼고 수 일 후에 향운개의 권고를 의지하여 침모를 김부자의 별실로 정하게 되었으니, 이것은 향운개가 침모 김씨의 영리한 행동과 주인의 별실 되기를 원하는 마음이 있는 것을 인하여 전후사를 꾸미고 자기 몸을 빼어감이더라.

향운개는 호랑이의 아가리를 벗어났으나, 이 다음에 다시 다른 호랑이 아가리에 또 들어갈는지 알지 못하는 근심이 있는 고로, 마음을 결정하고 멀리 일본 동경으로 건너가서 고생도 무수히 하다가 반연을 얻어 적십자사병원赤十字社病院의 간호부가 되었더라.

때는 마침 구라파에 큰 전쟁이 일어나며 덕국과 오국 두 나라가 영국, 법국, 아라사에 대하여 선전을 포고하고 싸움을 시작하니, 일본은 영국과 동맹지국이라. 일본도 역시 전쟁에 참여하여 덕국과 싸우게 되었는데, 일본의 막막강병이 청도를 에워싸고 덕국 군사와 죽기를 결단할 때에, 부상한 군사와 병든 군사를 구호하기 위하여 적십자사 병원이 청도

공위군青島攻圍軍 있는 땅에 설시되며, 간호부도 많이 가게 되었는데, 향운개도 역시 자원하여 전지에 향하였도다.

강씨 부인이 그 아들 유만이를 교육하기 위하여 비상한 곤란을 무릅쓰고 천하고 힘드는 일을 모두 하여가며 학비를 대어준 공덕이 적지 아니하여 학교를 우등으로 졸업하였으나, 그 학교 졸업하기 전에 강씨 부인이 병이 들어 수 삭을 꼼짝 못하는 동안에 학비를 댈 수가 없는 고로 학교 교장이 그 사정을 짐작하고, 또 유만의 위인이 똑똑하고 근실함을 가상히 여기던 터에 유만이 졸업기한도 얼마 남지 아니하였으므로 학교에 드는 비용은 자기가 대어주기로 하고, 식사와 의복은 교장의 친구 이등대좌에게 의탁하게 되었는데, 이등대좌가 유만이를 자기 집에 두고 지내본즉 마음에 대단히 합당하여 학교를 졸업한 뒤에 동경으로 보내어 공부를 시킬 작정이었으나, 유만이가 그 혼자 사는 모친을 멀리 떠나지 못하겠다는 사정을 인연하여 졸업한 뒤에도 아직 자기 집에 두었더니, 유만이가 낮에는 이등대좌의 집에 있어 심부름도 근실히 하고 집안일도 보살펴주며, 밤이면 야학을 근실히 하여 청국말을 배웠더라.

그 후에 이등대좌는 동경 참모본부로 이적이 되었다가 청도공위군의 사령관이 되었는데, 유만이가 청국말을 능란히 하게 됨을 생각하고 불러들여 통변으로 데리고 함께 전지로 가서, 유만이는 항상 사령부 안에 있어서 청국 사람과 관계되는 일에 대하여는 혼자 통변하는 노무를 가지게 되었더라.

그때 향운개는 적십자사 병원에서 모든 간호부보다 출중하게 간호사무를 보는데, 이왕 사오 년 동안을 동경에서 있었던 고로 언어, 행동이 조금도 내지 여자와 다름이 없고 이름조차 내지인의 성명과 같이 부르게 되었으니, 글자로 쓰면 '향운개자香雲介子'라 쓰고, 다른 사람들이 부르기는 '가구모상(香雲樣)', 혹은 '오스께상(御介樣)'이라 부르더라.

수만 명 군대 중에 향운개자의 이름이 사람의 입으로 오르내리니, 첫째는 얼굴이 절묘하여 절대미인이라 하는 말이오, 둘째는 향운개자가 사무에 능란하고 기운차게 일을 잘하며 부상한 병정을 간호하는 데 제일 친절하다는 말이라. 병든 군사가 한 번만 향운개자의 간호함을 받으면 병이 곧 나은 듯하고, 총 맞은 상처에도 향운개자의 손을 대면 아프지 아니한 듯하므로 향운개자의 손으로 여러 천 명 군사를 살려낸 터이라.

청도 함락은 금일 명일 하는데 덕국 군사는 독 안에 든 쥐와 같이 철통같이 에워싸인 중에도 대포를 놓는다, 총을 놓는다, 비행기를 타고 공중에 올라가서 폭발탄을 던진다 하여 마음 놓을 수는 없는 터이라. 하루는 밤중에 별안간 벽력소리가 나면서 사령부 근처에 폭발탄이 떨어져 여러 사람이 중상하렸다 하더니, 상한 사람을 병원으로 메어온다. 메어온 사람 중에 조선사람 하나가 있으니 성은 최가요 이름은 유만이라. 향운개자는 분주불가하여 정신없이 돌아다니며 치료에 종사하다가 조선사람이라 하는 말을 듣고 더욱 반가워서 정성껏 간호하다가 성명 쓴 종이를 본즉 최유만이라 하였거늘, 얼굴빛이 파래지며 일신이 떨리고 정신이 아득하여 그 자리에 엎드러졌다. 최유만이는 죽었는지 살았는지 기색[5]하여 아직 피어나지 못한 사람이라. 향운개자는 한참 지난 후에 정신을 차려 일어나서 최유만의 얼굴을 들여다본즉 이별한 후 근 십 년이 되었는 고로 진가를 알 수 없으나, 비슷하다 하는 관념은 가슴 속에 품어 있어 극진 정성으로 간호하더라.

공진회 구경 마당에서 외따로 떨어진 나무 그늘 밑에 다수한 사람들이 모여 서서,
"참 반갑구나, 이 문둥아. 그 동안 어디 갔던고."
하고 떠드는 사람들은 진주에서 올라온 늙은 기생 젊은 기생들이오, 그 인사를 받는 사람은 향운개와 강씨 부인과 최유만이라.

---

5) 氣塞 : 정신적, 육체적 충격으로 인해 기운이 막히는 병.

인력거꾼

해는 거의 서산에 넘어가고 겨울바람은 냉랭하여 남의 집 행랑채에 세로 들어, 하루 벌어 하루 먹는 노동자의 여편네가 쌀은 없고 나무 없어 구구한 살림살이 애만 부등부등 쓰는 이때에, 새문 밖 냉동 좁은 골목 막다른집 행랑채 한 간 방에 턱을 고이고 수심 중에 앉아서 혼잣말로 한탄하는 여편네가 있으니, 그 남편은 병문[6] 친구들이 부르기를 김서방이라하고, 김서방은 본시 양반의 자식으로 가세가 타락하여 할 수 없이 남의 집 행랑채를 얻어들고 병문에 나가서 지게벌이도 하며, 남의 심부름도하여, 하루 벌어다가 겨우 연명하는 터인데, 김서방의 위인이 술을 좋아하여 하루라도 술을 못 먹으면 병이 되는 듯하다. 술만 먹으면 한두 잔은 평생 먹어본 일이 없고 소불하[7] 수십 잔이나 먹어야 겨우 갈증이나 면하는 모양이라. 그러하므로 매일 장취 술만 먹고 살림은 돌아보지 아니하는도다. 사나이가 살림을 돌보아주지 아니하면 그 여편네는 물을 것 없이 고생하는 법이라. 김서방의 아내는 일구월심 속이 타고 마음이 상하여 하루 몇 번 죽을 마음도 먹어보았으며, 도망하여 다른 서방을 얻어 살 생각도 하여보았지마는, 오늘 이때까지 있는 것은 그 본심이 상스럽지

---

6) 屛門 : 골목 어귀의 길가.
7) 小不下 : 적어도.

아니하고 얼마쯤 장래의 희망을 가지고 있는 터이라. 이날도 김서방의 아내는 쓸쓸한 방안에 혼자 앉아서 배가 고파도 밥 지을 양식이 없고, 방이 추워도 불 땔 나무가 없이 바느질만 종일 하다가 이따금 두 손을 입에 대고 호호 불며 발가락을 꼼작꼼작 꼼작이며 한숨만 쉬고 들창에 비치는 햇빛만 바라보더니 혼잣말로,

"애고, 벌써 해가 다 갔네. 저녁밥을 어떻게 하나……. 오늘은 얼마나 술을 자시기에 이때껏 아니 들어오시노……."

이때에 문을 박차고 들어오는 사람은 김서방이라. 날마다 보는 모양이라, 대단히 취한 술냄새와 방문턱을 못 넘어서고 드러눕는 그 거동을 그 여편네는 별로 이상히도 생각지 아니하고 하는 말이,

"그런데 쌀도 조금 아니 팔아 가지고 들어왔으니 저녁은 어떻게 하라오."

"아, 쌀이 조금도 없나, 응. 나는 밥 생각이 없어."

그 여편네는 아무 말 없이 돌아앉아서 눈물이 그렁그렁. 김서방의 아내는 얼굴이 동그스름하고 이목이 청수한 중에 과히 어여쁘지는 못하나, 성품이 순직하고 태도가 안존하여 아무가 보아도 밉지 아니하다. 스물두 살이나 세 살쯤 되었는데, 모양은 조금도 내지 아니하고 생긴 본바탕대로 그대로 있어 어디인지 귀인貴人 성스러운 자태가 드러난다.

김서방은 술기운에 걱정 없이 드러누워 씩— 씩— 잠을 자는데, 그 아내는 혼자 앉아서 등불만 보고 정신없이 무슨 생각을 하고 이따금 한숨도 쉬며 세상이 귀찮게 생각하는 모양이라. '제길할 것, 내버리고 달아나서 좋은 남편 만나 가지고 살아볼까. 어디 가기로 이렇게야 고생할라구. 아니 아니, 그렇지도 못하지. 귀밑머리 맞풀고 만난 남편을 어떻게 내버리고 어디를 가나……. 고생을 하면서도 잘 공경하고 살아가면 자기도 지각이 날 때가 있겠지. 종시 이러하거던 죽어버리지.'

저녁밥도 못 먹고 곤한 몸이 밤 깊도록 앉아서 한숨으로 그 밤을 보내

다가 드러누워 잠을 자려 한즉, 이런 생각 저런 생각, 눈이 더욱 말똥말똥, 잠커녕 아무것도 아니 온다. 불도 끄지 아니하고 혼자 고생고생 할 때에 씩씩거리고 잠을 자던 그 남편이 벌떡 일어앉으며,

"아이고 목말라라. 물 좀 주어, 물 좀."

추위가 이를 데 없는 그 밤에 문을 열고 나가서 물을 떠다주니 꿀떡꿀떡 한 대접 물을 다 먹고 한참 드러누웠더니 하는 말이,

"여보게, 자네 저녁밥 먹었나."

그 아내는 아무 대답도 아니하고 고개를 푹 숙이고 눈물만 그렁그렁하다.

"응, 못 먹은 것이로고. 아, 내가 잘못하였지. 그놈의 술집, 그놈의 술집이 원수야."

이때에 그 아내가 무엇을 감동하였는지 정색하고 돌아앉아 그 남편을 보고 하는 말이,

"여보시오. 술집이 무슨 원수요. 당신이 오늘 나와 약조를 합시다. 우리가 일생을 이대로 지낸단 말이오. 평생을 이렇게 가난하게만 고생으로 살 것 같으면 차라리 지금 죽어버립시다. 당신도 사람이오 나도 사람이지. 아까 집주인이 방 내놓고 어디로 나가라고 사설하던 일과, 일수 놓는 오생원이 돈 내라고 구박하던 일과, 쌀가게 외상 쌀값 스무 냥 내라고 욕설하던 일을 생각하면 저녁거리가 있은들 밥이 어찌 목구멍으로 넘어간단 말이오. 당신이 내 말을 들으시지 못할 것 같으면 나는 오늘밤이나 내일 아침에 자결하여 죽겠소."

말을 그치고 앉았는 모양이 엄숙하고 무섭도다. 김서방은 아내의 정당한 말에 할말이 없어서 일어앉아서 팔짱을 끼고 고개를 숙이고 잠잠히 있는데 그 아내는 다시 말하기를,

"우리 집안이 그전에는 그렇지 아니하던 집으로 오늘날은 떨어져서 이 지경이 되었으니 어떻게 하든지 돈을 모아 집을 성가하여 남부럽지 아니

하게 살아보아야 할 것 아니오. 또 삼촌이 잘 살면서 자기 조카를 구박하여 죽이려 하고, 나중에는 내어쫓은 일을 생각하면 우리가 이를 갈고 천하고 힘드는 일이라도 아무쪼록 벌이하여 돈을 모아 분풀이를 하여야 할 것 아니오니까. 그까진 술 좀 아니 자시면 어떠하오. 내가 무슨 저녁밥을 좀 못 먹어서 분하겠소……."

말을 다하지 못하여 목이 메어 눈에는 눈물이 핑 돈다. 한참 동안을 두 내외가 아무 말도 없이 앉았더니, 김서방이 천치스럽게 하는 말이,

"자네 말을 들으면 그러한데, 아 — 술집 앞으로 지나면 술 냄새가 자꾸 나를 잡아당기는 것을 어떻게 하여."

그 아내가 이 말을 듣더니 눈물은 어디 가고 빙긋 웃는다.

"여보, 당신이 집안일을 생각하면 술냄새가 비상 냄새 같을 것이오. 시아버님이 안주를 과히 잡수시다가 끝에는 술 취하여 깊은 개천에 떨어져서 골병들어 돌아가시고, 요부하던 재산이 다 술로 하여 없어졌으니, 술이 당신에게는 비상이오. 그러한즉 여보, 내가 아까 당신과 약조합시다 한 것은 당신이 삼 년 동안만 술을 끊고 부지런히 벌이하여 봅시다 하는 말이오. 세상에 술 아니 먹고 부지런하면 못할 이치가 어디 있겠소. 당신이 만일 못하겠다 하면 나는 죽을라오."

김서방이 머리를 득득 긁더니 손톱에 끼인 시커먼 머리때를 엄지손톱으로 바람벽에다가 탁탁 튀기면서,

"어디 그렇게 하여볼까. 그래, 술 아니 먹으면 부자 될까."

아내가 허허 웃으며,

"술 아니 먹는다구 부자 될 리가 있겠소. 술을 끊고도 부지런하여야지. 자 —, 그러면 밝는 날에는 인력거 한 채 세 내가지고 인력거를 끌어서 하루 스무 냥을 벌든지 쉰 냥을 벌든지 나한테만 맡기시오. 나도 바느질도 하고 남의 집일도 하여 다만 한 푼씩이라도 돈을 모으고 살 터이니."

김서방이 가만히 생각하더니 별안간 하는 말이,

"그러세. 제—길, 술 먹으면 개자식일세."

(이 책을 기록하는 이 사람이 김서방 부인에게 감사할 말 한마디가 있도다. 이 책 보는 세상의 모든 군자들이여, 김서방 부인의 '술 끊고도 부지런하여야지' 하는 말 한 구절을 기억할지어다. 이것이 치부의 비결致富之秘訣인가 하노라.)

김서방 내외의 의론이 일치하여 장래에 부자 되고 잘 살 이야기로 그럭저럭 밤을 새우고 날이 밝으매 그 아내가 머리에 꽂은 귀이개를 빼어 가지고 전당포에 가서 돈푼이나 얻어 가지고 구멍가게에서 파는 쌀 서너 웅큼을 팔아다가 부엌 구석의 검불을 닥닥 긁어 밥을 지어먹은 후에 김서방은 인력거 세 얻으러 나간다. 술집 앞을 지나면 억지로 고개를 외로 두고 술집을 아니 보려 하지마는 고개만 외로 두었지 눈은 저절로 술집으로 간다. 이때에 어떠한 사람이 술집에서

"한 잔 더 부오."

하는 소리가 나며 술냄새가 김서방의 코를 찌르니 김서방이 깜짝 놀라며, 두 손을 코를 싸쥐고 달음박질하면서 하는 말이,

"아이고, 비상냄새야."

종일 헤매다가 해질머리에야 겨우 인력거 한 채를 세 얻어 가지고 돌아오니, 그 아내는 벌써 저녁밥을 지어놓고 기다리거늘, 두 내외가 저녁밥을 먹은 후에 지난밤에 조금도 잠을 자지 못한 까닭으로 졸음이 와서 못 견디어 어둡기 전부터 잠을 잔다. 김서방이 하는 말이,

"여보게, 나는 늦도록 잠자기 쉬우니 내일 새벽에 어둑한 때에 나를 깨우게. 종현 뾰죽집의 종 칠 때에 곧 깨우게. 새벽부터 일찍이 나가서 벌어야지."

그 여편네는 그 남편이 술을 끊고 이렇게 부지런한 마음이 생긴 것만 좋아서 그리하마 하고 허락하고, 두 내외가 전보다 유별하게 정 있게 드러누워 장래에 부자 될 꿈이나 꾸었는지.

종현 뾰죽집 종소리가 새문 밖 김서방의 마누라의 꿈을 깨워 잠든 귀를 떵떵 울리니, 김서방의 아내가 잠결에 깜짝 놀라 일어앉아 불을 켜고 그 남편을 깨운다.

"여보, 일어나오. 지금 종쳤소. 창이 훤하게 밝았나 보오. 예―, 어서 일어나오."

곤하게 잠을 자던 김서방이 벌떡 일어나며 혼잣말로 하는 말이,

"잠든 지가 얼마 아니 되는 듯한데 벌써 밤이 새었나. 아이고, 졸리어."

그 아내가 물을 데워서 찬밥과 함께 소반을 받쳐다가 김서방의 앞에 놓으니 물만 조금 마시고 수건으로 귀를 싸매고 인력거를 끌고 나간다.

설상에 부는 바람은 몸이 떠나갈 것 같고 노변에 깔린 얼음은 발목이 빠질 듯하다. 추위가 하도 지독하고 바람이 하도 몹시 불어 지나다니는 사람 하나도 없고 천지가 쓸쓸한데, 김서방은 인력거 채를 가슴 위에 얹고 큰 거리에 나가서 인력거 주거장에 인력거를 놓고 두루마기로 몸을 싸고 앉았으니 밤은 밝지 아니하고 점점 더 어두워간다. 김서방은 혼자 말로 중얼거린다.

"일기가 하도 지독히 추워서 지나다니는 사람이 없으니까 다른 동무들은 그저들 아니 나오나. 이것이 웬일인고. 아무리 보아도 새벽 같지 아니하고 초저녁 같으니 웬일인고. 인력거 탈 손님은 오든지 말든지 밤이나 어서 밝아야 할 터인데. 천지가 종용한데 나 혼자 여기서 이게 무슨 청승인가. 내가 도깨비한테 홀리었나. 종쳤다고 한지가 벌써 두 시간이나 지내었을 요량인데, 여태 밝지 아니하니 아마도 마누라가 다른 소리를 종치는 소리로 알고 깨운 것이나 아닌가. 이 제―밀, 졸리기는 퍽도 졸리네. 눈을 들 수가 없이 졸리네, 어찌한 셈이야. 내가 아무리 하여도 무엇에게 홀린 것이로고……. 이렇게 졸린 것 보았나, 여기서 잠을 잤다가는 강시할걸……. 눈을 집어서 얼굴을 씻으면 잠이 달아나겠지."

이렇게 혼자 구성구성하면서 그 옆의 언덕 위로 올라가서 길가로 쌓인

눈을 한 주먹 집어서 얼굴을 씻으려 하더니 무엇에 놀랐는지 깜짝 놀라며 머리끝이 쭈뼛하여진다.

이때 그 아내는 남편이 나간 후로, 저렇게 바람이 불고 저렇게 추운데 남편을 내어보내고 마음이 미안하여 잠도 아니 자고 앉았는데, 오래지 아니하여 밝으려니 하고 밝기만 기다리되 도무지 아니 밝는도다. 가만히 생각한즉 잠든 지가 얼마 아니 되었는데 뾰죽집의 종소리는 정녕히 들었는지라, 초저녁 일곱 시 반에 치는 종소리를 잠결에 듣고 새벽인 줄 알고 그 남편을 깨워 보내었도다. 다른 날 같으면 초저녁 이때 즈음에 사람들이 많이 지나다닐 터이지마는, 이날은 풍세가 대단하고 추위가 지독하여 길에 다니는 사람이 하나도 없다. 그 아내는 자기 남편을 잠도 못 자게 공연히 깨워 보내서 추운데 떨고 있을 생각을 하고 더욱 마음에 미안하여 도로 들어오기만 기다린다.

별안간 문을 두드리는 소리가 야단스럽게 나면서 무엇에게 쫓겨오는 사람같이 문 열라는 소리가 연거푸 숨차게 난다. 나가서 문을 열어주니 김서방이 인력거는 문 앞에 내던지고 뛰어 들어와 신발도 벗지 아니하고 방으로 들어가서 헐레벌떡거리며 숨이 차서 말도 못하거늘, 그 아내는 눈이 휘둥그래서,

(처) "아, 이게 웬일이오. 글쎄 왜 이리하오."

(김) "여보게, 문 열 때에 내 뒤에 아무도 쫓아오지 아니하던가."

(처) "쫓아오기는 누가 쫓아와요."

(김) "아이고 숨차. 정녕히 아무도 아니 쫓아오던가."

(처) "쫓아오는 사람 없어요."

(김) "누가 내 뒤를 쫓아오는 듯하던데."

(처) "아 —, 그래서 이렇게 야단이요. 신발이나 좀 벗으시오."

(김) "아니여, 이것 보아. 내가 하도 졸리기에 길 옆에 쌓인 눈을 집어서 얼굴을 씻으려 한즉 눈 속에서 이것이 집혀서 깜짝 놀랐어."

(처) "그것이 무엇이요."

(김) "문 단단히 잠갔나. 누구 들어오리. 인제는 우리 부자 되었네."

(처) "글세, 문은 단단히 걸었소. 그것이 무엇이라는 말이요."

(김) "이것이 지전뭉치여. 얼마나 되는가 좀 세어 보아야."

이상스러운 색보자기에 똘똘 뭉쳐 싸고 또 그 속에는 신문지로 한 겹을 쌌는데, 십 원짜리, 오 원짜리, 일 원짜리 지전과 오십 전, 이십 전, 은전이라. 김서방이 지폐를 들고 세어보려 하나 손이 떨려서 세지를 못하고 지폐를 들고 성주대⁸를 내리는 모양이라. 그 아내가 물끄러미 보고 있다가,

"이리 주시오. 내가 세리다."

하고 십 원 지폐 이백 장, 오 원 지폐 삼백 장, 일원 지폐 오백 장, 은전 삼십이 원 오십 전, 모두 사천삼십이 원 오십 전이요.

김서방이 사천 원을 당오풀이⁹로 풀어보더니,

"이십만 냥일세 그랴. 단 만 냥 하나를 손에 만져보지 못하였는데 이십만 냥, 참 엄청나다. 여보게 마누라, 이것 가졌으면 자네도 고운 옷 좀 하여 입고 나도 술 좀 먹고 그리하고도 넉넉히 살겠지."

그 아내가 한참 생각하고 아무 말도 없다가 그 남편의 얼굴을 물끄러미 보더니 하는 말이,

(처) "여보, 그 돈을 그대로 쓰시려오. 이 돈을 잃어버린 사람은 오죽 원통하여 하겠소."

(김) "별 제—밀 붙을 소리를 다 하네. 내 복으로 내가 얻은 돈인데 그럼

---

8) 집 지키는 신인 성주를 모시는 간단한 제단. 여기서는 인력거꾼이 지전뭉치를 아주 귀하고 조심스럽게 다룸을 나타내기 위해 쓰인 표현이다.

9) 당오전當五錢은 고종 20년(1883)부터 32년(1895)까지 사용된 화폐로, 구리로 만들었으며 법정 가치는 상평통보의 5배로 하였다. 강화도 조약 이후 국가 재정이 위기에 처했을 무렵, 고종 19년 임오군란으로 일본에 50만 원의 배상을 하게 되자 민간 경제의 파탄은 날로 조정을 위협, 특히 전화錢貨의 혼란이 막심했으므로, 홍순목의 건의로 당오전을 주조하게 되었다. 당오풀이란 당오전의 값어치가 떨어져서 엽전 한 냥과 당오전 닷 냥을 같은 값으로 셈하던 당오평當五枰을 뜻한다.

아니 쓰고 무엇하여."

그 아내가 감히 남편의 말을 항거하지는 못하고 한참 동안을 잠잠히 앉았더니,

"여보, 저 지난밤에도 한숨 못 자고, 오늘밤에도 잠을 못 자서 졸리어 죽겠으니, 이 돈은 내가 맡기고 편히 잡시다. 자, 어서 잡시다."

이틀 밤이나 잠을 못 자서 곤한 김서방이 꿈결같이 지전뭉치를 얻어서 어찌 좋은지 잠잘 생각도 없지마는, 그 돈을 아내에게 맡기고 이불을 쓰고 드러누워 눈을 감고 내일부터 돈 쓸 생각에 그 밤을 다 보내고 다 밝기에 잠을 들어 오정 때까지나 정신 모르고 잠을 자다가, 이웃집 어린아이들 장난하다가 싸우고 우는 소리에 깜짝 놀라 잠을 깨어 벌떡 일어나서, 세수도 아니하고 곰방대에 담배 담아 왜성냥에 피워 물고 그 근처에 사는 친구들을 경사나 있는 듯이 청하여 가지고 술집으로 들어가서 모두 술을 먹이고 저도 취하도록 먹을 때에, 술집 주인이 술값이나 못 받을까 염려하여 술을 잘 아니 주려고 한즉 김서방의 하는 말이

"구차한 사람은 일상 구차한 줄 아는가. 이따 우리 집으로 오면 전후 술값 다 셈하여 줄 터이니 걱정말고 술을 부르라니."

곰방대 든 왼손으로 바른팔의 토시를 어깨까지 치키면서 고성대담으로 의기양양하여 예전 모양과 딴판이라. 눈이 게슴츠레하여 하늘인지 땅인지 분별하지 못하도록 잔뜩 취케 먹은 후에 길을 휩쓸고, 갈지자걸음이라더니, 이것은 강남 갈지자걸음으로 간신히 집에 와서 방에도 미처 못 들어가고 문지방에 걸쳐 누워 정신없이 잠들었다.

그 아내가 간신히 끌어다가 아랫목에 뉘었더니 해가 저물어도 깨지 아니하고 밤이 깊어도 깨지 아니하고, 그 이튿날 늦은 아침때 비로소 일어나서 얼굴 씻고 밥을 먹고 가만히 생각하니 어제 일이 맹랑하다. 돈 얻은 일과 술 먹은 일만 생각이 나고 그 외에는 며칠이나 잠을 잤는지, 술 먹고 어떻게 집으로 돌아왔는지, 전연히 알 수 없도다. 그 아내더러 묻는

말이,

"여보게, 내가 며칠이나 잠을 잤나. 어떻게 잠을 잤는지 정신이 하나 없네."

그 아내가 하는 말이,

"인력거 세 얻어오던 날 해지기 전부터 잠자기 시작하여 어젯날 점심 때에 일어나서, 술 먹으면 개자식이라는 맹세는 어찌하였는지 일어나는 길로 세수도 아니하고 바로 나가서 술을 얼마나 자셨기에 그렇게 취하여 들어오셨소. 지금이야 일어났으니 잠도 무던히 잤지마는 어저께는 어찌하여 외상술을 그렇게 많이 자셨소. 어저께는 술값이 일백팔십 냥이라고 술집주인이 와서, 집에 돈이 있으니 전후 술값을 다 셈하여 주마하였다고, 왜 돈 두고 아니 주느냐고 사설하고 갔소. 무슨 돈이 집에 있다고 술값 받으러 오라고 하였습더니까. 집에 돈을 두었는지 어쨌는지 나는 알 수 없으니 술 깨거든 와서 받아가라 하여 보내었소. 필연코 조금 있다가 또 올 것이오."

김서방의 하는 말이,

"왜 그 돈 어찌하였나. 그 속에서 내어주지 그랴."

그 아내가 새삼스러이 하는 말이,

"그 돈이 무슨 돈이오. 어느 때에 나를 주었소."

김서방이 의아하여 말하기를,

"길에서 얻은 지전뭉치, 왜 자네가 그때 세어보지 아니하였나. 그래서 사천삼십이 원 오십 전, 당오풀로 이십만 냥 자네에게 맡기고 자지 아니하였나 왜."

"아, 당신이 꿈을 꾸었소. 언제 어느 때에 지전뭉치를 얻어 가지고 왔소. 나는 지전커녕 종이 조각도 못 보았소. 잠을 그만치나 잤으니까 꿈도 많이 꾸었겠지."

김서방이 이 말을 듣더니 하도 기가 막히어 말 한 모금 못하고 잠잠히 앉았더라. 그 아내도 아무 말 없이 앉았더라.

한참 동안을 두 내외가 아무 말 없이 앉았더니 김서방이 입맛을 다시면서 묻는 말이,

"그래, 돈 얻은 것은 꿈이고 친구 데리고 술 먹은 것은 생시라는 말인가. 꿈에 돈 얻어 가지고 생시에 외상술을 먹었으니 술값을 어떻게 하나. 응, 입맛 쓰다."

어느 사람이든지 게으른 사람은 못 살고 부지런한 사람은 잘 사느니, 벌기는 적게 하고 쓰기는 많이 하여 술 먹고 노는 사람 평생이 간구[10]하고 부지런히 벌이하여 적게 쓰고 많이 모아, 다만 한푼이라도 돈을 모아 두는 사람은 아무리 하더라도 굶든 아니하는지라.

새문 밖 김서방도 일하기 싫고 술 먹기 좋아하여 자나깨나 생각하기를, 저절로 돈이 생기어 술이나 매일 장취 먹었으면 이 위에 더할 낙이 없을 터인데 저절로 돈 생길 도리가 어디 있으리요. 어느 부처님이 지나다가 지전뭉치나 길에 빠뜨려서 다른 사람 보기 전에 내가 먼저 얼른 집어 한 구석에 감추어두고 남모르게 꺼내어 쓰면 술 먹고 싶은 때에 술 먹고 옷 해입을 때에 옷하여 입고 마음대로 하였으면 좋겠다고 항상 생각하던 차에, 꿈인지 생시인지 이십만 냥 돈을 얻어 좋아라고 하였더니, 술 먹은 것은 적실하고 돈 얻은 것은 꿈이 되어 좋은 일이 허사로다. 가만히 생각한즉 하도 맹랑하고 하도 어이없어 목침 베고 드러누으니 일신이 찌쁘드듯하다.

이리하여서는 아니 되겠다고 그 날부터 부지런히 인력거 벌이할 새, 새벽에 나가서 저녁까지 술도 아니 먹고 용돈 과히 아니 쓰고 한 냥을 벌든지 열 냥을 벌든지 집으로 가지고 가서 마누라에게 맡겨두고, 밥을 조

---

10) 艱苟 : 가난하고 구차함.

금 많이 담아도 쌀 많이 없어진다고 말을 하며, 반찬을 조금 잘하여 놓아도 용돈 과히 쓴다고 잔말을 하여 아무쪼록 적게 쓰고 아무쪼록 많이 모으려 하며, 벌이를 할 때에도 동리사람에게 신실하게 보이고 동무에게 밉지 아니케 굴어 다른 인력거꾼은 열 냥 받고 다니는 데를 김서방은 일곱 냥이나 여덟 냥을 받고 다니며 힘을 들여 인력거를 끄니, 동리 양반들이 인력거를 탈 일이 있으면 김서방을 부르고, 심부름을 시킬 일이 있더라도 김서방을 찾아서 그 신실하고 튼튼한 것을 어여삐 보아 삯전도 많이 주고 행하도 후히 하여, 일 년 지나 빚 다 벗고 이태 지나 인력거 사고 삼 년 지나 돈 모았다. 김서방이 이렇게 부지런히 벌이하고 열심히 돈을 모으려 하고 신실하게 일을 하려고 할 때에, 그 아내도 또한 바느질하며 남의 집 일도 하여 밥도 더러 얻어다가 끼니를 에우고, 반찬도 더러 얻어다가 남편을 공대할 새 그럭저럭 삼사 년이 지내었더라.

섣달 그믐께는 새해를 맞으려고 사람마다 분주하여 빚 받으러 다니는 사람도 있고, 빚에 쫓겨 피신하는 사람도 있고, 세찬에 봉물에 오락가락 세상이 번화한데, 어떠한 집에는 흰떡하고 인절미하고 차례 차리느라고 야단법석하며 어떠한 집에는 아이들 설빔 하나 못해 주고 돈이 없어 쩔쩔매는 집도 있도다.

김서방도 이삼 년 전에는 섣달 그믐을 당하면 술값이니 쌀값이니 일수, 월수 돈에 몰려 쫓겨다니느라고 과세도 변변히 잘못하더니, 금년부터는 형세가 늘어서 집안이 넉넉하여 빚 한푼 갚을 것 없고, 쌀 한 되 취한 데 없다. 김서방이 동리 양반에게 세찬 행하를 많이 얻어가지고 집으로 들어가니, 그 아내는 과세하려고 흰떡을 하며 만두를 하며 혼잣몸이 분주한지라, 방으로 들어가서 심심히 앉았다가 장롱을 열고 보니 어느 틈에 벌써 두 내외 입을 설빔 의복을 다 하여놓았더라. 김서방의 입이 떡 벌어져서 혼자 빙긋 웃고 마음에 좋아라고 잠깐 앉았다가 다시 일어서서 바깥으로 나와서 그 아내의 하는 일을 거두쳐 주며 이야기하는 말이,

"여보게 마누라, 이번 설에는 마음이 참 좋아. 재작년 설만 하여도 우리가 빚에 쫓기어 고생을 좀 많이 하였나. 술집 늙은이가 술값 받으러 왔을 때에 돈은 없고 할 수 없어 내가 이불 개어놓은 뒤에 가서 자네 행주치마를 쓰고 숨었더니, 술집 늙은이가 자네더러 옥신각신 말하다가 나 숨은 데를 의심하였던지 늙은이가 하는 말이…… '애고 이상하여라. 저 이불 위의 행주치마가 왜 꿈지럭꿈지럭하여……' 하는 소리에 떠들어볼까 하여 가슴이 두근두근하였네. 그때 만일 그 늙은이가 떠들어보았으면 내 모양이 어찌될 뻔하였어. 지금 생각하여도 우습고 기가 막히지, 하하하."

일을 다한 후에 저녁밥을 차려 가지고 방으로 들어가서 재미있게 먹은 후에 그 아내가 하는 말이,

"우리가 삼 년 전보다는 형세가 늘어서 굶지 아니하고 넉넉하게 살며 명절을 재미있게 잘 세는 것은 당신이 술을 끊고 부지런히 벌이한 까닭인데, 그 동안에 백사를 절용하여, 쓸 것을 아니 쓰고 돈을 모아 지금은 어지간히 많이 모였소. 얼마나 되는지 시원하게 세어보시려오."

김서방도 본래 자세히 알지 못하여 궁금하던 터이라, 속마음으로 인력거나 두어 채 사서 다른 사람에게 세로 줄만한 돈이나 모였는가 생각하고 기꺼이 대답한다.

"그것 참 좋은 말일세. 아마 돈천이나 모였겠지. 당오 만 냥만 되어도 걱정 없겠는데."

그 아내가 벌떡 일어서서 장롱 안에서 무슨 뭉치를 두 손으로 무겁게 들고 꺼내어다가 김서방의 앞에 놓으며 하는 말이,

"이것을 세어보니까 모두 사천삼백 원이니 당오풀이로 이십일만 오천 냥입디다."

김서방이 깜짝 놀라며,

"웬 돈이 이렇게 많이 모였나."

그 아내는 온순한 태도로 조용히 말하되,

"오늘은 내 죄를 용서하여 주시오. 내가 남편에게 죄를 많이 지었소. 당초에 당신이 인력거를 끌고 나가서 지전뭉치를 얻어가지고 들어오셔서 그 이튿날 벌이할 생각은 아니하고 그 전날 밤에 약조한 말과 맹세한 말은 모두 잊어버리고 술 자시기를 시작하시기에, 하릴없이 당신을 속이고 당신 술취한 것을 이용하여 꿈으로 돌려보내고 그 지전뭉치를 경찰서로 가지고 가서 모든 사정 말을 하고 임자를 찾아주라 하였더니, 경찰서에서 광고를 붙이고 지전 잃은 사람을 사면으로 찾으나 돈 임자가 나서지 아니하는 고로 수 일 전에 나를 부르기에 내가 경찰서에 갔더니, 경찰서장이 그 지전뭉치를 내어주며 이 돈은 삼 년이 지내어도 임자가 나서지 아니한즉 네게로 내어 주노니, 그것 가지고 잘 살아라 하옵기 대단히 놀랍고 고마워서 가지고 나왔으나, 그 동안 삼 년이나 당신을 속인 일이 여편네 된 도리에 대단히 죄송하오니 용서하시오. 경찰서에서 내어주신 돈이 사천삼십이 원 오십 전이오 그 나머지는 그 동안 우리가 모은 돈이오."

김서방은 그 아내의 말만 듣고 잠잠히 앉았더니 별안간 하는 말이,

"아니여, 이것이 또 꿈이로군. 내가 또 지금 꿈을 꾸는 것이야."

그 아내는 김서방의 하는 말이 한편으로는 딱하기도 하고, 한편으로는 또 김서방이 돈 많은 것을 보고 도로 예전 마음이 생기어 술이나 먹고 게을러질까 염려하여 엄연한 태도로 말을 한다.

"아니오, 꿈도 아니고 정말인데, 인제는 이것 가졌으면 전답 사고 추수하여 존절히[11] 쓰고 먹으면 구차치 아니하게 살터이니 우리가 더욱 마음을 굳게 먹고 규모를 부려가며 잘 사십시다."

김서방은 한참 동안이나 말이 없더니 눈에 눈물이 핑 돌면서 하는 말이,

---

11) 쏨쏨이를 절약함.

"내가 오늘 이러한 기쁘고 좋은 말하게 된 것은 모두 자네 덕일세. 마누라가 그때에 그렇게 아니 하였더면 나는 그 돈을 다 썼을 터이오. 구차한 놈이 별안간 돈 잘 쓰는 것을 경찰서에서 가만히 있을 리가 있는가. 징역은 갈 데 없이 하였을 것이오. 또 오늘 이렇게 돈이 남을 수가 있었겠는가. 자―, 나는 부자 되었다고 마음 놓을 수는 없으니, 돈은 다 자네가 가지고 논도 사고 땅도 사게. 나는 인력거벌이는 내어버리지 못하겠네……."

김서방은 인력거를 끌고 병문으로 나아간다.

공진회를 개최한다는 소문이 있더니, 서울서 공진회 협찬회가 조직이 되었는데, 공진회는 총독정치를 시행한 지 다섯 해 된 기념으로 하는 것이라 하는 말을 김서방의 내외가 들었던지, 경찰서에서 돈을 내어준 것을 항상 고마워하고 총독정치의 공명함을 평생 감사하게 여기던 터이라, 공진회 협찬회에 대하여 돈 이백 원을 무명씨로 기부한 사람이 있는데, 이 무명씨가 아마 김서방인 듯하다더라.

시골 노인 이야기

벼루에 먹을 갈고 한 손에 붓대를 잡고 또 한 손에는 권연초에 불을 달여 입에다 대었다 떼었다 하는 동안에 입으로 권연초 연기만 후— 후— 내불고 앉았는데, 생각이 아니 난다 붓방아만 찧고 있다가 권연초는 재떨이에 내던지고 붓은 책상 위에 내던지고 벌떡 일어나서 두루마기를 입고 모자 쓰고 문 밖으로 썩 나서며 혼자 입속말로 중얼중얼하는 말이,

"내가 붓을 들고 책을 지을 때에 하루에 열 장 스무 장은 놀면서 만드는데, 오늘은 어찌하여 아무 생각도 아니 나고 종일 앉아 붓방아만 찧고 소설 한 장도 못 만들었으니 이렇게 아무 재료가 도모지 없을까⋯⋯."

남산을 바라보니 성긴 나무 울울충충 무슨 의사 있는 듯하나 별로 신기한 생각이 아니 나고, 길거리를 내어다보니 사람들이 오락가락 제각기 일 있는 모양이나 깊은 사정 알 수 없다. 아서라, 저기 시골서 노인 한 분이 이번에 공진회 구경하러 올라왔다 하니 그 양반이나 좀 찾아보고 이야기나 들어보겠다.

그 노인 거처하는 방은 매우 정결하고 소쇄[12]하나, 한 옆에는 화로에 불을 피우고 약탕관에 약을 달이며, 한 옆에는 책상이 있고, 책상 위에는

---

12) 瀟灑 : 깨끗하고 시원함. 기운이 맑음.

그 노인에게 당치 아니한 신학문 서책이 쌓여 있고, 재떨이는 의례건이 어니와 요강, 타구도 그 앞에 놓여 있더라. 한 번 절하고 일어 앉아 행용하는 인사를 마친 후에 역사적歷史的 이야기를 청하였더니, 그 노인은 안경 너머로 눈을 들어 넘겨다보며 한 손으로 담뱃대에 상초 한 대를 꽉 눌러 담아 피워 물고 하는 말이,

"내가 칠십 세를 살았으니 철모르고 자라난 이십 년 동안을 뺄지라도 오십 년 동안 일은 지내어 보았네. 그 동안에 별별 이상한 일도 보았고 고생도 하여 보았고 세상 변천하는 것도 여러 번 지내어 보았네. 그런고로 자네 같은 소년들은 나를 오십 년五十年 역사歷史책으로 알고 성가시게 구네 그랴 …… 하…… 하…… 그런데 무슨 할 이야기가 어디 있나. 그러나 이것은 참 재미있는 이야기인데 자네한테나 이야기하는 것이니, 행여나 소설책이나 그러한 데 내지 말게, 부디. 이것은 몇 해 아니 된 일일세."

한 시골사람이 어린 조카자식을 서울로 올려 보내며 당부하는 말이라.
"용필아—, 잘 가거라. 서울은 시골과 달라서 대단히 번화하여 길에 잘 못 다니다가는 말에게 밟히기도 쉬우니 조심하여라. 사동 김갑산 영감은 나와 죽마고우로 어려서부터 사이가 좋게 지내었다가 근래 칠팔 년을 서로 소식 없이 지내었는데, 그 집을 찾아가서 내 편지를 전하고 보이면 그 사람이 필연 반가워할 것이오, 또 너를 위하여 출세할 길도 열어줄 것이니 그런 데를 가서 있더라도 똑똑하게 하여라."
이렇게 당부하고 말하는 사람은 용필의 삼촌이니 만초선생이라면 그 동리 근처에서 모르는 사람이 없는 사람이오, 그 동리는 강원도 철원 고을 북편으로 십 리쯤 되는 땅이라. 무슨 까닭으로 자기 조카를 서울로 보내느냐 할지면, 좋은 일에 보내는 것이 아니오, 사세 부득이한 일이 있어서 집에 있을 수 없는 형편이 있는 고로 서울로 보내는 터이라. 당초에

용필의 조부는 상당한 재산이 있어서 요부하게 살 뿐 아니라, 그 근처에서 세력이 남에 지지 아니하고 행세도 점잖게 하는 고로 사람마다 존경하더라. 아들은 둘이나 있으되 손자를 못 보아 대단히 바라더니 맏아들에게서 용필이를 낳은지라, 아이도 대단히 탐스럽고 똑똑하게 생겼거니와 늦게 본 손자라 더욱 귀애하여 금지옥엽같이 사랑할 새, 이때 그 친구로 항상 서로 추축[13]하는 박감역이 있으니 역시 가세가 넉넉하고 세력도 있고 문벌도 비등한데 늦게 손녀딸을 보아 대단히 사랑하여 이름을 명희라 부르고, 아침이든지 저녁이든지 명희를 품에 안고 용필의 조부 되는 김도사 집에 가서 담배도 먹고 이야기도 하고 놀다 오는 터이라.

용필이는 돌이 지내어 아장아장 걸어오고 걸어가매 김도사가 귀애하여 재미를 보느라고 사람마당 양지짝에 앉아서 용필의 걸음 걷는 양을 보려고 손에 들었던 담뱃대를 멀지 않게 집어 내던지고,

"오—, 내 손자야, 저기 가서 저—담뱃대 가져온. 옳지, 옳지, 아이고 기특하다."

김도사가 이러할 즈음에 박감역이 명희를 품에 안고 나와서 역시 내려놓고 손을 붙들고 귀염을 본다. 두 어린아이가 빵긋빵긋 웃으며 혹 걷기도 하고 혹 기기도 하여 둥실둥실 노는 모양 남이 보아도 귀엽고 대견하여 어여삐 여길 터인데, 김도사와 박감역이야 오죽 귀여워하리요. 두 늙은이가 어떻게 마음에 귀엽든지 그 자리에서 서로 언약을 맺고 혼인을 예정하여, 용필이 열일곱 살 되거든 성례하기로 작정한지라, 남녀가 일곱 살만 되면 한 자리에 앉지 아니하는 것이 우리 조선의 예법이로되, 용필이와 명희는 예혼을 언약한 터인 고로 십여 세가 되도록 한방에 함께 앉기도 하며, 어른들이 실없이 구느라고 한 자리에 앉히고,

"명희가 네 아내다."

---

13) 追逐 : 벗 사이에 서로 왕래하여 사귐.

"용필이가 네 남편이다."

하며 재미를 보고 웃고 지내더니, 세상만사가 사람의 뜻대로 되기 어려움은 옛적이나 지금이나 일반이라. 박감역이 세상을 이별한 후 일 년이 못되어서 김도사가 역시 별세하니, 김도사의 집에는 환란이 그치지 아니하여 해마다 초상이 아니 나는 해가 없어, 김도사의 맏아들 죽고 그 둘째 아들 만초선생의 내외도 중병으로 죽을 뻔하다가 겨우 살아나니, 어언간 가산이 탕패하여 용필이는 부모 없는 고아가 되고 가난한 살림살이로 궁하게 지내는 그 삼촌에게 의탁하여, 숙모가 뒤를 거두어 길러내니 수삼 년 전에는 철원 고을에서 일반이 부러워하던 김도사 집이 지금은 아주 보잘것 없이 되어 사람마다 세상의 부귀영욕이 일장춘몽과 같다 하는 말을 믿게 하는도다.

어제까지는 사람마다 떠받들고 집집마다 귀여워하던 용필이가 지금은 간데 족족 천덕꾸러기가 되어 헐벗고 주리고 모양이 아주 말 못되는데, 그 삼촌 숙부 되는 만초선생은 평생에 좋아하는 것이 글뿐이오, 돈 같은 것은 변리도 따질 줄 모르고, 집안 살림은 당초에 상관치 아니하여 그 아내가 어찌 어찌하여 지내어 가는 터이라. 그러한 고로 용필이는 더욱 말 못되게 지내어 어떠한 때는 끼니도 굶고 의복은 남루하여 불쌍한 경우에 이르렀는데, 세상사람이 하나도 돌아보아 주는 사람이 없으되 오직 남모르게 속으로만 불쌍히 여기고 마음으로만 애닯게 여기는 사람 하나이 있으니, 이는 다른 사람이 아니라 박감역의 손녀 명희라. 박감역이 죽은 후로 박감역의 아들 명희의 아버지 박참봉은 원래 인색하고 돈만 아는 사람이라, 빈궁한 사람은 사람으로 여기지 아니하고, 부자나 세력 있는 사람을 보면 그 앞에서 감히 얼굴을 들지 못하고 아첨하는데, 당초에 김도사가 살아 있을 때에는 김도사집이 요부하고 세력이 있어 자기 집보다 나은 고로 자기 딸 명희와 용필이와 예혼 언약한 것을 좋아하였으나, 지금은 김도사 집이 망하고 용필이가 말 못되게 있음을 보니 혼인할 마음이 없는데, 명희의 얼굴이 절묘하고 침선범절과 언어, 행동이 세상사람 같지 아니하고 하늘에서 내려온 선녀인 듯하여 원근간에 칭찬이 자자하고 소문이 널리 나서, 아들 있고 혼처 구하는 사람은 청혼하지 아니하는 자 없는 고로, 박참봉은 더욱 용필이와 성혼하기를 싫어하여 만초선생에게 돈을 주고라도 파약하였으면 좋겠다고 생각하나, 만초선생은 원래 전재를 탐내는 사람이 아닌 고로 말도 하여보지 못하고 어떻게 하여 세력으로 내리눌러서 파혼할 마음이라. 명희는 나이가 아직 어리되 지각이 어른보다 출중한 고로 자기 부친의 눈치를 알아채었도다. 출중한 사람은 출중한 마음이 있나니, 명희의 마음은 용필이를 장래 자기의 배필로 알고 천하없는 일이 있을지라도 이것은 변치 못하겠다 하여 이따금 담 너머로 용필이 지나가는 것을 보면 말은 못하되 속으로만 간이 사라지는 듯이 불쌍하고 사랑스러운 마음이 저절로 나서 옷이라도 하여주고 밥이라도 먹였으면 좋겠다고 생각하는 터이라.

하루는 명희가 그 모친과 함께 일갓집 혼인 잔치에 갔다가 저물게 돌아오는데, 만초선생의 집 앞으로 지나갈 새 어떤 아이가 담 모퉁이에 서서 눈물을 흘리고 무슨 생각을 하며 대단히 슬퍼하는 모양인데, 자세히 보니 용필이라. 명희의 오장이 녹는 듯하고 눈물이 저절로 흐르는 것을 모친 모르게 씻고 집으로 돌아와 그 날 밤에 잠을 못 자고 규중에서 방황하다가, 달은 희미한데 후원으로 들어가서 높은 곳에 올라서서 용필이 섰던 곳을 바라보니 마침 용필이가 어디를 가는지 집 앞으로 지나가는지라. 큰 소리로 부를 수는 없는 고로 담 너머로 지나갈 즈음에 명희가 담을 넘겨다보고 가는 목소리로 용필이를 부른다.

"용필아―, 용필."

용필이가 돌아다보고 조용히 단둘이 만나 하나는 담 너머 서고, 하나는 담 안에 있어 나직나직한 말소리로 이야기를 하려 하는데, 저편에서 기침 한 번을 에헴 하고 이리로 향하여 오는 사람이 있는지라, 깜짝 놀라 명희는 제 방으로 들어가고 용필이는 갈 데로 갔으나, 기침하고 오던 사람은 명희의 부친 박참봉인데, 자기 딸이 용필이와 무슨 이야기하는 것을 보고 마음에 대단히 괘씸하고 분이 나서 용필이를 죽여 없이 하였으면 좋겠다 하는 생각까지 나는도다.

이때 철원읍에 사는 유승지는 가세가 심히 요부하여 강원도 안의 제일가는 부자요, 돈이 많으면 세력이 있는 것은 세상의 상례라. 서울 재상가에도 반연이 있어 벼슬을 승지까지 얻어 하고 철원 고을 안에서는 호랑이 노릇을 하는 터인데 아들의 혼처를 구하되 적당한 데가 없어 경향으로 구혼하더니, 박참봉의 규수가 심히 절묘하고 범절이 갸륵하다는 소문을 듣고 일부러 사람을 보내어 탐지하여 본 후에, 바싹 욕심이 나서 중매를 놓아 청혼한즉 박참봉의 생각도 매우 좋이 여기지마는, 용필이가 있는 까닭에 허락지 못하고 그 사연 이야기를 말한 후에 중매장이 귀에다가 박참봉의 입을 대고 수군수군하는 말이,

"그 아이를 어떻게 없이 하였으면, 내 마음에도 유승지의 아들과 혼인하는 것이 매우 좋겠소."

중매장이가 박참봉의 하던 말을 유승지에게 전한즉 유승지가 하는 말이,

"그까짓 것, 내 수단으로 그것이야 못 없앨라구."

유승지가 그 고을 육방관속을 자기집 하인 부리기보다 더 쉽게 부리는 터인데, 즉시 이방과 호장을 불러 분부하니 이방과 호장이 감히 거역치 못하여,

"그리하오리다."

하고 물러가더라.

이방이 유승지의 소청을 듣고 나와서 생각하기를, '내가 호장과 부동하여 용필이라 하는 아이를 무슨 죄에든지 얽어 몰아 죽이기 어렵지 아니하나, 무죄한 사람을 애매히 죽이는 것이 옳지 못할 뿐 아니라, 우리

선친이 용필의 조부 김도사 그 양반에게 은덕을 입은 일이 있은즉 내가 이 아이를 살려내는 것이 옳다' 하고 즉시 만초선생의 집을 찾아가서 용필이 살려낼 일을 의논한다.

(이방) "유승지 영감의 분부가 이러하니 감기 거역할 수는 없고 그리할 수도 없어서 하는 말씀이오. 어떻게 하시려 합니까."

(만초) "큰일났네 그랴. 그러니 박참봉이 그리 할 수가 있나. 이 연유로 관찰부에 고발하면 어떠하겠나."

(이방) "그러면 나는 이방도 못 다니게요. 그뿐 아니라 유승지는 돈이 많고 사람이 간사하고 세력이 있으니까 아무리 하여도 댁에서 질 터인즉 고발하여도 쓸데없지요. 내 생각 같으면 도련님을 서울이나 어디로 멀리 보내는 것이 좋을 듯 하오이다."

(만초) "자네 말이 옳은 말일세. 그러면 그리하세. 서울 가서 상노 노릇을 하더라도 여기서 이 고생하는 것보다는 나을 것이오, 또 내 친구도 더러 서울 있으니 세의[14]로 하더라도 뒤를 보아줄 터이지."

(이방) "세의 말씀 마시오. 지금 세상 인심이 세의를 압니까. 박참봉은 댁과 세의가 없어서 그렇게 마음을 먹습니까. 어찌되었든지 멀리 보내시오."

이방이 간 후에 만초선생이 용필이를 불러 앉히고 전후 이야기를 자세히 말하여 들리고 서울로 가라 하니, 용필이도 하릴없이 자라나던 고향산천을 떠나서 산도 설고 물도 선 서울로 가게 되었도다.

용필이가 그 삼촌 숙부 만초선생을 하직하고 서울로 찾아가서 동대문을 들어서니, 만호 장안에 인가가 즐비하고 거마가 도로에 연락부절하여 사동 김갑산 집이 어디인지 알 수 없어 길거리에서 방황하다가, 사동으로 가는 장작 실은 말몰이꾼을 만나서 사동까지는 함께 왔으나, 김갑산

---

14) 世誼 : 대대로 사귀어 온 정의.

집을 물은즉 하나도 아는 사람이 없어 사동 천지를 집집마다 상고하여 김갑산 집을 찾되 알 수 없는지라, 갈 바를 알지 못하여 낙심천만하고 길에 서서 어찌할꼬 하고 정신없이 걸음 걸어 안동 네거리에 이르러, 이상한 복색에 칼 차고 말 탄 사람이 말을 달려오는데, 또 한편에서는 사륜남여에 검은 복색 입은 구종들이 늘어서서 비키라고 소리를 지르는 서슬에, 그것을 보고 길을 비키려 하다가 달려오는 말에게 다닥드려 용필이는 넘어지니, 말은 용필의 가슴을 밟고 지나가니, 그 말 탄 사람이 말에게서 뛰어내려 넘어진 용필이를 붙들어 일으키니 단단히 다쳐서 까물쳤는지라, 급히 교군을 얻어 태워 가지고 자기 집으로 데리고 가서 의원 불러 치료하니 그럭저럭 여러 날이 되었더라.

말에게 상한 용필이가 다친 데도 대강 나아서 일어앉고 걸어 다닐 만하니, 주인은 집을 알아 보내주려고 거주, 성명을 묻는데 용필이 대답하기를,

"내 고향은 강원도 철원인데 서울로 올라와서 김갑산 집을 찾으려 하다가 길에서 말에게 다쳤나이다."

하거늘 주인이 이 말을 듣고 즉시 하인을 불러,

"작은댁 영감 오시라고 여쭈어라."

하더니 조금 있다가 얼굴이 거무스름하고 눈에는 흰자위가 많은 한 사람이 들어오는데, 주인이 용필이를 대하여 말하기를,

"네가 이 양반을 찾느냐. 이 양반이 지금은 진주병사라는 벼슬을 하였는 고로 김병사라 하지마는, 이왕에 갑산 원을 다녀와서 김갑산이라 하였더니라."

용필이가 김갑산을 찾기는 하지마는 삼촌의 편지를 전하려 함이오, 제가 김갑산의 안면을 아는 것은 아니라, 자기 삼촌의 이름과 올라온 사정 이야기를 대강 하고, 우리 삼촌과 죽마고우로 친분이 자별한 김갑산 영감을 찾노라 하니 그 사람이 깜짝 놀라며 하는 말이,

"아—, 그러면 네가 만초의 조카냐. 김도사의 손자로구나. 오—, 만초를 만난 지가 벌써 칠팔 년이나 되었지."

이때 철원읍에서는 유승지가 박감역의 딸 명희와 자기 아들의 혼인을 맺으려고 김도사의 손자 용필이를 무슨 죄에 얽어서 남모르게 죽여 없애려 하였더니, 용필이가 집을 떠나 부지거처 소식이 없다. 한 달이 지내어도 소식이 없고 일 년이 지내어도 돌아오지 아니하매 박참봉을 졸라서 성혼하자 하니, 박참봉도 용필이 없음을 다행히 여기어 유승지의 아들과 혼인하려 하나, 혼인에는 무엇이 제일이라던가, 제일 긴요한 색시가 병이 들어 작년 봄부터 이불 덮고 드러누운 사람이 여름이 지나고 가을이 지나고 겨울이 지내어 다시 봄철이 돌아오도록 방문 밖에를 나와보지 못하여 병 낫기만 기다리고 그럭저럭 지내더니, 세상이 차차 소요하여 난리가 난다, 피난을 간다, 서학군을 죽이느니, 동학이 일어나느니 하고 예제없이 소동하여, 밤이면 좀도적, 낮이면 불한당, 어디 어느 곳이 안정한 땅이 없더라. 동학난리가 지나고 의병난리가 일어나서 각 지방이 소동하는 그동안에 유승지는 강원도의 부자라 하는 소문으로 동학에게 잡혀가서 여간 재산 다 빼앗기고 생명만 겨우 보존하여 집으로 돌아온즉, 실인심한 사람은 난리세상에 더욱 살기 어렵도다. 동학이 가장 창궐한 곳은 삼남지방이라. 경군이 내려가서 겨우 진멸하매 강원도 일경으로는 의병이 또한 창궐하여 서울서 병정을 파송하여 의병을 토멸하려 할 새, 연대장은 원주에 앉아서 작전계획을 만들어내고 각 대대장과 중대장, 소대장이 각 고을에 출주하여 연대장의 명령을 받아 의병 진정하기에 힘쓰니, 철원 고을에 출주한 군대는 대대장이 김참령이오 소대장이 참위 김용필이라.

당초에 김용필이가 김참령의 백씨 김부령의 말에게 다쳐서 김부령 집에서 여러 날 치료하고, 김참령을 만나서 만초선생의 편지를 전하고 김참령의 집에서 유련하니, 김부령은 위인이 대단히 인자하여 용필이를 사랑하나, 바라고 찾던 김참령은 도리어 성품이 표독하고 마음이 음흉하여 별양 반갑게 여기지 아니하는 모양이라. 눈칫밥을 얻어먹으며 천대를 받고 지내되 그 큰집에를 가면 김부령이 항상 말 한마디라도 친절하게 하고 불쌍히 여기는 모양인즉 자연히 김부령에게 따르더라.

용필의 위인이 똑똑하고 문필이 유려하고 매사에 영리하여 시골아이의 태도가 도무지 없는 고로 김부령이 매양 사랑하더니, 자기 아우 김참령이 강원도 의병 진멸 차로 대대장으로 출주하게 되니, 그 아우 수하에 사람스러운 보좌원이 없음을 한탄하여 김용필이를 병정에 넣어서 김참령의 수하병이 되게 하여 함께 강원도로 출진할 새, 의병과 수삼 차 접전하여 김용필이가 접전할 때마다 비상한 대공을 이루니 이 일이 자연 연대장에게 입문되어, 연대장이 대단히 김용필의 공로를 가상히 여기어 서울로 보고하였더니, 특별히 참위 벼슬에 임명하여 소대장이 되게 하매, 항상 김참령의 하관이 되어 병정 거느리기를 제제창창하게 하고 의병 진정하기를 귀신같이 하여 명예가 더욱 나타나더라.

한 번은 의병 관련한 사람들이라고 잡아왔는데 그 중에 박참봉이 있거늘 자세히 조사한즉, 당초에 유승지와 박참봉이 부자의 득명으로 의병에게 패하여 달아나는 서슬에 유승지는 총을 맞아 죽고 박참봉은 자기 집으로 돌아와 있더니, 동리사람 중에 그 인색하고 더러움을 평생 미워하던 사람이 있어 김참령에게 말을 하여 잡히어왔는지라, 김용필이가 대대장 앞에 가서,

(용) "여쭐 말씀이 있삽나이다. 저 의병 관련으로 잡혀온 박 아무는 자세히 사실하온즉 의병에게 붙잡혀 다니기는 하였으나 죄는 실상 없사오니 무죄방송하옴이 어떠하오리까."

(대) "그래도 의병에게 전재를 대어주고 함께 따라다닌 놈을 백방白放할 수가 있나."

말을 하면서 용필에게 눈짓을 하여 잠깐 이리로 오라 하더니 사람 없

는 조용한 곳으로 가서 입을 귀에다 대고 수군수군 말을 한다.

(대) "내가 들으니 박가의 딸이 지금 열아홉 살인데 대단히 절묘한 미인이라네. 아직 시집도 아니 갔대여. 자네 알다시피 내가 아들이 없어서 첩을 하나 두려 하던 차인즉 박가를 살려주고 그 대신에 내가 첩장가를 들겠네. 그리하여서 내가 일부러 병정을 보내어 탐문하여 가지고 잡아온 것이니 내놓지 말게."

(용) "에―엣. 아이고, 가슴이야."

용필이가 대대장의 말을 듣고 깜짝 놀라 가슴이 꼭 막히고 목이 메어 말을 못하더니, 한참만에 억지로 정신을 가다듬어 전후 일을 자초지종 모두 설파할 새, 자기 조부와 박참봉의 부친 박감역이 예혼을 언약한 일로부터 칠팔 세를 지내어 십여 세가 되도록 같이 자라나던 이야기와, 자기 조부 죽은 후에 집안이 결단난 일과, 박참봉이 예혼을 파약하려 하는 심술과 명희가 저를 생각하고 서로 아끼던 정의와, 한 번 담 너머로 넘겨다보고 이야기하려다가 박참봉한테 들키던 일과, 유승지와 박참봉이 동모하여 저를 죽이려 하던 일과, 제가 부득이하여 서울로 올라간 일을 낱낱이 이야기하고 나중에 하는 말이,

"하관은 영감의 아들이나 진배없는 터인즉 하관과 이러한 관계있는 것을 아시면 그 아이는 영감의 며느리같이 생각하시옵소서."

김참령의 시커먼 얼굴이 무안을 보아 붉어지면 마치 아메리카 토인의 홍색 인종 같은지라, 검은 얼굴이 새카매지며 코를 실룩실룩하고 증을 내어 하는 말이,

"어린 연놈들이 상사라니, 으응."

그러한 후 이삼 일이 지난 후에 김용필이 거느린 소대 병정 하나가 촌에 나가서 술먹고 행패한 일이 있는데, 다른 때 같으면 그 병정을 포살을 하든지 벌을 주든지 할 터이오, 또 김용필이가 그리하였더라도 이 다음에는 그리하지 말라 하는 말 한마디 훈계로 용서할 터인데, 김용필이가

시킨 것이라고 억지로 죄목을 잡아 이러한 사람은 부하에 둘 수 없다는 연유로 즉시 보고서를 써서 연대소로 보내어 김용필은 갈고 다른 소대장을 보내어 달라 하니, 연대장은 그 보고서를 들어 참위 김용필을 서울 본대로 상환시키고 다른 소대장을 파송하다.

하루는 김참령이 병정 수십 명을 거느리고 박참봉의 집으로 나가서 조사할 일이 있다 하고 집안 구석구석이 가택수색을 할 새, 안방에서 박참봉의 딸이 나오는 것을 본즉 참 일색이라, 김참령이 정신을 잃고 물끄러미 보고 섰다가 조사할 것을 다 마친 후에 박참봉을 불러 앉히며 하는 말이,

(대) "박참봉 죽고 사는 것은 오늘 내 손에 달렸지."

(박) "살려주십시오."

(대) "내가 나이가 사십여 세가 되도록 아들이 없어서 자손을 보기 위하여 다시 한 번 장가들려 하는데 마땅한 데가 없더니, 들은즉 박참봉의 따님이 과년하고 또 유승지 집과 혼인하려다가 지금은 못하게 되었다 하니, 내 말을 들으면 박참봉이 목숨도 살고 우리 집과 척분을 맺어 좋을 일이 많을 터이니 어떠한가."

(박) "……"

(대) "내 말을 아니 들으면 지금 당장 포살이여. 자―, 어서 좌우간 대답을 하여."

박참봉의 생각은 그렇게라도 하여주고 목숨이나 살아났으면 하고 허락을 하려 하나, 딸의 마음을 짐작하는 고로 딸의 마음을 들어보아야 하겠는지라, 그 연유로 말을 한즉, 김참령은 제 욕심만 채워서 하는 말이,

(대) "물어볼 것 무엇 있나. 박참봉의 허락이면 그만이지. 물어볼 터이면 이리로 나오래서 물어볼 일이지."

이때에 박참봉의 부인과 명희는 어찌되는 일인고 염려하여 뒷문 밖에서 엿듣던 차라.

명희가 김참령이 자기 부친을 위협하는 거동을 보고 분함을 이기지 못

하나 부친 목숨에 해가 될까 염려하여 온순한 언사로 문밖에서 하는 말이,

(명희) "아버님께 여쭈옵나이다. 대대장 영감께서 나라의 왕명을 몸 받아 지방인민을 안돈시키려고 이 고을에 내려오사, 무죄한 사람은 죽이실리 없고 유죄한 사람이라도 회개하면 용서하실 터인데 일개 소녀로 인연하여 그 말씀을 듣지 아니하면 무죄한 아버님의 목숨을 취하겠다 하시오나, 소녀는 이왕 정혼한 곳이 있어, 말하자면 남편 있는 계집이오니 왕명을 몸받아 오신 그 영감께서 이렇게 하시는 것은 국가의 불충이요 소녀로 하여금 정절을 깨트리게 함이온즉 옳지 못한 일인가 생각하나이다. 그 말씀은 결단코 봉행할 수 없사오니 돌려 생각하십사 하고 말씀하시옵소서."

김참령이 처음에는 허락하는 말인가 하고 아리따운 목소리에 그 향기로운 살결이 자기 등어리에 대어 있는 듯하여 등이 간질간질하더니, 나중에 결단코 봉행할 수 없다 하는 말에 화증이 와락 나서, 내친걸음이라 병정 불러 호령하되,

"이놈 내다 포살하여라."

하니 병정 십여 명이 우르르 들어와서 박참봉을 끌어내어 살결박을 하는지라, 명희가 이 광경을 보고 정신이 산란하여 어찌할 줄 모르다가 방문을 펄쩍 열고 들어가서 김참령 앞에 두 손으로 땅을 짚고 머리를 푹 숙이고 하는 말이,

(명) "소녀가 지금 영감의 말씀을 듣자 하오면 두 번 시집가는 음녀가 될 것이오, 아니 듣자 하면 부친의 목숨을 구완치 못하는 불효가 될 터이오니, 효와 열을 쌍전할 수 없는 지경이오면 차라리 효도나 지킬 수밖에 없사오니 소녀의 부친을 살려주시옵소서. 소녀가 영감의 말씀을 봉행하오리다."

(대) "아—, 기특하다. 진작 그리할 일이지. 어라, 그만 두어라. 박참봉을 풀어놓아라."

병정이 박참봉의 결박하였던 것을 풀어놓고 나간다. 명희가 일편단심을 내어 보일까 하다가 다시 돌쳐 생각하고 말을 온순하게 한다.

(명) "소녀가 허락하는 자리에 따로 또 청할 말씀이 있사오이다."

(대) "응, 무엇. 무엇이든지 소청은 다 들어주지. 채단[15] 말인가."

(명) "아니올시다. 그런 말씀이 아니오라, 혼인은 인간대사요, 또 영감께서는 부인이 계신 터이니, 소녀가 댁에 들어가면 이렇듯이 어엿하게 행세할 수 있겠삽나이까. 지금 여기서 병정들이라도 이러한 형편을 눈으로 보았은즉 서울 가서 소문새라도 흉하게 나오면 영감 전정에 관계가 적지·아니할 터이오니, 원주에 출주하여 계신 연대장 영감과 소녀의 부친과 영감이 한자리에 합석하여 앉으시고 정중하게 혼인을 정하는 것이 좋을 듯하오니, 그리하신 후에 연대장 영감으로 증인을 삼고 혼인하는 것이 옳을까 하나이다. 그렇지 아니하면 영감께서 위협으로 혼인하였다고 소문이 괴악하오리다."

(대) "아—, 그것 참 명철한 말이로고. 연대장은 나와 대단히 친한 터이오, 또 이 달 보름께는 이리로 오실 터이니까 원주로 갈 것 없이 그때 연대장이 오거든 그렇게 하지, 며칠 안되니까."

원주에 있는 연대장이 각 대대를 시찰할 차로 돌아다니다가 철원읍에 이르니, 김참령은 연대장 오기를 잔뜩 기다리던 터이라, 배반을 성설하여 간곡히 대접한 후에 첩장가 드는 말을 한다.

(대) "하관이 간절히 청할 말씀이 있습니다."

(연) "응, 무슨 말이오."

(대) "다른 말씀이 아니라 하관이 지금까지 혈속이 없어 항상 걱정하던 터에 상당한 처녀가 있으면 치첩을 하여 자손을 볼까 하더니, 마침 이 고을에 사는 박참봉이라 하는 사람의 딸이 있는데 하관도 마음이 간절하고

---

15) 采緞 : 혼인 할 때, 신랑집에서 신부집으로 미리 보내는 청색, 홍색 등의 치마저고리 감.

박참봉도 허락이 된 터이오니 상관께서 한 번 수고하시와 중매되시면 혼인이 영광스럽겠사오이다."

(연) "그것이야 어려울 것 무엇 있나, 그리하지. 그러면 박참봉을 지금 이리로 부르시오."

박참봉의 집에서는 연대장이 철원 고을에 들어와서 대대장과 만나서 이야기한다는 말을 듣고 명희의 혼인수작이 되려니 짐작하였으며, 명희도 역시 말은 아니하나 속마음에 작정한 일이 있는 모양이라.

하루는 연대장과 대대장이 합석하여 앉고 박참봉을 청좌한다는 말을 듣고 명희가 그 부친 박참봉에게 말을 하여, 자기 집에서 주안을 차리고 연대장과 대대장을 오라 하여 혼사를 말하게 하였더라.

연대장과 대대장도 또한 좋은 일이라 하고 박참봉 집으로 나와서 술잔씩이나 먹은 후에 혼인 이야기가 시작되며, 사랑방 뒷문이 열리며 향내가 방안에 가득하고 용용한 태도로 윗방자리에 나와 섰는 사람은 명희라.

(명) "연대장 영감께 여짜올 말씀이 있삽나이다. 소녀는 일개 미혼 전 처녀로 감히 존전에 말씀하옵기 황송하오나, 소녀는 조부 생존시부터 김도사 손자 되는 지금 본대 소대장으로 있다가 서울로 갈려간 김용필이와 혼인을 정하여 성례만 아니하였다 뿐이지 성혼한지 이미 오래오니, 소녀는 남편 있는 기집이온즉 다시 다른 곳에 시집갈 수 없사온데, 대대장은 속에 짐승 같은 음흉한 마음을 품고 위협으로 소녀를 탈취하려 하여 부친을 의병에 간련 있다고 얽어몰아 가두고, 김참위가 소녀의 예혼한 남편인 줄 안 후에 김참위를 무고하여 서울로 올리쫓고 병정을 거느리고 소녀의 집에 와서 부친을 위협하고 소녀를 탈취하려 하옵기, 소녀가 부친의 생명을 염려하와 거짓 허락하고 연대장 영감의 중매를 청하온 것은, 저 금수같은 김참령의 행위를 연대장 영감께 말씀한 후 죽기로 자처함이오니 살피시기를 바라나이다."

고운 목소리는 녹음 중에서 나는 꾀꼬리소리 같고, 엄숙한 태도는 심산 중에 앉은 호랑이의 위엄 같도다. 김참령은 얼굴이 붉다 못하여 숯검정 같고 박참봉은 죽어 가는 사람같이 벌벌 떨고 있으며, 연대장은 귀를 기울이고 자세히 듣는다. 연대장이 이 말을 듣더니 김참령을 돌아보며 하는 말이,

"나라의 명을 받아 백성을 안돈시키러 내려온 사람이 마음을 이렇게 음흉하게 먹고 행위를 이렇게 부정하게 하면 저 처녀로 하여금 정절을 깨트리게 하는 동시에 영감은 나라에 대하여 역적됨을 면치 못하겠소."

경사로 이루려 하던 혼인담판은 살풍경으로 깨어지고, 김참령은 도망하여 서울로 가고, 연대장은 원주로 돌아가서 보고서를 써서 서울로 보고하니, 김참령은 파면을 당하여 육군법원에 갇히고, 김용필은 대대장으로 승차되어 철원에 출주하고 세상이 평정한 후에 명희와 김용필은 성례하여 지금 화락한 가정을 이루었는데, 세상이 잠깐이라, 벌써 아들을 형제나 낳았지……

"이리 오너라. 너 안악에 들어가서 영감 내외분더러 아기네들 데리고 이리 나오라 하여라."

하인이 안으로 들어가더니 조금 있다가 기우헌앙한 장부 사나이가 요조숙녀 부인을 데리고 아들 형제를 앞세우고 나온다.

그 노인이 나더러 인사를 붙인다.

"자네 인사하게. 이 사람은 김용필인데 내 조카요, 저기 저는 내 조카 며느리, 애명이 명희인데 박참봉의 딸이오, 이 아이들은 그 아들들……"

이야기하던 노인은 만초선생인 줄을 그제서야 깨달았도다.

차차[16]에 탐정순사探偵巡查라 명칭한 일편一篇과 외국인外國人의 화話라 칭한

---

16) 此次 : 이 다음에. 이 뒤를 이어서.

일편一篇이 유有하나 경무총장警務總長의 명령命令에 의하여 삭제削除하였사오며, 본本 책자冊子의 체재体裁가 완미完美치 못함은 독자 제군의 서량[17] 하심을 요要함

---

17) 恕諒 : 사정을 살피어 용서함.

이 책 본 사람에게 주는 글

예전 성인이 말씀하시되 사람은 일곱 가지 정이 있으니 희, 노, 애, 낙, 애, 오, 욕이라 하였도다. 기꺼워하며 노여워하며 슬퍼하며 즐거워하며 사랑하며 미워하며 욕심 내는 것이라. 그러나 나는 여기 한 가지를 더하여 여덟 가지 정이라 하노니, 겁내는 것이 즉 이것이라. 사람이 반가운 일을 보면 기꺼워하고, 분한 일을 보면 노여워하고, 궂은 일에 슬퍼하며, 좋은 일에 즐거워하며, 어여쁜 것을 사랑하고, 미운 것을 미워하고, 고운 것을 욕심 내며, 두려운 것을 겁내는 것이 인정은 일반이라. 넓고 넓은 천지에서 우리가 한 세상 한 나라에 살며 전으로 몇천 년 후로 몇만 년 오래고 오랜 세월 중에서 우리가 지금 한 세상 한 시대에 났으니 인연이 지중하도다. 그 사이에 무슨 슬퍼하며 노여워하며 미워하며 겁낼 까닭이 있으리요. 또 사람이 천하를 움직이는 영웅이오, 고금에 이름 있는 호걸이라도 넓고 넓은 천지간에 한낱 작은 인생이오, 사람이 백 년이나 천 년을 산다 하여도 오래고 오랜 세월 중에 꿈결같이 잠깐 있는 인생이라. 그 동안에 무슨 기꺼워하며 즐거워하며 사랑하며 욕심 낼 것이 있으리요. 그러나 사람은 국량이 좁고 지식이 적은 고로 하늘의 넓은 뜻을 몸받지 못하고 세상의 요행을 깨닫지 못하여, 희, 노, 애, 낙, 애, 오, 욕, 겁, 여덟 가지 정으로 꼼작거리는도다. 예전 성인이 희, 노, 애, 낙을 얼굴빛에 드러내지 아니한다 하였으나, 이것은 생각건대 형용에 드러내지 아니할 뿐이오, 속마음에는 반드시 기꺼워하며 노여워하며 슬퍼하며 즐거워하는 정이 있음은, 성인도 사람은 사람이라 능히 면치 못할지니, 공자님 같은 성인도 그 도가 행치 아니함을 한탄하여 슬퍼하였으며, 소정묘를 미워하다가 국법으로 죽인 뒤에 이를 기꺼워하였으니, 어느 사람이 이 정이 없는 자 어디 있는가. 볼지어다, 세상은 울고 웃는 사이에 지나가고, 사람은 옳으니 그리니 하는 동안에 늙지 아니하는가. 한편에는 눈물을 뿌리고 대성통곡하는 사람이 있는 동시에, 한편에는 즐거워서 웃고 지껄이는 사람이 있으며, 한때는 사랑하느니 귀여워하느니 하여 죽을지 살지 모르다가 별안간 미워하고 노여워하여 죽일 놈이니 살릴 놈이니 하는 사람도 있고, 한편에는 천동지진, 전쟁, 질병 등의 두렵고 무서운 일이 있어 사람마다 겁내건마는, 그 중에서도 일만 가지 욕심이 불같아서 분주불가한 사람도 있지 아니한가. 그러한즉 사람은 기꺼움과 즐거움과 사랑과 욕심으로 인연하여 슬퍼하며 노여워하며 미워하며 겁내는 중간에서 꼼작거리는 동물이라. 그러한 고로 사회이면社會裏面에는 이상야릇한 별별 사정이 많이 생기어 나는도다. 이 책을 기록한 이 사람도 국량이 넓지 못하고 지식이 많지 못하여 희, 노, 애, 낙, 애, 오, 욕, 겁의 여덟 가지 정을 가진 사람이라. 이 여덟 가지 정을 가진 사람의 눈으로 이 여덟 가지 정에서 꼼작거리는 세상사람 사이에 생기어나는 모든 사정을 관찰하여 이 책 속에 기록하여, 모든 사람으로 하여금 보게 한 것인즉, 이 책에 기록한 모든 사실은 기꺼워하며 노여워하며 슬퍼하며 즐거워하며 사랑하며 미워하며 욕심하며 겁냄으로 생기어 일어난 사정이라.

그러나 마음의 옳고 그름으로 인연하여 나중 결과가 다르니, 마음을 옳게 먹은 사람은 슬프고 겁나는 중에 있을지라도 나중에는 즐겁고 기꺼운 결과를 보고, 마음을 옳지 않게 가진 사람은 그 마음을 고치지 아니하면 항상 슬프고 겁나는 걱정, 근심 중에서 몸을 마치는지라, 이 책 읽은 여러 군자는 책 속에 기록한 여러 가지 사정을 가지고 각기 자기의 마음을 비치어 볼지어다.

연설법방 演說法方

＊번역·역주 : 김형태

머리말

　속박[1]적 주의主義를 떨어 깨끗이 하여 석방적釋放的 주의를 골라 씀이 세계 문명의 대세大勢요, 무단[2]적 시대를 지나 헌정[3]적 시대로 들어감이 오늘날 정치의 통례이다. 속박주의이지만, 석방주의의 때와 무단시대의 세상에서는 압박하고 억제하며 거리낌 없이 멋대로 다스림을 행行하여 언론 자유의 길이 막힘이 보통 때와 같고, 헌정시대의 세상에서는 언론 자유의 길이 열려 압박하고 억제하며 거리낌 없이 멋대로 다스림을 고치게 됨은 말할 필요도 없다. 우리 대한제국[4]이 오늘날 속박주의를 겨우 벗어나 석방주의를 바야흐로 골라 쓰며, 무단시대를 겨우 지나 헌정시대로 장차 들어가니, 이러한 언론 자유를 높이고 중重하게 여기지 않을 수 없는 시대이다. 안국선安國善 군君은 여기에 뜻이 있어 사회 문명이 언론 자유의 나아가지 못함을 따라 방애됨을 분개하고 슬피 탄식하여 이 책을 지으니, 글의 기세氣勢가 간단하며 쉽고 뜻을 깨달아 훤히 알 수 있어 새롭게 나아가는 청년의 적당한 좋은 책이 되었으면 좋겠다. 이것은 칠십여 쪽에 지나지 않는 작은 책이지만, 사회 문명 상上에 미칠 효과는 다른

---

1) 束縛 : 묶음, 얽어 맴, 자유를 구속함.
2) 武斷 : 무력으로 억압하여 다스림.
3) 憲政 : 헌법에 의해 행하는 정치, 입헌정치.
4) 大韓帝國 : 1897년 8월 12일부터 1910년 10월 22일까지 존속하였던 조선왕조의 국가.

많은 책에 양보 못할 것이니, 이 책을 읽는 여러분이 언론 자유의 귀중함을 알아, 석방적 주의의 문명과 헌정적 시대의 정치를 완전히 일으켜 나아가게 하면, 이것이 안安 군이 이 책을 지은 근본 뜻인가 하여 많지 않은 말로 책의 첫 머리를 함부로 더럽힌다.

융희[5] 원년元年 십일월 상완[6] 석옹石翁 조창한趙彰漢 근지[7]

---

5) 隆熙 : 1907년부터 사용된 대한제국의 마지막 연호. 조선의 마지막 왕인 순종純宗 즉위로 연호가 광무光武
  에서 융희로 바뀌어 1907년부터 1910년 국권상실 때까지 쓰였다.
6) 上浣 : 초하루부터 열흘까지의 동안, 상순上旬, 상한上澣.
7) 謹識 : 삼가 적다.

머리말

맹자[8]께서 '내 어찌 변론 하기를 좋아하겠는가? 어쩔 수 없어서이다'[9] 라 하셨으니, 오늘날도 또 어쩔 수 없이 변론을 좋아할 때인 듯하다. 오래 된 낡은 나라가 제도를 버리고 새롭게 함은 마땅히 꾀하여 얻어야 하지만 백성이 어리석고, 문명은 모름지기 일으켜야 하지만 사회가 어리석어 사리事理에 어두우니, 먼저 깨달은 사람의 마땅히 깨우치는 말은 어쩔 수 없으며, 뒤따라 나오는 자는 또한 토론이 한가할 수 없다. 그러므로 우리들은 언어 자유를 무겁게 여기니, 서양 속담에 말하기를, '언론 자유는 문명을 이끄는 그릇이다' 라 하였다.

나폴레옹 III세Napoleon III[10]를 넘어뜨린 것이 어찌 몰트케Helmuth von Moltke[11]와 비스마르크Otto von Bismarck[12]의 공功 뿐이겠는가? 그를 욕해 '헌정을 파괴한 자' 라 한 감벳다의 웅변이 힘을 주었고, 글래드스턴 William Ewart Gladstone[13]의 미들로디언Midlothian[14] 선거연설은 위세와

---

8) 孟子 : BC 371~BC 289. 중국의 고대 철학자.
9) 《맹자孟子》〈등문공滕文公〉장구하章句下 '公都子曰 外人, 皆稱夫子好辯, 敢問何也. 孟子曰 予豈好辯哉. 予不得已也. 天下之生, 久矣, 一治一亂.'
10) 1808~1873. 나폴레옹 1세의 조카로 프랑스 제2공화국 대통령(1850~1852)이자 제2제정의 황제(1852~1871).
11) 1800~1891. 독일의 군인. 1858~1888년 프로이센(후에는 독일)의 육군 참모총장으로 재임.
12) 1815~1898. 프로이센의 정치가, 독일 제국의 건설자, 초대 총리.
13) 1809~1898. 영국의 정치가. 4차례에 걸쳐 영국 총리를 지냈다.
14) 옛 이름은 Edinburghshire. 1975년 행정조직 개편 때까지 영국 스코틀랜드 남동부에 있던 주.

명성이 빛나던 디즈레일리Benjamin Disraeli[15]로 하여금 그 내각內閣에서 물러나게 하고, 신출귀몰한 한신[16]의 슬기로운 꾀로도 빼앗을 수 없었던 제齊나라 칠십여 성城을 역생酈生[17]은 세 치의 혀로써 굽혀 복종시켰으니, 이것이 변설辯說의 뚜렷한 효과의 큰 증거가 아니겠는가? 아! 언론이 떨치지 못하면 국민의 권리가 일어나지 못하고, 나라의 권력이 또한 따라서 떨치지 못해 헌정의 아름다움을 꾸며내고 꾀할 수 없기 때문에, 잠자는 자睡여 일어나라! 잠자는 자여 일어나라! 나는 언론 사회의 떨치지 못함을 근심해 이 책을 지어 인쇄하고 세상에 내놓으니…….[18]

---

15) 1804~1881. 영국의 정치가, 소설가. 2차례 총리를 지내면서 보수당을 이끌고 토리 민주주의와 제국주의 정책을 폈다.
16) 韓信 : ?~BC 196. 중국 한漢나라 초의 무장武將.
17) 酈生 : 성명姓名은 역이기酈食其. 진류陳留의 고양高陽 사람. 유세가遊說家.
18) 역자주 : 원본原本 상태로 인하여 1행 해독 불가.

[연설법방 演說法方 차례]

[연설 차례]

---

19) 戒 : 경계함, 잘못이 없도록 미리 조심함, 방심하지 않도록 조심함.
20) 勸勉 : 타일러서 힘쓰게 함.

연설법방

웅변가의 최초

서양의 웅변가로 이름이 드러난 웹스터 구레-트라 하는 사람은 맨 처음에 소와 말을 마주보고 시험할 때 소와 말을 청중으로 생각하고 밤낮으로 변설을 익혔으며, 태도를 바르게 하여 열심히 연설을 시험했으므로 마침내 그 시대의 웅변가가 되었고, 하린스라 하는 사람은 미국米國 남부 여러 주州를 여행할 때에 기차에 하나의 큰 도서실을 두고, 정거장에 기차가 멈출 때마다 같지 않은 문제로 논변論辯을 시험하여 백 개 남짓한 정거장을 지남에 세상 사람들이 그 논변의 교묘함을 시끄러울 정도로 칭찬하여 드러내었고, 데모스테네스Demosthenes[21]라 하는 사람은 연설하는 자리에 올라 연설하는데 듣던 사람들이 비웃고, 귀를 기울여 주의해 듣지 않으므로 그 비웃고 업신여기며 꾸짖는 소리에 실망하여 연설을 중간에 그치고, 부끄러워 얼굴을 붉히며 자리에서 내려와 실망하고, 그의 집으로 돌아가다가 친구를 만났는데, 친구가 이를 격려하기를 그만두지 않으므로 용기를 다시 일으켜 며칠을 연습하고, 연단에 다시 올라 분발하

---

21) BC 384~BC 322. 아테네 정치가. 고대 그리스에서 가장 뛰어난 웅변가로, 아테네 시민을 선동해 마케도니아 왕 필리포스와 그의 아들 알렉산드로스 대왕에 대항하도록 만들었다.

는 마음으로 연설하는데, 듣던 사람들이 또한 이와 같이 비웃자 부끄러움을 이기지 못하여 외투로 얼굴을 가리고 쓸쓸히 돌아가서 친구에게 묻기를, "내가 연설에 온 힘을 써서 연습했지만, 많은 사람들이 내 연설에 귀를 기울여 주의해 듣지 않고 비웃으니 이는 어째서인가?"라 하였다. 그 친구가 대답하기를, "자네가 비웃음을 받는 까닭 세 가지가 있으니, 자네가 연설할 때에 호흡은 급하고 목소리가 크지 않음이 그 첫째요, 또 변설이 유창하지 못하고 입에 침이 얕게 남아 있어 말의 구절句節이 분명하지 못함이 그 둘째요, 한 단락이나 한 구를 마칠 때마다 두 어깨를 높이 세워 고민한 추태를 드러냄이 그 셋째라네. 이러한 세 가지를 비웃을 수 있으니, 많은 사람들이 자네의 연설에 소리 지르며 칭찬해주지 않음이 또한 당연하지 않은가?"라 하자, 이에 다시 결심하고 깊은 산에 들어가 연설을 연습할 때, 큰 거울을 비춰서 손을 쳐들고 발을 구르는 태도와 머리를 흔들고 눈을 굴리면서 몸을 움직이는 자세를 배움에 칼을 어깨 위에 걸어서 두 어깨의 높이 솟음을 주의하고, 혹은 바닷가에 나가서 바닷가 언덕의 바위를 거슬러 때리는 파도 사이에 들어가 큰 소리로 그 파도의 소리와 논쟁하며, 가늘고 작은 모래와 돌을 혀 아래에 넣어둬 내기 어려운 목소리를 내게 하므로 이와 같은 공부를 쌓아서 그리스의 첫째 웅변가가 되었을 뿐 아니라, 긴 세월을 지나 오늘에 이르도록 이 사람에 미치는 사람이 있지 않다. 예로부터 웅변가라 하여 그 이름이 그 당시에 전하고, 연설 잘한다 하여 세상 사람들의 칭찬을 얻은 자는 모두 죽을힘을 다하여 연습한 결과로 얻은 효험이다. 이들 유명한 웅변가도 맨 처음에는 여러분과 같이 말솜씨가 없고, 연단에 서면 얼굴이 붉어져 보통 때 익히 알던 것도 자세히 말하지 못하다가 공부를 쌓고 연습을 지나 그 공功을 끝내 이루니, 여러분도 오늘은 말을 더듬고, 사[22]가 짧아서 여러 사

---

22) 辭 : 언어, 문장.

람의 모임이나 잔치 등의 자리에 나가 감히 연설 한 번도 못하지만, 뜻을 여기에 두고 마음을 여기에 머물게 하여 어느 정도 연습하면 연설에 어떤 어려움이 있겠는가?

웅변가 되는 법방

연설을 한 번 흐드러지게 잘하면 자리에 가득히 늘어앉은 여러 사람이 손바닥을 치고 소리 지르며, '잘한다. 옳은 말이다' 라 칭찬하면 연설하는 그 사람도 말할 수 없이 그 마음에 유쾌할 것이다. 그러므로 어떤 사람이든지 연설을 잘하고 싶은 마음이 있음은 인정人情이 상태이다. 그러나 맨 처음부터 잘하기는 도저히 할 수 없고, 연습하는 공부를 쌓지 않으면 할 수 없다. 그 연습하는 방법은 하나하나 들어서 말할 겨를이 없으나 우선 가장 긴요한 것은 다른 사람을 대하여 항상 변론하되 어려워하지 말고, 앞일을 헤아려 생각하지 말고, 굽히지 말고, 움츠러들지 말고, 다른 사람이 나를 비웃더라도 돌아보지 말며, 다른 사람이 나를 미친 사람이라 해도 돌아보지 말며, 힘이 다해도 게으르지 말며, 날이 저물어도 고달파하지 말며, 밥을 대하더라도 그 변론을 마친 뒤에 먹고, 일이 있더라도 그 언론이 그친 뒤에 행하여 쓸데없는 언론이라도 늘 변론해야 할 것이다. 자기가 홀로 앉아 생각하면 어떠한 변론이든지 다 잘할 듯하지만, 다른 사람을 마주하고서는 그렇게 잘되지 않는 까닭으로 나중에 뉘우치고 한탄하여 '아무 구절은 이리이리 하였더라면 좋았을 것을 그렇게 하였다' 라 하며, '아무 조건은 그렇게 한 것이 잘못되었다' 라 하여 뒤늦게 뉘우침은 문명국文明國의 연설이 발달한 사회의 사람도 벗어나지 못하는 바이다. 연설한 뒤에 뉘우치고 한탄하지 않을 방법은 입에서 나오는 대로 말해 버려야 할 것이다. 다른 사람이 '희다' 고 말하거든 나는 '검다' 고 반대하며, 다른 사람이 '겉이다' 라 말하거든 나는 '속이다' 라 응답하여 이치와 근본이 없는 말이라도 어디까지든지 주장하여 굽히지 말고, 병사兵士가 전쟁터에서 좌우를 돌아보지 않고 적진으로 돌격해 나아감과 같이 철면피로 토론하여 마주대하는 사람을 이긴 뒤에 그만둘 수 있는 큰 용기와 큰 웅변을 연습해야 할 것이니, 이 때에 이와 같이 말하면 비웃음을 당할까 두려워하거나, 이와 같이 말하면 책責잡힐까 염려하여 어물어물하면 결코 대웅변가大雄辯家가 되지 못하고 평생을 다른 사람의 등 뒤에 뒤떨어져 있어 연설 한 번 잘해보지 못할 것이다. 어찌하였던지 변론을 자꾸 하여 앞만 바라보고 뒤는 돌아보지 말며, 왼쪽을 생각하고 오른쪽을 염려하지 말고 어떤 말이든지 찾으며, 어떤 일이든지 말하여 연설의 재료를 미리 생각하지 말고 임시응변하여 어디까지든지 자기의 이유를 세우며, 어디까지든지 자기의 의견을 통하게 하기를 배워 연습하면 한 해가 지나고, 두 해가 지나 연설에 묘妙를 얻고, 토론에 익숙하여 연단을 오름에 무서움이 없고, 다른 사람을 마주함에 기운이 생겨 연설을 잘할 것이니, 이것이 웅변가 되는 비밀스러운 방법인데, 내가 일찍이 다른 나라 말솜씨 좋은 사람에게 들은 바이다.

연설자의 태도

태도는 연단에 서서 몸 가지는 법이니, 곧 손짓하고 발짓하고 얼굴 가지는 법이다. 연설을 아무리 잘하더라도 그 몸 가지는 법이 맞춰 하기에 마땅하지 못하여 태도가 더럽고 미우면 많은 사람들이 기쁜 소리로 크게 소리 지르며 칭찬하지 않고, 되돌려 보내는 것은 싫어하는 기운만 생겨나 사사로운 이야기하는 사람도 있고, 밖으로 나가는 사람도 있어 여러 사람이 모인 자리가 흔들려 움직이면 연설의 좋은 맛이 차츰차츰 없어지는 것이다. 그러므로 어떤 사람이 데모스테네스에게 연설의 비밀스러운 방법을 물었는데 대답하기를, "연설의 비밀스러운 방법은 태도에 있는 것이다. 태도에 있는 것이다. 태도에 있는 것이다." 세 번 말하였다.

연설할 때에 몸을 조금 솟게 우뚝 폄이 옳으니, 연설용 탁자에 고개를 숙이고 엎드리거나 머리를 축 늘어뜨림은 매우 보기 싫은 태도이다. 연단에 서서 예의에 맞아 위엄있는 행동이 익숙하도록 몸을 솟게 우뚝 펴고 하이칼라high color[23] 적으로 몸가짐하면 목소리가 뛰어나게 아름답고 구절이 묘하게 고와서 듣는 사람으로 하여금 좋아하는 생각이 생기게 하거니와, 만약 머리를 축 늘어뜨리거나 고개를 숙이고 엎드려 손으로 머리를 긁으며, 눈으로 땅을 바라보고, 두 손을 비벼 약점을 드러내면 목소리는 차츰차츰 구름 낀 듯 막히고, 어조는 더욱 재미가 없어 듣는 사람으로 하여금 싫어하는 마음이 생기게 하는 것이다.

처음으로 연설하는 사람은 쓸데없이 공연히 어리석게 웃는 사람이 많으니 웃을 곳에서 웃음은 관계가 없지만, 말이 웃는 가운데 파묻히거나 말을 마치지 않고 웃으면 많은 사람들은 그 말을 확실하게 듣지 못하고, 그 뜻을 분명히 깨닫지 못하므로 열중하는 마음이 식어 전체의 재미를 아주 없애버림에 이를 것이니, 비웃으며 희롱하는 투의 말이나 다른 이유로 빈정거리는 투의 말을 낼 때 말고는 그 말을 마치기 전에 연설하는 사람 스스로가 웃음은 결코 옳지 않다.

연설은 깊이 마음을 쏟음이 으뜸이니, 솜씨가 낮은 사람의 연설이라도 깊이 마음을 쏟아서 하면 많은 사람들이 귀를 기울여 듣고, 솜씨가 월등한 사람의 연설이라도 깊이 마음을 쏟음이 없으면 듣는 사람들이 하품이 나서 혹은 비웃는 소리를 내서 방해하는 사람이 있고, 혹은 마음속으로 그만두고 연단에서 내려오기를 바라는 사람이 있을 것이다. 그러므로 늘 깊이 마음을 쏟아 해야 할 것이니, 다니엘 웹스터Daniel Webster[24]의 연

---

23) 유행을 좇거나 몸맵시를 내는 일, 또는 그런 사람, 좋은 혈색.
24) 1782~1852. 미국의 웅변가, 정치가. 연방대법원에서 저명한 변호사로 활약했고, 미국 하원의원, 상원의원 및 국무장관을 지냈다.

설은 말의 기운이 생기가 있어 열심히 물이 솟아남과 같으니, 늘 두 손을 주먹 쥐거나 혹은 치고 휘두름이 보통의 사례요, 헨리 테일러의 연설이 늘 오른손의 둘째 손가락으로 가리켜 보임은 그 안에 깊이 마음을 쏟음이 있는 까닭이다. 그때의 다른 사람이 평하여 말하기를, '의론이 손가락 끝에서 물방울 떨어지듯 한다' 라 하였고, 브라이언William Jennings Bryan[25]은 그 연설이 흥미로운 부분에 들어가서는 그 얼굴이 불과 같고, 그 눈이 등잔과 같아서 정신이 빛나고 뜻을 얻은 마음이 일어나므로 세상 사람들이 '사자獅子의 날램과 사나움, 위엄과 매우 큰 도량을 소유함은 연단에 선 브라이언' 이라 평하였다.

연설하는 사람의 태도는 그 연설 가운데 말의 높낮이와 억양을 따라서 혹은 손을 들며, 혹은 얼굴색을 변하여 그 마음 가운데의 상태를 나타내 보임이 반드시 요구되니 가령

"이렇게 무법한 정부의 일 처리에 마주해서는 우리가 말없이 지나칠 수 없소."

이와 같은 말에 이르러서는 큰 목소리로 성내는 기색을 작게 드러내 오른손을 머리 위로 들었다가 그 말끝을 맺는 때를 같이해 아래를 칠 것이요,

"나는 여러분을 높이고 중하게 여깁니다. 나는 여러분을 사랑합니다. 대체로 보아 여러분은 나라의 방패이자 성城이요, 독립의 보호자올시다."

이들 말에는 온순하고 인자한 목소리로 두 손을 춤추는 것같이 좌우로 펴고, 말의 높낮이와 억양을 따라 장단 맞춰서 위아래로 하면서 권해 힘쓰게 할 것이요,

"아! 하나님이 정말 계시면 우리 동포의 이와 같은 불행을 주의해 살펴시겠습니다. 아! 하나님이여! 어찌하여 우리 한국으로 하여금 이와 같은

---

25) 1860~1925. 미국의 정치가. 민주당 및 인민당의 지도자로서 1896, 1900, 1908년에 대통령선거에 출마했으나 낙선했다.

처지에 이르게 하십니까? 아! 우리 한국 백성이 어떻게 하면 독립 자유의
행복과 즐거움을 얻겠습니까?"

이들 말에는 슬프고 바라며 비는 목소리로 두 손을 합하여 소망을 비
는 모습을 지을 것이요,

"우리나라 장래의 독립은 운수를 기다릴 것도 아니고, 그때의 형세를
기다릴 것도 아니고, 다른 나라의 도움을 바랄 것도 아니올시다. 대체로
보아 나라의 독립은 운수에 달린 것이 아니요, 그때의 형세에 달린 것도
아니요, 다른 나라가 도움을 주거나 주지 않음에 달린 것도 아니요, 다만
여러 청년의 주먹에 달렸습니다."

이들 말에는 한 토막의 말마다 오른손 손가락으로 가리켜 보이다가 말
끝에 이르러 오른 주먹을 머리 위에 높이 들어 많은 사람들에게 그 주먹
을 보이고, 매우 맹렬하게 말을 마칠 것이요,

"유럽을 잡아 흔들던 나폴레옹은 어떠한 사람이오? 여러분과 조금도
다르지 않은 남자올시다. 여러분이여! 마음과 힘을 돋우어 일으키십시
오. 어찌 여러분의 앞길을 막을 알프스 산이 있겠습니까?"

이것은 연설용 탁자에서 잠시 떠나 두 발로 활보하는 기상氣像을 보이
고, 오른손은 어깨 위로 높이 들고, 왼손은 땅바닥으로 비스듬히 들어 조
금 몸을 돌리면서 끝말을 말하고 마칠 것이요,

"우리 청년의 주먹이 비록 적고 약하지마는, 올바른 도리와 바른길을
위하여 흔든다면 저 미워할만하고 거드럭거리며 예의 없는 자를 바로잡
아 복종시킬 수 있을 것입니다."

이와 같은 말에는 몸을 우뚝 펴서 가슴과 배를 내밀고, 왼손을 허리 위
에 두면서 오른 주먹을 두 눈 앞에 들어 손가락으로 가리켜 보이다가 말
끝에는 강하게 아래를 칠 것이요,

"재미없는 연설은 간략하며 짧은 것이 좋겠고, 또 이 다음에는 식견이
높고 명석하신 선생님의 연설이 있을 터이므로 그만 그칩니다."

연설을 마치고자 하여, 공손한 말을 시작해 연설용 탁자 곁으로 조금 비켜서면서 한 손의 손가락 끝으로는 탁자 모서리를 가볍게 짚고, 한 손은 넓적다리를 따라 축 늘어뜨려 말을 마침과 때를 같이함에 손을 맞잡아 절하고, 돌아서 점잖고 정중히 연단을 내려와야 할 것이다.

연설가의 박식

사회가 있고, 나라가 있고, 정치가 있는 이상은 웅변이 반드시 요구되고, 웅변가가 되고자한다면, 깊이 마음을 쏟음과 보고 들은 것이 많아서 많이 앎이 없어서는 안 될 요소이다. 지금 세계에 연설로 가장 유명한 미국 브라이언 씨는 두서너 해 전 선거 때에 연설한 횟수가 몇백 번인지 셈하기 어렵다 하고, 선거 전쟁이 절정에 이름에 열두 시간을 조금도 쉬지 않고 연설을 계속하였다 하며, 지금도 하루에 열 남짓한 곳의 연단에 서는 날이 많은데, 그분 연설의 제일 특색은 연설할 때마다 어조가 같지 않고, 뜻이 모두 달라 겹치는 말이 없다 하니, 이것은 그분을 지금 세상 제일의 웅변가라 일컫는 까닭이다. 보고 들은 것이 많아서 많이 알지 않는다면 어찌 이와 같으리오? 그러므로 연설을 잘하려거든 옛사람과 이름난 사람의 연설 기록을 많이 보고, 다른 사람의 연설을 많이 듣고, 또 몸소 연단에서 많이 연설을 해봐야 할 것이다. 많이 읽음과 많이 들음과 많이 연설함이 정말로 웅변가 되는 사다리니, 일본에는 시마다 사부로(島田三郎)가 연설가의 방면에서 썩 권위가 있는 사람이라 하여 많은 사람들이 시끄러울 정도로 칭찬하여 드러내는데, 시마다(島田) 씨가 옛사람과 이름난 사람의 연설 기록을 보지 않고 외우는 것이 이십여 편이요, 중요한 연설을 베풀어 말한 것이 사천여 번이라 하니 다른 사람의 연설을 들은 것은 셀 수 없을 것이다. 연설가의 방면에서 썩 권위가 있다는 이름을 얻음이 어찌 우연함이겠는가? 이에 대조하여 생각함과 연습을 위하여 이름 있는 연설 기록 가운데의 두세 편을 아래에 붙여 싣는다.

패트릭 헨리Patrick Henry[26]가 "나에게 자유를 달라! 그렇지 않으면 죽음을 달라!"고 한 유명한 연설이 있으니 이것은 미국이 독립의 기초를 연 연설이다.

"의장 각하, 쓸모없는 헛된 생각의 희망을 따라 쓸모없는 헛된 생각에 혹하는 것은 사람 성품의 늘 있는 상태라, 지극히 어려운 옳은 일은 마음에 두지 않음에 좇아 따르고, 세이렌Seiren[27]의 시가詩歌에 귀를 기울이며, 마음을 빼앗겨 짐승이 되더라도 깨닫지 못하는 일이 없지 않습니다. 그러나 이와 같은 것은 자유를 위하여 노력하며, 자유를 위하여 힘을 다해 싸우는 지혜로운 자의 할 일이 아니올시다. 저 눈이 있지만 자기의 지금 생활과 밀접한 관계가 있는 사물을 보지 못하고, 귀가 있지만 이를 듣지 못하는 사람은 딱 잘라 우리 인류가 아니라 말할 수 있소. 자유는 인류 생활에 밀접한 관계가 있으므로 본인本人은 본인의 한 몸으로 말할지라도, 본인은 옳은 일의 전부를 모두 알고자 하며, 또 이를 위해서는 어떻게 몸과 마음이 괴롭다 하더라도 싫어해 피하지 않고, 나쁘고 편하지 않더라도 옳은 일이라 하면 이를 알아 막아내 지킬 방법을 펴겠습니다. 대체로 보아 우리에게는 한 개 등불이 있어서 우리의 길을 인도하니 그 등불은 무엇이오? 다름이 아니라, 곧 경험이 이것이올시다. 요약하면, 장래를 생각함에는 지나간 것들에 거울삼음이 반드시 요구되니, 지나간 것들을 버리고, 다른 것에 거울삼을 것이 있다 함은 본인의 알지 못하는 바올시다. 지금 우리가 지나간 것들에 거울삼아 지나간 지 얼마 안 되는 십 년 사이 영국英國 내각內閣의 동정動靜을 살핀다면, 저 대신大臣들이 자기들을 위안慰安하기 위하여, 영국 사회를 위안하기 위하여, 행한 일의 조

---

26) 1736~1799. 미국의 유명한 웅변가, 미국 독립전쟁 때의 주요인물. 1775년에 행했던 '다른 노선이 취해 질지도 모르지만 나에게는 자유가 아니면 죽음을 달라' 는 내용의 연설이 유명하다.
27) 그리스 신화에 나오는 반은 새이며, 반은 사람인 마녀. 아름다운 노랫소리로 뱃사람들을 유혹하여 난파 시켰다고 한다.

항條項에 나아가 우리가 옳다고 인정할 것이 있습니까? 본인의 생각으로는 한 가지도 옳다고 인정할 것이 없소. 만약 '옳다고 인정할 것이 있다'고 하는 사람이 있다면 본인은 그 사람을 마주하여 그 이유를 묻겠소. 이와 같은 영국 내각이 요사이에 이르러서는 우리의 청원을 받아서 처리하였으니, 참 이상야릇하구나! 하! 혹시 우리를 속이려고 미소를 거짓으로 머금음이 아닌가? 아! 여러분이여! 이를 믿지 마시오. 영원히 건지지 못할 함정에 빠질 것입니다.

아! 여러 동포여! 여기에 속지 마십시오. 저들의 말이 비록 달콤하나 그 웃음 속의 칼이 여러분의 몸을 찌를 것입니다. 가만히 생각해보십시오. 그들이 우리의 청원을 받아서 처리한 까닭은 반드시 우리 미국의 천지를 어두컴컴하게 할 전쟁을 준비함이 아닌가? 아! 해군과 육군이 서로 친밀하고 사랑하며, 함께 모여 사이좋게 즐김에 무슨 필요가 있겠는가? 우리는 늘 완력腕力을 물리쳐버리고, 평화를 지키고 버텨야하거늘 영국의 행동거지는 이와 같으니, 우리는 마땅히 만일을 염려해 미리 방비해야 할 것이오. 여러분이여! 조심하십시오. 해군과 육군은 서로 싸우고 정복하는 기구이지, 결코 서로 친밀하고 사랑하며, 함께 모여 사이좋게 즐기는데 쓸 것이 아니기 때문에 제왕帝王된 사람이 어쩔 수 없는 경우에 이르러맨 마지막 수단으로 의뢰할 것입니다. 본인이 이제 여러분에게 물으니, 영국이 이번에 군대를 보낸 목적은 우리를 정복하려 함이 아니면 무엇을 위하여 흉기를 지닌 군대를 보냈습니까? 본인은 그 이유를 깨달아 알기에 몸과 마음이 괴롭습니다. 여러분도 아마 군대를 나누어 보낸 이유를 서로 알 수 없을 것입니다. 무슨 적이 있어 영국이 셀 수 없는 해군과 육군을 나누어 보냅니까? 다른 적은 없으니, 우리를 적敵으로 마주하려 함이 아니라 할 수 있습니까? 이는 영국 내각이 오래 달궈 두드리던 쇠사슬로 우리 미국 사람을 굳게 얽어매려고 나누어 보낸 것이니, 우리는 어떠한 수단으로 이를 막아야 하겠습니까? 의론議論으로 해볼까요? 아니요,

아니요. 의론도 한 번 두 번이지, 십 년간을 두고 의론하였습니다. 겸손하게 슬피 하소연하여 빌어볼까요? 아니요, 아니요. 수없이 한 말로 간절히 슬픈 소리로 원해보았습니다. 그러면, 다른 수단이 있습니까? 우리는 다시 수단 없습니다. 장래 우리에게 향하는 사나운 비바람을 피하기 위하여 수단이라 하는 것은 다 해보았습니다. 청원도 하였고, 논쟁도 하였고, 슬프게 하소연하여 빌어도 보았고, 하다못해, 옥좌玉座 앞에 고개를 숙이고 엎드려 '황송하나 폐하께서 내각과 국회國會의 중재자가 되셔서 그 압박하고 억제하는 손을 끌어당겨 그치게 해 주소서'라고 사정을 하소연도 해 보았습니다. 그러나 우리의 청원은 업신여김을 불렀고, 우리의 논쟁은 깔보고 욕보임을 당하였고, 우리의 슬프게 하소연하고 빎은 퇴박을 당하고, 또 우리가 옥좌 앞에서 축축蹴逐을 당하였습니다. 이와 같은 처지에 이르러서는 우리가 아무리 평화와 서로 친하여 화목함을 바라더라도 도저히 할 수 없으니, 다시 바랄 여유가 없습니다. 이제 우리가 자유를 얻으려 한다면, 이제 우리가 한량없이 가치 있는 특별한 권리를 지켜 온전히 하고자 한다면, 우리가 만약 영광이 있는 목적을 이루고자 한다면, 아! 여러분이여! 다시 쓸 수 있는 수단이 없습니다. 방패와 창을 잡을 수밖에 없습니다. 거듭 다시 말하니, 여러분이여! 우리는 방패와 창으로 해볼 수밖에 없습니다. 아! 하나님이여! 우리가 전쟁의 실마리를 여는 것이 참마음이 아니올시다. 지금은 전쟁의 신神에게 아뢰는 것 밖에는 다시 쓸 수 있는 여유가 이미 다 하였습니다.

어떤 사람은 말하기를, '우리는 미약하여 영국 군대를 대적할 수 없다'고 할 것이니, 그러면 어느 날에 우리가 강하고 왕성하게 되겠습니까? 내일입니까? 내년입니까? 그렇지 않다면, 집집마다에 영국 군대가 만일을 염려하여 미리 방비한 뒤에 우리가 강하고 왕성하게 되겠습니까? 또 우리는 할까말까 망설이고 결정하지 않다가 강하고 왕성하게 하겠습니까? 게으름과 잠을 지나치게 욕심내고, 허황된 생각에 혹하다가 적이 이르러 우리의 손발을 묶는 날에 강하고 왕성하겠습니까? 어느 날에 강하고 왕성하여 충분히 대적하게 되겠습니까?

여러분이여! 우리가 타고난 성품의 수단을 알맞게 쓰면, 딱 잘라 작고 약하지 않다고 말할 수 있습니다. 삼백만 백성이 한마음으로 일어나, 거룩하고 존엄하여 더럽힐 수 없는 자유를 위하여 무기를 잡으면 적의 군대가 아무리 강하더라도 두려울 것이 없습니다. 여러분이여! 우리가 뒷도움이 없는 외로운 군대로 싸우는 것으로 생각하지 마십시오. 우리 국민의 운명을 주로 맡아 처리하시는 하나님께서는 바른 도리를 베푸시나니 반드시 우리를 도우실 것입니다. 여러분이여! 전쟁터는 홀로 강한 사람만 나가는 곳이 아니오. 생기 있고, 기특하며 총명하고, 굳세고 용감한 사람은 누구든지 나갈 것이올시다. 우리가 전쟁터에 나가는 것 밖에는 달리 다시 쓸 수 있는 수단이 없으니, 이 첫머리에 이르러 비루[28] 하고 겁이 많은 마음을 일으키고 전쟁을 피하려 하더라도 이제는 할 수 없소. 피할 수 없는 것을 억지로 피하면, 아! 슬프고 슬프구나! 그들의 짓밟음을 당하여 노예의 혹독한 괴롭힘을 받을 것이니, 우리를 얽어맬 쇠사슬은 벌써 불에 달궈 두드려 차츰차츰 앞으로 보스턴 들판에서 그 소리를 울리려 하오. 전쟁은 도저히 벗어날 수 없으니, 전쟁을 오게 하십시오. 여러분이여! 전쟁을 오게 하십시오.

(이때 자리 가운데 '평화', '평화' 부르짖는 사람이 있었다.)

신사紳士 가운데에는 평화를 부르짖는 사람이 있으나, 평화의 희망은 이미 끊어졌고 실제로는 전쟁이 이미 시작하였으니, 다음번의 추운 바람은 반드시 우리 귓불에 군대의 떠들썩한 소리를 보내올 것입니다. 우리 동포는 벌써 전쟁터에 나왔으니, 여러분이여! 어찌 머뭇거림이 옳겠습니까? 목숨이 그리 아깝습니까? 노예의 부끄러움을 달게 받기까지 목숨이 그리 중요하십니까? 또 우두머리의 줄에 얽매임을 받더라도 평화라면

---

28) 鄙陋 : 마음이 고상하지 못하고 하는 짓이 더러움.

좋습니까? 아! 하나님이여! 우리 동포의 이와 같이 타락한 넋을 고치게 하여 주시옵소서. 본인은 빌고 바라오니, 하나님이여! 나에게 자유를 달라! 그렇지 않거든 나에게 죽음을 달라!"

이와 같은 연설을 베껴 쓰고, 보지 않고 외우면, 어조의 절박한 곳과 냉정한 태도로 비웃는 곳과 의분에 북받쳐 슬퍼하고 한탄하는 곳과 두 손을 비벼 어루만져 달래는 곳과 누르고 올리는 곳과 갑자기 세력이 꺾이는 곳과 사로잡고 풀어주는 곳을 자연히 서로 알아, 자기도 알지 못하는 사이에 연설의 묘한 방법을 얻게 되니, 영국의 웅변가로 일컫는 풀루햄 씨가 말하기를, "내가 귀족원貴族院에서 황후皇后를 위하여 말해 사리事理를 밝힐 때에 그 준비로 사주四週 간을 데모스테네스 씨의 연설을 되풀이해 익숙하도록 읽고 스무 번 남짓을 베껴 썼더니, 귀족원에 나가 말해 사리를 밝힐 때에 미리 생각했던 것 밖의 좋은 결과를 얻어 세상의 크게 소리 지르며 칭찬함을 받았다"라 하였다.

이름 있는 연설가의 연설 책을 익숙하도록 읽으며 베껴 씀이 매우 필요한 연습됨은 씨의 경험을 따라서 분명하구나! 데모스테네스의 일을 앞에 많이 말했기에 아래에 그 연설을 소개하니,

"여러분! 여기에 모인 많은 사람 가운데에 한편으로는 필리포스 Ⅱ세 Philippos II[29](알렉산드로스 III세Alexandros III 대왕[30]의 아버지)가 이끌고 거느린 군대 수數의 많음을 보고, 한편으로는 우리 그리스 여러 나라가 작고 약하여 소유한 영토가 차차 빼앗겨 다함을 보고, 필리포스 Ⅱ세가 우리들의 가장 두려워할만한 원수인 것으로 생각하는 사람이 한 분이라도 계시면, 나는 그 어른의 생각이 사리에 꼭 맞음을 아니라 할 수 없소. 그러나 나는 그 사람을 향하여 한마디 말을 알리니, 우리 아테네의 동포

---

29) BC 382~BC 336. 마케도니아의 제18대 왕(BC 359-BC 336 재위).
30) 마케도니아의 왕(BC 336-BC 323 재위). 필리포스 Ⅱ세의 아들로 페르시아 제국을 무너뜨리고, 마케도니아 군사력을 인도까지 진출시켰으며, 지역왕국들로 이루어진 헬레니즘 세계의 토대를 쌓았다.

여러분이여! 이제 필리포스 II세에게 굴복해 따르는 그리스 여러 나라의 반수 이상이 이전에 한 차례 자유 독립국이 되었던 일을 생각하십시오. 또 필리포스 II세에게 동맹同盟하려는 마음이 없고, 우리 아테네에 동맹하려는 마음을 품은 때가 있었음을 생각하십시오. 그때에 필리포스 II세가 만약 그 세력도 약하고 동맹도 없어 여러분에게 마주 대적해 싸우더라도 공을 이룰 희망이 없었다면, 결코 오늘날 성공의 영광이 있는 저들의 기도企圖가 일어나지 못하였을 것이오. 또 저들의 위엄 있는 기세가 오늘날 이와 같은 맨 꼭대기에는 오르지 못하였을 것이오. 그러나 저들은 우리의 제일 요해要害 한 땅의 위치가 싸우는 군사軍士의 상품이 되어 이긴 사람의 손 안으로 돌아갈 것을 알았으며, 지키는 사람이 없는 영토는 자연히 전쟁터에 있는 사람의 손 안으로 돌아갈 것을 알았으며, 겁쟁이의 가진 것은 자연히 생기가 있고 겁 없이 결단하는 사람의 가진 것이 될 것을 알았으니, 저들이 각 나라를 쳐서 굴복시킴도 아주 이들 감정에 찔리고 몹시 흥분하여 기도가 나옴이올시다. 우리 아테네 나라의 동포 여러분이여! 여러분이 다행히 나의 말을 들어 필리포스 II세와 같은 모양의 감정을 가지고 있으시면, 여러분이 만약 각각 자기의 지위와 능력의 정도로 할 수 있는 대로 그 힘을 다하고, 그 뜻을 힘써 하여 쓸 수 있는 인물이라는 칭찬을 얻으려 하시면, 여러분 가운데에 만약 부유한 사람이 나라를 위하여 재산을 아깝게 여기지 않고 평상시 비용을 성실히 바치시면, 여러분 가운데에 만약 나이 어린 사내아이가 꽃과 같은 공적과 명예를 전쟁터에 나타내려 하시면, 다시 간단하게 말한다면, 여러분이 만약 구차하게 우선 당장 평안한 것만을 취하는 마음을 끊고, 스스로 믿는 타고난 기질과 용감하게 나아가는 의지와 기개를 떨쳐 일으키시면, 여러분은 반드시 하늘과 땅의 신령神靈의 드러나지 않는 은미[31]한 보호를 받아

---

31) 隱微 : 작아서 알기 어려움.

하루아침에 잃어버린 좋은 기회를 다시 붙잡아 여러분의 옛날 영토를 회복하고, 저 필리포스 II세의 태도가 방자한 죄를 정벌하실 것입니다. 아! 우리 동포 여러분이여! 그것은 그렇지만, 여러분은 어느 날 어느 때로부터 이와 같은 용기를 부추겨 생기게 하시려 합니까? 두렵고 두려워할만한 일이 일어나야 이를 잘못이 없도록 미리 조심하기까지는 이대로 지나시려 합니까? 반드시 요구되는 일이 눈썹 머리에 다가서 여유가 없기까지는 이대로 지나시려 합니까? 대체로 보아 여러분은 우리 현재의 사정을 어떻다고 생각하십니까? 내가 생각건대, 스스로 주인 되는 자유로운 사람에게는 부끄러움과 모욕을 받는 때만큼 더 일이 급해져 긴장하게 되는 위기는 없습니다. 혹시 여러분이 말하기를, '필리포스 II세가 죽거나 병들거나 한 알림을 잠시 기다린다' 고 하니, 여러분이여! 청컨대, 조심하십시오. 필리포스 II세가 병드는 것이 여러분에게 무슨 관계가 있습니까? 가령, 필리포스 II세가 죽었다 하더라도 여러분이 만약 전과 같이 각자의 이로움과 해로움을 소홀히 하고, 구차하게 우선 평안한 것만 취하는 마음을 끊지 못하면, 다시 두 번째 필리포스 II세가 올 것입니다.

갑甲은 힘을 다해 외치기를, '필리포스 II세가 라세테몬 사람과 약속을 맺어 세푸스를 칠 것이다' 라 하며, 을乙은 딱 잘라 말하기를, '필리포스 II세가 페르시아Persia[32] 왕에게 사절을 보낼 것이다' 라 하며, 병丙은 눈썹을 찡그려 말하기를, '필리포스 II세가 막 이제 일리리아Lllyria[33]의 형세를 튼튼하게 한다' 라 하니, 여러분이여! 나는 정말로 저들이 자기 세력에 마음이 취하여 여러 가지 헛된 생각이 있음을 믿습니다마는, 저들도 또한 이 한낱 빈구석이 없고 생각이 찬찬하여 온갖 꾀를 잘 내는 사람이라, 어찌 우리들 가운데에 가장 작고 약한 사람이라도 엿보아 알 수 있는 옹졸하고 비열한 일을 계획하는 꾀를 뚜렷하게 드러내겠는가? 여러분은

---

32) 아시아 남서부에 있었던 이란Iran의 옛 왕국.
33) 발칸 반도의 북서부 지역. BC 10세기경부터 인도유럽인에 속하는 일리리아 인들이 이곳에 정착했다.

이들 뜬소문을 치아齒牙에도 걸지 말고, 다만 필리포스 II세가 우리들의 적이라 생각하십시오. 우리들이 오래 저들에게 업신여김을 당한 일을 생각하시고, 그리스 여러 나라가 우리들을 도와줄 것으로 생각하는 동시에 우리들을 적으로 마주대한 일이 있음을 생각하셔서, 우리들의 남에게 의지할 것은 다만 우리들뿐이라 생각하십시오. 또 우리들이 만약 필리포스 II세를 적으로 마주대하여 외국에 출정出征함에 종사하지 않으면 반드시 저들의 뜻밖에 와서 침을 만날 일을 생각하십시오. 우리들이 이를 생각하여 믿을 수 있으면, 자연히 마음을 다잡을 것이 있어 뜬소문에 피동被動치 않을 것입니다. 그러면 우리들은 기다릴 것도 없고, 구할 것도 없고, 다만 왼쪽의 한 가지 일을 믿어야 할 것이다.

'우리들이 만약 맡은 직무에 조심하여 아테네 나라 사람됨에 부끄럽지 않은 거동을 하지 않으면, 재앙으로 인한 해害가 또 와서 우리들을 뜻하지 않게 치리라.' "

온통 연설은 나의 뜻을 자세히 말함이 목적이나, 그 뜻을 자세히 말할 때에 말을 마음대로 다룸이 반드시 요구되니 반半은 나의 뜻을 말하고, 반은 다른 사람의 뜻을 말하여, '여러분은 이와 같이 생각하시겠지요. 여러분은 이와 같이 말하시겠지요. 그러나 어쩌어쩌한 이유로 이러이러한 결과가 나겠으니, 이와 같게 되는 때는 여러분이 어떻게 하시려 합니까? 하고 그 뒤에 자기의 뜻으로 결론을 할 것이니, 만약 이와 같이 말을 마음대로 다룸이 없고, 다만 나의 의견은 이와 같다고 자세히 말하기만 하면 결코 듣는 사람들에게 감정을 주지 못할 것이다. 그러므로 다른 사람의 생각하는 것을 헤아린 뒤에 나의 뜻을 입 밖에 내서 결정하는 판단을 내림이 반드시 요구되는구나! 그러나 연설이 몸에 배게 힘들여 배우지 못한 사람은 다른 사람의 뜻을 생각할 여유가 없고, 다만 자기의 의견만 재미없게 말하는 까닭에 박수갈채의 소리가 적은 것이니, 위에 실은 데모스테네스와 패트릭 헨리의 연설을 되풀이해 글을 익혀 읽으면 얻는 것이 많을 듯하다.

연설과 감정

사람은 감정의 동물이니, 연설할 때에 마땅히 그 감정에 하소연하여 다른 사람의 감정을 움직이게 하기를 조심할 것이다. 감정을 주지 않는 연설은 아무리 옳고 당연한 일을 말하더라도 많은 사람들의 동정同情을 얻기 어려우니, 동정을 얻어 나의 뜻을 끝까지 행해 이루려하는 연설은 더욱 감정에 하소연함이 옳다. 버크Edmund Burke[34]가 헤이스팅스Warren Hastimgs[35] 공격을 연설할 때에 에리탄 부인이 이를 듣다가 기절 함은 정말로 그 연설이 감정에 넉넉한 까닭이다.

종교개혁[36]의 큰일을 이루어 세계에 유명한 마르틴 루터Martin Luther[37]가 세상의 큰 세력을 홀몸으로 물리쳐 없애버리고, 개교주의改敎主義로 발표할 때의 연설이 있으니, 이는 그 일을 하나님께 비는 연설이다.

"오! 전능하신 하나님이여! 지금 세상은 얼마나 무서운 세계입니까? 보십시오. 세상이 나를 삼키려고 그 입을 열었습니다. 아! 나는 믿는 마음이 엷습니다. 몸은 어찌하여 약하고 악마는 어찌하여 강합니까? 내가 만약 이 세상의 세력을 의지한다면 나의 일이 벌써 실패하였겠습니다. 나의 죽게 된 때를 당한 날이 벌써 왔겠습니다. 나의 처형을 벌써 널리 말하여 일렀겠습니다. 아! 하나님이여! 이 세상의 세력은 아무리 강하고 크더라도 마침내 멸망하는 것이요, 하나님의 세력은 영원히 끝이 없습니

---

34) 1729~1797. 영국의 정치가, 정치사상가. 1790년에 자코뱅주의에 반대한 《프랑스 혁명론》을 발표해 보수주의의 옹호자로 부상했다.
35) 1732~1818. 영국의 초대 인도 총독. 역대 총독 중에서 가장 유명하다.
36) 16세기 서방교회 로마 가톨릭 교회에서 일어난 종교혁명. 이 혁명의 가장 중요한 지도자는 마르틴 루터와 장 칼뱅이다.
37) 1483~1546. 독일의 성직자, 성서학자, 언어학자. 교회의 부패를 공박한 그의 95개 조항은 프로테스탄트 개혁을 촉진시켰다.

다. 세상의 지혜는 아무리 많더라도 하나님의 지혜에 비하면 하늘과 땅 사이의 한낱 티끌의 끝이올시다. 아! 하나님이여! 나를 도와 세상의 지혜를 이기게 하십시오. 나를 도울 이는 오직 주뿐이니, 대체로 보아 종교를 개혁하는 이 일이 나의 일이 아니라 실제로 주의 일이올시다. 나는 이 세상에 있어, 하려 하는 일이 하나도 없고, 나는 이 세상의 힘 있는 사람과 싸우기를 원하지 않고, 다만 평화와 행복 가운데에서 지나기를 바랄 뿐입니다. 그러나 하나님의 교지를 바로잡아 종교를 개혁하는 이 일은 주의 일이요, 대대로 미칠 일이니, 나를 도우셔서 나로 하여금 이 일을 이루게 하시옵소서. 오! 주여! 나를 도우십시오. 신의가 있고 진실하여 변함이 없는 하나님이시여! 세상에 속한 것은 모두 까닭이나 필요 없는 것이기 때문에 나는 다른 사람을 믿을 수 없으니, 대체로 보아 다른 사람에게 속한 일은 믿고 의지할만한 것이 없고, 다른 사람을 따라서 이루는 일은 실패할 것이올시다. 오! 하나님이여! 듣지 아니하십니까? 우리 하나님이 죽으셨습니까? 아니올시다. 아니올시다. 하나님은 영원하셔서 시작과 끝이 없으시니 죽을 이유가 없으십니다. 우리 하나님이 숨어서 피하셨습니까? 나는 하나님이 이 일을 우리에게 맡기심을 압니다. 오! 하나님이여! 지극히 사랑하시는 예수그리스도를 위하여 나의 곁에 서십시오. 대체로 보아 그리스도는 나의 성城이요 나의 방패요 나의 힘이올시다. 주여! 주는 이제 어느 곳에 계시옵니까? 오! 하나님은 어느 곳에 계신지, 오십시오. 임하십시오. 나는 마음먹었습니다. 주의 참 뜻을 위하여 이 몸의 한 목숨을 받들어 바치려고 마음먹었습니다. 이 일은 주의 일인 까닭으로 나는 양¥과 같이 참아 결단코 하나님 손 아래를 떠나지 않겠습니다. 지금이든지 이후이든지 결단하여 작정하고 떠나지 않겠습니다. 세상에는 가령 악마가 가득 차더라도, 이 몸이 가령 돌 위에 갈려 다하더라도, 이 몸이 비록 불 속에 던져져 재로 변하더라도, 결단코, 결단코,…… 아! 나의 넋은 주에게 속한 것이니, 하나님이여! 나를 도우십시오. 아멘."

이와 같은 연설을 들으면 감정이 넉넉함을 알 것이다. 감정에 하소연하는 연설은 누가 듣든지 누가 읽든지, '아! 비참하다. 아! 불쌍하다. 아! 견딜 수 없다'고 하는 생각이 일어나야 자연히 그 말에 동정을 드러내게 되니 연설자의 주의하지 않을 수 없을 것이다.

로마가 카이사르(Gaius) Julius Caesar[38]를 죽이고 공화국共和國을 건설할 때에 브루투스 알비누스 Decimus Junius Brutus Albinus[39]가 카이사르 살해의 까닭을 연설함에, 안토니우스 Marcus Antonius[40]가 반대 연설로 카이사르를 위하여 변명하니, 이 두 사람의 연설이 역사에 유명한 연설이요, 또 감정에 하소연함이 많기 때문에 아래에 들어 연설가의 참고를 만든다.

브루투스 알비누스의 연설

"우리 사랑하는 로마의 동포 여러분이여! 청컨대 귀를 맑게 하여 잠깐 나의 말하는 것을 조용히 들으십시오. 원컨대, 나도 명예를 아끼는 사람으로 아시고, 나를 믿으십시오. 만약 나를 죄주고 허물하려 하시거든 각각 그 지혜에 스스로 하소연하여 나를 허물하십시오. 다시 한결 착하고 어진 판결자되기를 생각하시고, 각자의 감각을 불러일으키십시오. 만약 이 자리 가운데 한 사람이라도 카이사르의 가까운 벗이 계시면, 나는 그 사람에게 향하여 한마디 말을 거듭 말하겠습니다. '내가 카이사르를 사랑하는 정이 결코 그대에 겸손하지 않겠다'고 한마디 말을 거듭 말하겠습니다. 만약 그 가까운 벗이 나를 향하여, '그러면 네가 무슨 까닭으로

---

38) BC 100~BC 44. 로마의 유명한 장군, 정치가. 갈리아를 정복했으며(BC 58-50), BC 49~46년의 내전에서 승리해 딕타도르(독재관)가 된 뒤 일련의 정치적 사회적 개혁을 추진하다가 귀족들에게 암살당했다.
39) ?~BC 43. 로마의 장군. 딕타도르(독재관) 율리우스 카이사르의 부하였으나 그의 암살에 가담했다.
40) BC 82/81~BC 30. 율리우스 카이사르 휘하의 로마 장군이며, 제2차 삼두정三頭政(BC 43~30) 때의 세 실력자들 중 한 사람.

카이사르를 죽였느냐? 고 물으시면, 나는 답하겠습니다. 그것은 내가 카이사르를 사랑하는 정이 엷고 약한 까닭이 아니요, 로마를 사랑하는 정이 한결 재차 두터운 까닭이라고 답하겠습니다. 그대여! 그대는 카이사르 한 사람이 죽고 자유의 다른 사람이 고르게 사는 것보다 카이사르 한 사람이 살아 자유의 다른 사람이 모두 죽는 것을 원하십니까? 아마, 그것은 원치 않을 것입니다. 카이사르가 나를 사랑하기에 나는 그를 위하여 울었습니다. 카이사르가 행운을 만날 때에 나는 이를 기뻐하였습니다. 카이사르가 뛰어나게 굳세기에 나는 이 명예를 기렸습니다. 그러하나 그가 분수에 넘치는 욕망을 품으므로 나는 그를 죽였습니다. 그러하니, 곧 그의 사랑에 마주해서는 눈물이 있었고, 그의 행운에 마주해서는 기쁨이 있었고, 그의 뛰어나게 굳셈에 마주해서는 명예가 있었고, 그의 분수에 넘치는 욕망에 마주해서는 죽음이 있었습니다. 만약 이 가운데에 노예를 달게 여길 비루하고 기개가 없는 사람이 있습니까? 있거든 있다 하십시오. 이와 같은 사람에 마주해서는 내가 죄를 지겠습니다. 만약 이 가운데에 로마 자유인 됨을 좋아하지 않는 야만인이 있습니까? 있거든 있다 하십시오. 이와 같은 사람에 마주해서는 내가 죄를 지겠습니다. 만약 이 가운데에 우리나라를 사랑하지 않는 천하고 용렬[41]한 사람이 있습니까? 있거든 있다 하십시오. 이와 같은 사람에 마주해서는 내가 죄를 지겠습니다. 나는 잠시 연설을 그치고 이와 같은 사람이 있거나 없다는 대답을 기다릴 것이니, 과연 있습니까? 있거든 있다고 빨리 대답하십시오.…… 이와 같은 사람은 한 사람도 없으니, 그렇다면 나는 어떤 사람에게도 죄를 지지 않았습니다. 내가 카이사르에게 행한 일이, 여러분이 나 브루투스 알비누스에게 행할 것보다 많고 큼이 아니올시다. 카이사르를 찔러 죽임에 관련한 문제는 종묘宗廟에 적어 넣었으니, 카이사르가 알맞게 받을 영

---

41) 庸劣 : 못생겨 재주가 다른 사람만 못함, 어리석음.

광은 조금도 줄어들지 않고, 카이사르의 죄는 죽음으로 풀렸으니, 곧 별로 이를 벌할 필요가 없습니다. 보십시오. 카이사르의 유골은 안토니우스가 상주喪主되어 이 곳으로 옮겨 오려하니, 안토니우스는 찔러 죽임에 참여하지 않았으나, 카이사르가 죽음으로써 로마 공화국의 한 자리를 받을 것이요, 이와 때를 같이해 나는 이 자리를 떠나려합니다. 그 까닭은 내가 원래 나라 이익을 위하여 나의 가장 사랑하는 사람을 죽였으나, 나라가 만약 나의 죽음을 바라면, 나는 저들의 짧은 칼(카이사르를 죽였던 짧은 칼)에 엎어져 죽을 것입니다."

안토니우스의 연설

"이곳에 가득 모인 여러분이여! 여러분은 청컨대 귀를 기울여 나의 말을 들으십시오. 내가 이 곳에 옴은 카이사르를 기리고 찬양하려고 온 것이 아니라, 카이사르를 땅에 묻어 장사지내기 위하여 온 것이올시다.

원래, 다른 사람의 나쁜 일은 그 추한 이름을 오래도록 전하지마는, 다른 사람의 착한 일은 그 사람의 시체와 함께 땅 아래 파묻히게 되는 일이 많으니, 카이사르의 일이 또한 이와 같구나! 앞에 말한 사람 브루투스 알비누스는 카이사르를 가리켜 분수에 넘치는 욕망을 품은 간사한 지혜가 있는 영웅이라 하지만, 나는 카이사르의 성품과 행실을 잘 알던 것이니, 그는 바른 도리를 중요하게 하는 어진 사람이요, 우리들의 좋은 벗이올시다. 그가 여러 번 싸움을 이기고, 싸움에 이기고 부르는 노래를 연주하여 로마로 돌아올 때, 그 돌아올 때마다 사로잡은 적군이 길에 이어지고, 상금이 창고에 가득 찼으며, 가난해 고생하는 다른 사람이 그에게 울며 하소연하면 그가 또한 몰래 눈물을 흘렸던 것이니, 간사한 지혜가 있는 영웅의 눈에 어찌 이와 같은 눈물이 있으며, 간사한 지혜가 있는 영웅의 마음에 어찌 이와 같은 어짊이 있겠는가? 이러한 어짊이 있고, 또 이러한 눈물이 있는 카이사르를 브루투스 알비누스는 가리켜 분수에 넘치는 욕망을 품은 간사한 지혜가 있는 영웅이라 하니, 큰 군자君子 브루투스 알비누스의 말은 나와 같은 소인小人의 무리가 서로 알기 어렵습니다.

여러분이 함께 알고계심과 같이 카이사르가 류파칼 제祭에 임하였을 때에 내가 왕관을 세 차례나 받들어 드렸으나, 그는 세 차례를 사양해 물리쳤습니다. 그러나 브루투스 알비누스는 그를 가리켜 분수에 넘치는 욕망을 품은 간사한 지혜가 있는 영웅이라 하니, 큰 군자 브루투스 알비누스의 말은 나와 같은 소인의 무리가 풀어 알 수 없습니다. 나는 감히 브루투스 알비누스의 말을 헐뜯어 논박함이 아니라, 다만 나의 아는 것과 생각하는 것을 거리낌 없이 사실대로 바로 말할 뿐이니, 여러분이 카이사르를 사랑함은 그 사랑하는 이유가 없지 못할 것이라, 여러분이 사랑할 이유가 있어 그를 사랑함이 아닙니까? 그를 사랑하는 이유는 그를 조상[42]할 이유와 한가지로 같지 않습니까? 아! 여러분이여! 여러분이 이제 이것을 어떻게 판단하시렵니까? 무슨 까닭으로 판단력이 없으십니까? 여러분의 도리道理가 그 빛을 이미 잃었습니까? 여러분이여! 나의 마음은 나를 벗겨 카이사르의 관棺으로 들여보냈으니, 내가 말하고자 하되 말할 수 없음을 어찌하겠소?

어제에는 카이사르의 한마디 말이 세상을 흔들어 움직일 수 있더니, 오늘에는 그가 땅에 엎드려, 보통사람도 경의를 표하며 인사하지 않는구나! 어찌 어제에는 옳고 오늘에는 그르겠소? 그러나 카이사르를 죽인 브루투스 알비누스와 카시우스 롱기누스Gaius Cassius Longinus[43]는 지금 세상의 큰 군자라, 큰 군자에게 공경하지 않음을 당함보다 차라리 죽은 사람에게 공경하지 않음을 당하고, 여러분에게 공경하지 않음을 당하고, 내 자신에게 공경하지 않음을 당함이 편안하고 온전하니, 편안하고 온전

---

42) 弔喪 : 남의 상사喪事에 조의를 표함.
43) ?~BC 42. BC 44년 율리우스 카이사르를 암살한 음모단의 주모자.

한 계책을 잡을까? 위태롭고 급박한 계책을 얻을까? 이것이 나의 의문이올시다.

이에 내가 카이사르의 글을 보일 것이니, 이것은 카이사르의 도장 찍어 남긴 글이라, 이 남긴 글은 내가 그 서재에서 발견한 것인데, 내가 오늘에 이것을 읽기 차마 어려우나, 여러분으로 하여금 이것을 읽게 하면, 여러분의 감동이 과연 어떻겠습니까? 여러분이 이 글을 읽으시면, 반드시 여러분 가운데에는 그의 시체를 품에 안고 그 찔려 다친 곳에 입을 맞추는 사람이 있을 것입니다. 여러분 가운데에는 반드시 수건을 내어 그의 다친 곳에서 흘러나오는 신선한 피를 적시는 사람이 있을 것입니다. 여러분 가운데에는 반드시 그의 살쩍[44]의 한 머리털이라도 구해 얻어 귀하고 중요한 기념을 만들고, 이것을 자손의 여러 대에게 전하려 하는 사람이 있을 것입니다.

여러분이여! 남자가 눈물을 뿌림은 뿌릴 때가 있어 뿌리는 것이니, 오늘날 이와 같은 일에 마주하여 뿌리지 않으면 어떤 때에 뿌리려합니까? 보십시오. 여러분이여! 이 윗도리는 카이사르가 넬피아이 족族을 쳐서 굴복시켰던 여름밤에 진을 친 곳에서 납량納涼할 때에, 그의 몸에 입었던 윗도리올시다. 그때에 카이사르가 어찌 씩씩하고 뛰어났으며, 어찌 장엄하였겠습니까? 여러분이여! 이 윗도리의 찔려 다친 곳을 보십시오. 이 곳은 카시우스 롱기누스의 짧은 칼로 찔러 찢은 것이요, 캬스카의 품은 칼로 갑자기 벤 것이요, 이 곳은 브루투스 알비누스의 짧은 칼이 바로 들어간 것이니, 여기에 찍힌 핏자국은 브루투스 알비누스가 찔러 들어갔던 짧은 칼을 당겨 뺄 때에 그 칼 곁으로 줄줄 방울져 흘러내린 카이사르의 신선한 피올시다. 아! 카이사르를 죽임은 어찌 카시우스 롱기누스의 짧은 칼이라 말할 것입니까? 어찌 캬스카의 품은 칼이라 말할 것입니까? 카이사

---

44) 양볼 곁의 털.

르를 죽인 것은 정말로 은혜를 잊고 의로움을 저버린 브루투스 알비누스의 마음이라 말하겠습니다. 이 마음으로 카이사르의 마음을 찌르니, 많은 칼날보다 날카롭고 독한 것이라, 일이 여기에 이름에 카이사르도 어찌하지 못할 것을 알고, 자기의 보기 싫은 죽은 얼굴을 가리려고 이 윗도리의 소매로 그 얼굴을 덮어 그 가운데에도 패한 군대의 장군 폼페이우스Gnaeus Pompeius Magnus[45]의 상像 아래에서 넘어졌습니다. 아! 카이사르의 넘어짐이여! 크도다! 카이사르의 넘어짐이여! 저것은 한 사람만 넘어진 것이 아니라, 연설하는 사람 된 내 무리든지, 곁에서 듣는 사람 된 여러분이든지, 로마 온 국민이 다 카이사르와 함께 넘어진 것이올시다. 여러분이여! 청컨대 울음을 그치십시오. 쓸데없이 눈물을 드리우지 마십시오. 남자의 눈물은 한 방울에 천금千金의 가치가 있으니, 여러분이 천금의 눈물 한 방울을 아까워하지 않고 이 윗도리에 뿌림은 무슨 이로움이 있을 것입니까? 이 윗도리는 카이사르가 아니올시다. 여러분은 청컨대 와서 카이사르의 죽은 몸을 살펴보십시오. 아! 나는 차마 말할 수 없습니다.

착하고 어진 여러분이여! 순순히 따르는 여러분이여! 나는 여러분의 기운을 부르고 여러분의 마음을 움직여 여러분으로 하여금 반기反旗를 들게 하는 등의 일은 원치 않습니다. 카이사르를 죽인 자객은 모두 지금 세상의 큰 군자라, 혹은 뉘우치고 혹은 슬퍼하는 사람이 없다고 단정해 말할 수는 없지마는, 그들 자객이 반드시 사람이 행해야 할 바른 길로써 여러분에게 답하며, 웅변으로써 여러분에게 임하여 교묘하게 꾸민 말로 자기의 행위를 변호할 것입니다. 나는 말주변이 없고 배움이 얕기 때문에 브루투스 알비누스에 비교할 수 없습니다마는, 나는 다만 여러분 앞에 와서 카이사르의 죽음을 조상하고, 카이사르의 시체에 절하고, 카이

<hr>

45) BC 106~BC 48. 로마 공화정 말기의 위대한 정치가, 장군이며 3두정의 한 사람(BC 61~54).

사르를 위하여 하소연할 뿐이올시다.

그러하나 내가 만약 브루투스 알비누스와 같은 재주 및 지혜와 웅변과 도량이 있었더라면, 거침없이 잘하는 몇 천 마디의 말로 카이사르의 피를 마셔, 말이 오고 가도록 하겠습니다. 그렇게 할 처지이면 다만 여러분의 정신을 어지럽게 할 뿐 아니라, 아마 로마 나라 안의 생각이 없고 인정이 없는 목석木石이라도 일어나 함성이 땅을 말고, 함성이 하늘을 찌를 수 있을 것입니다."

이상 두 사람의 연설을 살펴보면, 브루투스 알비누스의 변명이 얼마나 그 재치 있고 약삭빠르며, 안토니우스의 반대가 얼마나 그 마음이 굳세고 곧으며 씩씩한가? 자세히 말하지 않은 속에 자연히 변명되고, 몹시 성내지 않은 말에 자연히 반대해 논박되어, 찬양하고 헐뜯는 이야기와 갑자기 세력이 꺾이는 말과 사로잡고 풀어주는 법이 많은 사람으로 하여금 감동케 할 수 있을 것이니, 연설을 마음에 두는 사람이 이를 외우면 어떠한 연설이든지 알맞게 써서 다른 사람의 동정을 얻기 쉬울 것이다.

연설의 숙습

유럽과 아메리카 각 나라에는 인물전人物傳으로 연설하는 방법이 있으니, 요즈음에 이름이 드러난 것으로 말하더라도, 간쏘라스의 사보나롤라 Girolamo Savonarola[46] 강연과 스코틀의 링컨Abraham Lincoln[47] 강연 등은 세상 사람들이 시끄러울 정도로 칭찬하여 드러내는 것이니, 미국에 머무르며 공부한 친구의 말을 들어보면, 미국에 있을 때에 간쏘라스의 사보나롤라전傳 연설을 들었다는데 '구절마다 정말 사보나롤라가 살아 움직

---

46) 1452~1498. 이탈리아의 그리스도교 설교가, 종교개혁자, 순교자. 전제군주들과 부패한 성직자들에 맞서 싸운 것으로 유명하다.
47) 1809~1865. 남북전쟁에서 승리해 연방聯邦을 보존하고, 노예를 해방시킨 미국의 제16대 대통령.

이는 것과 같이 말해오다가 사보나롤라가 당시에 종교계의 나쁜 풍습을 몹시 나무라고, 로마 교황을 논박할 때에 이르러서는, 번개가 치고 벼락이 떨어짐과 같이 강연하는 곳의 처마가 흔들려 움직이는 듯하고, 많은 사람들은 넋을 잃어 마치 사보나롤라가 얼굴 앞에서 살아 뛰는 듯했었다'고 하니 정말로 그러한 것이다. 인물전의 연설이 다른 사람을 웃게 하며 다른 사람을 울게 하여 끝없는 감동이 일어나게 하기는 가장 힘 있는 것이다. 그러나 이것은 익숙하게 연습하지 않으면 할 수 없으니, 스코틀의 링컨전 연설은 그 초벌로 쓴 글과 한마디 말이나 구절도 다름이 없었다 하니, 곧 그 익숙하게 연습했음을 알 수 있다. 들어보면, 곧 스코틀 씨가 그 초벌로 쓴 글로 이십 년을 연습하고, 연단에 올라 연설함이 백 번에 이미 지났다 하니, 그 강연에 이름 드러남이 어찌 우연한 것이겠는가? 이러한 이름 있는 전문적 연설은, 듣는 많은 사람들이 미국 돈 이 불弗이나 삼 불의 입장금入場金을 아깝게 여기지 않고, 이를 들으려 하여 모이는 사람이 늘 몇 천 명으로 셈하며, 똑같은 연설을 몇 차례 듣더라도 들을 때마다 똑같은 감동이 일어난다 하니, 이와 같기에 이름은 연설하는 사람의 사물에 깊이 마음을 쏟음과 익숙하게 연습한 결과에서 나옴이다. 그러므로 연설은 익숙하게 연습할 필요가 있음이 분명하구나!

연설의 종결

연설을 마치고 연단에서 내려올 때에 본래 주제의 설명을 끝맺고 곧바로 연단에서 내려와 쓸데없는 말을 필요로 하지 않되, 형식상의 연설은 형식상의 말을 씀이 반드시 요구되니 가령,

"재미있는 말씀이 많으나, 시간이 충분치 못하니, 다음에 기회가 있으면 다시 연설하겠습니다."

"하고 싶은 말씀이 많으나, 연설 잘하는 변사辯士가 나의 뒤에 있어 나

의 연설이 얼른 끝나기를 기다리니, 내가 이렇게 남의 일을 가로막는 것
도 또한 편안하지 않아 그만둡니다.”

　“잘 못하는 연설은 간단한 것이 좋은 것이라, 그만하고 다른 사람의 연
설을 들읍시다.”

　이와 같은 어조로 연설을 마치면 ‘좀 더 들었으면’ 하는 감동을 듣는 많
은 사람들에게 주어 영향이 은연히 적지 않을 것이다.

연설

학술강습회의 연설

"여러분! 우리나라에 가장 빨리 권하여 힘쓰게 할 일이 무엇입니까? 상업도 권하여 힘쓰게 할 것이요, 공업도 권하여 힘쓰게 하여야 할 것이요, 농업도 권하여 힘쓰게 할 것이지마는 본인은 교육을 권하여 힘쓰게 함이 가장 초미[48]의 급한 일로 생각합니다. 대체로 보아 교육이 없으면 나라 사랑하는 정신도 일어날 수 없고, 충의와 용기나 나라를 위해 힘을 다하는 생각도 생겨날 수 없고, 그뿐 아니라, 어떤 사람은 맡은 일을 게을리 하고, 어떤 사람은 나쁜 사람 무리 가운데에 들어가 법의 그물을 범犯하는 사람이 많을 것이올시다. '인류는 만물의 영장'이라 하지마는, 만약 교육이 없으면 그 영장되는 가치를 볼 수 없을 것입니다.

지난해에 프랑스 파리대학교에서 한 가지 문제가 일어났소. 그것은 '사람을 갓난아이 때에 교육을 조금도 베풀지 않고, 그대로 자라게 하면 보통 인류와 같이 사람이 되겠느냐? 안되겠느냐?' 하는 문제요. 이 문제에 대하여 의론이 어지럽더니 '인류와 같이 되겠다'고 하는 사람이 많은

---

48) 焦眉 : 눈썹에 불이 붙는 것과 같이 썩 위급한 경우를 이르는 말, 초미지급焦眉之急.

수가 되었습니다. '그렇다면 그 어린아이가 자라서 말은 어느 곳의 말을 쓰겠느냐?' 하는 의문이 다시 일어나, 어떤 사람은 '독일어를 말할 것이다' 라 하는 사람도 있고, 어떤 사람은 '산스크리트Sanskrit어[49]를 말할 것이다' 라 하는 사람도 있고, '아니, 영어겠지' '아니, 불어겠지' '노No 노' '히야Here 히야' 서로 논란하고 반박함에 의론이 어지러워 끝을 맺어 정하지 못하더니, 그 가운데 한 사람이 말하기를, '이 문제는 경험하지 못하여 어떤 사람의 말을 찬성하여야 옳을지 알지 못하겠으니, 학술을 연구하기 위하여 한 번 실제로 시험해 보는 것이 어떠하오' 라 하자, 가득 차게 앉아 있던 여러 사람이 같은 취지로 뜻을 같이하여 몸소 겪음에 일을 시작하기로 결정하였습니다. 그렇게 한 뒤에 얼마 되지 않는 돈으로 거지의 갓난아이 두 사람을 사 얻어, 그 기르는 방법을 알프스 산기슭에 혼자 사는 할머니에게 부탁하였습니다. 그 할머니가 부탁을 받아들여, 아무쪼록 세상의 사물을 보고 듣지 못하게 한 방에 가두고, 매일 우유와 돼지고기와 닭고기 등으로 칠 년간을 길렀습니다. 그 때에 파리대학교에서는 '그만 시험을 실행하는 것이 좋겠다' 고 하여 알프스 산에 있는 어린아이를 길 가운데에서 아무것도 보고 듣지 못하게 이끌고 와서 학교 강의실 가운데에 내어놓고 보니, 이 두 사람의 아이는 웃지도 못하고 울지도 못하고 사방을 돌아보더니, 한 사람은 '뿌— 뿌—' 라 말하고, 다른 한 사람은 '쿠— 쿠—' 라 말할 뿐이요, 다른 말은 못하였습니다. 무슨 까닭으로 그 입에서 이와 같은 말만 나오고 다른 말은 나오지 않았느냐 하면, 양육을 맡은 할머니 집의 돼지와 닭의 소리를 듣고 여기에 익숙하여 돼지소리와 닭소리가 먼저 주로 들어오게 되어 배운 것이 성품을 이룬 까닭이올시다. 파리 대학교의 강사들이 말하기를, '교육이 없으면 인류라 말하더라도 인류의 흉내도 내지 못하니 어릴 때의 교육이 가장

---

49) 인도 고대어.

지극히 중요한 것이라'고 가득 차게 앉은 사람들이 손을 치고 느끼며 깨달았습니다. 이것들은 한쪽으로 아주 치우친 말이올시다마는, 어찌 하였든지 인류의 교육은 하루라도 대수롭지 않게 여기지 못할 것이 분명합니다. 그러한데, 이제 여러분의 있는 힘을 다함을 따라서, 이 모임을 베풀어 세운 칭찬할만한 아름다운 행실이 있으니, 감사합니다. 우리 청년의 지식을 열어 깨우쳐 주기 위하여, 이 사회의 문명을 열어 나아가기 위하여, 일반 국민의 나라 사랑하는 마음을 권해 힘쓰게 하기 위하여, 이 모임을 베풀어 세운 것이니, 지금으로부터는 우리 마을에 놀고먹는 백성이 없고, 나쁜 사람의 무리도 없고, 임금에게 충성하고 나라를 사랑하는 국민이 교육 가운데에서 계속해 끊어지지 않고 나올 것을 굳게 믿습니다."

낙심을 계하는 연설

"본인은 나라 장래에 대하여 희망이 많습니다. 우리나라가 오늘날 이와 같은 매우 어려운 처지에 빠져 만근萬斤의 힘으로 목숨을 누르고 천 길의 노끈으로 온 몸을 묶어 머리를 들지도 못하고 팔다리를 꼼작이지도 못하게 되었으니 누가 이것에 대하여 낙심하지 않을 사람이 있겠습니까? 그러나 낙심은 자유를 얻지 못합니다. 낙심은 독립의 회복을 가로막는 악마올시다. 낙심은 나라의 살아있는 핏줄기를 아주 끊게 하는 것이 올시다. 동포 여러분이여! '호랑이에게 물려가더라도 정신만 차리라'고 하는 속담을 잊었습니까? 우리나라가 오늘날 이와 같은 곤란한 처지를 당하더라도 국민이 낙심하지 말고, 더욱 떨쳐 일으켜 정신을 차려야 할 것이오. 나라가 아주 할 수 없는 처지에 이르더라도 국민은 더욱 성盛하게 일어나 몸과 마음의 정력精力을 떨치는 데 힘써야 할 것이오. 동포 여러분이여! 여러분이 한마음으로 힘을 합쳐 약간 일이 어렵고 절박함에 낙심하지 않고, 희망을 따라 용기 있게 나아가면, 반드시 이 나라가 망하

지 않을 것이올시다. 본인은 동포 여러분에게 마주하여 큰 소리로 경계하여 이를 한마디 말이 있으니, 곧

'국민의 마음을 빼앗지 못하면, 그 나라를 없애버리지 못하는 것이다' 하는 원칙이올시다. 여러분은 생각하여 보십시오. 사천 년을 잘되나 못되나 나라의 명칭으로 지금까지 하던 이 조선朝鮮을, 오백 년을 전해 내려오면서 나라로 서로 결합하여, 백성의 나라 향한 정성이 굳은 이 한국을, 어찌 짧은 시일에 나라의 명칭을 아주 없애버릴 수 있겠습니까? 또 가령, 한국이라 하는 명칭까지 없어지는 날이면, 아! 나라 사랑하는 정성이 많은 우리 한국 동포가 이를 모르는 체 넘겨버리겠습니까? 여러분이 어찌 탄알을 피하려 하며, 우리가 어찌 삶을 바라겠습니까? 어떤 나라를 말할 것도 없고, 한국을 아울러 삼키려면 우리 백성을 모두 없애기 전에는 아울러 삼키지 못할 것으로 생각하십시오. 참 그렇소. 우리 한국 민족의 성품의 바탕이 대단히 온화하고 공순하지마는, 사람으로서 행해야 할 정당한 도리를 아는 민족이기 때문에, 의리를 위하여 일어나는 곳에는 결코 죽음을 두려워하지 않는 민족이오. 아! 동포 여러분이여! 여러분이 만약 이 성품의 바탕을 변하여 의리도 알지 못하고 충성스런 마음도 있지 않은 마치 개와 같은 사람이 될 것 같으면, 나라의 명칭이 없어지겠지마는, 훌륭하고 크구나! 우리 국민이여! 우리 국민은 결코 이 성품의 바탕을 변하는 국민이 아니올시다. 한국 백성이 모두 죽고 한 사람만 남더라도 이 한 사람이 마저 죽어야 나라가 망할 것이요, 한 사람이라도 남아 존재하고는 다른 나라가 이 나라를 아울러 삼키지 못할 것이올시다.

낙심하지 마십시오. 이와 같이 속되지 않으며 거룩하고, 높으며 중요한 국민을 가진 우리 한국에, 이와 같이 의무를 아는 국민이, 무엇을 낙심할 것이 있겠습니까? 지금은 어떠한 처지에 이르렀든지 조금도 낙심할 것이 없습니다. 다만 우리 국민이 이러한 성품의 바탕만 잘 가지고 있고, 이러한 기상과 풍채와 태도만 북돋아 기르면, 오늘날에는 가령 한 번

멸망하더라도, 다시 회복하는 날이 있을 것이올시다. 여러분 가운데에 만약 낙심하는 사람이 있으면, 이 사람이 곧, 나라를 망하게 하는 사람이 올시다. 여러분 가운데에 만약 나의 말을 믿지 않는 사람이 있으면, 이 사람이, 곧 우리 국민의 성품의 바탕을 업신여기는 사람이올시다.

아! 동포 여러분이여! 여러분 마음속에 한 가지 해가 되는 점이 숨겨져 있으니, 이 해가 되는 점을 뽑아 없애십시오. 이것은 다름이 아니라 '할 수 없다' 라 하는 말이 이것이올시다. 여러분이여! 할 수 없다 하는 마음을 마음먹지 마십시오. 할 수 없다 하는 말을 말하지 마십시오. 어떤 사람은 말하기를, '나라의 세력이 여기에 이르렀으니 제갈량이 다시 살아나더라도 할 수 없다' 고 하니, 이러한 낙심으로 말미암아 나오는 말이올시다. 본인은 생각하기를 지금이라도 할 수 있습니다. 결단코 할 수 없는 것이 아니올시다. 여러분이여! 무슨 곤란한 일을 당하든지, 어떠한 슬픈 처지에 이르든지, 낙심하지 말고, '아이고, 할 수 없다' 고 하는 말을 입에 내뱉지 마십시오. 예로부터 공을 이룬 사람은 할 수 없다 하는 말을 내뱉지 않았습니다. 지난 해 러일전쟁[50]에 일본 토고 헤이하치로[51] 대장이 약간의 군함으로 매우 튼튼히 둘러싼 성城 같은 여순旅順 어귀를 쳐들어갈 때에 탄알은 비와 같이 쏟아지고, 적의 세력은 차차 굳어져, 참 할 수 없는 처지에 이르렀지만, 토고 헤이하치로 대장은 한 차례도 할 수 없다 하는 말을 그 입에 내지 않았습니다. 미국독립전쟁[52]에 영국군 세력이 크고 성대하므로 워싱턴George Washington[53]이 여러 차례 패하여 곤란한 처지에 당함이 많았지만, 한 번도 할 수 없다 하는 말을 그 입에 말하지 않았습니다. 원래 무슨 일이든지 곤란이 적을 수 없고, 모두 처음부터 끝까

50) 1904~1905. 만주와 한국의 배타적 지배권을 둘러싸고 러시아와 일본이 벌인 제국주의 전쟁.
51) 東鄕平八郎 : 1847~1934. 일본의 해군 원수. 그의 휘하 연합함대는 1905년 5월말 러시아 지상군을 지원하기 위해 발틱 해로부터 아프리카를 돌아 대한해협 근처에 도달한 대규모 러시아 함대를 괴멸시켰다.
52) 1775~1783. 영국의 식민지였던 북아메리카 13개 주가 독립을 이룬 전쟁.
53) 1732~1799. 아메리카 식민지군 장군, 미국 독립전쟁(1775~1783) 당시의 혁명군 총사령관, 미국의 초대 대통령(1789~1797).

지 뜻과 같게 되는 일은 없어 중간에 곤란을 당하는 때가 많으므로 이러한 곤란을 참고 이러한 곤란을 이겨야 공을 이룹니다. 이것이 성공의 드러나지 않은 썩 좋은 방법이니, 학교에 있는 학생도 어려운 것을 참고 이겨야 그 일을 이룰 것이요, 논밭과 동산에 있는 농부도 어려운 것을 참고 이겨야 그 양식을 얻을 것이요, 전쟁터에 나간 병사도 어려운 것을 참고 이겨야 그 공을 아뢸 것이올시다. 어려운 것을 이기고 일의 공을 이루려면, 그 곤란을 당할 때에 결단코 낙심하지 말고, '아이고, 할 수 없다' 고 하는 말을 내뱉지 마십시오. 여러분이여! 무엇이든지 세상에 할 수 없는 일은 없는 것으로 깨달으십시오. '태산[54]을 끼고 북해[55]를 뛰어넘음'은 할 수 없는 것이라 하지마는, 여러분은 태산을 끼고 북해를 뛰어넘는 것도 할 수 있다 생각하십시오. 몇백 년 전에 있어 '먼 곳의 소식을 눈 깜짝할 사이에 서로 통할 수 있겠느냐?'고 하면, 그 때에 누가 이것을 할 수 있다고 말할 사람이 있었겠습니까? 그 때에 있어 살펴보면, 이것은 정말로 할 수 없는 일이올시다. 누가 할 수 있다 하였겠습니까? 그러나 프랭클린 Benjamin Franklin[56]은 생각하기를, '세상에 못할 일이 어디 있겠는가? 먼 곳의 소식을 눈 깜짝할 사이에 서로 통하는 일도 하면 할 수 있다'고 하였습니다. 그 결과로 전보電報가 발명되었으니, 몇 백 년 전에 할 수 없었던 일이 오늘날에는 할 수 있게 되었습니다.

옛날에 있어 '우리들이 하늘에 오를 수가 있겠느냐?'고 하면, 그 때에 누가 이것을 할 수 있다 하였겠습니까? 그러나 서양 물리학자들은 이것도 연구하면 할 수 있다 하여 그 결과로 가벼운 기구氣球가 발명되었으니, 옛날에는 할 수 없다 하던 일이 오늘날에 이르러는 할 수 있게 되었습니다. 오늘날에 있어 태산을 끼고 북해를 뛰어넘는 것이 할 수 없는

---

54) 泰山 : 중국 산동성山東省 태안泰安 북쪽에 있는 태산 산맥의 주봉. 높이 1,524m.
55) 北海 : 발해渤海. 황해黃海 북서부, 중국의 요동반도遼東島, 산동반도山東半島에 의해 황해와 구획된 내만성內灣性의 해역.
56) 1706~1790. 미국의 과학자, 외교관, 정치가, 미국의 기본법이 된 미국 헌법의 뼈대를 만들었다.

일이지마는, 여러분의 타고난 기질로는 이것도 할 수 있다 하십시오. 오늘날 우리 한국이 정말로 할 수 없는 처지에 빠지고 떨어졌지마는, 뒷날에 다시 할 수 있는 기회에 이를 터이니 여러분은 할 수 없다고 낙심하지 마십시오.

오늘날 우리나라가 압박을 받고 업신여겨 욕보임을 당하더라도, 국민의 기운은 더욱 떨쳐 일어나고 국민의 뜻은 더욱 굳어, 더욱 괴롭게 굴면 더욱 떨쳐 일어나고, 더욱 누르면 더욱 움직여 태산이 무너지더라도 침착해 조금도 마음이 움직이지 않으며, 격렬한 천둥이 치더라도 의지가 강해 움직이지 않고 어지럽지 않아 다른 사람의 괴롭힘과 누름을 당할수록 더욱 떨쳐 일어나고 움직여, 다른 사람을 쳐 이기지 못하면 쉬지 않고, 나라를 위하여 몸을 빼냄에 나아감만 있으며 물러남은 없고, 죽는 것을 자기 집에 돌아가듯이 생각하여[57] 목적을 이룬 뒤에 곧 그만두는 정신이 굳어, 여러분이 각각 그 이런 정신으로 떨쳐 일어나시면 무엇을 걱정할 것 있으며, 무엇을 근심할 것 있겠습니까?

다른 나라 사람이 만약 여러분을 마주하여 '당신 나라에 군함이 있느냐?'고 묻거든 있다고 대답하십시오. 그 다른 나라 사람이 반드시 나무라고 비웃어 말하기를, '당신 나라의 군함은 낡아 쓰지 못하는 양무호揚武號 한 척 뿐인데, 무슨 군함이 많이 있다고 꾸며 말하느냐?'고 할 것입니다. 그 때에 여러분은 이와 같이 대답하십시오. '우리나라 국민 머리 속에 정신적 군함이 각각 있어서 어린 사람은 이제 일을 열고, 어른은 앞으로 진수식進水式을 행할 것인데, 이러한 일을 여는 군함이 만들어져 이루어지게 되고, 물에 나아가는 군함이 완전하면 이천만 척 군함이 우리나라에 있게 되는 것이라, 어느 나라가 감히 이것을 적으로 마주하겠는가? 이러한 군함으로 태평양 위에 활발하게 움직이면 해상권을 쥘 사람은 우

---

57) 죽음을 조금도 두려워하지 않음, 시사여귀視死如歸, 시사약귀視死若歸.

리 대한국大韓國인 것을 당신이 알지 못하느냐? 라 대답하십시오. 농담으로만 이와 같이 생각나는 대로 거리낌 없이 말할 것이 아니라, 각각 그 마음속에 이와 같이 결심하시고 기대하고 도모하십시오.

아! 여러분이여! 동포 여러분이여! 종로鍾路의 지난날 몹시 슬펐던 큰 변變은 그 까닭이 정말로 한숨쉴만한 일이지마는, 날래고 사나우며 튼튼하고 큰 우리 동포가 다른 나라 불꽃놀이만도 못한 그 총소리에 낙심하셨습니까? 그 총소리 뒤로 교육계도 낙심하여 학교 상황이 극히 수효가 적어서 보잘것없고, 실업계도 낙심하여 영업 상황이 극히 시들어 쇠잔하고, 일반 사회가 다 낙심하여 떨쳐 일어나는 기색이 없으니, 조그만 딱총 소리에 이와 같이 낙심하면, 만약 큰 포 소리가 있었더라면 어찌할 뻔하였습니까?

우리 대한민족은 극히 성질이 부드럽고 공순하지마는, 나라를 위하여 목숨을 바치는 마당에는 결코 죽음을 두려워하지 않고 삶을 바라지 않는 민족인 것으로 압니다. 이와 같은 민족을 가리켜 이끄는 뜻있는 사람도 역시 이와 같은 성품의 바탕을 굳게 지켜야할 터인데, 백성은 이와 같이 나라를 향하는 정성스러운 마음이 확실하고 튼튼하여 보통 때에는 온화하고 공순하며, 겸손히 남에게 내어주다가도 바른 도리를 위하여 주먹을 휘두르는 곳에는 백 사람이 함께 일하다가 아흔아홉 사람이 큰 포 아래에 넘어지고 한 사람이 살아남더라도, 그 한 사람이 결코 맨 처음의 목적을 변하지 않고 결코 낙심하지 않는 백성인데, 이것을 가리켜 이끄는 일반 사회의 뜻있는 사람은 도리어 오늘날 형편을 비관적으로만 살펴봐서 낙심하므로 각 사회가 마음을 재로 만들고 뜻을 게으르게 하여 떨쳐 일으키는 타고난 기질이 조금도 없으니, 아! 여러분이여! 그렇게 하지 마십시오. 결코 낙심하지 마시고, 오늘날 이와 같은 형편에 이를수록 더욱 떨쳐 일어나고, 더욱 떨쳐 일으켜 각 사회 각 방면이 함께 나아감만 있고 물러남은 없게 하기를 간절히 바랍니다."

청년 구락부에서 하는 연설

"지금 연설하신 변사가 소진[58] 장의[59]의 웅변으로 이로움이 있는 말씀을 많이 하셨는데, 말을 떠듬거리고 아는 것 없는 본인이 거침없이 말 잘하고 아는 것 많은 변사의 뒤에 연설을 하므로, 여러분은 대단히 재미가 없겠습니다. (아니오, 아니오. 이것은 듣는 많은 사람들의 소리이다) 비유하여 말한다면, 좋은 과화주果花酒를 마신 뒤에 쓰디쓴 막걸리를 마시는 것과 같겠습니다. (아니오) 그러한 까닭으로 본인은 연설할 수 없다고 사양하였더니, 회장께서 무엇이든지, 한마디 말씀하여 달라 하시니, 연설을 하려고 하니 곧 준비가 없고, 하지 않으면 회장의 뜻을 배반하는 것이 되겠고, 참 나아갈 수도 없고 물러갈 수도 없는 곤란한 처지올시다. 그러나 본인은 떨쳐 일어났습니다. 차라리 이곳에 가득 찬 여러분에게 비웃음을 받을지언정 회장 각하의 두터운 뜻은 어길 수 없다고 생각하여 크게 떨쳐 일어나고 연단에 올랐습니다. 본인의 마음에는 정말로 연설을 한 번 잘해서 여러분의 박수갈채를 얻으려 하는 분수에 넘치는 욕심과 명예심이 마음속에서 불의 타오름과 같사오나, 근본이 낫 놓고 기역자도 모르는 배우지 못한 사람이기 때문에 할 수 없습니다. 아! 여러분이여! 인류로 세상에 태어나거든 배우지 못한 사람이 되지 마십시오. 지식이 없는 결과는 본인과 같이 부끄러워 붉어진 얼굴이 이와 같습니다. 학문이 없는 결과는 본인과 같이 부끄러움이 이와 같습니다. 그러나 크게 떨쳐 일어남으로 몇 마디 말을 삼가 늘어놓아 여러분의 맑은 귀를 더럽히고자 하오니 용서하십시오. (삼가 듣고, 삼가 듣다)

얼굴이 뜨뜻합니다마는 신성한 연단을 더럽히고, 말씀할 것은 '간사한 꾀가 많음이 실패의 근본'이라 하는 문제올시다.

---

58) 蘇秦 : ?~?. 중국 전국시대의 책사策士로 종횡가縱橫家의 한 사람. 자는 계자季子.
59) 張儀 : ?~BC 309. 중국 전국시대의 모사謀士. 종횡가縱橫家의 비조鼻祖. 위魏나라 사람.

옛날에 간사한 꾀가 많은 원숭이가 있었습니다. 원숭이가 하루는 그 친구 되는 게와 길 가운데에서 서로 만났었는데…… 하! 게와 원숭이 사이의 친구라 함은 대단히 이상하지마는, 양반의 부인이 인력거꾼이나 하인으로 더불어 사귀는 일이 있는…… 아니, 이것은 실례올시다. 신성한 청년 여러분 앞에서 이와 같은 말씀은 할 것이 아니올시다. …… 이와 같이 적당하지 못하게 남녀가 육체적으로 관계하는 일이 사람 사이에도 있으니, 곧 원숭이와 게가 서로 벗됨이 결코 이상한 일이 아니올시다. (옳소, 옳소) 원숭이와 게가 서로 만나, '오래간만일세, 그려', '아, 어찌 그리 만날 수 없나?', '평안하신가?', '나는 무고하지마는 댁내도 다 일양—樣 하신가?' '별고없네' 인사를 다한 뒤에 원숭이가 게를 향하여 말하기를, '오래간만에 서로 만났으니 떡이나 조금 만들어 먹세, 그려' 게가 대답하기를, '그거 좋지, 만들어 먹세' 이에 의논해 정함을 한 번에 결단하여 원숭이와 게가 떡을 만듭니다. 그러나 쌀이 없어 이를 어쩌나 하자 원숭이가 말하기를, '염려하지 말게. 나에게 속셈이 있다' 라 하고, 게를 데리고 함께 가서 들에 나가니, 이때에 가을색이 들에 가득 차고 누런 벼가 금색과 같이 큰 들 한 면에 쓰러지고 쓰러지는지라, 원숭이와 게가 때를 놓치지 않고 쌀을 취하여 떡을 만들었습니다. 떡을 만들어가지고, 게는 두 사람이 맛좋게 먹으려하니 곧 원숭이가 말하기를, '잠깐 기다리게. 나에게 한 가지 꾀가 있다' 고 하더니, 별안간 그 떡을 송두리째 가지고, 높고 큰 나무 위로 올라갔습니다. 게는 뜻하지 않은 속임을 당하여 분노하고 매우 한스럽게 여기는데, 원숭이는 그 떡을 보이면서, '아이고 맛나, 아이고 맛나' 라 하고, 나뭇가지에서 기뻐하여 뛰니 게는 그 나무 아래에서 입을 벌리고, 행여나 조금 줄까 하고, 쳐다보고 있었지만 원숭이는 조금도 주지 않고 혼자 먹으려 합니다. 그 원숭이의 행위가 미워할 만하지 않습니까? (그놈 미워할 만한 놈이오) 그런데 그 나무 끝이 부러졌든지, 떡이 떨어져 게의 앞으로 떨어져 왔습니다. (하! 좋소) 게는 이것을 보고 기뽐을 스스로 이기지 못하여 '이거 웬 떡이냐?' 라 하고…… 속담에 뜻밖의 좋은 일을 보면 '이거 웬 떡이냐?'고 하는 말이 이 게에서 비롯한 것이오. (웃음소리가 일어나다) …… 빨리 그 떡을 가지고 바위 사이 깊은 굴로 들어갔소. 원숭이는 나무 위에서 떡을 잃고 바라던 일이 실패로 돌아가 있었으나 떡의 뒤를 그리워하여 내려오니, 벌써 게는 바위 사이 깊은 굴속에서, '쩍,쩍' 거리면서 맛있게 떡을 먹자, 원숭이가 게를 마주하여 말하기를, '여보게 게공△, 조금만 내보내 주게. 자네는 혼자 먹을 수 없는 것일세. 이 앞을 돌이켜 생각하면, 그 떡이 그대와 나의 두 사람이 함께 힘써 만든 것이 아닌가? 쌀을 취하여 떡을 찧을 때에 나의 힘이 그대의 힘보다 더욱 컸네. 그러한 것을 그대가 혼자 차지함은 법률이 허락하지 않을 것일세. 그대는 법률을 어기는 것도 알지 못하는가?' 라 하고, 으르기도 하며, 달래기도 하여, 국회의원의 말하는 방법으로 게를 꾸짖으니, 게는 '껄껄' 크게 웃고 말하기를, '법률을 어긴 사람은 그대이다. 누가 먼저 여럿이 같이함을 깨고, 맺은 약속을 어겼느냐? 그대가 나를 속여 떡을 가지고 높은 나뭇가지 위로 올라가 혼자 먹으려하지 않았느냐? 이제 이르러 그대는 내가 법률을 어겼다 하니, 웃을만하고, 웃을만하다. 아이고, 맛나' 라 하고 떡을 먹으므로 원숭이가 성난 기운을 이기지 못하여 포악한 힘으로 그 떡을 빼앗으려 했지만, 바위 사이 깊은 굴에 뻗을 수 있는 수단이 없어 바위 굴 위에 걸터앉고, 궁둥이로 바윗돌을 문지르자, 게가 이것을 보고 원숭이의 볼기짝을 꼬집었소. 원숭이가 깜짝 놀라 달아나는 서슬에 그 볼기짝 털이 빠졌는데, 지금도 원숭이의 볼기짝이 빨간 것은 그 때에 게에게 꼬집혀서 털이 다 빠진 까닭이오. (웃음소리가 일어나다) 또 게의 손발에는 지금도 털이 많으니 이것은 그에 움켜 빼앗은 원숭이의 털이라 합디다. (웃음소리가 또 일어나다)

　여럿이 같이함을 깨고, 이로움을 혼자 차지하려는 사람은 이 원숭이와 같이 맨 뒤의 승리를 얻지 못할 뿐만 아니라, 몸에 상처를 입게 되니,

청년 여러분이여! 여러분은 사회의 이로움을 위하여 힘을 다하는 것이 결코 다른 사람의 이로움이 아니요, 각각 그 자기의 이로움인 것을 생각하십시오. 사회의 여럿이 함께 하는 이로움을 꾀하다가 사사로운 이익을 탐하여 여럿이 함께 함을 깨고, 이로움을 혼자 오로지하고자 하면, 그 맨 뒤의 결과는 이로움이 없고 손해가 많은 것이 보통의 사례올시다.

또 여러분은 다른 사람을 속이면 재앙의 해로움이 반드시 있는 것을 생각하십시오. 다른 사람을 속여 한 때의 이로움을 얻더라도, 그 때에 얻는 이로움이 장래에 받는 재앙의 해로움에 비하여 지극히 적고 적은 것이올시다. 또 여러분은 간사한 꾀가 많은 수단이 실패를 스스로 부르는 것인 줄 생각하십시오. 바야흐로 이제 세상에는 간사한 소인小人 무리가 세력을 잡고 권력을 얻어, 바르고 곧은 군자君子를 눌러서 거꾸러뜨리는 일이 있지만, 이것이 정말로 나라를 망하게 하고 사회를 썩게 하는 근본 원인이올시다. 그러하니 곧 여러분은 아무쪼록 간사한 꾀가 많은 수단을 피하고, 바르고 떳떳한 타고난 기질을 북돋아 길러 사회와 나라에 대한 의무를 다할 것이요, 만약 간사한 꾀가 많은 수단을 쓰다가는 원숭이의 볼기짝이 될 것입니다.

오늘날 사회의 모양에 대하여 말씀하고 싶은 일이 많으나, 할 줄 모르는 연설은 듣는 많은 사람들의 싫어하는 기색을 생기게 하는 것이니 그만두겠습니다." (박수 대갈채)

정부의 정책을 공격하는 연설

"아! 여러분이여! 본인도 지금 정부에 굽혀 따르는 대한의 신하이자 백성이올시다. 정부의 정사政事를 베푸는 방침이 직접으로 일반 신하나 백성에게 이해관계가 있는 까닭으로, 신하나 백성은 그 정사를 베푸는 방침의 어떠한가를 따라 이것을 토론할 수 있겠습니다. 정부의 정사를 베푸는 정치가 본인에게도 직접으로 이해관계가 있으니, 곧 본인도 정부의 베푸는 정사에 대해 입을 다물고 말을 안 하지 못할 일이 있으면 이것을 토론할 수 있는 것으로 생각합니다. 여러분은 말하십시오. 지금 정부의 정사를 베푸는 방침에 대하여 신하나 백성 된 사람이 이것을 공격하여 정부의 반성을 오게 하는 것이 옳습니까? 이것을 말없이 지나치는 것이 옳습니까? 또 여러분은 말하십시오. 지금 정부의 정책이 나라와 국민의 행복을 온전히 지켜 보전하거나 혹은 더하여 나아갈 수가 있습니까? 없습니까? (없소) 본인은 지금 정부의 이와 같은 정책이 나라의 독립과 국민의 행복을 결코 더하여 나아가게 하지 못할 것으로 생각합니다. 더하여 나아가기는 고사하고, 지금의 상태도 온전히 지켜 보전하지 못하여 나라의 독립은 차차 없어지고, 국민의 몹시 곤란한 경우는 날마다 더욱 심할 것이오. 본인의 생각으로만 이와 같을 뿐 아니라, 여러분의 뜻과 생각도 마땅히 본인과 한 가지로 같으실 것입니다. (동감, 동감) 그러나, 여러분이여! 여러분은 다행히 지금 정부 대신大臣이 매우 곤란한 처지에 있음을 생각하여 이것은 용서하십시오. 본인도 이것을 압니다. 이것을 아는 까닭으로 본인은 지금 정부를 대단히 불쌍히 여깁니다. 지금 정부 대신들이 그 본래 마음은 곧 나라의 독립을 완전히 회복하고, 국민의 행복을 많고 크게 더하여 나아가고 싶은 마음이 있음을, 본인은 굳게 믿습니다. 지금 정부 대신들도 마땅히 생각과 헤아림이 있을 것입니다. '어떻게 하면 나라의 독립을 단단하고 튼튼하게 하며, 어떻게 하면 국민의 행복을 더하여 나아가게 하며, 어떻게 하면 사회의 문명을 발달하게 할까?' 하는 생각과 헤아림이 반드시 있을 것입니다. 정부 대신에게 이와 같은 생각과 헤아림이 있음을, 본인은 압니다. 그러면 여러분이 본인에게 물으실 것이오. '지금 정부 대신들이 이와 같은 생각을 가졌다면, 어찌하여 그 생각하는 바를 실제로 행하지 못하느냐?' 고 물으실 것입니다. 그것은 무슨 까닭인가 하니 다름이 아니라, 알맞게 한정限定 함을 받는 곳이 있어 마음대로 정사를 베풀지 못하는 까닭이라 하겠습니다. 곧 이제 정부 대신이 그 생각하는 바를 실제로 행하려하지마는, 그 생각하는 것대로 실제로 행할 능력이 없소이다. 비유한다면, 민법상民法上의 아내가 권리를 누려서 갖는 능력은 있지만, 권리를 얻어 행동하는 능력은 일정한 한도를 넘지 못하게 됨과 아주 비슷합니다. 그런 까닭으로 지금 내각內閣이 매우 곤란한 처지에 있어 간어제초[60] 한 경우 쯤 되었습니다. 한편으로는 어떤 곳의 충고가 있고, 한편으로는 국민의 여론이 있어, 저들을 따르지 않으면 유형有形의 해로움이 이르겠고, 이들을 돌아보지 않으면 무형無形의 모욕을 당할 것이니, 정말로 왼편과 오른편 둘 다 어려운 경우에 있습니다. 그런데 지금 내각은 '무형의 모욕은 조금 들을지언정 유형의 해로움을 피해야 하겠다' 라 하고, '이들은 돌아보지 않더라도 저들은 따르지 않을 수 없다고 해야겠다' 라 하여 그 생각과 헤아림에 어긋나고 반대되는 정책을 베푸는 것이올시다. 아! 여러분이여! 여러분이 본인과 함께 지금 정부의 이러한 정책을 반대하는 것은 떳떳한 일이거니와 이러한 정책을 베푸는 지금 내각 여러 대신의 양심도 이러한 정책은 반대하는 것이올시다. (옳소, 박수)

아! 내각 대신이여! 자기 생각과 헤아림에 어긋나는 정책을 베푸는 지금 내각이여! 이러한 정책을 베풀어 나라의 독립이 단단하고 굳게 될 수 없는 것을 번연히 알면서, 이러한 정책을 베풀어 국민의 행복이 더하여 나아가게 될 수 없는 것을 번연히 알면서, 이러한 정책을 베풀어 사회의 문명이 발달 될 수 없는 줄을 번연히 알면서, 어쩔 수 없어 이것을 베풀어 행하니, 지금 내각이 정책상에 무능력함을 스스로 보인 것이요, 또 믿고 일을 맡길 수 없음을 스스로 드러낸 것이올시다. 이와 같이 믿고 일을 맡길 수 없는 정부가 이와 같이 무능력한 정책을 행하니, 아! 불쌍하구

---

60) 間於齊楚 : 약자弱者가 강자强者 틈에 끼어 괴로움을 받음을 이름.

나! 우리 백성이여! 우리 백성이 이와 같은 무능력의 정책을 베푸는, 믿고 일을 맡길 수 없는 정부를 공경하여 떠받들고서야, 행복을 얻고자 한들 얻을 수 있겠습니까? 독립을 바란들 바랄 수 있겠습니까? 문명을 보고자 한들 볼 수 있겠습니까? 아! 동포 여러분이여! 곧 이제 우리 한국의 독립이 어떻게 되었습니까? 곧 이제 우리 국민의 지금 상황이 어떻게 되었습니까? 또 곧 이제 우리 사회의 상태가 어떻게 되었습니까? 여러분이 만약 생각을 돌이켜 나라의 받았던 핍박과 내리누름을 생각하시면, 국민의 받았던 몹시 곤란했던 경우를 생각하시면, 또 사회의 당하는 곤란을 생각하시면, 여러분은 마땅히 일어나 지금 정부를 반대할 것이올시다. 여러분은 마땅히 이와 같이 무능력하고, 믿고 일을 맡길 수 없는 내각을 교체하여 지극히 능력이 완전하고 두터이 믿고 일을 맡길 수 있는 내각을 조직하기를 바랄 것이올시다. 여러분이여! 여러분이여! 불쌍하고 가련한 우리 동포 여러분이여! 이와 같이 무능력하고 믿고 일을 맡길 수 없는 정부를 공경하여 떠받든 까닭으로 오늘날에 이와 같이 슬프고 슬픈 처지를 만났으니, 여러분은 지금 정부 정책의 옳고 그름이 어떻다고 생각하십니까? 여러분은 나라의 독립도 바라지 않으며, 행복도 바라지 않으며, 문명도 바라지 않습니까? 여러분이 만약 독립을 바라며, 행복을 바라며, 문명을 바라시면, 어찌 이와 같이 무능력한 정부의 정책을 말없이 지나칠 수 있겠습니까?

본인은 감히 정부를 공격하지 않습니다. 그러나 정부의 정책이 우리나라의 독립을 해치고, 우리 국민의 행복을 깨고, 우리 사회의 문명을 막음에 이르러서는 결코 입을 다물 수 없습니다. (옳소) (아니오, 아니오) 아니라 하는 여러분이여! 여러분도 독립을 돌아보지 않으며, 행복을 바라지 않으며, 문명을 도모하지 않을 이유는 없을 것이니, 곧 그러면, 여러분은 바야흐로 지금 우리나라의 독립이 완전한 것으로 생각하십니까? 여러분은 곧 이제 우리 국민의 당한 상황을 행복으로 생각하십니까? 또 여러분은 지금 정부의 이러한 정책이 우리 국민의 바라는 독립과 행복과 문명을 줄 수 있을 것으로 생각하십니까? 아니올시다. 아니올시다. 이러한 정책이 결코 우리 국민의 바라는 것을 이르게 할 수 없습니다. 이러한 정책은 반드시 무능력한 결과로 어쩔 수 없어 나온 것이올시다. 무능력한 까닭으로 우리는 믿고 일을 맡기지 않습니다. 여러분이여! 여러분이 만약 독립을 바라고, 행복을 바라고, 문명을 바라시는 여러분이라면, 본인의 말을 반대하지 않으실 것입니다." (박수)

단연 연설

"본인은 가난하고 쓸쓸한 한낱 학업을 닦는 젊은이올시다. 어질며 영리하여 도리에 밝으시고, 보고 들은 것이 넓어서 아는 것이 많으신 여러분 앞에 나와 연설 하려 하는 것이 정말로 감히 하지 못할 것이지만, 여러분은 이로움과 해로움을 나누어 아는 지식이 있으신 여러분이십니다. 여러분은 해로움이 있는 일을 물리쳐 없애버리고, 이로움이 있는 일을 힘써 행하려 하는 용기가 있으신 여러분이심을 본인이 확실히 아는 까닭으로 감히 한마디 말을 자세히 말하여 청청淸聽을 번거롭게 부탁합니다. (삼가 듣다, 삼가 듣다) 본인은 여러분의 가장 즐기고 좋아하시는,…… 아름다운 여인과 같은 등급으로 즐기고 좋아하시는,…… 어떤 사람은 아름다운 여인보다 더 좋아하고 사랑하시는, 담배에 나아가 잠깐 설명할 것입니다. 어떤 사람은 담배를 '근심을 잊는 풀'이라 하여 좋아해 피우고, 어떤 사람은 담배를 취미가 많은 것이라 하여 좋아해 피우는데, 국채보상國債報償의 단연동맹[61]이 있었지만, 세상 사람들이 늘 말하기를, '술은

---

61) 斷煙同盟 : 국채보상운동은 1907년부터 1908년 사이에 전개된 국권회복운동의 하나로서, 일본에서 들여온 국채를 국민들의 모금으로 갚자는 운동. '단연동맹'은 그 국채보상운동의 일환으로 전개된 조직적 활동이었다.

끊을 수 있겠지만, 담배는 끊을 수 없다' 고 하니, 아마 여러분이 담배와 아름다운 여인은 금禁할 수 없는 듯합니다. 이 두 가지는 세계 각 나라에 즐기고 좋아하지 않는 사람이 없을 것입니다. 물론 본인도 즐기고 좋아할 듯합니다. 이와 같이 세계 각 나라의 많은 수가 두루 즐기고 좋아하는 것이라면, 곧 결코 해로움이 있을 이유가 없을 듯하지만, 그 실제는 해독이 대단합니다. 독일의 의학박사 베를린 대학 교수 푸워이횔이라 하는 사람의 말을 들으면, 곧 담배의 연기를 입 안에 오래 머금어 두는 것이 해로움이 있으니, 이것은 위胃에 흘러들어갈 염려가 있고, 빈속에 담배를 피움이 옳지 않다 하니, 이것은 중독中毒의 염려가 가장 많고, 술 마실 때에 담배를 피움이 옳지 않으니, 이것은 '니코틴' 이 '알코올' 에 녹아 위 속에 들어가면 소화기관을 깨 상하게 할 우려가 있고, 고기를 먹을 때에 담배를 피움이 옳지 않으니, 담배 진과 육정肉精의 성질은 물과 불의 상극[62]과 같은 까닭으로 대단히 해독을 남기고, 또 기침할 때에 담배를 피움이 옳지 않고, 습기가 있는 담배를 피움이 옳지 않고, 품질이 거칠고 나쁜 담배를 피움이 옳지 않으니, 이것은 품질이 거칠고 나쁘면 독을 머금음이 또한 많은 까닭이라 하고, 이 밖에도 담배를 피움의 옳지 않은 까닭이 많지만, 이것을 길게 늘어놓으면 반대로 여러분의 마음을 해롭게 할까 두려워하여 그만둡니다. 아! 담배는 피우고 싶지마는 해독이 두려워할 만하고, 아름다운 여인이 사랑할 만하나 창독[63]이 두려워할 만하니, 아! 이 세상 많은 일은 모두 괴롭고 쓰라린 것이지마는, 삶이 이로움과 해로움을 나누어 알 수 있는 능력이 적은지, 남녀간의 애정이 움직이는 곳에는 해독도 돌아볼 수 없는지, 아! 여러분이여! 한 때의 기쁨과 즐거움을 위하다가 한 평생의 해독을 받는 것이 정말로 어리석고 못남의 심한 것

---

62) 相克 : 오행설五行說에 있어서 쇠(金)는 나무(木), 나무는 흙(土), 흙은 물(水), 물은 불(火), 불은 쇠를 이김을 말함.
63) 瘡毒 : 매독, 창병, 화류병花柳病의 일종.

인 줄을 생각하십시오.

담배와 아름다운 여인만 해로움이 있다 하는 것이 아니올시다. 무엇이든지 사람이 사랑하고 좋아하는 것은 해독이 모두 있고, 사람이 싫어하고 꺼리는 것은 이로움이 따라 있는 것이올시다. 보십시오. 땀을 흘려 힘써 일하기는 어느 사람이 이것을 좋아하겠습니까마는, 이것을 참고 게으르지 않게 하면 이로움이 많은 것이요, 술을 마시고 여인을 안아 담배를 입에 태우기는 누가 이것을 싫어하겠습니까마는, 이것을 즐기고 좋아하면 마음이 주색에 빠져 조상의 베풀어 온 재산도 잠시뿐이요, 명예를 잃고 목숨을 해롭게 할 것은 거울을 마주하여 봄보다 더 분명하오. 여러분이여! 여러분은 어질고 영리하여 도리에 밝으신 여러분이라, 이로움과 해로움을 나누어 알 수 있어 해로움을 물리치고 이로움을 취하는 날래고 사나움이 있으시니, 여러분은 담배의 해로움을 아는 동시에 술의 해로움도 알고, 여인의 해로움도 알고, 사람의 가장 즐기고 좋아하는 것은 모두 해로움이 있음을 알고, 사람이 싫어하고 꺼리는 것은 모두 이로움이 있음을 아십시오."

학교의 학도를 권면하는 연설

"젊고, 어여쁘고, 사랑스러운, 청년 학도 여러분이여! 나는 여러분을 어여삐 여기고, 사랑합니다. 여러분은 장래 우리나라의 독립을 완전히 회복할 영웅들이올시다. 그러므로 나는 여러분을 높이고 공경합니다. 여러분은 장래 우리 사회의 문명을 번쩍 빛나게 일으켜 나아갈 뜻있는 선비올시다. 그러므로 나는 여러분을 사랑합니다. 여러분은 장래 우리 국민의 행복을 위하여 일을 많이 하실 일꾼이올시다. 그러므로 나는 여러분을 어여삐 여깁니다. 아! 학도 여러분이여! 장래에 이와 같은 모든 책임을 등에 지고 어깨에 메신 여러분이여! 여러분이 이 책임을 다하고, 이 일을 이루려면, 어떻게 하여야 공을 이룰는지 생각하여 보셨습니까? 여러분이 만약 이것을 아직 생각하지 못하고, 여러분이 만약 미처 이것을 알지 못하셔서 나를 향하여 '어떻게 하면 장래의 이와 같은 일을 이룰 수 있겠느냐?'고 물으시면, 나는 지극히 간단하고 쉬운 말로 대답하겠습니다. 다만, 한마디 말로 대답하겠습니다. 다름이 아니라, '공부를 잘하면 되느니라'고 대답하겠습니다. 공부를 잘하십시오, 깊이 마음을 쏟아 공부하십시오, 힘써서 공부하십시오. 학문은 여러분으로 하여금 무슨 일이든지 전부 이루게 하는 힘이 있는 고문관顧問官이올시다. 학문은 여러분을 바른 길로 가리켜 보이는 길을 안내하는 사람이올시다. 학문은 여러분의 일처리를 도와주는 도움 주는 사람이올시다. 여러분이 나라의 큰일을 이루어 책임을 다하려면 이와 같은 고문관과 이와 같이 길을 안내하는 사람과 이와 같은 도움 주는 사람을 얻어야 할 것이니, 여러분이 고문관이나 도움 주는 사람이나 길을 안내하는 사람을 구할 때에 배움이 없는 사람으로 구할 이유는 결코 없을 듯하오. 반드시 배운 지식이 남아 있는 사람을 구해야 할 것이니, 그러면 곧 그 사람을 구함이 아니라, 그 사람의 지식을 구함이올시다. 그렇게 한다면 고문관 된 그 사람이 고문관이 아니라, 그 사람의 머릿속에 있는 학문이 정말로 고문관이올시다. 여러분이여! 장래의 큰일을 이루어 큰 영웅이 되실 여러분이여! 진실한 고문관을 얻으십시오, 진실한 고문관은 학문이올시다. 알맞게 안내하는 사람을 얻으십시오, 알맞게 안내하는 사람은 학문이올시다. 바르고 곧은 도움 주는 사람을 얻으십시오, 바르고 곧은 도움 주는 사람은 학문이올시다. 아! 오늘날은 학문 세계올시다. 손 한 번 들고 발 한 번 내딛는 사소한 노력이 모두 학문에 매어, 학문이 없는 사람은 쓸모없는 사람이올시다. 학문이 없는 사회는 쇠衰하여 물러납니다. 큰소리로 여러분을 향하여 타일러 권하니, 학문을 힘쓰십시오. 어찌 하였든지 공부 잘하십시오. 벗이 꾀어 '쓸모없는 학문이니, 하지 말라'고 하더라도, 듣지 마시고 학교에 오십시오. 부모가 막아 '천주학天主學이니, 하지 말라' 고 하더라도, 학교에 가십시오. 학교에 다니며 배워 들어가는 비용이 지나치게 많다하더라도, 이것을 아까워하지 말고, 학교에 다니며 배우십시오. 다른 일을 경영하여 몇 천금이 바로 그때 생긴다 하더라도, 이것을 물리치지 말고 학교를 물러나지 마십시오. 집 형편이 가난하고 쓸쓸하여 입에 풀칠할 방법과 꾀가 없다하더라도, 가난을 참고 학문을 힘쓰십시오. 아! 여러분 이여! 이와 같이 여러분을 향하여 학문하라고 타일러 권할 때에 다시 진실한 마음으로 힘쓸 일이 몇 가지가 있습니다.

첫 번째는 참는 성품을 기를 일이니, 여러분은 참는 성품을 기르십시오. 세상 많은 일에 곤란하지 않은 일은 하나도 없습니다. 무슨 일이든지 나아가 행하는 중간에, 대단히 많은 곤란이 생겨나 그 사람으로 하여금, '아이고, 할 수 없어' 라 하는 말을 나오게 합니다. 이와 같은 곤란을 당하여 그 사람이 만약 그 일을 중간에 그치면, 그 일은 공을 이루지 못하는 것이요, 만일 그 사람이 이러한 어려움을 참고, 백 번 꺾여도 꺾이지 않아 나아가 행하면 마침내 끝에는 기어이 공을 이루게 됩니다. 여러분이 이제 학교를 나가 무슨 일을 경영하든지, 곤란은 반드시 따릅니다. 하물며 나라와 사회의 큰일을 이루려면, 대단히 곤란한 처지를 자주 만날 것입니다. 그러므로 여러분은 참는 성품을 기르십시오. 무슨 일이든지, 어려운 일이거든, 참으십시오. 학교에 올 때에 비가 내리고 바람이 불어 가는 걸음이 어렵다하더라도, 참고 오십시오. 가을밤 쓸쓸한 등불에 책상을 마주하여 졸음이 침범해와 독서가 어렵다하더라도, 참고 읽으십시오. 학교 운동장에 오래 앉아, 몸이 꼬이고, 허리가 시어서 선생의 가르침을 듣기 어렵다 하더라도, 참고 들으십시오. 학교에 있을 때부터 무슨 일이든지, 곤란하고, 싫고, 귀찮고, 성가신 일이거든, 참고 참아 이기십시오. 이와 같이 참는 성품을 기르면, 어떠한 곤란이 이를지라도 굽히지 않고, 그 목적을 이룰 수 있을 것이니, 참음이 공을 이룸의 비밀스런 방법이올시다.

두 번째는 용감한 기운을 일으킬 일이니, 여러분이여! 여러분은 씩씩하고 굳센 기운을 일으키십시오. 날래고 사나운 기운이 없으면, 두려워하여 겁내는 마음이 많아 무슨 일이든지 이루지 못합니다. 여러분은 늘 용감하고 굳세며 용감히 실행하게 몸을 가지시고, 늘 용감하고 굳세며, 용감히 실행하게 마음을 가지십시오. 이제 나라의 모든 일이 날래고 사나운 사람을 기다립니다. 여러분은 늘 용감한 마음을 가져 '다른 사람에게 짐 지우지 않겠다' 라 하는 마음을 기르십시오. 시험을 치러 다른 사람의 뒤에 떨어지거든, 부끄러운 것을 생각하십시오. 운동할 때에 다른 사람을 미치지 못하거든, 떨쳐 일어나십시오. 아! 과단성 있고 용감하신 우리 청년 동포여! 여러분은 씩씩하고 굳센 기운을 일으켜 생기 있는 타고난 기질을 만드십시오. 곱고 아름다운 옷과 비싼 신과 모자를 버리고, 거칠고 거친 옷과 값싼 신과 모자로, 귀한 집 자식의 태도를 버리고, 청년학생의 장래 쓸모 있는 사람이 되십시오. 귀한 집안에 태어난 남자의 태도로는 영웅이 없습니다. 귀한 집안에 태어난 남자의 집에는 호걸豪傑이 생겨나지 않습니다.

겁이 많은 사람이 어찌 일을 이루겠습니까? 용감한 사람이라야 용감한 일을 이룰 수 있을 것이올시다. 보통이 아닌 사람이라야 보통이 아닌 일을 이루어 행할 것입니다. 여러분은 용감하고 굳세며, 용감히 실행하는 여러분이 되십시오. 학교 과목 가운데 썩 어려운 것이 있다하더라도, 여러분은 생각하기를, '나에게 어려운 것이 어디에 있겠는가?' 라 하십시오. 산술算術에 풀기 어려운 문제가 있거든, 여러분은 생각하기를, '이 또한 사람이 푸는 것이니 내가 어찌 풀지 못하겠는가?' 라 하고, 씩씩하고 굳센 기운을 일으키십시오. 씩씩하고 굳센 기운이 없으면 장래의 일은 고사하고 눈앞의 공부도 못할 것이올시다.

세 번째는 부지런히 힘쓰는 마음을 일으킬 일이니, 여러분은 무슨 일에든지 부지런히 힘쓰십시오. 공부도 부지런히 하고, 운동이라도 부지런히 하고, 하다못해 걸음까지라도 부지런히 하여, 시간을 헛되이 보내지 마십시오. 다른 사람의 일이라도 부지런히 하고, 내 일이라도 부지런히 하고, 작은 일에도 부지런히 하고, 큰 일에도 부지런히 하여 잠시라도 게으른 마음은 싹이 일어나지 못하게 하십시오. 게으르고 느림이 여러분의 발달해 나아가는 앞길을 막는 매우 큰 방해물이올시다. 게으르고 느림이 여러분의 목적하는 일을 방해하는 마귀올시다. 아! 무섭습니다. 세상에 가장 무서운 것은 게으름과 느림이라 하는 것인데, 이러한 게으름과 느림이 사람을 망하게 할 수 있으며, 이러한 게으름과 느림이 나라를 약해지게 할 수 있습니다. 여러분이여! 게으름과 느림을 피하십시오. 게으름과 느림을 좋은 벗으로 알아 서로 의좋게 지내다가는, 큰일 날 것입니다. 잠시라도 게으르지 마시고 부지런히 힘쓰십시오. 할 일이 없거든, 뜰에 내려가 풀을 없애십시오. 벗을 찾아가 쓸모없고 쓸데없는 말로 시간을 헛되이 보내지 마십시오. 이와 같은 것은 자기 한 몸만 게으르고 느리게 되는 것이 아니라, 다른 사람의 부지런히 힘씀을 막고 이어서 사회의 일을 거리껴서 해로움이 되게 하는 것이올시다. 아! 여러분이여! 여러분이 어찌 사회에 해로움이 있는 사람이 되겠습니까? 여러분은 늘 생각하시기를, '내가 장래에 이 나라와 이 사회의 일을 맡을 것'이라고 각각 그 스스로 믿으십시오. 이와 같이 스스로 믿는 이상에는 게으르고 느리지 않아야만 하겠습니다. 여러분이여! 무슨 일에든지 부지런히 힘쓰십시오.

위에 말한 몇 가지를 여러분이 마음에 새겨야, 어렵고 귀찮고, 성가신 것을 참는 것과 무엇이든지 못할 것이 없다고 씩씩하고 굳센 기운을 일으키는 것과 늘 무슨 일에든지 부지런히 하여 게으름과 느림의 싹이 마음의 밭에 생겨나지 못하게 할 것을 마음에 새겨, 학교에 있는 오늘부터 이것을 날마다 실제로 행하십시오. 그렇게 하면 공부하여 학문을 닦는 일도 이룰 수 있고, 장래 사회 위에 서서 무슨 씨를 뿌리는 일이든지 실패 없이 공을 이룰 수 있을 것입니다. 쓸모없고 재미없는 말솜씨로 너무 오래 자세히 말하면, 여러분으로 하여금 싫어하는 기운이 생겨날까 두려워하여 그만둡니다."

부인회에서 하는 연설

"사회의 기초는 부인 사회에서 비롯하는 것이올시다. 이 자리에 모이신, 여러 부인은 보통사람들의 여자 사회를 가르쳐 이끌고 깨우쳐 주시는 처지에 바야흐로 있으시니, 본인의 말을 기다리지 않고 다 아실 것입니다마는, 여러 귀중하신 부인이 이와 같이 모이신 자리에 참가한 이상은, 본인의 명예심을 위해서도 한마디 말이 없을 수 없습니다.

그러나 본인이 본인의 뜻과 생각을 자세히 말하여 여러 부인의 청청淸聽을 번거롭게 부탁할 때에, 본인이 먼저 여러 부인께 청해 구할 한마디 말이 있습니다. 이것은 다름이 아니라, 본인의 타고난 기질은 마음속에 있는 일을 꺼려 숨기지 못하고, 숨은 일을 들춰내 곧은 말하는 해로운 점이 있는 까닭으로 반드시 말 사이에 예를 잃는 일이 있을는지 알 수 없으니, 청컨대 여러 부인은 용서하십시오.

오늘날 우리 한국의 부인 사회가 지난날에 비하면 대단히 발달해 나아가게 되었습니다. 부인의 모임도 있고 여자의 학교도 있어, 자선사업이라든지, 교육사업이라든지, 그 밖에 모든 좋은 일이 점점 베풀어 갖춰져 나라와 사회에 이로움을 미침이 많고 큰 것은 보통사람들이 감사하는 바올시다.

이와 같이 감사하고 우아하고 아름다운 일을 나아가 행하시는 여러 부인은, 반드시 각각 그 머릿속에 속되지 않고 높으며 중重한 생각이 마땅히 있을 것입니다. '우리 한국의 여자가 오백 년이 지난 지금까지 익혀 익숙한 폐해 많은 풍습을 어떻게 하여 전부 쓸어서 없앨까?' 라 하는 생각이 반드시 있을 것입니다. 과연 여러 부인이, 다 이와 같은 생각이 있으시다면, 과연 여러 부인이, 다 우리 대한大韓 여자의 오래된 풍습을 좋게 고치려 하는 생각이 있으시다면,…… 아! 본인은 곧게 말하겠습니다.…… 이곳에 모이신 여러 부인이 먼저 앞서 그 폐해 많은 풍습 되는 일을 행하지 말아야 할 것이올시다. 원래, 다른 사람의 나쁜 짓을 가르쳐 경계하는 사람은, 자기가 먼저 그 나쁜 짓을 행하지 말아야 할 것이 아니겠습니까? 다른 사람을 향하여 오래된 풍습을 고치라고 타일러 권하는 사람은, 자기가 먼저 그 오래된 풍습을 고쳐야 할 것이 아니겠습니까? 아! 본인은 마음에 섭섭합니다. 이곳에 모이신 여러 부인 가운데에도 오히려 오래된 풍습을 고치지 못한 부인이 많이 있으심을, 본인은 마음에 섭섭히 여깁니다. 여기에 나와 자리하신 여러 부인은 앞에 없던 자선사업을 손을 대 시작하시고, 앞에 듣지 못하던 교육사업을 깊이 마음 쏟으셔서, 우리 한국의 여자로 하여금 옛날의 풍속을 고치고 문명의 지역으로 들어가게 하려 하시는 부인들이신데, 곧 여기에 모이신 여러 부인은 이와 같이 우아하며 아름답고 속되지 않은 생각을 가지고 계신 부인들이신데,…… 아! 마음에 섭섭합니다, 마음에 섭섭합니다.…… 잠깐 동안에 본인이 들어올 때에 보니 곧, 문밖 문 앞에, 오신 장독교[64]와 가마꾼이 그리 많습니까? 또 저 벽 위에 걸린 장옷[65]이 어찌 그리 많습니까? 아! 속되지 않으시고 우아하며 아름다우신 여러 부인이여! 이제 본인이 한마디 말을 묻기를 청하니, 우리 한국의 부인을 위하여 가장 없애기 어려운 폐해 된 풍속이 무엇입니까? 다시 말한다면, 우리 한국의 여자는 사람으로 알지 않고, 침실 안에 가두어둬 여자 사회가 일어나지 못하게 한 첫 번째 원인이 무엇입니까? 우리나라의 내외[66]하는 법이 첫 번째 폐해가 많은 풍

---

64) 長獨轎 : 가마의 한 가지. 사방에 휘장을 늘어뜨리고, 전체가 붙박이로 되어 있어 꾸몄다 뜯었다 하지 못함.
65) 부녀婦女가 나들이할 때 머리에 써서 온 몸을 가리던 옷.
66) 內外 : 남녀간의 예의로 서로 얼굴 마주하기를 피하는 일.

습이 아닙니까? 내외법이 여자로 하여금 문밖을 나가지 못하게 한 오직 하나인 원인이 아닙니까? 그렇다면 여기에 모이신 여러 부인은 여자 사회의 오래된 풍속을 좋게 고치시려 할 때에, 우선 빨리 내외內外하는 법을 풀어 없애야 하실 것이올시다. 또 여러 부인께서 다른 사람을 타일러, '내외하는 오래된 풍습을 고쳐라' 하시려면, 여러 부인께서 먼저 내외하는 풍속을 근본적으로 개혁하여야 할 것이올시다.

그러한데, 내외법이 대단히 엄격하여 여자는 일평생 가두어 둠을 당한 죄수와 같이 침실 안에 갇혀 밖에 나감을 얻을 수 없음이 원칙이 되고, 혹시 어쩔 수 없어 밖에 나갈 때에는, 부잣집의 여자는 사륜교四輪轎나 장독교를 타고, 가난한 집의 여자는 장옷이나 치마를 쓰니, 이러한 여러 물건은 내외법으로 인하여 세상에 있는 것이올시다. 이와 같이 내외하기를 위하여 생긴 물건을, 여러 부인께서, 이제까지 이것을 이전 그대로 쓰시니, 여러 부인들이 오래된 풍속을 좋게 고치시려 하는 본뜻이 어디에 있습니까? 무엇을 위하여 매우 밝은 세상, 밝은 해와 달을 잔뜩 가리고 다니십니까? 왜 오늘날 같이 좋은 날씨 좋은 길에 장옷 벗고, 온화하며 상쾌하게 걸음으로 오시지 못하고, 갑갑하게 머리와 얼굴을 잔뜩 가리고 오십니까? 왜 갑갑하게 무엇을 타고 오십니까? 그 타고 다니시는 낭비를 저축하여 학교사업이나 자선사업에 내어주시면, 얼마나 좋겠습니까? 아! 뜻 있으신 여러 부인이여! 먼저 장옷을 없애버리십시오. 치마 쓰고 다니는 것을 없애버리십시오. 그 다음에는 또 타고 다니는 것을 좋게 고쳐야 하겠습니다. 그러한데, 이제 우리가 사회문명에 마음과 힘을 다 하려면, 부인이든지 남자들이든지 말할 것도 없고, 다 발 벗고 나서서 깊이 마음을 쏟음으로 하여야 되지, 언론으로만 하고 겉으로만 할 것 같으면, 딱 잘라 똑똑히 말하는데 하지 못할 것이올시다. 막벌이꾼이 힘든 일에 힘쓰는 것과 매우 비슷하여, 발 벗고, 소매 걷고, 그리고 일을 해야지, 모자를 쓰고 신을 꿰고서 일을 하려면 되겠습니까? 딱 잘라 할 수 없다고 똑똑히 말할 수 있습니다. 이제 우리가 부인과 남자를 말할 것도 없이 사회 문명에 마음과 힘을 다하는 일꾼이 되려면, 아주 일꾼의 모양을 차리고 나서야지, 이 앞과 같이 내외는 내외대로 하고, 타고 다닐 것은 타고 다니고, 편히 앉아서 목적을 이루려 하려면, 딱 잘라 못한다고 똑똑히 말할 수 있습니다. 예로부터 나라를 이롭게 하고 백성을 이롭게 한 사람은, 그 일을 나아가 행할 때에 다함이 없는 곤란을 겪었던 것이요, 편안히 일을 이룬 사람은 한 사람도 없습니다. 청컨대 조심하십시오.

본인은 여기에 모이신 여러 부인께 마주하여 장래에 희망을 많이 맡깁니다. 우리 한국의 여자 사회가 여기에 모이신 여러 부인의 힘으로 인하여 아름답게 빛나고 분명해져, 보통사회의 발달하는 기초가 될 것을 확실히 믿는 것과 동시에, 어리석은 소견所見을 자세히 말하여 감히 여러 부인의 참고를 만듭니다."

운동에 대한 연설

"여러분! '큰일을 이루고자하는 사람은 큰 준비를 한다' 는 격언을, 본인은 자나 깨나 일어나나 앉으나 잃어버리지 않는 좌우명座右銘 이올시다. 여러분이 다 장래에 큰일을 이루려고, 그 반드시 요구되는 지식을 이제 준비하시는 터이니, 곧 여러분은 깊이 생각하여 보십시오. 배움이 아무리 많다하더라도, 그 배움을 넣어두는 그릇이 완전하지 못하여 깨어져 못쓰게 되는 처지에 이르면 그 학문을 어느 곳에다 두겠습니까? 몸이 약하여 병마가 자주 침입하면 그 학문이 아무리 많다고 한들 무엇 하겠습니까? 하늘과 땅을 다스리는 재주와 지식이 있다하더라도, 그 몸만 죽고 나면 그 재주와 지식도 이것과 때를 같이해 없어져버릴 것이올시다. 그러하니, 곧 여러분은 지식을 넣어둘 그릇을 튼튼하게 하십시오. 마땅히 몸이 굳세고 건강하여야 하겠습니다. 몸의 굳세고 건강함을 많이 준비하십시오. 내가 오늘날에 이와 같이 기운이 세고 건강한 체격을 얻은 것은 온전히 운동의 효과올시다. 내가 어렸을 때에는 대단히 허약하여, 소학교小學校 시대에는 하루의 학과學課를 몸에 견디지 못하여, 의원醫員의 주의로 한나절씩만 공부하고 돌아오던 그렇게 약한 사람이올시다. 소학교를 졸업하고 중학교에 들어간 뒤로는 오로지 몸을 굳세고 건강하게 하기는 운동이 빠질 수 없을 것으로 알아, 날마다 운동하기를 하나의 학습 과목과 같이 하였습니다. 지금도 날마다 이 학과목은 없애지 않고, 또 늘그막에 이르더라도 중간에 그치지 않을 마음이올시다. 어떤 사람은 말하기를, '운동은 공부에 방해되는 것'이라 하지만, 이것은 운동 본래의 뜻을 오해하고 말하는 것이니, 나의 뜻은 정반대올시다. '건전한 정신은 건전한 신체에 갖춰지게 되는 것'이라 하는 격언이 있으니, 운동하기에 공부가 줄었다든지, 운동하기에 학과목이 낮은 등급이 되었다든지, 하는 말은 알지 못하는 사람의 말이올시다. 운동이라 하는 것은 지식을 담는 그릇을 굳고 단단하게 하는 방법이니, 이것을 데면데면하게[67] 알아서는 옳지 않습니다.

몸을 굳세고 건강하게 하려면, 첫 번째 조심할 것이 날마다 먹는 음식물이올시다. 나의 처지로는 조금 지나치지마는 육식을 많이 하는 것이 좋고, 서양 요리가 매우 좋고, 술과 담배는 엄격히 삼갈 것이요, 다만 포도주의 맛좋은 것은 조금씩 하는 것이 지장 없고, 간식과 군것질을 결코 하지 말아야 하고, 특별히 여러분에게 권할 것은 냉수욕이올시다. 냉수욕은 어떻게 하는 것인가 하니, 이른 아침에 세면할 때에 수건을 찬 물에 담가 빨아 온몸을 문지르는 것이오. 매우 좋은 것이요, 대단히 이로움이 있는 것이오. 나는 십오 년 전부터 시작하여 오늘에 이르기까지 하루도 없앴던 일이 없었습니다. 심장에 병이 없을 기한까지는 일생을 마치도록

---

67) 성질이 대범하여 사물에 깊은 조심성이 없다. 성질이 꼼꼼하지 않다. 대하는 태도가 친숙성이 없고 범상하다.

없애지 않고, 매일 아침에 냉수욕으로 한 학과목을 만들 생각이올시다. 또 나는 다섯 시간 잠자는 주의올시다. 다섯 시간만 누워 자면 곧바로 일어나 움직입니다. 그러나 시험 전이나, 운동회의 전날은 한 시간이나 혹은 두 시간을 더 자기로 정하였소. 나는 운동이라 하는 운동은 모두다 해보았소. 요즈음은 승마를 공부합니다.

　다른 나라에서도 학생들이 단정[68] 경쟁이라든지를 행할 때에는 일주일이나 이주일 전부터 이것을 연습하고, 혹은 고기 따위를 전혀 먹지 않고 흰죽을 쓰는 사람이 있다 하나, 흰죽은 사람의 몸을 건강하고 힘이 세게 하는 것이 못되오. 경쟁의 종류를 따라서는 혹은, 흰죽이 반드시 요구되는 때도 있겠지마는, 가령 반드시 요구된다 하더라도 한 때의 마음을 쓸 뿐이지, 그 효능이 오래도록 온전히 지켜지지는 못하는 것이올시다. 또 일주일이라든지, 이주일이라든지, 연습하는 것도 반드시 요구되지마는, 이 또한 한 때의 효능을 얻음에 지나지 않는 것이올시다. 또 어떤 사람은 달음질로 승부를 겨룰 때에 임하여 행함에, 발을 길들이기 위하여 운동장 안을 달려 도는 사람이 있으니, 이것은 한 때의 격렬한 운동을 시험하여 도리어 그 몸을 해롭게 하는 사람이라, 그러므로 이와 같은 한 때의 격렬한 운동은 이로움이 없고 해로움이 많은 것이올시다. 나는 이제 연습을 하지 않고도, 높이뛰기를 하더라도 보통 사람보다 이상을 뛸 것이요, 달음질로 승부를 겨루더라도 몇 주간 연습한 여러분에게 부끄럽지 않을 생각이올시다. 또 나는 어떠한 운동을 하든지, 운동한 뒤에 결코 피로를 깨닫는 일이 없으니, 경쟁한 그 다음날이나 다른 날이나 조금도 다르지 않습니다. 내가 대학교에 들어가던 그 해의 일이올시다마는, 운동회에서 행하는 여러 가지 경기를 한 종목도 빠뜨리지 않고 해보았소. 다른 사람들은 번번이 서로 번갈아 대신하여 새로운 선수가 나오는데, 나

---

68) 端艇 : 서양식 작은 배, boat.

한 사람은 열여덟 종목 경기를 모두 다 하였습니다. 그 때에 생각하기는, '여러 종목 경기를 한 종목도 빠뜨리지 않고 모두 해보는 것이니까, 이긴 사람의 자리에는 서기 어렵겠다' 하였더니, 그 결과는 뜻밖에 열여덟 개 우승 상패를 하루에 얻었습니다. 오늘날은 이와 같이 씩씩하고 굳센 이 몸이지마는, 소년 시대를 돌아보면, 지극히 허약한 한낱 어린아이로 하루의 학과가 몸에 지나치다 하여, 의원의 주의로 한나절씩만 공부하던 이 몸이올시다. 그러한데 지금은 어떻습니까? 몸이 튼튼하고 병이 없고, 또 튼튼하고 병이 없어 어떠한 사람에게든지, 짐 지우지 않게 되었으니, 이것은 다 운동의 결과올시다. 날마다 학과목과 같이 부지런히 한 운동의 효험이올시다. 내가 만약 운동을 데면데면하게 보았더라면, 전과 다름없이 한낱 허약하고 병이 많은 사람이 되었을 것이오. 청컨대 여러분도 학문을 부지런히 힘쓰는 동시에 운동을 늘 주의하여 게을리 하지 마십시오. 속담에 '몸 밖에 재물이 없다' 라 하는 말이 운동하라고 여러분을 가르치는 말인 줄 생각하시고, 우리 한국 청년이, 다 몸이 튼튼하고 병이 없고, 생기 있는 장부丈夫가 되어 나라의 굳세고 단단한 주춧돌이 되기를 지성스럽고 절실히 빌고 바랍니다.

연설법방 종終

정치원론 政治原論

정치원론서
상편
중편
하편

＊번역·역주 : 김형태

정치원론서[1]

안安 군君 국선國善은 한낱 뜻있는 선비이다. 지난날에 동쪽으로 일본에 유학 가서 정치·법률·경제 등 새로운 학문을 많은 해 연구하고, 그 조정朝 廷에 돌아옴에 미쳐 세상과 더불어 서로 어긋나 문을 닫고 자취를 숨김이 또한 여러 해이다. 하루는 나를 방문하여 소매에서 책 한 권을 보이니 '정치원론'이었다. 내가 손을 씻고 책을 펼쳐서 읽으니 이는 곧 우리나라에서 옛날에는 처음으로 시작하지 못했던 책으로 국민을 위하는 자가 학문을 깊이 연구하지 않으면 획득할 줄을 알 수 없는 것이다. 대체로 보아 국가의 성쇠치란盛衰治亂이 오로지 정치의 밝음과 밝지 못함이 어떠한 가에 달려있음은 덧붙여 논의할 필요가 없거니와 그 국민을 위하는 자가 능히 그 정치적 관념이 있다면, 곧 그 나라가 부강하고, 능히 그 정치적 관념이 있지 않다면, 곧 그 나라가 쇠퇴함은 이치의 고정된 형세이다. 그러므로 정치라는 것은 우리들의 국가적 생활에 필요를 따라서 그 만반萬 般의 제도를 빚어냄으로 정치가 가지런하지 않은 아래에 실업實業이 홀로 부강할 수 없고, 교육이 홀로 행해질 수 없을 때, 그 나라를 열성적으로

---

1) 역자 주 : 원본原本에는 '정치논원서政治論原序'라 되어 있는데, '정치원론서政治原論序'의 오기誤記인 듯하여 바로잡는다.

사랑하는 자가 반드시 그 국민의 본원本源되는 정치학을 가르쳐 전수함이 참으로 이로 말미암음이다. 이 책은 위로는 그리스·로마의 고대로부터 영국·미국·독일·프랑스 등 여러 나라 근대에 이르기까지의 제도연혁[2]이 다 모두 새어나옴이 없으니 이 책을 읽는 자는 다만 그 정치학의 원리·원칙을 추구할 뿐 아니라 그 각 나라 제도의 득실이폐[3]를 깨달아 환하게 알아 연구함이 정말로 오늘날 안 군의 이 책을 저술한 뜻을 저버리지 않을 것으로 생각하여 이에 몇 마디 말을 끝으로 서문에 쓴다.

융희 원년[4]

시월十月 일日 석옹石翁 조창한趙彰漢 근고謹稿

---

2) 制度沿革 : 연습沿襲과 변혁變革. 발전·변화해 온 과정이나 내력. 연개沿改.
3) 得失利弊 : 이익과 폐해弊害.
4) 隆熙 元年 : 서기 1907년.

대체로 인류가 서로 모여 국가사회를 조성함에 비록 그 건국의 유래는 서로 간에 다름이 있으나 정의 공평한 법규에 고르게 의지하여 침해가 서로 없고자 함이 이 곧 정치의 원칙이다. 그런데 세운[5]의 나아감을 따라 인사人事의 복잡함을 면할 수 없을 때, 과학의 분도[6] 연구함을 따라 정치학의 범위도 또한 점차 넓어졌으니 위로는 주재[7]의 권한과 국가의 조직법으로부터 아래로는 백성의 권리의무에 이르기까지가 정치학 범위에 모두 속하여 이 학문의 발달이 정말로 나라를 일어나게 할 원소구나. 그 백성으로 하여금 국가 부담의 의무심을 떨쳐 일으키게 하며, 단체공합團體共合의 기초력을 굳고 단단하게 하는 것이니 대개 '황실과 국가의 관계가 어떠한가'와 '국가와 백성의 관계가 어떠한가'와 '국가의 조직이 어떤 법이 가장 좋은가'를 자세하고 깊게 연구하지 않음이 없어 건국의 유래를 참고하며, 여러 나라의 실험을 비추어 나타내며, 이 학문의 원칙을 또 들어 실제에 잘 응용하면 국가가 일어나지 않고자 하나 그 얻을 수 있겠는가? 이제 우리나라 권리의 추락함은 백성이 국가 부담심이 없고, 단

---

5) 世運 : 시세時勢의 기운. 세상 운수運數.
6) 分道 : 서로 헤어져 다른 길로 감.
7) 主宰 : 주관하고 통치함. 지배함.

체공합력이 빠짐에 일이 일어나는 까닭이요, 이 학문의 일찍이 발달할 수 없었음에 또한 말미암음이니 국권을 회복할 뜻이 진실로 있다면 그 장차 이 학문을 버린다면 어찌하겠는가? 이것은 실불녕實不佞의 돈명의숙[8]을 처음으로 세운 근본 뜻이다. 안 군 국선이 이웃나라에 일찍이 유학하여 이 학문을 자세히 통할 때, 맞이하여 본本 의숙 강사로 삼았는데, 이 책은 곧 그 편술한 강의록이니 상·중·하 세편의 논한 것이 원리原理의 본말本末을 자세하게 밝혀 정치학계의 없애지 못할 뛰어난 물건이 될 것이다. 이에 안 군과 의논하여 기궐씨[9]에게 부친다.

융희隆熙 원년元年

시월十月 일日 적암積菴 이기용李埼鎔 서序

---

8) 敦明義塾 : 1906년 11월경, 서울에 설립된 교육기관. '의숙'은 공익公益을 위해 의연금義捐金으로 설치한 교육기관.
9) 剞劂氏 : 출판·인쇄업을 하는 사람을 이름.

[정치원론 목록]

---

10) 역자 주譯者註 : 원본原本에는 '벌의원伐議院' 이라 되어 있는데, '벌伐' 은 '대代' 의 오기誤記인 듯하여 '대의원代議員' 으로 바로잡는다.

제일장 정치학 범론

여러 나라가 경쟁하는 세상을 당하여 정치가 없는 나라는 족足히 말할 것이 없고, 정치가 완비되지 못한 자는 나라를 능히 세우지 못하는 까닭으로 각 나라의 학자가 귀중한 시일과 심력心力을 아까워하지 않고, 예와 지금의 연혁과 각 나라의 득실을 자세하게 밝혀 논설을 나타내 이루어 참고함으로써 갖추니 이것이 정치학의 말미암아 생겨난 까닭이다. 그러나 정치의 학문을 자세히 살펴 연구하고자 한다면 마땅히 정치를 먼저 앎이 필요하니 대체로 보아 '정치' 는 법률로 위아래의 각각 나눔을 정하여 위에는 아래를 다스리는 권리가 있고, 아래에는 위를 따르는 책임이 있는 것이다. 사람이 외로운 섬에 숨어살아 스스로 밭 갈며 피륙을 짜고, 스스로 사냥하여 많은 사람들과 통하지 않으면 이와 같은 사람에는 정치가 있다 말하지 못할 것이니 대개 위아래의 관계가 생기지 않고, 이 사람과 저 사람의 교섭이 일어나지 않았을 때에는 어버이가 있고, 자식이 있으며, 형이 있고, 아우가 있어 한 가정을 이루고, 한 족속을 세워 자식이 어버이의 명령을 따르며, 아우가 형의 명령을 따르더라도 또한 정치가 있다 말하지 못할 것이니, 왜냐하면 이와 같은 복종은, 이것은 도덕의 양심과 혈족의 관계로 따라 일어남에 지나지 않음이요, 법률로 정하여 위아래의 관계가 생겨남은 아니다. 그러므로 동일한 혈통의 족속 따위가 한 족속의 계통을 세우고, 한 부락을 만들어 그 자제子弟가 다 가장家長의 지휘를 따르며, 그 부락 사람들이 다 족장의 명령을 들을 때 이것을 대강 보면 비록 정치상의 관계가 있는 듯하나 자세히 고찰하면 다만 도덕상 복종에 지나지 않는다. 그러나 한 부락이 있어 아래가 위에 복종함과 위가 아래를 다스림이 혈족과 도덕으로 따름이 아니요, 법률과 규칙으로 정함이면 곧, 정치의 관계가 생겨나 그 사회를 정치사회라 말할 수 있고, 그 사회의 크고 작고 넓고 좁음을 따라 혹은 시골의 작은 도시가 되며, 혹은 도읍 같은 큰 도시가 되어 나누어 말하면 각각 그 정치사회요, 모아서 말하면 한 나라의 정치 구역이니 작은 도시와 큰 도시에 위아래 관계가 있는 것이라야 정치사회라 할 것이요, 독립국과 독립국 사이에는 정치관계가 없는 까닭으로 세계 여러 나라를 합하여 한낱 정치사회라 일컫기는 할 수 없도다. 여러 나라 공법公法이 비록 한 종류 법률이나 이 법률을 실행하는 정부가 없어 그 힘이 위아래의 각각 나눔을 바르게 하지 못하니 이것으로 말미암아 본다면, 정치사회의 구역은 작으면, 곧 한 부락에 그치고, 크면, 곧 하나의 독립국에 그치고, 위아래의 관계가 없으면 정치사회라 말하지 않는 것이다.

'정치학'은 정치사회의 현상을 뜻풀이함이다. 그러나 '학學'의 뜻을 알지 못하면 정치학을 자세히 알 수 없으니 '학'의 뜻은 지식의 밖에 있지 않고, 지식은 두 종류가 있으니, 첫째는 '보통지식'이요, 둘째는 '학문상 지식'이다. 보통지식이 쌓여 학문상의 지식을 이루는 것이니 비유하자면, 풀과 나무를 봄에 붉은빛을 가리켜 꽃이라 말하며, 초록빛을 보고서 잎이라 앎은 비록 지식의 한 종류이나 학문의 지식이라 말하지는 못하고, '원동력原動力과 반동력反動力의 원칙'이며, '물은 수소水素와 산소酸素 두 물질이 서로 합하여 이루어진 이치'를 아는 지식이라야 학문의 지식이라 말할 수 있을 것이니, 대개 사물事物 총체總體의 이치를 알면 '학문의 지식'이요, 하나의 일이나 한 가지 물건의 이치만 조금 알면 '보통지식'이다. 가령, 꽃을 가리켜 '붉은빛이다' 하며, 잎을 보고서 '초록빛이다' 함은 하나의 일이나 한 가지 물건의 이치를 앎에 지나지 않으니, 붉은빛과 초록빛은 꽃과 잎이 공통으로 가진 색이 아니며, '물은 수소와 산소두 물질이 서로 합하여 이루어짐'이라 함은 물이 공통으로 가진 성질이니, 이곳의 물은 수소 물질이 없고, 저곳의 물은 산소 물질이 없을 이치가 결코 없는 것이다. 그러므로 꽃과 잎의 비유는 하나의 일이나 한 가지 물건에 나아가 보고 풀이한 것이니, 같은 사물을 미루어 알 수 없는 까닭에 이것을 '보통지식'이라 일컫고, 물의 비유는 전체 사물에 나아가 보고 풀이한 것이니, 일반 사물을 미루어 알 수 있을 것이다. 그러므로 이것을 '학문의 지식'이라 일컫는 것이니, 이러한 두 종류 지식은 우열이 그 사이에 존재함을 알 수 있을 것이다.

이로써 '학'이라 하는 것은 우주만물의 현상을 합하여 그 똑같이 가지런한 것을 구하여 일정한 규율을 정하는 것이니, 정치학도 또한 이러한 상하上下관계가 있는 정치사회에 그 똑같이 가지런한 것을 구하여 일정한 규율을 정하는 것이다.

정치학의 뜻은 이미 밝혀 말하였거니와, '정치사회가 똑같이 가지런한 현상 가운데에 과연 일정한 규율이 있는가?' 또 '정치가 일종의 학술을 이룰 수 있을까?' 이것이 어쩔 수 없이 연구할 문제이구나. 대체로 보아서, 물질로 재료를 만드는 이학理學, 화학化學 등은 일종의 학술을 이룰 수 있는지 여부에 서양 학자도 의논이 여러 가지로 많이 나와 일정치 못하니, 어떤 사람은 '정치가 일종의 학문을 이루지 못할 것이다'라 말하고, 어떤 사람은 '천하 사물에 일정한 법칙이 모두 있는데, 정치가 어찌 홀로 그렇지 않겠는가? 마땅히 일종의 학문을 이룰 것이다'라 말하여 앞의 말을 앞장서 부르짖는 자는 말하기를, "인심人心의 같지 않음이 각 사람 얼굴 모양의 같지 않음과 같아서 갑甲은 이 일을 하고자 하지만, 을乙은 저 일을 하고자 하니 예상하지 못할 수數이다. 인심의 변이變異는 정해진 규칙이 털끝만큼도 없어서 빙거[11] 할 수 없으니, 사람의 마음 뜻을 빙거하기 불가능하니 곧, 사회 많은 사람의 마음 뜻을 또한, 빙거하기 불가능한 까닭에 정치사회는 똑같이 가지런한 현상이 없는 것이다. 똑같이 가지런한 현상이 이미 없으니 곧, 일종의 학술을 이룰 수 없다”하고, 뒤의 말을 앞장서 부르짖는 자는 말하기를, “대체로 보아서, 한 사람에 나아가 그 사상과 행위를 관찰하면 심하게 뒤섞여 엉클어져 규율이 없으나, 그 뒤섞여 엉클어져 풀어 알기 어려운 이유로 규율이 아주 없다고 단정할 수 없으니 비유하자면, 산 위의 날아가는 구름이 상하동서上下東西에 정해진 곳이 진실로 없으니, 누가 일정한 규율이 있다고 할 수 있겠는가? 옛 사람은 이것을 요망하고 간사한 마귀의 조화라 하였으나, 근세의 경리經理 학자는 이것을 연구하여, 뜻밖의 회오리바람이 있을지라도 그 일정한 규구[12]를 알아 천문학天文學 가운데의 일종 학문을 이루었으며, 또 기상의 변화는 몇 시간 전에도 미리 알 수 없으나, 기상학이 일종의 학문을 이루었으니 정치사회의 현상이 또한, 이와 같구나. 한 사람에 나아가 관찰하면, 산 위의 날아가는 구름에 정해진 규칙이 없음과 비슷하나, 마음으로 자세히 좋은 방법을 궁리하면 단정치 못할 것이요, 또 한 사람의 사상과 행위가 똑같이 가지런하지 못한 이유로 사회를 추론推論치는 못할 것이니, 어째서인가? 사회를 조직하는 각 사람의 행위가 똑같이 가지런한지 여부는 격렬하게 의논하지 못할 것이다. 비유하자면, 산 위에 많은 풀과 나무가 붉고 푸르게 번성하고 화려하여 모양이 고르지 않으나, 가지는 위로 향하지 않음이 없고, 뿌리는 아래로 향하지 않음이 없으니, 이것이 풀과 나무가 공통으로 가진 형상이 아닌가? 그 나고 자라는 모양에 나아가

---

11) 憑據 : 사실의 증명이 될만한 근거.
12) 規矩 : 일상생활에서 지켜야 할 법도法度. 본보기.

관찰하면, 더디고 빠른 분별은 비록 있으나, 규율이 아주 없음은 아니요, 더디고 빠름은 빛과 온도와 물기 등의 분량으로 인하여 같지 않음이니, 그러하니 곧, 천태만상의 풀과 나무도 일정한 규율이 아주 없음은 아닌 것이다. 정치사회의 현상도 이와 같아서, 심하게 뒤섞여 정돈되지 못하여 똑같이 가지런하지 못한 듯하나 정밀히 살펴 연구하면 곧, 어찌 풀과 나무만 못하겠는가? 각 사람의 사상은 천수만별千殊萬別하나 이익을 탐하는 욕심에 이르러서는 사람마다 모두 그러하니, 사람마다 각각 그 마음에 생기는 여러 가지 욕구를 이루고자 하여 그 머리끝에 이르러서는 반드시 서로 다투어 심하면 곧, 다른 사람의 목숨과 재산을 침범해 빼앗는 것이니, 이것이 국가의 문명과 야만을 불문하고 어쩔 수 없이 주치자主治者가 반드시 있는 까닭이다. 그러나 주치자도 역시 권세를 서로 다툼은 사람이 누구나 가진 보통의 인정이다. 그러므로 큰 권세를 손에 쥐고 통솔하는 사람이 없을 수 없으니, 이 또한 어떤 나라를 막론하고 원수元首한 사람이 반드시 있어 정치를 모두 거느려 다스리는 까닭이다. 이것이 정치사회의 똑같이 가지런한 현상인데, 어찌 정해진 규율이 전혀 없다 말할 수 있겠는가? 알렉산더 포프Alexander Pope[13]가 말하기를, '대체로 보아서, 사학史學을 연구한다면 대체[14]에 착안着眼함이 옳으니, 정치상의 똑같이 가지런한 현상을 어찌 작은 일에 얽매이겠는가? 라고 한 것이다' 라 하였다.

이상은 논자論者가 서로 다투는 대략大略이다. 우리들은 정치상에 똑같이 가지런한 현상이 있음을 주장하는 자이니, 대개 사람마다의 사상이 똑같이 가지런하지 못하면 정치의 현상도 역시 똑같이 가지런하지 못할 것이나, 사람이 마음을 같이하는 일이 또한 많으니 여기에 대강 근거한

---

13) 1688~1744. 영국의 시인·비평가. 독학獨學으로 고전古典을 익혔고, 타고난 재능으로 16세에 시집 《목가집牧歌集》과 21세 때 《비평론》을 발표해 영국 시단에서 확고한 지위를 얻었다.
14) 大體 : 사물의 전체에서 요령만 딴 줄거리.

다면, 아래와 같다.

첫째는 '피치 못할 사정'이니 가령, 사람이 먹지 않으면 죽을 것이다. 각 사람의 사상과 행위는 비록 다르나 이들 피하기 어려운 일을 한 번 만나면 그 사상과 행위가 기약할 수 없고 스스로 같은 것이다.

둘째는 '습관'이니 속담에 말하기를, '습관이 자연을 이루어 일의 선악善惡을 불문하고 습관을 진실로 이루면 현자賢者라도 그 범위를 벗어나지 못할 것이다'라 하였으니, 어떤 나라를 막론하고 그 땅에 각종 습관이 반드시 있어서 그 땅에 사는 자는 어쩔 수 없이 그 습관을 따라 행할 것이다. 그러므로 그 사상과 행위가 자연히 같은 길로 돌아가는 것이다.

셋째는 '교육'이니, 교육은 습관보다도 세력이 다시 큰 것이다. 교육은 정식의 모형으로 인재를 양성함인 까닭에 똑같은 교육을 받은 자는 다른 사상이 생겨나지 못하여 그 행위가 또한 자연히 똑같이 가지런한 것이다.

넷째는 '도리道理'이니, 도리의 세력은 가장 커서 각 사람의 사상을 준승[15]하는 척도이다. 이와 같은 척도를 잡으면 많은 사람이 많은 종류의 사상을 얻어갖지 못할 것이니 가령, 내가 4에 4를 더하여 8을 만듦에 나와 사상이 매우 다른 사람이라도 단정코 '9다', '10이다' 일컫지 못할 것이다. 이러한 도리가 인심을 똑같이 가지런케 하는 까닭이니, 시험 삼아 보라! 옛날에 서로 알지 못하는 동양학자와 서양학자가 같은 시대에 발명한 새로운 원리와 만들어낸 새로운 물건이 본래 서로 모방함이 아니지만, 자연히 같은 길로부터 나왔으니, 도리의 힘이 인심을 똑같이 가지런하게 하는 까닭이 과연 어떠한가? 위에 말함과 이미 같으니 곧, 인심에 일정한 규율이 있음을 알 수 있구나. 곧, 정치사회에 바꾸지 못할 일정한

---

15) 準繩 : 평면平面을 헤아리기 위하여 치는 먹줄. 일정한 법식法式.

법칙이 있음을 확실히 말할 수 있을 것이다. 그러나 오늘날의 정치학 방법이 아직 진보치 못함은 그 까닭이 세 가지 단서가 있으니 곧, 아래와 같다.

첫째는 '정법학政法學'에 관계한 각종의 다른 학문이 진보치 못한 까닭이니, 어떤 종류의 학문이든지 다른 종류의 학문과 서로 연관하여 모아서 꿰뚫어 통한 뒤에 그 당오[16]를 엿볼 수 있을 것이다. 대체로 보아서 정치의 목적은 삶의 목적에 기인하여 비로소 결정할 수 있으나, 삶의 목적을 정함은 '철학'에 관련된 것이니, 인간사人間事의 정사正邪와 선악을 판단코자 한다면 '윤리학倫理學'에 물을 것이요, 인류가 서로 모여 결성한 사회의 형편을 살피고자 한다면 '사회학'에 질문할 것이요, 사회 인심에 변화를 알고자 한다면 '심리학'에서 구할 것이요, 인류의 학문을 밝히고자 한다면 '생리학生理學'과 '물리학物理學'에 거슬러 올라갈 것이니, 이것을 여기에 들어 보인다면, 정치학의 위치는 아래와 같다.

철학 ─ 윤리학 ─ 사회학 ─ 정치학 ─ 심리학 ─ 생리학 ─ 물리학

정치학과 각 학문의 관계가 이와 같으니 정치학을 배우고자 한다면 어쩔 수 없이 각종 학문을 섭렵해야 할 것인데, 각 학문 가운데 정치학과 관계가 매우 가까운 철학, 윤리학과 사회학이 지금에 과연 어떠한가? 철학이 삶의 목적을 결정하였으며, 윤리학이 도의의 큰 근본을 확립하였으며, 사회학이 옛날부터 지금까지의 인류의 올바른 도리를 밝게 풀었는가? 이들 학술이 오히려 포대기에 싸여 있어서 유치幼稚를 면하지 못한 것이다. 뿌리가 단단하지 못한데, 가지와 잎의 번성을 바란들 어찌 얻을

---

16) 堂奧 : '당堂'과 '실室'의 구석. 학문의 깊은 이치. 문門으로 들어가서 당에 오르고 당에서 실로 들어감. '오'는 방의 서북西北쪽 구석. 온오蘊奧.

수 있겠는가?

　둘째는 이 학문을 연구함에 특별한 어려움이 있으니, 대체로 보아서 학술의 나아가고 물러나는 그 시험이 적당한지 여부가 서로 관계가 크게 있는 것이다. 화학과 물리학 등은 비록 뒤섞여 엉클어져 번거롭고 어지럽지만, 그 시험이 실제 쓰임에 적당한 까닭에 완전무결한 학술을 이룰 수 있었거니와 정치학은 시험이 실제 쓰임에 적합하기 쉽지 못해서 그 일의 일어남이 있는 그런 뒤에야 비로소 시험할 수 있을 것이다. 가령, 어떤 식민지를 새로 엶에 당하여 그 정부의 건설한 까닭과 인민의 등수等數를 나누어 매긴 까닭을 구해 연구함은, 이것이 정치를 시험하는 기회를 이룰 수 있을 것이요, 또 혁명과 변란이 있는 때에 즈음해서는 정치의 원인과 결과를 얻어 볼 수 있을 것이니, 이 또한 정치를 살펴 연구하는 재료를 이룰 것이나, 식민지 신설과 변란과 혁명은 항상 있는 것이 아니요, 자연으로 일어난 뒤에야 비로소 직접 볼 수 있는 것이니, 정치학을 연구하는 사람의 힘으로 직접 볼 수 없는 것이다. 이것이 물리학이나 화학 등을 연구함에 비하여 특별한 어려움이 있는 까닭이요, 또 인심의 공평치 못함이 정치의 진보를 막는 한 원인이 되는 것이니, 대개 성인聖人이 아니면 어떻게 공평할지라도 이해는 모두 있어서 그 방면에 당하면 곧, 치우친 사사로움을 품는 까닭에, 삶에 직접 이해가 있는 정치학을 살펴 연구하는 자의 관찰이 공평을 잃기 항상 쉬우니, 이것이 정치학의 발달이 더디고 더딘 까닭이다. 천문학이 현재 처해 있는 지위의 왼쪽에 있거나 오른쪽에 있음과 화학 본래 성질의 혹은 늘어나고 혹은 줄어듦은 삶의 직접 이해에 무슨 관계가 있는가? 정법학에 이르러서는, 어떤 사람은 화폐 제도의 획일劃—을 말하며, 어떤 사람은 정체政體의 변경을 말함이 원래 어렵게 결정할 일은 아니지만, 더디고 또 오램에 결정하지 못하는 것은 각 나라 속의 형편에 이해가 서로 다른 까닭이니, 총명하고 몹시 날쌘 학자라도 그 범위를 벗어나지 못하여 빨리 결정하지 못하고, 이론은 결정할지라도 실시함에 당해서는 적당한지 여부와 이해와 곡직曲直을 시험하기 매우 어려운 것이다. 대체로 보아서 한 나라의 풍속과 습관은 세력이 매우 강해서 이론은 정당하나 갑작스럽게 바꾸기 어려우니, 과거에 영국 정부가 인도의 여러 세대 습관으로 이룬 일부다처一夫多妻의 폐속弊俗을 없애버리고자 하다가 특별한 실패를 당함과 같이, 이론은 매우 올바르고 사사로움이 없으나 얼마간의 제재를 더하지 않으면 실행치 못할 것이다. 또 하물며 시험과 이론의 밝은 효과와 이룬 업적은 눈앞에서 보기 어려운 것이요, 몇 십 백 년을 경험한 뒤라야 비로소 보고 깨달을 수 있는 까닭에 학자로 하여금 빠른 효과를 구하려고 하다가 이론의 옳고 그름을 의심하며, 이룬 업적의 이해를 염려하여 따라서 실망하는 것이니, 이 모두 정치학을 연구함에 특별한 어려움이다.

셋째는 정치학자와 정치가의 떨어진 사이가 매우 먼 까닭이니, 대체로 보아서 정사를 논함에 '정담政談'과 '정론政論'의 두 종류가 있어서 '정론'은 정치 학문에 나아가 논함인데, 정치학 가운데의 살펴 연구할 범위를 발휘하는 까닭에 삶의 이해에 직접 관계는 없고, '정담'은 실제 정책에 나아가 논함인데, 일을 새로 만드는 것을 목적으로 삼아 정치학의 이론으로 정무政務의 부분을 논의하여 참고에 갖추는 것이니, '정론'은 일정한 목적을 주로 하지 않고 널리 통하는 도리의 원칙을 간단히 밝힘에, 그때의 형세가 어떠한가는 짐작이 필요치 않고, '정담'은 그 목적의 이룸을 위주로 하여 그때의 형세를 참고할 뿐 아니라 그 목적을 이루기 위하여 가볍고 교묘한 수단을 늘 써서 사실에 얽매이지 않으며, 다른 사람이 어려운 것을 물음에도 혹은 도리어 답하지 않고, 의논과 겉치레로 인정人情에 일치하기를 주로 하는 것이니, 그러므로 정론을 강의하는 자는 '정치학자'라 일컫고, 정담을 진술하는 자는 '정치가'라 말하는 것이니 곧, 갑甲은 '학문'이요, 을乙은 '시술施術'이다. 이 두 가지의 분별은 비록 있으나 '학'과 '술'이 사실에 함께 나아가 의논하고 연구하여 시행하는 까닭에 그 관계가 사이가 멀지 못할 것이요, 발달한 정치의 학문은 가까운 관계가 더욱 가까우니, 대개 '학'의 좋은 방법을 궁리하는 것은 '술'에 적용하고, '술'의 실제 경험한 것은 '학'에 다시 조사하여 '술'이 이론에 어그러지면 곧, 그 쓰임이 좋지 못하고, '학'이 실제에 거스르면 곧, 그 실제를 잃는 것이다. 이로써 정치학자와 정치가는 일신분체[17]와 같구나. 그러나 관계가 이와 같이 가까운데 실행할 때에는 가끔 서로 사이가 떨어져 있으니 이것은 무슨 까닭인가? 대체로 보아서 정치가는 매사에 급작스러워 학문의 이치를 깊이 연구하며, 옳고 그름을 바로잡을 여지가 없어서, 차라리 학문의 이치에는 어그러지고 거스를지언정 시기나 형편에 알맞음을 앉아서 잘못함은 즐겨하지 않는 까닭에 어떤 사람은 얕은 꾀와 성긴 방책으로도 일의 기회에 딱 들어맞아 한때의 급함을 구함이 있을 수 있고, 어떤 사람은 연단에 서서 빗질하는 방법으로 깊고 큰 의논을 일으키나, 듣는 사람이 귀담아듣지 않음에 바른 어린아이를 헤아림이 없어 실제에 합하지 못함이 있고, 어떤 사람은 몇 마디 말과 어그러진 꾀로도 오히려 큰 국면을 만회함이 있으니, 이에 정치가는 득의양양得意揚揚하여 말하기를, "실제와 이론은 두 길로 나뉘니 곧, 정치학자의 힘을 빌릴 것이 없다"라 하고, 정치학자는 말하기를, "정치가는 진리를 구하지 않고, 다만 사실에만 빠지므로 그 정략과 정책이 모두 한때만을 진실로 편하게 하여 식견이 얕고 비루하니 학문의 남새밭에 나란히 섬에 미칠 것이 없다"고 하여 정치가와 정치학자의 관계가 점점 멀어지며, 더더욱 사이가 멀어져 정치가는 정밀한 이론을 듣지 않고, 정치학자는 사세事勢의 변천에 소홀하기 때문에 정치학의 발달이 더디고 또 오래 걸려서, 오늘날 완전히 갖추지 못한 까닭은, 이것도 또한 하나의 큰 원인이다.

정치학이 진보하지 못한 까닭은 위에 말함과 같으나, 정치가 한 학파學

---

17) 一身分體 : 원래 한 몸이지만, 모체母體가 갈라져서 두 개의 개체로 되는 일.

派의 학술을 끝내 이룸은 근세에 이르러 그 기미가 작게 나타나는 것이다. 한두 가지를 들어 진술하여 돕는 증거를 삼겠다.

제일第一. 근년 통계표가 정치의 굉장한 기관機關을 이루어 정치학의 큰 성공을 도운 것이다. 대체로 보아서 통계학은 프랑스의 이재학자[18]가 맨 처음 시작한 것이니, 인구의 출산 및 사망과 혼인과 상고商賈와 질병과 범죄와 제빈濟貧과 교육 등 정치에 관한 일반 사항을 모두 망라하여 회계하는 것이다. 근세에는 미개한 여러 나라 외에는 각 나라가 다, 한 나라의 사항을 통계하여 정확하고 자세하게 표를 만들어 행정의 굉장한 관건關鍵을 만드니, 무슨 일을 막론하고 헛된 아득한 의논은 앞장서 부르짖지 못하고, 반드시 통계 실제에 의거하여 말을 세우므로 국회의원의 연설도 공연히 웅변과 교묘히 꾸며대는 말로 상식을 넓히지 않고, 반드시 사건을 헤아려 살핌의 정조[19]를 보고서 승패를 결정하는 까닭에 정사를 결단해 처리함에는 망령되게 결단하거나 지나친 결정을 하는 폐단을 면하고, 원인 및 결과의 관계와 이치를 점차 밝혀서 정치학이 일종의 학술을 이룰 수 있으니, 이것이 실제로 그 싹인 것이다.

제이第二. 옛날에는 정사를 시행함에, 다만 한때의 위태로움과 급함만을 바로잡아 막고, 앞뒤를 참고하여 기초를 단단하고 굳게 할 겨를이 없더니, 근세에 이르러서는 아무런 정략이나 정책을 막론하고 반드시 역사 이래의 연혁을 자세히 살펴 조사해 눈앞의 사무를 참조한 그런 뒤에 시행하니 비유하자면, 빈민이 사나운 난리를 일으킴에 당하면, 요즈음의 정치가는 이를 진정할 뿐 아니라, 그 땅의 어렵고 딱한 형편을 살펴 구하며, 그 원인의 소재를 깊이 궁리하여, 그 폭동이 세금을 거두는데 가혹함과 번거로움으로 기인함이면 이를 덜며 반성하고, 목민牧民의 실직失職으

---

18) 理財學者 : 경제학자.
19) 精粗 : 정밀함과 거침. 상세함과 소략함. 정추精麤.

로 말미암아 일어남이면 이를 내쫓아 그 연혁과 원인을 자세히 살핌이 한 지역 한 나라에 한계하지 않고, 다시 다른 나라의 이룬 업적을 널리 찾아 채택을 편케 하며, 변시에 임해서는 특별위원을 선발하고, 일이 없을 때에는 조사국調查局을 상설하여 나라 일을 참고하였다가 일이 있는 때에 함께 쓰는 것이니, 이것이 모두 요즈음의 정사에 베푸는 필요요, 임의로 망령되게 하지 못할 것이다. 그러므로 이것도 정치학으로 하여금 완전한 지위에 이르게 하는 사다리가 되는 것이다.

제삼第三. 근세에 이르러서는 세상 사람들이 이론과 실제가 원래 서로 어긋나지 않은 이치를 점차 알아가니, 옛날에는 정치학자와 정치가의 서로 어긋남이 물과 불이 서로 용납지 못함과 비슷하여 학자의 의논은 '종이 위의 헛된 말'이라 비방하고, 정치가의 정책은 '얕은 꾀와 적은 생각'이라 논평하며 비웃더니, 오늘날의 정치가는 사회의 변환을 따라 방침을 찾아 정함이 실제로 쉬운 일이 아니라 어쩔 수 없이 학문에서 궁리하여 구할 필요가 있음을 알고, 학자도 역시 이상理想에 모두 의지하면 실행이 어려움을 알아 어쩔 수 없이 사실을 참고하여 알맞게 헤아릴 것이라 하니 곧, 옛날에는 인재를 등용하되 학문적 지식이 탁월한 사람은 쓰지 않고, 사무에 숙련한 자만 오로지 쓰더니 요즈음에 각 나라는 정치 학문에 능통한지 여부로 그 자격을 정하니, 이것이 그 증거이구나. 이와 같은 결과로 일이 말미암아 실제가 이론에 하나로 합하고, 다스림을 베풂이 도리와 병행하여 과거의 악습을 남김없이 모두 쓸어버리니, 이것이 정치학으로 하여금 완전한 지역에 이를 수 있게 함에 매우 큰 세력이 있는 것이다.

논자論者가 정치학이 완전함에 이르지 못한 까닭으로 인하여 일종의 학술을 이루지 못할 것이라 깊이 생각하지 않고 말하니, 생각 없음의 심함이 아니겠는가?

제이장 정치의 목적

　헤아려 생각하건대, 한 사물을 살펴 연구하고자 한다면, 그 목적을 먼저 정함이 옳으니, 오늘날에 정치학을 살펴 연구한다면 어쩔 수 없이 정치목적이 어떠한가에 대해 서로 의견을 진술할 것이다. 이학, 화학 등은 세상 사람들이 그 목적의 소재를 모두 알지만, 홀로 정치 한 분야에 이르러서는 다른 학설이 분분하여 정론定論이 없으니, 대개 정치의 목적은 삶의 목적이 일정한 뒤에야 비로소 결정할 수 있는 것인데, 삶의 목적이 지금까지 일정치 못하기 때문에 정치 목적의 일정치 못함이 또한 이상할 바가 아니다. 삶의 목적을 알고자 한다면 어쩔 수 없이 ‘철학’에서 구할 것이니, 오늘날의 철학가를 대하여 묻기를, ‘삶은 일정한 목적이 반드시 있어서 사회에 생존하는 것이니 그러면 곧, 우리들이 어느 곳으로 향하여 나아감이 옳은가?’ 라 하면, 이와 같은 간단한 문제도 철학가가 듣고 몹시 놀라 답하지 못할 것이니, 또 하물며 삶이 무엇 때문에 세상에 나타났으며, 누가 삶으로 하여금 나타나게 하였는가? 삶이 갈림길에서 방황하여 따라 나아갈 바를 알 수 없으니, 나아가 그 목적으로 달려가고자 하니 곧, 앞길이 암흑에 오히려 속하고, 물러나 하느님의 보호를 바라고자 하니 곧, 하느님이 어두워 답하지 않고, 마음을 내버려 운수運數에 전부 맡기고자 하니 곧, 자기 마음에 기껍지 못함이 있는 것이다. 목적이 정해지지 못한 까닭에 어떤 사람은 ‘목적이 없다’고 가리켜 일컬으니 이것이 우리 인류가 헛되게 죽고 헛되게 태어나서 편안히 살아감이 전혀 없는 것이다. 이와 같을 이유가 어찌 있겠는가?

　삶의 목적이 없음은 아니나, 오늘날에 있어서 아직 일정치 못한 까닭에 정치의 목적도 역시 결정치 못함이니 목적이 정해지지 못함을 힘을 다해 연구할지라도 이로움이 없는 듯하나 우리 인류는 다 정치사회의 동물이라 정치의 일득일실一得一失이 다 우리들에 대하여 살갗을 에는 듯이 사무치는 아픔처럼 관계가 있으니, 실제로 하루라도 소홀하지 못할 것이다. 그러므로 마땅히 한 개 목적을 미리 세워 정치의 표준을 만들고 이를 연구함이 옳다. 전에 한 학자가 있어서 일본에 정당政黨이 일어남을 보고 쌀쌀한 태도로 비웃으며 말하기를, "일본 오늘날의 급한 일은 정치의 주의主義를 서로 다툴 것이 아니요, 인류의 목적을 살펴 구함에 있으니, 목적이 이미 정해진 그런 뒤에 정당을 세움이 차례 차례의 순서이다"라 했으니 이 말이 이치가 없음은 아니지만, 깊이 생각지 못한 말이다. 비유하자면, 음식물은 삶에 필수적인 것인데, 위생의 법이 밝지 않으니 곧, 먹지 못할 것이라 하여 그 법을 안 그런 뒤에 비로소 먹으면 인류는 숨이 끊길 것이다. 삶의 목적이 정해지지 못한 까닭으로 정치를 내던져버리면 인류의 사회가 야만의 풍속을 바꾸고자한들 어찌 얻을 수 있겠는가?

그러하니 곧, 어떤 것으로 삶의 목적을 정하여 정치의 표준을 만들 것인가? 이것을 앎이 쉽지 못하나 선배先輩 여러 유파流派가 몇 백 천 년의 큰 괴로움을 지나 연구한 바를 관찰하니, 비록 확실히 세워 움직이지 않는 하나의 목적을 세울 수는 없으나, 우리들에게 적은 도움이 없지 않구나. 옛날부터 지금까지 정치학자의 의견이 일치하지 않아서 의논이 가지처럼 갈라져 나갔으니, 이들 종류를 구별하자면 대개 다음과 같은 것이다.

```
                                                      ┌ 덕의德義
                                                      │ 자유自由
                                                      │ 진보進步
                                              ┌ 영원永遠 └ 행복幸福
                                      ┌ 사회社會 └ 현시現時
                              ┌ 간접적용間接適用 └ 일신一身
                      ┌ 도리道理 └ 직접적용直接適用
              ┌ 규구規矩 └ 신법神法
      정치政治 └ 직각直覺
```

위의 표에 나아가 논한다면, 아주 오랜 옛날 정치학자의 정치연구법은 '직각법直覺法'이니, '직각'이라 함은 매사를 도리에 의지하지 않고 자세히 미루어 구하지도 않아 마음속에 깨달음이 하나 있으면 이를 곧 그때에 시행하나, 사람의 깨달음은 오랜 세상에 바꾸지 못할 것이 아니요, 그때 형편이 예와 지금을 따라 서로 다르며, 사회의 문명과 야만을 따라 같지 않은 것이다. 하물며 한 사람의 견해로도 옳고 그름을 하나하나 들어가며 말함에 앞뒤가 같지 않음이 많겠는가? 직각도 도리를 미루어 정사正邪와 곡직曲直을 정하면, 그 의거하는 바가 인생의 직각이 아니라 도리에 곧 있으니 인생의 직각으로는 정치를 판단치 못할 것이다. 이에 어쩔 수 없이 일정한 규구를 따라야 이를 판단할 것이다. 그러므로 종교가는 신법으로 규구를 만들고 학자는 도리로 규구를 이루어, 같은 이 규구이지만 신법으로 정치 연구의 표준을 만드는 자도 사물이 신법으로 따라 나왔는지 여부를 묻고자 한다면, 또한 어쩔 수 없이 도리에서 이것을 미루어 구할 것이니 정치의 이치를 살펴 구함에는 반드시 도리를 따라 그 정사와 곡직을 판정할 수 있을 것이며, 도리 가운데에도 어떤 사람은 곧은 정으로 곧게 좇아 직접에 적용한 자도 있고, 어떤 사람은 손해와 이익을 짐작하여 간접에 적용한 자도 있으니, 엥겔스 Friedrich Engels[20]와 루소 Jean-Jacques Rousseau[21]의 무리는 사민[22] 동등의 이치를 확신하고, 곧바로 이를 시행코자 하여 말하기를, '왕실은 모두 원래 임금 자리를 빼앗음으로 이루어짐이니, 빨리 이를 멸망 파괴하여 인류로 하여금 평등을 모두 얻게 할 것이다'라 하였고, 하우스호퍼Karl Ernst Haushofer[23]와 스펜서Herbert Spencer[24]의 여러분이 '정부불립설政

---

20) 1820~1895. 독일의 사회주의자. 1845년 마르크스와 《독일이데올로기》를 집필하여 인간사회에 대한 새로운 역사적 인식방법인 '유물사관唯物史觀'을 제시해 '마르크스주의'의 철학적 기초를 확립했다.
21) 1712~1778. 프랑스의 사상가·소설가. 불우한 소년기와 청년기를 방랑생활로 보낸 후, 1792년 파리로 나와 디드로 등과 친교를 맺고 진행 중인 《백과전서》의 간행에도 협력하였다.
22) 四民 : 봉건사회의 사농공상士農工商 네 신분.

府不立說’을 앞장서 부르짖음도 또한 이것이다. 만약 그 나라의 풍속과 역사를 불문하고, 오직 이치를 조사해내서 직접 베풂은 다만 그 해로움만 있고, 그 이로움은 보지 못하니 대체로 보아서 저들의 학설이 인류로 하여금 자유를 얻어 지키게 함은 본래 세상의 공통된 이치이지만, 그때의 형편을 헤아리지 못하고 세상의 사람을 거느려 정부를 뒤집어엎게 함은 한 나라의 질서를 어지럽게 하고, 사회의 진보를 막은 뒤에 곧 그칠 것이니, 이러한 어쩔 수 없는 급격한 변혁을 피하고, 온화한 수단을 써서 점차 변혁을 쫓아 간접으로 그 목적을 이룸이 옳다하는 학설을 앞장서 부르짖는 자가 있으니, 세상 사람들의 이른바 ‘실리주의實利主義’가 곧, 이 학파이다. 그러나 이 학파 가운데에는 일신一身의 실리를 주로 하는 자와 사회의 실리를 주로 하는 자의 두 학설이 있으니, 우리들의 의견으로 말한다면, 일신만을 오로지 이롭고자 하여 그 사욕私慾을 다하고, 다른 사람을 잔인하게 해치며, 불쌍히 여기지 않으면 사회가 약육강식의 야만 세계를 갑자기 이룰 것이니, 알지 못하겠다. 우리 인류는 정치사회의 동물이라 단결하지 않으면 생존치 못하는 까닭에 ‘사회주의’는 사회의 실리를 목적으로 삼고, 사회주의가 두 학파로 다시 나뉘어 갑甲은 말하기를, “삶은 마땅히 지금 세상의 즐거움을 구할 것이다. 그러므로 이로움이 눈앞에 있는 것을 결단해 행할 것이요, 후세後世 자손의 이해는 돌아볼 겨를이 없다”라 하고, 을乙은 말하기를, “사람이 멀리 보는 생각이 없으면 가까운 근심과 걱정이 반드시 있는 것이니, 사회는 일시一時 일세一世에 편리함이 곧 없어져버릴 것이 아니다. 그러므로 우리들은 마땅히 원대한 모략을 이루어 장래의 이익을 도모할 것이다”라 하니, 이 두 학설에 이치가 각각 있으나 갑의 학설은 사회의 발달을 바라지 못할 것이다. 그러므

---

23) 1869~1946. 독일의 군인·지정학자地政學者. 제1차 세계대전에 참전, 육군 소장으로 예편하였다.
24) 1820~1903. 영국의 철학자. 독학으로 공부하였으며, 평생 민간학자로 지냈다. 그는 철학적으로는 ‘불가지론不可知論’의 입장에 서면서도 철학과 과학 및 종교를 융합하려고 하였다.

로 우리들은 어쩔 수 없이 '영원'의 학설을 취할 것이다. 그러나 '영원주의'의 학파 가운데에도 어떤 사람은 '행복'을 목적으로 삼는 자도 있으며, 어떤 사람은 '도덕'을 목적으로 삼는 자도 있으며, 어떤 사람은 '자유', 어떤 사람은 '진보'에 목적을 각각 두어 의논이 많은 가운데 한 가지 학설을 각각 잡는 것이다. 그러나 우리들의 의견으로는 행복을 정치의 목적으로 만든다는 학설이 가장 정당하다. 시험 삼아 보자면, 오늘날의 각종 학파가 의논은 비록 분분하여 한결같지 않으나 행복의 범위를 벗어나 삶의 목적을 논함은 불가능하니 가령, 철학가가 삶을 피하고 죽음에 나아가는 학설을 앞장서 부르짖지만, '삶은 마땅히 현재의 이 세상을 떠나 미래 낙원에 달려갈 것이다'라 하니, 이것을 자세히 살펴보면 곧, 역시 행복을 삶의 목적으로 만듦에 다름 아니다. 어째서인가? 그 이른바 '삶을 피하여 죽음으로 나아가다'라 함은 '지금 세상의 행복이 미래의 행복만 못하고 미래 행복의 분량이 지금 세상 행복의 분량보다 낫다'라 함이다. 이와 같은 기이한 학설도 행복의 범위를 벗어나지 못하였으니, 행복을 삶의 목적으로 만드는 학설이 가장 적당하구나.

행복을 삶의 목적으로 정했으니 곧, 정치의 목적도 또한 여기에 다름 아닌 것이다. 그러하면 곧, 행복은 과연 어떠함인가? 서양 학자가 이것을 자세히 논함이 많으나, 낱낱이 들어 말할 겨를이 없고, 한마디로 간단히 말한다면, '행복'은 쾌락이 고통에 비하여 많은 것이 곧, 행복이라 말하는 학설이 가장 타당하다. 대체로 보아서 서양사회에는 쾌락과 고통의 두 일이 함께 있어서 사람마다 이 정은 모두 있으니 다만 쾌락만 알고 고통을 알지 못하는 자도 전혀 없으며, 다만 고통만 알고 쾌락은 알지 못하는 자도 역시 없는 것이다. 그러므로 세상에 고통이 아주 없는 행복은 전혀 없고, 쾌락과 고통을 비교하여 쾌락의 정도가 고통에 지나칠 때는 그 나머지의 쾌락을 가리켜 곧, 행복이라 일컬을 것이다. 그러나 행복의 종류는 매우 많아서 '어떠한 행복이 정치의 목적을 이룰 수 있을까?'함에

이르러서는 어쩔 수 없이 연구할 것이다. 서양 학자는 삶의 행복을 세 종류로 구분하니,

첫째는 사람의 힘으로 하지 못할 일을 따라서 생겨나는 행복이요,
둘째는 각 사람의 자기행위로 생겨나는 행복이요,
셋째는 다른 사람의 자기에 대한 행위로 생겨나는 행복이다.

첫 번째 종류의 행복은 비유하자면, 계속된 가뭄에 자갈돌이 타는 듯 뜨겁고, 풀과 나무가 말라 죽다가 때맞춰 내리는 비를 갑자기 얻어 그 해로움을 면하는 때의 감정과, 되풀이되는 지진에 산이 무너지고 땅이 갈라지다가 올바른 법도를 회복하여 백성이 사는 곳에서 편히 지내는 모습은, 이것은 사람의 힘으로 하지 못하는 행복이요, 둘째 종류의 행복은 곧, 우러러 하늘에 부끄럽지 않으며, 구부려 땅에 부끄럽지 않은 쾌락이니 가령, 자기 몸의 학문이 더욱 늘어나며, 사업이 점점 이루어짐을 돌아보고서 생겨나는 감정의 쾌락이 이것이요, 셋째 종류의 행복은 가령, 상고商賈를 경영함에 계약을 서로 맺어 사람이 신의를 지키고 거짓 속임이 털끝만큼도 없음과 세계에 처하여 사람이 자기의 자유를 지켜 온전히 할 수 있는 등의 쾌락이 이것이니, 그 가운데 사람의 힘으로 하지 못하는 행복은 천문학과 지질학地質學에 관계가 있을 것이요, 자기의 행위로 인해 생겨나는 행복은 윤리학과 도덕학과 혹은 정치학에 관계가 있음이요, 여기에서 연구할 것은 다만 셋째 종류의 행복이니, 대개 '정치학' 은 이 사람과 저 사람의 관계를 논하는 학문인 것이다.

대체로 보아서 '정치의 목적' 이 비록 넓으나, 첫째는 사람의 행복을 지켜 온전히 함이 목적이요, 둘째는 사람의 행복을 더욱 늘림이 목적이다. 대개 우리들은 정이 있고 욕심이 있는 인류이니, 각 사람이 만약 정욕情慾을 서로 다하고 통제함이 아주 없으면 곧, 삶의 행복이 과연 어떠하겠는

가? 그러므로 이것을 통제하여 그 완전을 꾀하며 그 일으켜 나아감을 구할 것이니 이것이 정치의 근본 강령綱領이요, 정치의 목적이다.

　정치의 목적은 각 사람의 행복과 충돌치 않기를 요구할 것이지만, 행복을 보호함에 혹, 많은 사람의 행복을 위하여 한 사람의 행복을 얼마간 제한함이 있으니, 이것은 현재의 제도가 완전함에 이르지 못한 까닭이요, 결코 정치의 본뜻은 아니다. '정치의 본뜻'은 다수를 위하여 소수의 행복을 제한하는 이치가 결코 없으니, 소수를 포함치 않은 다수는 결코 참된 다수가 아니다. 그러므로 많은 사람의 행복에 치우친 학설은 이치에 합하지 못함이 있으니, 대개 많은 사람의 행복은 사회를 조직한 각 사람의 행복이 모여 이루어짐이니 곧, 만약 사회의 각 사람으로 하여금 자기의 행복을 버리고 많은 사람의 행복을 도모하라 하면 많은 사람의 행복은 변하여 그 실체를 잃을 것이니, 어째서 그러한가? 대체로 보아서 삶은 자기를 위하여 도모함이 다른 사람을 위해서 도모함에 비하여 반드시 깊고 무거운데, 만약 사회의 각 사람이 다른 사람의 행복을 모두 도모하고 자기의 행복은 묻지 않는다면 각 사람의 행복으로 모인 사회의 행복은 점점 약해져 없어질 것을 미리 기약할 수 있을 것이다. 그러므로 정치의 목적을 말함이 사회의 행복을 도모함에 있으나, 결단코 그 몸의 행복을 뒤에 하고, 다른 사람의 행복을 앞에 할 수는 없고, 다만 많은 사람들의 행복에 모순되지 않는 법으로 자기의 행복을 구하라 함이다.

　그러면 곧, 어떻게 해야 사회 전체의 행복을 구하며, 정치를 시행하기 전에 어떠한 행복이 사회 전체에 통할 수 있겠는가? 오스틴 John Austin[25]이 말하기를, "마땅히 행위의 대세에 나아가 그 행복을 판정할 것이다."라 하였으니, '행위의 대세'라 함은 삶의 행위로 생겨나는 이해가 간접·직접을 불문하고 인류행복에 영향을 미칠 수 있는 것을 모두 묶어 말

---

25) 1790~1859. 영국의 법 철학자. 분석법학의 창시자. 군인·변호사 등을 거쳐 1826년에 신설된 런던대학의 교수로 취임하였다가 독일에 유학, 1828년부터 법철학의 강좌를 담당했다.

함이다. 그 행위의 대세를 이미 정하면 곧, 어쩔 수 없이 행위 종류에 나아가 그 영향과 결과를 살필 것이니, 대개 세상 일이 한 사람의 행위로는 해로움이 없을 수 있더라도 그 행위의 종류를 따라 그 해로움의 한계가 없음도 있는 것이다. 비유하자면, 어떤 빈민이 있어서 이웃 늙은이의 부_富를 부러워하여 그 쌓아둔 금덩어리 가운데에서 한 덩어리를 훔친 것으로 가정한다면, 그 한 가지 일에 나아가 논하면, 넉넉함으로 부족함을 채워 해됨이 있지 않지만, 이런 종류의 일을 많은 사람들이 서로 전하여 본받으면, 도적이 공공연히 행동하고 재산권리가 땅에 떨어져 사람은 재화를 모을 뜻이 없고 나라는 재화를 늘리는 힘이 없어서 부자는 부유치 못하며, 가난한 자는 더욱 가난하여, 시들어 쇠잔하며 지치고 쇠약해짐에 곧 이를 것이니, 이로 말미암아 살펴보자면, 가난한 사람이 금덩어리 한 개를 훔침으로 그 해로움이 사회전체에 미침이 이와 같구나. 이처럼 한 가지 일에 나아가 논하면 곧, 이로움이 있고 전체에 나아가 논하면 곧 해로움이 있는 밝고 큰 효험이다. 만일 형벌은 이 사람이 나쁜 일을 이미 저지름에 형벌로 그 몸에 가하여 흉악하고 잔인함을 베푼다면, 그 한 사람을 위해서는 실제로 불쌍하고 불쌍하거니와, 한 사람을 죽여 백 사람을 경계하므로 백 사람이 나쁜 행위를 경계하면 끝내 형벌을 하지 않음에 이를 것이니, 이것은 한 가지 일에 나아가 보면 곧, 해로움이 있거니와, 전체에 나아가 살펴보면 곧, 이로움이 있구나. 오스틴 씨가 말하기를, "정치의 목적을 이루고자 하면 어쩔 수 없이 장래의 결과를 살피고 엿보며, 행복의 무엇이 크고 작은 지를 비교하여 비로소 시행할 수 있을 것이다"라 하였으니, 가령, 폭정을 떨어내고 선정_{善政}을 구함은 행복을 얻고자 하는 자의 어쩔 수 없는 일이다. 그러므로 마음속에 승산이 진실로 있으면 정부를 기울여 뒤집음이라도 도모할 것이나, 오직 이때에 큰일을 일으켜 특별함을 도모하는 사람이 반드시, 정부 횡포의 정도가 어떠한가와 정부를 기울여 뒤집음의 성패가 어떠한가를 먼저 계산하고, 일을 일으킬 때의 꾸짖을 참혹함이 어떠한 것인가와 일을 이룬 뒤의 얻을 행복이 어떠한 것인가를 깊이 생각하여 일을 시작함이 옳은 것이다.

제삼장 정치의 기원

정치의 목적은 앞에 말함과 같거니와, 그 목적을 이루는 기관은 곧, 나라의 말미암아 일어난 까닭이다. 옛날에 나라의 기원을 논함이 적지 않으나, 여기에 대강 설명하자면, 아래에 기록한 세 학파가 있으니,

제일. 신명설神命說
제이. 계약설契約說
제삼. 심리설心理說

첫째 학파의 학설은 종교가의 말이 그 반¥을 차지해서 미개한 나라에 오로지 제 마음대로 행하는 것이니, 그 학설에 말하기를, "아주 오랜 옛날에는 세상 사람이 다 덤불로 짐승처럼 떼 지어 달리며 가지런하고 엄숙하여 법을 침범하는 일이 아주 없었고, 피차 서로 편안하여 무한한 자유를 다 누리며, 윗사람이 없는 행복을 각자 받아 실제로 극락세계였다 말할 것이며, 천연의 복지福祉도 얻음에 금지함이 없고, 사용함에 다 없어지지 않아서 사유의 물건을 정함이 있지 않았고, 벌열[26]의 다름과 직업의 차별이 일어나지 않으므로 관리도 없으며, 법관도 없으며, 장졸도 없더니, 인류가 하루아침에 그 정직한 성품을 잃고 욕심의 생각이 점점 일어나 다툼이 아울러 생겨나고 분란이 서로 일어나는 까닭에, 이에 어쩔 수

---

26) 閥閱 : 나라에 공로가 많고 벼슬을 많이 한 집안. 벌족閥族.

없이 나라를 세워 이를 통솔하고 제어할 필요가 있음이니, 이것이 정치의 말미암아 생겨난 원인이다"라 하였다. 그러나 신명설을 주로 부르짖는 자도 두 학파로 나뉘어, 하나는 말하기를, "국가는 하느님이 직접으로 인류에 내리셔서 새로 만드신 것이다"라 하고, 하나는 말하기를, "국가는 하느님이 그 뜻을 인류에게 보여 새로 세우고, 간접으로 거느려 통솔한 것이다"라 하니, 그 학설이 서로 다르나 나라의 창조가 하느님에 돌아감은 한결같다. 하느님의 존재 여부를 알지 못하는 자는, "어찌 하느님이 나라를 새로 세운 일을 알겠는가? 오직 후세에 이 학설을 적어 왕가王家의 전횡專橫을 다시 보호하여 백성을 좀먹으며, 나라를 그릇되게 한 자가 이루 다 기록하지 못할 것이다. 그러므로 여기에 어쩔 수 없이 한마디의 설명을 필요로 하니, 왕권을 회복하는 자가 말하기를, '국왕은 하느님의 자손이다. 하느님의 내리신 명령을 받아 보배로운 자리에 오름이니, 어떤 제멋대로의 방자함과 포학暴虐이 있다 할지라도 결코 폐하지 못할 것이요, 만약 이를 폐하면 하느님께 무례하고 방자한 것이다'라 하니, 우리들은 곧, 국왕을 하느님의 자손이라 함은 혹시 허여許與할 수 있을 것이지만, 군주가 어떻게 포학하든지, 국가의 조직이 어떻게 불완전하든지, 단정코 이것을 다시 바꾸지 못할 것이다"라 하는 학설은 믿음에 이르기 충분할 수 없으니, 대체로 보아서 하느님은 반드시 불완전한 국가를 원치 않을 것이며, 횡포 무도無道한 군주를 즐겨하지 않을 것이다. 루소가 이를 자세히 논하여 말하기를, "역사에 비춰보고 사람의 성품에 참고하니, 하느님이 인류에게 말없는 가운데 보여 알려, 인류로 하여금 국가를 만들게 함은 의심할 뜻이 진실로 없거니와, 이것은 다만 인류에게 뜻을 보여 국가를 이루게 함에 지나지 않고, 군주정치와 공화정치와 혹은 기타 특별한 일종의 정치를 오래도록 바뀌지 않는 법으로 본 보기처럼 행하라 함은 아니다. 그러므로 신명설이 진리는 있으나 이를 빙자하여 군권君權을 확장하고, 민권을 억제하는 말자루를 만듦은 옳지 않다"라 하였다.

둘째 학파의 학설은 군민君民의 근본 약속이 나라를 세운 기원이라 말함이니, 홉스Thomas Hobbes와 로크John Locke 등의 많은 학파가 그 학설을 부르짖고 루소가 그 학파를 드날려 세상을 풍미[27]한 것이다. 루소가 말하기를, "사람이 자유를 소유함은 하늘이 내려줌이니, 자유는 다른 사람에게 옮기지 못하며, 외국 사람에게 양보치 못할 것이다. 만약 이를 옮기거나 이를 양보하면 이것은 본연의 자유가 아니다. 그러나 아주 오랜 옛날의 처음 시대를 거슬러 올라가면, 사람의 지혜가 열리지 못하여 움직이면 곧, 무력으로 서로 침범하고 빼앗아 각 사람의 자유가 매우 위태했으니 이때에 당하여 어떠한 술책으로 이와 같은 침탈을 면하여 그 자유를 보전할 수 있겠는가? 어쩔 수 없이 각 사람의 생명과 재산을 보호함에 적합한 결합을 이루어 각 사람을 도울 것이니 이때의 결합은 본래 형벌로 몰며, 세력으로 핍박하여 성립함이 아니라, 반드시 평화로 큰 뜻을 만들어 사람마다 기꺼운 마음으로 계약을 서로 맺어 결합함이다. 그러므로 이 계약을 결합한 뒤에 이것을 깨는 자가 있으면, 이는 다른 사람의 자유를 해칠 뿐만 아니라 자기의 자유도 또한 손해를 입혀 다만 천연의 권리와 본연의 자유만 있고, 계약 이후의 자유 권리는 다시 누리지 못할 것이니 이 계약을 맺으면 이를 깰 이유가 전혀 없을 것이요, 또 이와 같은 계약을 맺을 때에 각 사람이 다 흔쾌히 승낙하고 말없이 받아들이는 것이다. 그러므로 각 사람이 다 자기의 소유한 일반 권리를 사회에 옮겨준다 해도 옳지 않음이 없으니 이것은 자유를 옮기거나 양보함이 아니요, 사회 전체에 책임을 맡김이니 비유하자면, 여기에 어떤 사람이 있어서 사회 전체가 이 사람에 대하여 약간의 권리가 있고, 이 사람도 사회 전체에 대하여 또한 약간의 권리를 소유하여 그 약간의 권리를 사회에

---

27) 風靡 : 어떤 사조思潮나 사회적 현상 등이 널리 사회를 휩쓸거나 또는 휩쓸게 함. 나무나 풀이 바람에 나부끼듯이 어떤 위세에 저절로 따르거나 붙좇게 함.

주고 사회의 약간 권리를 다시 얻으니 그 실제는 손실이 전혀 없고, 사회의 보호를 또 얻어 그 자유를 늘리고 키우는 것이니, 공적으로 말하면 권리를 서로 옮김이요, 사적으로 말하면 권리를 교환함이 곧, 그 성질이다"라 하고, '계약이 어느 때 시작함인가?' 하는 문제에 대해서는 어떤 사람은 말하기를, "주재를 가려 세우고 보호의 책임을 맡긴 뒤에 계약을 비로소 맺는 것이다"라 하고, 어떤 사람은 말하기를, "그 실제가 그렇지 않으니, 대체로 보아서 주재를 선거하려면 모름지기 사회의 같은 마음을 얻어야 할 것이다. 각 사람은 마음이 같아서 주재를 가려 세울 때에 첫 번째 계약이 이미 이루어짐이니 계약의 기원은 매우 오래고 멀구나. 이와 같이 계약을 맺고, 이와 같이 군주를 가려 세워 국가가 비로소 있는 것이다" 운운하니, 그 학설이 황탄무계[28]하여 자세히 조사하고 살피면 그 잘못을 다시 알 것이나 그 학설에 심취하여 그 이치를 살피지 않는 자가 없지 않으므로 여기에 그 잊어버림을 밝힘이 아래와 같다.

일一. 아주 오랜 옛날의 사적事蹟을 자세히 살필 수 없으나, 고대사회를 가장 정확히 연구한 버니언John Bunyan[29]씨의 학설을 근거하니, 그 학설에 말하기를, "사회 발달 초기 곧, 가족시대에는 가장이 매우 큰 권력을 쥐어 생살여탈生殺與奪이 그 손 안에 모두 있고, 남녀의 혼인과 물품의 매매를 임의로 처리하며, 그 앞의 천지가 시작되던 어두운 세상에는 가장의 통제도 없었고, 다투고 빼앗으며 서로 죽임에 정욕을 서로 다하여 단결력이 전혀 없거나 조금 있었는데, 권리 동등의 학설이 만약 당시에 빠르게 행해졌으면 단결할 날이 영원히 없었을 것이니, 대개 이때에는 특별한 위력과 엄혹한 압제로 다스리지 않으면 결단코 단결력이 털끝만

---

28) 荒誕無稽 : 말하는 사람의 말이나 행동이 호들갑스럽고 거칠어 믿을 수 없음. 황당무계荒唐無稽.
29) 1628~1688. 영국의 설교가·우화작가. 땜장이였던 아버지의 직업을 물려받고, 16세에 크롬웰의 의회군議會軍 수비대에 들어갔다. 의회군 해산 후, '비국교파非國教派'의 설교자로 명성을 얻었으나, 국교회파의 박해로 12년간의 감옥생활을 했다.

큼도 없는 이와 같은 사회를 통제할 수 없을 것이다. 그러므로 아주 오랜 옛날 미개하여 단결력이 결핍한 세상에 있어서는 '평등주의'가 바로 단체를 파괴하는 흉기를 이루니, 근세에도 해롭고 나쁠 수 있는 '불평등주의'가 반대로 단체를 단단하고 굳게 하는 이기利器를 만드는구나. 그러하니 곧, 아주 오랜 옛날의 군장君長은 결단코 루소 씨의 말한 바와 같이 계약으로 선거함이 아님을 알 수 있으니, 대체로 보아서 아주 오랜 옛날에는 혈족의 가까운 가지가 단체를 먼저 이룸이 자연스러운 형편이었기 때문에 혈통이 서로 모여서는 한 혈족 가운데의 한 족장을 받듦이 역시 자연스러운 형편이니, 족장이 자제子弟를 통솔함에 계약이 이미 있겠는가?'라 하였다. 이 학설을 따라 사실을 살피고 도리를 미루어 아니, 우리들은 어쩔 수 없이 버니언 씨의 학설을 믿을 것이다. 만약 계약을 국가의 기원이라 하면, 국토가 매우 좁으면 곧, 혹 얻을 수 있거니와, 판도가 조금 넓으면 어쩔 수 없이 근세 대의사代議士의 제도를 써서 계약을 맺을 것인데, 루소 씨는 대의사의 옳지 않음을 몹시 격렬하게 논하였으니 곧, 필연코 온 나라 백성이 의원議院에 다 모인 그런 뒤에야 이룰 수 있을 것이니, 시험 삼아 묻자면, '온 나라 백성이 의원에 다 모임을 과연 실행할 수 있겠는가? 루소 씨가 또 말하기를, "계약이 성립할 때에 한 사람이라도 그 줄에 참가하지 않으면 그 계약이 완전치 못함이다"라 하니, 이것은 오늘날 개화開化한 세상에도 오히려 실행키 어려운데, 또 하물며, 거칠고 고루하며 사리에 어리석고 어두운 고대古代에 있어서이겠는가? 아주 오랜 옛날 역사에서 작았으니 곧, 믿음에 이를 수 있는 증거가 없고, 근대 역사에서 살펴보니 곧, 계약으로 일어나 이룬 사실을 볼 수 없구나. 미국 13주의 백성이 합하여 헌법을 제정하고 자기 나라를 새로 세우니, 이는 비록 '민약설民約說'을 실행함과 같으나, 알지 못하겠다. 미국 백성은 독립 이전부터 정치사회에 생겨나 살았으므로 원래 루소 씨가 말한바, 사회와 같이 봄이 옳지 않은 것이다. 한 나라 헌법의 성립은 몇 세대의 연혁을 반드시 지나야 미개한 풍속과 습관이 문명에 이르는 것이니, 미국의 헌법을 어찌 원시의 계약이라 하겠는가? 루소 씨가 말하기를, "국가는 국민의 계약으로 반드시 이루어지는 까닭에 계약을 하지 못한 국민은 야만의 풍속을 벗어나지 못해서 완전한 국가라 일컬을 수 없다"라 하니, 이 학설에 의지하여 국가를 말한다면, 한 국가는 반드시 민주정체를 먼저 베풀어 행해야 나라가 이루어질 것이요, 당초에 민주정체를 세우지 못한 자는 국가라 일컬을 수 없을 것이니, 당초에 민주정체로 나라를 세운 국가가 몇 개가 있는가? 그 학설의 과장되고 거짓됨을 변명하기에 충분치 못하구나.

이二. 법률상으로 아주 오랜 옛날의 이른바, 계약을 살펴 연구하니 곧, 그 학설의 오류를 쉽게 볼 수 있을 것이니, 대체로 보아서 계약을 맺음에는 입약자立約者가 그 약속한 바의 일을 명시하고, 수약자受約者가 그 약속의 뜻을 실행할 것이다. 이 두 가지는 계약의 요건이니 빠질 수 없는 일이다. 그러므로 루소 씨의 학설을 근거로 하니 곧, '건국 초기에 그 군주가 백성의 큰 목적을 반드시 먼저 표시하고, 백성도 승낙하는 뜻을 표시해야 정당한 계약이라 일컬을 수 있을 것이다'라 하니, 이것을 말미암아 말하자면, '백성이 이것을 승낙하기 전에 그 의리를 먼저 풀이함이 필요하니 곧, 그 뜻을 풀지 않으면 실천하고 행할 뜻을 알 수 없을 것이니, 나라를 연 큰 목적과 정치의 큰 주의는 깊고 높아서 오늘날의 문명화한 국민도 풀지 못함이 오히려 많은데, 사리에 어리석고 어두우며 무지한 고대 백성이 어찌 이와 같이 고상한 사상을 갖춰가지고 군주의 계약의 뜻을 하나하나 풀어 깨닫겠는가?' 이것이 우리들이 계약으로 자기 나라의 기원이라 믿을 수 없는 까닭이다.

셋째 학파의 학설은 곧, '심리설'이니, 그 학설에는 말하기를, '인류는 무리를 좋아하는 천성이 있으므로 서로 합하여 나라를 세우고 군주를 가려 세워 정사를 베푸는 큰 권리를 맡긴 것이다'라 하였다. 길리스John

Gillies[30]와 아리스토텔레스와 백륜지리伯崙知理와 루소 등의 여러 학자가 다 이 학설을 앞장서 부르짖음이니, 길리스 씨는 말하기를, "사람은 여러 가지 성품이 있어서 그 가운데에 무리를 좋아하는 정욕이 또한 있으니 이 정욕은 본래 가진 뜻으로 사회를 맺어 세움이 아니라, 다만 좋은 법으로 사회의 평화에 이르고자 함에 지나지 않음이다"라 하였다. 근세 학자 가운데에 이 학파로 풍미하는 자가 매우 많으나, 이 학설도 결점을 지적하여 비난함이 또한 있으니, 대체로 보아서 오늘날의 형편으로 살펴보면 곧, 무리를 좋아하는 성품을 사람 모두 갖추어 가졌지만, 아주 오랜 옛날로부터 오늘날에 이르기까지 사회의 풍속과 습관이 그 변천한 수를 알지 못할 것이다. 이와 같이 여러 번 변천하여 오늘날에 이르러서는 이 성품을 사람 모두 갖추어 가졌으므로 이 성품이 하늘이 내려준 고유한 성품과 같으나, 변화를 바로 당한 때와 변화를 지나지 않은, 앞의 그 상태가 어떠한가는 생각지 않고, 저 여러 학자가 몇 천만 년 특별한 진화를 지내온 오늘날의 두뇌로 진화 이전의 사람 성품을 추측하여 자기에게 무리를 좋아하는 사상이 이미 있으므로 진화 이전의 사람도 이 성품을 역시 소유함이라 함은 그 옳음을 알지 못하겠구나. 아주 오랜 옛날 인류는 금수禽獸와 어긋남이 멀지 않았는데, 이때에 고상한 이 성품을 이미 소유함이라 함은 어쩔 수 없이 근세의 추측한 말이라 말할 것이다.

이상 세 학파의 학설은 이상理想을 다만 적었고 실제의 일을 구하지 않아서 어떻게 높고 교묘할지라도 취해 믿을 수 없고, 오늘날에 가장 확실히 캐내 믿을만한 것은 '진화론'이니, 진화론을 앞장서 부르짖는 자는 말하기를, "나라의 기원은 인류가 어쩔 수 없는 일의 형편을 당하여 어쩔 수 없는 까닭으로 나라를 세움이다. 아주 오랜 옛날 사리에 어리석고 어

---

30) 1747~1836. 영국 스코틀랜드의 역사가. 글래스고대학교에서 수학하고, W.로버트슨의 뒤를 이어 1793년 스코틀랜드의 역사 편수관이 되었다. 아리스토텔레스, 소크라테스 등의 고전을 번역하였다.

두운 세상에 이용후생利用厚生하는 도가 열리지 않고, 음식과 의복이 여러 곳에 모자랄 때, 야만적 인류도 삶을 사랑하고 죽음을 싫어하는 마음은 또한 있어서 개화된 나라 사람과 다름없었던 까닭에 천연적으로 존재하는 과일과 동굴을 다투기에 매일 일을 하므로 이때에 그 사람이 도덕성도 없고 사양심도 없음을 알 수 있다. 살 곳을 구하고, 음식을 구할 때에 어쩔 수 없이 격렬한 전쟁을 일으켰을 것이니, 전쟁의 익숙함과 서투름은 곧 살고 죽는 관계요, 또 어쩔 수 없이 박약한 지혜의 힘을 다하여 전쟁의 방법을 살펴 연구할 것이다. 그러므로 우연히 많은 사람을 연합하여 원수와 적에게 항거하여 승리를 얻고, 삶을 지킨 뒤로 이와 같은 방법이 충분히 승리를 제어해 얻음을 알아서 단결하는 풍습이 점점 생겨난 것이다. 그러나 그 결합에 이를 통솔하는 자가 없으니 곧, 그 무리가 또 흩어져 패망을 부르니 이와 같은 경력과 경험한 징조가 이미 많아서 우두머리를 세워 받듦이 전투에 이로움을 점차 안 까닭에, 이에 지휘자와 피지휘자의 구분이 생겨나니, 이것이 국가를 건설하여 군주를 둔 원인이다."

사실에 참고하고, 도리에 미루어 보니 나라의 기원은 무리를 좋아하는 성품으로 하여금 그러함이 아니요, 실제로 생존경쟁에 어쩔 수 없는 경험으로 인하여 무리를 좋아하는 습관이 이루어짐이다. 전투는 무리를 좋아하는 성품을 생겨나게 하는 하나의 큰 원인이구나.

제사장 주권론

나라가 일어남에 다스리는 자가 반드시 있고, 다스리는 자가 이미 있으면 다른 사람에게 다스려지는 자도 또한 없지 못할 것이다. 다스리는 자를 일컬어 '상上'이라 하고, 다른 사람에게 다스려지는 자를 '하下'라 하니, 그 상하는 그 이름의 뜻으로 상하를 정할 뿐 아니라, 그 권력이 또

한 하늘과 땅처럼 차이가 엄청나니, 이것이 상이 하를 거느리며 하가 상을 따르는 까닭의 관계이다. 상이 하를 통솔하는 큰 권력을 이름하여 '주권主權'이라 하는 것이니, 주권은 아래에 기록한 다섯 종류의 성질을 반드시 갖춘 것이다.

제일. '독일무이獨一無二.' 주권은 반드시 한 사람에게 있음은 아닌데, 오직 하나요, 둘로 나뉘지 못할 것이다. 그러므로 주권이 한 사람에게 있음과 두 사람 이상 집합체에 있음을 막론하고 주권, 그것은 다만 하나일 뿐 둘이 아니니, 한 나라에 주권이 둘이 있으면 백성이 누구에게 맞춰 따르겠는가? 정치가 어지럽지 않고자 한들 어찌 얻을 수 있겠는가? 두 영웅은 함께 서지 못하는 것이니, 근심스러운 어지러움과 분쟁에 반드시 이르러 서로 삐걱거릴 것이며, 그 마음이 서로 화합할지라도 지식과 재능이 똑같이 가지런하지 못하여 하루아침에 위급함을 당하면 서로 책임을 떠넘겨 그 절충함에 합당치 못할 것이니, 이것이 정치사회에는 어쩔 수 없이 핵심을 거느리고 하나로 묶는 자가 있어야 할 까닭이다. 영국은 왕권이 황제와 귀족과 의회에 있어 그 권력을 삼분하므로 겉으로 언뜻 보니 곧, 그 주권이 유일하지 못한 듯하나 자세히 관찰하면 다만 하나일 뿐 둘이 아닌 규칙에 다름 아니니, 세 가지가 서로 합하여 하나의 주권을 이루고 세 가지가 서로 떨어지면 행정 효력이 있지 않은 것이다.

제이. '최고정권最高政權.' 정권이라 하는 권력은 똑같이 가지런하지 않으니, 정권 이상에 있는 것이 곧, 주권이다. 주권이 가장 높은 까닭은 주권 이상에는 높은 권력이 다시없구나. 시드니Philip Sidney[31] 씨가 '주권은 어쩔 수 없이 전제이다'라 함을 격렬하게 논하자, 어떤 사람이 '그 전제

---

31) 1554~1586. 영국의 군인·정치가·시인·평론가. 명문 출신으로 엘리자베스 여왕의 총신寵臣이었다. 그의 저서는 2편의 시를 제외하고는 모두 사후에 출판되었는데, 유고가 발표되자 일약 시인·평론가로서 존경을 받았다. 주요저서는 《아케이디아》(1590)가 있다.

를 팔을 걷어붙이고 지킨다'고 비난했는데, 시드니 씨가 말하기를, "이 권력이 만약 없으면 사회가 존립치 못할 것이니, 대체로 보아서 정부의 선악을 논함은 전제력의 유무로 논함이 아니라, 정부의 제도가 그 마땅함을 얻어 이 권력으로 백성을 이롭게 할 수 있는지 여부를 논함이다"라 했으니 확실하게 캐내 움직이지 않는 논의라 말할 수 있을 것이다. 이와 같이 주권은 가장 높고 위가 없는 권력이니 도덕 이외에는 이것의 자유를 구속할 것이 없는 것이다.

제삼. '확구실행確求實行.' 권력은 원래 모양이 없는, 생명 없는 사물이니 정치사회에 이를 이용코자 한다면 어쩔 수 없이 이것을 표시할 것이며, 이를 표시함에는 어쩔 수 없이 삶의 힘을 적어 그 실행을 구하는 것이다. 어떤 사람은 말하기를, '이 권력의 실행이 국민여론에 있다'라 하고, 어떤 사람은 말하기를, '도리를 온전히 의지하여 이 권력을 실행함이다'라 하니, 이 모두 실제 사정과는 관계가 먼 의논이다. 도리를 온전히 의지하면 거스르고 어기는 자가 혹시 있을지라도 텅 비고 넓은 도리를 죄주고 벌줄 방도가 없어서 그 법률을 실행치 못할 것이다. 그러므로 정권의 실행을 구할 수 없을 뿐 아니라, 그 발포한 법률도 무효에 또한 돌아가 다스림 받는 자를 복종케 할 수 없을 것이다.

제사. '보급전국普及全國.' 대체로 보아서 정권은 나라를 통솔하는 가장 높은 권력이니, 권력의 미칠 수 있는지 여부는 국내와 다른 나라의 분별이 있어서 국내에는 비록 변두리 땅과 궁벽한 땅이라도 그 권력이 치우쳐 미치기 때문에 백성의 일부가 정부의 명령을 받들어 행하지 않고, 반란을 꾀해 일으킬 때에는 그 정권이 널리 퍼져 실행되지 못한 듯하나 그 반란의 무리가 독립을 완성하거나 정부를 뒤집어엎기 전에는 그 주권을 둘 이상으로 나누지 못하는 것이니, 반란도 매우 높은 정권의 범위를 벗어나지 못함이다.

제오. '다수복종多數服從.' 정권은 한 나라의 많은 백성이 영구히 복종할 마음으로 복종하여 그 시간의 길고 짧음은 논할 바 아니다. 오스틴 씨가 말하기를, "그 복종이 한때를 유지하여 쌓은 습관이 생겨나지 못한 자는 정권과 사회 사이에 군신 관계가 생겨나지 않음이니, 영구한 복종이 정권의 한 중요한 성질이다"라 하였다. 이 학설이 이치가 없음은 아니지만, 자세히 살펴보면 곧, 복종이 잠시 유지하고, 영구함에 관계치 않을지라도 정권은 존재함이니 가령, 어떤 독립국이 하루아침에 독립을 잃고 다른 나라에 부속하면 그 나라의 정권이 이미 없고, 신정부 정권의 효력이 생겨날 것이다. 신정부의 정권이 이 나라에 대하여 오랜 뒤에 효력이 곧 생겨날 것은 아니니 백성의 마음이 신정부를 받들면 매우 합당하고 매우 높은 정권이다. 역사를 조금 살펴보자면, 미국 13주의 백성이 1776년에 그 독립을 발표하므로 미국의 주권이 미국에 곧 있음인데, 어찌 백성의 영구한 복종을 지난 뒤에 주권이 생겨남이겠는가? 백성의 복종심이 있으면 주권과 복종자의 관계가 곧 있음이다. 오스틴 씨가 또 말하기를, "1815년에 유럽동맹 각 나라가 프랑스 수도 파리에 들어가 프랑스 정부와 백성이 각 나라의 명령을 복종하였으나 프랑스는 독립을 잃지 않았으니, 이는 프랑스의 복종이 오랫동안에 요구하지 않은 까닭이다." 그러나 거듭해서 자세하게 살펴 연구하건대, 당시의 프랑스와 동맹 여러 나라는 주권 복종의 관계가 생겨나지 않아서 피차에 주권복종심이 진실로 없는 것이다. 만약 프랑스가 그 독립을 내버리고 각 나라에 복종하였으면 며칠에 오직 관계할지라도 주권복종의 관계가 생겨남이 반드시 그러하구나. 그러므로 길고 짧음을 불구하고 복종심의 유무를 봐서 주권의 유무를 정할 것이다.

한 나라의 정권을 통솔하는 주권은 이상의 다섯 가지 중요한 성질을 반드시 갖출 것이니, 이 다섯 가지 중요한 성질을 일컬어 '주권'이라 말하는 까닭에 주권은 한 나라의 정사에 가장 큰 권력이다. 이로써 한 사람이 주권을 장악함과 두 사람 이상이 이를 장악함을 막론하고 법률의 제한을 받지 않는 것이니, 무슨 까닭인가? 주권은 가장 높은 정권이다. 독립에 얽매이지 않고 무한한 권력을 소유하여 법률의 본원本源이나 법률상에 서서 어찌 그 제한을 받겠는가? 그러나 조직 주권 가운데의 한 사람이나 그 분체分體는 주권자라 일컬을 수 없으므로 분립할 때에는 법률의 제한을 받고 각 분체가 서로 합하여 하나의 주권을 이미 이루면 그 속박을 받지 않는 것이니 요약하면, 주권이 독립했으나 얽매이지 않아서 법률의 제한을 받지 않으나 도덕심에는 어쩔 수 없이 법률의 규정을 준수하는 것이다.

제오장 정체의 구별

옛날부터 지금까지 정체의 구별을 논한 자가 그 사람이 모자람이 없으나, 크게 구별하면 곧, 두 학파가 있으니, 하나는 주권자의 현부賢否함으로 구별함이요, 하나는 주권자의 선악이 어떠한가를 불문하고 단지 그 주권의 소재를 봐서 구별함이다. 첫째 학파의 학설은 말하자면, '걸桀 임금과 주紂 임금의 정체는 포악한 정체요, 요堯 임금과 순舜 임금의 정체는 선미善美한 정체이다' 라 함이니, 고대 석학碩學 아리스토텔레스 씨도 곧, 첫째 학파의 한 사람이다. 아리스토텔레스 씨는 정체를 '군주정체' 와 '소수少數정체' 와 '다수정체' 의 세 종류로 나누고, 또 주권자의 마음속을 미루어 헤아려 공리公利와 공익公益을 도모하는 자와 사리사욕을 도모하는 자로 두 종류 정체에 다시 나누었으나, 자세히 미루어 구하면 곧, 그 구별이 매우 확실치 못하니 선하고 불선不善함은 매우 공허하고 아득한 말이다. 오늘날에 있어서 무엇을 선이라 하며, 무엇을 불선이라 하겠는가? 정치의 표준은 오히려 일정치 못한데, 어디에 의거하여 이를 결정하겠는가? 또 그 선과 불선은 비교하여 말함에 지나지 않으니 오늘날에 이른바 '선정체善政體'라 함이 후세의 일컫는 '불선정체不善政體'에 비하여 한층 불선할 것도 있으며, 오늘날에 이른바 불선정체가 후세의 이른바 선정체에 비하여 다시 더욱 선할 것도 있을 것이니, 선악을 판단하기는 인류사회 일의 끝장이 아니면 급히 결정치 못할 것이다. 대체로 보아서 선악의 표준은 확정할 수 있을지라도 정치의 각 부분을 자세히 살피지 않으면 그 선하고 악함을 판정할 수 없으니, 눈앞 정치의 옳고 그름은 간혹 자세히 살필 수 있으려니와 옛날 정치는 무엇으로 살펴서 그 옳고 그름을 정하겠는가? 그러므로 첫째 학파의 구별법은 확실히 옮겨 심지 못함이 확실한 방법이라고 일컬을 수 없구나.

첫째 학파의 구별법이 옳지 않으니 곧, 둘째 학파의 구별법을 다시 구할 것이다. 서양의 대학자가 이 법을 의거하여 정체를 구별한 자가 적지 않으니, 몽테스키외 씨는 주권의 소재로 정체를 세 종류로 나누어, 주권이 백성 전체에게 있는 것은 '공화정체'요, 주권이 일정한 법칙을 준수하는 한 사람에게 있는 것은 '군주정체'요, 주권이 법률 계약의 구속을 받지 않는 한 사람에게 있는 것은 '군주전제정체'이다. 다시 공화정체를 두 종류로 작게 구별해 하나는 '민주정체'니 곧, 주권이 국민 전부에 있음이요, 하나는 '소수정체'니 곧, 주권이 국민의 적은 부분에 있음이다. 백로부伯路夫 씨가 정체를 세 종류로 또한 나누어, 제일. 주권이 한 사람에게 있는 것은 '군주정체'요, 제이. 주권이 보통국민 가운데 같지 않은 부류의 계급에 있는 것은 '소수정체'요, 제삼. 주권이 보통국민에 있는 것은 '민주정체'라 하고, 다시 군주정체 가운데에 주권을 전횡하는 자는 '전제정치'요, 소수정체 가운데에도 주권이 가장 적은 수에 있으면 '과인寡人정체'라 한 것이다. 여기에 도표로 학자의 학설을 밝혀 적는다면, 아래와 같다.

몽테스키외 씨의 구별 정체표

정체
- 공화정체
  - 민주정체(주권이 국민 전부에 있는 것)
  - 소수정체(주권이 국민의 적은 부분에 있는 것)
- 군주정체(주권이 일정한 법칙을 준수하는 한 사람에게 있는 것)
- 군주전제정체(주권이 법률 계약의 구속을 받지 않는 한 사람에게 있는 것)

백로부 씨의 구별 정체표

정체
- 군주정체(주권이 한 사람에게 있는 것) …… 주권자가 전횡하면 전제정체
- 공화정체(주권이 한 사람 이상에 있는 것)
  - 소수정체(주권이 같지 않은 부류의 계급에 있는 것)
  - 민주정체(주권이 보통국민에 있는 것)

　몽테스키외, 백로부 두 사람이 각각 주권의 소재로 정체를 구별하니, 대강의 요점에 나아가 논한다면, 옳지 않음이 없거니와 그 구별법을 자세히 살핀다면, 다 좋다 말하기 어렵구나. 몽테스키외 씨가 군주정체와 군주전제정체를 나누었지만, 그 일정한 법칙을 준수하는 여부를 의지하여 정했으니 그 이른바 일정한 법칙이라 함은 무엇을 의거하여 말함인가? 일정한 법률을 가리킴인가? 법률을 준수하여 한 나라를 통솔하고 제어하는 자는 주권이 아니다. 만약 '인정법人定法'을 가리킴이 아니면 '도덕법'을 가리킴일 것이니, 전제정체의 주권자라도 어쩔 수 없이 도덕법은 준수할 것이다. 이러한 몽테스키외 씨의 학설이 애매함에 따라 속함이요, 백로부 씨의 학설도 정확함에 조금 가까우나 결점이 조금 있음은 또한 면하기 어려우니 가령, 영국정체에 국황國皇과 귀족과 백성의 세 종류, 같은 부류가 아닌 계급으로 조직한 정체는 어떤 종류의 정체에 돌아가 속하겠는가? 민주정체라 말한다면 그 백성 전부가 주권자 되지 않았었고, 군주정체라 말한다면 주권이 군주에게 홀로 있음이 아니다. 그러므로 그 학설도 그 마땅함을 얻음이라 일컬을 수 없구나.

대체로 보아서 주권은 한 나라의 가장 높은 정권이기 때문에 결코 분열함이 옳지 않으나, 한 사람에게 다만 있음은 아니요, 두 사람이나, 세 사람이나, 대여섯 사람이 장악할지라도 옳지 않음이 없고, 그 수를 증가하여 몇 백, 몇 천, 몇 만 사람에 이를지라도 옳지 않음이 또한 없으니, 오직 두 사람 이상이 정권을 장악할 때는 그 집합체를 가리켜 주권자라 일컫고, 각 사람으로 나누어 볼 때는 주권자라 말할 수 없을 뿐이다. 주권은 한 사람에만 제한할 것이 아니요, 또 제왕과 귀족과 평민 가운데 같은 부류의 계급에만 다만 있을 뿐 아니라, 혹은 제왕과 귀족이 주권을 서로 쥐며, 혹은 제왕과 귀족과 평민의 세 가지가 주권을 서로 쥐며, 또 같은 부류가 아닌 계급 가운데에도 혹은 적은 수나 혹은 많은 수가 다 옳지 않음이 없는 것이라 요약하면, 주권자의 사람 수는 한 사람과 몇 사람의 분별이 있고, 그 종류는 같은 부류와 다른 부류의 분별이 있고, 몇 사람의 주권을 서로 쥐는 때에는 많은 수와 작은 수의 분별이 있으니 그 도표를 아래에 열거한다.

주권主權 ┤ 일인一人
　　　　└ 수인數人 ┤ 소수少數 ┤ 동류同類
　　　　　　　　　　│　　　　 └ 이류異類
　　　　　　　　　　└ 다수多數 ┤ 동류同類
　　　　　　　　　　　　　　　　 └ 이류異類

　주권의 장악은 위에서 말함과 같으니, 정체도 여기에 의거하여 분별할 것이다. 첫째, 주권이 한 사람에게 있는 것은 '일인정체'니 곧, '군주정체'요, 둘째, 주권이 두 사람 이상에 있는 것은 '수인정체'요, 수인정체 가운데에 또 그 주권자 사람 수의 많고 적음을 봐서 다수와 소수의 두 종류로 나누고, 다시 주권자 종류의 다르거나 같음에 나아가 '소수정체'에

는 '동류소수정체' 와 '이류소수정체' 가 있으니, 동류소수정체는 '과인寡
人정체' 와 '귀족정체' 가 이것이요, 이류소수정체는 '소수공화정체' 가 이
것이다. 또 '다수정체' 에는 '동류다수정체' 와 '이류다수정체' 가 있으니
동류다수정체는 '공화정체' 와 '민주정체' 가 이것이요, 이류다수정체는
'입헌立憲정체' 와 '군민공치君民共治정체' 가 이것이다. 대체로 보아서 각
나라의 정체가 매우 번거로울 정도로 많으나, 모두 이 정체에서 벗어나
지 않으니, 여기에 도표를 보여 학자로 하여금 앞의 표와 참조하여 주권
자와 정체의 관계를 연구케 한다.

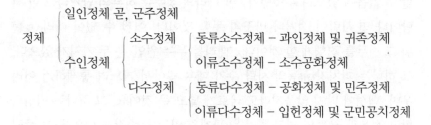

이상 다섯 종류 정체에 첫째는 '일인정체'니 중국과 러시아와 터키의
정체가 이것이다. 헤아려 생각하건대, 이러한 정체는 입법과 행정과 사
법의 분별이 없고, 정치의 큰 강령을 한 사람이 장악함이요, 둘째는 '동
류소수정체'니 그 주권이 귀족에게 대개 있어서 중고中古 남부 유럽에 행
한 제도이다. 그리스와 로마 등의 정체가 이것이요, 셋째는 '이류소수정
체'니 그 주권이 군주와 귀족에게 있어서 스파르타Sparta[32] 국왕과 그 의
원이 주권을 나누어 소유함이 이것이다. 그 '이류'라 함은 그 지위가 서
로 다를 뿐 아니라, 그 나누어 가진 권력이 또한 크게 달라서 국왕의 권
력이 항상 다른 사람의 주권, 이것에 비하여 강대함이요, 넷째는 '동류다
수정체'니 선거권이 있는 자는 곧, 모두 주권자이다. 오늘날의 북아메리

---

32) 고대 그리스의 유력한 폴리스의 하나. '라케다이몬'이라고도 불린다. 지역에서 출토된 유물로 볼 때,
   미케네 시대에 이미 중요한 지역이었음을 알 수 있다.

카합중국과 프랑스 등의 정체가 이것이요, 다섯째는 '이류다수정체' 니 그 주권이 국왕과 상의원上議院과 하의원下議院의 선거를 주로 하는 자에 있어서 영국과 독일과 일본 오늘날의 정체가 이것이다.

주권은 한 나라의 정사를 함에 있어서 큰 권력이다. 그 소재를 따라 그 정체를 나눔은 위에 말함과 같으나, 학자는 모든 벼슬아치와 유사有司가 정무政務를 집행할 때에 그 주권자 됨의 여부로 의심하지 않을 수 없을 것이다. 대체로 보아서 주권자는 한 나라의 정사를 함에 있어서 큰 권력은 종합하여 보면 곧, 만기[33]의 정무를 행함이 이치에는 옳거니와, 일에는 할 수 없음이 있으니 무엇인가? 한 나라의 정무는 하루의 만기라고 한 사람이나 몇 사람이 섞거나 바꾸지 못할 것이니, 어쩔 수 없이 대리代理를 둬 그 정무를 집행케 할 것이다. '대리를 두는 원인' 은 두 가지가 있으니, 그 하나는 피치자被治者의 사람 수가 매우 많아서 거느려 통제하기 어려우며, 백성이 많지 않을지라도 국토가 넓고 큰 것이요, 그 하나는 백성의 많고 적음과 국토의 넓고 좁음을 관계치 않고 군주정체 이외에 그 주권이 백성의 일부나 혹은 전부에 있거나, 혹은 여러 곳에 흩어져 있어 직업을 스스로 경영함에 여가가 없는 까닭에 어쩔 수 없이 대리를 두는 것이니, 이로써 재상宰相 이하 모든 벼슬아치와 유사는 다만 왕권의 대리자요, 주권자는 되지 못함이 물론이다.

이 '대리법代理法'에 두 가지 큰 구별이 있으니, 하나는 기한을 말미암아 구별함이요, 하나는 권한을 의지하여 구별함인데, 기한으로 구별함에는 유기有期와 무기無期가 있고, 권한으로 구별함에는 유한有限과 무한無限이 있으니, '유기' 라는 것은 혹은 연한年限을 정하거나, 혹은 일생을 정하여 위임함이요, '무기' 라는 것은 연한을 정하지 않고 영원히 대리하는 자가 이것이며, 이른바 '유한' 이라 하는 것은 법률로 대리인을 약속함이

---

33) 萬機 : 정치상 온갖 중요한 기틀. 천하의 큰 정사政事.

요, '무한'이라 하는 것은 도덕의 제한만 다만 있고, 법률의 약속을 받지 않음이다. 이것을 도표로 설명한다면, 아래와 같다.

대리주권법代理主權法
- 유기대리有期代理
  - 유한有限 …… 제1종第一種
  - 무한無限 …… 제2종第二種
- 무기대리無期代理
  - 유한有限 …… 제3종第三種
  - 무한無限 …… 제4종第四種

제1종의 '유기유한제'는 미국과 프랑스의 대통령이 이것이니, 미국은 4년으로 그 기한을 정하고, 프랑스는 7년으로 그 기한을 정하여, 재위 중에 항상 헌법을 준수하여 정무를 집행하다가 그 임기가 차면 곧, 퇴직하는 것이요, 제2종의 '유기무한제'는 영국과 프랑스의 대의사가 이것이니, 영국의 대의사는 7년이요, 프랑스는 4년인데, 그 대의사로 임명됨은 한 나라의 공론公論을 따라 선거인의 이익을 짐지지 못할 책임이 있으나, 그 결의사건과 대리됨의 자격으로는 법률의 제한이 없음이요, 제3종의 '무기유한제'는 그 예가 많지 않으나, 영국의 군주가 그 한 예가 될 수 있으니, 영국 황제는 여러 가지의 특권이 비록 있으나, 특권 외에는 멋대로 스스로 일을 처리하지 못하고, 영국 황제의 지위는 연한이 없어서 헌법과 함께 끝없이 전하는 것이요, 제4종의 '무기무한제'는 이론으로는 상상할 수 있으나, 기한이 이미 없고, 법률의 제한이 또 없으니 이것은 곧, 독립에 얽매이지 않는 주권자이다. 그러므로 대리인의 성질을 이미 잃음이지만, 그 예가 있으니, 로마의 민정民政이 제정帝政으로 변할 때에 이론상으로는 그 제왕이 한 나라의 주권을 대리함에 지나지 않고, 그 위임은 기한이 처음부터 없으며, 정무를 집행할 때에 법률제한을 받지 않음에 주권자와 다름이 없는 것이다.

제육장 일인정체론

몇 백 년 이래의 정치학자가 두루 생각하고 연구하여 이것을 말하기를, 자유 및 평등과 정반대되는 전제와 억압이 나라를 세우며 정체를 새로 만드는 원인이라 하니, 이것을 자세히 살펴보자면, 그 학설이 실제로 공허하고 잘못된 것이 아니구나. 대체로 보아서 원인은 독립의 성질이 있지만, 많은 사람들의 즐거운 생각이 없으므로 이것을 약속하여 그 이산離散을 막고자 한다면 어쩔 수 없이 하나로 통솔하는 자가 있을 것이요, 통일하는 자가 있을지라도 권력이 미약하면 그 이산을 제어할 수 없으니, 권력은 특별한 강대력强大力을 필요로 할 것이다. 그러나 권력이 또한 강대할지라도 주권이 한결같지 않으면 불화하고 다투어 부하를 통일시킬 수 없는 까닭에 주권이 어쩔 수 없이 한 사람에게 돌아갈 것이니, 이것이 아주 오랜 옛날 일을 시작한 사회에는 특별한 전제의, 다만 하나일 뿐 둘이 아닌 군주가 없을 수 없는 까닭이다. 오늘날의 이른바 '군주정체'도 또한 이때에 기원함이니, '전제군주정체'를 야만 사회에 베풂은 큰 효과가 있으려니와 사람의 지혜가 이미 열린 오늘날의 사회에서는 같은 효과를 얻기 어려움은 말을 기다리지 않을 것이니, 사회는 사람 지혜의 발달로 변천함이니, 곧 정체를 때때로 바꾸어 옮김이 또한 당연함인 것이다. 옛날부터 지금까지 각 나라 군주정체의 체제體裁와 종류가 많으나, 종류를 구별하면, 아래의 다섯 종류가 있으니,

제일第一 도부군주정체都府君主政體

제이第二 동양전제군주정체東洋專制君主政體

제삼第三 극동전제군주정체極東專制君主政體

제사第四 종교군주정체宗敎君主政體

제오第五 로마제정정체帝政政體

'도부군주정체'는 고대 그리스와 로마에 행한 정치니, 그리스의 도부군주정체는 도시에 전쟁이 미치는 때부터 시작하여 민주정체가 각 나라에 일어날 때까지 이르렀고, 로마에서는 로물루스Romulus[34] 건국 때로부터 하여 안토니우스를 추방할 때까지 이르렀으니, 두 나라는 다 군주 한 사람을 받듦이 역사에 밝게 있음이나, 그 군주의 권력이 미약하고 그 위에 강대한 귀족이 늘 있어서 그 주권을 견제하는 까닭에 주권의 미치는 바가 두세 시市의 정부에 지나지 않음으로 도부군주정체라 이름함이다.

'동양전제군주정체'는 인도와 바빌론Babylon[35]과 페르시아와 이집트 등 나라에 행한 전제정치니, 이들 나라는 정복으로 말미암아 나라를 세우고 위무威武와 용력勇力으로 사분오열四分五裂한 종족을 통일함이다. 그러므로 군권君權은 특별히 높고 민권은 끝없이 낮아서 그 서로 드러난 사이가 하늘과 땅의 차이와 같다. 이러한 정체 아래에 선 백성은 노예와 같아서 진취의 기상이 전혀 없으므로 그 사회가 야만의 습관을 벗기 어려운 것이다.

'극동전제군주정체'는 동양군주정체와 다른 바가 조금 있으니, 극동의 제왕은 위로 '하늘의 아들'이라 하며, 아래로 '백성의 아비'라 하여 백성에 대하여는 책임이 비록 없으나, 하늘에 대하여는 책임을 면할 수 없는 것이니, 그 정사를 베풂은 전제이지만, 천하天下는 하늘 아래의 천하요, 한 사람의 천하가 아니라 하는 원칙은 감히 어그러지게 드러내 임의로 망령되이 행치 못하고, 만일 포학무도하면 폭군이라 하여 신하와 백성이 이를 폐하여 내쫓을 권리가 있으니, 이것을 밝혀 말하지는 않았으나, 서로 슬그머니 허락함인 것이다.

'종교군주정체'는 그 가장 드러난 것이 유태猶太[36]의 정체이니, 주권자

---

34) ?~?. 로마 건국의 전설적 영웅. 전설에는 로마의 초대 왕이라고 되어 있다.
35) 바그다드의 남쪽 80km 지점에 있는 메소포타미아의 고대도시.
36) Judea : 옛 '유대'. 팔레스타나 남부에 있었던 고대 로마 령領.

는 하느님이 직접 선택하므로 하늘의 뜻을 받아 왕위에 나아가고, 그 법률은 신의 정한 바이니 아래 백성은 다시 옮기지 못할 것이다. 대개 천지가 개벽하던 어두운 세상이 열리지 않아 많은 무리를 두려움에 떨게 하기는 본래 세력이 위대한 정체니, 이와 대동소이한 것이 세계 각 나라에 많아서 하느님이 몸소 스스로 택해 세웠다 함은 아니나, 그 군주를 하느님의 후예라 함은 역시 한 종류이다. 가령, 페루Peru는 임금을 '태양의 아들'이라 하여 정치와 종교의 전권을 통일하고, 이슬람교를 신봉하는 각 나라는 임금을 '마호메트Mahomet[37]의 자손'이라 하여 정치와 종교의 전권을 아울러 소유하니, 이 모두 종교군주정체에 속함이다.

'로마제정정체'는 제왕이 본래 백성을 대리하는 자격이 있음이라 하나, 그 실제는 전제 수단이 독재군주에 비하여 오히려 심하니 가령, 아우구스투스Augustus[38]가, 로마 공화 백성이 추천해 뽑음으로 말미암아 제왕의 자리를 밟았으나, 특별한 전제를 극진히 하였으며, 나폴레옹은 그 처음에 공화 백성의 대리자라 일컬었으나, 그 실제는 군주의 권력을 다 차지하였으니, 그 겉으로 관찰하면 곧, 주권이 백성에 있음과 같으나, 그 실제로 살펴보면 곧, 주권이 한 사람에게 다만 있어서 정치학자가 혹은 이것을 민권을 가탁하는 군주정체라 일컫는 것이다.

군주정체의 종류를 이미 말할 수 있었으니, 문명 진보의 더디거나 빠름을 또한 따라 볼 수 있구나. 크게 구별하여 세 종류가 있으니, 첫째는 '진화進化정체'요, 둘째는 '완진緩進정체'요, 셋째는 '부진不進정체'가 이것이다. 첫째, '진화정체'는 백성의 지식 발달을 따라 군권을 점차 좁히고, 참정권을 백성에게 줌이니 곧, 오늘날 유럽과 아메리카에 융성하여 비교할 바 없는 군주국이 이 종류에 모두 속함인데, 그 문명의 진보가 한

---

37) 570?~632. 고대 아라비아의 예언자. 이슬람교의 창시자. 아라비아 원음으로는 '무하마드Muhammad'라고 한다. 이슬람교도는 보통 라술라Rasullah 즉, '알라의 사도'라고 부른다.
38) BC 63~AD 14. 고대 로마의 초대 황제(재위 BC 27~AD 14). 본명은 '가이우스 옥타비우스'이다.

량이 없음이요, 둘째, '완진정체'는 전제 압억의 수단이 모두 갖추어짐은 아니나, 군주의 위권이 강대하여 참정권을 백성에게 갑작스럽게 옮길 수 없는 까닭에 문명의 진보가 완전히 막히고 끊어지지는 않지만, 더디고 더디며 빠르지 못해서 개혁에 나아가기 어려움이니, 중국과 대한제국의 군주정체 등이 이것이요, 셋째, '부진정체'는 종교로 군주를 세워 어떤 사람은 그 임금을 '하느님'이라 참람僭濫되게 일컫고, 어떤 사람은 '하느님이 선택함'이라 하여 정치와 법률이 신의 정함이니, 이것을 비난하는 자는 엄한 형벌에 처하지 않으면, 육시[39]를 곧 만나, 감히 화내지만 감히 말하지 못하고, 오직 명령을 옳게 따라 감히 어기지 못하므로 사람의 지혜는 발달할 길이 없고, 백성은 정사에 참여할 날이 없으니, 이슬람교 여러 나라는 고대의 융성에 이르렀으나 오늘날에 이르기까지 예전 형편을 고치지 않아 반대로 퇴보하는 형편이다. 요약하면, 군주정치는 모두 선량한 정체라 말하기도 어렵고, 모두 불량한 정체라 일컫기도 어려우니, 야만 사회의 군주정체와 문명사회의 군주정체는 그 체재가 스스로 달라 백성 힘의 증진과 사람 지혜의 발달을 따라 군권을 늘이거나 줄임이 매우 마땅한 것이다.

다시 '군주가 얻은 지위의 문제'를 연구한다면, 민간의 영웅이 중원中原을 손수 평정하여 제왕의 자리를 밟는 것은 '자립제도'요, 귀족과 평민이 서로 모여 군주를 가려 세우는 것은 '선립撰立제도'요, 지위를 자손에게 전하다가 그 자손에게 현명함과 재능이 모자라거나 끊어져서 골라 세우는 것은 '세습과 선립의 혼합제'이니, 이밖에도 그 지위를 얻는 제도가 매우 많으나, 이것을 다 설명할 겨를이 없으므로 여기에서는 '세습'과 '선립'의 두 제도를 논하는 것이니, 이 두 제도의 득실은 의논이 많은 것이다.

---

39) 戮尸 : 이미 죽은 사람에게 참형을 행함.

'선립제도'는 나라 안에 가장 좋은 인재를 골라 임금 자리에 모셔 올려 받들고, 덕을 잃음이 있으면 폐해 내쫓는 까닭에 그 임금 자리에 덕 있는 임금이 늘 있어서 '세습제도'의 어둡고 용렬[40]한 자가 시위[41]를 얻는 폐단이 스스로 없을 것이다. 그러나 실제로 살펴보자면, 선립제도는 다 좋은 것이 아니요, 세습제도도 폐해가 모두 있음은 아니니, 내 의견으로 이 두 가지의 우열을 논한다면, 선립제를 버리고, 편안히 세습제를 골라 써야 할 것이니, 어째서인가? 역사에 증거 해보면 곧, 독일은 일찍이 선립제를 골라 쓴 나라이다. 프랑크 제국Frankenreich[42]이 분열한 뒤 곧, 911년에 샤를마뉴Charlemagne 제왕[43]의 혈통이 끊어지므로 게르만Germany 연방의 제후와 백성이 서로 의논하여 프랑켄Franken 공公[44]을 밀어 제왕의 자리를 밝게 한 뒤로 임금과 제왕을 선립하는 권리가 백성에게 있더니, 인구가 점점 번성하여 선거회에 임하는 자가 천만 인이 어지럽게 휩쓸려 번잡하여 완전한 선거를 행할 수 없는 까닭에 백성은 '선제권撰帝權'을 지켜 갖지 못하고, 호족豪族에게 돌아가니, 호족이 이 권리를 처음 받을 때에는 피선자被撰者의 성명을 내걸어 백성의 가부를 묻다가, 1200년대에 이르러서는 호족이 '선제관撰帝官'이라 스스로 일컬어 제왕을 멋대로 뽑으므로 백성은 털끝만큼도 관계치 못하고, 1356년 카를Karl Ⅳ세[45] 왕 때에 작센Sachsen 공公의 권세가 매우 성대하여 선제권을 이 제후가 홀로 장악하고 다만 선제관을 갖춰둘 뿐이었다. 그러므로 제후가 불화하여 점점 멀어져 정사政事의 강령이 해이하여 문란해지고, 안으로 어지럽고 밖으로 도적이 뒤를 이어 일어나 사분오열에 수습할 수 없었으니, 독

---

40) 庸劣 : 못나서 재주가 다른 사람만 못함.
41) 尸位 : 시동尸童의 자리. '시동'은 옛날에 제사 때 신위神位 대신으로 쓰던 동자童子.
42) 옛 게르만인 중에서 서西게르만계의 프랑크족이 세운 왕국으로, 481년부터 843년까지 존속하였다.
43) 768년부터 814년까지 재위한 '카롤링거 왕조'의 제2대 프랑크 국왕. '카를대제' 또는 '카롤루스대제' 라고도 부른다.
44) '콘라트Konrad I세(?~918)'를 가리킨다. 그는 프랑켄 대공으로 있다가, 911년 동東프랑크의 루트비히 Ⅳ세가 사망하여 카롤링거 왕조가 단절된 후에 국왕으로 옹립되었다.
45) 1347년부터 1378년까지 재위한 신성로마제국의 황제.

일 역사를 읽는 자가 다 아는 바이다. 백륜지리가 선립제의 나쁜 점을 일찍이 논하여 다섯 종류로 나누었으니, 그 첫째는 선거자의 거울과 저울이 그 마땅함을 잃어 어떤 사람은 의심하여 덕이 작은 사람을 뽑으며, 어떤 사람은 붕당朋黨이 성하게 일어나 사사로운 마음을 각각 옆에 끼고 스스로의 이로움을 바라고 도모하여 공정히 선거할 수 없음이요, 그 둘째는 선거자가 각각 그 친한 바를 아당[46]하여 서로 고집 세게 자기 의견을 우겨대며, 각각 스스로 다투어 삐걱거려 시샘하여 미워함과 의심쩍음으로 전쟁에 드디어 이르러 나라를 위태롭게 할 것이요, 그 셋째는 선립이 이미 많아서 왕위를 일찍이 얻은 자가 나라 안에 가득 차면 서로 시샘하고 서로 미워하여 그 뜻을 각각 왕성하게 하여 다투어 빼앗거나 서로 죽이는 등의 근심이 있을 것이요, 그 넷째는 옛 임금이 이미 죽고 왕위를 이을 임금을 세우지 못한 때에 그 자리가 빔으로 폐해가 적지 않을 것이요, 그 다섯째는 선거후撰擧侯가 그 피붙이를 가려 세워 대대로 그 지위를 지켜 소유케 하기를 꾀할 것이라 하니 그 가운데에 세 번째 폐해를 자세히 논하자면, 선립제의 군주는 그 지위를 오래 지킬 수 없을 것이니, 군주가 돌아가신 때와 허물이 있거나 폐위 당한 때를 불구하고 다른 사람을 뽑아 그 지위를 대신함이, 폐제廢帝의 자손이나 피붙이와 옛날의 당여黨與는 반드시 만족치 못하고 불평할 것이요, 이 불평을 평화적인 수단으로는 진정시키지 못하여 군대로 서로 마주보게 됨이 형세의 진실로 그러한 것이다. 선거제의 나라는 그 나라 안에 셀 수 없는 당파가 나뉘어져 있어 정치상의 주의로 모이지 않고, 혹은 어떤 황통皇統의 정계正系를 말하며, 혹은 어떤 황실의 부덕을 부르짖어 모두 자기가 하고자 하는 바의 혈통을 구하여 제왕의 지위를 얻게 하기로 큰 뜻을 삼는 것이니, 무형한 주의로 단결한 당파는 무형의 언론으로 다투어 그치거니와 유형한 인물

---

46) 阿黨 : 서로 아부하여 결합된 당여黨與.

로 목적을 삼아 단결한 당파는 그 다툼이 역시 유형한 창과 방패를 쓰지 않으면 그 승부를 쉽게 결단할 수 없는 것이다. 그러므로 피차 서로 원수가 되어 세상이 하루도 편안함을 얻지 못할 것이요, 각 당이 사귀어 서로 승부하는 까닭에 왕가王家에 변경이 한 번 있으면 각종의 법률제도를 또한 고치고 바꾸어 신성하고 존엄한 헌법을 어린아이의 장난과 같이 볼 것이니, 그 폐해를 이루 다 말하지 못할 것이다. '세습제도'는 그 기초가 확고하고 옮길 수 없어서 오랫동안 일계—系의 임금으로 그 지위를 대대로 지키게 하므로 임금과 백성의 관계가 반드시 서로 친밀하고 제도를 한 번 정하여 신하와 백성이 기유비망[47]의 마음을 품는 자가 없을 것이요, 또 왕위가 매우 굳으므로 꾀와 계획이 그 자손만세의 일을 위하여 선립제의 군주가 눈앞을 다만 계획하는 등의 폐해는 스스로 없을 것이니, 이것이 진실로 그러한 이치의 형세이다. 자유정론가自由政論家의 거벽[48]이라 일컬어 '민약론民約論'을 저술한 루소 씨도 군주정체를 논하여 '군주정체는 세습치 않으면 옳지 않다'라 하였으니 이것을 알 수 있을 것이다. 그러나 세습제도도 폐해가 없음은 아니니, 계승이 일정하여 그 대를 이을 임금이 다 이처럼 현명하고 재능이 있지 못할 것이요, 혹은 포학하고 오로지 제 마음대로 하여 스스로 교만함을 면치 못할 것이다. 그러나 문명사회에는 좋은 법이 스스로 있어서 이 폐해를 없앨 수 있을 것이니, 완전하고 좋은 헌법을 제정하여 도덕상으로 군권을 제한하며, '재상책임법宰相責任法'을 정하여, 군주를 무책임한 자리에 두면 군주가 악惡을 행코자 하나 하지 못할 것이다. 그러므로 현명한 임금과 밝은 군주가 아니라도 깊이 염려할 것이 없는 것이다.

---

47) 覬覦非望 : '기유'는 분수에 넘치는 당치 않은 일을 바람, 아랫사람으로서 바라서는 안 될 일을 바람. '비망'은 바라서는 안 됨.
48) 巨擘 : 학식이 뛰어난 사람.

제칠장 소수정체론

'소수정체'라 함은 곧, '귀족정체'와 '과인寡人정체'가 이것이니, 혹은 왕자가 귀족과 함께 서서 정권을 장악함도 있고, 혹은 귀족이 정권의 자루를 스스로 잡음이 있으니, 이는 소수정체 가운데에 이류異類와 동류同類가 나뉘어 구별되는 까닭이다. 두 종류의 정체에 득실이 각각 있으나 역사를 자세히 보면, 소수정체가 오래 지속될 수 없음은 단정해 말할 수 있을 것이다. 대체로 보아서 권력이 서로 대등한 귀족에게 정권을 위임하면 정사가 많은 문으로 나가 삐걱거려 조화롭지 못할 것이요, 정책과 정략이 반드시 서로 가지가 달라서 정권을 통일하지 못할 것이니, 정권의 통일을 잃으면 국위를 확장치 못하고, 나라의 기초가 굳고 단단하지 못할 것이요, 또 정권을 각각 쥐어서 책임을 오로지 하지 못하므로 나라가 하루아침에 위급한 근심을 당하면 서로 책임을 떠넘겨 그 폐해를 이루다 말하지 못할 것이다. 역사를 조사하여, 이탈리아의 베푼 바, 소수정체는 무슨 까닭으로 길고 오랬으며, 프러시아Prussiau[49]의 세운 바, 소수정체는 무슨 까닭으로 오래지 못함에 곧 폐하였는가 살펴보면, 그 이유를 밝게 알 수 있을 것이다.

다시 나아가 소수정체가 다른 종류의 정체로 변천하는 이유를 논한다면, 아리스토텔레스가 '내부로부터 스스로 일어나는 원인'과 '외부로부터 말미암아 일어나는 원인'으로 구별하였으니, '내부로부터 말미암아 일어나는 것'은, 그 첫째는 동족同族이 관직을 서로 다투다가 성나거나 한이 되어 혁명을 천천히 자아냄이요, 그 둘째는 귀족이 권세를 각각 스스로 사사로이 하고자 하여 명예와 이익을 탐하는 자가 서로 다투어 혁

---

49) '프로이센Preussen'. 협의狹義로는 발트해 남안南岸, 서쪽의 비스와강에서 동쪽의 니멘강에 이르는 독일 북부의 프로이센 지방. 광의廣義로는 이 지방에서 성립하여 발전한 프로이센 공국公國 및 왕국(1701~1918).

명을 천천히 일으킴이요, 그 셋째는 귀족이 사치스럽고 음탕하여 도덕이 썩고, 품격이 떨어지면 백성이 이를 틈타 혁명을 선동함이요, 그 넷째는 귀족 가운데의 문벌이 가장 높고 권력이 매우 큰 자가 권력의 자루를 홀로 오로지하고자 하여 한 종류의 '과인정체'를 이루고, 압제를 더욱 왕성하게 하므로 압제를 받는 자의 분노와 원한이 더욱 격렬하여 혁명을 일으켜 이룸이요, '외부로부터 말미암아 일어나는 것'은 두 종류가 있으니, 그 첫째는 귀족이 민권을 경멸하여 혹은 백성 소유의 땅을 사사로이 하며, 혹은 이로움 없는 원정을 기뻐하여 거액의 비용을 여러 번 할당하고 오로지 멋대로 하는 방자함이 이르지 않는 곳이 없어서 백성을 노예로 부리므로 백성이 그 명령을 감당하지 못하여 서로 결합하여 귀족에게 반항함이요, 그 둘째는 백성 부의 정도가 갑작스럽게 늘어나고 지식이 크게 열려 정권의 참여를 얻고자 하지만, 귀족 등이 물리쳐 버리고 거절하므로 큰 변화를 격렬하게 이루어 혁명이 일어남이다. 아리스토텔레스 씨의 논술함을 보면 곧, 큰 요점을 알 수 있거니와 혁명을 기도하여 정체를 기울여 뒤집음이 오직 군대로 서로 마주볼 뿐만 아니라, 혹은 평화 수단으로 일어나 다투며, 혹은 대세의 변천을 따라 자기도 알지 못하는 사이에 정체를 바꾸거나 고치는 자도 역시 많은 것이다. '소수공화정체'가 귀족정체에 비하여 더 나은 까닭은 군주가 귀족을 억압코자 하거나 귀족이 군주를 제압하여 이기고자 할 때에 혼자 힘으로 버티고 대항하기 어려우면 어쩔 수 없이 백성의 도움을 구하는 것이니, 이로 인하여 민권의 신장을 촉진하여 한 종류의 선량한 정체로 점차 변하는 일이 있는 것이다. 가령, 영국 왕 존John[50]이 포학무도하므로 귀족이 분노하여 일어나 백성을 따르고 영국 왕을 핍박하여 대계약서大契約書에 분명히 도장 찍으니, 이를 따라 민권의 실마리가 열려 국회를 엶에 이르니, 이것이 '이류

---

50) 1199부터 1216까지 재위한 영국의 왕. 1215년 귀족들의 강압에 따라 칙허장勅許狀인 '마그나카르타 Magna Carta(대헌장大憲章)'를 승인하였다.

소수정체' 를 받은 것이라고 말하지 않을 수 없을 것이다.

제팔장 다수정체론

'다수정체' 도 소수정체와 같이 '동류' 와 '이류' 의 구별이 있어서 '동류소수정체' 는 '공화정체' 가 이것이니 곧, 한 나라 백성이 주권을 장악하고 대리인으로 하여금 정사를 베풀게 하는 것이다.

'공화정체' 의 일어나는 원인은 몇 가지 실마리가 있으나, 윌리엄 체임버스William Chamber' s[51]가 말하기를, "어느 곳의 수도를 막론하고 그 백성 부의 정도가 늘어나 자연히 공화정체로 기우는 것이니, 백성은 정권을 장악코자 하는 명예심이 있어서 그들로 하여금 그렇게 함이요, 다만 명예심으로 일어난 뿐만 아니라, 전제專制의 횡포를 두려워하여 그 재산을 안전하게 하고자 하는 까닭에 정권의 장악을 구하며, 혹은 그 수도의 면적이 좁고 의정議政의 회동會同이 쉬우며, 혹은 그 나라 안의 교통이 매우 편하고, 여론을 모으기가 또한 쉬워서 많은 사람들의 정치사상이 열려 일어나기 때문에, 정체가 발달하는 원인이 한결같지 않으나, 모임의 쉬움과 교통 및 여론을 모음의 편리가 공화정체를 건설함에 가장 중요한 원인이니, 아주 오랜 옛날의 그리스와 중세의 독일이 다 여기에 원인함인 것이다"라 하였다.

나라가 좁아서 모임에 편리함이 공화정체의 건설 원인이지만, 구역의 넓고 좁음은 공화정체 본질에 관계가 근본적으로 없고, 오직 국토가 좁고 작으면 백성이 직접으로 정치에 참여하고 국토가 넓고 크면 대의제代議制를 골라 쓰는 구별이 있을 뿐이니, 이러한 아주 오랜 옛날의 공화정체

---

51) 1800~1883. 스코틀랜드의 출판업자. 동생 로버트 체임버스와 로버트의 아들의 협력을 얻어 《브로크하우스 백과사전》 제10판을 바탕으로 10년(1859-1868) 만에 《체임버스 백과사전》을 완성하였다. 이를 1888부터 1892년까지 10권 본으로 발매하였다.

가 근세의 공화정체와 같지 않은 까닭이다. 아주 오랜 옛날 공화정체의 이익을 여기에 시험 삼아 들면, 고대의 민주국民主國은 첫째, 그 땅의 넓이가 좁고, 백성이 적어서 자신이 정치상의 한 원인이나 바탕이 됨을 스스로 인정하는 까닭에 정치를 열심히 하며, 나라 사랑하는 생각이 많고, 또 직접으로 정치에 참여하는 까닭에 정치사상이 다른 종류 정체국政體國의 백성에 비하여 멀리 뛰어넘는 것이다.

그러나 고대 작은 나라에 행한 공화정체는 그 폐해가 또한 많으니, 그 이해를 서로 비교하면 해로움이 많고, 이로움은 적구나. 첫째는 고대의 공화국은 온 나라 백성이 정치에 다 모두 분주하여 농·상·공업을 영위할 겨를이나 틈이 없는 까닭에 어쩔 수 없이 정치에 참여하지 않는 노동자를 설정할 것이니, 이것이 고대 공화국이 노예를 부려 쓴 까닭이다. 대체로 보아서 '공화주의'는 인류의 평등을 꾀함인데, 이와 같이 정당하지 못한 행위를 면하지 못하면 실제로 본뜻에 어긋남이요, 둘째는 국토가 좁으며 적고 백성이 밀접하여 도당徒黨을 사사로이 맺기 매우 쉬우며, 혹은 적국敵國을 통하게 하고 내란을 불러일으켜 바깥 도적의 침략과 습격을 이끌어 옴이요, 셋째는 정치에 열중하여 관작官爵을 꾀해 구하는 생각이 또한 불길같이 성하게 일어나므로 관리를 임명함에 제한을 베풀지 않는 것이다. 아리스토텔레스의 말한 바에 의거하면 곧, '아테네의 공화정치는 추첨으로 관리를 임명하고 관리의 수가 다른 나라에 비하여 매우 많으므로 그 폐해를 이루 다 세기 어렵다' 하였으며, 넷째는 매우 가난하며 배우지 못한 평범한 사내라도 하루아침에 두드러지게 중요한 지위를 얻어 차지하는 일이 있는 까닭에 사람마다 다 권세를 얻고자 하며, 정치가도 백성에게 아첨하는 나쁜 습관이 늘 있으니 공화정체 아래에 명예와 이익을 탐하여 구하는 자가 배출됨은 형세의 원래 그러함이다.

고대의 공화국은 그 폐해가 이와 같은 까닭에 근대의 민주국은 그 폐해를 구제하고자 하여 '대의제代議制'를 모두 쓰니, 대의제도와 그 이익은 뒷장에 설명하려니와 그 제도를 요약해 말한다면, 국정을 집행할 수 있는 재능과 지식이 있는 자를 천거해 정치에 참여케 하고, 권력을 함부로 쓰지 않을 책임을 짐지게 함이니, 어떤 사람은 의문을 품기를, '대의제는 공화정체의 본뜻을 어긋난 것이다'라 하지만, 알지 못하겠다. '공화'라하는 것은 주권이 많은 수의 국민에게 존재하고, 대의제도는 주권자의 대리인으로 정치를 의논케 함이요, 주권을 대리인에게 옮겨 줌은 아니니, 근대의 공화정체가 고대에 비하여 더 나은 까닭은 이러한 기관이 있어서 그 폐해를 막을 수 있는 까닭인 것이다.

그러나 대의제도는 그 백성을 봐서 효력의 나타남을 정할 것이니, 만약 백성에 자치自治 정신이 모자라거나 없어서 공익과 공해의 느낌이 있지 않으면 이 제도의 이익을 결코 누리지 못할 것이다. 미국과 프랑스 두 나라의 공화정체가 일어난 까닭을 시험 삼아 보면, 그 까닭을 알 수 있을 것이니, 혁명 이전의 프랑스 백성은 전제정치 아래에 모두 있어서 공공公共정신과 자치의 습속이 다른 고유함이 아니라, 하루아침에 몹시 분하여 성내 옛 제도를 깨버리고 공화정체를 세움이니, 그 혁명이 습관을 따라 이루어짐이 아니라, 이론을 말미암아 일어남인 까닭에 프랑스가 10년, 혹은 20년에 혁명이 반드시 일어나 오래 지속치 못함은 실제로 이와 같은 까닭이요, 미국 백성은 합중국을 건설할 당시에 자치 습관이 이미 있어서 각 식민지가 선립한 장관은 받들었더라도 여러 가지 정치를 모두 자치주의에 기본하여 시행하므로 본국과 독립할 형편이 있을 때에 법률을 스스로 제정하며, 조세를 스스로 걷으며, 화폐를 주조하며, 공채를 모집한 것이다. 그러므로 하루아침에 합중국을 건설하고 영국과 분리했지만, 이것을 시행함에 막힘이 없던 것이니, 미국의 공화정체가 프랑스와 같지 않은 것이 실제로 우연함이 아니구나.

미국 백성이 자치정신이 많아서 공화정체의 자격이 있으나 다 좋다고 말함은 아니니, 대체로 보아서 '평등'과 '자유'는 공화 백성에게 귀중함이지만, 이 귀중함을 따라 지식이 없는 무리가 단지 이론상의 자유와 평등만 알고, 정치상의 경험과 지식은 털끝만큼도 없는데, 단지 많은 수만 믿고 정치에 간섭하는 폐해가 있으니, 미국 백성도 이것은 면치 못하는구나. 가령, 대의사代議士가 백성에게 아첨하여 그 도움을 구하며, 혹은 뇌물로 투표를 매수하며, 혹은 내각이 한 번 바뀌면 낮은 관리와 벼슬아치를 다시 옮기는 등이 이것이다.

자치정신이 많은 미국도 오히려 이와 같은데, 자치 습관이 없는 프랑스는 그 폐해를 미루어 알 수 있을 것이다. 공화정체가 이러한 폐해를 면치 못하는 것은 민중이 평등만 귀하게 여기고 급격하게 향하는 형세가 있어서 이것을 막고 제어하는 기관이 없는 까닭에 폐단이 여러 가지로 나옴이니, 이것을 막고 제어할 기관이 갖춰져 있어야 공화의 폐해를 바로잡을 수 있는 것은 둘째 종류의 다수정체가 있다.

둘째 종류의 다수정체는 곧, '이류다수정체' 니, 이 정체가 동류다수정체에 비하여 더 나은 까닭은 주권이 같은 부류의 백성에게 온전히 있음이 아니라, 왕실과 귀족과 국회의원을 선거하는 자가 이 권리를 함께 소유함이니, 이 정체를 보통으로 '입헌立憲정체' 라 일컬음은 헌법을 쌓아 이루어 정권의 분배를 정한 까닭이다.

'입헌정체' 에는 왕실이 있어 일인정체의 중요한 바탕이 되는 시정施政 통일의 이로움을 포함하고 있으니 이것이, 소수정체와 공화정체에는 아울러 갖지 못했지만, 입헌정체는 이것을 아울러 가지며, 일인정치의 폐해는 정권을 함부로 씀에 있으나, 귀족과 공화, 두 정체가 있어서 감독을 엄히 하므로 그 해로움을 스스로 없애고, 귀족이 또 있어서 소수정체의 중요한 바탕을 포함하고, 재주와 덕을 아울러 갖춘 자를 뽑아 선정善政을 시행케 하며, 보수保守의 정신을 이용하여 정치의 격렬한 변화를 막고, 사회의 질서를 유지하니 이것이, 일인정체와 공화정체는 아울러 갖지 못하는 이익이지만, 입헌정체는 이것을 아우르며, 귀족정체의 폐해는 시정을 통일할 수 없음에 있으나, 일인정체가 있어서 이것을 도우므로 정신이 보수에 치우쳐 기울면 공화정체가 있어서 이것을 채우니 그 폐해가 없어지고, 국회의원이 공화정체의 중요한 바탕을 포함하여 공공의 의견으로 정치의 표준을 만들기 때문에 소수의 사람이 정권의 이익을 독점치 못하는 것이니 이것이, 일인정체와 귀족정체에 아울러 갖지 못할 이익을 입헌정체는 이것을 아우르며, 공화정체의 폐해는 자유와 평등이 과격하여 정치의 기울거나 뒤집어짐에 문득 이르며, 사회의 질서를 어지럽힘에 있으나 일인과 귀족의 두 정체가 있어서 이것을 제어하므로 그 폐해를 스스로 없애는 까닭에 그리스의 옛날에 석사碩士 보리비사保利卑士가 천여 년 전에 오늘날의 입헌정치를 미리 내다보고 설명하기를, "사람은 모두 말하기를, '군주와 귀족과 공화, 세 정체 외에 다른 종류의 정체가 있지 않으니 곧, 좋은 것이 있을지라도 이 세 종류 가운데에 존재함이다' 라 하지만, 내 의견으로 살펴보면 곧, 매우 좋은 정체는 세 종류를 섞어서 한 종류를 만들 것이다"라 하였으니, 이처럼 이론상으로 그러할 뿐 아니라, 실제에 실천해 행함이 많은 것이다. 단순한 세 종류 정체는 무너지고 부서질 근심이 문득 있지만, '혼합정체' 에 이르러서는 정사를 베푸는 자의 부패가 지극함이 아니면 그 근거와 기초를 뒤집기가 쉽지 않으니, '단순정체' 는 혹은 권력을 모으거나 권력을 나누어 나라의 세력이 기이하게 가볍거나 무거우므로 정사를 베푸는 자가 만회키 어려우나 혼합정체에 이르러서는 황실과 귀족과 평민의 삼자三者가 서로 돕고 서로 제어하여 권형權衡을 서로 도우므로 나라의 세력이 자연히 치우쳐 의지하지 않는 것이다. 입헌정체가 가장 좋은 정체이지만, 한 나라의 정치는 어쩔 수 없이 나라의 풍속과 백성의 감정에 알맞은 것을 취할 것이니, 영국 사람이 몇 백 년 사이에 가난하여 고생스러움을 참을 수 있어서 큰 성공을 기약한 까닭에 이 정체의 혜택을 입은 것이다. 만약 자치의 정신이 없고 인내의 기상이 모자라면 이 정체를 문득 쓰더라도 실패를 얻을 뿐이니, 몰

Robert von Mohl[52]이 말하기를, "공허한 이론으로 조직한 정체는 어떻게 교묘할지라도 실제 쓰임에 알맞지 못해서 영원히 지속될 힘이 없는 것이다. 영원히 지속할 힘은 무엇인가? 곧, 큰 뜻과 지위, 재산과 선량한 정치의 습관 및 사상과 역사를 존숭尊崇하여 과거를 품고 멀리 좇는 감정이 이것이다"라 하였으니, 몰 씨 언론이 마땅히 간절한 지 여부는 그만두고라도 정치의 좋고 나쁨이 백성의 지혜와 덕에 관련함이라 하는 설명은 탁월한 의논이라 말할 수 있을 것이다. 중국은 전제로 사직[53]을 위태롭게 했고, 러시아는 독재로 나라의 위태로움을 키웠고, 영국은 입헌정체로 나라를 큰 주춧돌 위에 두었고, 프러시아는 입헌정체로 관리와 백성의 삐걱거림을 면치 못했으니, 똑같은 정체로 저기에서는 이롭고, 여기에서는 해로움이 나라의 균형을 잡은 자의 깊이 생각할 바인 것이다.

앞장에 의논해 말한 주권은 곧, '전제권專制權'이니, 나라를 세움에 이 권리를 빠뜨리지 못할 것이나, 전제를 함부로 써서 자유를 억압하면 백성의 진보를 기약치 못할 것이다. 위에는 전제가 없을 수 없고, 아래에는 자유가 없을 수 없으니, 전제와 자유가 서로 격렬히 일어나면 그 폐해를 이루 헤아리기 어려울 것이요, 조화하여 권형을 보호하면 그 나라의 질서가 가지런한 듯하여 특별한 진보를 볼 것이다. 입헌정체는 전제와 자유가 서로 제어하며, 서로 돕는 것이다.

52) 1799~1875. 독일의 공법학자公法學者·정치가. '행정법학'의 선구자로서 폰 슈타인과 함께 국가와 사회를 원리적으로 구별하였다.
53) 社稷 : 한 왕조의 주권. 나라. '사'는 토신土神, '직'은 곡신穀神으로 임금이 될 때는 사직을 세우고 제사하여 나라와 존망을 같이 한 데서 생긴 말.

제구장 헌법범론

입헌정체가 정체 가운데에 가장 좋음은 앞에 논함과 같으니, 오늘날에 입헌정체의 여러 기관과 그 작용을 논하고자 하면 곧, 어쩔 수 없이 헌법을 먼저 논할 것이다. 헌법을 영어에 'constitution'이라 말하니 곧, '한 나라의 조직법'이라 하는 뜻이다. 어떤 나라이든지 나라를 세운 이상은 조직이 없으면 옳지 않으니 곧, 나라가 있으면 헌법이 반드시 있음이라 말하여도 옳지 않음이 없으나, 근세에서 말하는 헌법은 그 뜻이 크게 다르니, 대략 말한다면, '개인과 한 나라의 관계를 한결같이 정하며, 개인과 정부의 관계를 한결같이 정하며, 정부를 조직하는 각 부분의 관계를 제정하여 관리의 분한分限을 정하고, 주치자主治者의 포학을 막으며, 피치자被治者의 안도安堵를 꾀하는 법전法典'이 이것이니, 그러므로 헌법은 정부와 백성의 약속이요, 헌법이 존립한 나라는 그 백성이 자유와 권리를 보전함을 알 수 있을 것이다.

헌법에 두 종류가 있으니, 하나는 '적성積成헌법'이요, 하나는 '제정制定헌법'이다. '적성헌법'은 영국과 같이 한 종류 헌법의 법전을 이룸이 아니라, 옛날부터 지금까지 서로 전하여 정치조직에 관한 법률과 제도와 관습 등으로 헌법을 이룸이요, '제정헌법'은 미국 및 다른 나라의 헌법과 같이 정치조직에 관하여 일부 법전을 편찬하여 옛날부터 지금까지의 옛 제도를 불구하고 새로 정한 것도 헌법의 이름을 또한 얻을 것이니, 제정헌법의 체재는 예사로운 법률과 다름이 없고, 새로 제정할 때에 제정한 사람을 의지하여 여러 가지의 명칭을 붙이는 것이니, 제왕이 친히 제정한 것은 '흠정欽定헌법'이라 하고, 임금과 백성이 의논하여 제정한 것은 '약정約定헌법'이라 하고, 백성이 제정한 것은 '민정民定헌법'이라 하여 그 제정한 명의는 각각 같지 않아서 법전으로 엮어 제정하니 곧, 다른 사람으로 하여금 그 범위를 풀이해 얻게 하고, 적성헌법은 글로 밝힌 법률이 없음은 아니지만, 무형한 관습도 또한 많은 까닭에 그 범위가 아득하고 막막하여 끝을 알지 못할 것이다. 영국의 법학자 다이시Albert Venn Dicey[54]가 지은 《영국헌법론》에 말하기를,

'영국의 헌법을 자세히 알고자 한다면, 현재 행하는 사례를 조금 앎으로는 충분함이 아니요, 아래에 적은 몇 종류를 알지 않으면 옳지 않다.'

라 하였으니,

첫째, 나라가 위급하여 존재하거나 망함에 즈음하여 임금과 백성 사이에 체결한 약정서와 여기에 관계가 있는 문서이니 곧, '대약조서大約條書(존왕 때의 63조條)'와 '해당 약조서를 확고케 하기 위하여 제정한 몇 종류의 조약서'와 그 '증보增補 조약서'와 '권리청구서(찰스Charles I세世[55]가 백성의 청구를 허락하여 자유 권리를 확보함)'와 '권리 포고布告' 등이 이것이요.

---

54) 1835~1922. 영국의 헌법학자. 옥스퍼드대학 교수를 역임했다. 저서에 《헌법연구서설》(1885)과 《19세기 영국에서의 법과 여론》(1905) 등이 있다.
55) 1625부터 1649까지 재위한 영국의 왕. 1628년 '권리청원'이 있었다.

둘째, '성법成法'과 '가호신율加護身律'과 '증보 권리조례條例(제임스James
II세[56]가 무도無道하여 아일랜드Irish의 공公 윌리엄William이 군대를 이끌고 영국
에 들어가 백성과 약속함)'와 '제위상계帝位相繼조례(윌리엄 III세 때, 의회에서
제정함)'[57]와 '호변인護辯人조례'와 '고등법원高等法院조례'와 '입적入籍조
례'와 '국내공사國內公司조례'와 '부현府縣조례' 등이요.

셋째, '증례를 만들 수 있는 재판 판결'과 '황제의 특권'과 '양원兩院
및 의원의 특권'과 '경찰관권리의무'에 나아가 재판 판단한 따위가 이
것이요.

넷째, '양원 위원의 보고서'와 '문서로 기록한 국회의 관례서'와 '양원
의 의논필기보고서' 등이 이것이다.

이상에 열거한 것들을 보면 곧, 영국 헌법의 기본 바탕이 번잡함을 알
수 있을 것이요, 이밖에도 매우 많은 무형의 관습이 있는 것이다.

두 종류 헌법의 구별이 이와 같고 그 득실도 의논이 일치하지 않으니,
제정헌법이 자연스럽게 일어남이 아니라 하여 비난하는 자는 말하기를,
"제정헌법은 집 주인이 집의 일을 정리코자 하여 가법家法을 크게 써서
자손으로 하여금 높여 지키게 함과 다름이 없으니, 한 집을 정리함에는
관습으로 자연히 이루어 존재한 가법이 원래 자세히 갖추어져 있는데,
하필 규칙을 따로 베풀겠는가? 다스림을 주로 하는 자와 다스림을 받는
자의 관계는 가장과 가족의 관계와 비슷하여 일반의 법률 관습이 그 나
라에 반드시 자세히 갖추어졌을 것이다. 그 법률 관습이 다스리는 자와
다스림을 받는 자의 힘을 제한함이 있으면 헌법을 제정하지 않아도 행할
수 있을 것이요, 그 힘이 없으면 어떻게 장엄한 일부 법전을 편성할지라

---

56) 1685부터 1688까지 재위한 영국의 왕.
57) 역자 주 : 원문原文에는 윌리엄 II세(1087~1100) 때, '제위상속조례'가 제정된 것으로 되어 있으나, 영국
에서 '왕위 상속령'이 발포된 것은 1701년이므로 이는 윌리엄 III세(1689~1702) 때가 맞다. 따라서 '윌
리엄 II세'를 '윌리엄 III세'로 바로잡는다.

도 소용이 없을 것이니, 제정할 필요가 없다"라 하니, 대체로 보아서 이 논의를 앞장서 부르짖는 자는 한 나라와 한 집에 크거나 작고 넓거나 좁은 분별이 있음을 알지 못함이다. 한 집안도 친족이 점차 번성하여 몇 십 가구나 혹은 하나의 마을을 이룰 때는 또한 규율을 밝혀 열거하여 친족의 분쟁을 막을 것이니, 한 나라는 더욱 넓고 큼이겠는가? 또 개인과 한 나라의 관계는 부자친족父子親族의 관계와 같지 않아서 모두 법률상 관계에 있으므로 도덕에 다만 의거하여 이를 제재코자 하면 실제 사정과는 관계가 매우 먼 것이다. 대체로 보아서 제정헌법이 적성헌법에 비하여 더 나은 까닭은 분명하고 확실함에 있으니 곧, 다스리는 자와 다스림을 받는 자가 오래지 않은 동안이라도 헌법의 조관條款을 의거하여 피차의 권리를 명확히 하고, 서로 침범하여 해롭게 하지 않는 것이니, 영국이 이렇게 번잡한 적성헌법으로 임금과 백성이 자기도 모르는 사이에 등지고 어긋남이 없는 까닭은 영국 백성의 법률을 높여 지키는 관습이 깊고 두터워 그 폐단을 보지 못함이다. 만약 법률에 복종하는 사상이 발달치 못하고 헌법을 중시하는 관습이 일어나지 못한 나라가 영국을 보무步武코자 하면 헌법을 등지거나 어기는 자가 서로 연이어 일어날 것이니, 영국의 요즈음 세력을 보더라도 그 관습의 세력이 얼마나 강대한지 그 적성헌법을 변경하여 제정헌법을 이룰 형편이 있으니 곧, 사회가 더욱 이롭게 진보하고 위와 아래의 관계가 더욱 번성하면 이 관계를 똑똑히 밝힐 필요가 또한 간절하니, 이러한 헌법이 장래에 어쩔 수 없이 제정헌법으로 이루어질 이치의 형세가 원래 그러한 것이다.

헌법을 활용하여 그 이로운 효과를 얻음의 여부는 그 다스림 아래에 깃들여 살아가는 국민의 정신과 풍속을 따라 정하는 것이니, 헌법을 높이는 덕이 있으면 이용할 수 있을 것이요, 그렇지 않으면 어떻게 완전하고 아름다울지라도 사법死法을 면할 수 없을 것이다. 터키는 1876년에 헌법을 제정하여 양원을 설치하였으나, 한 번의 회의를 조금 열고 오늘날에 이르도록 의회를 열었음을 듣지 못하였으니, 이 어찌 터키의 백성이 헌법을 높여 지키는 덕이 없는 까닭이 아니겠는가? 다시 말하면, '다스림을 주로 하는 자가 법률을 따르지 않는다' 라 함은 법률의 격언이니, 도덕상으로는 다스림을 주로 하는 자가 법률을 어기고 등져서 이것을 다시 바꿈이 좋지 못한 행위라 하지만, 법률상으로 논한다면, 다스림을 주로 하는 자가 어느 때에든지 법률을 다시 바꿈을 얻을 것이다. 그러므로 다스림을 주로 하는 자도 헌법을 무겁게 높이는 도덕이 있으면 그 헌법이 오래 지속되지 못할 것이요, 헌법을 한 번 쉽게 바꿔 고치거나 혹은 한 번 폐지하면 장래에 여러 번 고쳐 바꾸거나 폐지하게 될 것이니, 삼가야 할 바인 것이다.

제십장 대의제도

백성이 입헌정체 아래에 서서 참정권이 모두 있음은 이미 자세히 논하였거니와 '헌법론' 앞머리에 어쩔 수 없이 먼저 결정할 것은 '어떤 방법을 써서 백성으로 하여금 그 참정권을 사용케 할 것인가?' 하는 문제가 이것이다. '참정권이 있는 사람은 모두 정치에 참여케 할까? 또는 다른 종류의 방법을 쓸까?' 어쩔 수 없이 먼저 연구할 것이니, 이 문제를 연구한다면, 근세 사회에 서로 용납지 못하는 두 가지 큰 추세를 앎이 필요하구나. 하나는 세태를 따라 변하는 정치가 점점 복잡하여 그 세력이 특별한 정치 교육을 받고 정치를 겪어 지내온 일이 있는 자가 아니면 처리하기 어려움이요, 하나는 문명이 더욱 이롭게 진보하여 백성이 직접으로 정치에 참여코자 하는 경향이 있고, 다시 문명의 진보를 따라 분업分業의 법이 더욱 강하면 정치가는 더욱 정치가가 되고, 평범한 사람은 더욱 평범한 사람이 되는 것이니, 평범한 사람은 더욱 자기가 겪어 지내온 일과 학식이 없어 정치에 참여치 못함을 한恨함이 이것이다.

그러면 곧, 어떻게 한 뒤에야 이와 같이 서로 용납지 못하는 두 가지의 추세를 조화롭게 할 수 있겠는가? 참정권이 있는 자는 모두 정치에 참여케 하면 곧, 나라의 큰 계획이 사리에 어리석고 어두운 학식 없는 자가 제 마음대로 쥐고 휘두르는바 되어 그 폐해가 많을 것이요, 만약 이러한 무리는 전부 배척하면 곧, 이것은 다른 사람의 참정권을 빼앗음이다. 옛날부터 지금까지 입헌제도에 이 의문을 자세히 풀이함이 많았으나, 우리들에게 묘책을 주었던 자는 실제로 튜턴Teuton[58] 인종이니, 이 인종은 좀 오래된 옛날 이미 대의제도의 사상을 포함해 정치가와 정치학자로 하여금 오늘날에 이르러 대의제도를 크게 이루게 하였으니, 그 법이 가장 묘하여 서로 용납지 못하는 이 두 가지의 추세를 조화롭게 할 것이다. 대체로 보아서 대의제도를 골라 쓸 때는 백성이 직접으로 정무에 참여치는 못하나 대의사代議士로 하여금 한 몸을 대표하여 그 정권을 사용케 하며, 대의사를 뽑을 때에 지식과 겪어 지내온 일이 있는 사람을 고르는 까닭에, 하나는 정치전문가가 일을 맡아 처리하는 이익이 있고, 하나는 백성이 참정권을 잃지 않는 편의가 있는 것이다.

오늘날 사회에 있어서는 백성으로 하여금 참정권을 사용케 하려면 어쩔 수 없이 대의제도를 취해 쓸 것이나, 대의의 본질을 밝게 알지 못하여 함부로 논의해 비난하는 자가 적지 않으니, 갑甲은 말하기를, "대의사를 골라 뽑아 정사를 맡김은 골라 뽑는 자로 하여금 자유를 잃게 함이다"라 하고, 을乙은 말하기를, "대의사를 골라 뽑아 정치에 참여케 함은 피선한 대의사로 하여금 자유를 잃게 함이다"라 하니, 이것은 다 대의의 본질을 잘못 풀이함이다. 갑은 자유와 주권을 섞었고, 을은 대의의 본뜻이 다른 사람의 의사를 대표함이라 하는 잘못된 견해를 냄이다.

대체로 보아서, '다른 사람의 의사를 대표함이 대의의 본뜻'이라 하는

---

58) 게르만 민족의 1파. 지금은 독일, 네덜란드, 스칸디나비아 등 북유럽 민족.

학설은 각 사람의 의사가 곧, 주권의 근원이라 하는 논의로 말미암아 생겨남이니, 법리상으로 이를 살펴보면, 모두 잘못됨은 아니지만, 대의의 의의를 확장하여 다른 사람의 의사로 하여금 작거나 큼을 남기지 않음은 대표자가 할 수 없음이다. 의사는 도리와 달라서 도리는 한 번 정하면 바꿀 수 없어서 많은 사람들이 모두 같지만, 의사는 도리를 알지 못하는 아녀자와 어린아이나 야만인이라도 모두 이것이 있어서 일정함이 없고, 변경이 일정하지 않아서 전날의 의사는 오늘의 의사가 아니요, 하루 사이에도 아침저녁으로 서로 가지가 다른 것이니, 도리를 불문하고 다만 의사로 정치를 베풀면 미친 듯한 바보의 사리를 풀지 못하는 자도 의사는 또한 있는 까닭에 정치에 참여를 얻을 것이다. 이와 같으면 곧, 천하가 어찌 전문정치가를 쓰며, 각 나라 법률이 하필 미친 듯한 자와 바보와 어린아이 등에게는 정권을 주지 않는가? 정치에 참여하는 자는 홀로 의사가 있음에 그칠 뿐 아니라, 정치상의 겪어 지내온 일과 지식과 도덕 등이 있어야 능력이 있음을 알 수 있구나. 그러므로 오늘날에 대의사를 선거함은 홀로 선거자의 의사를 대표함에 그치지 않고, 피선자의 특별한 지덕智德을 이용하여 좋은 정치를 베풂에 있음이 분명한 것이다. 이로써 대의사는 각 선거인의 의사의 대체大體를 대표하고, 그 준비된 특별한 지덕을 써서 그 뜻을 이룸이 그 본분本分이니, 선거자가 대의사를 선거할 때에 자기의 의사를 작거나 크게 남기지 않고 모두 대표할 자를 구함보다 차라리 대체상大體上 자기의 의사와 똑같은 사람으로, 자기에 비하여 정치의 지식이 나은 자를 구할 것이니, 이와 같이 하면 곧, 뽑힌 대의사가 선거자의 이해를 대표할 뿐 아니라, 이 사람이 선거자와 의견이 대략 서로 같으므로 자기의 이익을 토론할 것이니, 어찌 논자論者의 말과 같이 대의가 자기의 자유를 잃음이겠는가? 또 어찌 자기의 몸으로 다른 사람의 기계[59]를 만듦이겠는가? 또 '피선한 사람은 그 지식과 도덕이 선거인에 비하여 매우 우세한 까닭에 대의사가 각 사람의 명예를 세상에 드러냄' 이라 말함은 옳거니와 '선거인의 노예'라 하여 봄은 무엇을 의거하여 말함인가?

제십일장 선거권의 구역

대의제도가 좋은 결과를 생겨나게 함의 여부는 대의사를 적당히 선거하는지 여부에 달림이다. 그러므로 선거법을 강구함이 필요하니, '선거권의 구역을 넓게 함이 옳은가? 좁게 함이 옳은가? 선거권을 보통으로 함이 옳은가? 제한함이 옳은가?' 이들 문제를 대략 연구코자 한다.

논자가 혹은 '제한선거'를 주장하여 말하기를, '선거권이 하등下等사회에 돌아가면 그 폐해를 이루 다 말하지 못할 것'이라 하여 하등백성을 정치사회 밖으로 쫓아내고자 하니, 이 학설은 우리들이 같은 감정을 내보일 수 없구나. 대개 한 나라의 하등백성으로 하여금 나랏일에 참여케 하여 저들의 지식을 닦아 기름이 '다수정체'의 하나의 큰 목적이다. 미국은 지극한 하등의 백성이라도 보통지식이 모두 있어서 나라 사랑하는 마음이 있으니, 그 국민이 지덕智德이 많음은 이 나라 이외에 다시 보기 어렵구나. 미국의 다수정체는 완전하여 흠이 없음이라 말할 수 없으니, 정당의 폐해가 매우 많아서 국내 유명한 인사는 '대의정체'에 함께 하지 못하는 사실이 있고, 다만 다수로 정사를 행하여 치체治體를 만들지만, 그 백성의 지혜를 열어 일으킴이 이와 같은데, 만약 좋고 아름다움이 다한 다수정체를 베풀어 세우면 그 감동을 받아 착하게 됨이 과연 어떠하겠는가? 논자의 학설과 같이 하등백성을 정치사회 밖으로 내쫓으면 이 어찌 다수정체의 하나의 큰 이익을 강제로 버림이 아니겠는가? 선거권을 얻지 못한 자와 선거인 사이의 관계는 송옥(60) 때의 배심관과 방청인의 관계

---

59) 機械 : 자신의 의사나 감정이 없이 피동적으로 움직이는 사람.
60) 訟獄 : 재판을 거는 일. 소송訴訟. 송사訟事.

와 같으니, 방청인은 배심관의 의논에 대하여 어떠한 의견과 불복不服이 있을지라도 거듭 소송訴訟할 수 없어서 어쩔 수 없이 그 재판의 판결을 감수할 것이다. 선거권을 얻지 못한 백성은 정부에 대하여 나랏일을 진월[61] 같이 봐서 다른 사람의 조치에 일임하고 자기들은 법률에 복종함으로 본분을 만들어 노예나 마소(馬牛) 서로 거리가 멀지 않으니, 이 어찌 다수정체의 목적이며, 대의정치의 본뜻이겠는가?

이상에 논술한 불이익만 있을 뿐 아니라, 바르지 못함과 고르지 못함이 또한 심하니, 대체로 보아서 조세를 부담하며, 징병에 응하여 복종하며, 법률을 높여 따를 의무가 있으면 법률상에 발언할 권리를 소유함이 매우 마땅한 이치이다. 그러므로 각 일을 모아 서로 의논함에 어쩔 수 없이 저들의 의견을 채택할 것인데, 백성의 일부로 하여금 선거권을 소유치 못하게 하면 저들로 하여금 한갓 의무만 소유하고 권리는 없게 함이니, 그 고르지 못함이 어떠한가?

완전한 대의제도를 세우고자 한다면, 선거권을 넉넉하게 늘려 펴서 하등백성도 이 권리를 줌이 매우 필요하나 얼마간의 제한은 없을 수 없으니, 밀John Stuart Mill[62] 씨가 일찍이 말하기를, "한 글자를 알지 못하고 보통 산술算術을 풀지 못하는 자와 직세의 부담을 받지 않고 다른 사람의 구조를 옳게 우러러 생활하는 자와 부채가 많아서 완전히 상환치 못하는 자 등은 정치사회 밖에 둬서 선거권을 주지 않을 것이니, 저들에게 선거권을 주지 않음이 본래의 하고자 하는 바는 아니나, 주는 폐해에 비하여 더욱 심한 까닭에 어쩔 수 없어서 여기에 나온 것이다. 이것이 어쩔 수 없이 선거권을 얼마간 제한하는 까닭인 것이다"라 하였다.

이상의 특별한 예를 제외한 이외에는 선거권을 어쩔 수 없이 보통백성

---

61) 秦越 : 춘추시대의 두 나라 이름. 진나라는 서북, 월나라는 동남에 있어 거리가 매우 멀므로, 소원疏遠한 것의 비유로 쓰임.
62) 1806~1873. 영국의 경제학자·철학자·사회과학자·사상가. J.벤담과 '공리주의功利主義' 에 영향 받았으며, 대표적인 경제학 저서에는 《경제학 시론집》(1830)과 《경제학 원리》(1848) 등이 있다.

에게 줄 것이지만, 이것도 또한 선거권이 다수 열등한 백성의 좌우左右하는 바가 되는 폐해가 있으니 곧, 어떻게 이것을 바르게 고쳐 잡음이 옳은가? 밀 씨가 말하기를, "대체로 보아서 정치사회에 처해서는 정치에 이해관계가 있는 자에게는 모두 선거권을 줄 것이지만, 각 사람이 소유한 선거권의 효력은 동등할 것이 아니라 비유하자면, 어떤 일이 있어서 갑·을 두 사람의 관계가 똑같더라도 지식과 재능은 혹 저 사람이 이 사람보다 낫고, 도덕과 품행은 혹 이 사람이 저 사람보다 나으니 곧, 나은 자의 의견이 못한 자에 비하여 가치가 많음은 인사人事의 보통법칙이다. 두 사람 가운데에 누가 낫고 누가 못한가는 정확한 판단을 내리기 어렵지만, 많은 사람의 집합체에 있어서 그 대략을 판단하기는 어려운 일이 아니니, 한 사람의 사사로운 권리로 한 몸이나 한 집안의 일을 처리함에는 자기보다 뛰어난 인물이 있을지라도 그 의견을 멋대로 따를 수 없거니와 공적인 일에 이르러서는 현명한 자의 의견을 따라 판단할 것이요, 그렇지 않으면 현명한 자가 어리석은 자에게 도리어 맡길 형편이 있으니, 현명한 자의 의견으로 어리석은 자를 물리침이 좋은 일은 아니나, 어리석은 자의 의견으로 현명한 자를 배척함에 비하여 그 해로움이 매우 큰 것이다. 이해를 비교하여 현명한 자 의견에 특별히 가치를 둘 것인 까닭에 한 나라의 선거는 현명한 자의 투표권이 어리석은 자보다 나음이 공평하다 말할 수 있을 것이니, 이처럼 현명한 자에게는 '복수複數투표'의 특전特典을 줄 것이다. 어떤 일이 있어서 다른 사람이 자기와 관계가 똑같음에, 나만 홀로 투표권을 소유하지 못하면 만족스럽지 못한 듯 불평함이 형세의 면하기 어려움이나, 공적인 일에는 다른 사람의 재능과 지덕이 자기보다 뛰어나 사리에 능통한 자가 있으면 그 사람의 의견이 세력을 얻어 실행을 볼 것이니, 이것이 사람 도리의 보통법칙이다. 그러나 특별한 권리가 미치는 곳을 당연히 적당한 구역에 제한할 것이요, 제한 없이 덮어놓고 확장함은 옳지 않으니, 매우 마땅한 구역은 무엇인가?

곧, 이 권리는 지덕이 나은 자에게 줄 것이요, 재력財力이 우등優等한 자에게 주지 않음이 이것이다. 대체로 보아서 재산이 그 사람의 재능은 얼마간 나타내 보임을 얻지만, 지덕을 나타냄이라 하면 매우 잘못됨이니, 부자가 자신의 생각과 근로와 고난으로 재물을 모아 부자가 된 것도 매우 많으나, 부친이나 조부가 남긴 음덕蔭德을 대대로 물려받은 자와 우연한 요행僥倖으로 얻은 자도 또한 많은 까닭에 지덕이 무리 가운데 뛰어난 사람에게 특별투표권을 줌은 다른 사람이 다 달게 여기려니와 재산이 넉넉한 까닭에, 이 특전을 주면 불평을 반드시 울릴 것이다. 지덕이 우등한 자에게 주는 투표는 얼마가 적당한가? 미리 결단하기 어려우나, 모두 지식이 없는 부류의 무리를 대적하여 치우친 입법의 투표수를 막음에 충분한 수에 한계를 세워 넘지 못하게 할 것이니, 만약 특별투표권자가 권세를 함부로 써서 다른 사람을 제압하면 지식이 없는 부류의 무리에게 입법의 전권全權을 줌과 위험이 또한 같을 것이요, 복수투표법의 목적과 서로 어긋남이 멀다"라 한 것이다.

밀 씨의 선거 요약을 쉽게 시행할 수는 없으나, 시행할 수 있다면 하나는 선거의 구역을 확장할 수 있을 것이요, 하나는 선거권의 확장으로 인하여 생겨나는 폐해를 없앨 수 있을 것이니, 실제로 일거양득一擧兩得의 방책이다. 우리들이 선거권의 구역을 확장함을 힘써 바라지만, 다만 사람 지혜의 진보를 따른 다음 차례에 늘려 폄이 매우 마땅할 것이다.

제십이장 간·직선의 이해

유럽과 아메리카 여러 나라의 전례典例를 살펴보면 곧, 대의사를 선거함에 두 방법이 있으니, 하나는 국민이 선거를 직접 행함인데, '직선법直撰法'이라 일컫고, 하나는 국민이 선거할 자를 먼저 뽑아 대의사를 선거할 권리를 위임함인데, 이를 '간선법間撰法'이라 일컫는 것이다.

'간선법'을 앞장서 부르짖는 자는 말하기를, "대의사를 뽑아 정사를 할 큰 권리를 위임함은 일이 매우 중대한데, 용렬庸劣하고 어리석은 사람으로 이를 직접 뽑게 하면 그 재능의 진위眞僞를 분별치 못하며, 그 재능과 도량의 크고 작음을 알지 못하고, 선거를 망령되이 하여 그 폐해가 많을 것이요, 또 세상을 돌아다니는 풍속에 용렬한 사람은 사사로움을 영위營爲함에 급급하고 이로움을 취함에 부지런히 힘써 뇌물로 충분히 그 마음을 빼앗을 것이니, 거짓되게 남을 속이는 정치가가 있으면 그 수단을 쓸 수 있어서 야심野心을 왕성케 할 수 있는 염려가 있을 것이다. 만약 선거자를 먼저 뽑아 대의사 선거의 권리를 위임하면 그 폐해를 덜 수 있을 것이니, 첫 번째 선거자가 이미 다수 백성으로 정밀하게 골라 취해 뽑음이니 곧, 대선자代撰者가 곧, 두 번째 선거자는 비교적으로 그 지덕이 보통백성보다 더 나은 까닭에 대의사를 선거할 즈음에 재능을 잘못 알거나 사사로운 이익에 감동하는 일이 없고 적임適任한 대의사를 뽑을 수 있을 것이니, 이것이 간선법을 골라 쓸 수 있는 까닭이다"라 하였다.

이상의 언론을 대강 보면 곧, 그 법이 적당하여 약간의 폐해를 없앨 수 있을 듯하나, 직선법으로 얻을 이익은 잃을 것이니, 우리들의 소견으로는 간선법으로 얻을 이익은 그 잃은 직선법의 이익을 보상할 수 없을 것이다. 어째서인가? 간선법을 베풀어 행하면 첫 번째 선거자 곧, 대선자를 선거하는 일반 백성이 그 마음에 말하기를, '나의 책임은 대의사를 뽑음에 있지 않고, 대선자를 뽑음에 있음이다'라 하여 첫째는 첫 번째 선거자가 선거를 소홀하게 볼 것이요, 둘째는 보통백성의 정치사상을 막을 것이니, 이러한 간선법의 결과는 대의제도의 매우 큰 이익을 잃음이 아니겠는가?

결과에 나아가 살펴보면, 간접선거를 멋대로 행치 못할 것이 이론과 실제상에 모두 그러하구나. 대체로 보아서 간선법은 적임한 대의사를 얻고자 함에 지나지 않으니 곧, 이것을 얻고자 한다면 대선자도 어쩔 수 없이 삼가 고를 것이니, 첫 번째 선거에도 지혜로운 사람의 명석함이 있는 자와 고상한 사상을 갖춘 자를 고름이 필요한 것이다. 첫 번째 선거에 이미 이와 같은 자격을 갖춘다면, 선거를 여러 번 행하여 번잡만 옮겨 부를 필요가 어디에 있는가? 어떤 사람은 말하기를, '대의사는 뽑기 어렵고 대선자는 뽑기 쉽다'고 하나 백성이 대선자를 뽑을 때에 그 뽑을 대의사가 어떻게 부적당하든지, 정치의 시행이 어떻게 폐해가 생겨나든지, 이것을 묻지 않는다면, 대선자를 뽑음이 쉽다 하려니와 그렇지 않으면 곧, 대의사를 직접 뽑음과 그 어렵거나 쉬움에 우열이 처음부터 없구나. 또 실제상에도 간선법은 효력을 나타낼 수 없으니, 지식이 없는 사람이라도 선거할 때에는 어떤 사람이 대의사에 적당함을 물어 그 믿는 적임자를 투표할 것이니, 직선이나 간선이나 그 길은 다르나 결과는 같아서 간선법의 이익을 직선법에 아울러 거둘 수 있을 것이다. 그러므로 간선법을 특별히 둘 필요가 없고, 또 간선법에 골라 쓸 수 있는 것은 실행함이 매우 적으니, 어째서 그러한가? 헌법에 간선법을 명시할지라도 직선을 암암리에 행하는 일을 비난하여 자기가 뽑고자 하는 사람이 있으면 그 사람을 뽑기로 약속하고 대선인을 선거할 것이니, 곧 그 이름은 비록 간선이나, 그 실제는 직선과 다름이 없는 것이다. 비유하면, 미국의 대통령을 선거하는 법이 간선법을 실제 씀이나, 실제에는 첫 번째 선거인이 대선자를 뽑지만 임의로 대통령을 투표케 못하고, 어떤 사람을 뽑기로 먼저 약속하여 책임을 맡기는 것이니, 이것이 직선법과 다름이 무엇이 있는가?

그러나 간선법에 이로운 효과가 있는 한 가지 일이 특별히 있으니, 이것은 대선자가 한 때의 선거만 단지 행할 뿐 아니라 그밖에 중요한 직무가 다시 있어서 지위를 영원히 지킬 것이 이것이다. 가령, 미국의 상원의관上院議官을 선거하는 법은 합중국 각 주가 상원의관을 뽑는 권리가 있으니, 이 의관을 선거하는 자는 각 주의 입법원立法院이요, 이 입법원에 갖춘 의관은 각 주 백성이 직접으로 선거하여 그 직책이 매우 크고 중요하여 각 주의 중앙정부가 되는 것이다. 이와 같이 중요한 지위에 당하여 의관을 선거하는 까닭에 한 나라의 이해를 깊이 살피고 인재를 잘 살펴 경거망동하지 않는 까닭에 이처럼 뽑혀 상원에 늘어서는 자는 나라 안에 첫째로 손꼽는 인물이니, 간선법의 유익함이 곧, 이러한 까닭이다. 그러나 미국이 간선법의 이로운 효과를 거둠으로 이것을 다른 나라에 직접 씀이 옳지 않으니, 대체로 보아서 여러 나라의 제도는 합중국과 같이 연방제도를 세우고 각 주에 입법관立法官을 둬서 중대한 직무를 맡김과 같음이 아니라 비유하면, 영국이 이것과 비슷한 체재를 갖춰 똑같은 목적으로 베푼 '부회府會' 혹은 '읍회邑會'에 이 법을 적용코자 하나, 어찌 이로 말미암아 영국제도의 폐해를 고쳐 바로잡겠는가? 대개 영국의 부회와 읍회는 그 직무가 매우 좁고 작아서 도로수선과 지방 작은 일에 지나지 않으므로 의원이 사는 지방에는 비록 숙련되고 깨달아 훤히 안다고 할지라도 국회의원을 뽑는 재주에 이르러 그 능력의 여부를 말하기 어렵구나.

제십삼장 소수대표법

직선과 간선의 득실이 이미 정해지면 어쩔 수 없이 대의정치의 참 목적을 이루기를 강구할 것이니, 이것은 다만 다수를 대표할 뿐만 아니라, 소수도 역시 대표케 하는 법이다. 유럽과 아메리카에 통용되는 말에 이르기를, '소수는 다수의 적이 아니니, 소수는 다수를 따를 수 있을 것이다' 라 하여 이 말이 유럽과 아메리카 학자 및 정치가에 오래 유행하므로 사람마다 그 진리 됨을 모두 믿으나, 정밀한 연구로 치우치지 않는 판단을 내리기 전에는 같은 느낌을 표현할 수 없구나. 다수대표는 국정을 의논함에 소견이 각각 달라서 그 면모의 서로 다름과 같으니, 사람마다 의견을 이루고자 하니 곧, 실제에 행하지 못할 것이요, 반드시 동화同和한 그런 뒤에야 실행할 수 있을 것이니, 그러면 곧, 한 나라 정치가 막혀 잘 되어 나가지 않아 피폐하고 해이함에 이를 것이다. 그러므로 '다수결의' 외에는 골라 쓸만한 것이 없으니, 비유하자면, 입법원에 어떤 문제가 일어나 빨리 결정함이 필요하지만, 갑·을·병·정의 의견이 각각 달라서 의논이 돌아와 닿을 바를 알지 못하면 그 가운데 다수의 말로 소수의 말을 눌러 한 때 세워 결정함이 매우 편리한 것이다. 대체로 보아서 다수로 소수를 누름은 다수의 말이 소수의 말에 비하여 의례히 정당하므로 그러함이 아니요, 어수선하고 시끄러워 결정할 수 없음에 비해서는 매우 뛰어나니, 다수와 소수의 의견이 합하지 않는 때에 완력으로 그 옳고 그름을 결정할지라도 다수는 소수를 누를 가망이 있고, 소수는 어쩔 수 없이 다수에게 양보할 것이니 요약하면, 그 승리의 여부는 도리로 말미암음이 아니라, 세력으로 말미암음이다. 그러므로 다수가 소수를 누름은 그 말의 참되고 정확함을 믿어 누름이 아니며, 소수가 다수의 눌러 복종시킴을 받음도 또한 다수의 말을 믿어 그러함이 아니구나.

다수결의를 따름이 매우 편리하나 역시 쓸 수 있을 때와 쓸 수 없을 때가 있으니 가령, 나라가 위급한 존망의 근심을 당하여 여론을 격렬히 일으키며 애국심을 불러일으켜 사회 전체의 사람이 이 말을 주장하면 이들 여론이 정확함은 아니지만, 충분히 나라의 위세를 떨치며 나라의 세력을 넓히는 자가 있으니 곧, 이와 같은 때에는 어쩔 수 없이 다수의 말에 저항치 못하는 것이니, 가니加尼의 큰 패배 뒤에 로마 원로의관元老議官의 의지와 기개를 부추겨서 용기가 생기게 해 나라의 기초를 굳고 단단하게 함은 로마 백성의 여론이요, 나폴레옹의 뜻을 더욱 도와 공화정치의 건설을 찬성해 뜻을 같이함은 프랑스 백성의 여론이요, 글래드스턴의 반대 정략을 목소리 높여 찬성하여 '방임放任주의'로 하여금 나라 밖에 행케 함은 영국 백성의 여론이니, 여론의 참되거나 그렇지 않음은 논할 바 아니나, 한 나라 정치의 큰 운동을 이미 이루면 여기에 저항치 못하고 다수결의를 쓸 것이요, 어려움이 심한 때의 일에 이르러 치밀한 이상과 남보다 훨씬 뛰어난 지식을 요구하여야 옳고 그름을 판단하여 구별할 수 있는 때는 다수 판단에 옮겨 맡김은 옳지 않고, 어쩔 수 없이 소수의 지식이 있는 사람을 기다려 조사할 것이다. 이것은 뒤 단락에 다시 설명하려니와 요약하면, '대의제도'는 다수결의로 목적을 만들고 지식 있는 소수의 사람을 또한 포함하지 않으면 옳지 않은 것이다.

오늘날에 대의제도를 쓰는 나라가 비록 많으나 진정한 다수대표는 없으니, 그 이름은 비록 다수대표이지만, 그 실제는 소수를 대표하는 거짓 대의제도에 지나지 않는구나. 가령, 한 명의 의원을 선거함에 후보자 5명이 있으면 곧, 결국은 가장 많은 투표의 1명이 당선하고 이외 4명은 실패에 반드시 돌아갈 것이니, 당선한 의원은 다수대표를 얻음인가? 말하자면, "아니다"이다. 다른 4명의 후보자와 비교하여 얻은 투표가 다수를 차지하여 얻을 뿐이니, 여기에 숫자로 표현해 밝힌다면 선거자 100사람이 있음으로 가정하면 각 후보자의 얻은 투표가 아래와 같은 것이다.

갑 30표　을 25표　병 20표　정 15표　무 10표

갑이 가장 많은 수로 당선하였으나 그 다수라 함은 다만 을 25표와 병 20표에 대하여 비교상 다수에 지나지 않고, 을·병·정·무의 통계 70표에 대하면 반수에도 충분하지 않은 적은 수이다. 그러므로 갑의 당선은 30사람의 선거자는 대표함이나 그 나머지 70명의 선거자는 대표를 할 수 없음이니, 어찌 정말 다수의 대표라 말하겠는가? 여기에 비하여 더욱 심한 것이 다시 있으니, 유럽과 아메리카 여러 나라가 선거 지역을 한결같이 정하고 선거자를 그 지역의 사람으로만 한정하여 선거함이 아니겠는가? 어떤 지역에든지 한 지역 투표의 정한 수만 충분하면 대의사가 되는 것이다. 비유하면, 한 사람의 후보자는 각 선거 지역에서 투표하여 각 지역이 다 이 사람을 뽑고자 하나 각 지역의 투표를 각각 계산하는 까닭에 정한 수에 차지 못하면 어느 지역에서든지 대의사됨을 할 수 없고, 반대로 각 지역에서 선거코자 않는 후보자는 적게 한 지역에서 정한 수를 얻으면 충분히 승리하여 뽑히는 것이니 비유하면, 뽑힘의 정한 수는 100표요, 후보자는 3명이요, 선거 구역은 4이 있음으로 가정하고 선거의 결과를 본다면 다음과 같으니,

갑	제일第一 선거역撰擧域	50표票	
	제이 선거역	70표	합솜 200표
	제삼 선거역	80표	
을	제일 선거역	30표	
	제이 선거역	60표	합 230표
	제삼 선거역	50표	
	제사 선거역	90표	
병	제이 선거역	110표	

위 표의 총계로 보면, 을이 가장 많은 수를 얻고, 갑이 그 다음이요, 병은 을에 비하여 반수 내외에 지나지 않는 표를 얻었지만, 한 지역 안의 정한 수에 가득 참은 홀로 병 한 사람이다. 그러므로 당선함을 얻었지만, 갑·을은 실패하여 그 결과가 한 선거 지역 100사람의 대표는 얻고, 네 선거 지역의 435사람의 대표는 잃었으니, 이것이 유럽과 아메리카에 관행하는 선거법이 면치 못하는 바이다. 이와 같은 선거법으로 대의제도의 목적을 이루고자 하니 어찌 어렵지 않겠는가? 그러므로 서양의 정치가 및 정치학자가 선거법의 개량을 논함이 오래고, 그 법이 많으나 모두 이 폐단을 없앰에 충분치 못하고 홀로 디즈레일리의 방법이 가장 완전함에

가까우나, 이것을 간단하면서 자세하게 서술할 수 없으므로 그 요령을 다만 들면 곧, 아래의 사칙四則이 있다.

첫째는 전국全國 대의사의 인원수를 정하여 이 수로 전국 선거인의 인원수를 제한 상수商數로 피선의 표수를 정하고, 후보자가 이 정한 수의 투표를 얻거든 그 투표가 한 선거 지역과 각 지역에서 나옴을 불문하고 다 대의사에 뽑히게 할 것이니 가령, 600사람의 대의사를 선거할 터인데, 선거인이 120만 사람이면 120만÷600=2,000 곧, 2천표로 한 명의 대의사 피선의 표수로 정할 일이요.

둘째는 선거인으로 하여금 진실한 대표를 얻게 하려면 '그 자기 지역 안에 제한하여 대의사를 선거하라' 고 강제할 것이 아니요, 만약 자기 지역 안에 적당한 인물을 얻지 못하면 그 좋아하는 바를 따라 어느 곳의 선거 지역의 사람이든지 자유로 선거케 할 것이니 가령, 경기도 선거 지역의 선거인이 경상도나 함경도 선거 지역의 사람을 선거하지만 해로울 것이 없을 일이요.

셋째는 이상의 방법을 말미암아 선거하면 가장 많은 수를 얻는 후보자는 당선함이 물론이거니와 두세 후보자가 다수의 투표를 오로지 소유하면 의장議場의 의원 사람 수에 충분치 못함을 생겨나게 하는 한탄이 있을 것이니 가령, 글래드스턴 씨와 먼로James Monroe[63] 씨 등은 큰 명망名望을 등에 짐으로 선거할 때에 전국의 투표를 완전히 얻어 두 사람을 삼가 뽑는 결과가 혹 있을 것이다. 그러므로 후보자의 당선을 정한 수의 투표를 얻은 때는 정수 밖의 투표를 다시 받음을 허락지 않고, 그 나머지의 투표 방법을 이용할 일이요.

넷째는 선거자로 하여금 2명 이상의 후보자에게 던지는 표에 표기함을

---

63) 1758~1831. 미국의 정치가. 미국독립혁명전쟁에 참전하였고, 1816년과 1820년 두 차례 대통령에 당선되었다.

허락하되, 자기가 가장 잘 되기를 바라고 기대하는 자를 첫 번째에 적고, 그 다음으로 잘되기를 바라고 기대하는 자를 두 번째에 적고, 그 다음은 세 번째로 순서의 이름을 적게 하여 선거자로 하여금 첫 번째로 이름을 적어 넣은 사람의 뽑힘을 얻지 못하면 두 번째로 이름을 적어 넣은 자를 얻게 하고, 두 번째로 이름을 적어 넣은 자가 또 뽑힘을 얻지 못하면 세 번째를 뽑게 하는 것이니, 이와 같은 방법이 선거자를 충분히 만족케 할 수는 없지만, 아주 실망함에는 이르지 않을 것이다. 그러므로 계표할 때에 첫 번째로 이름을 적어 넣은 자가 얻은 수에 남거든 그 나머지의 투표를 두 번째로 이름을 적어 넣은 자에게 주고, 세 번째, 네 번째도 모두 이 방법으로 유추하며, 만약 첫 번째로 이름을 적어 넣은 자의 표수가 정한 수에 차지 않거든 그 표수를 두 번째로 이름을 적어 넣은 자에게 주고, 두 번째로 이름을 적어 넣은 자도 정한 수에 충분치 못하면 다시 세 번째에게 옮겨 줄 것이니, 이와 같이 번갈아 옮겨 정한 수에 이르는 자로 의원의 수가 차거든 그칠 일이다.

이것이 디즈레일리 씨의 선거 요약이니, 오랜 옛날에 있지 않았던 뛰어난 견해이다. 정치상에 특별한 이익을 줌이 어깨를 견줄만함이 없으니, 그 이익 됨을 다시 열거한다면,

첫째, 이 방법을 쓸 때는 소수가 대표를 잃는 폐해를 없앨 수 있는 것이니, 한 선거 지역의 선거와 다른 선거 지역의 선거를 불문하고 정수투표에 충분하면 곧, 당선하는 까닭에 한 선거 지역에서 여의치 못한 소수라도 다른 선거 지역과 협동하여 그 뜻하여 바람을 이루어 소수도 대표를 얻을 수 있으니, 지역을 한정함에 비하여 이익이 많구나.

둘째, 종래의 선거법으로는 대의사가 대표자 됨이 헛된 명예에 지나지 않고 그 실제는 선거자의 선거자에 뽑히지 않은 사람이 자기의 대표자 되는 일이 있었거니와 이 방법을 쓸 때는 선거자가 자기의 깊이 믿는 후보자를 뽑을 수 있으므로 대의사가 진정한 대표자가 되어 투표정수가 어

떠한가로 인하여 어떤 사람은 5천 사람의 대표가 되며, 어떤 사람은 1만 사람의 대표가 되는 것이니, 직접선거는 선거자와 피선자의 관계가 매우 밀접하여 대의사의 이익은 곧, 선거자의 이익이다. 그러므로 대의제도의 진정한 목적을 이룰 수 있을 것이다.

셋째, 유럽과 아메리카에 현재 행하는 선거법은 재산으로 중요한 자격을 만드는 폐해가 있어서 재능이 있고 학식이 있는 인사라도 재산이 적으면 당선치 못하는 것이다. 이 방법을 쓸 때는 선거자가 그 지역의 후보자로 대표를 뽑기 원치 않으면 전국에 나아가 적당한 사람을 구하는 까닭에 각 곳의 인재나 재산가가 큰 명망을 소유함이 아니면 의원에 함께 줄지어 서지 못하고, 또 유럽과 아메리카에는 옛날부터 지금까지 일종의 관습이 있어서 인재 선거에 거리낌이 있으니 곧, 당파黨派선거의 더러운 습관이 이것이다. 재능이 있고 학식이 있는 사람이라도 힘 있는 정당원政黨員의 도움을 빌리지 않으면 뽑히기 어렵고 정당부政黨部 안의 선거자는 우두머리가 지명한 후보자가 아니면 투표치 못하여 정당은 그 당의 사람을 많이 뽑고자 하여 혹은 용렬하고 능력 없는 자를 뽑는 폐해가 있으니, 대체로 보아서 큰 명예를 받는 자는 큰 헐뜯음을 또한 받음이 호걸豪傑의 늘 있는 일이다. 그러므로 명예가 반으로 무너진 사람을 뽑으려면 반대당의 공격을 받으므로 포폄[64]이 가장 적고 쓸만하고 복이 두터운 사람을 뽑음만 같지 못해서 오늘날의 형편은 인물을 미루어 뽑고자 하지 않고, '반대당이 우리당보다 한 명의 대의사를 늘릴까?'를 두려워하여 인재가 아닐지라도 피선할 수 있는 형편이 있는 자면 이를 선거하니, 선거의 폐해가 여기에 지극하였구나. 적당한 인재를 선거치 못함이 어찌 우연함이겠는가? 이러한 폐해는 선거를 그 지역에 한계하여 믿는 사람을 자유로 선거치 못하게 하므로 생겨남이니, 디즈레일리 씨의 이 방법을 쓸 때는

---

64) 褒貶 : 칭찬과 나무람. 시비선악是非善惡을 판단하여 결정함.

재능이 있어서 뽑히지 못하는 명사名士가 말구유[65]에 엎드려 있는 한탄이 없을 것이요, 정당원의 얼굴빛을 엿보거나 뇌물로 선거자의 환심을 사는 등 폐해가 없어서 정당의 더러운 습관을 바로잡을 수 있을 것이다.

넷째, 재능과 학식이 있는 인사가 당선하여 국회에 나가면 그 수가 적을지라도 그 우수한 논문과 뛰어난 학설로 다수의 의원을 눌러 오로지 방자함을 막고 학식 없는 부류의 무리로 하여금 향할 바를 알게 하는 이익이 있으니, 우리들이 의장議場의 실제 상황을 보자면, 의사議事할 때에 어떤 사람은 갑파甲派의 학설을 편들어 동의하고, 어떤 사람은 을파의 논을 자신의 의견 없이 붙쫓음이 결코 일정한 의견이 있거나 한 덩어리의 사상이 가슴 속에 있어서 그러함이 아니라, 세력에 제어됨을 입어 부화뇌동附和雷同하는 자가 항상 많으니, 만약 치우지지 않고 당도 없는 사람이 연단에 서서 광명정대한 학식과 견해로 각 파 의논의 이치를 지적하여 일정한 학식이 없는 자로 하여금 달려 향할 바를 알게 하면 모든 정사에 보충함이 크게 있을 것이다. 아래에 도표를 실어 설명하는 것이니,

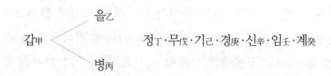

갑·을 두 당이 서로 마주보고 버티며 싸우고, 병은 소수 학식 있는 인사요, 정·무 이하는 정해진 견해를 갖지 못한 자이다. 의사할 때, 갑파에 의논이 모두 옳지는 못하나 그 세력이 매우 성하여 웅변과 교묘한 말로 정·무 이하 정해진 견해가 없는 자를 주견 없이 남의 의견만 붙쫓게 하여 갑파가 승리할 때, 이 즈음에 병파의 학식이 있는 사람이 공평정대하

---

65) 말먹이를 담아 주는 그릇.

여 옳고 그름을 판단하여 구별하고, 갑파의 의논을 논박하며, 을파의
바른 이치를 도우면 정·무 이하가 갑으로 나아갈 결심을 변하여 을파
의 의논을 찬성할 것이요, 갑·을·병파의 의논이 모두 마땅치 못한 때는
다 병으로 돌아가 정의로 취해 결정할 것이니, 이와 같으면 소수의 학
식 있는 세력이 또한 도움 없이 홀로 서는 슬픈 지경에 이르지 않을 것
이다.

제십사장 투표법

'투표는 명시함이 옳을까? 익명함이 옳을까?' '명시투표'는 선거자로
하여금 자기의 이름을 표 안에 쓰게 함이요, '익명투표'는 선거인의 성
명을 적지 않고 밀봉하여 투표함이다. 두 방법의 득실이 서로 있어서 익
명투표를 주장하는 자는 말하기를, "인류의 삶이 아직 완전치 못하여 정
욕에 제어 받으며 권세에 굴복함이 많으니, 만약 명시투표를 쓸 때는 두
려워하고 꺼리는 바가 있어서 그 폐해가 진실로 믿는 사람을 뽑을 수 없
을 것이다. 가령, 어떤 큰 세력 있는 부자가 있어서 대의사에 뽑히고자
할 때, 고용인에 선거권이 있는 자는 정의情誼와 이해에 거리껴 어쩔 수
없이 다른 사람을 버리고 고용주를 투표할 것이요, 고용주가 자기를 뽑
을 것이다. 강하게 요청하면 이를 피할 방법이 없을 것이다. 어째서 그러
한가? 고용주가 투표장投票狀을 한 번 검사하면 그것으로 자기를 뽑았는
지 여부를 알 것이므로 고용주를 선거한 자는 그의 환심을 얻고, 그렇지
않으면 배척을 당할 것이니, 독립의 마음과 자영自營의 방법이 없는 자는
결코 그 뜻을 직접 행치 못할 것이다. 그러나 익명투표의 방법을 쓰면 위
세와 권력으로 괴롭히며, 뇌물로 부탁할지라도 누구의 투표인지 알지 못
하는 까닭에 돌아보거나 꺼리지 않고 투표를 행할 수 있을 것이다"라 하
니, 이것이 익명법을 앞장서 부르짖는 자의 말이다. 익명법을 자세히 생

각하면 곧, 선거의 하나의 큰 요건이지만, 세상 사람이 이 법을 의논하는 자는 말하기를, '비겁함이다' 라 하니, 다 바르고 온당한 도리를 취한 논의가 아니라 이것을 변명코자 한다면 투표권이 공적인 권리인지 사사로운 권리인지 구별한 뒤라야 마땅한지 여부를 알 것이다.

여기에 익명투표를 주장하는 자에 대하여 '익명을 씀이 어째서 그러한가?' 묻는다면, '반드시 내가 선거를 행함은 다른 사람이 위탁한 책임을 받음이 아니라, 내 의견으로 내 자신의 편의를 꾀함에 지나지 않음'이라 답할 것이니, 알지 못하겠다. 선거자는 일신의 이로움만 도모함이 아니요, 사회 일반의 공적인 이로움을 도모함이니 곧, 일반인이 모두 선거자가 어떤 인물을 뽑을 권리가 있음을 아는 것이니, 익명투표는 공중公衆으로 하여금 알지 못하게 함이 아닌가? 익명법을 주장하는 자가 선거를 사사로운 권리로 인정함도 이상할 것이 없구나. 우리들이 이론상으로만 익명법을 주장하는 자가 투표권을 사사로운 권리로 인정함이라고 말할 뿐 아니라, 미국에 유명한 정치가 먼로 씨는 '선거권이 공적인 권리가 아니다' 라고 공언公言하였으니, 익명투표의 본뜻이 어찌 이와 같겠는가? 공적인 이로움을 꾀하는 변칙됨에 지나지 않음인데 연혁이 이미 오래되어 선거권을 사사로운 권리로 인정하고 익명투표의 가치를 잃음이 심하다 말하겠구나.

대체로 보아서, '선거권' 은 한 나라를 통치할 대의사를 뽑는 권리이니 곧, 한 나라의 통치권이라 바로 일컬어도 옳지 않음이 없으니, 사람이 한 사람의 사사로운 권리로 다른 사람을 통치한다면 정부를 어째서 반드시 특별하게 설치하며, 무정부를 어째서 반드시 참혹하게 학대한다 하겠는가? 선거권을 사사로운 권리라 하는 익명투표론자는 그 목적을 이룰 수 없을 것이니, 익명을 주장하는 까닭은 뇌물의 폐해를 없애며 위세로 핍박하는 어리석음을 막음에 있으나 선거권이 사사로운 권리라면 뇌물에 굽히며 위세와 권력에 굽힐지라도 모두 선거자의 자유이니 다른 사람은 간섭치 못할 것이다. 그러므로 논자가 선거권을 사사로운 권리라 함은 스스로 서로 모순하여 스스로 알지 못함이구나.

모든 일을 사람으로 하여금 한 몸이나 한 집안의 이해를 전혀 돌아보지 않고 사회의 공적인 일에만 오로지 힘쓰라 함은 아니다. 가령, 선거를 행함은 자기 몸의 편안하고 굳센 이익을 꾀함이나 어쩔 수 없이 동포의 편안하고 굳센 이익을 아울러 꾀할 것이니, 공중의 이익을 꾀함이 그 결국은 한 몸의 이익을 꾀함과 같은 데로 돌아갈 것이다. 그러므로 이 권리를 소유한 자는 임의로 함부로 씀이 옳지 않고, 마땅히 공평하고 정직해서 치우쳐 의지하지 못할 것이니, 선거의 본뜻을 오해하면 애국의 참된 마음을 잃어 공적인 권리로 사사로움을 영위하는 계기를 만들 것이니, 이와 같으면 압제의 폭군과 다름이 없어서 폭군은 야심을 왕성하게 하고, 미친 듯한 욕망을 방자히 함에 공적으로는 막거나 꾸밈이 없지만, 이것은 공명정대의 기관을 양陽에서 빌려 희미하여 부끄러움을 모르는 행위에 음陰으로 베풂이다.

이것을 미루어 살펴보면, '익명투표'는 쓸 수 없는 공적인 일이요, 쓸 수 있는 사적인 일이다. 대개 사회에 있어서는 자기 하나의 이해만 오로지 꾀하고 다른 사람의 이해를 돌아볼 의무는 없는 까닭에 다른 사람을 뽑을 즈음에 자기 이익을 위주로 하여 각각 그 깊이 믿는 사람을 선거하고 좋거나 싫음이 원래 인심의 자유요, 다른 사람의 관여할 바 아니나, 서로 아는 사이에 공연히 누구를 배척하고, 누구를 뽑으면 피차의 감정을 잃음이 없지 않을 것이다. 그러므로 여기에는 '익명투표법'을 쓰면 서로 원망하고 서로 한恨하는 폐해가 없어서 사귄 정을 보전하는 이익이 있으나, 국회 선거에 이르러서는 이와 크게 달라 '보통선거법'을 씀에 각 사람이 선거권을 모두 소유하니 만약 투표자가 한 몸의 이익을 각각 도모하고 사회의 안녕을 돌아보지 않으면 국정이 어지러움에 반드시 이르러 스스로 존재치 못할 것이다. 그러므로 비록 한 개인의 몸이지만 국민의 행복과 불행의 관계된 것이니, 그 투표를 여러 사람에게 널리 알려 다른 사람으로 하여금 자유로 판단하고 평가함을 얻게 함이 당연한 것이다.

제십오장 대의사의 임기

대의代議의 귀한 바는 정치상의 지식과 경험뿐 아니라 시작과 끝을 선거자의 의향을 대표할 수 있어서 반대로 되어 어긋나지 않음에 있는 것이다. 그러므로 만약 길고 오랜 대의의 권리를 맡겨 주면 여론에 등져 정치를 베푸는 폐해가 있음을 면치 못할 것이니, 이것이 대의사의 임기를 한 번 정할 필요가 있는 까닭이다. 그러나 대의사 재직의 기한을 짧게 함이 옳은가? 길게 함이 옳은가? 이 문제에 대하여 학자의 의논이 하나의 학설을 각각 모아 옳고 그름을 서로 들 때, 오늘날에 기한이 지나치게 긴 폐해를 먼저 든다면, 첫째는 피선자가 비록 선거자의 여론을 등질지라도 내쫓을 방법이 없어서 대의사가 그 지위의 편안하고 굳음을 믿고 책임을 중요하게 하지 않아 선거인의 이해를 잊어버리고 공통된 감정에 거스르는 법률을 제정하는 폐해가 있을 것이요, 둘째는 백성의 의향은 배반치 않더라도 대의사가 자기 의견을 각각 고집하여 서로 화합하지 못하고 입법이 막힐 때에도 해산할 수 없어서 선량한 대의사를 구별하여 뽑지 못할 것이요, 셋째는 대의사의 임기가 지나치게 길면, 혹 행정관과 여러 가지 실정 관계를 맺어 행정관리가 사사로운 이익을 오로지 할 수 있는 염려가 있는 것이다.

대의사의 임기가 지나치게 짧으면 또한 폐해가 없을 수 없으니, 첫째는 대의사가 시행한 방법에 익숙지 못할 때에 해임을 이미 명령하고 또 다시 번갈아 듦이 빈번하고, 미숙함을 번갈아 바꿔 정무가 막혀 일이 잘 되어 나가지 못하는 근심이 있고, 둘째는 대의사가 그 자리에 편안치 못하고, 오일경조[66]의 생각을 품어 구차한 정책을 늘 시행하고 멀리 내다보는 꾀를 하지 못할 것이요, 셋째는 그 재주를 보지 못하고 곧, 또 파직하는 폐해요, 넷째는 정부가 늘 흔들리고 움직여서, 확고해 뽑히지 않는 정부를 조직치 못할 것이니, 지나치게 긺과 지나치게 짧음의 폐해가 서로 대등하구나. 요약하면, 그 기한의 길거나 짧음의 여부는 일정한 규칙을 먼저 구분할 수 없고 그 때의 형세와 나라의 상황을 비춰 가릴 것이니, 오늘날의 영국이나 미국과 같은 나라는 여론의 세력이 매우 강하여 대의사의 일거일동이 신문연설 등의 비평을 직접 받는 까닭에 대의사가 전전긍긍하여 백성의 의향에 어긋나지 않기를 힘쓰므로 그 기한이 길더라도 넘어지거나 무너짐이 총생[67]에 이르지 않고, 정부가 흔들리거나 움직임을 막아 정무의 활동을 도우며, 대의사가 독립된 지위에 서서 선거자의 압박을 피할 수 있거니와 만약 여론의 세력이 미약하면 대의사가 사사로운 이로움을 먼저 하고 공적인 일을 뒤에 하는 폐해가 있을 것이니, 이와 같은 나라 사정에서는 그 기한을 짧게 하여 그 폐해를 막음이 옳다.

대의 임기의 길거나 짧음을 대략 하나로 말할 수 없으니 곧, '개선법改撰法'을 어쩔 수 없이 강의하고 논의할 것이니, 대체로 보아서 개선하는 까닭은 다른 사람의 기대를 잃은 대표자를 없애고 새 대표를 내고자 함이다. 그러므로 임기가 찬 때에 의원議院을 조직하는 의원議員은 마땅히 전체 수를 개선할 것이요, 만약 일부만 개선하면 새로 조직한 의원이 백성의 의향을 전혀 대표할 수 없을 것이다. 대개 개선한 새 의원이 소수면 옛 의원의 압제를 입어 개선의 이로운 효과를 거두지 못할 것이니, 미국의 개선과 같음은 곧, 이러한 폐해를 면치 못하는구나. 미국의 '의원개선법'을 의거하면 곧, 개선할 때에 3분의 1만 개선함이 보통의 예이니, 이

---

66) 五日京兆 : 한漢나라 장창張敞이 경조윤京兆尹에 임명되었다가 며칠 후에 면직된 고사故事에서 나온 말로, 오래 계속하지 못하는 것의 비유로 쓰임.
67) 叢生 : 풀이나 나무가 무더기로 더부룩하게 남. 떨기로 남.

와 같은 제도를 베푼 까닭은 의원을 한꺼번에 전부 바꾸면 새 의원이 입법 행정에 익숙지 못하므로 정무가 막혀서 일이 제대로 되지 않을 염려가 있음이다. 그러나 폐해는 이로 말미암아 더욱 많을 것이니, 3분의 2를 차지한 옛 대의사가 대통령과 마음 및 뜻을 서로 통하여 새 의원을 베풀어 둠을 막고 새 의원은 옛 의원이 마음대로 부림을 따르지 않으면 모든 일을 이룰 수 없을 것이다. '개선'은 공통된 기대를 잃은 대표자를 없애버리고 공통된 기대에 맞는 자로 바꾸고자 함인데, 새 의원이 도리어 옛 의원의 방해를 입으면 개선의 본뜻을 잃음이다.

제십육장 의원

헌법론 가운데 첫 번째로 논의가 분분한 문제가 있으니 곧, '일원제一院制'와 '양원제兩院制'가 이것이다. 두 편 논자의 학설을 아래에 나열하는 것이니, '양원'을 주장하는 자는 말하기를,

"첫째, 의원에 양원을 쓰는 까닭은 경솔하고 소홀하게 번갈아 결정하는 폐해를 고침에 있으니, 대체로 보아서 양원을 나누어 설치하면 첫 번째 의원에서 결의한 의안議案을 다시 두 번째 의원에 안을 옮겨 그 토론을 거치는 까닭에 의안을 처음 만든 자가 반드시 깊이 주의하여 다른 의원의 대들어 몰아침을 피하고자 하고, 첫 번째 의원도 정중한 조사를 행하고 세밀한 토의를 거친 뒤에 다른 의원으로 옮길 것이다. 그러므로 입법을 경솔하고 소홀케 하지 않고자 한다면 양원에 나누어 설치할 것이다.

둘째, 하나의 의원만 설치하면 의사議事가 한쪽으로 치우쳐 흐르는 폐해가 있으니, 양원을 나누어 설치하면 한 의원은 어떤 일의 국면局面 밖의 지위에 서서 공평하고 치우침 없는 비평을 내려 서로 감시하는 효과가 있는 것이다. 대개 두 번째 의원은 여론의 방향과 추세를 알기에 매우 편

리한 지위에 서므로 각종 의안을 두 번째 의원에서 토의하기 전에 첫 번째 의원議院의 의원議員과 세상의 학자 논객論客이 평론을 충분히 하여 그 사이에 선 두 번째 의원은 의안의 가부可否와 득실得失을 다 자세히 할 수 있으며, 여론의 향배를 살펴 여론에 맞지 않는 의안은 두 번째 의원이 거절하며 바르게 고칠 것이요, 또 두 번째 의원은 첫 번째 의원議院의 의원議員 및 학자의 의견을 먼저 들어 그 필요한 것을 골라 뽑아내 자기의 의견을 세우는 까닭에 그 방안이 중용中庸을 얻을 수 있을 것이며, 그 입법이 또한 중정中正을 얻을 것이다.

셋째, 의원을 양원에 나누어 설치하면 정당의 남을 속이는 꾀를 막을 수 있으며, 힘 있는 자의 전횡을 막을 수 있을 것이니, 대체로 보아서 의원에 있어서 자기의 의견을 관철코자 하면 다수의 동지를 구하고 다수의 동지를 얻으면 그 권력이 지나치게 커서 오로지 멋대로 할 폐해가 생겨나니 가령, 미국은 그 한 정당의 세력이 미약하여 다른 당과 마주보고 설 수 없는 때는 반대당이 특별한 세력을 문득 늘려서 오로지 멋대로 방자하고 교만함이 이르지 않는 곳이 없는 것이다. 만약 하나의 의원만 조금 설치하여 이밖에 감시하는 자가 없으면, 이러한 폐해가 없을 수 없으나 의원을 양원에 나눠 세우면 서로 감시하여 다수 힘 있는 자의 전제를 막을 것이다."

'일원제'를 주장하는 자의 학설에는 말하기를,

"첫째, 양원을 연립하면 정무를 거행할 시일을 심하게 써버리게 하여 정무의 기한을 잃는 폐해가 있으니, 만약 하나의 의원만 단지 설치하면 결의를 한결같이 거쳐 곧 집행할 수 있거니와 두 번째 의원에 옮겨 그 토론을 다시 기다리면 곧, 얼마간의 시일을 늘려서 정무가 막혀 일을 해나 갈 수 없을 것이다.

둘째, 양원을 설치하는 폐해가 재정상에도 미치는 것이니, 의원유지비가 드물고 적음이 아니라 하나의 의원의 경비가 국용의 대부분을 차지하는데, 또 하물며 양원이겠는가?

셋째, 양원에 나눌지라도 그 실제는 하나의 의원과 다름이 없으니, 양원제를 오래 쓴 자를 시험 삼아 보면, 양원의 권력이 강함과 약함으로 나뉘어, 양원 가운데 하나의 의원이 권력을 홀로 오로지하고, 여론이 돌아가는 바에 세력이 매우 강하여 다른 하나의 의원은 없음과 같으니, 두 의원으로 나누어 설치할 필요가 없는 까닭이다.

넷째, 양원에 나누어 서면 소수가 다수를 제어하는 폐해가 있으니, 오늘날 우리나라 의원의 예이든지, 하원의원의 수가 상원의원에 비하여 많은 것이다. 하원의 다수 의원이 의결한 의안을 상원에 옮겨 심의하니 곧, 그 결과가 파괴에 매일 이르니, 이는 다수결의 원칙을 깸이다.

다섯째, 양원에 나누면 곧, 정치의 기관을 복잡케 하여 정무를 혼란케 하는 폐해가 있으니, 어느 나라를 불문하고 정치사회는 모두 정치기관을 단순케 하고자 하여 정치가가 고심하여 계획하는데, 첫 번째 의원 외에 두 번째 의원을 다시 설치함이 정치의 혼란을 반대로 구함이다.

여섯째, 양원을 설치함은 사상의 원리를 배반하니, 사람이 하나의 사상의 원리를 배반하니, 어떤 사람이 어떤 의안에 대하여 두 종류의 사상을 품을 것이 아니다. 그러므로 백성의 사상을 대표하는 입법부는 어쩔 수 없이 하나로 돌아갈 것인데, 이것을 나누어 둘이나 셋으로 나누면 백성의 뜻과 바람을 이룸에 막힘이 반드시 있을 것이다.

두 학파 논자의 이론이 다 옳지 않음은 아니나, '입헌정체'의 본뜻으로는 양원을 주장할 것이다. 대체로 보아서 입헌정체가 여러 가지의 폐단을 면할 수 있는 까닭은 다른 종류의 주권자가 서로 모여 그 장점을 취하고 서로 돕고 서로 제어하여 정권의 나머지 가벼움과 무거움을 막음에 있는 것이다. 영국의 법률가 글래드스턴 씨가 영국의 정체를 논하여 말하기를, "영국에서 제정한 법의 큰 권리는 각각 그 독립한 세 기관이 협동하여 집행함이니, 하나는 군주가 집정의 큰 권리를 장악하여 여러 가지의 중요한 정사를 독재하는 까닭에 전제정치와 같이 위엄威嚴을 비할 데 없는 세력이 있고, 두 번째는 상원이 승속僧俗 두 귀족의 대표로 귀족정체의 제도를 갖추고, 세 번째는 하원이 민중의 선발한 현명함과 능력을 모아 민주정체의 형상을 이룬 것이다. 그러므로 영국의 입헌정체는 '군주'와 '귀족'과 '공화'의 세 정체를 합해 써서 그 장점을 아울러 거둠이다"라 하였으니, 이러한 입헌정체는 세 정체의 이익을 합해 거두어 조직함인 까닭에 군주는 용감하게 결정하고 행하여 정사를 처리함에 포학하고 멋대로 방자함에 빠지지 않고, 상원은 인민 공통의 의견과 군주의 위력을 조화시켜 당을 맺어 사사롭게 경영함을 얻지 못하게 하고, 하원은 백성의 대표로 입법하는 국면에 당하여 위세와 권력이 지나치게 가볍지 않은 것이다. 이로써 정치의 기관이 늘 원활하게 움직여서 무너지거나 피폐하고 해이해지는 근심이 없으니, 이 세 종류의 중요한 바탕을 갖춰야 이와 같이 절묘하게 쓸 수 있는 것인데, 어찌 그 하나를 뺄 수 있겠는가?

그러면 곧, '상원은 어떤 중요한 바탕으로 조직함이 옳은가?' 대체로 보아서 양원을 설치하면 그 하나의 의원이 어쩔 수 없이 다른 의원을 제한하여 그 폐해를 막을 것이나, 다른 의원을 제한코자 한다면, 사회의 호응을 빌리지 못하면 제한의 목적을 결코 이룰 수 없으니, 만약 양원의 조직이 똑같으면 받는 영향도 똑같아서 하원에서 승리한 의안은 상원에서도 또한 승리할 것이다. 이와 같으면 상원을 설치함이 쓸모없음에 돌아갈 것이니, 상원과 하원의 조직하는 중요한 바탕을 분별하여, 하나는 귀족정체의 형상을 갖게 하고, 하나는 민주정체의 체제를 소유케 할 것이다. 그러나 크게 서로 떨어져 있게 함은 옳지 않으니 가령, 백성의 권력이 강성한 나라에 두 번째 의원을 설치코자 하면 어쩔 수 없이 첫 번째 의원과 같이 백성의 권력으로 주장할 것이요, 서로 어긋남은 결코 옳지 않은 것이다. 그러므로 양원을 조직함에 필요로 하는 차별差別은 다만 의원議員의 품격과 자질을 다르게 할 것이다.

대개 대의사를 선거하는 다수 백성은 정치상의 지식이 모자라는 자가 많은 까닭에 뽑는 대의사가 정무에 익숙하지 못한 폐해가 있으니 곧, 어쩔 수 없이 정무를 함에 익숙한 자를 뽑아 그 단점을 보충할 것이요, 또 정무를 함에 익숙한 하나의 의원議院에게 다만 맡겨 그 하는 바만 한결같이 따르면 대의의 본뜻을 잃음이니, 가장 좋은 방법은 첫 번째 의원으로 많은 사람들의 의사를 대표케 하고, 두 번째 의원으로 한 몸의 재능과 덕을 대표케 할 것이다. 다시 말한다면, '하원'은 백성이 선거하는 자로 조직하고, '상원'은 정치가로 조직할 것이니, 여기에 '정치가'라 말함은 곧, 재능과 덕을 아울러 갖추고 중요한 직책에 일찍이 자리하여 세상의 큰 정사에 참여하고 혹은 정치상에 충분한 지식과 경험을 소유하여 다른 사람이 함께 아는 자이다. 그러나 지식과 경험으로 소수의 종족을 대표함이니 곧, 다수로 정사를 하는 큰 주의主義에 반대함은 옳지 않고, 또 하원에 대하여 그 교만함을 막으며, 그 전횡을 누름은 옳으나 전혀 반항으로만 일에 마음과 힘을 다함은 옳지 않고, 도움으로 뜻을 삼을 것이니, 상원의 조직이 이와 같으면 홀로 하원을 제한할 뿐 아니라 서로 돕고 서로 막아 정치를 개량할 것이다.

이상에 논한 '상원조직법'을 다시 자세히 살펴보면 곧, 첫째는 상원이 하원과 함께 다수가 정사를 하는 큰 주의를 받들어 백성의 권리를 막는 우려가 없고, 둘째는 양원을 조직하는 의원의 품격과 자질이 서로 달라 하원의 단점을 상원이 보충해 도울 수 있고, 셋째는 양원이 이 큰 주의를 모두 받들어 서로 시샘하고 미워하며 서로 삐걱거리는 폐해가 없고, 넷째는 상원이 종족만 대표할 것이 아니라, 하원과 함께 백성의 이해를 함께 체득하여 백성에게 대하여 무거운 책임을 짐 지는 것이니, 일원一院을 주장하는 자의 의논도 이치가 있음이 많으나 이론상 및 실제상에 이원론을 대적할 수 없는 것이다.

제십칠장 정당론

입헌정체의 기관으로 다시 연구할 것은 정당이니, '정당'은 정치상에 같은 의견이 있는 사람이 단체를 결성하여 그 목적을 이루고자 함이다. 곧, 정당은 그 문자의 뜻과 같이 정치상에 관하여 두 사람 이상이 서로 무리함을 말함이니 가령, 종교의 의견으로 서로 무리한 자가 정부를 다시 번갈아 세우며 정체를 개혁하는 큰 영향을 미치는 때가 혹 있으므로 그 성적을 살펴보면 곧, 정치에 관계가 있으나 학문상으로 구별하면 정당이라 일컬을 수 없으니, 이것은 그 서로 무리할 때에 정치로 주의主義함이 아니라 종교를 위주로 한 까닭이다. 그러므로 정당은 어쩔 수 없이 정치상의 의견으로 결합할 것이다. 그러나 정치에 관하여 두 사람 이상이 서로 맺은 것을 정당이라 곧 말함이 적당치 않은 것이 있으니, 정치상의 모임은 정당과 구별할 것이다. '정당'은 대체로 보아 같은 의견을 소유하여야 정당이라 일컬을 수 있을 것이요, '정치상의 모임'은 정치를 의논하기 위하여 서로 모이므로 의견이 각각 달라 그 똑같은지 여부를 물을 바가 아니거니와 정당은 그렇지 않아 의견이 같지 않으면 정당을 조직할 수 없으므로 그 대체로 보아 같은 의견을 이루기로 목적하는 것이다. 그러나 정당 가운데에 혹 그 목적을 이루기 위하여 정치상의 모임을 열고 정사를 토론하는 일이 있으므로 논자가 혹은 말하기를, '이것은 정당의 본뜻을 해침이다' 라 하니, 이것은 생각 없음의 심함이다. 정당이 그 주의를 이루기로 목적을 이미 삼은 이상은 그 이룰 순서 방법에 관하여 토론 연구가 없을 수 없다. 여기에 정당이 반드시 갖출 자격을 나열하면,

제일. 정당의 주의는 정치상에 반드시 존재할 일.

제이. 정당 인원은 어쩔 수 없이 대체로 보아 같은 의견이 있을 일.

제삼. 정당 인원은 서로 결합할 일.

제사. 정당 인원은 그 주의를 이루기로 목적할 일.

정당의 본뜻은 위에 서술함과 같으니, 여러 나라 각종의 정당을 논한다면, 대개 정당으로 이름 삼은 것을 크게 나누면 아래의 여섯 종류가 있으니,

제일. 일시一時 일사一事의 당파.

제이. 지방 종족의 당파.

제삼. 정체상의 당파.

제사. 중립당의 당파.

제오. 사회상의 당파.

제육. 시정상施政上의 당파.

'일시 일사의 당파'는 한 때의 희망을 이루고자 하거나, 혹은 정치 일부의 개량을 꾀하여 일으킴이니 가령, '헌법당憲法黨'이 이것이다. 그 목적이 헌법을 제정하거나 혹은 옛 헌법을 변경하거나 개정하기 위하여 단체를 결성함이니, 그 목적을 이루면 즉시 해산할 것이다. 그 주의는 좁고 그 존립은 잠시이지만, 정치상의 의견으로 서로 결합하여 그 목적을 이루고자 함에는 정당이라 일컬을 수 있을 것이니, 그 주의의 좁음과 존립의 길거나 짧음은 정당 자격에 물을 바가 아닌 것이다.

'지방종족의 당'은 지방의 득실과 한 종족의 이해로 서로 단결함이니, 한 지방과 한 종족의 득실과 이해가 모두 정치에 관계가 있음은 아니나, 그 지방권과 종족권을 정치상에 확장코자 하면 곧, 정치와 직접 관계가

있으므로 또한 한 종류의 정당이다.

'정체상의 당파'는 무엇인가? 정체의 다르고 같음을 다투거나, 혹은 주권자의 계통을 변경코자 함이 이것이니 곧, 군주정체 아래에 있어 공화정체로 바꾸고자 하며, 공화정체 아래에 있어 군주정체로 회복코자 하는 등이 이 종류의 당파에 속하여 정당 됨이 물론이다. 한 정체 아래에 있어 주권자의 통계를 바꾸기로만 목적하는 것도 정당이라 일컬을 것이니 가령, 프랑스의 필립Philip당과 아미앵Amiens당과 보나파르트 Bonaparte당이 각각 그 옛 왕가의 부흥을 꾀하여 일어남인데, 이 종류의 당파는 제왕 한 몸의 이익만 단지 꾀함이지만, 왕실의 다시 번갈아 듦이 정체에 관계가 적지 않은 까닭에 정당의 한 종류가 될 것이다.

'중립당파'는 일정한 주의를 미리 가짐이 아니라, 각각 정당 중간에 개입하여 수시로 의견을 정하여 그 목적을 관철하는 것이니, 혹은 그 주의가 일정치 않으므로 정당이라 일컬을 수 없음이라 하나 학문상으로 살펴본다면 어느 때에든지 그 주의를 정하는 때는 곧, 정당을 수립함이요, 존립은 비록 잠시라도 정당 네 종류의 자격을 갖춰 소유하므로 정당이라 말할 수 있을 것이다.

'사회상의 당파'는 사회 전체의 조직을 변경코자 하여 단체를 이룸이니, '사회당', '공산당', '허무당' 등이 다 이 종류에 속할 것이다. 그 목적은, 혹 사유재산의 제도를 폐하고 공중公衆의 쓰임에 이바지하고자 함도 있으며, 혹 다스리는 자와 다스림 받는 자의 관계를 없애고 많은 사람들로 하여금 동등한 지위에 서게 하고자 함도 있어 그 목적이 한결같지 않으나 현재 사회의 조직을 바꾸고자 함은 한결같다. 이 종류의 당파는 그 가진 주의가 이미 있고 단결이 또한 굳고 단단한 까닭에 일종의 정당이라 일컬을 수 있으나, 정당은 정치상 의견이 서로 같아 모인 단체인데, 사회상의 당파는 정치상에만 관련할 뿐 아니라 사회 전체에 관련하여 단결하므로 순수한 정당이라 일컬을 수는 없다.

'시정상의 당파'는 정치상의 득실을 다투는 당파이다. 이 종류 당파는 정체를 받듦에는 다른 의논이 없고 정치를 시행하는 순서 이해에 관하여, 혹은 내치를 먼저 하려 하며, 혹은 외교를 오로지 주로 하고자 하여 의견이 서로 같으면 곧, 서로 합하여 그 목적을 이루고자 함이니, 영국의 '개진당' 및 '보수당'과 일본의 '정우회' 및 '헌정당'이 이것이다.

이상 여섯 종류 당파 가운데에 '사회당' 외에는 다 정당의 자격을 갖춰 소유하나 이해와 득실이 그 사이에 존재하니, '일시 일사의 당파'는 큰 해로움이 반드시 있음은 아니지만 그 폐해를 면할 수 없으니, 그 존립이 잠시이다. 그러므로 영원한 이익을 기약치 못하고 그 도모하는 이익이 어떤 제한된 부분에 그쳐 범위가 또한 좁은 까닭에 효능이 적고 '지방당'과 '종족당'은 온 나라 이익에 관계가 없어 한 지방이나 한 종족을 일으키고자 하므로 다른 곳의 지방과 다른 사람의 종족을 누르고자 하니, 역사에 증거하여 알 수 있구나. 프랑스가 혁명의 참상을 지극히 함은 귀족과 평민이 자기의 종족을 치우쳐 한 나라의 이해는 뒤에 하고 서로 삐걱거린 결과요, 미국의 남북전쟁이 국운國運을 거의 위태롭게 함은 지방의 이해를 다툼으로 말미암아 생겨난 결과이다. 실제로 해로움이 있는 당파요, '정체당政體黨'의 이해는 정치의 선악에 말미암아 같지 않으니 정체당이 모두 해로움이 있음은 아니나 그 폐해가 매우 많으니, 프랑스 역사를 한 번 보면 똑똑하고 분명할 것이요, '중립당'은 일정한 의견을 미리 가짐이 아니라 각 당의 형세를 관망하여, 혹은 왼쪽 편을 들어 동의하며, 혹은 오른쪽을 편드니, 일정한 의견이 이미 없으니 곧, 정치에 보태 도움이 반드시 적거니와 그 향배를 말미암아 각 당의 승부를 나눔에 그 세력이 치우침이 크니 공정무사 할 수 있으면 큰 효과가 있구나. 그러나 승리코자 하는 당파가 그 주관 없이 남의 의견만 붙좇음을 얻고자 하여 이에 뇌물이 일어나 정치상의 덕의德義를 썩게 하니, 각 나라의 중립당을 보면 곧, 이러한 폐해가 없는 것을 볼 수 없는 바요, '사회당파'의 이해에 이르러서는 철학 범위에 들지 않으면 쉽게 연구하기 어렵고, '시정상의 당파'는 폐해가 조금 적을 뿐 아니라 이로운 효과가 가장 많은 것이다. '정체상의 당파'는 정체의 변경을 꾀하여 주권자의 통계를 다투는 자이거니와 '시정상의 당파'는 이와 같지 않아서 현재 존재하는 정체 아래에서 행정의 득실을 다투는 까닭에 그 다툼이 얼마나 격렬할지라도 목적이 유형한 사람에게 있음이 아니라 무형한 도리에 있어 원망과 격렬한 분노를 부르므로 내란內亂의 원인을 만드는 근심은 없으니, 이것이 여섯 종류 정체 가운데에 이 당으로 가장 좋은 정당이라 하는 까닭이다.

입헌정체 아래에 그 기관으로 '시정상의 당파'가 없을 수 없으니, 이 종류 당파가 성립치 못하면 국민 다수의 의견을 관철코자 하는 다수정체의 목적을 이룰 수 없는 것이다. 선거법으로는 다수 대표의 선거를 얻을지라도 정당이 없으면 진정한 다수의 의결을 볼 수 없고, 의논이 사분오열四分五裂하여 소수로 결의함에 이를 것이니, 정당이 없는 의원議院에 과연 다수의 결의를 얻을 수 있겠는가? 몇 백 대의사가 각각 그 독립의 의견을 주장하여 마침내는 전체 의원에 비례하여 매우 적은 수의 의원이 승리할 것이다. 비유하면, 200사람으로 조직한 의원이 어떤 의안議案에 나아가 각 의원의 의견이 아래와 같으니 곧,

갑설甲說 60명 을설乙說 50명 병설丙說 40명 정설丁說 30명 무설戊說 20명

이와 같이 결의하면, 갑설이 승리를 얻고 그 외 140명은 어쩔 수 없이 실패할 것이니, 갑설은 전체 의원 3분의 1에 부족한 소수로 승리할 수 있을 것이다. 이와 같이 소수의 의견으로 결의하면 어찌 다수정치의 실제가 있다 말할 수 있겠는가? 여기에 비하여 더욱 심한 것이 있으니, 의원례議院例를 근거하자면, 그 의견이 과반수의 찬성을 얻음이 아니면 골라 쓰지 못하는 것이다. 이 즈음의 결과는 앞과 크게 다르니 가령, 200사람

의 의원이 그 의견이 각각 달라 아래와 같이 결의하면,

갑설 90명 을설 80명 병설 20명 정설 10명

갑의 의논이 비록 반수에 가까운 다수이지만, 과반수가 되지 못하여 그 의견을 행치 못하고, 을·병·정은 의논할 수 없음에 스스로 돌아가므로 이 안은 어쩔 수 없이 없애버릴 것이니, 반수에 가까운 찬성을 얻음은 그 의견이 다 마땅함을 잃음은 아님을 알 수 있는데, 찬성하는 의원이 반을 지나지 못한 까닭에 폐하는 안에 끝내 돌아가니, 이것이 비록 의사議事의 조례가 그 마땅함을 얻지 못함이나 완전한 시정당의 조직이 없는 까닭이다.

시정당으로 이러한 폐단을 면할 수 있는 것을 논코자 하는 것이니, 어쩔 수 없이 먼저 변명할 것은 '대동주의大同主義'가 이것이다. 대체로 보아서 인심의 같지 않음은 그 국면의 서로 다름과 같아서 각 사람이 품은 정치상의 의견이 작고 가는 점까지 똑같은 자로 결합하기는 매우 어려우므로 정당의 의견은 그 약간 다름에 불구하고 그 크게 같음을 취하여 서로 단결하는 것이다. 정당이 그 뜻을 실행코자 하면 곧, 많은 무리의 힘을 합함이 아니면 그 목적을 이룰 수 없는 까닭에 그 주의가 어쩔 수 없이 넓고 클 것이다. 영국의 시정당을 살펴보면, 그 당이 한결같지 않으나 그 품은 의견을 크게 구별하면 곧, '진보'와 '보수' 두 주의에 지나지 않는구나. 진보에도 급한 것이 있으며, 느린 것이 있고, 보수에도 급함과 느림이 있으니, 완급의 정도를 따라 네 종류 정당이 마침내 생겨나는 것이니 곧, 첫째는 '급진당'이요, 둘째는 '수구당'이요, 셋째는 '개진당改進黨'이요, 넷째는 '보수당保守黨'이다. '수구당'은 극단적으로 옛 것을 지켜 옛날의 예를 고집 센 듯 굳게 지키고, '급진'이란 것은 끝점으로 나아가고자 하여, 마음을 단단히 차려 힘써 함으로 나아감을 얻음에 다른 것

을 돌아볼 겨를이 없으며, '보수'라는 것은 나아가지 않음은 아니지만, 진보하는 가운데에 질서를 지키는 것으로 첫 번째 의의를 만들고, '개진'이란 것은 지키지 않음은 아니나 현재 상황을 개량하는 것으로 첫 번째 의의를 만듦이다. 이들 정당은 이것으로만 구별할 것이 아니라, '수구'라는 것은 옛 것을 지킴에 근본하여 정사를 베풀 주의가 있고, '급진'이란 것은 급진에 근본하여 정사를 베풀 주의가 있으며, '보수'와 '개진'도 또한 시정주의施政主義가 각각 있어서 '개진당'은 분권分權을 주장하고, '보수당'은 집권集權으로 본뜻을 만들며, '개진당'은 통상通商을 위주로 하고, '수구당'은 외교外交를 위주로 하는 등이 이것이다. 이들 작은 절목節目은 그 당의 큰 주안점이 아니요, 나아감과 지킴의 주의로 각 당의 표준을 만듦이니, 시정의 주의가 작은 조목條目에 이르기까지 모두 서로 같을 것이 아니라, 다만 그 대강大綱만 서로 어긋나지 않으면 같은 당으로 함께 하게 됨을 알 수 있을 것이다. 또 이것은 나라를 따라 같지 않으니, 혹은 '보수주의'만 소유함도 있으며, 혹은 '개진주의'만 소유함도 있어서 미국과 같은 나라에는 개진주의만 단지 있어서 그 주의가 좁으나, 그 개진주의 가운데에 '보호무역保護貿易'을 위주로 하는 자도 있으며, '자유무역'을 위주로 하는 자도 있어서 서로 무리하는 것이니, 그 서로 무리한 자도 그 의견의 크고 작음이 반드시 같음은 아니다. 누가 정치상에 의견이 없겠는가마는 크든 작든 남기지 않고 마침내 같은 자는 천만 사람 가운데에 한 명을 구할 수 없으니, 오직 그 대체大體에 나아가 분별하여 이러한 큰 주의를 잡고 단결을 이루어 실제에 그 의견을 이룰 수 있을 뿐 아니라 다수정치의 실상을 완전히 함을 얻는 것이다.

시정당이 소유하는 주의를 이미 서술하였으니 곧, 국회에서 다수 의견을 이룰 수 있게 하는 작용을 다시 논할 것이니 비유하면, 오늘날에 두세 시정당이 있어서 의원議院에 나온 의원議員이 모두 정당원이라고 가정하면 곧, 그 의사議事의 상태가 어떠하겠는가? 정당이 이미 큰 주의로 결합하였으니 곧, 그 의논이 자연 정당이 없을 때와 같음이 아니라, 여러 가지 말이 다르게 울림에 그 작은 점에 이르러서는 의원이 자기 의견을 각각 잡되 결의할 때에는 정당이 그 다른 설을 잡아 한두 당파에 돌아가게 할 것이니, 왜냐하면 의원이 각각 그 의견을 이루고자 함에 논파論派가 가지가 많으면 결의할 즈음에 완전히 패할 두려움이 있는 까닭에 자기 설說을 굳게 잡아 완전한 패배에 돌아감보다 차라리 자기 설을 조금 굽혀서 자기의 의견과 큰 주의가 같은 설에 같은 감정을 표시하여 다수를 얻게 함이 옳은 것이다. 비유하면, 무역의 문제가 있어서 의사議事할 때에 갑과 을은 다 자유무역을 주장하지만 완급의 구별이 있고, 병과 정은 보호무역을 주장하지만 그 사상이 조금 다르고, 무는 무역에 주의가 특별히 없어서 자유와 보호 두 주의를 절충하는 의견을 단지 품었기 때문에 이때에 결의하면, 갑은 을과 합하고, 정은 병과 같고, 무는 그 좋아하는 바를 따를 것이니, 이들의 작용이 수시로 같지 않지만 어지러운 의논을 잡아 과반수의 결의를 얻을 수 있을 것이다.

오늘날에 정당정치의 효용을 서술코자 하는 것이니, 정당정치를 행하지 않으면 정당도 무효에 돌아갈 것이다. '정당정치는 무엇인가?' 행정부에 일을 맡아보는 자가 늘 한 주의로 연결하여 그 주의로 나아가고 물러남을 함께하는 것이니 가령, 정부당政府黨이 비정부당非政府黨과 함께 다툼에 정부당의 의견이 다수 여론에 반대로 되어 어긋나면 어쩔 수 없이 물러나가고 그 지위를 다른 당에 양보할 것이다. 그러하니 곧, 정당으로 하여금 홀로 다수의 의견을 대표할 뿐 아니라 다수의 의견을 실행하는 제도이다. 영국의 정치를 보면, 그 줄거리를 밝힐 수 있을 것이니, 영국의 정당정치는 아래에 편 두 가지 큰 원칙에 기초함이다.

첫째, 군주가 국회에 다수 의원의 신용을 얻는 자로 집정執政 대신大臣을 임명하여 국회의 신용을 잃지 않기에 그치고, 정무를 위탁하는 일.

둘째, 집정 대신은 그 정략을 국회에 밝혀서 보여 그 재단을 요청하며, 그 감독을 받을 때, 만약 그 정략의 대체가 국회의 의견과 서로 다른 때는 그 직책을 사양하는 의무가 있는 일.

이 두 원칙에 기본하여 정당정치의 좋음을 자세히 말한다면, 첫 번째는 정부의 전횡을 누르고자 하면 집정 대신으로 하여금 다수 백성에 대하여 그 책임을 지게 할 것이다. 1688년에 영국 국회가 정부를 철주[68]코자 하여 대신을 탄핵彈劾하는 법과 부금賦金을 거절하는 법을 새로 만들었으나, 이 두 법은 오히려 영국 백성의 권리를 보전하기에 충분치 못한 것이다. 대개 국고國庫가 비거나 모자라서 정부가 재정에 곤궁할 때에는 국회에서 부금을 거절함이 충분히 정부의 명령을 제어할 것이지만, 국고가 넉넉하여 국회의 공급을 부탁하지 않는 때는 몇 년에 뻗칠지라도 정부가 의연히 그 폭정을 마음대로 할 것이요, '대신탄핵법'에 이르러서는 어쩔 수 없이 그 악행의 흔적이 밝게 나타난 뒤에야 행할 수 있을 것이니, 미리 막는 방법이 아니다. 그러므로 국회가 의원 가운데에서 대신을 뽑고 또 현재 임명한 대신으로 하여금 국회에 줄지어 정부의 정략을 설명하여 의원의 찬성을 구하게 함이 아니면 그 행정권을 철주하며, 임금과 백성이 같이 다스리는 정체를 유지할 수 없음을 깨달은 것이다. 그러므로 오늘날의 정당정치의 제도를 세움이니, 이 원칙에 기초하여 대신을 뽑는 권리는 군주에게 있는 까닭에 군주가 국회에 다수를 차지한 당파 가운데 세력이 가장 있는 자 두세 의원을 불러 그 가운데에 첫째로 밀어 허락하는 한 사람으로 재상을 임명하고, 재상이 또 그 신임하는 당원을 이끌어 내각을 조직하는 것이니, 정부가 국회의 신용을 잃지 않기에 그쳐서 그 지위를 지키고, 만약 국회의 신용을 잃으면 이는 곧, 다수 백성의 신용을 잃음이니 곧 모름지기 직책에서 물러날 것이다. 이것이 영국의 정당정치

68) 掣肘 : '팔뚝을 잡아끈다' 는 뜻으로, 간섭하여 자유로 못하게 제지함.

가 하나는 행정권을 철주할 수 있으며, 하나는 다수정체의 실제를 들 수 있는 까닭인 것이다.

두 번째는 첫 번째와 둘이면서 하나인 원칙이니, 내각 대신은 국회의 신용을 잃지 않아서 그 지위를 지킴이나, 그 신용의 유무를 먼저 아는 법은 없는 까닭에 첫 번째 원칙을 실행할 수 없으므로 집정 대신으로 하여금 그 정략을 국회에 밝게 보여 그 재단을 요청케 하고, 그 정략이 혹 하원에서 받아들이지 않거나 내각원內閣員의 일으킨 의안議案이 부결을 당한 때는 내각이 신용을 잃음으로 인정하는 것이니, 이와 같으면 곧, 그 내각은 서로 이끌어 직책을 사양할 것이다. 이것이 내각원이 연대책임을 소유한 까닭이니, 내각의 정책이 부당한 때에 한두 내각원의 사직으로 국회의 감독 책임을 면케 하면 내각을 제한하는 힘이 매우 엷을 것이다. 그러나 내각원의 실책이 일부의 일에 조금 관계하고 내각의 큰 주의에는 관계가 없는 때는 내각 전원이 그 책임을 모두 질 것이 아니니, 이것이 영국 정당정치의 대략이다.

'정당정치의 이익'을 다시 열거한다면, 첫 번째는 그때의 형세에 적절한 정략을 행할 수 있을 것이니, 대체로 보아서 정당의 승부를 결정함은 그 주의를 찬성하는 자의 많고 적음으로 인심의 향배를 정함이니 곧, 갑당甲黨이 승리하면 갑당의 주의가 그때의 형세에 알맞음이요, 을당이 패배를 얻으면 그 주의가 그때의 형세에 알맞지 않음이다. 그러므로 정당정치를 행하는 나라에는 승리하는 당이 정부에 들어가 정사를 베풀기 때문에 그 정치가 그때의 형세에 늘 적절하고, 두 번째는 가장 뛰어난 부류의 정치가를 뽑아 정치의 가장 요긴하고 중요함을 장악함을 얻는 것이니, 대체로 보아서 대의사는 백성이 공적으로 뽑은 인재요, 의원은 그 인재의 모인 연수[69]이다. 이러한 인재 몇 백 사람 가운데에서 가장 뛰어나

---

69) 淵藪 : 못에 물고기, 숲에 새가 모임과 같이 여러 가지 물건이 모여 있는 곳.

고 가장 여러 사람의 기대를 지닌 당의 우두머리로 수상首相을 임명하므로 그 인물이 결코 용렬하고 능력이 없어 단점과 장점이 없는 인사가 아님을 미리 결정할 수 있을 것이요, 세 번째는 정부의 다시 번갈아 듦을 원활케 함을 얻을 수 있는 것이니, 정부의 나아가거나 물러남과 다시 번갈아 듦이 원활치 못하면 그 폐해를 이루 다 말하지 못할 것이다. 그 다시 번갈아 듦을 원활케 하는 기관은 곧, 정당정치이니, 대체로 보아서 대신의 지위는 세상 사람이 우러러 칭찬하고 따르는 덕망의 많거나 적음으로 결정하므로 얻었다가 잃으며, 잃었다가 다시 얻을 것이요, 만족하지 않은 듯 불평할 일이 전혀 없을 것이니, 불평이 이미 없으면 곧, 주고받을 즈음에 일이 막혀 잘 되어 나가지 않을 근심과 걱정이 어찌 있겠는가?

하편

제십팔장 정부의 삼대부

주권의 의의는 앞장에 이미 논술하였거니와 그 주권을 실행하는 방법도 또한 연구치 않을 수 없으니, 주권의 실행이 결코 간단함이 아니라, 법률의 제정과 함께 주권자의 하나의 큰 사업이 되는 것이니, 법률의 제정도 매우 번잡하거니와 제정으로는 실행됨이라 말하기 어려우니 곧, 이를 어쩔 수 없이 실행함이 필요하고 이 실행도 또한 매우 번잡한 것이다. 대체로 보아서 법률을 비록 제정할지라도 법률을 오해하거나 공연히 거스르고 어기는 자가 있어서 법률을 존중해 따르게 하는 자가 없으면 주권자의 명령이 '그림의 떡'으로 끝내 돌아갈 것이니, 이러한 법률 집행이 주권자의 한 사업이 되는 까닭이다. 그러나 일일만기[70]를 한 사람이 아울러 처리할 수 없는 것이니, 이러한 주권자가 관리를 뽑아 주권을 대리代理하여 그 몹시 번거롭고 바쁨을 나누어 맡게 하는 까닭인 것이다.

그러면 곧, '정권을 어떻게 나누어 맡는가?' 정부 부내部內에 '부部다'

---

70) 一日萬機 : 군주를 경계한 말로서, 단 하루 사이에 만 가지 일의 기틀이 싹트므로 군주는 조금이라도 정사政事를 태만히 하여서는 안 된다는 뜻.
71) 千門萬戶 : 대궐에 문이 많음을 이르는 말. 많은 인가人家.

'국局이다' 일컬음이 천문만호[71]에 정권을 나누어 맡지 않음이 없지만, 이를 크게 구별하면, 정권을 나누어 맡는 부가 세 종류가 있으니, 첫째는 법률을 제정하는 부요, 둘째는 법률을 집행하는 부요, 셋째는 법률을 해석하고 적용하는 부니 곧, '입법'과 '행정'과 '사법'의 세 가지 큰 부가 이것이요, 이 밖의 많은 부나 국은 모두 이 가운데에 붙어 매어있음이다. 대체로 보아서 일을 나누는 큰 원칙은 경제상에만 적용할 뿐 아니라, 온 갖 일을 진행하는 법에 가장 편리하므로 정치상에도 역시 이 법을 이용하는 것이니, 세 가지 큰 부의 나누어 구별함은 정무 운행運行을 편하게 하기 위하여 자연의 분업법分業法으로 말미암아 일으킴이다. 옛날에 그리스의 대 철학가 아리스토텔레스 씨가 몇 천 년 이전에 이를 논함이 있었으니, 그 말함에 이르기를, "어떤 종류의 정부를 불문하고 세 가지 큰 부의 나누어 구별함이 그 사이에 반드시 존재하여 세 가지 큰 부를 펴 둠이 그 마땅함을 얻는 것은 나라의 질서를 지킬 수 있어서 세상을 잘 다스려 평온함에 이르고, 그렇지 않으면 나라의 위태로움을 말로 형용치 못할 것이니, 나라의 한 번 성盛함 및 한 번 쇠衰함과 갑이 일어남과 을이 넘어짐이 모두 그 정리해 펴둔 마땅함을 얻었는지 여부에 말미암음이다. '세 가지 큰 부는 무엇인가? 하나는 공적인 일을 상의하는 것이요, 하나는 공적인 일을 시행하는 것이요, 하나는 송옥[72]을 들어 판단하는 것이 이것이다'라 하였으니, 우리들의 아는 바로는 세 가지 큰 부의 학설이 아리스토텔레스 씨로부터 비롯됨은 아니나, 이를 살펴보면 정부를 세 가지 큰 부로 나누어 세우는 유래가 이미 오래됨을 알 수 있구나.

정부를 세 가지 큰 부로 나누어 세움은 원래 시정의 편의로 말미암아 일어남이나, 헌법에 밝혀 실어 서로 자유를 구속하고 억제하는 기관이 되게 함은 아리스토텔레스 씨로 말미암아 비롯함이니, 후세의 학자는 모

---

72) 訟獄: 재판을 거는 일. 송사. 소송.

두 그 여파를 드날림에 지나지 않음이다. 그 빠질 수 없는 까닭을 다시 논한다면, 권력을 쥐면 곧, 함부로 쓰기 쉽고, 한 차례 함부로 쓰면 그 지극함에 반드시 이름이 인정의 늘 있는 상태이다. 다만 하나일 뿐 둘이 아닌 주권자가 입법·행정·사법의 세 권력을 홀로 쥐면 왼손으로 가혹한 법을 제정하여 오른손으로 이를 사납게 베풀고, 또 법률의 견해를 임의로 정할 것이니, 이로운 도구를 아울러 끼고 무엇을 꺼리겠는가? 오직 그 정권을 서로 나누어 각각 그것을 오로지 장악하여야 입법에 일을 맡아보는 자는 법이 나라에 적당한지 여부만 물어서 제정하며, 사법에 일을 맡아보는 자는 입법자가 제정한 법을 받아 그 옳고 그름과 편하고 불편함을 불문하고 입법관의 의사를 풀어 이것을 자세히 밝혀 권리와 의무를 판단하며, 행정에 일을 맡아보는 자도 법률을 역시 받아 그 범위 안에서 정치를 시행할 것이니, 삼자가 정권을 각각 맡아 서로 침략치 못하고 각각 자유를 구속하고 억제함을 얻을 것이다. 비유하면, 입법의 일을 맡아보는 자가 법률을 제정하여 행정국에 옮겨 실행케 함에 행정관이 베풀어 설비하는 바가 법률 범위 밖으로 나가면 이것은 입법권을 가볍게 봄이니, 입법관이 어찌 간섭하지 않고 묵묵히 보기만 하겠는가? 사법관과 행정관의 관계도 또한 이와 같아서 만약 행정관이 사법관의 판단한 바를 실제로 행하지 않고, 죄 있는 자를 풀어주거나 죄 없는 자를 형벌에 처하면 사법관이 어찌 또 이것을 간섭하지 않고 묵묵히 보기만 하겠는가? 그러므로 서로 감시하여 자기 권한을 넘어 망령되이 행치 못할 이익이 있는 것이다.

세 가지 큰 부에 나누어 세울지라도 독립의 지위를 각각 지키지 않으면 견제의 효과를 거둘 수 없으니 가령, 세 가지 큰 부가 각각 세워졌는데, 입법자가 늘 행정을 간섭하여 그 한 바를 맡기지 않거나, 행정이 사법의 한 바를 제 마음대로 쥐고 다루면, 이것은 그 이름만 단지 있고 그 실제는 한 부에 있음과 다름이 없어서 나누어 세운 효과가 없을 것이다.

그러므로 세 가지 큰 부가 독립의 지위를 각각 지킴이 필요하니, 그 '독립'이라 일컬음은 절대적으로 관계가 없는 지위에 세움을 말함이 아니라, 아무 곳의 권한을 제한하여 독립적 지위를 소유함에 지나지 않으니 비유하면, 영국의 행정장관 된 황제가 특별히 사면할 권한은 있으나, 묻고 심문해 판결하는 일은 사법관의 뜻에 전부 맡겨 간섭할 수 없음이 이것이다. 대개 정권은 통일함이 귀한 까닭에 서넛으로 나눌지라도, 몇 가지를 꿰뚫는 일을 이루어갈 도리가 반드시 있을 것이요, 그렇지 않아서 각각 그것을 나누어 차지해서 서로 관계치 않으면 사무가 막혀 일이 잘되어 나가지 않고, 정치가 멈추고 막힐 것이니, 독립된 지위를 지켜 소유하게 하는 정도를 깊이 살펴야 할 것이다.

학자 가운데에 어떤 사람은 '삼권정립三權鼎立의 학설'을 앞장서 부르짖어 삼권으로 하여금 독립적 지위를 각각 차지하게 할 뿐만 아니라, 다시 그 힘을 서로 평등케 하고자 하니, 아! 이것은 생각 없음의 심함인 듯하다. 대체로 보아서 삼권정립설의 말미암아 일어난 까닭은 나라를 '세 발 달린 솥'에 비유하고, 삼권을 세 발에 비유하여, 솥을 편안하게 내려두는 까닭은 솥발이 서로 가지런한 까닭이니, 나라도 삼권이 서로 가지런한 그런 뒤에야 편안하고 굳을 수 있을 것이라 하지만, 알지 못하겠다. 나라의 성질이 솥과 같지 않아서 솥은 편안하게 내려두고 움직이지 않는 까닭에 그 발의 치우치게 길거나 짧음이 할 수 없거니와 나라는 활동하여 정지하는 때가 없으므로 편안하게 내려두는 물체와 같이 논할 바가 아니니, 정치를 운행코자 하면 곧, 삼권 가운데에 주로 따르는 분별이 스스로 있어서 주된 것은 어쩔 수 없이 따르는 것을 이끌 것이니, 이것이 삼권이 평등치 못한 까닭이다.

제십구장 입법과 행정의 관계

'입법부'는 법률을 제정하는 곳이다. 그러나 법률을 제정함은 입법부에만 제한함이 아니다. 행정부의 포달[73]하는 명령 등의 따위도 역시 순전한 법률이다. 그러므로 입법부에서 제정된 법률과 행정부에서 제정된 법률을 분별키 매우 어려우니, 독일 행정학자의 학설을 따라 말한다면, 일반 백성이 당연히 높이 받들어야 할 일반적으로 공통된 법칙을 제정함은 '입법부'요, 각 국局에 널리 펴서 효력이 일부분에 생겨나는 명령을 제정함은 '행정부'이니, '행정부가 일으키는 법률'은 두 종류로 나누어, 하나는 입법부가 제정한 법률을 실시하기 위하여 작게 쪼개 밝혀 보임이요, 하나는 본 법률에 밝힌 글을 따라 제정함이니, 두 가지가 다 입법자의 널리 편 법률 범위 안에서 제정함이다. 다만 이 일은 나라를 따라 같지 않으니, 어떤 나라는 행정부로 하여금 입법부가 제정하는 범위의 법률을 제정케 하는 것이니 곧, 위급한 일을 당하여 입법부가 의안의 토의를 시작함을 기다릴 수 없으면 행정관이 입법부의 정할 법률과 똑같은 법률을 일으킴을 얻음이 이것이다. 가령, 프러시아 헌법 제63조에 이르기를, '공공公共의 안녕과 질서를 유지하며, 특별한 재난을 없앨 필요가 있는 때에는 여러 대신이 연서連署하여 입법부가 제정하는 법률과 똑같은 효력의 법률을 일으킴을 얻음이다'라 하였으니, 다만 이 법률은 헌법을 어기거나 침범함은 할 수 없고, 또 국회 폐회에 제한해야만 이것을 일으키고, 개회한 때에는 이것을 국회에 보고하여 그 인정하여 허락함을 받을 것이다. 그러나 이 법률은 예외에 속하여 늘 있음이 아닌 것이다.

입법과 행정의 분별이 이와 같으나, 입법부는 법률만 다만 제정함이 아니요, 행정부도 또한 입법부에서 제정한 법률을 시행할 뿐만 아니라

---

73) 布達 : 일반에게 널리 펴 알리는 관청의 통지通知.

가령, 입법부는 법률을 제정하는 국局에 마땅함이나 법률을 유효하게 하려면 어쩔 수 없이 행정장관 되는 군주에게 제정의 허가를 받는 것이니, 만약 군주가 이를 제정하도록 허락하지 않으면 법률이 되지 못할 것이다. 그러므로 행정관이 입법관 위에 있어 제정의 허가와 제정을 허가하지 않는 두 가지 큰 권리가 있음이라 말하여도 옳지 않음이 없구나. 그러나 이로 인하여 입법관은 그 독립된 지위를 잃음은 아니니, 어째서인가? 세 가지 큰 부가 비록 독립하였으나 절대적으로 서로 관련이 없을 수는 없으니 곧, 행정장관이 제정을 허락하지 않는 권리는 있을지라도 입법관의 법률 제정을 지휘할 수는 없으므로 입법관이 법률을 제정하는 범위 안에서 이에 독립된 지위를 지켜 소유하고 또 행정부는 이 두 가지 큰 권리를 소유함으로 인하여 행정권이 입법권 이상에 있음이라 일컬을 수 없으니, 서로 자유를 구속하고 억제함이 세 가지 큰 부의 서로 같은 일이다. 행정장관이 비록 제정을 허가하지 않는 권리를 사용할지라도 그 자유를 구속하고 억제하는 방법을 행함에 지나지 않음이다.

루소가 말하기를, "법률은 나라의 공익을 꾀함이다. 그러므로 입법할 때를 당하여 백성의 행복을 중시함이 당연하나, 정당의 폐해가 가끔 사사로운 이익을 먼저 하고 공익을 뒤에 하여 베풀어 두는 법률이 국가 헌법에 어긋남이 없지 않은 까닭에 입법부 이외에 어떤 중립인을 구하여 그 제정하는 법률을 감시케 하여 마땅하지 않은 결의가 진실로 있거든 그 시행을 멈추게 할 것이니, 그 뜻은 제정된 법을 정중하게 하고자 함인 것이다. 그러나 논자는 그 불편을 혹 의논하기를, '전제와 압제의 폐해가 있으니 곧, 의논하여 결정하지 않았을 때에 행정관으로 하여금 그 의견을 널리 알리게 함이 마땅하지 않은가?' 라 하니, 알지 못하겠다. 토의할 즈음에 행정장관이 의회의 한 바를 자세히 몰라서 자기의 의견을 널리 알릴 방법이 없구나. 의회의 결의를 지난 뒤에 행정장관이 그 헌법에 적합한지 여부를 검사하고 살핌이 그 직무요, 또한 당연함이니 이를 검사하고 살필 때에 제정을 허가하지 않을 권리를 소유케 한 까닭이다. 그러면 곧, 논자가 또 말하기를, '행정장관이 입법에 참여할 수 있는가?' 라 할 것이니, 말하자면, '아니다' 이다. 이것은 입법권의 자유를 구속하고 억제하는 하나의 도구에 지나지 않음인데, 어찌 입법권에 참여함이라 말할 수 있겠는가?'라 하였다. 이것이 루소 씨의 학설이다. 그 학설을 살펴보면, 앞서 말한 것이 잘못되지 않았음을 알 수 있을 것이다.

행정장관이 법률에 제정의 허가와 제정을 허가하지 않는 권리를 소유함은 이미 할 수 없는 일이다. 그러나 행정장관이 이러한 큰 권리를 함부로 써서 큰 해로움을 끝내 자아내는 까닭에 막을 수 있는 방법이 없지 못할 것이니, 이 방법은 관습과 행정장관의 도덕심에 기초함이 많은 것이다. 여기에 그 중요한 것을 열거하자면, 그 첫째는 제정을 허가하지 않는 권리를 제한하는 방법이요, 그 둘째는 이러한 의논을 멈추게 하는 방법이니, 첫 번째의 방법은 미국 연방에 행함인데, 그 헌법을 살펴보면 곧, 대통령이 제정을 허가하지 않을지라도 의원의 반수 이상이 동의하여 앞의 의안을 가결하는 때는 시행함을 얻음이라 하였고, 두 번째의 방법은 파위국播威國에 행하는 법인데, 그 헌법을 살펴보면 곧, 국왕이 제정을 허가하지 않으면 그 의논을 잠시 멈추고, 다시 다음 다음해의 회의를 기다려 의회에서 앞의 의안을 두 차례 가결하는 때는 국왕의 제정의 허가를 기다리지 않고 시행하며, 혹은 곧바로 그 의안을 일으킴도 있으니, 이 두 방법 가운데에 어떤 법이 편리한지는 그 나라의 내부 사정을 봐서 결정할 것이다. 만약 임금의 권리가 강하고 커서 제정을 허가하지 않는 권리를 함부로 쓰는 폐해가 있으면 헌법 가운데에 두 번째 방법을 밝혀 실음이 옳고, 군주가 덕의德義를 무겁게 여겨 이러한 권리를 함부로 쓰지 않는 습관이 있으면 곧, 밝혀 싣지 않음이 옳으니 가령, 영국 국왕이 제정을 허가하지 않으면 그 의안은 폐하여 버림에 돌아가나 군주는 항상 덕의를 무겁게 여겨 이러한 권리를 쓰지 않고 큰 일이 진실로 있어서 의원의 의

결이 군주의 뜻에 합하지 않으면 그것의 제정을 허가하지 않는 권리를 바로 행함이 아니라, 의원을 해산하여 여론을 물을 때, 현재 내각을 반대하는 정당이 승리하면 군주가 이것을 들어 새로운 내각의 조직을 명하여 방안을 따로 세우게 하는 것이니, 군주가 의회를 해산하는 것은 여론의 가부可否를 물음이니 곧, 여론이 앞의 의안을 옳다고 하는 때는 현재 내각이 그 지위를 지킬 수 있고, 군주는 여기에 그 제정을 허가하지 않는 권리를 비로소 행하는 것이다. 그러나 이것은 매우 드문 일이요, 군주가 의원의 의결의 제정을 허가함이 예인 것이다.

행정장관 된 군주가 입법부에 대하여 이와 같이 중대한 권리가 있어서 입법의 자유를 구속하고 억제할 수 있지만, 입법부도 역시 행정부에 대하여 그 사무를 감시하는 권리가 있어서 행정부의 베풀어 둠이 법률에 어그러짐이 없으며, 시기를 잃지 않는지 여부를 검사하여 살피는 것이니, 그 검사하여 살피는 방법은 한결같지 않아서, 혹은 행정을 베풀어 둠에 관한 백성의 고소를 말미암아 심사하며, 혹은 행정의 각 항項으로 건의하고 질문하며, 혹은 국고 세입·세출의 예산과 결산 보고를 검사하며, 혹은 특별한 때를 즈음하여 재상宰相의 죄를 고소하는 것이니, 감시의 방법을 다 자세히 하고자 한다면, 영국의 법이 가장 완전하고 좋으니, 영국은 입헌정체 아래에 오래 있어서 이들 일의 실제 경험이 이미 많으므로 결코 다른 나라의 미칠 수 있는 바가 아니다. 그 큰 요점을 열거하자면,

첫 번째는 행정의 일사一事 일항一項에 나아가 감시함인데, 그 방법은 세 종류가 있으니, 첫째는 개인이나 공적인 모임이 행정의 실수와 잘못을 들어 입법부에 고소하면 의원議院이 이를 심사하여 헛된 말이 아니면 국왕에게 아뢰어 의견을 받아들임을 요청함이니, 이 방법이 근세에 이르러 여러 번 행하지는 않으나, 예전 그대로 둬 행정관의 멋대로 함을 누르고, 둘째는 의원議員이 행정 사항에 나아가 베풀어 둠의 마땅치 않음을 보면

바로잡을 법안을 의원議院에 제출하여 많은 사람들의 의견을 묻고, 셋째는 의원이 어느 때든지 행정부에 대하여 질문하고 행정관의 설명을 청구할 권리가 있으니, 행정관은 이에 대하여 반드시 답변하는 책무는 있음이 아니나, 답변함이 보통의 예이다.

두 번째는 행정부의 총체를 감시함이니, 헌법을 열거하면 곧, 의원議院은 국고 세출·입의 예산을 의결해 정하는 권리와 회계와 결산의 보고를 검사하여 정하는 권리가 있는 것이다. 입법부의 감시하는 법을 알고자 한다면 매년 정부의 경비 액을 정하는 법을 먼저 앎이 옳으니, 이러한 입법부의 특권으로 상세히 조사할 것이다. 그러므로 각 부가 이듬해 정비政費의 예산안을 하원의 모든 의원으로 조직한 위원회에 제출하는 것이니, 이것을 제출할 때에 각 부 장관이 상세히 설명하여 하원의 허가를 요청할 때, 내각 전체가 연대책임을 져서, 만약 하원이 해당 안을 허가하지 않으므로 실패에 돌아가면 서로 이끌어 직무를 내놓고 물러날 것이다. 예산안을 의원에 제출할 때는 탁지대신[74]이 헛되고 쓸 데 없는 비용이 없음을 스스로 인정함인 까닭에 제출하기 전에 탁지대신이 각 부에 문서를 보내 각 해당 부의 예산안을 탁지부로 서로 보내게 하고, 이것을 몸소 스스로 검사하고 열람하여 쓸 데 없는 비용을 힘써 살피고, 실액實額을 확정한 그런 뒤에 세입과 대조하여 전체의 예산을 세우되 여유가 만약 있거든 감세減稅의 의견을 세우고 부족함이 생기거든 증세增稅의 의견을 붙여 내각에 제출하여 동의를 얻고 다시 의원에 제출하는 것이니, 의원은 이에 예산을 의결하여 정하는 특권으로 이를 가결하든지 가결하지 않을 것이다. 그러나 그 특권은 국고 세출·입 가운데에 증감신축增減伸縮할 수 있는 경비를 의결하여 정할 뿐이요, 매년 의결하여 정함을 기다리지 못하는 경비는 행정관이 의원의 의결을 요청할 필요가 없으니 가령, 정부 비

---

74) 度支大臣: 탁지부度支部의 우두머리 직책. '탁지부'는 재정·조세·국채·화폐 등의 부문을 맡아보던 관청으로 '탁지아문度支衙門'으로도 불렸으며, 지금의 '재정경제부'와 같다.

용 가운데에 5분의 3을 차지한 액수와 채주債主 신용에 관하여 오래 끌어 바꿀 수 없는 국채 이자와 황실 존엄에 관한 궁내부宮內府 및 황족皇族 경비와 사법부 독립에 관한 재판소입비裁判所入費 등은 모두 의원의 의결을 기다리지 못하는 것이다.

세 번째는 행정관의 죄를 고소함이니, 대체로 보아서 죄가 있음에 처분하는 법이 없으면 그 감시를 충분하고 완전하게 베풀지 못함이다. 그러므로 입법관이 재상 및 중요한 직책을 맡은 높은 관리를 탄핵하는 것이니, 몽테스키외 씨의 논설이 가장 자세하구나. 그 말에 이르기를, "의원議院으로 하여금 사법의 직을 행케 하는 습관은 실제로 독일의 관례로부터 하여 수정하고 개량함이다. 보통법으로 논한다면, 행정관이 법을 어김을 처분함이 사법의 직분이지만, 행정관이 정무를 잘못 행하여 백성의 권리를 잃을 때에 보통 법관은 그 죄를 묻지 못할 것이니, 이것이, 하원이 재상을 탄핵하는 권리가 있는 까닭이다. 대체로 보아서 하원은 피해자 곧, 백성의 대리자가 되므로 다만 탄핵하여 고소할 뿐이요, 사실을 밝힐 권리는 어쩔 수 없이 다른 입법원立法院 곧, 상원上院이 맡을 것이니, 그 실시의 순서는 하원 일부가 그 행정관 범죄에 대하여 탄핵의 의견을 세워 다수가 동의하면 위원에게 명령하여 탄핵장彈劾章을 글로 쓰고, 피고인의 답변장과 함께 상원으로 서로 보냈다가 법정을 여는 날에 하원은 탄핵위원으로 하여금 증거를 정리하고, 상원에게 요청하여 증거인을 소환하여 모든 사무를 행케 하며, 피고인도 또한 상원에 요청하여 자기의 증거인을 소환하고, 변호사를 이끌고 가 변호를 대신하게 하는 것이니, 죄상이 명백하면 상원의 판결 여부를 구함이 하원 권한 안에 있고, 한 차례 탄핵한 이상은 국회를 해산하거나, 혹 연기할지라도 중지하지 않으니, 이것이 탄핵법의 일반이다.

이상의 세 방법을 살펴보면, 행정을 감시하는 큰 뜻을 알 것이요, 또한 입법관이 행정관에 대하여 중대한 권력이 있음을 알 수 있을 것이다.

　다른 나라와 조약을 맺어 세우는 권리는 대개 국왕이 오로지 장악하는 것이니, 조약을 맺어 세움은 두 나라의 상의가 꼭 있어야 이룸이나, 그 상의는 비밀로 하고 날쌔고 빠름을 요구하는 까닭에 만약 입법원의 인정과 허가를 받을 것이라 하면 불편을 느낌이 많을 것이니, 첫째는 의원 개회의 때가 아니면 조약을 맺어 세우지 못할 것이요, 둘째는 맺어 세우기 전에 그 사정을 여러 사람에게 널리 알리면 비밀 조약에 막힘이 많을 것이요, 셋째는 의원의 토론이 시일을 더디게 하고 지체하여 날쌔고 빠르게 진행치 못할 것이다. 이것이 조약을 맺어 세움의 권리를 행정장관에게 전부 맡긴 까닭이니, 입법원이 여기에 대하여 관계가 아주 없음은 아니다. 가령, 영국은 재상이 그 사실을 의원에 먼저 보여 토론케 함이 보통의 예요, 만약 재상이 의원에 알리지 않거나 연기하면 의원이 문서나 혹은 위원을 보내 그 실수한 방법을 꾸짖으며, 불신不信을 허물하는 것이니, 조약 체결에 대해서도 자유를 구속하고 억제하는 법이 없음은 아니다.

　'개전권開戰權' 및 한 나라의 '성쇠영욕盛衰榮辱에 관한 큰 권리' 는 각 나라가 다 행정부에 맡기는 것이니, 이를 행정부에만 전적으로 맡김이 옳지 않은 듯하나 군대를 씀은 아주 놀랄 만큼 빠름이 귀하고, 잘 맞는 시기나 형편을 진실로 잃으면 큰 근심을 끝내 남길 것이니, 잘 맞는 시기나 형편을 잃지 않고 운동을 아주 놀랄 만큼 빠르게 하려면 어쩔 수 없이 한 사람에게 맡길 것이다. 그러나 만약 군주에게 오로지 맡겨서 이 권리를 함부로 쓰게 하면 독무75와 재산을 써 없애는 근심이 없지 않을 것이니, 자유를 구속하고 억제하는 법이 없을 수 없구나. 그러므로 입법부가 직접으로는 자유를 구속하고 억제치 못하지만, 간접으로는 자유를 구속하고 억제하는 큰 세력이 있으니, 대개 군주가 개전을 일반에게 널리 알리

---

75) 黷武 : 함부로 전쟁을 하여 무덕武德을 더럽힘.

려면 모름지기 먼저 군비를 입법원에 요청하여 입법원이 개전의 필요를 인정하는 때는 이를 가결하고, 그렇지 않은 때는 부결하는 것이니, 이것이 개전의 권리가 그 명목은 군주에게 비록 맡기나 그 실제는 입법원에 있음이라 말하여도 옳지 않음이 없는 것이다. 개전권뿐 아니라 해·육군이 본래 행정부에 속하니, 행정관이 만약 뜻대로 군비를 확장하면 그 위험이 결코 임의로 개전함에 미치지 못함이 없을 것이다. 그러므로 해·육군비를 감독함에 입법원이 가장 정중히 할 필요가 있구나. 그러나 이 일은 영국과 독일의 제도가 같지 않으니, 영국은 행정관이 군비를 확장코자 할 때에 증가코자 하는 군대 인원을 매년 의원에 요청하므로 행정권이 매우 중대하지 않고, 독일은 무武를 숭상하는 나라이기 때문에 영국과 조금 달라서 가령, 몇 년간 확장할 군비라 하여 의원의 허가를 한 번 얻으면 그 연한 내에는 행정부가 어떠한 방법으로 병권을 이용하든지 의원이 말참견을 할 수 없는 까닭에 행정부의 권력이 입법부를 압도하는 세력이 숨어 있는 것이다. 요약하면, 행정부로 하여금 병권을 제 마음대로 쥐고 다루게 하면 백성의 이해와 편안함과 근심을 생각지 않고 군대 인원을 망령되이 늘릴 폐해가 있으니, 이것이 입법부가 어쩔 수 없이 자유를 구속하고 억제할 필요가 있는 까닭이다.

'경찰권警察權'도 대개 행정부가 맡은 바에 속하니, 대개 경찰은 여러 가지 정치를 행하는 하나의 큰 기관으로 행정부의 도와 받드는 조직이다. 그러므로 그 맡은 바에 속함이 이상할 만한 것이 없으나 경찰의 제도가 그 마땅함을 얻지 못하면 그 폐해가 병권을 함부로 씀과 똑같으니, 프랑스 정부가 몇 번의 혁명을 지나 제정帝政의 옛 제도를 전부 폐하였으나 중앙경찰의 제도는 오늘날까지 오히려 남겨 전하는 것이다. 프랑스의 형법은 치죄법治罪法이 그 마땅함을 얻지 못하므로 경찰 관리가 특별한 권리를 쥐어 백성의 사사로운 일까지 움직이고 점점 간섭하므로 부정함과 잔학함의 상태를 표현할 수 없으니, 이것이 프랑스가 경찰 사무를 들어 행정부에 맡기고 입법부로 하여금 간섭치 못하게 하여 경찰권을 무책임한 지위에 서게 한 까닭이다. 그러면 곧, '입법부가 어떻게 간섭함이 옳은가?' 만약 의원에서 경찰 사무를 공연히 의논하면 비밀을 폭로할 폐해가 있을 것이다. 그러므로 첫 번째는 입법부가 적당한 법률을 만들어 한 나라의 안녕과 어쩔 수 없는 일에 관해서는 그만두고 이밖에 힘이 미칠 수 있는 일에는 경찰권을 중앙에 모이지 못하게 하여 그 세력의 강하고 큼을 없애 죽게 할 것이요, 두 번째는 경찰에 부당한 행위가 있거든 책임이 있는 행정관으로 하여금 의원의 질문을 받게 하여 경계케 할 것이니, 이와 같이 하면 혹은 그 폐해를 막을 수 있을 듯하다.

제이십장 사법과 행정의 관계

'입법부'는 법률을 제정하는 곳이요, '행정부'는 법률을 시행하는 곳이니, 이론상으로 살펴보면, 양자兩者의 구별이 분명하나 그 실제는 뒤섞여서 정돈되지 못한 관계가 있고, 행정과 사법의 관계는 법률을 행하는 관점이 함께 있으므로 입법과 행정의 관계에 비하여 그 구별이 다시 어려운 것이다. 그러면 곧, 행정과 사법을 어떻게 구별할 것인가? 대체로 보아서 '행정'은 국정을 시행하고, '사법'은 법률을 해석하고 적용하는 것이니, 이는 다만 대체적인 구별이요, 그 한계에 이르러서는 맑고 분명하지 못하구나. 실제상에는 행정이 다만 국정의 시행을 오로지 맡을 뿐만 아니라 법률을 해석하고 적용함이 또한 많으니 가령, 군대의 일과 조세 등의 사무를 처리함에 행정관이 군대의 일과 조세에 관한 법률을 적용함이 보통의 예요, 또 불법한 자를 처분함이 사법관의 오로지 장악함이 아니라 행정관도 불법을 처분하는 일이 있으니 가령, 경찰규칙에 어긋남을 저지른 자를 처분함은 재판의 판결을 기다리지 않음이 보통의 예이다. 그러므로 한 조항의 이론으로는 양자를 끊은 듯 구별할 수 없는 것이다. 오직 그 직권職權상으로 논한다면, '사법관'은 다른 사람의 청구를 기다려 비로소 형법을 적용하여 범죄를 처리하여 결단하며, 민법民法 범위 안에서 개인의 권리를 가려 결정하여 집행하고 행정관이 법률을 적용하여 불법을 처분함에는 다른 사람의 고소를 기다리지 않고 스스로 행하는 것이니 가령, 세금을 거두는 관리가 조세검사 때를 당하여 어긋난 죄저지른 것을 한 번 발견하면 바로 형벌에 처할 수 있으며, 행정경찰관은 어긋나서 경계할 만한 것을 한 번 만나면 곧 바로 법을 조사하여 힘써 징계하므로 이것은 어긋난 죄 저지른 것을 스스로 구하여 형벌을 베풀고 다른 사람의 고발을 기다리지 않으니, 이것이 행정과 사법을 구별하는 가장 중요한 뜻이다. 독일 학자 슈트루베[76] 씨가 말하기를, "사법은 법률로 목적을 만들고, 행정은 법률로 경계를 만듦이라 하니, 그 뜻은 곧, '사법'은 법률을 해석하여 적용하므로 어쩔 수 없이 법률을 오로지 맡음으로 목적을 만들고, '행정'은 정치를 시행하며, 혹은 법률을 집행코자 하여 작고 적은 규칙과 정례定例를 만들어 법률을 적용함이니, 다만 법률로 한계를 만들어 그 법률 범위 밖으로 나가지 못하게 함이다"라 하였다. 이를 살펴보더라도 사법·행정의 구별을 또한 대략 알 수 있을 것이다.

이상에 서술한 것으로 말미암아 살펴보면 곧, 행정의 구역이 사법에 비하여 넓고 크다 말해도 옳지 않음이 없고, 그 구역만 넓고 클 뿐 아니라, 행정이 사법상에 나아가 중대한 권력이 실제로 있으니, 그 까닭은, 첫째는 사법관이 대개 행정 수장首長의 임명하는 바요, 둘째는 법정의 일반 규칙을 행정부에서 제정하고, 셋째는 군주에게 특별사면권이 있음이다. 앞의 두 가지는 길게 논할 필요가 없거니와 뒤의 한 가지 곧, 특별사면의 권력은 조금 크므로 어쩔 수 없이 상세하고 분명하게 할 것이니, 대체로 보아서 '특별사면'이라 함은 사법관이 죄 있음으로 정한 사람을 풀

---

76) 독일의 급진적 공화주의자로, 독일의 1848년 혁명에 한 축을 담당했다.

어줍이다. 영국의 헌법을 살피니 곧, '자유특사'와 '유한有限특사'의 두 종류가 있어서 '유한특사'는, 혹 무거운 벌을 가벼운 벌로 줄이며, 혹 특별사면의 약속을 미리 하여 동류로 하여금 주범자를 아뢰게 함이니, 아래에 편 몇 항목에 특별사면을 행하는 것이다.

첫째, 죄인이 판결을 이미 받은 뒤에 그 죄의 참고 될 만한 증거를 말로 풀어서 밝힘이 있을 때.

둘째. 심판할 즈음에 실제가 아니거나 전부가 아닌 증거로 판결한 때와 혹은 부당한 판결로 특별사면 외에는 회복할 방법이 없는 때.

셋째, 죄의 흔적이 서로 섞여 복잡하고, 희미하여 분명하지 못해서 배심관陪審官이 다만 어질고 은혜로운 판결을 청하여 판결한 때와 혹은 판사와 배심관의 평결評決에 복종하지 못해서 내무경內務卿에게 널리 알린 때.

넷째, 국사범國事犯의 죄수로 한 사람, 혹은 몇 사람의 사상에 해로움을 끼침이 있음이 아니요, 다른 사람의 죄과가 딸려 붙지 않는 때 가령, 정체를 기울여 뒤집어엎고자 하였지만, 오로지 황제나 관리에게 해로움을 끼치고자 함이 아닌 자와 국회 및 재상의 부당함을 아뢰거나, 법률에 허락되지 않는 집회를 열거나, 백성을 선동하는, 비방하는 내용의 글을 만든 것 등이 이것이니, 이 종류의 죄과는 불꽃같은 원망이 끊어져 없어짐을 기다려 특별사면을 비로소 행함이 보통의 예이다.

이상 몇 항목에 군주가 특사권이 있으나 그 권리를 행치 못할 때가 또한 있으니 곧, 아래와 같다.

일一. 다른 사람의 탄핵이 있는 때에는 특사권이 무효요,

이二. 사람을 해외의 감옥에 내려 보낸 때에는 특사에 주지 못하고,

삼三. 죄 없는 자가 그 해를 입었을 때는 특사를 행치 못하는 것이니 가

령, 범죄자가 다른 사람의 권리를 침해하였는데 배상을 마치지 못한 때에는 특사를 행치 못하는 등이 이것이다.

'특사'라 함은 불법의 재판을 바로잡으며 가혹한 형벌을 완화하여 사법의 자유를 구속하고 억제하는 까닭의 큰 권리이다. 그러나 행정관이 이 큰 권리를 함부로 쓰면 사법이 그 독립을 잃는 까닭으로 영국 군주는 이 권리를 실행함이 매우 드물고, 혹 이 권리를 잘못 쓰면 재상이 군주를 대신하여 그 책임을 맡아 무거운 꾸짖음을 받음이 보통의 예이다.

행정이 사법에 간섭함은 이와 같고, 사법이 행정에 간섭함은 한 가지 일이 단지 있으니 가령, 행정관이 그 재단裁斷한 소송에 복종하지 못하여 법정에 아뢰는 때에 사법관이 다시 심사함을 얻음이 이것이다. 그러나 그 아뢴 바의 어떤 일을 봐서 허락하지 않음이 혹 있고, 또 각 나라의 제도가 같지 않으니, 그 대략이 아래와 같다.

첫째, 여러 행정사무국에 대한 민법상의 소송 가령, 금전상의 관계는 보통법정에서 사법관이 재판하고, 형사에도 세관稅關과 탁지度支 등의 국이 자기의 입은 벌이 부당함으로 인정한 때는 보통법정에 공소[77]함을 얻음이다.

둘째, 백성의 권리를 행정관이 상처를 낸 때에 이를 고소하는 곳은 각 나라의 제도가 서로 다르니, 일一. 영국은 치안판사治安判事의 장악한 바에 대개 속하였는데, '치안판사소治安判事所'는 순전한 사법재판소가 아니라, 지방행정관이 아울러 장악하므로 행정·사법의 혼합재판소라 일컬어도 옳지 않음이 없고, 이二. 프랑스는 각 주州 참사원參事院에서 재판하니, 이는 오로지 행정부를 감싸서 보호하기 위하여 설치함인데, 그 판결이 대

---

77) 控訴 : 1심 판결에 불만이 있는 자가 2심 법원에 상소하는 일이나 절차. 항소抗訴.

개 행정장관의 명령으로부터 나오고, 삼三. 이탈리아는 보통 법정에 기소하여 사법관이 이를 판결하므로 행정관이 간섭치 못하고, 사四. 프러시아는 특별법정을 열어 재판함이 보통의 예이니, 그 법정은 사법관과 행정관으로 조직하는 것이다.

셋째, 여러 행정사무국이 각각 그 자기의 나누어 경영하는 범위 안에서 다투어 잡음을 결정하지 못하는 때의 재판법도 각 나라가 서로 다르니, 일一은 중앙정부가 결정하는 법인데, 옛날의 프랑스와 프러시아 등이요, 이二는 보통법정에서 결정하는 법인데, 네덜란드, 벨기에 등 나라의 제도요, 삼三은 참사원이 결정하는 제도인데, 이탈리아와 1830년으로부터 1848년 사이의 프랑스가 이를 골라 씀이요, 사四는 특별의 법률로 결정하니, 오늘날 프랑스의 제도가 이것이다.

넷째, 행정과 사법의 권한이 매우 서로 섞여 엉클어져 번잡하므로 양자 사이에 혹시 쟁의가 일어나면 이를 재판소에서 재판해 결단함이 옳은가? 그렇지 않으면 혹 행정관청에서 대답해 정함이 옳은가? 어떤 사람은 사법·행정의 두 관청이 그 재판권을 함께 소유할 것이라 말하고, 어떤 사람은 양자가 다 재판에 참여함이 함께 이것이 부당하다 말하여 각 나라의 제도가 같지 않은 것이다. 후자의 설을 따라 대략 열거한다면 아래와 같으니,

각 나라의 제도를 널리 살피면 곧, 프러시아의 제도가 가장 마땅하니, 대개 행정상의 소송을 다만 행정부로만 재판케 함이 옳지 않거니와 사법관에게 오로지 맡김도 또한 옳지 않은 것이다. 곧, 네 번째의 쟁의는 재판관 한 사람의 의견으로 한 사람의 일을 재판해 결정함과 같으니, 어찌 옳겠는가? 또 행정의 법규와 행정의 원칙을 널리 밝힘이 실제로 쉽지 않으므로 행정전문가도 어떤 일을 진실로 만나면 뜻을 따라 적당한 법률을 들 수가 없는데, 하물며 전문이 아닌 법관이겠는가? 또 행정 송사訟事에

관해서는 법리가 매우 적고, 사실이 가장 많으니 가령, 가난한 백성을 구제하고 도움에 그 마땅히 구제할지 여부를 정함과 한 사업을 일으킴에 그 마땅히 흥할지의 여부를 판단함이 모두 이것이 사실상의 문제니, 이들 일의 사정을 앎은 사법관이 행정관에 미치지 못함이 물론이다. 그러므로 행정, 사법, 두 관청으로 조직한 특별법정에서 장점을 각각 다투며 서로 자유를 구속하고 억제하여 공평한 판결을 내려야 폐해가 가장 적을 것이니, 이것이 프러시아의 제도가 다른 나라에 비하여 가장 마땅하다 말하는 까닭이다.

대체로 보아서 행정에 속한 송사는 어쩔 수 없이 행정재판에 조금 치우칠 것이니, 이는 어쩌지 못할 것이다. 그러나 사법관이 장악한 권한 내에서 그 독립된 지위를 지켜 행정관의 철주掣肘를 받지 않게 하려면 두 방법이 있으니, 하나는 법관으로 종신관終身官을 만들 것이요, 하나는 법관에게 넉넉한 봉급을 줄 것이다. 대체로 보아서 권력 있는 귀족에게 아첨함은 인정의 면하기 어려움인데, 그 유래를 살피면 곧, 두 가지에서 나오지 않았으니, 하나는 이로움을 얻을 희망이요, 하나는 해로움을 받을 두려움이다. 그러나 해로움을 받을 두려움이 이로움을 얻을 희망에 비하여 세력이 물러남이 있으니, 무슨 이유인가? 이로움을 얻을 희망은 설령, 이루지 못할지라도 고유의 이로움은 몸에 탈이 없을 것이요, 해로움을 받을 두려움은 그 얻고자 하는 것을 얻지 못할 뿐 아니라 그 고유한 이로움을 잃을 것인 까닭에 사법관의 지위가 굳고 단단치 못한 때에는 법을 굽히는 폐해가 있을 것이다. 영국의 정사를 자세히 살피면, 1700년 이전에는 사법관을 내쫓거나 씀과 임명하고 해임함이 모두 행정 수장되는 군주 임의에 있었던 까닭에 그 결과가 학식이 부족하고 변변하지 못한 재능이라도 녹봉과 작위를 전부 얻을 수가 있어서 사법제도가 폐해지고 해이해진 것이다. 튜더Tudor왕조[78]에 이르러 재판관이 완전히 제왕의 오로지 결단하는 계기가 되었고, 이 스튜어트Stuart[79] 때에 이르러 이러한 폐해가 더욱 심하므로 오로고敎路古와 같은 유명 학자로도 이 무너진 풍속에 물들어 작은 흠으로도 사람을 반역죄에 빠뜨렸고, 찰스 I세 때에 이르러 더욱 이치가 없어서 법관이 가끔 사적인 이익을 탐하고 양심이 다 없어졌으니, 법관의 독립으로 세상 안에 자랑해 보이는 영국도 이와 같았는데, 하물며 다른 나라이겠는가? 그러므로 이러한 폐해를 바로잡고자 한다면 그 지위를 굳고 단단하게 하지 않으면 옳지 않으니, 큰 허물이 있음이 아닌데, 경솔하게 옮겨 내리지 못하게 하여 법관으로 하여금 행정관을 두려워하고 꺼리게 함이 없게 하고, 그 뜻을 행할 수 있게 할 것이니, 대체로 보아서 사법 독립의 제도는 조지George III세[80]가 정하여 오늘날에 이르고, 그 뒤로 유럽 각 나라가 이를 모방함이다.

또 어쩔 수 없이 봉급을 넉넉하고 충분하게 줄 것이니, 대체로 보아서 인류는 천성으로 생계를 도모하고 입에 풀칠할 욕망이 있어 그 의지와 기개를 제어하므로 사적인 이익을 위하여 공익을 버림이 여러 곳에 모두 그러한 것이다. 그러므로 그 봉급의 넉넉하고 충분함이 그 사사로움을 영위하는 폐해를 막는 까닭이니, 박사博士 파넬[81]이 일찍이 말하기를, "재판관을 독립케 하고자 한다면 그 직무상의 봉급을 확실히 정할 뿐만 아니라, 다시 비밀스런 뇌물로 그 순수하고 어진 결백을 없애는 액수까지 넉넉하고 두텁게 줄 것이니, 이와 같이 하면 다른 사람이 감히 가볍게 보지 못하고, 저도 또한 공公을 주로 하여 사私를 잊고 그 녹봉과 작위를 보전하기에 힘쓰며, 명예를 스스로 돌아봐서 감히 비리를 행치 못할 것이다"라 하였으니, 지극한 말이라 말할 수 있겠구나.

삼권 가운데의 한 가지가 어쩔 수 없이 지위가 높거나 덕이 많은 사람

---

78) 헨리Henry V세(1413~1422)가 죽은 후, 그의 아내와 결혼한 웨일스Wales의 기사 튜더 오웬Tudor Owen 의 이름에서 유래한 영국의 왕조로 1485년부터 1603년까지 존속하였다.
79) 튜더왕조를 이어 1603년부터 1714년까지 존속했던 영국의 왕조.
80) 1760부터 1820까지 재위한 영국의 왕.
81) 1846~1891. 아일랜드의 민족운동가. 케임브리지대학교를 졸업하고 정치운동에 투신하여 1874년 아일랜드의 의회지도자가 된 후, 이듬해 영국 하원의원이 되었다.

의 지위를 차지할 것과 삼권이 서로 견제함과 어떤 범위 안에서 각각 그 독립을 보유하는 등의 일은 위에 서술함과 같거니와 서양 학자가 혹은 국회 해산과 특별사면의 큰 권리를 행정 수장에게 돌려보냄이 위험의 염려가 없지 않으니 곧, 세 가지 큰 부部 외에 가장 위의 권리를 특별히 베풀어 이것을 맡길 것이라 앞장서 부르짖으니, 번스John Burns[82]도 이 학설을 부르짖은 학자이다. 행정권의 함부로 씀을 두려워해서는 이 학설을 취할 수 있는 것이 없음은 아니나, 상세히 살펴 연구하면 곧, 그렇지 않으니, 행정권의 지나치게 중요함이 비록 제멋대로 방자한 기원이지만, 하나의 큰 정권을 큰 삼권 외에 다시 별도로 설치하면 정권의 배치配置와 견제의 마땅함이 변경할 것이니, 나라의 관습과 백성의 특성을 불문하고 제도를 망령되이 베풂은 나라가 잘못되지 않으면 백성을 잘못되게 할 것이다.

제이십일장 대의원의 직무

대의원代議員의 조직과 의원의 선거법과 그 재직기한 등은 중편에서 이미 논술하였거니와 대의원이 장악하여 행할 직무에 나아가서는 숭사嵩斯, 초아도焦鴉道, 밀 여러분이 자세히 말함이 있으니, 그 작은 항목은 서로 다름이 없지 않으나, 큰 줄거리는 조금 적용될 것이다. 그 대략을 줄거리만 가려 뽑아 번역하면 아래와 같다.

대체로 보아서 감독사무와 실행사무는 그 성질이 다르고, 방법이 달라 감독에 장점이 있는 것은 실행에 알맞지 못하니 비유하면, 장교將校는 작전 계획을 세우는 곳에서 여러모로 방책을 짜내, 천 리나 떨어진 먼 곳에서 승리할 뛰어난 꾀를 정할 책략策略을 베풀지만, 무기로 찌르고 진陣에

---

82) 1800년대 말 영국의 노동조합 파업을 이끌었던 사회주의자이다.

빠뜨림에는 평범한 한낱 사졸士卒에 미치지 못하는 것이다. 이것을 미루어 살펴보면 곧, 감독에 적당한 대의원代議院은 적당하지 못할 것이 분명하구나. 그러나 대의원이 정부 사무 가운데의 어떤 부분을 감독함이 옳은 일인지를 논하고자 한다면, 어쩔 수 없이 많은 수의 사람으로 조직한 집합체는 어떤 종류의 사무를 집행하기에 적당함을 연구할 것이다.

'조세'에 나아가 논한다면, 조세의 증감을 결의함은 백성의 대표되는 의원에 맡겨야 할 것이다. 그러므로 어떤 나라를 막론하고 대의원은 예산안을 조사하는 권리가 반드시 있어서 세입의 공급은 의원 결의를 기다려 비로소 정하고, 세입으로 세출을 공급함도 의원의 인정과 허가를 반드시 거치나 국비國費의 예산을 정하여 의원에 제출하는 일은 행정관이 장악하니, 이것은 각 나라 헌법의 정한 바요, 보통의 관례이다. 그러므로 의원이 조세에 나아가 장악해 행할 수 있는 직무는 오직 행정관이 제출하는 예산안에 나아가야만 이를 찬성하거나 부결할 뿐인 것이다.

이 한 가지 예를 살펴보면 곧, 다수의 백성으로 조직한 의원은 직접으로 행정 사무에 참여치 못함을 알 수 있다. 대체로 보아서 일의 기회를 깊이 살피며, 곡직曲直을 판단함은 어쩔 수 없이 집합체의 지식을 힘입을 것이거니와 정무를 실시함에 이르러서는 한 사람에게 오로지 맡겨 모든 국局에 마땅케 할 것이니, 만약 다수로 하여금 사무 집행에 마땅하게 하면 평등한 권력이 각각 있어서 집을 길옆에 짓는 데 사용하여 이루지 못하는 폐해가 있을 뿐 아니라 책임이 하나로 온전하지 않아 그 허물을 맡길 수 없을 것이니, 이것은 이치의 진실로 그러함이다. 그러므로 집행 사무는 한 사람에게 오로지 맡겨서 그 책임을 지게 할 것이다.

의원이 행정사무에 간여하면 그 폐해가 다시 여기에 그치지 않을 것이니, 대개 행정 각 부의 사무는 익숙하게 익히고 연습을 이룬 자라야 그 임무를 견딜 수 있을 것이다. 그러므로 행정 사무에 관한 의원의 직책은 다만 행정의 큰 권리를 장악한 자가 임무에 적합한지 여부를 감시하여 제멋대로 방자하거든 이를 누르며, 여론에 어긋나고 거스르거든 이를 바꿀 뿐이요, 만약 직접으로 참여하면 해로움만 있고 이로움은 없음을 미리 결정할 수 있을 것이다.

'입법' 사무에 나아가도 직접으로 대의원에 위임함이 마땅치 않으니, 대개 법률을 엮어 제정함에는 이 항목이 저 항목과 모순 되지 않고, 현재 제정한 법률이 현재 시행하는 법률과 어긋나지 않아야 시행할 수 있을 것이니, 경험이 가장 많고 깊이 생각하고 길게 생각하는 사람이 아니면 그 임무를 견디기 어려울 것이다. 그러므로 문명국 정부에는 하나의 국을 특별히 설치하여 나라의 중대한 기관을 만들고 위원을 특별히 둬 의원에서 가결한 법률을 검사하여 정하고 엮어 제정하게 하는 것이니, 이처럼 의원은 입법의 근본 되는 국局이기 때문에 입법의 뜻을 보고 이 국은 입법의 재능과 지식을 봄이니, 의원이 입법 사무에 나아가 마땅함을 다할 직무는 직접으로 참여함이 아니라, 다만 나라 안의 어떤 인물이 이 사무를 행하기에 적당한지 여부를 결정하여 위임할 뿐인 것이다.

제이십이장 중앙정부

오늘날의 이른바 '중앙정부'는 그 기원이 제실帝室에서 일어났으니, 옛날에는 군주가 큰 권력을 홀로 잡아 여러 가지 정사를 제실에서 모두 결정하다가, 그 뒤에 세상이 진보하고 일이 많아 군주 한 사람이 도맡아 다스릴 수 없고, 곤란한 즈음을 당해서는 한 사람의 지식으로 재단하기 어려우므로 귀족을 뽑아 고문관顧問官, 혹 참의관參議官을 두었으니, 처음에는 모두 문벌이 좋은 집안의 적자嫡子 계통으로 이것을 명하다가, 세력이 변하고 일이 옮겨 가므로 재능이 남보다 훨씬 뛰어난 선비를 뽑아 중요한 직책을 맡겨 이들 참의參議가 세력이 조금 있었기 때문에 그 세력이 점점 커져서 15~16 두 세기 경에는 벌열閥閱의 참의를 없애고 봉건封建의

제도를 깨서 오늘날 각 나라의 정체를 이루니, 이와 같이 세력이 있는 참의를 영국에서는 '추밀의관樞密議官'이라 일컫고, 프랑스에서는 '내각고문內閣顧問', 프러시아에서는 '추밀참의樞密參議'라 일컫는데, 당시에는 입법·행정·사법의 세 가지 큰 권력을 장악하여 나라의 중요하고 비밀을 지켜야 할 일을 맡아 처리하므로 오늘날의 행정관리와 똑같다고 말할 것이 아니라 그 뒤에 행정 사무가 드디어 점점 확장하여 나누어 장악하지 않을 수 없는 세력에 이르니, 프러시아는 18세기 말에 추밀의관을 외교부, 사법부, 내무재무군무內務財務軍務의 세 부로 나누어 각각 그 오로지 맡게 하고, 영국과 프랑스, 두 나라의 의관은 17~18세기 경에 사무의 나누어 장악함을 정한 것이다. 그러나 오히려 통일할 수 없어서 일이 막혀 잘 되어 나가지 않는 근심이 있으므로 행정 사무를 재상이 모두 다스리게 하여 현재의 내각 제도를 배태胚胎한 것이다. 마변돈자열馬邊頓子列 씨가 영국 추밀원이 변하여 내각을 이룬 연혁을 서술하여 말하기를,

"옛날의 영국 군주는 추밀의관의 도움을 얻어 그 중요한 직책상의 권리는 법률로 밝혀 정하니, 이러한 관리로 명예의 경지를 이루므로 성실하게 애쓴 공이나 업적이 있는 자는 이 관리에 모두 임명하여 그 수가 점차 늘어나므로 중요하고 비밀스러운 일을 의논하기에 적당치 못하기 때문에 국왕이 어쩔 수 없어서 의원 가운데의 재능과 지식을 특별히 이룬 자를 골라 의사당 내실에 불러 모으고 비밀스럽게 국정을 의논하니, 이것이 내각이 일어난 까닭이다. 당시의 정치가가 내각의 비밀스런 의논의 부당함을 격렬하게 말하고 헌법을 어기고 등지는 두려움이 또한 있었으나, 이 회의가 가장 요긴하고 중요한 지위를 끝내 차지하여 정치상에 빠질 수 없는 기관을 이룸이다"라 하였다.

추밀원의 세력이 가장 성할 때에는 입법과 행정의 큰 권력을 이 추밀원이 장악하여 각 부가 그 지휘를 모두 받고, 크고 작은 일을 간섭하지 않음이 없었으므로 사법부의 독립을 온전히 지키지 못하더니, 에드워드

Edward III세[83] 때에 이르러 하원이 이 추밀원의 제멋대로 방자함을 막고자 하여 국민의 자유와 권리를 확장하기를 힘쓰므로 왕정복고王政復古로 기욺에 미쳐 추밀원의 권력이 비로소 점점 약해져 그치니, 클래런든[84]이 그 권력을 만회코자 하여 네 부로 나누고 자기는 외부의 장관이 되어 각부를 지휘할 때, 내각의 상태가 갑자기 나타나 클래런든의 계획이 그림의 떡으로 끝내 돌아가고, 몇 년 뒤에 윌리엄이 거듭 추밀원의 권력을 회복코자 하다가 이루지 못하고, 내각회의를 따로 열어 정략을 모의하므로 내각의 긴요함을 비로소 깨달으니, 근년에는 추밀원이 행정의 일부만 조금 차지하여 의원의 지휘를 받고 입법에 참여할 수 있을 뿐이다. 이것이 간략한 영국 내각의 연혁이나, 이를 알면 프러시아와 프랑스 내각의 기원도 그 큰 줄거리를 알 수 있을 것이니, 여기에 변천을 여러 번 지난 영국, 프랑스, 프러시아 세 나라의 내각조직을 아래에 나열한다.

프랑스의 내각원內閣員은 11명인데, 서로 연합하여 대통령을 도우므로 그 예에서 대통령은 다만 크게 거스르고 도리에 어긋남에 대하여 책임을 질뿐이요, 그밖에는 내각원이 다 그 책임을 지는 것이니, 내각원은 아래와 같구나.

일. 사법 및 교무대신敎務大臣

일. 외부外部대신

일. 탁지度支대신

일. 육군陸軍대신

일. 해군 및 식민지사무植民地事務대신

일. 내부內部대신

일. 학무學務 겸兼 미술美術대신

---

83) 1327부터 1377까지 재위한 영국의 왕.
84) 찰스 II세의 보수적인 대법관이자, 대반란을 처음으로 기록한 영국의 역사가.

일. 공부工部대신

일. 상무商務대신

일. 농부農部대신

일. 우정郵政 및 전신사무電信事務대신

프러시아의 내각원은 프랑스와 대략 같으니 곧, 아래와 같다.

일. 외부대신

일. 사법대신

일. 탁지대신

일. 육군대신

일. 내부대신

일. 종교, 교육 및 위생사무衛生事務대신

일. 공부대신

일. 무역貿易 및 상업사무商業事務대신

일. 농업, 관유지官有地 및 산림사무山林事務대신

　내각원이 사무를 나누어 맡음은 대략 서로 같으나, 사무를 배치하는 방법은 각 나라의 특별한 사정을 따라 서로 다르니 가령, 상업을 중히 하는 나라에는 상무대신을 특별히 두고, 그렇지 않으면 곧, 다른 대신이 아울러 맡으며, 프랑스는 종교 사무를 사법대신에게 위임하고, 프러시아는 학부대신이 아울러 맡으며, 관유지는, 프랑스는 탁지대신이 아울러 맡고, 프러시아는 농부대신이 아울러 맡는 것이다. 대개 각 나라 정부의 목적이 같지 않으므로 그 배치가 또한 다르니 가령, 관유지로 논할지라도 탁지대신에게 위임함은 수입을 위주로 함이요, 농부대신에게 위임함은 경작耕作을 떨쳐 일으킴을 목적함이다.

영국 내각의 조직은 다른 나라에 비하여 그 제도가 다르니, 내각대신이 아래와 같구나.

일. 총리대신, 혹은 탁지의 일등관―等官이라 일컬으니, 그 명칭의 뜻으로 살펴본다면 탁지장관으로 탁지 사무를 맡아 다스리나, 그 실제는 각 대신을 통솔하는 임무가 있는 것이다.

일. 탁지대신

일. 사법대신, 다른 나라의 이른바 사법대신이 맡아 다스리는 사무의 일부를 맡고, 상원의장上院議長과 고등재판장高等裁判長을 대개 아우르는 것이다.

일. 아일랜드Ireland 태수[85]

일. 추밀의장樞密議長, 그 명칭만 다만 있고 그 실제는 없으나, 또한 내각에 나열함이다.

일. 전장국새,[86] 이 또한 그 명칭만 다만 있고 그 실제는 없으나, 내각에 나열하는 것인데 숙련된 정사가政事家의 쇠약하고 늙은 자나 혹은 병이 많아 몹시 번거롭고 바쁜 사무를 감당하지 못하는 자로 이 국장局長을 맡기는 것이니, 오늘날에는 형식상일 뿐이다.

일. 내부대신
일. 외부대신
일. 식민植民대신   ⎫   총칭 국무國務대신
일. 육군대신   ⎭
일. 인도사무印度事務대신

---

85) 太守 : 지방관.
86) 典掌國璽 : '전장'은 일을 맡아서 주장하거나 주장하는 사람. '국새'는 임금의 도장, 어새御璽.

이 다섯 대신이 각 부의 사무를 나누어 맡으나, 또한 편리상으로 분별함에 지나지 않고 헌법상으로 말한다면, 국무대신은 한 사람만 다만 있고, 각 부에 대신을 둠은 영국 헌법에 인정하지 않는 바이다. 또 다섯 대신 가운데에 내부대신의 권력이 탁지대신 다음에 있어서 직책의 권력이 조금 넓은 것이다.

일. 해군대신

일. 상무대신

일. 지방정무地方政務대신, 가난한 사람을 구제함과 위생과 기타 나라 안을 다스림을 맡음이다.

영국 내각의 조직이 대략 위에 서술함과 같으나, 그 수는 정한 제한이 없어서, 혹은 상술한 가운데에도 내각에 나열하지 못하는 것도 있고, 혹은 이밖에도 다시 내각에 나열하는 것도 있으니 가령, '역체총감'[87] 과 '아일랜드 내무상서'[88]는 혹은 내각에 들어감이 있고, 다른 나라에서는 학부, 공부대신의 지위가 있지만, 영국에는 없으니, 영국의 내각원은 다른 나라 내각의 한 번 정하여 바꾸지 않음과 같지 않은 것이다.

프랑스, 프러시아, 영국, 세 나라의 내각 조직이 이와 같으니, 이를 자세히 논하고자 한다면 많은 말을 쓰지 않고서는 할 수 없을 것이다. 그러나 다만 그 요점을 열거하여 참고에 이바지할 것이니, 프러시아의 내각은 관리 가운데에서 선발함이 보통의 예요, 프랑스는 영국과 같으나, 프랑스와 프러시아 두 나라는 그 내각원이 다만 행정 각 부의 장관이 될 뿐이요, 영국의 총리대신은 다른 나라 수상에 비하여 특별한 큰 권력이 있

---

87) 驛遞總監 : '역체'는 역에 항상 대기시켜 두고 관용官用에 쓰던 말인 '역마'를 바꿔 타던 '역참驛站'에서 공문을 차례차례 전달하고 보내던 일. '총감'은 전체를 감독하는 벼슬.

88) 內務尙書 : 나라 안의 정무를 맡아보던 장관.

어서 내각 여러 대신을 통솔하는 자이다. 총리대신으로 행정 일부의 일을 오로지 맡김은 글래드스턴과 미공사희위로美孔土希威路 두 사람이 탁지대신을 겸한 이외에 그 예가 거의 없고, 또 프러시아와 프랑스 두 나라는 참사원參事院으로 내각 고문을 만들어 법률 규칙의 시작을 정함과 그 의심스러운 뜻의 자세한 설명과 행정 조례의 제정과 정부의 물음에 응하여 그 의견을 진술하는 등의 일을 맡게 하여 행정의 여러 일을 임금을 도와 치적을 올리게 하고, 영국 내각은 이들의 딸려 속함이 없으니, 이것이 영국의 내각제도가 프러시아나 프랑스와 서로 다른 중요한 점이다. 영국의 내각제도가 매우 번잡하나 그 훌륭하게 갖춤은 많은 나라에 그 비유할 바가 없구나.

생을 마칠 때까지 정신을 써서 생각하는 힘을 영국 정치에 다 쓴 글래드스턴이 영국 내각제도의 훌륭함을 일컬어 말하기를, "우리 영국 내각의 기관은 생각으로 얽어 만듦이 아니요, 실제로 눈으로 보지 못하고, 귀로 듣지 못하는 세력으로부터 하여 여기에 이름이니, 영국의 내각과 헌법상 여러 권리의 관계가 오늘날에 이르러 세계에 따뜻하게 빛남은 결코 자연과학의 결과도 아니요, 실험의 결과도 아니니, 영국의 헌법은 넓고 아득한 바다, 지평선상의 훌륭한 구경거리로 알지 못하는 사이에 나타남이다"라고 말하였으니, 대체로 보아서 영국 내각은 추밀원에서 배태하고, 오늘날의 추밀원은 행정부의 한 모퉁이를 차지할 뿐인데, 영국 보수保守의 백성은 비록 오늘날에 순전한 내각제도를 이루었을지라도 그 헌법을 고침이 없는 까닭에 법률상으로 논하면 내각이 결코 성립되지 못하는 것이니, 법률의 명백하게 규정된 조문에 의거하면 곧, 내각원이 군주를 옆에서 도움은 내각원의 자격으로 옆에서 도움이 아니라, 실제로 추밀원 의원議員의 자격으로 함이다. 요약하면, 내각은 각각 서로 슬그머니 허락하여 성립된 자요, 헌법에는 내각원을 인정하지 않으므로 오늘날에 이르러 내각원이 있음은 역사상의 연혁으로 말미암아 발생함이다.

글래드스턴이 또 영국 오늘날의 내각제도를 논하여 말하기를, "정권을 잡고 내각에 들지 않은 부는 각 부에서 내각의 직무를 나누어 맡아 보조적補助的 지위에 있음이니 곧, 책임상으로 논하면 두 번째 부류의 지위에 있음이다. 오늘날 영국의 헌법을 논하려면 어쩔 수 없이 네 번째 위세와 권력을 자세히 살필 것이니, 네 번째 위세와 권력은 곧, 군주와 상원과 국회의 세 가지 권력에 대하여 내각을 말함인데, 이는 독립으로 성립함이 아니며, 또 세 가지 권력과 원래 바탕이 같지 않아서 조직함도 아니라, 실제는 세 가지 권력 가운데에 붙어삶이니, 이 네 번째 권력은 한편으로 상원의 일부를 조직하고 또 내각은 세 종류의 성질을 합하여 운행하니, 하나는 각 부 대신의 성질이요, 하나는 입법부 의원의 성질이요, 하나는 왕실을 돕는 성질이다. 이것이 영국의 내각은 국왕과 상원과 국회의 삼권三權을 합하여 그 혈맥을 꿰뚫어 통함이라 말하는 까닭이니, 하원이 비록 가장 위의 권력을 소유하나 국가의 가장 긴요하고 중요함으로 정치기관의 중심력이 되어 다스리는 권력을 거두어 잡는 것은 내각에 있음이다"라 하였다.

글래드스턴 씨가 내각 내부의 조직을 논하여 말하기를, "영국 정치 조직 가운데에 가장 세밀하고 교묘하며 신령스럽고 기묘함은 내각 조직이니, 집정자가 왕실을 옆에서 돕기 위하여 내각에 모여 한 몸을 이루므로 어떤 사람을 불문하고 한 사람의 자격으로는 국왕의 권력을 돕지 못하는 까닭에 국가 정무가 동료의 눈을 모두 거치고, 또 각 부 장관이 어떤 일은 협의할 수 있을 것이요, 어떤 일은 오로지 결정할 수 있을 것이라 정하여 각자 시행하니, 이는 각 부 장관이 내각에 대한 관계요, 또 각 부 장관이 내각의 우두머리에 대한 관계가 다시 있으니, 영국 내각의 우두머리는 터키의 대재상大宰相이 큰 권력을 소유함과 같지 않아서 내각 회의가 투표로 결의할 때에 저도 또한 한 표를 던질 뿐이다"라 하였다. 이러한 글래드스턴의 말을 읽어보면, 그 중요한 뜻의 대강을 알 수 있을 것이

니, 내각원 서로의 관계에 나아가 오늘날까지 옮겨 이른 연혁을 두 단계로 나누어 논한다면,

첫째, 내각원은 주장이 서로 같은 자로 조직하는 것이니, 옛날에는 다른 당파가 내각에 들어옴이 보통의 예이다. 윌리엄의 내각을 바르게 고쳐 조직한 안案을 살펴보면, 오로지 각 당파의 우두머리로 조직코자 했기 때문에 윌리엄William III세[89] 때에 이르러 같은 주의로 내각을 조직하는 실마리를 비로소 열고 조지 III세의 만년晩年에 비로소 확립하여 오늘날에 이름이다.

둘째, 내각원은 연대책임이 있으니, 다른 당파로 내각을 조직하는 때에는 연대책임이 없어서 가장 긴요하고 중요함을 차지한 대신이 그 직책을 사직하여도 각 부 대신은 그 지위를 그대로 지키더니, 1182년에 노스Frederick North 공公이 사직하고 로킹엄Rockingham 공이 새로운 내각을 조직할 때에 내각 연대책임을 비로소 행하고, 이로부터 내각 우두머리가 하원의 뜻을 등져 사직할 때에는 내각원 전체가 모두 사직하여 연대책임을 짐이 보통의 예이다.

영국의 내각원이 오늘날에 이르러 이와 같은 관계가 있게 됨은 세월이 얼마 바뀌어 여러 번 변천하여 여기에 이름이요, 결코 헌법의 명백하게 규정된 조문을 따라 그러함이 아니니, 만약 헌법상으로 위세와 권력을 각각 왕성히 하면 반드시 서로 침해하여 파괴함에 끝내 이를 것이다. 대체로 보아서 영국의 하원은 국비國費를 공급하는 권리가 있어서 공급을 허가하지 않고자 하면 한 푼의 국비라도 내지 않게 하기 매우 쉽고, 또 왕실은 귀족을 만드는 권리와 국회를 해산하는 권리와 범죄를 사면하는

---

89) 1689부터 1702까지 재위한 영국의 왕.

권리와 세계를 적으로 대하여 전쟁을 시작하는 권리와 국회의 인정과 허가를 기다리지 않고 조약을 서로 맺는 권리 등이 있으니, 영국 군주가 이러한 권리를 함부로 쓰지 않음은 앞장에 서술한 것과 같이 입법과 행정과 사법에 서로 견제함이 있고, 또 내각이 세 종류의 성질을 포함하여 서로 조화하는 까닭으로 이와 같음에 이름인 것이다.

영국 내각의 장점은 각 사람의 논한 것을 봐서 대강 알았으려니와 다른 나라와 비교하지 않으면 다 알 수 없으니, 오늘날에 시험하여 미국과 비교하면, 영국과 미국 내각의 서로 다른 중요한 점이 있는 것이다. 영국은 내각원을 선거하는 방법이 의원을 선거하는 방법과 같아서 내각을 모두 다스릴 자와 기타 내각원을 의원 가운데에 다수를 차지한 정당으로 선출하여 정무를 장악케 하고, 백성의 바람을 만약 잃으면 내각을 사직하여 다른 당에 양보하므로 한정한 연월年月이 없는 제도요, 미국은 입법부의 의원을 선거하는 법과 행정부의 내각원을 뽑아 임명하는 방법이 같지 않아서 영국의 내각이 의원 가운데에서 선출함과 다르고, 또 대통령의 재직 기한을 미리 정하여 그 임기 중에는 여론과 등지는 정치를 베풀어도 사직하는 일이 특별히 없으므로 영국 내각이 많은 사람들의 바람을 잃으면 다른 당에 양보하는 제도와 다르니, 이것이 영국과 미국의 내각 제도가 서로 다른 중요한 점이다.

첫째, 미국은 대통령의 재직 기한을 정하여 주권이 백성에게 있는 주의를 이룰 수 없으니, 대체로 보아서 주권이 백성에게 있음은 자유정치의 주의이다. '백성에게 있다' 함은 '백성 전체에 있다' 하는 뜻이 아니라, 백성이 선출한 사람에게 있으니 가령, 영국의 하원이 이것이다. 대개 정치계는 변환이 늘 없어서 위태함에 즈음하면 백성이 이 권리를 실행할 것인데, 미국은 일정한 기한이 있어서 늘이지도 못하고 줄이지도 못하므로 그 때가 아니면 옮겨 움직일 수 없는 까닭에 정부의 적당한지 여부를 불문하고, 다만 법률의 명백하게 규정된 조문으로만 그 직책의 지위를 보전하니, 이것이 미국 내각의 한 가지 단점이다.

둘째, 미국 대통령 및 내각원은 영국에 비하여 정치상의 지식이 모자라니, 대체로 보아서 다스림을 받는 자의 정치 지식의 많고 적음을 봐서 다스리는 자의 정치 지식의 우열을 알 것이니, 백성이 정치상의 득실을 논함은 진리만 다만 구하여 충분함이 아니라, 논한 바의 진리로 자기의 희망을 이루고자 함이다. 미국 대통령은 임기를 미리 정하여 그 재직 때에는 백성이 어떻게 공격할지라도 내각을 기울여 뒤집어엎어 자기의 소원所願하는 내각을 조직할 수 없는 까닭에 미국 정치사회의 정치 의논은 다만 대통령을 선거하는 앞과 뒤에 있을 뿐이요, 영국과 같이 어떤 중대한 일이 있으면 격렬한 정치에 관한 이야기가 바로 생겨남이 아니라, 정치에 관한 이야기가 이미 적으므로 정치사상이 환히 빛날 수 없음은 형세의 진실로 그러함이니, 정치사상이 환히 빛나지 못하면 지식이 풍부한 대통령을 얻을 수 없을 뿐만 아니라, 백성으로 하여금 나랏일을 가볍고 소홀하게 하는 폐해가 있는 것이다.

셋째, 미국 정치사회는 일류一流의 인물을 뽑을 수 없으니, 대체로 보아서 미국은 대통령의 임기를 미리 정하여 먼저 자기 당의 사람을 뽑으면 그 임기 중에는 얻거나 다시 잃는 두려움이 없으므로 선거를 행할 즈음에 가장 주의하고 선거가 이미 정해지면 베개를 높이 베고 근심이 없으니, 선거 때에 주의함은 다름이 아니라 자기 당에 견줄만한 다른 것이 없는 뛰어난 인물이 있을지라도 반대당의 공격을 받을까 두려워하여 후보로 정하지 않고 반대당의 공격을 받지 않는 성질이 온화하고 덕과 복이 있는 사람을 힘써 뽑으므로 그 결과는 정치상 이류二流의 인물을 뽑는 것이니, 영국은 내각의 임기를 미리 정하지 않은 까닭에 다른 당의 공격을 받지 않을 성질이 온화하고 덕과 복이 있는 사람을 뽑을 필요가 없을 뿐 아니라, 이와 같이 하면 권력을 잃을 두려움이 반대로 있으므로 영국 내각의 우두머리는 늘 정치사회의 일류 인물이 차지하는 것이다.

넷째, 미국의 내각제도는 그때의 형편에 적합한 대통령을 얻을 수 없으니, 대체로 보아서 사람 중에는 내치內治에 능력 있는 자도 있으며, 외교에 능력 있는 자도 있어서 재능이 각각 다르므로 그 나라의 그때의 형편을 따라 선택할 것인데, 미국의 대통령은 임기를 한 번 정하므로 그때의 형편을 따라 다시 번갈아 할 수 없으니, 내치가 매우 중요한 때에 백성이 내치에 능력 있는 사람을 선거하였다가 그 임기 중에 험악한 형세가 변환하여 갑자기 외교의 어수선함과 시끄러움을 자아내는데 이때를 당하여 재빠르고 날랜 외교가를 얻고자 하지만, 어쩌지 못할 것이니, 이 또한 미국 내각제도의 한 가지 폐해이다.

제이십삼장 지방정치

사회가 진보하므로 나라의 정무도 날로 점점 몹시 번거롭고 바빠서 정부가 각종 부部나 국局을 설치하여 정무를 나누어 맡게 하니, 일을 나누는 법을 이미 행하여 중앙정부의 베풀어 둠이 조리를 따라 어지럽지 않으나, 몹시 번거롭고 바쁜 가운데에 더욱 몹시 번거롭고 바쁘므로 중앙정부가 맡을 수 없는 것이 있음에 이르니, 어쩔 수 없어 어떤 부의 정무를 여러 구획으로 나누어 지방자치에 위임하는 것이다. 어떤 사람은 말하기를, "입헌정체가 일어나지 않았다면 지방자치의 제도가 나오지 못했을 것이다"라 하였으나, 실제 일에 증거하면, 그렇지 않은 사실이 있으니, '옛날에 북인도北印度에서 순전하고 온전한 지방자치제를 썼었는데, 로힐라Rohilla 인종[90]이 아주 오랜 옛날로부터 가족정치를 행하여 한 가장된 자가 주권을 장악하고 각 일을 관리하다가 다른 집과 종족에게 점

---

90) 18세기 북인도 '로힐칸드' 지역을 지배한 아프간계의 부족.

차 미쳐서 권력이 점점 크므로 마침내 한 마을의 자치를 행함이니, 옛날에 이슬람교도敎徒가 이 나라를 점령하여 소유하였을 때에도 이 제도가 전과 다름없이 존재하였으며, 근세에 이르러 영국이 점령하여 소유한 뒤에도 옛 제도와 옛 풍속을 심하게 변함이 없었는데, 그 장로長老의 권력이 영국 촌회村會 의장議長과 같고, 또 마을 백성들이 협동하는 힘이 영국이나 미국 자치 백성에 비하여 더욱 강하고 크다.' 이러이러하다.

중앙정부가 정무를 나누어 쪼개 지방에 맡겨줌은 아주 오랜 옛날로부터 이 제도가 이미 행하여졌으니, 이것은 중앙정부가 지방을 모두 거느려서 관할하기에 편케 하기 위하여 설치함이 또한 있는 것이다. 지방정치를 살펴 연구하고자 한다면 아래에 펼친 문제에 나아가 하나하나 들어 말할 것이니,

첫째, 무엇을 지방정치라 말하는가?
둘째, 지방정치를 행함에 가장 중요한 조건이 무엇인가?
셋째, 중앙과 지방은 어떻게 정무를 나누어 맡는가?
넷째, 중앙과 지방이 나누어 맡는 정무에 어떠한 관계가 있는가?

첫 번째의 이른바 지방정치의 의의意義는 간단하고 분명하여 상세하고 자세하게 풀이할 것이 없으나, 정치학이 진보한 오늘날에 있어서는 그 용법이 옛날과 같지 않으니 곧, 근세의 용법을 열거하면, 중앙정부가 지방자치와 대립하여, 일치하며 화합하고 서로 침범하지 않는 법으로 조직하니, 어떤 사람은 '지방정치'라 일컫고, 어떤 사람은 '지방자치'라 말함이 그 명칭은 같지 않으나, 그 실제는 한결같음이다. 이 말이 비록 간략하나 지방정치의 본체는 이로 말미암아 나누는 것이다. 만약 오해하여 지방이 중앙정부를 떠나 정치를 시행함이라 하면 이는 지방을 완전히 독립케 하여 본국의 일부분 되는 성질을 잃게 함이다. 독일 학자 격니사格尼

士가 《영국자치》라 하는 책을 저술하고 지방정치를 풀이하여 말하기를, "자치라 함은 향鄕·촌村·시市의 공약으로 봉급이 없는 명예관리 곧, 신사 紳士가 그 공약 안의 지조[91]로 국법을 따라 그 공약의 일을 맡아서 처리하는 것이다"라 하고, 또 말하기를, "자치는 관치官治의 반대가 아니라, 실제로 관치의 한 종류이니 각 지방이 그 법도를 다르게 하여 독립함이 자치가 아니요, 한 정부의 모두 거느려서 관할함에 돌아가지 않으면 참된 자치가 아니니, 각 지방의 공약이 서로 연합하여 그 지방의 세금으로 그 지방의 사무를 맡아 처리함이 곧, 지방자치이다. 자치의 공약은 옛날부터 지금까지 서로 따르는 지방 공약이니 곧, '향공약鄕公約', '시공약市公約', '촌공약村公約' 등이 이것이다. 그 사무를 자치하는 봉급 없는 관리가 정부의 관리와 크고 작음은 같지 않으나, 권리 및 의무와 명예 및 책임이 있음은 다름이 없음이다"라 하였으니, 이 학설은 오로지 영국 지방정치에 나아가 영국의 자치제도를 자세히 풀이함인 까닭에 영국 제도에 얽매인 폐해가 없지 않고, 근래 사단士但, 납방拉邦 등의 학자가 배출되어 말하기를, '특이한 영국으로는 자치의 진면목을 살펴볼 수 없다'라 하고, 봉급 없는 관리로 자치를 증명하는 학설을 쳐 깨뜨리니, 그 학설에 말하기를, "봉급이 없는 명예관리는 정부의 관리와 같으니, 국가의 관직을 얻고자 함은 봉급의 있고 없음으로 말미암음이 아니요, 사회에 대한 지위로 말미암음인데, 정부관리도 봉급이 없는 자가 있으니, 독일의 시용試用관리는 봉급을 받지 않고, 영사領事도 봉급이 없는 자가 많으며, 자치의 관리도 봉급이 모두 없음은 아니니, 혹은 공무의 실제 비용을 주며, 혹은 자격에 서로 마땅한 벼슬아치에게 주는 봉급을 주는 것이다. 요약하면, 봉급의 있고 없음으로는 자치의 여부를 구별할 수 없음이다"라 하였다. 여러 학자의 학설을 참고하면 곧, '자치'는 정부가 약간의 제한을 정하

---

91) 地租 : 토지에 딸린 모든 소득을 세원稅源으로 하여 매기는 세금.

여 그 제한 안에서 지방의 스스로 행정을 집행함을 허가하고, 정부가 이를 감독하는 제도에 지나지 않는구나.

두 번째의 지방행정의 중요한 항목은, 갑甲. 백성의 관습 및 공통된 기운과 풍습은 지방 정치의 행할 수 있는지 여부를 결정하는 표준이니, 중앙정부가 약간의 정권을 갈라 지방에 맡김은 다만 정부의 번영을 살피고자 함뿐이 아니라, 지방자치의 이익이 있으니, 중앙정치는 그 구역이 넓고 아득하여 지방 백성이 이를 아득하게 보는 폐해가 있는 것이다. 그러므로 그 구역을 좁게 하여 백성으로 하여금 정무를 몸소 맡게 하면 이로움과 해로움을 느끼는 감정이 생겨날 것이다. 이로써 지방정치를 행하고자 한다면, 한 구역에 속한 백성은 어쩔 수 없이 똑같은 관습과 대체로 보아 같은 기호嗜好가 있을 것이요, 또 협동하고 일치하는 성질이 필요함이다. 을乙. 백성의 지식과 덕의德義는 지방정치를 도와 이루는 요소이니, 대체로 보아서 공리公理는 세상이 똑같아서 지식이 진보하면 해당 지방의 백성은 똑같은 사상이 있어서 저 사람의 부르짖는 바를 이 사람이 그 뜻을 모을 수 있으며, 이 사람의 논하는 바를 저 사람이 그 뜻을 통하여 이로움이 있는 자는 힘써 행하기를 힘쓰고, 해로움이 있는 자는 그 해로움을 힘써 없앨 것이요, 또 도리는 백성의 감정을 똑같게 하는 힘이 있고, 또 요즈음에는 전신과 철도가 크게 열려 지식의 개발을 도움이 적지 않은 까닭에 지방정치가 또한 그 영향을 크게 받은 것이다. 도덕의 발달은 지식과 똑같으니, 대체로 보아서 지방정치는 백성이 참고 스스로 제어하는 성질을 소유함이 필요할 뿐 아니라, '애중심愛衆心'과 '애향심愛鄕心'이 풍부하여야 이로움을 볼 수 있을 것이니, 이들 성질은 다 도덕심으로 말미암아 일어나는 까닭에 도덕심을 개발할 필요가 또한 있음은 말을 기다리지 않을 것이다. 병丙. 토지의 넓거나 좁음이 지방정치의 이로움이 있는지 여부에 관계가 있으니, 지방정치를 행할 구역을 정함이 매우 어려운 일이다. 지나치게 좁으며, 제도의 번거롭고 쓸데없이 깊을 다만 이루어 베푸는 정치가 혼잡할 근심이 있고, 지나치게 넓으면 정무를 쪼개 나누어서 관할함의 이익이 적고, 무너질 폐해가 총생할 것이다.

　세 번째의 문제는 곧, 중앙과 지방이 어떻게 직무를 나누어 맡을까 함의 문제이다. 이를 논의코자 한다면, 어쩔 수 없이 '집권'과 '분권'의 득실과 지방정치의 이해를 먼저 논할 필요가 있으니, '집권'이라 함은 헤아려 생각해보건대, 많은 정무를 중앙정부의 모두 거느려 관할함에 모두 속함이요. '분권'이라 함은 정무의 약간 부분을 쪼개 나누어 지방에 줌이다. 대강 살펴보면 분권과 집권이 둘로 서지 못할 듯하나, '집권이다', '분권이다' 말함이 비교상의 말에 지나지 않는 까닭에 일반 정무를 모두 중앙정부의 모두 거느려서 관할함에 돌리지 않더라도 중앙정부의 권력이 지방정무를 행하는 관청에 비하여 매우 큰 때는 '집권'이라 일컫고, 또 헌법상으로 중앙정부와 지방정무를 행하는 관청이 권력을 나누어 맡은 뒤에 중앙정부가 그 위에 서서 거느리고 이끄는 권력이 있으면 이를 '중앙집권'이라 일컫고, 지방의 자유 시행을 허가하는 부분은 이를 '분권'이라 부름이니, 집권과 분권이 둘로 설 수 없음을 얻을 것이다. 그러나 어떤 사람은 중앙집권의 말을 오해하여 이것으로 해로움이 있는 정치조직이라 말하고, 중앙집권은 지방정무를 행하는 관청의 운동을 펴둠이 자유를 모두 잃는 모양으로 아니, 프랑스도 이와 같은 논자의 해석에 기초하여 정치를 베푸는 것이다. 프랑스 제2기 제정帝政시대[92]에 여러 부府의 부관府官과 각 지방 관리는 다 중앙정부가 임명하고 매우 작은 시市나 촌村의 행정상 시설도 중앙정부가 엄히 감독하여 매우 작은 일도 그 스스로 영위함을 허가하지 않고, 온 나라의 교육법, 위생법, 도서관관리법 등도 일정한 규율을 엄히 세워 군사가 군율에 얽매임을 입음과 같게 하니, 이것이 프랑스에 행한 중앙집권의 일반이다. 이와 같은 집권법은 정복국征服國에나 잠시 쓸 것이요, 그 밖에 쓰면 정부를 뒤집어엎으며, 정체를

---

92) 나폴레옹 Ⅲ세가 통치하던 1852년부터 1870년까지의 기간.

바꾸는 원인이 되지 않음이 없는 것이다.

그러나 근세 헌법의 이른바 집권과 분권은 제한이 모두 있으니, '중앙
집권'이라 함은 프랑스와 같이 교육, 위생 등의 작은 항목까지 모두 간섭
하는 뜻이 아니요, '분권'이라 함은 중앙정부의 맡은 바 지방의 여러 권
리를 모두 지방에 주는 뜻이 아니니, 한 지방, 한 구역의 일에 제한할 뿐
이요, 결코 한 나라 백성 모두에게 간섭하지 않음이다. 집권의 문자 상의
뜻에 얽매여 정부의 권력을 강하게 하고, 행정을 한결같아서 변함이 없
게 하려면 폐해가 많으니, 그 폐해를 열거한다면, 토지 및 인정과 풍속
및 습관이 어떠한가를 살피지 않고, 하나로 합해 심신을 닦아 기르고자
하면, 조예가 불상용함[93]에 이를 것이니, 그 폐해가 첫째요, 행정상의 한
번 그릇됨과 한 번 실수가 온 나라에 갑자기 미칠 것이니, 그 폐해가 둘
째요, 만든 법에 얽매여 도필[94]의 관리가 무폐[95]함을 얻을 것이니, 그 폐해
가 셋째요, 크고 작은 일을 막론하고 정부의 명령을 기다려 곧 베풀어 둘
수 있으므로 잘 맞는 시기나 형편을 앉아서 잃고 사무를 헛되이 일으킴
에 마침내 이를 것이니, 그 폐해가 넷째요, 중간 등급 이하의 관리가 정
부에 의지하여 힘입음으로 습관을 이루어 하루아침에 특별한 일이 있으
면 허둥지둥하며 당황하여 베풀 바를 알지 못할 것이니, 그 폐해가 다섯
째이다.

지방정치는 분권으로 일으킴이니, 분권의 이로움과 해로움이 명백하
면 지방정치의 유익한지 여부를 알 것이다. 여기에 '지방정치의 이익'을
열거하면 곧, 아래와 같다.

일-. 입법의 일을 지방에 맡겨주면 그 입법관을 해당 지방에서 선거하

---

93) 鑿柄不相容 : 네모진 구멍에 둥근 장부는 들어가 맞지 않는다는 뜻으로, 쌍방의 사물이 서로 맞지 않음
   을 이름. '장부'는 나무 끝을 구멍에 맞추어 박기 위해 깎아 가늘게 만든 부분.
94) 刀筆 : 옛날 중국에서 대나무에 문자를 기록하던 붓과 그 틀린 부분을 깎아 내던 칼.
95) 舞弊 : 관리가 법률을 함부로 써서 뇌물 등을 받음.

므로 그 지방의 인정과 풍속을 깊이 알아 알맞고 마땅한 법률을 제정할 수 있을 것이요, 또 밀접한 관계가 있으므로 적당하지 않음으로 인정하는 때는 즉시 바르게 고쳐 보태거나 깎아낼 것이니, 이것이 지방의 입법 사무를 신묘하게 통하고 재빠르고 날래게 함이 중앙관리보다 더 나음이요, 이二. 세금을 납세자에게 매김에 중앙정부가 거두면 백성이 세금을 매기는 원인을 알지 못하고, 납세를 게을리 하는 폐해가 있으나, 지방에 위임하면 백성이 거둔 곡식의 조세가 곧, 해당 지역의 경비가 됨을 아는 까닭에 효력을 즐겁게 할 것이요, 삼三. 종교, 도덕 등에 관한 일은 정부가 어떻게 명령할지라도 백성이 그 원인이 자세하지 않으면 복종하지 않으나, 지방자치는 해당 지역의 이해를 깊이 살펴서 알맞고 마땅한 명령을 베풀 수 있는 것이니, 백성이 한 나라의 이로움과 해로움은 알기 어려우나, 한 마을의 이로움과 해로움은 쉽게 보는 까닭에 명령의 내는 까닭으로 알아서 복종할 마음이 이로 말미암아 생겨나고, 사四. 지방 백성 가운데에 자산이 풍부한 자와 학식이 넓은 자가 많으니, 이들로 하여금 정무에 참여하여 나랏일을 함께 하면 공익심이 생겨나고, 사사로이 경영하는 생각이 끊어져 국민의 타고난 기운을 떨치는 원인이 될 것이다.

지방정치의 이익은 이상과 같으나, '일반에 유행하는 못된 풍속' 이 아주 없음은 아니니,

일一. 지방정치의 구역이 좁아서 이로움과 해로움이 한 나라와 같지 않으므로 입법이 한 나라와 모순 하는 일이 많고, 이二. 지방의 독립이 지나치게 성하면 각각 그 땅을 나누어 굳세게 막아 지켜 서로 적으로 보고 이익을 다투는 까닭으로 교통을 혹은 막으며, 무역을 혹은 막는 폐해를 면치 못할 것이요, 삼三. 지방의 습관이 각각 달라서 똑같이 힘을 합해 일치하는 사상이 모자라서 영국이 가난을 구제하는 사무를 중앙정부의 장악

에 돌아가게 한 일과 같음에 이를 것이니, 1834년 이전의 영국 제도는 가난을 구제하는 사무를 지방자치에 맡기고 중앙정부는 간섭하지 않더니, 각 지역의 백성이 자기 지역의 작은 이로움과 해로움만 단지 셈하여 사무의 제한된 범위가 같지 않으므로 다른 곳의 가난한 백성을 구조하지 않아서 의논이 분분하여 소란하게 다투고 비난함에 사무를 폐하거나 해이하므로 영국정부가 어쩔 수 없어서 빈민을 구제하는 일을 중앙정부에 맡긴 것이다.

지방정치의 이로움과 폐해가 이와 같으니, 정무를 나누어 맡음의 정도를 정하고자 한다면 어쩔 수 없이 이로움과 해로움의 관계를 깊이 살펴야 온 나라에 관한 사태와 반드시 통일할 제도는 중앙정부에 속할 수 있을 것이요, 한 지방 구역에 다만 관계하거나 지방의 내부 사정에 응하지 않으면 알맞고 마땅하게 할 수 없을 일은 지방자치에 위임할 수 있을 것이니, 이것이 중앙정부와 지방자치의 사무를 구별하는 중요한 것이다. 이로 기본하여 지방 정부 사무의 제한된 범위에 속할 수 있는 일을 열거하면 아래의 약간이 있다.

제일. 위생상의 사무 (방역법防疫法과 건강 보전에 관한 일반 사무)

제이. 시읍의 수식修飾 (가옥 건축과 가도街道 개량 등의 사무)

제삼. 교육사무 (교육의 어떤 점을 정하여 이 점에 이르지 못한 것은 정부가 강제로 꺾음이 옳고, 이 밖의 교육은 지방에 위임할 것이다)

제사. 생계매매에 관한 일 (교통의 편리함과 시장의 이로움을 베푸는 등의 일)

중앙정부가 마땅히 사무의 범위를 제한할 것은 아래와 같으니,

제일. 교통사무 (관도官道 건설과 철도, 전신의 보관 사무 등)

제이. 조세사무

제삼. 화폐주조

제사. 사법사무

대체로 보아서 '위생교육'과 '시읍조리市邑條理' 등의 일은 반드시 그 지역의 풍속과 인정을 따라 그 마땅함을 알맞게 할 것이다. 그러므로 중앙정부는 그 큰 줄거리만 정하고 이밖에는 모두 지방자치에 맡길 것이요, 중앙정부가 당연히 사무의 범위를 제한할 것을 논한다면, '화폐주조'와 '국세징수'와 '사법사무'의 세 가지는 통일할 필요가 있는 까닭에 각 나라가 중앙정부에 모두 맡겨 다른 의논이 거의 없거니와 '철도' 한 가지 일에 이르러서는 어떤 사람은 관官의 소유를 주장하고, 어떤 사람은 백성의 소유를 주장하여 의논이 한결같지 않은 것이다. 그러나 우리들의 의견으로는 관官의 소유로 함이 옳다 하는 것이니, 대개 철도는 국가 교통의 중요한 기관이기 때문에 지방제도의 서로 같지 않음을 다르게 할 것이 아니니, 만약 철도를 백성의 소유로 하면 상업의 일이 번성한 구역에 향해서는 백성이 펴서 베풀어 놓고, 밀고 외진 지역에는 나라가 경영하여 이로움은 백성에게 돌아가고 해로움은 나라에 돌아가는 형세가 있으며, 또 백성은 이로움을 위하여 오는 까닭에 비용을 살피고 아껴서 궤도軌道에 깐 철조鐵條와 기관 등의 수리를 게을리 하며, 다른 사람을 지나치도록 부지런히 일하게 하는 것이니, 각 나라에 증거를 보면 그 폐해를 하나하나 들어서 말하지 못할 것이다. 그러므로 중앙정부가 맡아 다스리는 바에 따라 속함이 마땅한 것이다.

경찰 사무를 중앙에서 소유함과 지방에 맡김은 득실이 각각 있으니, 국민의 자유를 보호하는 점으로 살펴보면, 이 권리를 중앙정부에 모음이 매우 위험하고, 경찰의 목적을 이루는 점으로 살펴보면, 중앙정부에서 한 데 몰아 잡아야 신묘하게 통할 수 있을 것이다. 그러나 경찰은 백성의 자유를 보호함이 목적이요, 또 중앙정부의 관리는 지방의 인정과 풍속을 알지 못하여 서로 맞지 않음의 폐해가 반드시 있을 것이니, 지방에 맡김이 득이 되는 좋은 계책이구나.

네 번째의 문제 곧, 중앙과 지방이 나누어 맡는 정무의 관계는 각 나라 정치가의 애써 연구하는 바이니, 그 관계가 지나치게 성기고 멀면 각 지방이 독립국과 같아서 온 나라가 무정부에 이르는 형세가 있을 것이요, 지나치게 가깝고 밀접하면 지방정치가 유명무실할 것이다. 영국은 이러한 일의 폐해를 경험한 까닭에 근세에는 '지방정무국地方政務局'을 특별히 설치하여 지방 정무를 행하는 관청의 맥락을 통하게 하니, 이 국이 지방자치를 감독하는 권리는 없으나 각 지방 의회에 대하여 중대한 권력이 있어서 지방의원선거 때의 논쟁은 이 국이 재판해 결정하고, 사법, 재정 사항에 관해서는 지방 정무를 행하는 관청을 감독하는 권리가 또한 있는 것이다. 기타 여러 나라도 이를 본떠 하나의 부서部署를 특별히 설치한 것이 적지 않으니 요약하면, 중앙과 지방의 관계는 그 나라 문명 정도가 어떠한가와 그때 형세의 어떠한가를 봐서 정할 것이요, 일정하게 일상생활에서 지켜야 할 법도를 확립하여 재제를 제멋대로 함이 옳지 않다.

제이십사장 속국정치

속국정치를 두 가지 큰 문제로 나누어 논할 것이니, 하나는 '식민론植民論'인데 인류가 살지 않은 지역과 야만 때문에 나라를 이루지 못한 땅에 이민移民하여 이것을 관리하는 문제요, 하나는 '정복국론征服國論'인데 한 사회를 이미 이룬 나라를 침략한 뒤에 이것을 관리하는 문제가 이것이다. 영국 백성이 오스트레일리아Australia로 향하여 식민함과 옛날의 영국 사람이 북아메리카로 이주하여 오늘날의 합중국을 만들어냄은 식민의 예요, 영국이 인도를 정복함과 프랑스가 아치요리亞治天利를 점령함과 남아메리카의 침략을 입힘은 다 정복한 속국의 예이다.

식민의 성질을 알고자 한다면, 먼저 근세의 말하는바 식민이 옛날의 식민과 서로 같지 않음을 앎이 필요하니, 3~4백 년 이전부터 유럽 사람이 식민사업에 종사하여 오늘날에는 식민할 수 있는 토지가 없는 까닭에 오늘날에 있어서 식민정책을 행코자 한다면 토지와 백성을 정복하거나 이를 내쫓지 않으면 그 목적을 이룰 수 없으니, 식민주의의 변경함은 지리상의 어쩔 수 없는 사정이다. 또 정치상으로 살펴봐도 변하지 않을 수 없는 형세가 있으니 가령, 영국령의 캐나다가 모국의 협의를 기다리지 않고 온갖 정사를 스스로 행하며, 이밖에 각 곳의 식민지도 합중국과 같은 지위에는 이르지 못했으나 모국 정부의 간섭을 벗어나 스스로 주인 되고자 하는 형편이 모두 있으니, 모국과 식민지의 정치상 변동을 미리 결정할 수 있겠구나.

류사流士 씨가 식민의 뜻을 해석하여 말하기를, "식민은 본국의 다수 백성을 인류가 살지 않은 지역으로 이주하거나, 혹은 토지와 백성을 내쫓고 차지하고 살아서 한 사회를 새롭게 설치함인데, 이 새로운 사회가 본국에 속하는지 여부는 식민의 여부에 관계가 없음이다"라 하였으니, 이 정의를 따르면 곧, 옛날의 북쪽 오랑캐가 로마 제국을 눌러 복종시키고 이주함은 식민이라 말하지 못할 것이니, 이는 사회를 들어 다른 나라에 이주하고 식민을 특별히 설치함이 아닌 까닭이요, 영국령의 인도를 영국의 식민지라 말할 수 없으니, 이는 그 토지와 국민이 다른 나라 사람과 서로 섞여서 사회를 이루고 영국 사람은 그 한 부분을 차지함에 지나지 않는 까닭이요, 또 자로타子路打, 시포납타市布拉打 등의 지역에도 영국의 병영이 있어서 식민지의 형편을 이루었으나 그 실제를 궁리하면 식민지가 아니구나.

오늘날에 식민정책의 변천을 설명하기 위하여 세 시기時期로 나누니,

제1기 신세계 발명 때로부터 미국혁명전쟁 때까지

제2기 미국전쟁 때로부터 1830년까지

제3기 1830년으로부터 오늘날까지

제1기의 식민정책은 '금은주의金銀主義'이다. 그때의 식민 목적은 상고
商賈의 이익을 얻고자 함에 있었으니, 바로 말하면 금은을 얻으려 하는 목
적이다. 콜럼버스가 아메리카를 발견함도 동인도에 금은이 풍부함을 알
고 여기를 지나는 길을 바로 가고자 하다가 아메리카를 발견함이요, 그
뒤에 유럽 사람이 대오隊伍를 맺고 무리를 이루어 이 땅에 이주함도 금은
을 얻고자 함에 지나지 않는 것이다. 당시에 영국과 스페인이 함께 넓고
큰 식민지를 소유하여 스페인의 식민지에는 금은 산출産出이 옛날부터
그때까지 견줄 데가 없었는데, 스페인이 그 광업을 장려하고, 외국 무역
을 엄하게 금지하여 그 땅의 산출하는 금은을 모두 본국으로 수송케 하
였으며, 영국의 식민지는 금은의 산출이 없으므로 소유한 물산物産을 힘
써 구해서 다른 나라에 수출하여 금은을 빨아들이게 하였으니, 그때 영
국이 골라 쓴 방법은 아래와 같은 것이다.

첫째, 식민지에 본국 제조의 재료가 될 것이 있으면 이것을 장려하여
본국으로 수송하여 본국 사람으로 하여금 제조케 하고, 식민지의 백성이
이 일을 따름은 허가하지 않으니, 이것은 낮은 가격의 재료를 얻어 물품
을 성하게 제조하고, 이것을 수출하여 다른 나라의 산업을 압도하고 금
은의 수입을 얻고자 하는 정책이요,

둘째, 식민지의 백성이 다른 나라의 물품을 수용치 못하게 하고, 오로
지 본국의 제조품으로만 공급하여 금은의 수출을 막고,

셋째, 본국에서 제조하는 물품은 식민지에서 제조함을 허가하지 않아
서 신발 한 켤레, 못 한 개라도 본국을 우러러보게 하니, 이것은 본국의

수출을 성하게 할 목적이다.

또 식민지에서 산출하는 물품은 모두 본국으로 향하게 하여 본국의 수용품을 다른 나라에서 취하지 않고, 다만 본국의 물품을 다른 나라에 수출하여 그 금은을 흡수코자 하였으니, 제1기의 정책은 금은을 얻음에 오로지 있는 것이다.

영국 당시의 식민정책도 '속박주의'를 취하였으나, 스페인에 비해서는 조금 관대하니, 스페인의 식민장관은 매우 압제하여 전제국專制國의 제왕과 다름이 없으므로 신세계의 가장 풍요한 지역을 차지하여 금전의 산출이 풍부하고 많았으나, 이주민이 쇠약하고 피폐하여 다시 떨치지 못하고, 영국은 자치를 허가하므로 이주민이 드디어 점점 번성하여 본국과 독립함에 이르렀구나.

제2기의 식민정책은 '간섭주의'이다. 스페인은 그 세력을 이미 잃고, 영국의 식민 권력이 가장 성하다가 합중국이 영국을 떠나 독립하니, 영국의 식민정책이 이전의 '방임주의'를 버리고, 간섭주의를 집행한 것이다. 그때 영국의 정치가가 모두 말하기를, '북아메리카가 영국의 보호로 겨우겨우 150년 사이에 부의 원천을 넓게 심고, 인구를 크게 늘릴 수 있었는데, 하루아침에 은혜로운 뜻을 잊고 납세를 거절하니, 이것은 영국의 정책이 관대한 까닭이다. 이 정책을 고치지 않으면 여러 식민지가 다 떠나고 배반할 것이다'라 하여 영국 정부가 그 식민정책을 한 번 바꾼 것이다.

영국이 그 정책을 바꾼 원인이 또 있으니, 식민지를 죄수를 놓아두는 지역으로 만들어 신소토위사新疎土威士 지방은 죄수의 사회를 이루고 매우 흉악하고 사나워서 막을 수 없기 때문에 1794년에 '식민국植民局'을 중앙정부에 특별히 설치하고 식민지의 자치권을 허가하지 않으니, 이것이 간섭주의를 집행한 두 번째 원인이다.

제3기의 식민정책은 '방임주의'이다. 1830년에 '식민협회'가 일어나 죄수 식민의 주의를 반대할 때, 당시의 회원이 경박한 소년의 무리였기 때문에 세상에 신중하게 보이지 못하여 오래지 않음에 해산하였으나, 그 주장의 정확함과 회원의 열심 때문에 그 모임은 흩어졌지만 그 주장은 연기처럼 사라지지 않고 그 뒤에 유럽의 여론을 불러일으켜 영국의 정책 으로 하여금 방임주의를 골라 쓰게 함에 이른 것이다. 1830년경에 식민 지의 헌법권을 허가하였으나 식민국의 모두 거느려 관할함을 받아 모든 행정을 본국 정부에서 특별히 임명한 관리가 장악하므로 유명무실하더 니 1846년에 이르러 캐나다의 지방자치권을 허가하므로 자치제도가 각 식민지에 파급한 것이다. 이로 말미암아 살펴보면, 영국의 식민정책은 그 주의와 목적이 중세에는 잘못하였다가 마침내 그 근본 뜻을 회복하여 오늘날의 융성을 이룸이구나.

어떤 사람은 국권의 확장을 주장하여 말하기를, '한 나라의 위세와 권 력을 확장하려면 그 판도를 넓히고, 판도를 넓히고자 한다면 식민지를 관리하되 명분과 실제가 서로 맞게 함이 옳다'라 하니, 이 학설은 옛 학 설에 이미 속해서 충분히 마음에 둘 것이 없구나. 오늘날에 이르러서는 한 나라의 강하고 약함이 국토의 크거나 작음과 백성의 많거나 적음에 있지 않음이 분명하니, 식민지의 백성이 자치력이 없으면 중앙정부가 이 를 관리하려니와 그렇지 않으면 식민지의 내치內治를 간섭하지 않고 자 치를 허가함이 정책의 가장 중요한 뜻이다.

이상은 식민지의 정치를 논함이거니와 다시 '정복국'을 논한다면 정복 국은 두 종류가 있으니, 하나는 제도 및 문물과 습관 및 풍속과 문명의 정도 등이 본국과 매우 두드러지게 다르지 않은 것이요, 하나는 이들이 본국과 서로 두드러지게 다름이 큰 것이니, 전자에는 방임주의로 자치를 허가함이 옳음은 말을 기다리지 않으려니와 후자에 대해서는 '본국 정부 가 어떤 정책을 집행함이 옳은가?' 중앙정부가 직접으로 직권으로써 맡아 다스림과 중앙정부의 대표자로 하여금 작은 정부를 정복국에 설치함의 두 가지 중에서 한 가지를 고를 것이다.

어떤 사람은 말하기를, "본국이 한 중신重臣을 보내 그 나라를 관리케 하고, 그 중신으로 하여금 본국 국회에 대하여 책임을 지게 하여 그 횡포한 전권을 막을 것이니, 이와 같이 하면 그 나라를 경영하고 다스리는 자가 매우 큰 권력을 쥐나, 국회의 세력을 꺼려서 감히 임의로 망령되이 하지 못할 것이다"라 하니, 이것은 본국 국회의 세력을 정복국에 베풀어 그 나라의 안녕과 행복을 꾀하고자 함이나, 이러한 의논이 매우 마땅하다 말할 수 없으니, 이것을 대강 보면 간단하여 행하기 쉬울 듯하나 실제 사정을 자세히 살펴보면 곧, 막혀 방해가 됨이 적지 않으니, 대체로 보아서 한 나라의 백성 곧, 국회가 본국을 다스림과 다른 나라를 다스림에 대한 뜻이 크게 다르니 가령, 영국 국회가 못된 사람을 내쫓고 착한 사람을 쓰는 권력을 쥐어 영국의 관리로 하여금 횡포를 왕성하지 못하게는 하겠지만, 이것을 인도 백성에게 베풀어서는 무책임한 정치가 될 것이다. 대개 인도를 관리하는 자가 영국에 대하여 책임을 질 것인 까닭에 어쩔 수 없이 영국 백성의 의향을 따라 나아가고 물러나므로 인도 백성에 대해서는 완전히 책임이 없는 것이다. 그러므로 하루아침에 영국 백성과 인도 백성의 이로움과 해로움이 서로 달라서 서로 다투는 때는 인도를 관리하는 자가 어쩔 수 없이 영국을 먼저 하고, 인도를 뒤에 할 것이니, 이것은 인도를 편히 다스리는 방책이 아니라 하겠다.

다른 나라를 관리함이 본래 매우 어려운 일이다. 첫 번째 곤란은 그 나라의 풍속과 백성의 감정을 자세히 알 수 없음에 있으니, 백성의 감정과 풍속을 알지 못하면 좋은 정치를 베풀기 어려운 까닭에 다른 나라를 다스리는 자는 그 나라 백성의 감정과 풍속을 살피기로 첫 번째 중요한 뜻을 만들 것이요, 두 번째의 곤란은 그 나라 사람이 시기하고 의심하는 생각을 품음에 있으니, 다스림을 받는 자가 시기하고 의심함의 생각으로 다스리는 자를 헤아리면 다스리는 자가 어떤 선량한 목적으로 정무를 행할지라도 믿지 않아서 정사를 베풂이 곤란할 것이다. 이러한 곤란을 없애고자 한다면 그 지역 백성 가운데에서 재주와 능력이 있는 자를 뽑아서 정무에 참여케 하고, 그 사상이 발달하고 사무가 익숙함을 기다려 높고 중요한 지위에 둠이 더할 나위 없이 가장 좋은 방책이니, 하나는 그 풍속과 백성의 감정을 다 자세히 해야 할 것이요, 하나는 백성의 의심을 없애 일거양득의 효과를 얻을 수 있을 것이다.

　정치원론 종終

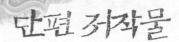

단편 저작물

＊번역·역주 : 김형태

일견과 백문의 우열

어떤 사람이든지 백 번 들음이 한 번 봄과 같지 못하다 말하니, 한 번 보는 경험보다 가볍지 않은 것이 없다 하나, 그러나 이 세상 여러 가지 사물을 모두 다 실제의 장소에서 경험함은 인생 실제의 허락하지 않는 바이다. 도저히 확실하게 말하지 못하나, 그 반대하여, 백 번 들어 지식을 얻음은 매우 쉬우니 다만 백 번 들을 따름이요, 천 번 듣고, 만 번 들음이 대단히 많이 포함하는 데도 바꾸지 못하고 독서 학문함은 인생의 병의 본보기이다. 그러나 혹은 학문도 운연과안[1] 같이 하고, 다만 종이 위의 문자를 잠깐 보아 갈 때는 백 권의 책을 읽음이 실제의 장소에서 한 번 봄과 같지 못함이 있는 것이다. 진실로 마음을 가라앉혀 예로부터의 실제 지내온 경험이 거울과 같아서 눈앞 사실에 비추어 스스로 이 세상 일에 당하여 실제에 적용할 마음 얻음이 있음은 독서 학문에서 얻을 수 있는 그 중요함이 아니요, 실제 지내온 경험을 얻어 하나의 편리한 방법을 취함이니, 한 권 책을 읽음이 문득 백 번 경험의 넉넉함만 같지 못한 것이다. 이와 같은 학업을 닦는 젊은이는 책을 읽어 정치의 논함이 용맹스러우며 통쾌하고, 실업實業의 논함이 참으로 중요하여 그 용맹스러우

---

1) 雲煙過眼 : 구름이나 연기가 지나가는 것처럼, 조금도 기억에 남지 않음.

며 통쾌함과 참으로 중요함에 맡겨 막연히 읽어 가면 아무 보람도 없고, 다른 날, 일을 만들어 행함에 실제에 당하고, 정계政界에 나가서 작은 일 하는 사람과 또 중요하고 큰 자리에 처하여 순서대로 출세할 꾀가 없고, 또 장사하는 사람이 되어도 늘 나라를 위해 힘을 다하는 장정 및 어린아이와 대열을 이루지 못하나니, 이는 독서 학문의 지극한 바이다. 그러나 맨 처음으로부터 큰 정치가와 큰 상인될 마음으로써 정치론, 실업론을 읽으면 스스로 마음에 모아 얻는 바가 있고, 실제 일에 임하더라도 생각의 반을 지나는 사람이 많고, 정계, 상계商界의 참맛을 깨달아 알게 되니, 마음이 작아 허드렛일 하는 사람과 나이 든 장정과 어린아이의 경험을 기다림이 없어도 좋다. 혹은 독서 학문으로써 학업을 닦는 젊은이의 헛된 글만 삼고, 실제 일에 당하면 감당하지 못함이 있나니, 반드시 요구되는 어떠한 경우에 처하더라도 그 마음에 둠을 잊음이 옳지 않다. 가령 장사 실업 일을 보더라도 이것을 처리함이 이른바 한 번 보고 흘린 뜻을 잡아 자기 집을 다스릴 수 있는 신기한 일을 만남이 비로소 한 번 경험함을 얻음이다. 종일 차를 타 분주하고, 밤새 잠을 안자고 정신을 집중함도 한 번 봄의 꾸짖음이다. 하루 한 번 봄도 경험을 더할 따름이니, 뒤집어 이와 같이 반나절의 한가함을 훔쳐 독서 학문에 쓰면, 백 번 들은 지식을 얻음이 어려운 것이다. 단 일에 골몰해 하루에 한 번 보면 열흘에 열 번 봄이니 이십 일에 이십 번 봄에 지나지 못하나, 그러나 반나절 독서로 백번 들은 지식을 얻는다면 곧, 하루 한 번 본 경험을 더함이니, 그 위의 열흘을 쌓아서 천 번 들음이요, 이십 일을 쌓아서 이천 번 들은 지식을 이롭게 함이 옳다. 이는 천 번 듣고 만 번 들은 지식을 실제 한 번 본 참 경지에 응용함이니, 보람의 과정을 배우지 못한 경험가에 비하면 반드시 거의 갑절의 자취를 이룸이 있으니, 그러면 곧 어떠한 바쁜 일을 당한 사람이라도 하루의 시간을 둘로 나누어 그 반쪽은 일에 바쁘게 힘써 일하여 한 번 본 경험을 힘쓰고, 동시에 다른 한쪽은 독서 학문에 마음을 가라앉혀 백 번 들은 지식을 얻음이 마음에 둘 매우 필요함이다. 마치 세상에 문자 인쇄의 발명이 없던 시대에는 저 신농씨[2]의 찡그림을 본받아 이세상 여러 가지 일을 사랑해 맛보아 그 맛을 아는 것 외에는 없었으나, 그러나 오늘날의 문명사회의 서적과 이름난 편리한 기계가 있어 예와 이제 수두룩한 사람마다 거의 천백 년 사이에 이르도록 경험하고 실제로 지내온 것은 학자와 기술자가 천 번 생각하고 만 번 생각한 위에 발명한 자취를 이루어 실제 얻음을 한 권 가운데에서 거두어 작은 것과 큰 것을 남기지 않고, 또 신문지를 이룸이 있어 내외 각지의 나고 드는 일을 날마다 기록해 실어 세계의 사정을 알아 확실히 자세하게 하고, 우리들은 이편리한 세상에 처하여 겨우 몇 시간의 한가함을 써서 세계고금의 지식을 얻고, 자리에 있지만 그러나 무엇을 고생스러워할까? 한 번 보는 경험일 따름이오. 의지해 힘입어 어리석음을 배워 힘씀이 옳도다. 우리들은 감히 한 번 봄과 백 번 들음을 일컬을만한 사람이 없으나, 지금까지의 독서 학문을 믿어 우러르는 사람이 많아 백 번 듣고, 천 번 듣고, 만 번 들음을 힘쓰나, 그러나 한 번 봄의 실제를 잊지 않음으로써 세상에서 살아감에 많은 일이 실제 장소에 이로움을 희망하노라.

— 《친목회회보親睦會會報》2(1896.4).

---

2) 神農氏 : 중국 고古전설 중의 제왕. 성姓은 강姜임. 백성에게 농경農耕을 가르쳤으며, 시장을 개설하여 교역交易의 길을 열었다고 함. 농업의 신, 의약의 신, 역易의 신, 불의 신으로 숭앙됨. 염제炎帝.

정치의 득실

정치라 이르는 것은 뱃사공이 배를 운조運漕하는 것과 같으니 인민은 물과 같고, 국가는 배와 같은지라 물은 배를 싣기도 하고, 배를 뒤집기도 하나, 배를 싣게 하며, 배를 뒤집히게 함은 뱃사공의 책임이다. 이런 까닭으로 뱃사공은 물의 성질에 익숙하며, 물길에 익숙한 뒤에야 배를 운조할 수 있어서 비록 꼬불꼬불한 작은 길과 바람이 불고 물결이 일어 하늘을 치는 때라도 무사함을 지킬 수 있는 것이니 정치가라는 사람은 먼저 인정을 꿰뚫은 그런 뒤에 행정을 논할 수 있을 것이다.

정체政體는 입헌정체立憲政體(즉, 대의정치代議政治)와 전제정체專制政體 (즉, 군주독재정치君主獨裁政治)가 있으니 어느 쪽이 좋으며, 어느 쪽이 나쁜가? 입헌정체는 많은 사람들이 다스리는 정부라 인민의 자유를 단단하고 튼튼하게 하여 인민이 각각 자유의 권리를 갖는 까닭으로 '공평하지 못하다' 말하는 일이 없게 하고, 전제정체는 혼자 의견대로 결단하는 정부라 혼자 의견대로 결단하는 정부 아래 사는 백성은 자유를 얻지 못하고, 위에 의지하여 그 정치가 만일 포학하면 공평하지 못함을 말하나니 이로 말미암아 보건대, 입헌정체와 전제정체의 우열은 의논함을 기다리지 아니하려니와 혼자 의견대로 결단하는 정부라도 그 군주가 영명하여 선량한 정치를 베풀면 인민이 배불리 먹고 기뻐하여 배를 두드리며 태평한 세월을 노래하는 행복을 즐기나니 중국 고대 요순같은 어질고 밝은 임금은 어진 정사를 온 나라에 펴 인민이 모두 태평한 즐거움을 힘입었고, 많은 사람들이 다스리는 정부라도 그 나라 국회의원이 주의가 없고, 의견이 없어 국회를 일이 있음으로 열었다가 합의하지 못함으로 닫으며, 일이 있음으로 열었다가 경멸함으로 닫아, 다스리는 법이 공평무사하지 않으면 그 나라가 반드시 쇠衰하여 망하나니 유럽 고대 로마국은 공화정치共和政治였지만, 지금 쇠하여 망하였으니 어찌 전제정체는 모두 나쁘며, 입헌정체는 모두 좋을 뿐이겠는가? 일을 맡은 사람이 적절하게 잘 쓰며, 적절하게 잘 쓰지 못함에 있도다. 대의정치가 전제정치에 비하면 낫다하니 혼자 의견대로 결단하는 정부라 하는 것은 군주 한 사람이 살리고 죽이고 주고 빼앗는 권리를 스스로 떠맡아 한 나라를 마음대로 처리함이니 이것은 한 사람으로 한 나라를 다스림이요, 대의정치라 하는 것은 한 나라의 인민으로 다른 사람을 대신해 의논하는 선비를 선거하여 인민의 이해를 저울질하여 정사를 참여해 의논하는 권리를 줌이니 이것은 한 나라로 한 나라를 다스림이다. 그러하니 곧 혼자 의견대로 결단하는 정치는 한 사람의 정치요, 대의 정치는 많은 사람들의 정치이다. 한 사람의 의견이 확실하나, 많은 사람들의 의견을 합한 데 비하겠는가? 옛 사람이 말하기를, '태산은 먼지와 흙을 모은 것이요, 큰 바다는 떨어지는 물방울을 합한 것이다' 라 했으니, 좋구나! 이 말이여!

동양 가운데 일본이 먼저 입헌정치를 행하였으니 그 법은 대개 서양 나라로부터 옮겨 온 것이나, 오늘날에 당하여는 서양 법과 다른 곳이 많으니 이것은 다름이 아니라, 따로따로 나라와 풍토風土와 기후와 종교의 다른 까닭 때문이다. 대체로 보아 한 나라가 망하면 한 나라가 일어나니 어찌 망하는 나라에는 정치가 없으며, 일어나는 나라에는 정치가 있겠는가마는 정치는 그 사람을 따라 좋게 하기도 하며, 나쁘게 하기도 하는 것이다. 그 좋게 하며, 나쁘게 하는 것은 일을 맡은 사람에 달려있으니 반평생 공부방에서 많은 책을 읽은 사람이라도 실제의 처지 위에서 실업實業을 행할 때에 미쳐서는 가끔 좌절挫折함이 많으니 이것은 이른바 붓 아래에 비록 많은 말이 있으나 가슴속에는 실제로 한 가지 계책도 없는 사람이다.

물이 없으면 배를 운조하지 못하고, 백성이 없으면 정사를 행하지 못하나니 물이란 것은 배의 근본이요, 백성이란 것은 나라의 근본이다. 근본을 근본 삼지 못하면, 비록 온 천하를 경륜하여 다스릴 재주가 있으나, 어찌 끝을 행하겠는가? 저 넓고 먼 큰 바다에 뒤집힌 배를 보라! 그 뒤집 힘은 무엇에 말미암았는가? 뱃사공이 물의 흐름에 익숙하지 못한 까닭인 것이다.

— 《친목회회보》 3(1896.6).

북미합중국의 독립사를 열하다가
아 대조선국독립을 논함이라

    콜럼버스Christopher Columbus가 아메리카 대륙을 발견한 뒤로 말미암아 유럽 여러 나라 인민이 다투어 나아가 아메리카로 옮겨 자리 잡는 사람이 많았으니 각 나라가 식민지를 베풀어 두되 영국과 프랑스의 식민지가 가장 컸다. 이로써 영국과 프랑스 두 나라가 서로 전쟁하여 프랑스 식민지가 거의 절반이나 영국의 땅이 되었다. 이로부터 영국 사람들이 아메리카에 거리낌없이 함부로 날뛰어 이르는 곳에 잔인하고 포악한 행위가 많았고, 영국 정부는 그 식민지 백성들에 대하여 바르지 못한 정치상의 책략을 펴며, 이치에 어긋난 조세租稅를 거둠으로부터 그 곤란을 참지 못하여 원망해 한탄함이 있음이 오래하더니 서기 1776년에 이르러 큰 용기와 큰 분노를 일으켜 군대를 들어 영국을 등질 때, 워싱턴을 선거하여 장군을 삼고, 같은 해 7월 4일에 독립하는 선고문宣告文을 영국에 보내고, 각 식민지 13국을 합하여 북아메리카합중국이라 일컫고, 이름 높은 프랭클린을 프랑스에 보내 구원을 청하니 프랑스가 응원하고 군대를 보내 합중국을 구조하니 이에 워싱턴이 군대를 이끌고 세력을 굳게 하여 영국 군대를 쳐서 깨뜨리고 독립을 오로지 할 수 있었으며, 헌법을 제정하여 하나의 커다란 공화국을 이루더니, 오늘날에 이르러 문명의 다스림이 유럽에 높이 뛰어난 것이다.

오직 우리 대조선국은 동양에 처하여 온 나라 신하와 백성이 역대 임금의 조정朝廷의 중희누흡³ 한 다스림의 은덕을 입어 승평연월⁴에 실컷 마시고 먹을 뿐이더니 문득 오늘날 운요정비⁵한 세상을 당하여 오히려 청나라의 무례한 천대를 무기력하고 구차하게 내버려두며, 청나라의 허문虛文과 쇠한 습속을 오로지 높이고, 커다란 임기응변의 책략에 신사상을 깨닫지 못하더니 나라를 연지 오백 년에 이르러 어느 정도 다행스럽게도 황천皇天이 우리 나라를 사랑해 돌봐주셔서 다시 흥하고 창성할 기운을 내리셨으니 이에 있어서 유신정략維新政略을 개량하며, 독립 기본을 단단하고 굳게 하여 건양⁶ 연호를 처음 시작해 세웠으니 아! 성하구나. 동방 사천 여 년 이래로 처음 있고 처음 본 크게 구원한 사업이자 큰일이라고 일컬을 만하구나. 대체로 보아 세계에 어느 나라를 막론하고 자주독립의 이름이 이미 있는, 곧 또 자주독립의 실제가 있는 그런 뒤에 완전한 독립국이 될 수 있으니 독립의 실제는 국민이 마음을 합하고, 몸을 모아 그 나라를 사랑하며, 그 나라를 지킴에 지나지 아니하나니, 아아! 저 북미합중국은 본래 다른 나라의 식민지로써 능히 자주독립을 완전히 할 때에 무한한 곤란과 수고로움이 있었거니와 우리 대조선은 위로 역대 임금의 조정에 쌓은 공적이 있으시고, 아래로 인민의 나라 향한 정성이 있으니 오늘날 문명을 점점 이루어 나갈 방법이 북미합중국에 비하건대, 아주 쉽기가 손바닥을 뒤집음과 같은 것이다. 그러나 국민이 오히려 안으로

---

3) 重熙累洽 : '밝음이 거듭하여 은혜가 두루 미친다' 는 뜻으로, '임금이 대대로 현명하여 태평성대가 계속함' 을 이르는 말.

4) 昇平烟月 : '승평' 은 세상이 편안하고 나라가 태평함. '연월' 은 안개 같은 것이 끼어 흐릿하게 보이는 달. 으스름달.

5) 雲擾鼎沸 : '운요' 는 구름이 어지러운 것처럼 세상이 어지러움. '정비' 는 솥의 물이 끓듯이 소란함.

6) 建陽 : 조선시대의 연호. 1896년(고종 33)부터 썼던 연호이다. 일본의 강요에 의한 조치였으므로 자주적인 뜻보다는 친일내각을 통한 일본 침략정책의 한 표현이라고 볼 수 있다. 1897년 8월 광무光武로 바뀔 때까지 썼다.

순박하고 좁은 습속을 고치지 못하고, 밖으로 서로 사귐의 도道를 밝히지 못하여 충근부강⁷의 계책과 흘겨보고 엿보며 쳐서 빼앗김의 근심을 막연히 알지도 못하고, 듣지도 못한 것 같으니 어찌 슬퍼하고 아까워하지 않겠는가? 아! 슬프다. 무릇 우리 대조선국 뜻있는 집은 자주독립의 주의를 머리 속에 젖게 하여 복숭아꽃 동산 안에 큰 잠을 갑자기 깨서 우리나라에 영원한 독립을 보존할 방침을 힘써야 할 것이다. 가장 먼저 교육을 널리 펴서 인민이 실제 배움과 실제 일에 연구하게 하며, 법전法典을 제정하여 인민이 복종할 의무에 짐지게 하며, 외교를 좋게 하여 여러 나라와 교통을 편하게 하며, 군비를 확장하여 밖의 업신여김을 막아 지키게 하고, 가까운 이웃에 청나라와 일본을 사귀어 벗하며, 서양에 유럽 주와 아메리카 주를 타고 채찍질하여 우리 대조선국의 문명으로 육대주六大洲에 높이 뛰어나게 하면 어찌 성하지 아니하며, 어찌 편안하지 않겠는가?

좋다! 거문고와 비파의 줄을 고쳐 매면 새로운 곡조曲調를 들을 수 있나니, 우리 독립의 봄 우레 소리가 장차 온 세상에 진동하여 세계의 귀와 눈을 놀라게 할 것이다.

— 《대조선독립협회회보大朝鮮獨立協會會報》 4(1897.1).

---

7) 忠勤富强 : '충근'은 충성을 다하여 근무함, 충성스럽고 근실勤實함. '부강'은 나라가 부하고 강함.

정도론

여러분! 나는 지난해 9월에 전문학교에 들어가 이른바 정치를 공부한 지 6개월이 되었으니 무슨 학문이 있겠습니까? 염치를 알지 못하고 연단에 올라 정도를 논하니 정말로 웃을 만합니다. 그러나 어떤 사람이든지 처음부터 학문이 있는 것이 아니라, 햇수를 지남에 점점 학업의 진보를 얻음이니 이에 무식한 말로 여러분에게 고告하니 하는 짓이 분수에 넘치나 용서하심을 바랍니다.

정도를 논함에 당하여 먼저 '정도라 하는 것은 무엇인가?' 한 가지 문제를 일으킬 것이니 정도라 하는 것은 정치가가 일에 당하여 정사를 다스리는 도라 말함은 논함을 기다리지 않을 바이다. 그러면 곧, '정치가라 하는 것은 무엇을 말함인가?' 하니 이 문제에 이르러는 세상 사람이 다 정치가라 하는 것은 정치에 숙달해 환히 통하는 사람을 일컬음이라고 말하나 그러나 이 말은 정치가가 아니라 정치학자라 일컬을 것이니, 나는 이와 다르게 답할 것이오. 곧 정치가라 함은 다만 정치에 숙달해 환히 통할 뿐 아니라 일에 당한 사람을 일컬음이니 '어찌함인가?' 물을 것이면, '정치가'는 정치학자와 달라 정사를 다스리는 뛰어난 사람이니 정사를 다스리는 뛰어난 사람은 일에 나아감에 당한 사람을 일컬을 것이오.

정치가는 공문허법[8]을 함부로 일으켜 행하여 정치의 아름다운 것만 열거하고, 하나도 실행하지는 못하면 어찌 정치가라 일컫겠소? 무릇 세상의 온갖 일이 다 말하기는 쉬우나 행하기는 어려운 것이라, 세상 사람이 나라를 다스리고 백성을 편안히 함을 말하는 사람이 비록 많으나, 몸소 실제로 행하여 그 실제를 수행하는 것은 보기 어렵소. 정치가는 이상과 같이 말로만 열거하는 것이 아니라, 실제를 행하는 것이니 정치가가 일에 당하여 자기 몸을 먼저 하고 천하를 뒤에 하여 국가민생의 이해와 정강치도[9]의 득실은 어떠하든지, 정강政綱은 흩어 없어지든지, 나라는 쇠하여 망하든지 벌제위명[10]으로 일에 당하여 이와 같이 함은 돌아보지 않고 자기 한 몸의 한때 편리한 것만 따라, 벼슬길에 당하면 좋아하는 얼굴빛이 있고, 정권을 잃으면 근심하며 한탄하여 근심하는 얼굴빛이 있어 정도는 생각하지 않고, 벼슬길만 바라는 이러한 것들을 일컬어 정치가라 말하면 도적을 가리켜 착한 사람이라 함과 같소. 정치가는 잘 국가민생의 이해를 살피고, 정강치도의 득실을 알고, 시사기미[11]의 움직임을 알고, 세계대세의 어떠함을 꿰뚫어 치국평천하治國平天下의 꾀를 수행하는 것이 실제는 정치가의 이름을 얻을 수 있을 것이니 정치가를 논하여 이에 이름에 정치가의 자격을 잠시 널리 논하겠습니다.

첫 번째는 중심을 요구할 것이니, 중심을 요구하여야 중앙정부를 조직함이 굳고 단단할 것이오. 만일 중심이 없는 정치가가 중앙정부를 조직하면 그 정부도 또한 정치가와 같이 중심이 없을 것이니, "유럽 옛날에 한 고집 센 아버지와 아들이 있었는데, 하루는 그 아들이 어떤 곳으로 가서 밤이 지나도록 돌아오지 않자 그 아버지가 찾아보니 길 가운데에 어떤 사람을 상대하여 서있었고, 튼튼하게 움직이지 않자 그 아버지가 이

---

8) 空文虛法 : '공문'은 실익實益이 없는 글, 실행하지 않는 법률이나 규칙. '허법'은 실속 없는 명목상의 법.
9) 政綱治道 : 정치의 강령綱領과 정치의 도리.
10) 伐齊爲名 : 연燕나라 장수 악의樂毅가 제齊나라를 쳤을 때, 제나라의 장수 전단田單이 반간反間을 놓아 '악의가 제나라를 친 후 제나라 왕이 되려 한다'고 퍼뜨려 연나라 왕이 악의를 소환한 고사故事에서 나온 말로, 어떤 일을 하는 체하고 속으로는 딴 짓을 함을 이름.
11) 時事機微 : '시사'는 그 당시에 일어난 세상의 정세. '기미'는 낌새.

상히 여겨 묻기를, '너희들이 무슨 일로 이와 같이 상대하여 움직이지 않느냐?' 하니 그 아들이 말하였다. '저의 중심은 굳고 단단하여 변하지 않는데, 저 사람이 저의 갈 길을 막으니 갈 길이 없어 저 사람이 길을 열어 주기를 바라고 있습니다' 그 아버지가 또 그 사람에게 물으니, 그 사람도 또한 그 아들과 같은지라, 그 아버지가 말하기를, '중심이 이와 같다면 나라를 위할 수 있을 것이다' 라 하니." 이와 같은 일도 있었습니다만, 이와 같은 중심이라도 있는 그런 뒤에 임금을 섬길 것이니 '충忠' 자字는 '중中 심心' 두 자를 합한 자가 아니요? 어떤 사람이든지 중심이 없으면 곧, 옳지 못하나 그 가운데 정치가라 이름함은 더욱 중심이 있어야 정부 조직하기를 굳고 단단하게 할 것이오. 두 번째는 공성公誠을 요구할 것이니, 몸을 천하의 여러 사람들에게 바치고, 책임을 나라의 편안함과 위태로움에 맡기고, 조심하기를 공평하게 하며, 몸가짐을 크게 바르게 하고, 천하를 먼저 하고, 내 몸을 뒤에 하여 국가민생의 행복을 더해 나아가게 하고, 정강치도의 공평하고 바름을 완전히 할 것이오. 세 번째는 시세에 꿰뚫을 것이니, 그 때의 일을 살피고, 낌새를 알아 나라의 유년시대와 장년시대와 노년시대가 있음을 알지 못하면 할 수 없고, 때에 당하여 문文을 높이기도 하며, 무武를 높이기도 하고, 또 때를 따라 단단하고 강한 정략도 행하며, 연약한 정략도 행할 것이니 이러한 여러 일을 예와 지금에 통하여 본다면, 오늘날의 이집트, 중국, 페르시아, 그리스 등의 나라는 노년시대에 이르렀고, 북미합중국 같은 나라는 장년시대에 당하였고, 일본 같은 나라는 유년시대에 이르렀다고 일컬을 것이니 정치가는 그 나라의 시대를 앎이 필요하고, 또 유럽의 옛날 마케도니아 국의 알렉산더 대왕과 프랑스 국의 나폴레옹은 전술을 가지고 하여 국토를 넓고 크게 하고, 로마 국은 법률을 잘 제정하여 그 나라를 유지하고, 독일에는 유명한 정치가 비스마르크가 살아 정치를 잘 행하고, 오스트리아 국과 이탈리아 국 및 독일의 삼국동맹을 맺어 한때 유럽의 패권을 장악하였고, 영국은 외교로 해상주권海上主權을 장악하여 오늘날까지도 세계의 일등국이란 이름을 소유하였으니 이와 같은 시대는 정치가의 알지 않을 수 없는 것이요, 또 때를 따라 단단하고 강한 정략도 행하고, 연약한 정략도 행하여 그 나라를 유지함은, 여러분도 아시는 바와 같이 이탈리아는 나폴레옹이 강성强盛할 시대에 당하여 이탈리아의 망명자亡命者가 프랑스에 있는데, 그 망명자가 나폴레옹을 습격하니 그때에 나폴레옹이 몹시 성내어 이탈리아에 매우 급하게 바짝 다가서 말하기를, '폐하의 정부가 입헌정치의 제도를 세우고, 인민에게 무한한 자유의 권리를 주었던 까닭으로 이와 같은 난폭한 무리가 나와 나를 습격하니 바라건대, 이러한 법을 해산하라' 하니 당시 이탈리아에서 전제정치, 곧 법왕정치[12]를 없애고, 입헌정치를 행하여 인민에게 자유의 권리를 줌으로 이탈리아의 통일이 된 것이다. 만일 나폴레옹의 청구를 들어 자유제도를 해산하면 이탈리아의 통일이 완전하지 못하고, 여러 갈래로 찢어져 하나도 남음이 없을 것을 알고, 그때 이탈리아 국의 총리대신 카보우르Camillo Benso conte di Cavour[13]가 기어코 쳐 빼앗지 않고 나폴레옹의 청구를 사양해 거절하니 그때에 나폴레옹이 이 말을 듣고 말하기를, '이와 같이 작고 약한 나라에 이와 같이 강하고 큰 우러러볼 기운이 있으니 이는 사랑할만한 것이다' 하여 그 뒤로 이탈리아가 무사히 나라를 보존하였으니 이는 카보우르가 강하고 단단한 정략을 행하여 그 나라를 유지한 것이요, 또 연약한 정략을 행하여 그 나라를 지키고 유지함을 본다면, 서기 1818년에 오스트리아의 수도 비엔나 열국의회[14]에 이르러 프랑스 국 대사大使 탈레랑Talleyrant[15]

---

12) 法王政治 : '법왕'은 교황教皇. 교황정치.

13) 1810~1861. 피에몬테 출신의 정치가. 보수주의자. 국제적 대립관계와 혁명운동을 이용해 사보이 왕가 주도의 이탈리아 통일(1861)을 이룩했으며, 새 왕국의 초대 총리를 지냈다.

14) 列國議會 : 프랑스 혁명 및 나폴레옹 전쟁의 사후 대책을 논의하기 위해 1814년 가을에서 그 이듬해에 걸쳐 비인에서 열린 열국회의. 오스트리아, 러시아, 영국, 프로이센, 프랑스 등 5개국 대표가 중요 사항을 결정하였다.

15) 1754~1838. 프랑스의 외교가. 나폴레옹 1세와 루이 18세의 외무대신 역임.

은 어찌하여 연약한 거동을 행하였는가? 그때 프랑스 국 대사는 두 번째 자리에 있어 첫 번째 자리 러시아, 영국, 독일, 오스트리아 네 나라의 명령을 받아 실제 행하는지라, 그리하여도 탈레랑은 오히려 연약하고 침착하게 참아 정략을 행하더니 회복할 때를 당해서는 열국의회를 아주 변경시키고, 프랑스의 더럽혀지고 욕됨을 씻고, 세계의 일등국을 만들었으니 이것은 탈레랑 씨가 연약한 정략을 행하여 그 나라의 번영하는 형편을 지켜 온전히 한 것이다. 이로 말미암아 보면, 어떤 때를 당하여 단단하고 강하게도 하며, 어떤 때를 당하여 연약하게도 함이 정략 術의 깊고 넓은 실제로 헤아리기 어려운 것이다. 그러므로 정치가는 시세를 당하여 카보우르 같이 단단하고 강하게도 하며, 탈레랑 같이 연약하게도 하여야 정치가의 이름을 얻을 것이오. 이상에 논한 바는 정치가의 자격을 말하였으니 이로부터는 정도를 말하겠습니다.

정도라 하는 것은 맨 처음에 말함과 같이 정사를 다스리는 도를 말함인데, 이 또한 정치가의 자격에 하나요. 그러나 이 정도에 두 종류가 있으니 첫째는 정도正道요, 둘째는 사도邪道이다. 이 두 종류의 정正·사邪를 합해 일컬어 정도라 일컬음이니, 그리스 국의 정치학자 아리스토텔레스씨가 말하되, "나라에 정·사 두 종류가 있어, 정정체正政體·사정체邪政體가 있으니 나라의 정正이라 하는 것은 사회의 이익을 힘씀을 말함이요, 나라의 사邪라 하는 것은 주권자主權者 한 사람의 이익만 힘씀을 말함이다. 이것을 자세하게 말한다면, 천하를 먼저 함을 정이라 하고, 자기 몸을 먼저 함을 사라 할 것이니 이로 말미암아 정치에도 정정正政 및 사정邪政이 있다." 이러이러하니, 아리스토텔레스 씨의 말을 가지고 본다면, 정체의 정도와 사도가 있음은 논함을 기다리지 않을 것이다. 정체를 구별하여 정·사를 말하면, 일인정치一人政治와 개인정치個人政治와 다수정치多數政治는 정정체요, 또 이러한 세 가지 정치가 어지러워 사정체가 되는 것이니, 일인정치는 변하여 시라니가 되고, 개인정치는 변하여 오루가루기가 되고, 다수정치는 변하여 민주주의가 되는 것이다.(민주주의라 하는 것은 옛날에는 악정체惡政體를 말함이나, 오늘날에는 선정체善政體를 가리켜 일컬음이다) 일인정체를 행하다가 시라니 정치로 변하면 이것은 정치가가 정사를 사도로 행하는 것이요, 개인정치를 오루가루기 정치로 행하며, 다수정치를 민주주의 정치로 행하면 이것도 사도로 행하는 것이요, 정사를 공명정대하게 행하면 정도라 말할 것이니 정치가는 일에 당하여 먼저 정도의 정·사를 헤아려 살펴 사도는 버리고, 정도로 나아가 국가민생의 이로움을 나아가게 하고, 해로움을 막고, 정강치도의 손실을 금지하고, 이익을 행할 것인데, 세계상에 그 나라 일에 당하여 일을 잘못하는 사람이 매우 많으니 이것은 다름이 아니라 정사를 사도로 행한 까닭인 듯합니다.

— 《친목회회보》 5(1897.6).

부지런할 일

부지런은 쾌락의 근본이요, 성공의 비결이니, 부지런해야 집이 성하게 일어나고, 부지런해야 나라가 되니, 사람마다 부지런하고, 무슨 일에든 지 부지런하면 어느 집이 몹시 어렵고 곤란하며, 어느 사람이 몹시 가난 하고 군색하겠는가? 서양에 유명한 이야기 두어 마디를 기록하겠다.

일—. 조부祖父의 교훈
한 부자가 있는데, 어느 사람이 찾아보고, "어떻게 하여 부자가 되었느 냐?"물으니, 그 부자가 말하기를, "내가 어려서 조부가 죽으실 때, 조부 가 그 손을 내 머리에 얹고 말하기를, '손자야, 내가 말 한마디로 너를 경 계하고자 하니 네가 기억할 수 있겠느냐?' 하거늘, 내가 그 말씀을 듣고 그 얼굴을 보니 매우 무서워서 대답하지 못하고 머리만 끄덕이니, 조부 가 또 말씀하기를, '다른 말이 아니라, 네가 무슨 일을 하든지 힘껏 해라. 그러면 무슨 일이든지 성공할 것이다' 하거늘 이 말씀을 들은 후로는 조 부가 죽으신 뒤에도 그 목소리가 항상 내 귀에 들리는 듯하여 뜰의 풀을 뽑아도 힘껏 하고, 공부를 해도 힘껏 하며, 남의 일을 하더라도 힘껏 하 며, 적은 일이라도 힘껏 하고, 큰일이라도 힘껏 하니, 자연 오늘날 이렇 게 부자가 되어 호강한다"고 하였다.

이二. 땅 속의 보배

한 농부가 죽을 때에 그 아들 형제를 불러 앉히고, 유언하여 말하기를, "내가 죽은 후에 너희들이 차지할 재산은 아무 것도 없고, 다만 밭 한 뙈기와 포도밭 하나가 있고, 그 외에는 좋은 보배가 있는데, 이 보배는 그 밭과 포도밭 속에 한 자 쯤 깊이 묻었으니, 다른 사람에게 팔지 말라" 하거늘, 그 부친이 죽은 후에 형제가 보배를 찾으려고 형은 이 편에서부터 파고, 아우는 저 편에서 파서 한 자 깊이 그 밭과 포도밭을 다 파보니 아무 것도 찾지 못하였으나, 그 해부터 곡식이 잘되어 해마다 밭갈 때에는 그 보배를 찾으려고 힘들여 한 자 깊이 씩 밭을 다 파보고 곡식을 심으니, 해마다 곡식이 잘되어 마침내 부자가 됨에 부자가 된 뒤에야 형제가 깨닫고 말하기를, "우리의 힘이 아버지가 말씀하신 보배다" 라 하였다.

삼三. 일을 존경함

세계에 유명하고, 유럽 천지를 흔들던 나폴레옹Napoleon이 세인트 헬레나Saint Helena[16] 섬에 귀양 가서, 하루는 한 부인과 동행하여 길을 갈 때, 짐 진 사람이 짐을 잔뜩 지고 땀을 흘리며 오는 것이었다. 부인이 길 가운데로 조금도 비키지 않고 감에 짐 진 사람이 어쩔 수 없이 길을 비켜 가게 되었거늘, 나폴레옹이 그 부인의 어깨를 붙들고 와락 잡아당겨 짐 진 사람의 길을 비켜주고, 부인에게 말하기를, "일을 삼가 공경하여 대접하시고, 일하는 일꾼도 삼가 공경하여 대접하시오" 라 하였다.

사四. 무위無爲가 사람을 죽임

'무위' 라 함은 '아무 일도 함이 없다' 하는 말이다. 스페인이라 하는 나라에 유명한 대장大將이 그 동관同官을 찾아보고 묻기를, "당신의 아우가

---

16) 아프리카 서해안의 영국령 섬. 나폴레옹 유형지.

어찌하여 죽었소?"라 하였다. 그 동관이 대답하기를, "아무 일함이 없다가 죽었소"라 하자, 그 대장이 탄식하여 말하기를, "허허, 무위가 우리 명장名將을 많이 죽였구나! 사람은 무슨 일이든지 해야 살지"라 하였다.

— 《가정잡지》 4(1906.10).

일본 행위에 대한 국제법 해석

　국제 공법公法의 원칙으로 보호국과 피보호국의 관계를 연구하니, 보호국과 피보호국이 조약으로 관계를 정한 뒤에 피보호국이 만약 그 조건의 의무를 실행하지 않으면 보호국이 억제로 이를 강행하는 권리가 있거니와, 보호국이 이 권리를 남용하여 조약 외의 부당한 간섭이 있으면 피보호국은 이것을 거절할 권리도 있으며, 그 사건으로 인연하여 조약의 파기를 청구함도 무방한 것이다.

　우리 대한제국이 일본과 핍박적逼迫的 보호 조약을 체결한 이래로 피보호국 된 대한제국은 사소한 일이라도 압제 강박을 취하여 조약의 의무를 실행하지 않음이 없거늘, 보호국 지위에 있는 일본은 조약에 위반하는 부정행위가 없다 말하지 못할 것이다. 가장 가까운 요사이에 행한 한 가지 일로 말할지라도 일본 순사 몇 사람으로 하여금 궁궐 지척에 갑자기 들어가 임금이 앉는 자리 근처를 수색하였으니, 이것은 보호국의 마땅히 행할 의무라 일컬을 수 있겠는가? 조약에 황실 존엄을 일본이 맡아서 보증한 의무가 있으니 이와 같은 행위는 확실한 조약 위반이다. 이등伊藤 통감[17]은 그 책임을 도망해 피하고자 하여 그 순사 등은 통감부[18]의 순사

---

17) 1841〜1909. 이토 히로부미(伊藤博文). 일본의 원로 정치가이자 총리. 본명은 도시스케(利助). 현대 일본의 기반을 다지는 데 중추적 역할을 한 인물.
18) 統監府 : 일제가 조선통치를 위해서 1905년 제2차 한일협약(을사조약)을 통해 만든 기관.

가 아니요, 대한제국 조정朝廷에 예를 갖춰 초빙한 고문부[19]의 순사니 일
본의 책임이 아니라 하거니와 고문부를 조정에 설치함도 조약의 목적을
이루기 위하여 두 나라의 합의로 설치함이니 고문부의 행위는 일본의 의
사意思가 아니라 하지 못할 것이다. 대한제국 정부는 이러한 조약 위반과
황실 존엄의 침범을 침묵해 지나침이 옳겠는가?

— 《대한매일신보大韓每日申報》(1906.11.1).

---

19) 顧問府 : 일본이 대한제국을 속국屬國으로 삼기 위해 파견한 고문들로 이루어진 관청.

응용경제

국가경제와 개인경제

'경제는 무엇인가?' 나라를 다스리고 집안을 다스리는 방법을 물건 상에 베푸는 것이다. 인생사회에 의식주 세 가지 물건이 없어서는 안 되고, 사람이 여기저기 빈번히 오가며 쉬지 않고 힘쓰는 까닭은 밖에서 온 것이 아니라, 이 세 종류에서 구할 것이니 의식주에 구하는 물건이 충분한 그런 뒤에야 행복을 얻을 수 있다. 그러나 경제로써 알맞게 하지 않으면 나라가 부강하고 백성이 넉넉함을 기약할 수 없으니 경제는 나라와 백성에 그 관계가 과연 어떠한가? 각 나라가 모두 국민의 경제사상을 길러냄으로써 힘쓰는 것이 있어야 좋구나! 경제의 분류는 매우 많아서 낱낱이 들어 말할 겨를이 없으나 크게 구별하면 곧, '국가경제'가 있으며, '개인경제'가 있으니 경제의 방법을 나라와 대체로 같은 목적에 적용하면 이는 국가경제요, 개인 낱낱의 목적에 응용하면 이는 개인경제이다. 이러한 두 가지의 방향이 제각기 대체로 같지 않으니 생산·소비의 관계로써 말할지라도, 국가경제로 말하면 생산과 소비의 비례가 그 균형이 지켜져야 현상이 변하지 않고, 이익이 더해 나아갈 것이니 만약 온 나라의 소비력이 생산의 능력보다 지나쳐 넘으면 수요가 많고 공급이 적어 가치가 갑자기 뛰어오르고, 수입이 늘어나고 수출이 줄어들어 정화[20]가 흘러나 가는 까닭으로 경제계의 현상이 갑자기 변하여 서서 보며 헤아리지 못함 을 근심하며, 생산이 소비보다 크게 지나쳐 소비의 한도가 오히려 미숙 함에 있으면 공급이 수요를 뛰어넘어 가치가 갑자기 떨어지고, 생산자로 하여금 도산의 지경에 빠지게 하여 반드시 반동에 이를 것이니 국가경제 로써 본다면, 온 나라의 생산과 소비를 서로 비례하여 그 균형을 지킴이 옳다. 개인경제에 이르러서는 이와 함께 다름이 적어 한 개인의 생산이 소비의 능력에 미치지 못하면 그 생계를 지킬 수 없음은 지혜로움을 기 다리지 못하는 사람도 알 수 있거니와 생산이 소비보다 지나쳐 넘음에 이르러서는 그 지나쳐 넘는 한도가 그 균형을 지킬 수 없고, 그 비례를 넘더라도 경제 현상에 별다른 변동이 없으며, 더해 나아감에 반동이 있 으니 어떤 까닭인가? 개인의 생산이 많고, 소비가 적으면 그 차이는 저축 이니 남는 재화財貨가 더욱 많으면 생산이 더욱 넉넉하고, 그 나머지 재화 로써 직접 생산의 방법에 쓰지 않더라도, 고권[21]·채권[22]을 고쳐 만들거나 혹은 은행의 맡겨둔 돈이면 이는 간접으로 생산을 도와서 이루게 하는 것이다. 그러므로 개인은 생산을 더하는 데 힘쓰고, 소비를 줄이는 데 힘 써서 그 나머지를 모아둠이 옳다. 이런 까닭으로 경제에 힘쓰는 사람은 먼저 모름지기 이것에 주의하여 이론에 치우치고, 그 종류를 따라 그 일 을 처리할 방향과 계획을 달리하여 그 나라와 대체로 같은 목적으로써 의론의 체계를 세운 때는 통계표를 보아 온 나라의 생산이 소비보다 크 게 지나치고 그 균형을 잃는다면 무역을 권해 힘쓰게 해 수출을 더욱 늘 려 그 소비자를 나라 밖에서 구하여 외국 사람의 수요를 열고, 온 나라의 소비가 생산보다 지나쳐서 그 비례를 어긴다면 실업을 권해 일으키고,

---

20) 正貨 : 보조화폐·지폐화폐에 대한 본위화폐. '본위화폐'는 한 나라의 화폐제도에 표준이 되는 화폐.
21) 股券 : 고분股分. 자본의 일부분인 주株.
22) 債券 : 정부나 법인 등이 그 채무를 증명하려고 발행하는 유가증권.

쓸모없는 소비를 제한하여 평균으로 돌아가게 해야 경제상의 현상을 지킬 수가 있을 것이니, 오늘날 우리 대한제국 경제의 형편이 곧 이것이다. 온 나라의 생산과 소비를 서로 비교하면 곧, 소비가 생산보다 지나쳐 넘음이 두셋뿐이 아니다. 농산 등의 천연물은 비록 혹 남음이 있으면 수출하지만, 상공商工 등의 인공생산은 아주 끊어져 없거나 아주 적게 있어 오로지 다른 나라의 물건에 힘입는 까닭으로 정화가 흘러나감에 금융이 바짝 말랐지만, 구원할 수 없으니 탄식할 만함이 얼마나 심한가? 또 개인 낱낱의 목적으로써 의론의 체계를 세운 때는 맡은 일에 부지런히 힘쓰고 저축에 힘써 지켜 반드시 생산으로 하여금 소비를 없애고 남음이 있어야 나라가 부강해질 수 있으며, 백성이 넉넉할 수 있다. 그러므로 경제사상 이 두루 발달한 나라에는 개인도 또한 예산의 법을 써서 반드시 한 항목을 저축함으로써 지출의 부분에 더해 들여 흙을 쌓아 끝내 태산을 이루고, 시냇물을 합해 큰 바다를 이룰 수 있는데, 오늘날 대한제국의 사람들은 생산이 소비의 절반에도 미치지 못해 그 부족한 틈이 없도록 미봉[23]하니 어찌 나머지의 저축이 있을 것인가 마는 생산의 나머지라는 것도 경제사상이 쓸어낸 것같이 물건이 남지 않고, 저축을 탐냄이 엷고 약해, 나머지 재화로 생산을 더해 이르게 됨을 알지 못하니 슬퍼할 만함이 얼마나 심한가? 그러하니 곧, 국가경제와 개인경제는 갈라져나간 한 몸인 것이다.

— 《야뢰夜雷》 1-1(1907.2).

---

23) 彌縫 : 구석이나 잘못된 것을 임시변통으로 이리저리 꾸며대 맞춤.

민원론

아! 슬프구나. 국민 원기가 닳아 없어져 떨치지 못하니 나라는 무엇을 믿고 의지할 수 있을까? 아! 슬프구나. 나라 주권이 위태로워 지키기 어려우니 백성은 무엇을 믿을 수 있을까? 나라는 백성의 원기를 믿고 의지해야 설 수 있고, 백성은 나라의 주권을 믿어야 존재할 수 있는데, 백성의 원기가 오래도록 이미 미약한지라 나라의 주권이 어찌 아주 단단하고 굳을 수 있겠는가? 국운의 성쇠는 국민 원기의 쇠해 줄어감과 성해 늘어감이 어떠한가에 달려있으니 민원民元이 닳아 없어지면 그 나라가 망하고, 민원이 성해 늘어가면 그 나라가 흥함은 오늘날 많은 나라가 나란히 서서 서로 경쟁하는 시대에 피하지 못할 원칙이다. 그러므로 국세의 미약이 근심할 만한 것이 아니라, 민원의 없어져 잃음이 바로 근심할 만하며, 정치의 어지러움이 탄식할 만한 것이 아니라, 풍속의 부패가 정말로 탄식할 만한 것인 듯하다.

시험 삼아 보라! 터키는 땅이 크고, 백성이 많지만, 국세가 약해져 국권이 쓸어낸 것같이 남지 않음은 어째서인가? 각 나라의 업신여겨 욕보임을 날로 입었지만, 정부는 분격을 알지 못했고, 귀족의 압제를 날로 당했지만, 그 백성은 반항을 할 수 없었으니 이것은 그 백성의 원기가 불타 없어져 그 나라의 형세가 쇠퇴함이 아닌가? 또 보라! 이집트는 유럽에 근접하여 문명에 동화하고, 정사를 잘 고쳐 베풂이 몇 세월이 넘지만, 국세는 날마다 시들어 쇠잔함은 어째서인가? 다른 나라 사람이 관직을 많이 차지하여 제 마음대로 함이 날로 이르렀고, 다른 나라 백성이 사회에 혼자 휩쓸어 사납게 욕보임을 날로 베풀었지만, 그 백성은 분개를 알지 못하여 다른 나라 사람의 따뜻한 사랑이나 동정심 없는 심한 매질을 당했으니, 곧 원수와 같이 보았으나 어찌하지 못하고 내국인內國人의 예사 상태가 아닌 심한 모욕을 당했으니, 곧 번번이 말하기를, "내 관계할 바가 아니다" 하여 대수롭지 않게 보아 넘기니 그 백성의 원기가 이와 같이 기가 꺾인지라 그 나라의 형세를 대체로 보아 다시 어찌 말할까? 다시 머리를 돌려 미국을 보라! 그 백성이 자유와 독립을 위하여 일어나는 기운이 과연 어떠한가? 다시 눈을 돌려 일본을 보라! 그 백성이 나라와 명예를 위하여 일어나는 기운이 과연 어떠한가?

다시 뜻을 대한제국 사회에 두어 인민의 기상을 보아 살피니, 아! 슬프구나. 터키와 이집트에 가깝지 아니한가? 아아! 미국과 일본에 비교할 수 있을까? 지극히 작은 벌레도 오분五分 혼은 있는데, 대한제국 인민은 혼 없는 죽은 물건인가? 가령 나무로 만든 사람을 여기에 세우고, 발로 차며 손으로 치면 이것은 혼 없는 물건이라 분노를 알지 못하려니와, 대한제국 오늘날의 경우는 어찌 다만 발로 차는 욕보임과 손으로 치는 괴로움뿐이겠는가? 또 마치 흙으로 만든 사람을 여기에 두고 쇠붙이로 재갈물리며, 노끈으로 묶으면 이것은 힘없는 물건이라 반항을 생각하지 못하려니와, 대한제국 오늘날의 지위는 어찌 쇠 재갈의 치욕과 노끈으로 묶인 재앙뿐이겠는가? 국민은 오히려 이것을 두려워하여 머리와 고개를 움츠려 기뻐할 만한 일에 기쁨을 짓지 못하며, 노여워할 만한 지경에 노여움을 일으킬 수 없으니 분노심이 이미 없으니, 곧 분함을 일으키는 마음이 어찌 생겨나며, 분함을 일으키는 마음이 생겨나지 않으면 원기의 활동을 어찌 보겠는가?

요사이에 학교가 성하게 일어나 교육이 떨쳐 일어남은 진실로 축하할 만한 일이거니와 학도學徒 사회의 풍속을 살펴보니 겉에 입는 옷이 산뜻하며 분명하고, 움직이고 멈추는 동작이 온순하여 곱고 아름다운 맵시가 다른 사람의 눈을 빼앗을 만하며, 가지런한 질서가 다른 사람의 마음을 움직일 만하나 활발한 기상이 있지 않고, 용감한 정신이 아주 끊어져 없으니 곱고 아름다움을 높여 소중히 여김은 원기의 기가 꺾임이다. 그 사상은 '반드시 그 배움을 이룬 뒤에 어떠한 관직을 벼슬하며, 그 일을 마친 뒤에 어떤 일을 섬길 것이다' 하는 한결같은 마음에 지나지 않고, 고상과감高尚果敢한 정신은 일으킬 수 없을 것이니 청년의 원기가 이와 같이 기가 꺾이고, 글을 배우는 사람의 풍속이 이와 같이 부패한지라, 국력의 갑자기 일어남을 어찌 희망을 가지고 기다릴 수 있을 것이며, 민원의 성해 늘어감을 어찌 바라고 꾀할 수 있겠는가? 아! 아!

아첨하고, 비굴하게 남의 비위를 맞추는 나쁜 풍습을 힘써 물리쳐야 할 것이다. 원기가 기가 꺾임이 여기에 말미암는 것이다. 두려워서 몸을 움츠리고, 두려워 물러남의 마음 약한 지경을 빨리 바꿔야 할 것이다. 원기가 기가 꺾임이 여기에 말미암는 것이다. 구차하게 우선 당장 평안한 것만을 취하고, 아무 일도 하지 않는 일체 해가 되는 점을 용감하게 끊어야 할 것이다. 원기가 기가 꺾임이 여기에 말미암는 것이다. 곱고 아름다움을 높여 소중히 여기는 나쁜 풍속을 따르지 말라! 소년국민少年國民의 원기가 기가 꺾임이 정말로 여기에 말미암는구나. 늙은 제국의 부패한 마음을 한 번 바꾸고, 새롭게 나아가는 나라의 새로운 정신을 떨쳐 드러낸다면, 국민 원기를 빠르게 마땅히 부추겨 권장할 때, 원기가 강하게 성하면 무엇을 근심할 수 있겠는가?

— 《야뢰》 1-2(1907.3).

국채와 경제

국채가 경제에 관계됨이 작지 않으니, 맨 처음 돈이나 물건을 밖에서 꾸어 들이는 항목에는, 통해 다니는 재화財貨가 더 늘어 많아져 다만 재정의 가난함과 모자라지 않음을 느슨하게 할 수 있는 것이다. 그 경제사회가 옛날부터 지금까지 금융이 바짝 마른 것은 그 외국 재화가 흘러 들어옴으로 인하여 금융으로 하여금 막히는 데 없이 잘되어나가는 이로움을 얻으며, 그 경제사회가 옛날부터 지금까지 통화가 가득 차 부족하지 않은 것은 그 새로운 빚을 꾸어 들임에 말미암아 반드시 통화로 하여금 갑자기 늘어나는 근심이 있을 것이니, 그 일을 맡아보는 곳의 사람은 다만 재정상의 필요를 보고 외채外債를 꾸어 들이는데, 그 경제에 대한 영향이 크다. 혹 이로움이 있으며, 혹 해로움이 있으니 당시 경제 현상에 비추어 비로소 판단할 것이며,

또 그 빚을 보상함에는 수출이 수입보다 넘거나 지나쳐 정화가 흘러 들어옴이 경제 현상을 지킬 수 있으면 곧 그만두거니와, 수출이 수입의 많음에 미치지 못하여 그 정화의 흘러 나감을 막을 수 없고, 거기에 보상으로 나가는 일정한 분량이 더해지면 통화가 갑자기 줄어 경제의 어려움이 뒤를 이어 일어난다. 그러므로 그 판국을 당하고 그 일에 임하여 살피기를 밝게 하고, 꾀하기를 깊이 하는 사람은 모름지기 먼저 경제를 보고 빚

을 얻더라도 반드시 경제계의 영향을 생각하며, 빚을 갚더라도 또한 경제계의 관계를 헤아려 요리하는 방법을 그 마땅하게 얻은 그런 뒤에야 근심이 없을 수 있을 듯하다.

우리나라에 일찍이 큰 사업이 있어 큰 비용이 필요했는데, 세금을 매겨 더 거둠은 형세가 허락하지 않는 바요, 기타 세금 징수의 근원은 또한 새롭게 구하기 어려웠다. 그러므로 어쩔 수 없이 이웃 나라에서 빚을 꾸었으니, 당시에 경제계에 영향이 있지 않았던 것은 그 금액을 한꺼번에 가져오지 않고, 다만 명목상으로 가리켜 쪼개고 셈을 덜었던 때문이요, 또 우리나라의 무역이 지금까지 지나온 그대로 쇠퇴하여 수출이 늘 수입에 미치지 못한 까닭으로 어지간한 빌려 쓸 돈의 흘러들어옴으로는 그 정화의 흘러나감을 보탬에 충분하지 못하니 경제계에 들어온 빚이 무슨 관계가 있겠는가? 그러하니, 곧 이제 만약 대한제국이 국채 장부가 깨끗하고자 한다면 그 경제에 영향이 없겠는가? 생각하고 또 생각하니 관계가 매우 커서 문제가 매우 중요하구나.

일본에 차관借款한 것이 1,300만 환圜의 많음에 이르고, 국고國庫를 합친 수는 한해의 총수입이 1,318만 9,300여餘 환에 지나지 않고, 한 해의 총지출은 1,396만 3,000여 환이니, 부족한 일정 분량이 77만 3천여 환이 된다. 이와 같은 재정으로 이와 같은 외채를 어느 때에 무슨 방책으로 그 장부를 깨끗하게 할 수 있겠는가? 해를 따라 이익이 이익을 낳아 자산이 불어도 오히려 지출이 어려우니 국고의 돈으로는 다만 무상의 기한이 없다. 한 해 두 해에 십 년 이십 년에 이르면 드디어 많은 돈이 되어 땅을 가지고 대신 갚지 않으면 반드시 다른 방법이 없다 하여 온 나라 인민이 혹은 담배를 끊고 술을 끊고, 혹은 반찬을 줄이고 음식을 절약하여 기한 내에 빚을 갚고자 함에 결심동맹함이 온 나라가 서로 합치하니 어찌 대한제국 인민을 일러 나라 사랑하는 정성이 없다 하며, 누가 감히 우리나라를 업신여겨 독립을 할 수 없다 하겠는가?

그러나 그 경제상에 연구할 수 없는 것이 존재할 때, 1,300만 환의 돈을 거두어 합하면 온 나라 통화가 거의 다됨에 가까워 경제계의 공황이 닥칠 것이니 문제의 첫 번째요, 의로운 돈을 거두어 합함이 노는 돈을 모아들임에 지나지 않으나 통화의 대부분이 국채보상의 돈을 가다듬어 일으키면 앞을 갚아 다하니, 곧 은행을 거쳐 지나 다시 통화가 되어 유통되나, 자본 총액은 형세가 반드시 감소하여 생산이 움츠려 뒤로 물러서고, 물가가 좇아올라 국민의 어려움을 반드시 볼 것이니 문제의 두 번째요, 그 액수에 이르러 은행으로부터 총액을 밀어내 보상하는 때에 만약 대한제국의 금융으로써 과연 많은 액수를 밀어내 갖춰 경제를 변동하지 않게 할 수 있겠는가? 문제의 세 번째이다. 이미 이와 같이 큰 문제가 있고, 또 이와 같은 큰 문제가 있으니 일반 국민은 모름지기 다 여기에 주의하여 담배와 술을 끊을 것은 그것을 끊고, 사치를 줄일 것은 그것을 줄여 수입품으로 하여금 감소하게 하며, 농·상·공의 실업을 이제까지 이상으로 정도를 늘려 힘써 일해 농업의 좋게 고칠 만한 것은 길이 마땅히 그것을 좋게 고치고, 공업의 처음으로 베풀어 세울 만한 것은 모름지기 빨리 그것을 베풀어 세워 나라 안의 소비 물품을 나라 안에서 생산 제조하여 소비하며, 나라 밖의 구해 쓰는 물건을 권해 힘써 발달시켜 공급하여 수출품으로 하여금 더 늘어나게 함이 나라와 집을 위한 만전지책萬全之策이니 만약 이렇게 하지 않으면 나라를 사랑하는 뜻을 잃고, 빚을 갚더라도 나라를 지켜 보존함을 아직 바랄 수 없다. 다른 나라 담배 피움을 그침이 어찌 다른 사상을 물리치는 그런 것이겠는가? 의로운 돈을 내는 한 방법이며, 경제를 구하는 하나의 좋은 방법일 따름이니, 어찌 다만 담배 한 항목이 온 나라의 생산 제조를 권해 힘써 일어나 나아가게 하겠는가마는, 이것이 선후방침善後方針이니 일반 동포는 미리 스스로 힘써야 할 것이다.

—《야뢰》1-3(1907.4).

풍년불여연흉론[24]

천수인天水人[25]과 무릉인茂陵人이 옥주沃州의 남쪽에서 만나 서로 더불어 안부 인사를 마치고, 무릉인이 천수인에게 묻기를, "그대는 어찌하여 천리千里의 밖에서 객지살이를 하십니까?"라 하였다. 천수인이 말하기를, "내 고향은 흙에 있었는데, 노래에 하였으되, '풍년이 흉년만 못하다'라 하였으니 대개 풍년에는 곧 위에 자리한 자가 혹독하게 거둬들임이 만족할 줄 모르고, 있는 대로 모두 거둬들임이 날마다 불어나 백성이 명령을 견디지 못하여 음식은 여분의 축적이 없고, 흉년에는 곧 어떤 사람은 재물을 베풀어 구함을 말하고, 어떤 사람은 구걸함을 내어 명령이 비록 실과 같지만, 마음은 진실로 스스로 편안하니 이로써 이 말과 같은 것입니다. 근년에 점점 자주 풍년이 듦으로써 차차로 밑바닥을 지킬 수 없어 어쩔 수 없이 스스로 편안한 계책을 위해 이렇게 먼 곳을 유람하는 것입니다"라 하였다. 무릉인이 말하기를, "그대의 고향은 매우 좋은 곳이군요. 내 고향은 곧 흉년이 풍년만 못하다고 생각합니다"라 하였다. 천수인이 크게 이상히 여겨 말하기를, "나는 그대가 말한 '흉년이 풍년만 못하다'

---

24) 역자주 : 원본에는 '풍년불여연흉론豊年不如年凶論'이라 되어 있는데, 이는 '풍년불여흉년론豊年不如凶年論'의 오기인 듯하다.

25) 역자주 : 문맥으로 미루어 볼 때, '천수인'은 안국선인 듯하다. 안국선도 1899년부터 1907년까지 진도에서 유배생활을 했고, 그의 호인 '천강'과 유사하다는 점도 이를 뒷받침한다.

는 당연한 이치를 이해하지 못하겠습니다. 내가 풍년이 흉년만 못하다고 말한 것은 곧 그 고통을 견디지 못하여 이것을 이치에 어긋난 말로 한 것입니다. 그대의 고향에서 흉년이 풍년만 못하여 도리어 내 고향을 가지고 좋다고 한 것은 어째서 입니까?"라 하였다. 무릉인이 말하기를, "내가 어렸을 적에 내 고향 또한 이 노래가 있었습니다. 요즈음에 이르러 장관이 백성의 재물을 걸태질함[26]과 부자가 남의 재산을 침범해 빼앗음이 나그네로 하여금 오고가며 구하여 찾기에 이르렀으니 백성에게 해롭지 않음이 없고, 다른 나라가 장사하여 물화物貨의 교역을 힘써 행하니 백성에게 손해되지 않음이 없습니다. 풍흉을 보고도 헤아리지 못함이 마치 일철[27]과 같아서 어떤 사람은 흉년에 굶주려도 위로부터 재물을 베풀어 구하는 은혜를 입고, 백성의 재물을 탐내는 관리와 교활한 관리는 마음을 좇아 장부를 멋대로 써 조금도 백성에게 미침이 없으니 백성이 시달리고 가난하여 여유가 없음이 날로 심합니다. 요즈음 그대 고향의 풍년은 흉년만 못함이 오히려 내 고향보다 낫지 않습니까?"라 하였다. 천수인이 그것을 듣고 기가 막혀 말을 못하고 웃으며, 매우 슬퍼 탄식하여 말하기를, "나의 고향이 또한 그러한데, 다만 생각이 여기에 미치지 못했습니다"라 하였다. 두 사람이 악수하고 서로 눈물만 흘리더라.

(옥주는 옛날에 진도珍島를 부르던 이름이고, 무릉인은 무정선생[28]이다)

— 《야뢰》 1-4(1907.5).

---

26) 염치를 돌보지 않고 재물을 마구 긁어 들이는 짓.
27) 一轍 : '같은 수레의 수레바퀴의 자국' 이라는 뜻으로, '같은 길, 같은 이치, 같은 법칙' 등의 뜻으로 쓰임.
28) 茂亭先生 : 1858~1936. 정만조鄭萬朝. 자는 대향大鄕, 호는 무정으로 동래인東萊人이다. 서양문화의 수입설을 주창한 바 있는 강위姜瑋에게 사사하고, 1889년(고종26) 문과 급제 후 예조참의, 승지를 역임하였다. 1896년(고종33) 진도로 유배되어 12년간 은거하다가 경술국치 직전에 면죄되었다.

계연금주의

대체로 보아서 하늘의 덮은 바와 땅의 실은 바에 무릇 운동하는 인류가 지나치게 노심초사하는 것은 모두 오직 이로움을 여기에서 구하며, 오직 해로움을 이로부터 멀리하는 두 가지 밖에 없다. '이로움'이라는 것은 사람이 좋아하여 구하는 것이요, '해로움'이라는 것은 사람이 싫어하여 물리치는 것이나, 그러나 이로움의 숨은 바를 능히 다 알지 못하거나 아는 자도 또한 반드시 다 얻지는 못하며, 해로움이 있는 바를 능히 다 볼 수 없거나 보는 자도 또한 반드시 다 물리치지는 못하니, 이것은 다만 눈앞의 작은 마땅함만을 따라 장차 올 큰 이익을 알지 못하며, 다만 얕고 가까운 작은 편리함만을 보고 깊고 멀리 있는 큰 해로움은 보지 못하는 것이다. 또 사람은 이로움이 작다하여 얻지 않으며, 해로움이 작다하여 물리치지 않는 자가 있으니, 이로움이 능히 세상에 이로움이 되는 까닭과 해로움이 다른 사람에게 더욱 큰 해가 되는 까닭이 또한 이치가 아니겠는가? 헤아려 생각하건대 이와 같은 자는 힘씀이 작고 이치가 작은 자이니 곧, 평범하게 보여 얻고 물리침에 게으름이 어떤 의심함도 없는 것과 같거니와 이로움이 큰 것임을 앎에 이르러 얻지 않으며, 해로움이 심한 것을 보고 없애지 못하고는 괴이한 한탄이 없을 수 없는 것이다.

술과 담배에 이르러서는 사람이 대단히 좋아하지만, 사람에게 해로운 바가 큼을 쉽게 볼 수 있고, 혹은 강한 의지로 경계하고 끊는다면 곧 사람에게 이로움이 또한 큼을 쉽게 알 수 있는데, 그 이로움을 보고 그 해로움을 알아 금지하고 끊는 자가 있음을 듣지 못했으니 이것은 어째서인가? 그렇지 않다면 혹은 이로움이 되는 것이 있어서 그러한가? 어떤 사람은 말하기를, "술과 담배라는 물건은 참으로 괴이하고 괴이한 것이다. 맛을 말하기 어렵고, 이로움을 형용하기 어렵다"고 하였으니, 사람의 근심과 적적한 뜻을 화창하게 하고, 사람이 서로 사귀어 기뻐하는 정을 도움은 한 사람에게 이로움이 되고, 또 나라의 큰일에 관련되는 것이 있으니, 다른 나라 사신과 높은 벼슬아치 등 귀한 손님과 함께 오고가는 술잔치에서 사귀는 때에 만약 술과 담배가 모자라면 능히 그 손님을 접대하는 예절을 할 수 없고, 또 전쟁이나 변방을 지키는 수고로운 일 등을 당하여 술이나 담배에 힘입지 않고 부추기며 격려한다면 곧, 수고로움을 잊거나 두려움을 없애는 마음을 얻어 일으키기 어려우니 어찌 이로움이 없겠는가? 말하건대, 사람이 술과 담배로써 이로움을 삼음은 이러한 몇 가지에 넘지 않으나 그보다 해로움이 더욱 심함은 어째서인가? 대개 사람이 근심할 처지를 당함에 근심하며, 기뻐할 일을 당함에 기뻐하면 어찌 곧 스스로 근심을 잊으려는 괴로움이 이와 같겠는가? 억지로 그 근심과 적적한 마음을 없애고자 한다면 술과 담배 같은 해로움이 있는 물건이 아니더라도 다만 시, 글, 그림, 꽃, 노래, 음악 등 맛볼 수 있는 사물로도 또한 그 마음을 온화하고 맑게 할 수 있고, 또 벗과 함께 사귐에 여러 가지 술과 담배를 가지고 정을 펴는 것이 어찌 참된 믿음을 의논할 수 있겠는가? 사귐은 뜻이 쏠려 향하는 바로써 하며, 막힘없이 통함은 참된 믿음으로써 할 따름이고, 또 나라 일을 가지고 말할지라도 이것이 만약 예절이 딸려 있으면 예절이 참으로 행해지지 않을 수 없거니와 술과 담배는 본래 예절의 급한 바가 아니니 술잔치에서 놀 때에 다만 예법을 따른다면 곧 충분한 것이다. 한낱 술이나 담배가 모자람에 어찌 할 수 없음이 있겠는가? 전쟁이나 변방을 지킬 즈음에 술과 담배를 가지고 부추기고 격려하면 군대의 기운이 혹은 떨쳐 일어남이 있으나 이것은 진실로 참된 타고난 기운과 참되고 진실된 마음의 전쟁이 아니다. 그러므로 도리어 두려워할 만하고 경계할만한 일에 속하고, 수고스러운 일을 할 때 술과 담배를 가지고 일으키고 격려하면 곧 어떤 사람은 말하기를, "모두 수고로움을 잊고 힘써 일할 수 있지만, 이것은 또한 겉만 봄에 지나지 않으니 끝내 일에서 구제할 수 없는 것이다"라 할 것이다. 그것이 이로움이 되는 까닭은 이와 같아서 그 해로움을 자세하게 말하고자 함인데, 한가하게 낱낱이 들어 말할 수 없으니, '술'이라는 것은 '성품을 찔러 죽이는 광약[29]' 이요, '담배'라는 것은 '써서 없애는 신神의 악초[30]'이다. 이것은 따르면 몸과 집과 나라가 망하는 것이 이루다 셀 수 없고, 곧바로 사람의 목숨과 위생에 해로움이 되어 정기를 덜고 마음을 가려서 사람이 알지 못하는 것은 실제로 다 열거하기가 짧게 엮은 글보다 어렵다.

대개 술과 담배는 백 가지 해로움만 있으며 한 가지 이로움도 없고, 경제를 매우 심하게 상하게 하니 매우 많은 재화를 생산의 쓸모가 없는 데다 써버려 가난한 백성이 비록 아침저녁으로 밥을 짓기는 어려우나 술과 담배는 그 집에 모자라지 않고, 나그네가 비록 묵고 먹는 빚으로는 고생하지만 술과 담배는 그 입에서 끊지 못하니 참으로 웃을 만하고 탄식할 만한 것이다. 그것을 마신다고 달겠는가? 그것을 피운다고 배부르겠는가? 길 위에서 술에 취해 비틀비틀 걸으니 예절에 맞는 태도가 바르지 않고, 화장실에서 담배를 피우니 마시고 먹는 곳이 아니다. 담배를 경계하고 술을 금지하는 마땅함이 수다스러움을 기다리지 않는 것인데, 온 세상이 모두 그것을 마시고 피워, 배우기를 성품에 인장찍듯 하니 비록 나라 법으로도 갑작스럽게 경계하고 금지하기 어려운 까닭에 사람이 모두

---

29) 狂藥 : '술'의 별칭.
30) 惡草 : 잡풀, 잡초.

금지하기 어렵다고 핑계대서 경계하여 끊고자 할 수 없고, 다른 나라 담배를 빽빽하게 모여 앉은 가운데에서 근엄하게 피우니 참으로 탄식할 만하다. 이것은 비록 나라 법이 금지하기 어려운 바이나 그러나 나라의 규칙을 가지고, 오직 학교나 관청같이 금지해야만 하는 곳에서 금지하고, 오직 학생이나 어린아이같이 경계해야만 하는 사람들을 경계하고, 유망한 선비가 먼저 스스로 용기 있게 결단하여 서로 이끌며 타이르고 훈계하여 차례로 전하면, 풍속이 모이는 곳이 달라 습관이 되어버린 풍속을 바꿀 수 있을 것이니, 먼저 깨달은 자가 스스로 경계하여 끊음이 마땅하고, 다른 사람에게 힘써 권함이 가장 중요한 듯하다.

— 《야뢰》 1-4(1907.5).

조합의 필요

오늘날 대한제국의 급히 할 일이 실업實業을 권해 힘쓰게 해 국부國富를 계발함에 있음은 일반인사[31]가 함께 다 아는 바이다. 농업을 개량하지 못하여 수확이 감소하고, 숲과 내와 못과 황무지를 개척하지 못하므로 외국인이 수연[32]하여 이것을 차지해 얻고자 하며, 공업을 발달시키지 못하여 국내의 소모품을 모두 외국에 우러러볼 뿐 아니라 광산, 철도 등 사업의 큰 이익과 권리를 잃어버렸으며, 상업을 권해 힘쓰지 못하여 화물 교통의 매개하는 이익을 거두지 못하고, 중요한 항구와 큰 시장의 상권을 모두 빼앗겼으니 백성의 가난함과 나라의 가난함이 어찌 우연함이겠는가? 오늘날 유신경장[33]하는 시대를 즈음하여 위아래가 한결같은 마음에 지극히 마땅한 경영을 할 자는 산업을 권해 힘써 나라의 근본을 북돋아 기르고, 백성의 힘을 증진하는 하나의 일이 오직 있도다. 이것을 경영해 얻은 그런 뒤에야 나라의 여러 가지 유신사업과 사회의 모든 개량방침이 그 효과를 비로소 아뢸 것이니 오늘날 형편으로는 정부에 대하여 정치, 법률 등의 유신으로 나라의 문명부강을 바라기는 '모래를 짜서 기

---

31) 一般人士 : 교육이나 사회적 지위가 있는 사람.
32) 垂涎 : 먹고 싶어서 침을 흘림, 대단히 탐냄.
33) 維新更張 : '유신'은 오래된 낡은 나라가 제도를 쇄신하여 새로운 나라가 되거나, 사물의 면목을 일신함. '경장'은 묵은 제도를 고쳐 새롭게 함.

름을 구함' 보다 어려우니 곧, 차라리 화폐나 정리하여 금융을 잘 가다듬어 정리하며, 도로나 고치고 다져 교통을 편리하게 하여 산업의 발달을 도와주는 사업이나 정부에 이것을 바라고, 일반 백성은 실업에 오로지 마음 써 생산의 진작[34]을 힘써 도모해야 할 것이다. 그러나 대한제국 백성의 단점은 공동의 생각이 엷고, 스스로 분발하는 기운이 모자람이 이것이니 사업을 능히 이루지 못하고, 경영에 능히 이르지 못함은 이러한 생각이 엷고, 이러한 기운이 모자람에 원인하지 않음이 없도다. 그러므로 공동의 생각을 불러일으키며, 스스로 분발함의 기운을 계발하여야 산업의 진흥을 바랄 수 있을 것이니 산업상으로 공동의 생각과 스스로 분발함의 기운을 일어나게 하려면 조합사업을 일으킴만 같은 것이 없는 것이다.

그러하니 곧, 조합은 무엇을 말함인가? 그 의의를 간단하게 줄여 논할 것이니, 대체로 보아서 '조합' 은 조합원이 각자 출자하여 공동사업을 경영함으로 목적을 만듦이니, 조합원은 이 목적을 이룸에 나아가 여러 가지의 권리 의무가 있고, 조합에는 조합재산이 있으나 법률상에는 조합원 공동재산이니 사회와 달라 조합 그것의 소유가 아니라 조합원은 공동사업으로 생겨나는 이익의 배부를 받으며, 조합을 해산하는 때는 조합 재산의 분배를 받되 이것은 조합원이 각각 그 사업주가 되며, 재산주가 됨으로 인하여 생겨나는 결과요, 조합에서 주는 바가 아니니, 조합사업으로 생겨나는 법률상의 효과는 모두 조합원 각자에게 미치는 것이다.

이상에 조합 성질을 대략 설명하였거니와 조합은 이와 같이 사회와 같지 않아 각 조합원이 사업주가 되며, 재산주가 되어 공동으로 사업을 영위함이니 각 조합원이 각자 경영할지라도 동업자가 서로 합해 공동의 생각이 생겨나며, 많은 사람들이 공동하여 스스로 분발함의 기운이 생겨날

---

34) 振作 : 정신을 가다듬어 일으킴. 진기振起.

것이다. 그러므로 농업에는 농업자農業者가 합동하여 조합을 조성하고, 규약을 만들어 정해 농법農法의 개량과 종자의 선택과 충해의 없애고 막음 등을 함께 행하며, 공업에는 같은 종류의 물품 제조가가 합동하여 조합을 조직하고 정관定款을 규정하여 방법을 연구하며, 좋지 못한 점을 바로잡아 산출의 증가와 신용의 보유를 도모할 것이요, 상업에는 같은 종류 화물의 무역자나 혹은 판매자가 합동하여 조합을 성립하고 규법을 확정하여 공익을 증진하며, 사리를 확충하여 업무를 진보하게 할 것이니 가령, 도성都城 안의 소고기 판매업자는 그 영업의 조합을 설치하여 썩은 고기류의 판매를 금지하여 공공公共의 위생을 도모하며, 마땅히 조합에서 엄중하고 빈틈없는 검사와 감독으로 부패를 방지할 설비를 명하여 쌓아두고 운송하는 사이의 부패와 더러움을 막으며, 가죽·기름·털·뼈 등의 판매도 똑같은 방법으로 조합원 각자의 이익을 증진하며, 파는 가격의 혹은 높거나 낮은 좋지 못한 해로움 등을 막으면 장사의 신용이 자연 확충하여 이권利權이 역시 증진할 것이니, 그 밖의 여러 가지 영업자도 각각 그 영업의 종류를 따라 조합을 각각 이루고, 공동사업의 기본을 만들면 하나하나 홀로 서서 영업함보다 공익사리公益私利에 효과가 매우 클 것이다. 눈을 떠 외국인의 행하는 바를 보라! 우리나라에 와서 여러 가지 조합을 설치함이 그 수를 헤아리지 못할 것이니, 치도治道조합도 있으며, 수리水利조합도 있으며, 수입輸入조합도 있으며, 권업勸業조합도 있으며, 기타 여러 가지 사업에 조합을 이루지 않음이 없어 고용인과 인력거꾼에도 조합이 있으니 이로 인하여 공동의 힘이 생겨나고, 이익이 많으며, 권리가 떨쳐져 업무가 발달하는 것이니 많은 힘을 합하고 많은 지혜를 모아 일을 경영함에 무엇을 이루지 못하겠는가? 그러므로 대한제국 오늘날의 형편으로는 산업의 진흥을 헤아리고자 한다면 조합을 많이 조성하여 공동의 생각과 스스로 분발함의 기운을 생겨나게 함이 가장 첫 번째 방법과 꾀라 하노라.　　　　　　　　　　　　　　—《야뢰》 1-5(1907.6).

안국선 씨 대한금일선후책

내가 안국선 씨와 사귈 때, 하루는 씨를 방문하고 대한제국의 선후책을 묻자, 씨가 책상 위에 차려둔 지구본을 어루만지고 놀면서 이야기함을 적어둠이 아래와 같다.   김대희金大熙 적다

"응, 오늘날 대한제국의 선후책 말씀이오? 이 문제는 실제로 어려운 문제요. 또 연구하지 않을 수 없는 문제요. 대한제국 백성 된 자의 알지 않을 수 없는 문제요. 지금 오형[35]이 이 문제를 가지고 물으시니 실제로 나라를 걱정하여 장래를 도모하는 충심에서 일으키심을 감사하오. 내 어찌 배움이 얕고 지식이 없다 하여 의견의 진술을 거절하겠소.

하하! 오늘날 대한제국의 형편이야 다 아는 바이니 다시 말할 필요가 없으려니와 선후책의 뜻은 곧, 대한제국 백성은 오늘날에 이와 같은 형편을 당하여 어떻게 하여야 옳겠느냐? 하는 문제에 이르러서는 논자論者의 의견이 각각 다를 것이다. 어떤 사람은 정치를 개량함으로 급히 할 일이라 하는 자도 있으며, 어떤 사람은 교육을 확장함으로 응당 해야 할 본분이라 하는 자도 있으며, 어떤 사람은 실업을 힘써 권하여 나라의 재산 정도를 충실케 함으로 좋은 방법이라 하는 자도 있으니, 슬프다! 무엇이

---

35) 폼兄 : '내 형' 이라는 뜻으로, 친한 벗의 경칭敬稱.

대한제국의 급히 할 일이 아니며, 무엇이 우리들의 응당 해야 할 본분이 아니며, 무엇이 오늘날의 좋은 방법이 아니겠는가? 실제로 모두 이러한 대한제국 오늘날의 급히 할 일이라 하겠도다.

　아이고,…… 정치상으로는 말하지 말라고? 말씀하지 않아도 나는 정치상에는 속이 상하여 말하지 않겠소. 원래 정치를 좋게 개량하여 그 마땅함을 얻어야 여러 사업이 순서에 모두 들어 말하는 것이지만, 허, 오늘날 우리 대한제국의 형편은 일종의 특별한 경우에 당하였으니까 원칙대로만 한결같이 따를 수 없소. 저 보시오! 사회에서는 명예가 있고 언론이 신속하여 사람마다 알기를, 이와 같은 인물이 정부에 있으면 선량한 정치를 베풀 수 있어서 나라를 회생시킬 수 있으리라 의지해 바라던 사람도 한 차례 정부에 들어가면 그 베푸는 바가 별 수 없고 도끼를 잃고 도끼를 얻음과 같은 모양으로 이전 사람들의 그릇된 짓이나 일을 다시 밟으니 이것이 그 사람에게 좋은 방법이 없음이 아니라, 실제로 형편의 경우가 허락지 않아 그것으로 하여금 그렇게 함인 듯, 뭐? 그래도 실상은 정치상으로 하여야 신속히 되겠다? 아니오, 그렇지 않소. 이십 세기의 조선은 교화教化 조선이오. 실업 조선이오. 이것이 조선에 대한 이십 세기의 대세니 이십 세기의 대한제국 인사는 이 대세를 적용하여야 할 것이오. 설사 정치상에 종사할지라도 이것을 잊어서는 할 수 없소. 우리들도 탈 수 있는 기회가 있고, 할 수 있는 형편이 이르면 정치상에 활동할 마음이 전혀 없으나 이것은 한때의 일이지, 이십 세기의 사업은 근본적으로 교화가 이것이오. 실제적으로 실업이 이것이니, 나는 믿소. 이와 같이 하면 우리나라가 다시 일어나리라 나는 믿소.

　그러면 곧, 교화는 어떠한 교화를 말함인가? 백성을 가르치고 그들을 교화하는 법에 두 가지 종류가 있으니 첫째는 말하자면 '종교'요, 둘째는 말하자면 '교육'이다. 이 두 종류가 실제로 사회문명의 근본이니, 대체로 보아서 우리 대한제국에 종교가 없음은 아는 자의 개탄하는 바이다. 어느 나라를 막론하고 문명은 종교로 인하여 발달됨이 원칙이니, 인도印度 옛날의 문명은 불교로 기인함이요, 중국 지나간 시대의 문명은 유교로 말미암아 생겨남이요, 터키와 이집트 등의 고대문명은 이슬람교에 그 근원을 일으킴이요, 유럽과 아메리카 오늘날의 문명은 예수교가 근본이다. 그러므로 인도 옛날의 문명을 우리나라에 모방하고자 한다면 불교를 연구할 필요가 있고, 중국 지나간 시대의 문명을 굳게 지키고자 한다면 유교를 숭상할 것이요, 터키와 이집트 등의 고대문명을 원한다면 이슬람교를 전파함이 옳고, 오늘날 유럽과 아메리카 문명을 수입하려 한다면 예수교를 믿어 종교를 개량함이 필요하오.

내가 항상 근본적 문명을 주장함은 이것을 말함이니, 우리 대한제국이 밖으로 더불어 통상通商한지 지금 오십여 년에 개혁을 실시하고 유신維新을 주장하여 옛날의 면목이 과연 새롭게 고쳐졌으나, 사회의 상태는 여전히 부패하고 백성의 사상은 옛 것에 의지함이 고루固陋하여 야만의 비평을 높여 이것을 면할 수 없으니 이것은 어떤 까닭인가? 다름이 아니라 근본적 문명을 실시하지 못한 까닭이오. 그래, 정부의 관제官制나 고치고, 백성의 의관이나 새로우면 문명이 되겠소? 백성의 성질을 아주 고쳐 변하게 하여 병의 근원을 통제하지 않으면 참된 개화 얻기를 바라기 어렵소. 사회 백성의 병이 오늘날에 이르러 모두 깊었으니, 백성의 남에게 의지하는 마음과 겁내는 마음과 거만한 마음과 게으른 마음과 속이는 마음과 샘하여 미워하는 마음과 음탕한 욕심과 어지러운 풍속을 모두 뽑아 없애고, 사람이 행해야 할 바른 길과 도리를 길러내지 않으면 백성의 혼자 서려는 마음이 생겨나기 어렵고, 부지런히 힘쓰는 마음이 일어날 수 없고, 무리와 합하려는 마음을 볼 수 없을 것이니 이것은 백성의 성질을 감화해야 할 것이다. 감화 성질은 종교에 의지하지 않아서는 할 수 없소. 왜? 안되겠어? 종교를 개종改宗하면 공자孔子의 도道가 없어지겠다고? 아니오. 그것은 아직도 모르는 말씀이오. 동양의 유교는 종교라 일컬을 것이 없고, 철학이라 일컬어야, 서양에도 종교 이외에 동양 유교와 같은 학문이 다시 있소. 이들 학문은 종교의 왕성한 세력을 따라 더욱 겉으로 드러내 밝히게 되었소. 공맹孔孟의 도는 오로지 인륜人倫(사람과 사람의 관계)에 관해서만 강의하며 토론하고, 천륜天倫(사람과 천주天主의 관계)과 물론物論(사람과 사물의 관계)에 대해서는 겉으로 드러내 밝히지 못했도. 인륜에 이르러서는 저 가르침과 서로 합하니, 종교를 개종하면 공맹의 학문이 더욱 겉으로 드러내 밝히게 될 것이오. 더욱 온전함을 이룰 것이오. 그것은 다 어찌 하였던지, 번거롭고 길어 지금 다 말할 수 없고, 서양문명을 수입하려면 백성의 성질을 아주 감화시켜야 할 터이니까 종교까지 개종하여 이십 세기의 대세를 적용하면 나라의 독립과 사회의 문명이 자연히 성취될 것이오. 두고 보시오. 이십 세기의 조선은 교화 조선이 될 터이니. 응, 사회에 피를 흘림은 면하지 못하지. 피를 흘려야 평화와 문명이 생겨나니까. '피로 아이를 생겨나게 하나니, 평화도 피로 만드는 것이라' 하는 서양 속담이 있소.

허허! 어찌해서 일본은 종교를 개종하지 않아도 이와 같이 문명 부강하였느냐? 하는 말씀이오? 그것은 일본이 만약 종교까지 고쳤더라면 참, 서양과 같은 반열班列의 문명에 차례 할 것을, 종교의 문명은 못하고 물질적 문명만 하기 때문에 정치·법률·기계·농·공·상 등은 매우 많이 문명하였으나, 도덕상에는 아직 '야野' 자를 면하지 못하여 일본도 지금은 지식 있는 자가 도덕상 문명에 힘을 다하는 중이오. 또 일본의 오늘날 물질적 문명은 어느 곳에서 왔소? 역시 서양 종교로 인하여 이룬 문명을 물질적으로만 얻어온 것이오.

뭐? 교육만 잘하면 안되겠느냐고? 아, 안되지요, 안되지요. 교육이야 마땅히 할 것이지마는 교육은 청년자제의 지혜를 기름과 몸을 기를 뿐이오. 가장 긴요하고 중요한 것은 덕德을 기름인데, 덕을 기름을 아우르지 않으면 할 수 없소. 또 종교만 한다고 교육을 돌아보지 않음이 아니요.

이십 세기의 교화 조선을 조성하려면 종교와 교육의 두 가지가 서로 기다려 이루어야 할 것이니 교당[36]과 학교가 동등한 지위를 차지해 마주서야 할 것이오.

예, 실업상의 말씀을 듣고 싶어요. 우리나라 오늘날의 선후책은 실업에 있소. 이전에 정치상으로 향하던 사람이 다 실업상으로 향하게 되었으니 감사하오. 나는 일본 사람이 대한제국 관직을 맡음을 기쁘고 다행한 일이라 하오. 아니오, 악에 받쳐서 하는 말씀이 아니오. 대한제국 관직은 대한제국 사람에게 주사主事 한 자리도 주지 않고 일본 사람이 다 맡았으면 좋겠소. 그래야 대한제국 사람 가운데 지식이 있는 자가 다 살아갈 방도를 실업에서 구하여 실업이 발달되겠소. 택호[37] 하나 얻기와 명정거리[38] 장만하기에 열이 나서 관직을 꾀해 얻으려고 매우 큰 심력心力과 아주 많은 돈을 헛되이 쓰니 이와 같은 심력과 돈을 실업으로 방향을 바꾸게 되면 참 재미있겠소. 하하.

실업 조선을 조성해야지, 우리나라가 지난날에는 실업을 권해 힘쓰지 않고 천연적으로 오늘날까지 이르러 산과 바다의 보장[39]이 지금까지 완전하니 곧, 이것을 개발함이 우리 대한제국 백성의 마땅히 행할 의무이다. 사람은 예사롭지 않은 화禍를 만나 낙심하지 말고 전화위복에 도를 생각함이 옳도다. 지금에 우리 대한제국이 예사롭지 않은 곤란한 처지에 있어 선후를 경영함에 일반 백성이 즐풍목우[40]하고, 실업에 종사하여 온 나라의 재산 정도를 증진하면 철도·함선이 순서대로 만들어져 정권은 잃었더라도 실제 권력은 얻어 지켜 뒷날에 회복할 방법이 있을 것이니, 공연히 경거망동하지 말고 실업을 얻기에 힘쓰고 힘써야 할 것이다. 하다

---

36) 敎堂 : 종교단체의 신자가 모여 예배하는 집.
37) 宅號 : 이름을 피하고, 벼슬이름이나 시집·장가간 곳의 이름을 붙여서 그 사람의 집을 부르는 이름.
38) 銘旌 : 변변하지 못한 사람의 분에 지나치는 행동을 놀리는 말.
39) 寶藏 : 귀중한 재물을 쌓아두는 곳집, 물자가 많이 산출되는 땅.
40) 櫛風沐雨 : 바람으로 머리 빗고 비로 목욕한다는 뜻, 외지外地를 바쁘게 돌아다니며 간난신고艱難辛苦함.

못해 상점의 심부름하는 품팔이꾼이라도 되고, 공장의 노동자라도 되고, 철도의 일꾼이라도 되어 근검저축하여 농·공·상 가운데의 어떤 사업이든지 성취하여 백성이 각각 그 부富를 이루면 부국이 되고, 부국이 되면 농·공·상의 실제 권력이 우리에게 있어 민족을 온전히 지킬 수 있을 것이니 이와 같이 하면 오늘날의 이와 같은 형편이 곧 전화위복의 도가 되겠소.

생각을 좀 해보시오. 정권만 회복하여 이름만 자주독립이 되면 무슨 소용이 있겠소. 이탈리아를 건국했던 카보우르도 농업을 먼저 힘써 실업의 기초를 정하였소.

뭐? 자본이 없어 할 수 없다고? 아무렴, 실업에야 자본을 필요로 함이 물론이지마는 일단 오늘날 대한제국 백성에게는 자본보다 심력이 필요하오. 실업으로 향하는 심력이 있어야지 자본이 있을지라도 이 마음이 엷고 약하면 성공하기 어렵소. 일본 백성은 맨손으로 다른 나라에 나가 큰 부를 이룬 자가 많소. 미국에 가서 오늘날 큰 농장의 주인으로 이름난 자도 몇 십 명이요. 이들 사람이 맨 처음에 미국으로 건너갈 때에 자본이 있었느냐 하면 그 때에 가지고 간 자본은 심력 하나뿐이었소. 내가 두서너 해 전에 일본 사람 한 명을 만났으니 나이가 거의 이십칠 세인데, 여비가 없어 곤란하더라. 장래의 할 수 있는 사업을 의논할 때 내가 말하기를, '자본이 있으면 할 수 있는 일이 많다' 라 하니, 그 사람이 말하기를, '나의 아버지가 재산이 매우 많아 부자라는 명성이 온 마을에 높지만, 나는 자본을 빌려갖지 않았다. 나의 수단으로 성공함을 필요로 하고, 아버지의 자본을 의지하고 힘입어 일을 이룸을 돌아보지 않나니 심력이 굳세고 건전하면 어떤 일을 이루지 못하겠는가?' 라 하더니 오늘날에 들으니 곧, 그 사람이 청나라 안동현[41]에 지금 머물러 살아 큰 상인이 되고 가진

---

41) 安東縣 : 요녕성遼寧省 단동시丹東市의 옛 이름. 신의주와 마주 대하여 압록강 하류 우안에 위치함.

재산이 8만여 원圓에 매달 수입이 2천 원 이상이라 합디다. 백성의 기풍氣風이 이와 같아야 그 나라가 가난하고 약할 이치가 없소.

교화로 인하여 근본적 문명을 발달시키고, 실업으로 인하여 실제적 권력을 길러내면 이십 세기의 대한제국은 우리들의 이상理想하는 나라가 될 것이다. 나는 아무리 생각해도 이밖에 다시 좋은 후책은 없소. 너무 오래 쓸모없는 말을 지껄여서 심심하겠소. 안녕히 가시오. 또 봅시다."

지은이가 말한다. "본디 배운 것 없고 아는 것 없는 사람으로 나라 일이 실제로 차마 보기 어려운지라, 그러므로 널리 알고 많이들은 인사에게 비웃음의 비평을 무릅쓰고 쓸모없는 말을 길게 끌었거니와, 우리 일반 국민은 우리나라의 망한 까닭과 오늘날의 형편과 선후방책을 정함이 필요한 줄을 알았으면 이 책의 목적을 이룬 것이오. 지은이의 다행스러운 영광이며, 안국선 씨의 이야기와 이 책을 지은이의 의견이 주의가 서로 합한 곳이 많으니, 오늘날의 급히 할 일이 실업과 종교와 교육인 것이 명백한 일인가 하노라."

— 김대희, 《20세기 조선론》(1907.9).

정당론

정당은 정치상의 의견으로 동일한 주의를 가진 자가 서로 만든 무리이
니, 붕당朋黨은 나라와 사회에 해를 끼침이 심한 것이지만, 정당은 오늘날
진보한 정치상에 빠져서는 안 될 필요한 기관이다. 정부가 비록 책임내
각을 조직한다 할지라도 정당의 조직이 완전하지 못하면 그 결과를 보기
어려우며, 백성이 비록 다수 정치를 실행코자 할지라도 정당의 성립이
없으면 그 이로움을 얻기 어려우니 이것은 유럽과 아메리카 각 나라에
여러 경험한 바이다. 그러므로 정당의 분립이 없는 나라는 있지 않으니,
대체로 보아서 오늘날 문명한 시대에 당해서는 백성의 정치사상이 또한
발달하므로 정치상의 주의가 각각 있어서 의견에 다르고 같음이 있으며,
방책에 찬성과 반대가 있어 각각 그 주의를 이루려하되 단독의 힘으로는
행하기 어려우므로 나와 주의가 서로 같은 자와 만나 합해서 그 목적을
이루고자 하니 이것이 정당의 말미암아 일어나는 까닭이다. 그러나 사람
의 의견이 각각 다름은 그 얼굴의 다름과 같아 크고 작음을 따르지 않고,
의견이 서로 같은 자는 구할 수 없으니 정당에 필요한 것은 대동주의[42]가
이것이다. 그러므로 한 당파에 속한 자는 그 작은 수단에 이르러서는 의

---

42) 大同主義 : 많은 사람이 같은 이념 아래 합동하여 뭉치는 주의.

견이 각각 다를지라도 대동주의만 동일하면 충분하니 가령 진보당의 인원이 그 진보하는 방책에는 어떤 사람은 느리게 나아가고자 하며, 어떤 사람은 빠르게 나아가고자 하여 의견이 같지 않을지라도 진보라 하는 대동주의만 동일하면 같은 당에 귀속됨이 진실로 그러한 결과이다. 그러므로 큰 주의가 서로 다르면 같은 정당에 함께 속하지 못하려니와 이미 한 당에 귀속하였다가 하찮은 방책에 관하여 의견이 같지 않으므로 큰 주의를 돌아보지 않고 당을 물러나거나 분립하는 자는 그 목적을 이룰 날이 없을 것이요, 또 정치상의 주의가 없고 단지 세력을 향해 따르며 이익을 따라 아무 당에 던져 넣으면, 이것은 주의가 없는 당원으로 인하여 넘어짐을 잉태함이 반드시 많고, 그 당원은 오랫동안 온전히 지키지 못하여 그 정당의 세력이 줄어드는 날에는 그 배반함과 좇음을 알기 어려우며, 가고 옴을 헤아릴 수 없음에 이르리니 오늘날 우리 대한제국에도 정당의 조직이 필요함은 나의 아는 바이지만, 확실한 주의를 세움이 아니면 여기에 함께 찬성하기 어려우며, 우리 당에 당원이 많이 들어와 참여함을 바라는 바이지만, 주의가 없는 사람이 던져 넣음은 원치 않는 것이다. 대체로 보아서 백성이 정치상에 대하여 사상을 아주 끊으면 그만이거니와 설사 다른 나라 보호정치 아래에 설지라도 그 정치가 우리에게 통양[43]처럼 상관이 있는 이상은 우리가 여기에 대하여 말참견할 권리가 있으며, 관계할 주의가 있는 것이니 어찌 앞질러 봄이 옳겠는가? 그러므로 동일한 주의를 가진 자가 함께 합하여 여러 사람의 힘으로 그 목적을 이루려 함이 이것이 정당이다. 그러하니 곧, 정치상의 주의를 드러내 말하고, 정치상의 목적을 이루기 위하여 조직한 정당은 질서를 어지럽게 하기 전에는 통감부統監府의 권력으로도 방해하지 못하며, 정부의 압제로도 해산하지 못하는 것이니, 만일 이것을 방해하거나 이것을 해산하면 이는

---

43) 痛癢 : 아픔과 가려움, 자기에게 직접 관계되는 이해의 비유, 통양痛痒.

백성의 자유를 무시하며, 나라의 흥망을 위반함이니 곧, 이와 같음은 자유의 원수요, 민중의 마음에 적이다. 어찌 입 다물고 말 안함을 즐겨 하겠는가?

또 나라의 정치상으로 관찰할지라도 정당정치를 행함이 매우 유익한 점이 많으니 영국은 가장 완전한 정당정치를 행하는 나라이다. 내각을 조직함에 늘 국민의 흥망이 많은 정당원으로 조직하여 연대책임을 짐 지우므로 정당정치의 이로운 효과가 많은 가운데 그 가장 두드러진 것을 들자면, 하나는 그때의 형세에 적절한 정치상의 책략을 얻어 행하나니, 대체로 보아서 정당의 승부를 결정함은 그 주의를 찬성하는 자의 많고 적음으로 인심의 좋음과 배반함을 의지하여 정함이니 곧, 갑당甲黨이 승리하면 이것은 갑당의 주의가 그때의 형세에 적절함이요, 을당乙黨이 패배함을 얻으면 이것은 그 주의가 그때의 형세에 알맞지 않음이다. 그러므로 정당정치를 행하는 나라에는 승리하는 당이 정부에 들어가 정사政事를 베풂으로 그 정치가 늘 그때의 형세에 알맞게 합하고, 둘째는 가장 우수한 인물을 뽑아 정치의 가장 긴요하고 중요함을 장악함을 얻나니, 대체로 보아서 국회의 의원은 백성이 온 나라 가운데에서 인재로만, 많은 사람이 선거한 선거인을 대신해 정치를 논하는 사람들이 모인 인물의 많이 모인 곳이다. 이와 같은 인재 가운데에서 가장 뛰어나고, 가장 여러 사람의 기대가 많은 정치가 곧, 정당의 우두머리로 수상首相을 맡기고, 또 각부 장관도 그 당원 가운데에 가장 유망한 사람으로 내각에 들어가게 하므로 그 인물이 결코 평범하고 능력이 없어 단점과 장점이 없는 인사가 아님을 미리 결정할 수 있을 것이다.

정당을 조직하여 그 목적을 이루고 이러한 이익을 정치상에 이바지하려면 그 당에 일정한 주의를 확립하고, 당원도 또한 모두 그 주의를 받아들여 하찮은 의견의 반대로 어긋나서 분립함이 없음을 필요로 하고, 또 무주의無主義로 까마귀처럼 규율 없이 모였다가 곤란한 때에 나뉘어 흩어지는 등의 더러운 마음과 행위가 없음을 필요로 하며, 또 동일한 주의를 가진 자가 자기편 당을 하지 않는 것도 바로잡을 것이 없는 것이다.

— 《대한협회회보大韓協會會報》 3(1908.6).

회사의 종류

　우리 대한제국의 온갖 문물이 점차 일어나 나아가는 동시에 실업 사회도 얼마간 옛날의 면목을 고쳐 '회사다', '조합이다' 하는 현판을 곳곳에 보겠으며, 지방에도 상회와 회사 등의 조직을 계획함이 있음을 듣는다. 그러나 회사에 관한 법칙을 알지 못하는 자가 많아 가끔 잘못된 태도가 있음을 면하지 못하며, 심한 자는 회사의 종류도 알지 못하여 자본금을 몇 사람이 합해 조직하면 전례에 따라 합자회사로 아니 이것은 알지 못함의 심함이다. 그러므로 회사의 종류를 여기에 구분 설명하여 실업가의 참고에 이바지하고자 한다.

　회사의 종류는 네 가지가 있으니, 첫 번째는 합명合名회사요, 두 번째는 합자회사요, 세 번째는 주식株式회사요, 네 번째는 주식합자회사이다. 어떤 회사이든지 그 상호에는 이 네 가지 가운데의 하나를 표시하지 않을 수 없으니 가령, '주식회사 아무은행이다', 또는 '아무 합명회사이다' 라 함이 이것이다.

　일一. '합명회사' 는 무한無限책임사원責任社員으로만 조직하는 회사이니 무한책임사원이라 함은 회사 채무에 대하여 회사 재산으로 그 부채를 다 갚기 어려우면 사원의 사유私有 재산으로도 이것을 갚아줄 의무가 있음이다. 그러므로 합명회사의 사원은 모두 무한책임을 부담하여 그 회사에 대하여 받드는 차례가 있는 채권자는 회사로서 빌려준 돈을 거두어들일 수 없는 경우에는 그 회사 사원 가운데 아무에게 대하든지 청구請求함을 얻을 것이다. 그러므로 합명회사의 사원은 모든 사원의 동의를 얻지 않으면 회사를 물러나거나 혹은 남에게 넘겨주지 못하고, 또 회사를 물러난 뒤라도 2년간은 그 물러난 회사의 이전에 생긴 회사 채무에 대하여 책임을 지는 것이니, 사원은 모두 회사의 업무를 집행할 권리 의무가 있고, 사원의 수가 많은 경우에는 업무담당사원을 특별히 뽑아 정하여 뽑힌 사원만 업무집행의 권의權義가 있고, 그 밖의 사원은 여기에 관계함을 허락지 않되 업무시간에는 어느 때든지 회사 재산의 정황과 업무의 상황을 검사함을 얻으며, 또 각 사원은 영업상의 경쟁을 금지함의 의무가 있어 다른 회사의 무한책임사원 됨을 얻을 수 없고, 또 자기나 또는 제삼자를 위하여 회사 영업부 따위에 속한 상업행위를 행함을 얻을 수 없는 것이다.

이二. '합자회사'는 무한책임사원과 유한有限책임사원責任社員의 두 가지 사원으로 조직하는 회사니 정관을 작성할 때에 사원 가운데 책임의 유한과 무한을 구별 기재하여 무한책임사원은 합명회사의 사원과 같이 회사 채무에 대하여 연대 무한의 책임을 지고, 유한책임사원은 털끝만큼도 책임을 짐이 없으니, 두 가지 사원 가운데 한 가지만 없어도 합자회사로 존속함을 얻을 수 없는 것이다. 그러므로 회사가 성립된 이후에는 업무를 집행할 권의가 있는 자는 무한책임사원뿐이요, 유한책임사원은 업무집행에 관계함을 얻을 수 없고, 다만 감시권만 있을 뿐이요, 무한책임사원은 합명회사 사원과 같이 영업상의 경쟁을 금지함의 의무가 있고, 지분을 남에게 넘겨주는 때에는 모든 사원의 동의를 가벼이 여기지 않으면 이것을 남에게 넘겨주지 못하며, 유한책임사원은 영업상의 경쟁을 금지함의 의무가 없고, 또 그 지분을 남에게 넘겨주려면 무한책임사원의 동의만 얻으면 할 수 있는 것이다.

삼三. '주식회사'는 순전한 자본단체니 일곱 사람 이상이 발기하여 조직하되 사원은 주식을 인수하여 주주株主가 되고, 회사에 대하여 인수한 주식의 금액을 출자하는 의무가 있는 것 밖에는 어떠한 의무도 없으며, 어떠한 책임도 없으니, 회사 채무가 많아 회사 재산으로 이를 대신 치러 주지 못하는 경우라도 일반 주주의 사유 재산으로는 대신 치러줄 의무가 없으며, 영업상의 경쟁을 금지함의 의무도 없는 것이다. 주식회사의 업무를 집행하는 자는 취체역取締役이요, 이것을 감독하는 기관은 감사역監查役인 것이다. 특별히 뽑아 맡기는 것이요, 일반 주주는 주주총회를 따라 그 권리를 행사하는 방법이 있을 뿐이다. 주식을 자유롭게 남에게 넘겨줌은 주식회사의 한 가지 특질이니 다른 사원의 동의를 얻을 필요가 없고, 자유로 남에게 넘겨줌을 얻는 것이다.

사四. '주식합자회사'는 주식회사에 무한책임사원을 정하여 조직하는 것이니 그 무한책임사원에 대해서는 합명회사 사원에 관한 여러 규정을 적용하고, 기타 주주에 관해서는 주식회사의 규정을 준거해 쓰는 것이다.

　　　　　　　　　　　　　　　　　—《대한협회회보》4(1908.7).

민법과 상법

우리나라에는 오늘날에 이르기까지 민법과 상법의 규정이 없어 민사民事와 상사商事에 관한 사항을 모두 관습에 따를 뿐이다. 그러나 오늘날에는 여러 가지 관계가 매우 복잡하여 문서화된 규정을 필요로 하는 까닭에 이것을 편찬하기 위하여 여러 가지 조사에 착수한다 하니 그 빠른 이룸을 기대하는 바이다. 그러므로 여기에 민법과 상법의 관계를 자세히 말함이 이로움이 없는 일이 아니다.

민법과 상법은 모두 '사법私法'이니, 백성 서로 간의 관계에 한 개인 된 자격으로 행할 행위를 규정한 법률인데, '민법'은 개인적 관계의 일반에 적용되는 규칙을 규정하여 특별한 규정이 없는 이상에는 개인 서로 간의 관계에 대하여 오로지 이러한 민법을 적용하고, '상법'은 상업에 고유한 법칙의 전체를 말함이니 상업에 고유한 법칙이라 함은 상업에만 적용하고, 다른 것에는 적용하지 않는 법칙이다. 사법 가운데에도 상업의 관계에 적용되는 동시에 또 민사 관계에도 적용되는 것이 있으니 이와 같은 것은 상법에 속할 것이 아니다. 비유하자면, 매매賣買에 관한 민법 규정의 대부분은 상사매매에도 적용되고, 민사매매에도 적용되나 이것은 상법에 속함이 아니요, 특별히 상사매매에만 한정하여 적용할 법칙을 규정하여 상법에 속하는 것이다. 그러므로 학자 사이에 어떤 사람은 상법을 민법에 대한 특별법이라 말하는 자도 있으며, 어떤 사람은 예외법例外法이라 일컫는 자도 있으며, 어떤 사람은 민법 가운데의 친족법親族法이나 상속법相續法과 같이 한 편을 만들 것이라 하여 말들이 한결같지 않거니와 각 나라 법 제도에 의하여 토론한 결정이 또한 다르다. 이와 같이 상업에 고유한 법칙으로 상법을 특별히 제정하는 나라에도 상법의 지위가 분명치 못한데, 우리나라에는 민·상법을 한편 가운데에 혼동하여 편찬하기로 결정하였다 하니 상법의 지위가 더욱 분명치 못하게 될 것이다. 대체로 보아서 상법을 장사하는 사람에 관한 법률관계를 규정하는 것이라 하면 이것을 특별법이라 함이 옳거니와, 상사에 관한 법률인 까닭에 특별법이라 함은 옳지 않으니 만약 상법을 상사에 특별한 법률인 까닭에 특별법이라 한다면 민법 가운데의 친족이나 상속에 관한 규정도 특별한 법률이니 곧, 또한 특별법이라 말하지 않을 수 없을 것이요, 또 친족법 가운데에도 혼인에 관한 것과 양자養子와 인연을 맺음에 관한 것과 후견에 관한 여러 가지 규정이 모두 특별법 아님이 없을 것이다. 그러하니 곧, 이와 같은 이유로 상법을 민법의 특별법이라 말함이 옳지 않고, 상사에 고유한 법률이라 말함이 지극히 마땅하니 이것을 민법에 섞어 합함이 그 옳음을 알지 못하겠고, 또 예외법이라 하는 것이 있으나 이것은 정당한 해석이 아니니 상법 가운데에는 민법에 규정이 없는 사항에 대하여 규정한 것도 있고, 또 민법에 규정이 있되 충분하지 못하므로 보충하여 규정한 것도 있고, 또는 민법의 적용을 피하기 위하여 특별히 규정함도 있으니 이러한 맨 뒤 경우의 규정과 같음은 민법에 대한 예외규정이라 말함을 얻을 것이지만, 제일第一과 제이第二 경우의 규정 등은 그렇지 못하여 예외의 규정이라 일컬을 수 없다. 대체로 보아서 상사에는 신용信用을 무겁게 여기고, 날쌔고 활발함을 높게 여기는 까닭에 상법은 신용을 보호하며, 사무의 날쌔고 활발함을 꾀함이 그 주장이 되어야 늘 민법과 특별히 발달한 것이요, 또 상사는 민사와 달라 상황과 범위가 확실하게 구분되

는 것인데 지금에 이것을 섞어 합해서 편찬하면 상사와 민사를 혼동하여
그 관계로 하여금 해석하기 매우 어려운 지경에 이르게 될 것이다.

—《대한협회회보》 4(1908.7).

정치가

  옛날 그리스의 학자 플라톤Platon[44] 씨가 다스리는 자의 이상을 발달케 하고, 정치로 하여금 지식 가운데 적당한 지위를 가져 지키게 하기 위하여 《정치가》라 하는 책 하나를 저술함이 있으니, 이것은 이상적 정치라는 것을 실제적 정치가와 명확히 구별하고, 추상적 정치학을 실제적 정치 방법과 확실하게 경계를 갈라 정하고, 결론에는 '정치가와 지혜가 깊고 사리에 밝은 사람은 꼭 일치함이요, 정치와 교육은 모이는 점에 이르러 합치할 것이다' 라 하였다. 씨의 의견을 따르면 진정한 정치가의 임무는 덕행의 이상적 표준에 적합한 국민을 길러냄에 있고, 진정한 정치학의 목적은 법률에 의지함과 하지 않음을 묻지 않고 국민을 정의로 지도할만한 참 지식을 드러내 밝힘에 있다. 그러므로 이것이 지극함을 다한 진리의 점點으로 보고 살피면 보통 정체의 선악을 구별할 표준 되는 여러 가지의 특질과 같음은 물을 바 아니다. 대체로 보아서 다스리는 자가 적은 수 되고, 많은 수 되며, 가난한 자 되고, 부유한 자 되며, 신하와 백성이 합의적으로 다스리는 자를 공경해 받들어 모시고, 강제적으로 복종하는 것 등은 아주 다른 문제이니 우리의 질병을 치료하는 자는 이름난 의

---

44) BC 429?~BC 347. 고대 그리스의 철학자, 형이상학의 수립자. 주요 저서에 《소크라테스의 변명》《파이돈》《향연》《국가론》 등이 있다.

사이다. 우리의 뜻을 따라 병을 고치거나 우리의 뜻을 거슬러 병을 고침은 말할 바 아니요, 그 병 고치는 자가 책으로 의술을 수업함과 책 이외에 수업함은 물을 바 아니다. 그러니 곧, 이러한 뜻의 플라톤 씨의 정치적 관념은 입법 법률을 정치의 요소가 아니라 하여 아주 정치 이외에 물리치는 것이다. 그러나 플라톤 씨는 또 '이상과 실제의 관계'를 말하고 '법률의 드러나서 두드러진 직분'을 설명하여 말하였다.

"이상적으로 말한다면, 지혜가 깊고 사리에 밝은 사람의 자유적 행동은 선량하고 완전한 정치의 보증이니 아주 좁고 변통이 없는 법규보다는 나은 점이 많은 것이다. 가슴이 막혀 답답한 일상생활에서 지켜야 할 법도로 지혜가 깊고 사리에 밝은 사람의 자유행동을 단속함은 비유하자면, 그 방법에 익숙하지 못하고, 그 재주를 알지 못하는 얕은 지식과 좁은 소견과 완고한 관습으로 변화가 끝없는 병 고치는 자의 수술을 제한함과 같다. 그러나 큰 지혜는 쉽게 구하기 어렵고, 지혜가 깊고 사리에 밝은 사람은 늘 얻을 수 없으니, 이것이 나라 정치에 선 자가 법률에 의지하지 않으면 할 수 없는 까닭이다. 법률은 과거 현재에 있는 사회의 여러 가지 경험과 실제적 지식의 구체적 드러냄이니 어떠한 사람이든지, 어떠한 사람의 집합체든지 성문법成文法이나 관습법慣習法보다 양이 많고 풍부한 정치적 사상과 경험을 소유한 자가 있지 않을 것이다. 그러므로 이들 법률에 준거하여 이와 반대로 되어 어긋나지 않음은 불완전한 인류 사이에 성립한 불완전한 정부 조직에 있어서는 가장 필요함이다."

플라톤 씨의 사상이 여러 번 변화하였으니, 맨 처음에는 순전한 이상적 국가를 상상하였고, 그 다음에는 이상적 국가와 실제적 국가를 알맞게 섞어 상상하였고, 맨 나중에는 이상적 국가를 아주 내던지고 불완전한 인류 사이에 성립함을 얻을 완전한 국가 조직을 연구해내려 하였다.

그러므로 씨는 정치가가 어쩔 수 없이 법률의 힘을 이용함이 실제적 국가에 적합하니 곧, 사회생활을 절대적으로 결정할 법전을 편찬하여 실제 정치의 가장 좋은 결과를 확보하려 함이다. 그러나 플라톤 씨의 이 사상은 실제적 국가를 제정[45]에 구하려 함도 아니요, 또 민주정치에 구하려 함도 아니요, '제정과 민주의 중용中庸'을 잡아 이것을 구하려 하였으니 씨가 말하였다.

"제정과 민주는 아주 정반대되는 두 주의니, 제정은 권력의 변하기 전 본체요, 민주정치는 자유의 대표이다. 그러므로 다스리는 자와 다스림 받는 자의 감정을 녹여 하나로 합하려면 이 두 가지 큰 주의의 중용을 잡음이 옳으니 서로 생각하고 사귀는 정情은 정치에 가장 중대한 요소이다. 정부는 선량한 법률로 복종하는 백성을 지도할 것이요, 법률을 의지하여 백성을 강제强制할 것이 아니다."

이것은 곧 정부가 다스리는 자와 다스림 받는 자의 합의로 이룬 것이라 하는 '자연법설'과 일치함이다. 그러므로 정치가는 다스리는 자의 자리에 있을 때에 제정의 권력을 부당하게 행사함이 옳지 않음과 같이 민주적 자유가 거리낌 없이 제멋대로 행동함에 흐름도 옳지 않음을 깨달을 것이라 함이니 씨가 '평등의 관념'을 해석하여 말하였다.

"민주주의의 기초되는 평등의 관념은 적당히 이해하지 않으면 옳지 않으니 어째서인가? 평등에는 '절대적 평등'과 '관계적 평등'의 두 가지가 있으니 곧, 앞의 것은 국민이 각 공공公共사업을 처리함에 동일한 기회를 소유할 것이요, 뒤의 것은 국민이 정부에 서는 자리가 각 국민의 가치와

---

45) 帝政 : 임금의 정치, 제국주의의 정치.

비례할 것이다. 가령 추첨법으로 가려 뽑음은 관계적 평등에 접근한 방법이다."

정치가에 대한 플라톤 씨의 관념은 삼천 년에 가까운 지나간 옛날에 속함이나, 정치사상이 발달한 오늘날에도 그의 오른편에 나올 자가 있지 않다. '정치가는 지혜가 깊고 사리에 밝은 사람과 일치함이니 정치가의 임무는 덕행의 이상적 표준에 적합한 국민을 길러냄에 있다' 라 하였으며, '이상적으로는 정치가의 자유행동이 선량하고 완전한 정치의 보증이니, 법규에게 가슴이 막혀 답답하게 금지되고 단속될 것이 아니지만, 불완전한 인류 사이에 성립한 불완전한 조직에는 법률이 아니면 용납할 수 없음에 준거할 것이다' 라 하였으며, '정치가는 그 주의를 잡고, 그 목적을 이루려 할 때에 제정의 권력을 두둔함도 옳지 않고, 민주의 자유를 거리낌 없이 제멋대로 행동함에 흐르게 함도 옳지 않다' 라 하였으며, '평등의 관념을 적당히 해석하여 국민은 그 국민의 가치와 비례하여 모두 정치가의 자리에 거擧할 권리가 있음이다' 라 하였으니, 정치가는 이와 같이 해석함이 당연하고, 무단정치의 수단을 쓰며, 권모술수의 방도를 높임은 정치가에 대한 오해라 하겠다.

— 《대한협회회보》 5(1908.8).

고대의 정치학과 근세의 정치학

그리스 고대에는 나라에 관한 현상을 강구하는 것은 모두 이것을 정치학이라 일컬어 국가경제의 설명이든지, 나라의 법규적 설명이든지, 나라의 사실적 설명이든지 모두 이것을 넓고 아득한 정치학이라 하는 일컬음 아래에 포함하므로 그 목적 범위가 분명해 똑똑하지 않고, 그 연구방법도 마음 내키는 대로 상식에 말미암는 외에는 볼만한 바가 없었다. 또 정치학의 근본 되는 국가성질의 설명과 국가정책의 논거와 같은 것도 사실의 관찰을 피하며, 정당한 추리를 꺼려 오로지 학자의 공상과 위정자의 여측[46]에 준거하며, 흩어져 어수선하고 규칙 없는 철학자의 나머지 짧은 서책書冊을 더듬어 찾고 보충해 모아 정치학의 할 수 있는 일이 다했다 하고, 정치현상에 관한 과학적 연구와 같은 것은 몽상에도 두지 않았다. 오직 홀로 아리스토텔레스 씨의 학파가 빛나게 색다른 빛을 낼 뿐이요, 그 뒤에 그리스가 쇠퇴하고 로마가 갑자기 일어나 무武를 숭상하는 날쌔고 활발한 기상만 넉넉하고 고상심원高尚深遠의 사상이 부족한 로마 사람도 개인 권의의 학문은 깊이 끝까지 연구하여 후세의 지도할 만한 사람이 되었으나, 나라에 관한 학설에는 이바지함이 없는 것이다.

---

46) 蠡測 : 표주박으로 바닷물을 측량함, 천박한 식견으로 심원한 이치를 헤아리는 비유, 이려측해以蠡測海.

중세에 이르러서는 일반 학문이 쇠하여 전보다 못해졌으므로 정치학도 함께 시들어 떨치지 못했으니, 짝지어 어떤 사람은 국가성질에 관하여 학리적 설명을 시도한 자가 있었으나, 많은 수는 종교적 취미에 훈염[47]하여 한 번 돌아볼 가치가 없는 것이다. 대체로 보아서 유럽 중세에는 속권俗權과 승권僧權의 충돌이 매우 심하여 직접적으로 여기에 관계되지 않는 문제는 세상 사람들의 주의를 끎이 없었으므로 당시의 학자는 발꿈치를 맞댄 것처럼 이어서 함께 승속僧俗으로 나뉘어 다투는 소용돌이 가운데 던져졌으니 석학 토마스 아퀴나스Thomas Aquinas,[48] 시인 단테 Alighieri Dante[49] 등도 이 사조思潮를 벗어나지 못하고, 각각 그 왕권과 승권을 위하여 온 힘을 기울여 정치상에는 쌓은 업적이 적었고, 홀로 파도바Padova[50]의 마르실리오Ficino Marsilio[51] 씨가 초연超然히 시대의 흐름을 반항하고 아리스토텔레스 씨의 학풍을 밟아 떨치지 못한 일을 이었으나 이것 또한 정치학상의 명성은 되지 못하였다.

근세에 이르러서는 과학의 진보가 각 방면으로 사람의 마음을 계발함이 많았고, 특히 정치상의 사정은 학자의 두뇌를 찔렀으니 마키아벨리 Niccolo Machiavelli,[52] 보댕 Jean Bodin[53]이 남보다 앞서 정치학 상에 굉장

47) 薰染 : 향기가 뱀, 감화感化됨.
48) 1225?~1274. 중세 유럽의 스콜라철학을 대표하는 이탈리아의 신학자로 그리스도교 철학을 독창적으로 발전시켰다. 저서에《신학대전》《대이교도대전》《진리에 대하여》《신의 능력에 대하여》 등이 있다.
49) 1265~1321. 이탈리아의 가장 위대한 시인, 서유럽 문학의 거장. 후에 〈신곡〉으로 제목이 바뀐 기념비적인 서사시 〈희극〉으로 널리 알려졌다.
50) 이탈리아 베네토주 파도바현의 주도主都. 영어로는 파두아Padua. 바킬리오네 강 연변에 위치하여 운하를 통해 브렌타 강, 아디제 강, 포강과 연결되는 교통요지로 이미 로마시대부터 유명했다.
51) 1433~1489. 르네상스기 이탈리아의 지도적 플라톤주의 철학자. 처음에는 아리스토텔레스의 철학을 공부했으나, 후에 플라톤 철학을 연구해 플라톤과 후계자들의 저서를 라틴어로 번역·주해하는 데 힘썼다. 저서에《그리스도교에 대하여》(1478)《플라톤 신학》(1482) 등이 있다.
52) 1469~1527. 르네상스기 이탈리아의 작가·정치가·정치이론가. 역저 《군주론》은 목적만 정당하다면 수단은 아무래도 상관이 없다는 비윤리적 견유주의犬儒主義를 제창한 것으로 인식되어 오랫동안 비난을 받아왔으나 정·교 분리의 주장과 함께 권력현실에 대한 객관적 분석이 행해지고 있는 점에서 근대 정치학의 초석으로 평가되고 있다.
53) 1530~1596. 프랑스의 법학자·사상가. 툴루즈 대학에서 법률을 공부하고, 파리에 나와 고등법원 소속 변호사가 되었다.

히 새로운 연구를 시작하고, 로크 John Locke,[54] 홉스Thomas Hobbes[55]가 갑자기 일어나 군주君主와 백성의 권리 지위를 설명하였으며, 파구가 나오고, 몽테스키외Montesquieu[56]가 태어나고, 푸펜도르프Samuel Pufendorf,[57] 부룬추리 등의 인재가 연달아 나와 날 때부터 갖춘 뛰어난 재주를 발휘하므로 정치학이 하루아침에 비교할만한 것이 전에 없는 진보를 봄에 이르렀다. 또 다른 방면을 살펴보면, 아담 스미스, 러셀 등이 경제학을 크게 이루어 독립의 과학을 이루게 함이 있었고, 키에르케고르, 옐리네크 Georg Jellinek[58] 등이 일어나 공법학公法學의 범위를 명확히 함이 있었으니, 여기에서 고대에 이른바 정치학 가운데 법규 연구를 목적하던 것은 공법으로 법률학의 한 부분을 이루고, 국가 공사의 경제에 관한 것은 또한 독립으로 재정과 경제의 두 학과를 이루고, 나라의 사실적 성질을 설명하여 정책의 기초를 청해 연구하는 것은 정치학이라 하여 일부 독립의 연구목적을 이룬 것이다.

— 《대한협회회보》 6(1908.9).

54) 1632~1704. 영국의 철학자. 영국과 프랑스 계몽주의의 선구자로서 미국 헌법에 정신적 기초를 제공했다. 당시 '새로운 과학' 곧 근대과학을 포함한 인식의 문제를 다룬 《인간 오성론》의 저자로 유명하다.
55) 1588~1679. 영국의 철학자·정치이론가. 초기 자유주의와 절대주의의 중대한 이론적 전제가 되는 개인의 안전과 사회계약에 관한 《리바이어선》 등의 저서로 유명하다.
56) 1689~1755. 프랑스의 정치철학자. 주저 《법의 정신》(1748)은 정치이론 확립에 크게 이바지했다.
57) 1632~1694. 독일의 법학자. 근대적 자연법학의 개조開祖로 알려져 있다. 1661년 하이델베르크 대학의 자연법과 국제법의 교수가 되었고, 그 후 스웨덴의 룬드 대학 교수로 있으면서 《자연법과 국제법》(1672)을 출판, 인간의 자연적 자유를 중심으로 인간의 자유·평등을 설파하였다.
58) 1851~1911. 19세기 독일의 대표적 공법학자. 종래의 형이상학적 국가 이론에서 벗어난 실증주의적 국가론의 학파에 속한다. '국가3요소설'과 '국가법인설' 등은 근대 각국의 정치학, 헌법학 이론에 큰 영향을 끼쳤다. 저서에 《공권론》(1892) 《일반국가학》(1900) 등이 있다.

정치학 연구의 필요

'인류는 정치적 동물' 이라 함은 그리스의 석학 아리스토텔레스 씨가 이천 년 이전에 알아차린 진리이다. 정치는 인간생활의 필요조건이 될 뿐 아니라, 또한 사람이 본디 가진 성질과 마음이니 저 사리에 어둡고 미개한 인류가 집에 가장을 받들고, 마을에 우두머리를 받들어 그 권력에 복종하여 외부의 침범으로 인한 피해를 막으며, 내부의 평화를 유지하는 까닭이 그 정치적 성정性情의 드러냄이 아니면 무엇인가? 그러므로 인류의 집단이 있으면 정치가 여기 있고, 정치가 이미 있으면 조직이 짝으로 있어 나라 운세의 쇠함 및 성함과 백성의 기쁨과 근심 걱정이 여기에 관계하지 않음이 없으니 이것이 예와 지금의 학자와 정치가가 국가조직에 두뇌를 다 써버리며, 뜻있는 선비와 어진 사람이 좋은 정치에 몸과 마음을 다 써버리는 까닭으로 '우리에게 자유를 달라! 그렇지 않거든 죽음을 달라!' 함은 백성이 완전하고 좋은 정치조직을 몹시 바라는 소리요, '백성의 소리는 곧 하늘의 소리' 라 함은 나쁜 정치를 계속할 수 없다는 다른 이름이다. 인간 역사의 대부분은 인류의 정치적 갈망에 원인한 활동의 역사요, 혁명이라 말하며, 전쟁이라 말함이 모두 정치의 자연적 결과에 밖이 아니다.

정치가 인간의 삶에 관계됨이 중대하지 않은가?

복잡하여 빠른 변화가 끝이 없는 나라의 정치는 원래 일상생활에서 지켜야 할 법도로 단속하기 어려운 것이지만, 인류는 여러 해의 경험으로 나라의 성함과 쇠함의 법칙을 발견할 수 있으며, 빈 구석 없이 자세한 주의를 구해 국가정책의 원칙을 확실히 알 수 있는 것이니, 이들 법칙을 설명하며, 이 원칙을 강구함이 곧 정치학이니 바꾸어 말하면, '정치학'은 나라의 사실적 성질을 설명하며, 국가정책의 기초를 강구하는 학문이다. 그러므로 정치학은 다만 나라의 목적을 결정하며, 정치 형태의 우열을 비교하여 나라의 근본적 개념을 보급할 뿐만 아니라, 정권의 범위와 국민 세력의 영향도 또한 정치학의 영역이니, 저 법률학과 같은 것은 정치학과 함께 나라의 성질을 드러내 밝힘이 많으나, 논리의 관철에 치우쳐 실제의 아득하게 멂을 돌아보지 않으며, 경제학과 같은 것은 국가정책의 근본을 논평함이 혹 있지만, '부富'라는 한 가지만 오로지 주장하여 일반 정책의 얻고 잃음을 논하지 않으니 이것은 모두 나라의 한 쪽 면만 살펴 보는 것이다. 그러므로 각각 그 학문의 목적을 이룸에는 할 수 없음이 없으나, 국가 현상에 대하여 사실적 설명을 함께 하며, 국가정책의 기초를 평론하여 단정함에는 여산[59]의 반쪽 뾰족뾰족한 산봉우리만 비평했다는 나무람과 꾸짖음을 면할 수 없을 것이다. 이와 같은 폐단과 손해를 피하고, 저와 같은 결점을 보충하여, 국가, 그것을 모든 방면으로 관찰하여 사실적 설명을 주는 것이 곧, 정치학의 본래 성질이니 정치학의 연구가 또한 필요하지 않겠는가?

사람의 지혜가 진보하고, 교통이 발달하여 국가의 현상은 복잡함이 더욱 심하고 사회의 상태는 몹시 바쁨이 점점 늘어나 정치에 관한 일이 많고, 사항이 한 데 어울려 뒤섞였으니 학자는 설명에 막히고, 정치가는 일을 잘 살펴 처리함에 고생하여 색실에 기뻐하며, 갈림길에서 옳이 세상

---

59) 廬山 : 중국 강서성江西省의 북부, 구강시九江市의 남쪽에 있는 명산名山.

을 들어 모두 그러하다. 근대의 나라는 법으로 다스려지는 나라가 되는 동시에 서로 사귀는 분위기를 도와서 북돋는 나라이다. 국가경쟁이 격렬함에 더해 나아가는 동시에 각 나라 공동경영의 사업이 더욱 늘어나며, 개인 스스로의 힘으로 살아가는 정신을 보급하기 위하여 그 참정권을 확장하는 동시에 정부는 그 운동을 날쌔고 활발하게 하기 위하여 집권을 꾀하며, 빈부의 두드러진 격차를 조화시키려는 사회적 사상이 갑자기 일어나는 동시에 산업 진흥을 위하여 땅을 넓히고자 하는 제국주의가 있어 종횡으로 뒤섞여 어지럽고, 많은 방면에 얽매이고 관련되어 그 방면에 마주하고 그 일에 처한 자로 하여금 망연자실하여 해결하기 어렵게 하니, 정치교육의 평상시 교양이 있어 정치학의 지식을 미리 준비한 자가 아니면 이들 어려움에 이른 문제를 해석하여 나라의 급하게 바라는 정책을 확립하지 못할 것이다. 정치학의 필요함이 또한 우리들의 말을 기다리지 않을 것이다.

— 《기호흥학회월보畿湖興學會月報》 2(1908.9).

경제의 전도

일전에 중앙학회中央學會에서 신사 안국선 씨가 '우리나라 경제의 앞길'
이란 문제로 연설함이 아래와 같으니,

대체로 보아서 우리나라 경제의 앞길이라 하는 문제는 곧 바꾸어 말하
면, 우리나라의 앞길이라 함과 같으니 나라의 앞길은 경제에 의지하여
유지할 것이오. 보시오! 어느 나라를 막론하고 경제에 의지하지 않고 보
존하며 발달시키는 자가 있습니까? 영국이 세계에 강한 것도 그 경제에
의지하여 이와 같이 강하게 되었으며, 일본이 오늘날에 발달한 것도 그
경제에 의지하여 이와 같이 발달한 것이니 영국 등의 나라가 이와 같이
강하게 되고 발달하게 된 그 전신은 곧 경제입니다. 경제가 이와 같은 관
계가 있으니 곧, 경제의 앞길은 곧 나라의 앞길이라 바꾸어 말해도 해로
울 것 없습니다. 그러하니 곧, 여러분이여! 우리나라 경제에 대하여 우리
가 이를 조심성 없이 대강 보아 넘기는 것이 옳겠습니까? 아, 여러분이
여! 주의하지 않을 수 없을 것입니다. 교육도 늦추지 못할 급한 일이지마
는 민족이 존재하고 멸망하는 문제와 직접 관계가 있는 것은 경제 문제
이니 급히 주의해야 할 것이오.

현재 우리나라의 경제는 어떠한 상황에 처했습니까? 장래의 경제를 점

치고자 한다면 오늘날의 경제를 관찰함이 필요할 듯하오. 본인은 세상 사람들이 나라 형편을 비관적으로 말하는 것과 같이 오늘날의 경제를 비관적으로 말할 수밖에 없는 불행과 마주하였습니다. 무역상으로 보든지, 금융상으로 보든지, 생산업으로 보든지, 백성의 지식으로 보든지, 어떤 방면으로 살피든지 탄식할만한 것은 있되 기뻐할만한 것은 없습니다. 보시오! 여러분이여! 저 무역상 관계의 수출·수입하는 통계표를 보시오! 올해로만 말할지라도, 1월 이후로 이번 달까지 수출액은 겨우 9백만 원圓에 지나지 못하고, 수입액은 2천 8백여만 원이 넘게 지났으니 올해만하여도 벌써 1천 8백여만 원의 우리나라 화폐가 다른 나라로 흘러나갔소. 이와 같이 한 해만하여도 우리나라의 화폐가 매우 많이 줄어들어 경제가 미친 듯 어지러울 터인데, 해마다 몇 천만 원씩 다른 나라로 흘러나가니 아, 여러분이여! 이와 같아서야 나라의 부강을 약속할 수 있겠습니까? 또 금융을 관찰하여 보시오. 금융기관이 완전히 갖추어졌습니까? 금융기관을 이용하니 관념이 있습니까? 우리나라에 지금 있는 금융기관은,

일一. 보통은행　　　　일一. 수형조합手形組合
일一. 농공은행　　　　일一. 금융조합金融組合
일一. 창고회사

이 다섯 가지 금융기관이 있으나, 아직 완전히 갖추어졌다 말할 수 없으니 '보통은행'은 경성京城에 '한일은행韓一銀行'과 '한성은행'[60]과 '천일은행'[61]의 세 은행이 있고, 그 지점支店 혹은 출장소出張所가 두세 곳에 있

60) 漢城銀行 : 1897년(광무1) 2월 김종한金宗漢과 이보응李普應이 설립한 은행으로 영업이 부진해 한때 휴업하였다가 1903년(광무7) 2월 다시 설립하였다. 조흥은행의 전신이다.
61) 天一銀行 : 대한천일은행, 1876년(고종13) 강화도조약 체결 이후 일본 은행의 진출이 활발해지면서 일본의 금융자본이 밀려들자 경제파탄의 돌파구를 마련하고자 정부와 상인들이 1899년 1월 30일 민족자본으로 설립한 민족계 은행이다. 상업은행의 전신이다.

을 뿐이요, 그밖에는 일본 사람의 은행과 미국 사람의 은행이 있지만, 다른 나라 사람의 은행은 말할 것이 없거니와 우리나라의 은행으로 말하면 가끔 은행의 본래 뜻을 어기고 거스르는 일도 있고, 또 은행의 이로운 효과가 지나치게 적어서 상업상의 금융을 완전히 융통하게 하는 세력이 없으니 신용대부信用貸付는 끊어져 없는 듯 적게 있고, 모두 담보 물건을 전당 잡고서야 대부하는 까닭에 전당포와 다름이 없으니 곧, 그 효과가 하나의 커다란 전당포에 지나지 못하며, 이것은 또한 전국상업지에 모두 있는 것이 아니라, 경성 및 부근 서너 곳에 지나지 않으니 온 나라의 금융이 무엇을 말미암아 융통함을 얻겠습니까? 또 '수형조합'은 메가다쇼타로62 고문관顧問官이 재임할 때에 설립한 것이니 정부에서 자금 15만 원을 대여하여 조합재산을 성립하고 조합원을 모집하여 그 발행하는 어음을 보증하여 확실히 융통케 하는 것인데, 여러분은 다 뜻있으신 여러분이시니 그 속을 아시겠지마는 혹시 모르시는 이가 있을까 대강 설명하겠습니다. '수형'이라 하는 것은 '어험魚驗'이니 현금으로 거래하는 대신에 어음으로 거래하는 것이니 곧, 금융상에 중요한 것입니다. 가령 '갑'이라 하는 사람이 '을'이라 하는 사람의 물건을 사면 그 대금을 치러줘야하지만, 현금이 없으면 어음을 발행해 내어주니 '을'이 이 어음을 받아들여 현금을 돌린다면 은행으로 가지고 가서 할인을 청하면 은행이 그 어음을 할인하니, '할인'이라 하는 것은 그 어음의 액면額面 금액에서 한도 일까지의 이자를 덜어 빼고 그 금액을 내주었다가 한도 일이 이르면 은행은 그 어음의 발행인 곧, '갑'이라 하는 사람에게 내놓고 그 금액을 받아내는 것인데, 발행인의 신용이 어떠한가를 알지 못하여 은행이 할인하지 않기도 하며, 받아들이는 사람이 현금이 아니면 받아들이지 않기도 하여 어음이 융통할 수 없는 까닭에 수형조합에서 각 사람의 신용을 전

---

62) 目賀田種太郎 : 일제의 고문정치에 따라, 1904년 조선정부의 재정고문으로 부임한 일본인.

문으로 조사하여 어음을 보증해주니 수형조합이 보증한 어음은 은행이
든지, 개인이든지 이를 신용하여 할인하는 것이요, 그러하니 곧, 수형조
합이 금융상에 이로운 효과가 적지 않은 것이요, 그러나 이것은 또한 전
국에 몇 개 곳이 되지 못하고, 다만 평양, 대구, 진주, 광주, 전주 등 네다
섯 개 곳에 지나지 않으며, 신용조사의 방법이 완전하지 못하여 부도 어
음이 가끔 생겨나는 까닭에 금융을 완전히 돕지 못하고, 또 '농공은행'
으로 말하면, 농공은행은 농·공업자의 자금을 공급하기 위하여 설립한
것인데, 그 자금이 많지 않아 좁기만 한 농·공업 자금에 대부할 수 없는
까닭에 다른 데 대부하는 것이 많으니 이것은 농공은행이라는 본 뜻에
위반함인 줄을 알지 못함이 아니지만, 오늘날에 자금의 충분치 못한 형
편으로 인하여 어쩔 수 없는 것입니다. 또 '금융조합'이라 하는 것은 지
방 각 곳에 설립하여 농민의 금융을 융통코자 하는 것이니 정부에서 자
금으로 1만 원씩 아래로 빌려줘 이미 설립한 것이 사십 개 곳이요, 오늘
날 설립 준비에 있는 것이 한개 곳, 합 오십 개 곳을 올해 안에 설립할 것
인데, 이것은 순전히 지방 농민을 위하여 정부 은택에서 나온 것이니 매
우 싼 이자로 농민에게만 대여하는 것입니다. 그러하니 곧, 금융조합이
지방금융에 이로운 효과가 매우 크나 각 군郡에 한 개 곳씩이 있다 할지
라도 오히려 또 충분치 못할 터인데, 내년에 다시 오십 개 곳을 더 만들
것입니다마는 이로 전국 농업상 금융기관이 완전하다 말할 수 없습니다.
여러분은 한 번 생각하시오. 이와 같은 것은 정부의 힘으로만 설립할 것
이 아니라 하는 일을 한 번 생각하시오. 또 '창고회사'는 물품을 창고에
보관하고 그것을 미리 증권으로 인하여 융통케 하는 것인데, 이것은 '한
성공동창고회사漢城共同倉庫會社'와 그 출장소 서너 개 곳이 있을 뿐입니다.
(미완)

일전 중앙학회에서 신사 안국선 씨가 '우리나라 경제의 앞길'이란 문

제로 연설,(속)

이상에 진술한 것과 같이 근래에 이르러 금융기관이 점점 설비되었으나 아직 완전치는 못하고, 더욱 백성의 생산업이 힘이 없어 떨치지 못하고, 또 지식이 사리에 어두워 불완전한 금융기관을 이용하는 관념이 없으니 경제가 미친 듯 어지럽지 않을 수 있겠습니까? 오늘날 우리나라의 상황을 관찰하면 온 나라 백성이 탄식하는 소리를 내서 '아이고, 살 수 없다' 합니다. 아, 여러분이여! 지금 우리나라 동포 가운데에 '살 수 있는' 사람이 몇 명이나 있겠습니까? 생활의 탄식하는 소리를 내지 않는 사람이 누가 있습니까? 아, 살 수 없습니다. 이것을 장차 어찌하여야 장래 우리나라 경제의 앞길이 우리 동포로 하여금 살 수 있게 하겠습니까?

시간이 촉박하여 품은 바를 다 말할 수 없으니 순서를 따르지 않고 다만 한마디로 여러분에게 삼가 말하고 그만두겠습니다. 여러분이여! 제가 지금 한마디를 삼가 말하려 하는 것은 다름이 아니라, 우리 동포가 두루 잘 지켜 잠시도 잊지 않아야 할 한마디인데, 곧 '저축'이라 하는 말이 이것입니다. 아, 여러분이여! 온 나라 백성으로 하여금 저축하는 마음을 불러일으키게 하시오. 우리나라 경제의 앞길이 우리로 하여금 살 수 있게 할 방법은 다른 방법이 없습니다. 우리의 오늘날 '살 수 없다' 하는 슬픈 탄식을 위로할 것은 저(彼), 저축입니다. 저축이 아니면 도저히 미친 듯 어지러운 경제를 회복할 수 없고, 생산업도 경영할 수 없고, 자본도 얻을 수 없습니다. 여러분이여! 제가 자주 들었습니다. '실업에 종사코자 하나 자본이 없어 할 수 없다'라 하는 말을 제가 자주 들었습니다. 자본이 무엇입니까? 경제학자가 자본의 정의를 풀이한 것을 보니 곧, '자본'이라 하는 것은 과거의 얻은 것을 그때의 쾌락으로 사용하지 않고, 장래의 생산으로 향하여 쓰고자 하는 것이라 하였으니 저축이 곧, 자본입니다. '저축'이라 하는 것은 곧, 눈앞의 쾌락을 버리고, 장래를 위하여 쌓아두는 것이니 백성의 저축하는 마음이 많아야 온 나라의 자본 총액이 증가하는 법입니다. 다른 나라 사람은 자본이 많아야 큰 사업을 경영할 수 있다는데, 우리나라 사람은 자본이 없어 작은 일도 경영치 못하니 다른 나라 사람의 자본이 많은 것은 그 나라 사람의 저축하는 마음이 많은 증거입니다. 우리나라 사람의 자본이 없는 것은 우리나라 사람의 저축하는 마음이 없는 증거입니다. 여러분이여! 아, 우리나라 모든 동포여! 일 전錢이라도 저축하시오. 일 원이라도 함부로 쓰지 말고 저축하시오. 어떤 사람은 말하기를, "일 원이나 십 원의 적은 액수를 저축하면 이것을 어느 해에 자본으로 만들 수 있겠소?" 하지마는 그렇지 않습니다. 내가 지금 일 원을 저축하면 이것이 곧 온 나라의 자본 총액이 일 원 증가한 것입니다. 내가 일 원을 저축하여 직접으로 생산에 사용치 아니하더라도 이것을 은행에 소액임금으로 맡기면 은행은 이것을 움직여 이용해 생산자에게 대부하므로 내가 직접으로 생산을 경영하지 아니할지라도 간접으로 생산업을 돕는 것입니다. 여러분은 은행에 돈을 맡겨 저축하는 것이 곧, 온 나라의 자본 총액을 증가케 하는 것인 줄을 생각하시오. 우리 온 나라 백성이 어떠한 사업을 하든지 저축합시다. 그저 저축합시다. 저축하는 마음이 없는 국민은 살아남지 못합니다. 우리나라 장래의 경제 앞길은 백성의 저축하는 마음이 있고 없음으로 인하여 판단할 수 있을 것이오. (완)

— 《황성신문皇城新聞》(1908.10.10·11).

정부의 성질

　대체로 보아서 정부는 그 형식의 어떠함을 불문하고 그 본연에 모자라지 못할 것은 권력이니, 정부가 이미 있는 이상에는 한편에 다스리는 자가 있고, 또 한편에 다스림을 받는 자가 있어 다스리는 자의 권력은 그 간접과 직접을 불문하고 어떠한 경우에든지 그 극도에 달하는 바에 돌아와 닿는 것은 강한 힘이다. 그러므로 정부는 이것을 극도에 달하는 점까지 분석해 연구하면 '조직한 강한 힘'이라 말함을 얻을 것이니, 여기에 '조직한 강한 힘'이라 말함은 한 사람이나 혹은 한 사람 이상 또는 한 사회의 의사가 사회 공동의 일에 관하여 그 목적을 실제 행하기 위하여 조직한 것이 곧, 정부라 말함이요, 결코 조직한 군대의 힘이라 말함은 아니니 이것을 다시 말한다면, 한 사람이나 혹은 한 사람 이상 또는 한 사회의 의사가 다른 사람을 다스리며, 다른 사람을 통제해 움직이기 위하여 조직한 것인데, 여기에 필요한 정치기관은 사회의 공동 일을 운행함에 마주하여 주권자主權者의 의사를 강제로 행하기에 적당한 여러 기관으로 성립함을 알 것이다.

　그러나 강한 힘은 밖에 나타낼 것이 아니니, 이상에 설명함과 같이 정부는 강한 힘에 결정되는 권력으로 이루어지는 것이라 말하되 홀로 이것을 문자상으로 해석하여 아주 좁은 뜻으로 봐서 알아차리지 않음을 필요로 하는 것이니 곧, 권력의 뒤편에 있는 강한 힘을 보고 늘 밖에 나타내는 것이나, 혹은 늘 사용하는 것으로 생각하지 않음을 필요로 함이다.

대개 정치라 말하는 이상에는 다스리는 자의 손바닥 가운데에 머무는 권력이 존재함은 분명하여 똑똑하나, 이러한 권력이 강한 힘의 위에 서는 것이라 말함은 늘 겉에 나타나는 사실이라 말함이 아니니, 권력의 뒤편에 강한 힘이 과연 있는지 여부가 실제에 분명치 못함이 늘 있는 예이다. 그러하니 곧, 한 정부가 얼마의 시대 사이에 그 권력 맨 뒤에 돌아가 닿은 강한 힘에 군대 힘의 상태를 관찰함을 나타내지 않음을 얻는 것이니, 오늘날에는 정부가 그 백성을 억지로 누르는 일이 거의 없고, 정부기관의 움직임은 매우 조용해 권력을 쓰지 않고 자연히 움직임과 같으니 이것은 우리 인류의 행복이요, 특히 문명국 정부에 그것이 그러함을 보겠구나. 이러한 정부는 강한 힘을 사용함이 털끝만큼도 없고 여러 가지 정치를 행할 수 있는 것이다. 그러나 이들 정부의 뒤편에도 강한 힘이 반드시 존재하니 밖에 나타내지 않는 까닭에 강한 힘이 없는 것이라 말함은 잘못 이해하는 것이다. 대체로 보아서 근대에 가장 좋은 정부는 다스리는 자의 군대 힘에 의지하여 힘입지 않고, 오로지 다스림을 받는 자의 자유 동의로 근거를 만들어 정부기관의 움직이게 할 즈음에 결코 강한 힘을 밖에 나타내지 않는 것이니 곧, 이러한 정부는 국민 많은 수의 의사로 근원된 헌법 및 법률로 기초를 만들어 그 뒤편에 있는 강한 힘은 한낱 조정朝廷이나 혹은 적은 수의 지체가 좋은 겨레의 강한 힘이 아니라, 일치한 국민 많은 수의 강한 힘이요, 이러한 국민 많은 수의 강한 힘은 굳세고 강하며, 매우 큰 강한 힘이 밖에 나타나지 않음은 그 힘이 넓고 크며 변함없는 까닭이다.

이로써 권력을 참람[63]되게 빼앗은 전제군주의 권력의 뒤편에 강한 힘이 있음과 같이 백성이 가려 뽑은 집정장관의 권력의 뒤편에도 강한 힘이

---

63) 僭濫 : 자기 신분에 넘치거나 그러한 일을 함.

반드시 존재하니, 백성이 가려 뽑음으로 전제군주에 비하여 그 뒤편의 강한 힘이 매우 작다 생각함은 틀린 것이다. 가령 황제의 뒤편에 있는 강한 힘을 비교하면 앞의 것이 뒤의 것보다 우세함은 있지만 열세함은 없으니, 단지 무리하게 남의 의사를 꺾는 힘을 밖에 나타내고 나타내지 않음으로 인하여 두 가지가 서로 다를 뿐인 것이다. 이것을 거듭 말한다면, 강한 힘이 각각 그 기둥 됨은 두 가지가 동일하되 앞의 것은 가장 강한 경우에만 이것을 의지해 힘입고, 뒤의 것은 맨 처음부터 늘 이것을 의지해 힘입는 것이다. (미완)

(속) 이상에 진술한 정부의 권력 및 강한 힘의 요소는 근래 사회에 있어서는 이를 발견하기 쉽고, 또 민주정치의 사회에도 이를 발견하기 어렵지 않으나, 고대 사회에는 언뜻 봐서 이것이 맞는 때를 발견하는 일이 결코 쉽지 않으니, 대체로 보아서 우리들이 오늘날에 있어서는 입을 열어 문명국의 정치를 이야기하면 번번이 반드시 여론정치를 말하며, 서민참정庶民參政을 말하니 이러한 말은 모두 넉넉하게 성장 발달한 민주제도를 분명히 나타내기에 충분하다. 그러나 그 여론을 형성하는 많은 수의 사람이 승세를 점침은 적은 수의 사람이 정말 여론에 복종하는 까닭이 아니라, 오직 그 수효가 많은 수의 사람보다 적음이요, 또 많은 수의 사람은 적은 수의 사람에 대하여 국민의 소리를 소유할 뿐 아니라, 다시 국민의 권력을 소유함에 말미암음이니 이것을 다시 말한다면, 많은 수의 사람이 지배권을 소유함은 그 지식으로 말미암음이 아니라, 그 숨은 세력을 가지고 함이다. '여론정치다', '서민참정이다' 이르는 말의 속에는 실제상에 이와 같은 사실을 숨겨 감춤이지만, 세상 사람들이 이것을 말함에 마주하여 결코 그렇게 된 까닭을 깨닫지 못하는구나. 이로써 많은 수의 사람이 여론을 발표하고 이것을 강제로 행하기 위하여 정치적 조직을 이룸에 늘 갖추고 있는 군대를 소유한 전제군주가 권력으로 국민을 억눌

러 복종시키는 것과 똑같이 실제로 권력에 의지하여 다른 사람을 억눌러 복종시키니, 고대 가족정치 사회에 있어 억눌러 복종시키는 힘을 소유한 자를 여론이라 할지라도 이상에 설명한 다수자多數者 권력의 관념은 고대 제도의 사상과 알맞게 합할 수 없다. 오늘날에 우리들이 제도의 종류를 분류함에 마주하여 고대의 제도를 무슨 종류의 갈래에 집어넣음이 옳을 지 의혹이 마음속으로 있으니 그 이치는 다름이 아니라, 고대의 제도는 다수자의 의사로 말미암아 정치를 결정해 행하는 민주제도도 아니요, 또 한 사람의 의사로 정치를 행하는 군주전제제도도 아니요, 또 소수자의 의사로 행하는 과두제도寡頭制度도 아니니 그러면 곧, 정권의 뒤편에 선 강한 힘을 고대사회에는 어느 곳에서 이것을 구하겠는가? 가장家長제도 의 가부家父 권력은 무력인가? 혹은 가부의 의사를 강제로 행하는, 순전 히 무리하게 억누르는 힘인가? 또 종족의 어른과 우두머리의 권력의 기 둥 된 강한 힘은 어떠한 것인가? 대체로 보아서 고대 족장의 권력 및 왕 의 권력은 그 신하와 백성의 동의 및 동의하지 않는 뜻을 떠나 혼자 섬으 로 존재함도 아니요, 또 한편으로 살펴보면 신하와 백성의 동의를 의지 하여 권력의 형식을 얻음도 아니니 곧, 신하와 백성의 동의는 자연으로 일어나 움직인 것이요, 결코 일정한 법식法式을 의지하여 발표함이 아니 다. 이것을 거듭 말한다면, 이러한 동의는 신하와 백성의 관습으로 자연 히 발생한 것이니 습관과 함께 생겨난 것이라 말하여도 옳지 않음이 없 으니, 이러한 동의는 신하 및 백성과 족장 혹은 왕을 아울러 얽매는 습관 및 전설로 자연히 성립한 것이다. 그 때에 족장이나 혹은 왕이 그 종족의 습관법을 어기거나 지키지 않을 수 없음이, 가장 낮고 천한 백성이 이것 을 어기거나 지키지 못함과 다름이 없어 낮고 천한 백성이 여기에 굽혀 따름과 같이 족장이나 혹은 왕도 또한 여기에 굽혀 따르지 않을 수 없는 것이다. 그러므로 이것이 중요하다면, 당시 사회의 일은 모두 엄격한 생 활의 방법(곧, 습관)으로 말미암아 얽매이는 것을 피함을 면하지 못하였다. 그러하니 곧, 그때 사회에 족장이나 혹은 왕의 권력에 대하여 잘못하면 나무라거나 처벌하는 힘을 줄 강한 힘은 어느 곳에 숨겨져 있는가? 생각건대, 주치자主治者의 의사 가운데에 존재하였는가? 아니다. 당시 사회의 강한 힘은 결코 주치자의 의사 가운데에 존재함이 아니니, 어째서인가? 주치자의 의사도 또한 이러한 습관법의 얽어맴을 벗어나지 못하였다. 그러하니 곧, 백성의 선거권 가운데에 숨겨져 있음인가? 아니다. 습관법은 백성의 선거권도 얽어매는 까닭에 강한 힘을 백성의 선거권 가운데에서 구할 수 없다. 그러하니 곧, 당시의 강한 힘은 이것을 어느 곳에서 구하겠는가? (미완)

(속) 이와 같은 사회에서 강한 힘의 있는 곳을 알고자 한다면, 그 사회가 어떠한 종류의 다른 사정의 아래에 선 경우를 관찰함이 가장 좋은 계교計巧가 될 것이다. 예로부터 국민의 문화가 아직 진보치 못하여 오히려 습관법의 지배를 받을 때에 가끔 외적에게 정복을 당하는 일이 그 예가 모자라지 않으니 이러한 경우에 있어 외적 곧, 전승자戰勝者의 의사로 패망자敗亡者의 일을 자유로 처리하였느냐 하면 결코 그렇지 않은 것이다. 이러한 경우에 전승자는 군대 힘으로 그 왕의 자리를 지키고, 패망자의 조세를 두텁게 하여 거두어들임을 염치없이 하지만, 패자의 습관을 바꾸어 고치기는 결코 할 수 없으니 이것을 자세히 말하면, 앞 왕조의 군주가 그 신하와 백성 사이에 행하는 예로부터의 법률을 바꾸어 고치지 않음과 같이 전승자도 또한 이것을 감히 바꾸어 고치지 않아 전승자는 망한 나라 백성의 괴이하게 치우친 말과 잘못된 의견 가운데에 숨겨져 있는 세력 곧, 그 미신적 세력에 간섭치 않은 것이니 대개 이러한 세력은 일종의 화산과 같아서 한 번 터져 나오면 얼마의 군대 힘으로도 우리 왕위의 뒤집어짐을 구할 수 없음을 아는 까닭에 감히 여기에 간섭치 아니함이다. 이것을 필요로 한다면, 전승자는 당시에 정말로 그 신하와 백성을 거느

려 다스리는 권력을 소유하지 못하고, 오직 폭력을 써서 무리하게 빼앗음을 행하는 권력을 소유할 뿐이니 대체로 보아서 거느려 다스린다고 이미 말하는 이상에는 법률적 지배의 일을 없애지 못할 것이다. 거느려 다스린다고 하는 사상과 법률적 지배라 하는 관념은 결코 서로 떠나지 못할 것이니 이와 같이 관찰한다면, 오늘날에 우리들이 이러한 사회의 군주가 외부인이 와서 다른 나라를 치고 노략질함이 아니라, 본국의 군주라 가정 상상하고 그 권력은 본국 법률상에 존립한 것이라 하면 과연 어떠할까? 이와 같은 정부에서 군주의 권력이 의존하는 정말 강한 힘은 사회의 여론이 이것이요, 또 그 여론은 근대 우리들이 민주정체에 관하여 일컫는 이른바 여론과 그 뜻이 동일함을 알아야 할 것이다. 이로 말미암아 살펴보면, 당시의 법률은 일반 백성의 의사 가운데에서 생겨나는 것이요, 또 군주 권력의 기본 되는 것은 곧 이 법률이다. 그러하니 곧, 군주는 일반 백성의 의사에 따라 정치를 행하므로 예로부터의 습관도 이것을 그대로 따라 지키지 않을 수 없으며, 또 일반 백성의 의사 가운데에 숨겨진 세력은 한편으로는 군주의 권력을 편드는 동시에 한편으로는 이것을 제한하는 것이다.

이와 같은 사회에 있어 여론은 법률이나 헌법에 나아가 선택을 행할 것이 없으나, 이로 인하여 당시의 여론과 오늘날의 여론이 비슷함을 잊을 수 없을 것이니, 대체로 보아서 우리들이 우리나라 오늘날의 제도를 찬성하는 것은 뜻이 있어 냄을 의심할 바 아니나, 또 한편으로 이것을 관찰하면 유전적으로 이것을 찬성하는 점이 또한 적지 않으니 곧, 우리들이 우리나라의 제도에 대하여 찬성하는 것은 자연 침윤[64]적인 찬성됨이 자못 많은 것이다. 이것을 거듭 말한다면, 우리들은 인습으로 말미암아 우리 제도를 찬성함이 많다. 예로부터 존재하던 것에 동의 찬성을 표함이 가장 새로운 의견을 세우는 것보다 쉬운 것이니 곧, 우리들이 인습적으

64) 浸潤 : 차차 젖어옴, 스며 젖음.

로 우리 제도를 찬성함은 결코 충분히 이상할 것이 아니니 우리들이 우리나라의 제도를 선택함은 신성한 법률이 제도의 변혁을 금지함이 없음에도 불구하고 옛 제도를 아주 배척하여 새로운 제도를 창작하는 일이 없고, 단지 조화적 수보⁶⁵의 길에 나갈 뿐이다. 그러하니 곧, 우리나라의 제도를 맨 처음에 창설한 시대에 백성은 자기가 제도의 창작자라 생각할 것이지만, 지금 시대의 백성에 이르러서는 종래의 제도를 그전대로 씀이요, 자기 집의 제작으로 이룬 법률로 의지하여 지배되는 것이 아니다. 그러므로 헌법적 생활을 봄에 이를지라도 이전에 성립한 것이요, 하루아침에 창작치는 못하는 것이니 제도를 바꾸어 고치는 오늘날의 여론은 고대의 사람마다 서로 다름이 있을 것이지만, 제도를 유지하는 여론은 우리들과 고대의 사람마다 서로 같아 옛사람의 보수적 사상은 우리들의 진보적 사상과 함께 정부의 강한 힘의 요소를 포함한 것이다. (미완)

(속) 이상에 말한 바가 과연 잘못함이 없다면 정부의 성질은 과연 어떠할까? 정부가 과연 권력 및 강한 힘의 위에 서는 것이면 그 중심에 있는 원리는 어떠할까? 또 정부가 의지하여 서는 권력은 일반 백성의 의사의 찬성으로 성립하고, 늘 숨어 있어 밖에 나타나지 않는 강한 힘의 위에 서는 것이면 정부 중심에 있는 참된 성질은 과연 어떠할까? 이러한 의문스러운 안건에 답하고자 한다면, 사회 그것의 성질을 관찰하지 않을 수 없을 것이니 대개 이 답안은 사회 그것의 성질 가운데에 숨어 있는 것이다. 조사해보건대, 사회는 원래 인공적이 아니라 개인과 같이 자연적이요, 또한 유기적이다. 아리스토텔레스 씨가 말하기를, "사람은 천성이 사회적 동물이다"라 했으니 사람의 사회적 직무상의 한 부분은 그 개인적 직무상의 한 부분과 같이 사람 도리의 늘 있는 일에 속하여 면하고자 하지

---

65) 修補 : 갖추지 않은 데를 더하고 허름한 데를 기움.

만 면할 수 없는 바이다. 그러므로 가족제도가 한 번 성립함으로는 사람이 모두 정치의 일을 흥볼 수 없으니, 대체로 보아서 사회는 인간 보통의 습관으로 섞어 이룬 것이요, 경험의 진화요, 또 친류적 관계가 쌓이고 쌓여 발달한 것이니 다시 이것을 바꾸어 말하면, 결합하여 생존하는 유기적 완전체라 말할 것이다. 그러하니 곧 정부는 어떠한 것인가? 사회는 한 개의 유기체요, 정부는 그 기관이니 정부는 사회의 행정기관에 지나지 않고, 사회는 이것으로 말미암아 그 습관이나 또는 의사를 행하며, 이것으로 말미암아 주위의 사정에 서로 합하여 다시 이로움이 있는 생존을 갖는 것이다. 그러므로 한 개인에게 대한 사회의 징계적 행위는 이것을 예외에 둘 것이며, 전제군주의 권력은 얼마간의 제한을 받지 않을 수 없을 것이니 급하고 격렬한 정치 형태의 변혁은 또한 이 급하고 격렬함으로 큰 해로움이 있는 반동이나 혹은 혁명을 끌어 일으킴을 면치 못하는 까닭의 이유가 스스로 존재함을 알 수 있을 것이다. 보통의 사회적 의무 또는 예의에 굽혀 따르지 않는 사람이 있으면 이것은 실제로 예외의 사람이니 전제군주와 같음은 곧, 그 사람이다. 그러나 다시 이것을 조사해 보면 곧, 이러한 전제군주라도 비유하자면, 도공과 같이 그 만드는 재료의 성질을 따라 속박 당하는 일이 없을 수 없으니 곧 그것을 잘 가다듬어 정리하는 사회의 성질을 따라 자연히 제한을 당하는 일이 없을 수 없다. 만약 그 기획하는 변혁의 일이 사회 일반의 생각과 느끼는 감정을 함부로 짓밟음이 심하면 반드시 그 같은 느낌을 잃고 반대를 불러일으켜 끝내 패망을 불러옴이 의심할 바 없으니 대체로 보아서 사회는 모두 다른 유기체와 같이 오직 진화의 길을 의지하여 변화할 것이요, 혁명은 진화의 길과 서로 겉과 속을 이루어 결코 양립치는 못할 것이니 사회의 질서는 그 사회 성질 가운데에 질서가 지극하게 있는 까닭으로 인하여 유지하는 것이다. (완)

─ 《대한협회회보》(7·8·11·12, 1908.10·11, 1909.2·3).

고대의 정치학

정치학을 연구코자 한다면, 고대의 학자가 앞장서 부르짖으며 인도한 학설의 일반을 먼저 엿볼 필요가 있으니, 대체로 보아서 고대의 정치학은 근세의 정치학으로 하여금 발달케 한 원인이다. 흄Thomas Ernest Hulme[66] 씨가 말하기를, "과거를 알라! 과거를 알지 못하면 현재를 알 수 없으니 장래를 어찌 알겠는가?"라 함은 이러한 진리를 표시함이구나. 그러므로 온고지신溫故知新의 법칙은 정치학 연구자에게 매우 필요함이니 학자가 과거의 오해를 발견함으로써 창조하는 바가 없으면 어찌 장래 정치학의 진보를 꾀할 수 있겠는가?

옛날 시대에 있어 정치학이 맨 먼저 드러나 나타남은 그리스이니 그리스는 여러 가지 학문과 예술의 연원淵源 됨과 같이 또한 정치학의 근원이다. 대체로 보아서 그리스에는 아리스토텔레스, 플라톤, 소크라테스 등의 지혜가 깊고 사리에 밝은 사람이 연달아 나와 한 세상의 사람 마음을 계발하고, 오랜 옛날의 사조思潮를 지도한 결과에 지나지 않으나, 그리스 당시의 정치적 상황도 또한 관계가 있으니, 대체로 보아서 어떤 위대한 사람과 지혜가 깊고 사리에 밝은 사람이라도 없는 가운데에서 학문을 처음으로 베풀 수는 없는 것이다. 그러므로 정치학을 연구하는 자는 이러

---

66) 1883~1917. 영국의 시인·비평가·철학자. 그는 원죄에 근본 의미를 둔 종교적 세계관이나 고전적 예술관에 의하여 T.S. 엘리엇을 비롯한 시인·문학자들에게 커다란 영향을 주었다. 저서에 《성찰》(1924)이 있다.

한 학자의 학설을 드러내 밝히기 전에 먼저 이러한 학자들로 하여금 이러한 학설을 주장케 한 그리스의 정치적 사정을 관찰함이 옳으니 곱고 아름다운 정치조직이 성립치 않은 나라에 어찌 높고 고상한 정치이론이 발생하겠는가?

학자가 예와 지금에 행하던 정체政體를 구별하여 '귀족정체', '전제정체', '민주정체' 등의 종류를 열거하니, 그리스는 고대에 있어 이 세 가지 정체를 행함으로 그때의 사람들이 이러한 각종의 정체가 있음을 알고, 따라서 그 이해득실을 연구하여 이러한 학문으로 하여금 발달케 하였다. 대체로 보아서 그리스는 정체가 세 번 변하였으니, 역사가 시작된 시대의 맨 처음(곧, 기원전 7백 년 대)에는 '귀족정치'를 행하였는데, 귀족은 여러 신神의 후예라 하여 정치상의 특권을 손에 쥐고 일반 백성은 정치에 참여할 수 없어서 나라의 주권이 귀족에게 있었으며, 그 다음에는 '전제정체'를 행하였으니 도부[67]의 발달 번영과 상업 교역의 진흥과 일반 지식의 진보 등으로 인하여 백성이 점차로 귀족제도의 전설적 기초를 의심함에 이르고, 또 한편으로는 귀족의 방탕함과 사치함과 불화가 도덕을 썩게 하여 정치상의 폐단과 해로움을 생겨나게 하므로 위대하고 뛰어난 야심가가 이 기회를 타서 맨손으로 나라를 거느려 제어하고자 하는 자가 있어 그 권세와 꾀를 왕성히 하니 각 시국市國이 이를 환영하여 종래의 귀족정체를 깨버리고, 참주[68]를 공경해 받들어 모셔 전제정치를 골라 쓰게 된 것이다. 그러나 이러한 참주가 각 시국에 군림함은 선조의 남긴 명예로 말미암음도 아니요, 종교상의 전통으로 말미암음도 아니요, 온전히 귀족정치의 지치고 쇠약함을 타서 한때의 공명功名을 세움에 지나지 않음이다. 이로써 그 처음에는 그 영화로운 자리를 계속하기 위하여 인심을 모아 가질 목적으로 애써 시민의 마음에 들도록 시정을 좋게 고치고, 마

---

67) 都府 : 사람이 많이 살고 번화한 곳, 도회都會.
68) 僭主 : 분수에 넘치게 스스로를 왕이라고 일컫는 임금.

음을 다하여 힘쓰므로 시민이 한때는 전제정치의 은덕을 칭송해 노래하였다. 그러나 전제정치의 본색은 폭력과 잔인이라 오래지 않음에 그 본색을 드러내 압제와 폭억이 이르지 않는 곳이 없으니, 시민이 격앙하여 귀족과 결탁하여 그 폭정에 반항하고 참주를 모두 나라 밖으로 내쫓아 귀양 보낸 것이다. 이에 그리스 여러 시국의 정체는 다시 변하여 '민주정체'를 골라 쓰게 되었으니, 귀족정치는 물질적·정신적 진보를 도와서 힘을 북돋는 좋은 도구가 아니며, 전제정치는 시민의 권리를 늘려 펴고 행복을 증진하는 좋은 방도가 아니다. 그러므로 종래에 경험한 귀족과 전제의 두 정체가 모두 해로움이 있으니 곧, 이밖에 다시 좋은 정체를 시행코자 하여 민주정체를 행함에 이른 것이다. 그러나 이로부터 귀족당貴族黨과 민주당民主黨의 알력 다툼이 매우 심하여 귀족은 그 과거의 영화를 헛되이 꿈꿔 옛 지위를 회복하려 하고, 시민은 민주정치를 골라 쓰려 하니 이 두 정치의 이로움과 해로움을 말하는 자가 있으며, 옳고 그름을 논하는 자가 생겨나서 정치학 상에 빛나는 그리스 사상을 발휘함은 이러한 두 가지 정치가 시끄럽게 싸우는 사이에 발달한 것이니 그리스의 학자가 눈앞에 이와 같은 귀족·전제·민주의 세 종류 정체를 실제 경험하여 그 이해득실을 비교해 살펴봄으로써 고대에 있어 풍부한 지식과 명확한 관찰로 정치학 상의 서광曙光을 내뻗어 후대 이 학문의 연원을 만듦은 그때 정치적 형세가 이렇듯 이루게 함이라 할 수 있다. (미완)

— 《기호흥학회월보》 4(1908.11).

세계경제와 조선

(일一) 오늘날 우리 조선민족의 경제상 지위는 매우 낮은 자리에 있습니다. 세계경제의 대세와 이를 비교 관찰하면 명료하겠습니다. 20세기는 모두 말하기를, '데모크라시Democracy시대'라 하여 평등주의와 공화주의共和主義가 각 방면에 성행하지마는 홀로 경제 방면에는 제국주의가 세력을 차지하니 이를 이름하여 '자본적 제국주의'라 합니다. 오늘날에 가장 크고 강한 나라는 모두 다 이 주의를 가지고 세계를 침략하려 합니다. 먼저, 영국으로 말한다면, 세계대전 이전에 한창 자본제국주의를 발휘하여 세계에 우등한 지위를 차지하였으며, 또 이로 인하여 세계대전에도 성공하였다고 말할 수 있습니다. 영국의 '자본가문家門'곧, '캐피탈릭 넷트Capitalistic-Net'는 그 세력이 위대하였습니다. 여러분은 지난번 5년간의 유럽 대전이 비롯한 원인이 어디에 있다 합니까? 세르비아Serbia[69]의 한낱 청년[70]이 오스트리아의 황태자를 살해한 것이 정말 그 원인입니까? 오스트리아의 황태자를 살해한 것이 원인이라 하면 영국이나 독일이나

---

69) 원래 발칸의 왕국으로 유고슬라비아의 일부.

70) 역자 주 : '세르비아의 청년'이란, 가브릴로 프린시프Gavrilo Princip이다. 그는 세르비아 민족단체인 '검은 손'의 사주使嗾를 받아, 1914년 6월 당시 보스니아의 수도였던 사라예보를 군사적 목적으로 방문한 오스트리아의 황태자 프란시스 페르디난트 대공大公(1863~1914)과 황태자비를 암살한 테러리스트이다.

프랑스, 러시아, 미국, 일본까지 무슨 관계로 어우러져 전쟁하였습니까? 그러면 독일의 군국주의軍國主義를 쳐 깨뜨려야 하겠다고 연합국 측에서 선전한 것이니, 독일의 군국주의가 지난 번 큰 전쟁의 참 원인이었습니까? 아닙니다. 이번 큰 전쟁의 진정한 원인은 다른 데 있습니다. 그러면 무엇입니까? 세계경제의 큰 관계가 있는 것이니, 어쩔 수 없이 과거에 관하여 한마디 해야겠습니다.

5년간의 길고 오랜 세월을 들여 막대한 전쟁 비용을 다 써버리고, 많은 목숨을 희생에 바치고, 오랜 세월 있어본 적이 없는 참극을 연출함은 그 원인이 세르비아의 청년이 오스트리아의 황태자를 살해한 것도 아니요, 독일의 군국주의도 아니오. 곧, 자본적 제국주의의 충돌입니다. 영국이 18세기와 19세기 초까지는 랭커셔Lancashire[71] 지방을 중심으로 한 목면 木棉공업으로 인하여 상품수출국이 되고, 자유무역주의를 실행하여 상품을 해외로 많이 수출하는 것으로만 능사라 하여 세계에 어디든지 땅이 있고, 사람이 있는 곳에는 해군의 보호 아래에서 상품을 수출하였습니다. 그런 까닭에 영국에는 '상품이 국기를 따른다' 고 하는 속담이 있었습니다. 그 뒤에 버밍엄Birmingham[72] 지방을 중심하여 제철업製鐵業이 일어남을 따라 상품수출보다 자본수출주의가 되었는데, 유명한 체임벌린 Joseph Chamberlain[73] 씨가 버밍엄에서 선출한 대의사代議士[74]로 정부에 유력한 대신大臣으로 오래였었는데, 자본적 제국주의를 유감없이 발휘하여 영국으로 하여금 상품수출국을 변하여 자본수출국이 되게 하였소. 전쟁 전까지 영국의 자본수출이 참 위대하였습니다. 영국의 무역이 수출·수입을 비교하여 수출은 적고 수입은 많아 수입이 매우 크게 초과하

---

71) 잉글랜드 북서부의 주州로 면업綿業지대이다.
72) 잉글랜드 중부에 있는 제철공업도시.
73) 1836~1914. 영국의 사업가·정치가. 1854년 버밍엄에서 금속공업을 시작으로 재산을 모은 후, 1874년 버밍엄 시장으로 선출되었다. 1876년 하원의원이 되었고, 자유당 급진파에 속하였다.
74) 의원이 국민을 대표하여 입법에 참여함.

지마는 해외 각지에 내놓은 자본이 매우 큼으로 인하여 그 이자 및 배당의 수입이 또한 매우 크므로 수출을 근본으로 하는 다른 나라보다 오히려 화폐수입이 많습니다. 일본이나 미국이나 프랑스 등의 여러 나라는 무역상에 수출이 많고 수입이 적어야 이를 순조로운 상태라 하여 기뻐하고, 수입이 많고 수출이 적으면 이를 순조롭지 않은 상태라 하여 슬퍼합니다. 이것은 다름이 아니라, 수출이 많고 수입이 적으면 이것을 '수출초과'라 하여 다른 나라의 화폐가 자기나라로 들어오고, 수입이 많고 수출이 적으면 이것을 '수입초과'라 하여 자기나라의 화폐가 다른 나라로 나가는 까닭입니다. 이같이 프랑스·미국·일본 등의 여러 나라는 무역상에 수출초과를 순조로운 상태라 하여 기뻐하고, 수입초과를 순조롭지 않은 상태라 하여 슬퍼하는데, 다만 세계 가운데에 두 나라만 이처럼 여러 나라와 반대로 수입초과를 순조로운 상태라 하고, 수출초과를 순조롭지 않은 상태라 한 나라가 있었으니 이것은 영국과 독일의 두 나라였습니다. 영국·독일 두 나라는 어찌하여 수입초과를 순조로운 상태라 하고, 수출초과를 순조롭지 않은 상태라 하는가 하니 자본수출국인 까닭입니다. 상품을 수출하여 다른 나라의 화폐를 벌어들이는 것도 노력하지마는 자본을 수출하여 그 이자와 배당을 벌어들이는 것으로 제일주의第一主義를 삼는 까닭에 상품무역에는 수입초과를 도리어 순조로운 상태라 합니다. 일본을 보시오! 일본은 무역상에 수출초과가 되면 이를 기뻐하지만, 수입초과가 되는 데는 위아래가 놀라 무서워하고, 슬퍼하며, '화폐의 유통이 위축한다', '재계財界가 변동한다' 야단이 아닙니까? 그러한데 영국과 독일은 자본을 많이 해외에 내놓기를 위주로 하는 까닭에 상품의 수출과 수입이 어떠한가는 오히려 두 번째 문제에 부칩니다. 이것이 영국·독일의 자본가문 곧, 캐피탈릭 넷트Capitalistic-Net의 경쟁이 되었소. 영국은 해군력이 위대한 동시에 해상권을 제어하여 해운업海運業은 모두 영국 손안에 있고, 따라서 세계의 상권을 장악하였는데, 그 가운데에 굳세고 굳센 영국의 세력 범위를 침범해 빼앗는 자는 독일이었습니다. 독일이 영국에 취取해서는 눈엣가시가 되고 또 그 일어나는 정도가 매우 빠르므로 이 형세대로 나아가면 오래지 않아 영국 세력은 쇠퇴하고, 독일이 이것을 대신하겠으니까 영국은 독일의 군국주의를 핑계하였지마는 실제는 영국의 자본적 제국주의로 독일의 자본적 제국주의를 쳐 깨뜨리려한, 자본국 지배자의 지위를 다툰 전쟁이었습니다. 그리하여 전쟁 중에 제일 유리한 지위에 처한 자는 미국과 일본이니, 미국이 전쟁 전까지는 유럽에 대하여 약 50억 불弗(일본 돈으로 100억만 엔)의 부채국負債國이던 것이 전쟁 5년 사이에 상품 약 300억 불을 수출하고, 약 143억 불을 수입하여 차差를 빼면, 157억 불의 수출초과가 된 까닭에 일본 돈으로 환산하면, 314억만 엔의 화폐를 미국이 이익 봐서 미국의 부富가 증가하는 동시에 유럽에 대하여 110억 불 이상의 채권국債權國이 되고, 또 개인의 대부貸付도 있고, 미국 정부가 유럽 각 나라 정부에 대부한 것도 100억 불 이상이 됨에 놀랍게도 자본수출국이 되었습니다. 끝판에 미국이 전쟁에 참가한 것도 정의正義·인도人道를 주장하였으나 그 실제는 독일의 잠항정[75] 정책이 미국 해운에 영향을 미침과 전쟁에 참가하여 장래에 얻어 가질 자본적 제국주의의 승리를 미국이 차지하려는 목적에서 나온 것입니다. 그런 까닭에 미국도 오늘날에는 자본적 제국주의로 세계를 정복하려는 진로에 있게 되어 자본적 침해주의를 모으고 있습니다. 이렇게 세계대전은 그 원인이 자본적 주의의 경쟁에 있고, 장래도 자본적 주의의 경쟁으로 세계 여러 곳에서 자웅[76]을 결정하려 할 터이니 곧, 자본의 세력이 두려워할만하지 않습니까? 증거를 들어 말한다면, 이전에 이집트가 영국에 딸려 속하게 된 것도 영국 자본이 이집트를 얽어매 이집트가 어찌 할 수 없이 영국의 보호를 받게 된 것은 역사에 증거하여 여러분이 아는 바이거

---

75) 潛航艇 : 소형小形 잠수함潛水艦.
76) 雌雄 : 암컷과 수컷, 강약强弱·승부勝負·우열優劣의 비유.

니와 이번 전쟁 가운데에도 포르투갈은 독일을 도우려 하였지만, 포르투갈의 일반 사업은 영국의 자본이 거의 전부를 점령하였으므로 영국의 자본적 결박을 당하여 감히 움직일 수 없이 되었으며, 또 더욱 심한 것은 그리스입니다. 그리스의 국왕은 독일의 황제와 친척인 까닭에 그리스 정부는 독일을 위해 일어나려고 협력하였으나, 영국의 자본이 그리스의 여러 가지 사업에 들어간 것이 막대하므로, 마치 소작인小作人이 지주地主의 명령을 거슬러 어길 수 없는 것같이 그리스 사람은 영국의 환심을 거슬러 어기지 못하여 영국에 파견한 일부 적은 수의 군대로 그리스 왕을 내쫓고, 정부대신은 국경 밖으로 도망하여 그리스로 하여금 영국의 명령을 따르게 하였으니, 벨기에의 중립中立을 침략한 독일을 배척한다 하면, 그리스의 국왕을 내쫓은 영국은 옳습니까? 자본적 제국주의의 세력이 얼마나 위대한 것인지를 알 수 있습니다. (미완)

(이二) 그러면 일본의 자본적 세력은 어떠한가. 전쟁 중에 일본도 유리한 지위에 있었습니다. 그러나 미국에 비하면 대단히 적습니다. 미국은 전시에 소득이 화폐 314억만 엔인데, 일본은 겨우 9억만 엔 혹은 10억만 엔을 간신히 웃돌 뿐이었소. 그런 까닭에 일본이 전쟁에 참가한 것은 미국이 전쟁에 참가한 것과 근본 뜻이 같지 않습니다. 일본은 다만 일영동맹日英同盟의 본뜻에 의하여 전쟁에 참가한 것이오. 일본은 일영동맹의 의리를 지킨다고 성명하였소. 일본은 외교든지, 전쟁이든지 모두다 영국을 따랐습니다. 이것으로 일본이 전쟁에 참가한 것이지 다른 것은 아무 의미가 없었습니다. 어찌 하였던지 일본은 전쟁의 기회를 타서 해마다 수출이 수입보다 초과하여 약 10억 엔의 화폐를 이익 봤고, 민간에 '성금成金'이라 일컫는 부자 된 자가 많이 생겨나게 되었습니다. 그러한 까닭에 물가는 뛰어올라 그 영향이 우리 조선에 미친 것이오. 어찌하여 그러한가 하면 전쟁 중에 일본 물품을 다른 나라로 수출할 수는 있었으나, 다른

나라 물품을 일본으로 수입할 수 없는 것이 많았소. 전쟁으로 인하여 전시금지품이니, 무엇이니 하여 필요한 물품은 수출을 금지한 까닭에 일본의 수입이 불가능하고 각 나라의 꼭 필요한 물품과 재화財貨는 일본에 주문하므로 일본의 수출이 증가하여 해마다 무역상에 수출초과가 되고, '재외정화在外正貨'가 증가하였으니, 재외정화라 하는 것은 무엇이냐 하면, '다른 나라에 있는 일본의 소유 재화'라 하는 의미인데, 이것은 화폐로 다른 나라에 현재 있는 것이 아니라 각종 형식으로 있으니, 혹은 예금으로도 있고, 혹은 채권으로도 있고, 혹은 수형공채手形公債와 같은 증권으로도 있는 것인데, 그러면 어찌하여 정화라 하느냐 하면 이것의 명칭이 일로전쟁日露戰爭 때에 생긴 것이오. 일본은행에서 '태환권'[77] 곧, 속담에 '종이돈을 발행하는데 금·은을 모아서 쌓아두고서야 이것을 발행하는 법'이니 곧, 일본은행에 정화 곧, 금·은이 없으면 태환권을 발행하지 못합니다. 일로전쟁 때에 정화는 전쟁비용에 쓰고, 태환권은 준비된 정화가 없는, 교환할 수 없는 지폐가 될 터인 까닭에 임시로 잘 처리할 수 있는 방책을 써서 다른 나라에 있는 일본의 일종채권一種債權을 정화로 보고, 이것을 재외在外한 정화라 이름하여 일본은행이 이것을 준비로 하고 태환권을 발행하게 하였으니, 오늘날까지 일본은행의 정화준비[78] 발행고는 곧 재외정화라 하는 것을 포함하여 있습니다. 이 재외정화는 영국 런던에 늘 두었던 것인데, 전쟁 중에 런던이 위험한 까닭으로 대부분을 미국 뉴욕에 두었다가, 전쟁 뒤에는 다시 런던에 많은 수를 두었소. 영국과 국교단절이나 되면 일본은행 태환권은 준비 없는, 교환할 수 없는 지폐가 되기 쉽겠습니다. 그러므로 일본에서도 재외정화를 일본은행 태환권의 발행 준비로 하는 일에 대하여 의논이 많은 모양이나, 일본은행에는

---

77) 兌換券 : 태환 지폐. '태환'은 지폐와 화폐를 교환함을 이름.
78) 正貨準備 : 중앙은행이 그 발행하는 태환권에 대하여 교환할 수 있는 금金은화銀貨나 지금地金을 준비하는 일.

어찌하는 방책이 없을 것입니다. 이 재외정화는 무역상 수출·수입의 관계로 인하여 더하고 주는 것이니, (혹은 공채 모집 및 이자 지불의 관계도 있지마는 무역이 가장 큰 관계이니 곧) 무역상에 수입초과가 되는 때는 재외정화가 줄어들고, 수출초과가 되는 때는 늘어나는 것인데, 전시 중에는 일본의 무역이 늘 호조를 나타내 수출초과가 된 까닭에 재외정화가 점차 증가하여 14 내지 15억 엔까지 되었소. 재외정화가 증가하면 이를 일본은행에서 그 은행 창고 가운데에 모아 쌓아둔 금·은과 같이 보고 태환권을 발행하므로 일본의 화폐 유통이 매우 팽창하게 되고, 일본의 물품과 재화는 모두 다 다른 나라로 수출하는 동시에 다른 나라 물품과 재화는 수입하기 어려우므로 그 물가가 뛰어오르지 않을 수 없습니다. 물가가 뛰어오르고 또 뛰어올라 절정에 이르렀으니 곧, 전쟁이 끝난 뒤에는 일본의 수출이 줄어들고 수입이 증가하는 동시에 재외정화가 줄어들어 일본은행 태환권 발행고가 축소하고, 물가가 낮게 떨어질 것은 당연한 일의 형편이며, 또한 순서이니, 과연 올해에 들어와서는 일본 무역이 달마다 수입초과를 보여 경제가들이 오래지 않아 물가가 낮게 떨어지고, 재계 변동이 있어 심하면 곧, 패닉Panic[79]이 올 것이라고 경고한 일이 썩 잦았으니, 1월 이후에 4월 말일까지 수입초과의 합친 셈이 3억 4,796만 엔인 거액에 이르고, 5월 중에 수입초과 된 것을 합하면 4억만 엔을 넘어 재외정화가 14 내지 15억 엔을 셈하던 것이 10억 내외로 줄어들므로 일본은행의 태환권이 줄어들게 되고, 따라서 물가가 낮게 떨어지고, 재계에 변동이 생기며, 공황이 오는 현상을 드러냈는데도, 우리 조선에서는 이러한 세계적 경제의 변동과 작은 범위로 일본의 경제적 상태도 알지 못하여 당연히 올 재계 변동에 대하여 미리 준비하지 못하고, 공황을 불러 일으켜 당황하여 허둥지둥하는 추한 꼴을 연출함은 실제로 한심한 일

---

79) (경제)공황.

이 아닙니까? 지금에 본인이 자꾸 지껄여 세계의 경제상 전쟁 원인으로부터 일본경제에 미치는 영향까지 진술하여 여러분으로 하여금 귀중한 시간을 써버리고 들어주실 것을 요청하는 까닭은 다름이 아니라, 우리 조선의 경제상 지위가 이와 같이 한심한 정도에 있는 것을 말하고, 장래에 대하여 우리가 노력하면 반드시 슬프기만 할 것이 아닌 것을 말하려는 변변치 못한 진실 된 마음에서 나온 것입니다. 대체로 보아서 우리 조선민족의 경제상 지위는 매우 낮고 못합니다. 다른 이의 굴레를 면하지 못하고, 다른 사람의 위대한 세력 아래에서 숨이 차 헐떡거림을 겨우 보존함에 지나지 않습니다. 많은 수의 소작인은 적은 수의 지주의 전제 아래에서 빈곤한 생활을 겨우 지키고, 상공商工은 다른 이의 세력 아래에서 매우 적은 범위로 경영함에 지나지 않고, 문명하고 지식이 발달하고 세력이 있고 그 가운데에도 간사한 지혜가 많고 남을 속여 금품을 빼앗음이 능한 민족과 함께 섞여 살아 생존을 함께 하면 혹은 협동도 하고 혹은 경쟁도 하지마는, 문명이 매우 더디고 지식이 못하고 권력이 없고 그 가운데에도 성실하고 유순한 민족은 늘 압박을 받고 말에 재갈을 물리듯 자유를 구속받고 억제당하여 자유 발전을 할 수 없어 경제생활이 다 부속적이며 기반羈絆적인 지위에 있는 것은 상식으로 판단할 수 있는 것입니다. 그러면 우리는 어떻게 하여야 조선인의 경제상 지위를 향상 발전시킬 수 있을까? 어떻게 하여야 우리의 생활을 좋게 고쳐 부속적이며 기반적인 상태를 면할 수 있을까? 여러분과 함께 연구할 반드시 필요한 문제입니다.

　(삼三) 일一. 자본을 활용할 일
　경제학상에 생산은 '자연(곧, 토지)'과 '자본'과 '노동'과 '기업'의 네 가지 요소로 합하여 성립되는 것이니 곧, 생산력을 증진하려면 이 네 가지 요소의 왕성하게 늘림을 꾀하지 않으면 할 수 없다. 그 가운데에도 자본을 먼저 활용해야 할 것입니다. 온 나라의 부富를 자본으로 활용치 않으면 생산력의 증진은 도저히 기대할 수 없습니다. '부'라 함은 곧 재산이니 부가 곧 자본이냐 하면 그렇지 않습니다. 부를 생산사업으로 향하게 하면 자본이 되고, 그렇지 않으면 자본이 되지 않는 것이니 똑같은 부 곧, 재산이라도 이를 내려놓기에 따라 자본이 되기도 하고 안 되기도 합니다. 재산을 자기 집안에 내버려두는 것은 더욱 자본 될 수 없어서 생산의 왕성하게 늘림을 방해하는, 효력 없는 재산이며, 사회 공동의 적이니 말할 필요가 없거니와 그 재산을 던져놓을지라도 자본 되는 일도 있고, 자본 되지 않는 일도 있는데, 가령 공원을 건설하며, 도로를 닦아 놓는 일과 같은 것은 그 던져놓는 재산이 자본 되지 못합니다. 곧 '자본'이라 하는 것은 이익을 취할 목적으로 사업에 던져놓는 것이니 곧, 가령 나에게 일원의 적은 액수가 있다 하면 이 적은 액수의 부는 자본 되기 어려울 수 있으나, 이것을 은행에 예금하면 은행은 이것을 자본으로 운용하는 것이니 곧, 일원이 적은 액수라도 이것을 간접으로 자본 되게 할 수 있습니다. 온 나라의 부를 자본으로 활용하면 경제의 발전을 기대할 수 있을 것이니 영국도 맨 처음에는 오늘날과 같은 자본국이 아니었습니다. 영국도 15,16세기까지는 우리 조선과 같이 농업국으로 다른 나라에 대한 수출품은 참밀, 양털 등이 중요하였는데, 양털과 같은 원료품을 다른 나라로 수출하여 다른 나라에 가서 직물이 되어가지고 다시 영국으로 수입하는 상태였으며, 그것도 수출·수입하는 것은 영국 사람이 직접으로 하지 못하고, '하샤 상인商人'이 이것의 상권商權을 잡았었소. 여기 하샤 상인이라 함은 독일 사람입니다. 그때의 영국 무역상 권리는 모두 다 이 하샤 상인의 손에 있었고, 영국 사람은 그 아래에서 소매상됨에 지나지 않았습니다. 17세기에 이르러서는 영국 사람이 깨달은 바 있어 자본을 활용하는 일에 일치하고, 랭커셔 목면 공업을 일으키며, 기타 공업품을 힘써 권하여 삶에 필요한 물품을 제조하여 다른 나라로 수출하는데, 그전에는 하샤 상인을 거치던 것을 영국 사람이 직접으로 다른 나라에 가서 고객을 구하며, 그 지역에 원료품 및 식료품을 수입하여 안팎으로 이익을 얻으므로 그 이익이 또 자본이 되고, 자본이 증가하면 이익이 따라 많으며, 그 생겨나는 이익은 또 자본이 되어 자본을 활용하고 보니 곧, 이익은 더욱 많고 자본의 증가율이 매우 굉장해서 자유무역주의를 실행하여 상품을 많이 해외로 수출하는데, 19세기에 들어가서는 버밍엄 지방의 제철업을 위주로 하여 기계, 기타의 철공업이 성하게 되므로 자본으로 활용하는 부가 더욱 증가하여 영국 안에서만 그 자본을 활용할 수 없이 자본이 남는 까닭에 자본을 해외에 내보내기로 하여 이에 자본수출주의로 변한 것은 이미 진술하였거니와 그리하여 영국은 세계적 시장이 되고, 세계의 금융은 런던에 집중하게 되었으니 자본 활용의 힘이 이와 같이 위대합니다. 영국 런던 롬바드Lombard 가街를 세계의 금융시장이라 일컫습니다. 실제로 세계의 금융시장입니다. 각 나라의 거래 곧, 수출·수입의 차인을 생각하여 정함은 모두 다 런던에서 조사합니다. 가령 일본에서 미국으로 면화 가격을 지불하려면 돈을 직접으로 미국을 향해 보내는 것이 아니라, 미국으로 보낼 돈을 영국 런던으로 보냅니다. 또 러시아가 일본의 구리를 구입하였다 하면 구리의 대금代金을 러시아에서 일본으로 직접 계산해서 보내면 가까운 나라 사이에 편리할 듯하나 그렇지 않고 러시아의 돈을 런던으로 보내야 일본이 이것을 런던에서 얻어 가집니다. 이것은 어찌하여 그리하느냐 하면 런던에서 조사하는 것이 편리하고 비용이 적은 까닭이니 세계 각 나라가 모두 다 수출·수입의 거래를 생각해 정함을 런던에서 행하는 까닭입니다. 그러한 가운데에서 영국은 직접·간접으로 유형·무형으로 이익을 얻음이 많습니다. 이와 같이 영국은 세계 금융의 권리를 가지고 자본적 제국주의의 패왕霸王이 되어 오늘날에는 대적하던 독일을 싸워 이겼으니 더욱 그 권리가 팽창할 터이나, 전시의 상처가 심하여 회복하려면 많은 날을 필요로 할 터인데 미국이 전시 중에 있어 영국의 세계적 금융권을 얼마간 나누어 **빼앗아** 가졌다고 말할 수 있으니 미국 뉴욕시의 월 스트리트Wall Street는 런던 롬바드가의 다음에 자리한 제2의 세계 금융시장이라 일컫습니다. 오늘날 이후의 세계는 영국과 미국의 자본적 제국주의의 무대가 될 것입니다. (미완)

(사四) 영국이 16세기 말엽 이래로부터 자본을 활용하기 시작하여 오늘날에 이와 같은 위대한 세력을 손에 쥐게 되었으니 곧, 경제의 발전을 꾀하려면 자본을 활용케 함이 꼭 필요합니다. 그러한데 우리 조선에는 자본 될만한 부가 없습니까? 부가 없는 것이 아니라 그 부를 자본으로 활용하기는 고사姑舍하고 맨 처음에 자본으로 던져 넣지 않습니다. 그러한 까닭에 생산사업의 발전을 기대할 수 없으니 어떻게 해야 우리 조선의 부를 모두 다 자본으로 활용하겠습니까? 자연적으로 내버려둘까요? 자연적으로 내버려두면 어느 날 어느 때든지 우리 조선민족의 경제상 지위는 향상치 못할 것이니 곧, 자본을 활용케 하는 방법을 연구할 필요가 있는데, 이것을 연구 관찰함에는 개인마다 하는 것보다 한개 기관을 설정하여 13도道의 지식계급 및 재산계급이 일치하여 힘을 합해 때를 따르고 곳을 따르며, 일을 따라서 각종 방법을 연구해내는 것이 급한 일이 아니겠습니까? 우리 '조선경제회朝鮮經濟會'의 목적이 곧, 이것입니다.

이二. 노동의 능률을 증가케 할 일
경제학상의 순서는 일一. 생산 이二. 분배 삼三. 교역 사四. 소비라 하는데, 세계경제의 대세로 보면 그 시대가 각각 다르니 농업으로부터 공업에 옮겨가던 시대는 생산을 주로 하는 시대라 말할 수 있겠고, 각 나라가 통상通商을 열어 무역을 많이 행하고 상업을 중요하게 여기는 시대는 이를 교역 위주의 시대라 할 것이며, 유럽대전 중의 5년간은 순전한 소비 위주의 시대가 되었으며, 그러한 큰 전쟁이 끝을 알리고 평화를 맞이하므로 노동문제가 세계 여러 곳에서 중요한 문제가 되었습니다. 이것은 분배를 위주로 하는 시대로 향하는 것인데, 노동문제는 곧, 분배가 가장 큰 기본 원인입니다. 대체로 보아서 '분배'라 하는 것은 생산한 것을 나누는 것이니, 자연 곧, 토지와 자본과 노동과 기업, 이 네 가지가 합하여 생산이 된 것이니 곧, 그 생산한 것을 이 네 가지에게 나누어주는 것인데, 토지에 대하여 배당하는 것을 '지대地代'라 일컫고, 자본에 대한 것을 '이자'라 일컫고, 노동에 대한 것을 '노은勞銀'이라 일컫고, 기업에 대한 것을 '이윤'이라 일컬어 생산의 결과를 이와 같이 분배하는 것입니다. 그러한데 이 분배에 대하여 다른 의논이 많습니다. 생산한 물건의 가격은 곧, 이것으로 결정함이니 지대와 이자와 노은과 이윤을 합한 것이 곧, 그 물건의 가격입니다. 그러나 그 물건의 가격을 분배하는 데 대하여 공평하지 못함이 많았던 까닭으로 다른 의논이 생깁니다. 자본가의 횡포로 인하여 노동자를 시기해 물리치며 압박하고 자본에 대한 이자와 토지에 대한 지대와 기업에 대한 이윤은 모두 다 두텁게 하고, 노동에 대한 노은은 경제상 생산원칙에 비추어 매우 적게 하여 평등치 않게 분배를 행하였습니다. 그러한 까닭에 노동문제가 세계적으로 큰 문제되는 동시에 분배의 원칙이라 하는 것이 노동문제의 기본 원인되는 것인데, 세계경제의 장래 곧, 20세기 이후는 분배 위주 시대가 될 것이라고 판단할 수가 있습니다. 그러하나 우리 조선은 경제의 정도가 불행히 유치하여 세계경제와 붙좇아서 따르지 못하고 장래의 분배 위주 시대로만 말할 수 없으니 곧, 우리 조선은 생산과 분배를 모두 위주로 하여 노력해야 하겠소. 그러한 까닭에 세계적 경제 상태를 관찰하여 분배 위주로 향하는 노동문제를 참고해 헤아리면서 생산 위주를 잡아야 할 것이니 곧, 자본을 활용하는 동시에 노동의 힘을 증가게 하는 것이 필요합니다. 노동의 힘을 증가게 하는 방법도 여러 가지 방법이 있습니다. 번거롭고 길게 진술할 겨를이 없으니 곧, 그 방법을 연구 실행하기는 단결하는 많은 지혜와

많은 힘을 필요로 하는 것이니 조선경제회를 성립한 본뜻이 여기에 있습니다. (완) (조선경제회 강연회에서)

— 《동아일보東亞日報》(1920.6.15·16·17·18).

경제상으로 견한 반도의 장래

경제상으로 본 세계의 현상은 혼돈시대에 있으니, 전후의 유럽 여러 나라는 아직 안정함을 얻지 못하여 '노동운동이다', '사회운동이다' 하는 사상상의 문제로 정부와 민간이 모두 애쓰고, 현명한 자와 어리석은 자가 같이 떠드니 이것은 비록 사상상의 문제이나 그 유래하는 바는 생활 문제에서 연원을 일으킴이니 곧, 끝에는 경제문제에 돌아가 닿을 것이다. 사상문제가 경제문제에 매어 이끌려 변천한 것은 역사에 증거하여 알 수 있을 것이니, 프랑스 혁명 뒤에는 세계의 사상이 아주 달라져 개인의 권리 의무에 관한 사상이 매우 발달하여 자본주의의 제도가 성취하니, 각 방면의 여러 가지 사업은 모두 자본주의에 기인하여 경영되는 까닭에 한쪽에 기계공업이 더욱더 융성함을 따라 부한 자가 더욱 부하므로 빈부의 차이남이 심하고, 자본주資本主의 오로지 멋대로 함이 행하니 그 가운데에 생활이 곤란한 자가 많아 자본주의에 대한 불평이 일어날 때, 이에 함께 살아남을 필요를 널리 부르짖어 인도하는 자가 점점 많으나, 사회조직의 예로부터의 관습과 세도가勢道家 및 부가富家의 압제로 인하여 소리를 삼키고 기운을 참아 감히 성내지만 감히 말하지 못하는 상태에 있더니, 세계의 큰 전쟁이 사상의 변혁을 꾀어내 개인주의를 공동주의로 옮겨가게 하므로 '노동운동이다', '사회운동이다' 하는 것이 여러 곳에 일어날 때, 먼저 러시아에서는 사회혁명이 생겨나 한쪽으로 치우친 공산주의를 소리 높여 부르고 이를 실행코자 하는 과격사상으로 세계 각 나라를 위협함에 이르렀으며, 영국·프랑스 등 각 나라에도 러시아의 볼셰비즘Bolshevism[80]과는 다르나 소셜리즘 Socialism[81]은 성하게 행하여 자본주의의 제한을 더하고, 공동의 이익과 무산계급無産階級의 생활안정을 구하려 하니 그 운동방법은 다르나 그 이상理想은 같다. 유럽의 현상이 이와 같이 혼돈함은 러시아의 불안정이 그 원인으로 생각하는 자가 많은 듯하나, 각 나라도 또한 각각 그 사정이 있어 혼돈 상태를 면치 못하는 것이니, 각 나라가 아직 전후의 계획을 확립치 못하고 경제 회복에 대한 장래의 방도를 아직 알지 못하여 경제계가 모두 혼돈 상태에 있는 것이다. 재정 정리에 가장 노련한 영국도 지방 공화단체에 대하여 통화 수축과 공채公債의 빌려 갚음을 여러 번 실행하였으나 무제한으로 팽창한 통화와 무한량으로 많은 공채를 정리하려 함에 얼마의 효력이 없었는가? 프랑스·이탈리아 등의 나라는 전후 재정에 대하여 독일에서 배상금賠償金이나 받은 뒤에 계획을 세우려 하고 아무런 방도를 드러내지 못하며, 영국과 러시아의 통상 문제라든지, 연합국과 영국의 관계라든지 모두 아직 원만한 해결을 보지 못한 것이다. 그러나 유럽의 경제관계가 이와 같이 혼돈하되 지난 번 경제계의 공황은 경제상태가 혼돈하여 정해지지 못한 유럽에서 발생하지 않고 전시·전후 경제상 유리한 지위에 있는 일본에서 공황이 맨 먼저 끌려 일어났으며, 또 일본에 일어난 공황의 파동이 경제상태가 혼돈하여 정해지지 못한 유럽의 경제계는 동요하지 않고, 전시·전후 가장 유리하며 가장 풍부한 미국의 경제계가 먼저 파급을 받아 영향을 입었으니 기이한 현상이라 말할 수 있을 것이다. 그러나 이것은 이유

---

80) 마르크스주의에 기반한 볼셰비키의 정책 또는 사상, 때로 과격주의를 지칭하기도 함. '볼셰비키' 는 '보다 많은 수' 의 뜻에서 러시아 사회민주노동당의 다수파·과격파.
81) 사회주의 (운동).

가 있으니, 유럽 각 나라는 나라를 걸고 전쟁에 종사함으로 경제상에 대한 정책도 극도로 긴장하여 경계를 엄히 하여 전쟁 중에도 화폐의 축적, 물품의 배분, 가격의 공정 등을 이룰 수 있는 것 이상으로 시행하였으며, 전후에도 정부와 민간 위아래가 서로 경계하여 전후 경영에 마주했던 까닭에 공황이 여기에 파급하지 않았고, 일본과 미국은 전시 중에 무역상의 많은 이익을 얻어 경제계의 풍부함이 과거에 보지 못하던 호황好況에 있었으므로 투기와 사혹思惑이 성히 행하는 동시에 경계함이 적어 공황이 일어나며, 곧바로 이때가 파급하는 영향을 받게 된 것이다.

그러하니 곧, 우리 조선반도의 경제상태는 어떠한가? 일본경제계의 쇠함과 성함은 조선경제계에 영향을 미침이 빠른 까닭에 조선은 간접으로 세계의 혼돈적 경제상태의 영향을 받는 동시에 직접으로 일본의 반동적 경제공황의 파동을 입어 유치한 경제상태는 더욱 이익이 없는 지위에 있음이 한심치 않을 수 없구나. 조선은 전시 중에 있어 아픈 병과는 관계없는 지위를 지켰지만, 오히려 일본경제의 호황을 이어 무역의 번성과 통화의 팽창과 사업의 갑자기 일어남 등으로 한때는 매우 많이 풍족한 재미있는 상황으로 일반의 활약은 장관을 드러내더니 일본경제계의 공황이 일어나며, 그 파동이 직접 와서 굉장한 타격이 머리 위에 떨어지므로 현기증을 감당하지 못할 때, 쌀값의 하락은 일반 구매력購買力을 아주 없애고, 무역이 쇠퇴하며, 금융이 막혀 비온 뒤의 죽순같이 머리를 들어 일어나던 신설 회사 등의 여러 가지 계획은 갑자기 세력이 꺾이는 경우를 만나고, 이미 만든 회사와 개인 사업도 겨우 쇠잔한 숨을 지킴에 지나지 않는 현상이다.

물론 그 가운데 씩씩하고 착실한 자도 있으나 경계에 경계를 더한 적극적 경영은 거의 없다 말함도 지나친 말이 아니구나. 또 한쪽에는 세계적 전후 사상의 변혁하는 풍조에 물들어 사상계의 변해가는 사조는 말로 하기 어려운 것이다. 어떠하든지 조선 오늘날의 경제사정이 이와 같으니 곧, 장래를 점칠 수 있을 것이다. 재계의 앞길, 혹은 물가의 장래, 또는 경제계의 추이 등에 대하여 낙관하는 자도 있고, 비관하는 자도 있으니 이처럼 각각 구별되는 문제로는 나도 혹은 낙관하는 바가 없지 않으나 반도의 장래로 말한다면, 비관설을 토吐하지 않을 수 없구나. 자본제도는 아직 성취하지 못하였는데, 여기에 대한 불평은 갑자기 터져 일어나 사회운동이 일어나며, 노동운동이 생겨나고, 내부의 경제조직은 매우 빈약한데 외부의 사상 변혁하는 대세는 자연히 닥쳐와서 허영의 헛된 꿈이 심하며, 따라서 사업의 건전한 발달은 보기 어려울 것이니, 반도의 경제상 장래는 우연이 아닌 어떤 일이 발생하기 전에는 현재 상태로 이것을 추측하여 별로 기이할 것이 없을 것으로 생각하니 그러면 곧, 어떻게 하여야 반도로 하여금 경제상 양호한 지위로 나아가게 할까? 단순히 말한다면, 당국에서는 조선 위주의 경제정책과 조선인 위주의 산업정책을 베푸는 동시에 민간에서는 세계 대세를 향해 나아가는 바를 따라 보통이 아닌 자본 제도를 세우고 , 사업의 갑자기 일어남을 꾀할 것이니 지면의 한정이 있으므로 자세한 것은 뒷날에 사양한다.

(전호속前號續) 경제상으로 조선의 장래를 관찰한다면, 이것을 가까운 장래와 먼 장래로 구별하여 논의할 필요가 있으니, '가까운 장래' 로는 눈앞의 물가 변동이나 금융 상태나 무역 추세 등으로 '오늘날의 경제계는 장래에 어떻게 변천할까? 이를 연구하여 추측함이니 '경제계가 어떠한 정도까지 위로 떠 움직일까? 아래로 가라앉을까? 를 미리 말하려는 것이요, '먼 장래' 는 세계의 대세와 사상의 변천 등으로 경제상 추이의 대원칙을 마주하여 '조선반도가 경제상 어떠한 지위에 도달할까? 이것을 연구하여 상상함이니 경제계가 진화의 원칙으로 향상 발전할 것은 물론이거니와, '어떠한 방면으로 어떠한 대세의 온 세상을 만들까? 논의하는 것이다.

먼저 '가까운 장래'로 말한다면, 재계의 현상이 지난해의 공황 이래로 움직이고 흔들리는 소용돌이 가운데에 있다가 점차로 안정기에 든다 하나 아직도 위축상태에 있어 재계가 매우 위축하는데, 위축도 장래에 펴늘이려 하는 위축이 아니니, 원래 위축하면 반드시 펴는 이치라 하나 이번의 위축은 이러한 이치에서 나오는 것이 아니다. 그러나 줄어듦은 늘어남의 근본이다. 혹은 펼 기회가 장래에 있음은 물론이지만, 그 기회가 과연 어느 때에 있을까? 물가의 알맞음을 잃은 오늘날에는 도저히 안정기가 오기를 바랄 수 없으니 쌀값이 높게 뛰든지, 수입품이 하락하든지 물가의 평형을 얻기 전에는 안정기가 오지 아니할 것은 상식이 있는 자가 함께 알아차릴 것이다. 또 여러 가지 사업의 부흥을 보지 못하고, 상품의 짐 움직임을 떨치지 못한 결과로 각 방면에 활기가 없어 경제의 현상이 매우 가라앉은 상태에 있으니 곧 금융계도 또한 매우 산만한데 은행 장부상으로 보면, 예금은 늘리고 대부는 줄이는 상태를 계속하였으니 경성조합은행京城組合銀行의 장부도 전과 다름없이 신용거래는 행함이 매우 적고, 상업수형[82]에도 신용융통에 대하여는 높이 경계를 늦추지 않으며, 대출에도 당좌대월[83]은 상당히 유리한 담보로 취급하는 까닭에 당좌대월은 증가하는 경향이요, 할인수형[84]은 감소하였으니, 이것은 신용대출이 없다는 지금의 증거이다. 올해 3월 상반기와 작년 12월말을 비교하면, 당좌대월은 54만 원圓이 증가했고, 할인수형은 175만 원이 감소하였으니 할인수형에도 신규의 할인은 별로 없고, 장부상으로 바꾸어 기한을 늘림이 매우 많은 것이니 곧, 대물신용對物信用의 대출은 증가하고, 대인신용對人信用의 대출은 감소함이 분명하다. 이것은 경성의 현상을 간략하게 보여주는 것이나, 지방도 대개는 이와 같은 상태에 있고, 오히려 지방

---

82) 商業手形 : 상인이 실제적 상업 거래를 위하여 다른 상인 또는 은행 앞으로 발행하는 어음, 상업어음.
83) 當座貸越 : 은행이 당좌예금의 거래 있는 자에게 일정기간 중 언제든지 일정한 금액에 한하여 당좌예금의 잔액을 초과하여 수표의 발행을 허락하는 일.
84) 割引手形 : 은행이 할인에 의하여 취득한 어음, 할인어음.

은 더욱 금융의 고갈이 심하여 대인신용의 거래는 거의 끊겼다고 말해도 지나친 말이 아니며, 구해 쓰는 물건의 물가는 공급품의 물가보다 같은 비례로 떨어지지 않고, 공급품의 주요한 쌀 등은 대단히 심하게 떨어졌는데, 구해 쓰는 물건은 가격 하락이 별로 없어 물가의 불평형이 심하므로 지방의 구매력이 없는 결과로 경제계의 안정은 도저히 보기 어려울 것이니, 이들 추세로 반도의 장래 경제계는 현상을 상당한 기한까지 지속할 터이며, 동양의 천지를 진동할 만한 뜻하지 않은 변동이 생기지 않는 한에는 장래에 더욱 곤란한 지위에 빠지지 않을까? 하는 의심과 걱정이 있구나.

또 '먼 장래'로 말한다면, 세계적 사조의 변천으로 인하여 경제상으로 각 나라, 각 민족의 장래 형편이 크게 변화할 것은 물론이니, 러시아의 과격주의가 세계 대세에 합하면 그 주의 아래로 변화될 것이요, 미국의 자본적 침략주의가 세계 대세에 합하면 또한 이 주의 아래로 변화될 것이니, 16세기 이래로 영국·독일 두 나라의 경제상 발전을 역사상으로 증거하면, 이것의 장래를 점칠 수 있을 것이다. 영국은 자유주의를 행하였으며, 독일은 보호주의를 행하여 영국은 세계의 개방경제가 되었으며, 독일은 국민의 자족自足경제가 되어 지난번 전쟁에 이를 실험하였는데, 전쟁 중에 영국이 더욱 독일보다 경제상 곤란을 당한 것은 국민자족경제를 행하지 않음이요, 독일이 봉쇄 중에 있어서 어쨌든 4년 반 세월을 유지한 것은 국민자족경제의 효과라 함은 사실이 증명하는 것이다. 그러므로 독일의 군국주의가 세계 대세에 합하였더라면, 세계의 경제 장래는 모두 독일식의 자족경제로 변화될 것이니, 경제상으로 먼 장래를 보려면 누구의 주의가 세계 대세에 합하여 세계가 어떤 방면으로 진화할까 함을 정한 뒤에 이를 딱 잘라 말할 것이니, 러시아의 과격주의가 많은 방면에서 이를 막고 위험한 사상의 침입을 엄히 금지하나, 이것이 만약 세계 대세에 합하지 않으면 러시아가 파괴되어 없어짐에 그칠 것이요, 세계 대세에 합하면 그 주의 아래에 경제계가 지배될는지도 알 수 없을 것이니 세계가 뜻밖에 이와 같은 방면으로 진화할지 여부는 지금에 논할 바가 아니요, 우리 조선 반도는 러시아에 국경을 맞댐으로 이 사상에 접촉하기 쉬우니 곧, 경제상으로 반도의 장래를 관측함에도 우리 민족이 예사롭지 않게 곤란한 지위에 있을 것을 염려하지 않을 수 없구나.

가까운 장래와 먼 장래를 이상과 같이 관측한다면, 여기에 대한 방침은 어떻게 하여야 옳을까? 앞 호號에 간략하게 말함과 같이 당국에서는 조선을 위주로 하는 경제정책을 집행하고, 동시에 조선 사람을 위주로 하는 산업정책을 펴며, 민간에서는 여기에 따라 응해야 예사롭지 않게 노력해야 옳을 것이니, 몇 십 년 동안 당국이 베풀어 갖춘 것은 경제 산업에 매우 많은 발달을 이루었다고 당국의 과장함과 같이 발달된 것은, 우리들도 이를 인정하지 않는 동시에 당국의 애써 노력함을 또한 스스로 보았다. 그러나 그 정책의 근본 방침은 우리들이 이를 찬성하기 어려우니, 몇 십 년 동안 당국이 베풀어 갖춘 것은 오로지 일본의 부속적 경영이요, 조선의 경제를 위주로 하여 베풀어 갖추지 않았다. 가까운 장래를 위하여 베풀어 갖출 것도 물론 이 정신으로 행할 것이며, 늘 먼 장래를 위함에는 반드시 백년대계의 길고 먼 방침을 필요로 할 것이다. 그런데 당국의 경제정책은 노골적으로 일본경제에 종속적이었으니 조선을 일본의 연장으로 인정함을 경제상까지 이루려 함은 당국의 잘못된 정책이다. 조선은 대륙에 이어져 맞닿아 일본과는 독특한 관계가 같지 않은데, 이를 일본 안의 종속적 경제로 만듦은 원대遠大한 정치 안목으로는 갖지 않을 바이다.

국가경제와 국민경제가 동일한 것이 아니요, 이 두 가지가 완전히 서로 다름은 일본의 경제학자도 여러 번 앞장서 부르짖음이니 국가경제는 정부의 한 해 수입과 수출 2억만 원이나 3억만 원이 그 주요한 기본이나, 국민경제는 국민 전체의 부富(재財)가 그 기초이니 곧, 국가경제를 증대케 하려면 국민의 부를 증대케 함이 먼저 할 일인데, 조선에서 시행하는 경제정책은 국민경제를 먼저 할 일로 하지 않고, 국가경제를 위주로 하여 이를 행하는 까닭에 조선경제를 일본경제에 딸려 속하게 만드니, 이것은 백년대계가 아니다.

산업정책으로 말할지라도, 우리들은 당국에 대하여 '조선인 위주의 정책을 베풀라' 주장하니 몇 십 년 동안에 당국은 조선 산업을 개발 개량하기를 노력함은 우리들이 함께 인정하는 사실이다. 공업도 상당히 일어나게 되었으며, 농업의 개량도 실행하였으며, 광업이다, 어업이다, 임업의 권해 힘씀과 철도의 부설 등 여러 가지 사업이 두드러지게 진보되었다. 그러나 조선 사람의 사업으로 조선 사람의 이익을 주로 하는 사업이 얼마나 있는가? 옛날부터 지금까지 베풀어 갖춘 당국의 산업정책은 조선에 거주하는 일본 사람의 사업을 더욱 보호하고, 조선 사람에 대하여 농업 개량에 필요한 농기구, 비료 등을 나누어줌에도 일본 사람의 농구상農具商이나 비료회사의 이익을 위함과 같은 관념이 생겨나게 한 일이 있는 것이다. 당국의 산업정책 아래에 있어 당국을 오해케 한 일이 많았으니, 척식회사[85]의 설립 뒤로 그 행한 것이 그러하였으며, 농공은행을 고쳐 식산은행[86]으로 된 뒤에 행한 것이 그러하였으며, 산업발전을 위하여 새로 베푼 사업을 정부가 지켜주고 도와주는 것이 그러하였으며, 기타 여러 가지 시설에 조선 사람을 눈 안에 두지 않음과 같이 다른 사람의 눈에 비치게 하였다. (미완未完)

(속) 각 나라의 국민은 지난 번 큰 전쟁으로 인하여 경제상에 큰 타격을

---

85) 拓殖會社 : 제2차 세계대전 전의 일본이 식민지 경영을 위해 설립한 반관반민半官半民의 국책회사. 1908년 설립한 '동양척식회사'가 대표적이다.
86) 殖産銀行 : 조선식산은행. 1918년 6월에 '조선식산은행령'을 공포하고, 농공은행을 병합해 동양척식회사의 자매기관으로 출발하였다. 농촌 및 산업기관을 상대로 경제 침략의 구실을 맡아 하던 일제의 어용 금융기구.

받았으므로 상처가 심하여 혹은 깨지고, 혹은 흩어져 쉽게 원래 상태를 회복하기 어려우나 생활상으로든지, 경제상으로든지 예사롭지 않은 단련을 겪어 장래에 어떠한 곤란이든지 견디고 참아낼 수 있을만한 성격을 길러 얻었다. 옷, 음식과 다른 소비에도 절약하여 나쁜 옷, 거친 음식을 참을 수 있으며, 노동, 기업과 일반 생산에도 노력하여 악전고투를 감히 행할 수 있을 만큼 단련에 단련을 더하여 동두철신[87]에 부탕도화[88]를 피하지 않고, 나아감만 있고 물러남은 없을 것이니, 이와 같이 생활상에 예사롭지 않게 단련한 국민들이 장래의 경제활동에는 또한 예사롭지 않은 변화를 오게 할 것은 불을 봄보다 분명한 것이다. 우리 조선민족도 여기에 깨달음이 있을 것이다. 경제상으로 반도의 장래가 어떻게 될 것과 당국에서 조선 위주의 경제정책을 행하고, 조선 사람 위주의 산업정책을 베풂이 옳은 것은 앞 호에 두 번이나 연속해 말하였거니와 우리는 우리의 노력, 우리의 각오, 우리의 단합, 우리의 경영, 우리의 방책 등을 우리가 행할 것이요, 당국에만 기대치 못할 것이니 우리의 방침은 어떻게 하여야 장래에 변화될 경제 대세에 순응하여 조선민족의 생활을 유지하며, 이를 향상시킬까?

경제를 논함에 많은 방면이 있지만, 가장 긴요함은 '생산'과 '소비'의 두 방면으로 관찰함이 경로라 하겠으니 곧, 생산을 많이 하고 소비를 적게 함이 필요하나, 이것은 평범한 말이요, 소비에 대해서는 그만두고 먼저 생산으로 말한다면, 생산에 대하여 우리는 세계에 뒤처짐이 심하고, 다른 국민에 비해서는 단련도 없으며, 경험도 없으며, 실력도 부족하고, 지식도 부족하니 우리는 앞으로 한층 노력하여 다른 사람보다 열 배나 더욱 분발하여야 할 터인데, 여기에 대하여 전체를 대강 말한다면, 생산의 요소는 경제학에서 인정한 바와 같이 토지, 자본, 노동, 기업의 네 종

---

87) 銅頭鐵身 : 구리 머리와 쇠 몸, 용맹스러움의 비유, 동두철액銅頭鐵額.
88) 赴湯蹈火 : 끓는 물에 뛰어들고 불을 밟음, 어려움과 위험을 피하지 않음의 비유, 부도赴蹈.

류이니, '토지'는 천연적 요소요, 또한 유한의 사물이니 곧, 구체적으로 농업의 개량, 미개간지의 이용, 경지의 정리, 수리교통水利交通 등의 개발, 기타 딸린 사업이 많으나 여기에 논할 필요가 없고, 특히 앞으로 큰 문제라 하는 것은 자본과 노동이다. 전에 말함과 같이 세계 대세가 대전 이전까지는 자본 제도를 성립하기 위하여 각 나라 각 국민이 노력함으로 인하여 자본주의가 갑자기 일어났고, 대전 이후에는 자본주의의 전횡에 대한 반항이 일어나 노동운동이 세계 각 나라의 큰 문제가 되었으니 우리도 오늘날에 경제상 큰 문제로 연구하고 노력할 것은 이 두 가지에 있음을 알 것이다.

일一. 자본의 증가를 도모할 일

오늘날 우리 경제계에 첫 번째 문제는 자본의 아주 없어짐이다. 상당한 인격이 있고, 충분한 지식을 구하여 유망한 사업을 선택할지라도 자본을 얻을 수 없음에 따라 그 사업을 실현하지 못함이 낱낱이 있음을 지켜보았다. 근세의 산업조직은 자본을 생산의 첫 번째 요소로 인정하여 각 나라가 자본제도의 성립을 경쟁적으로 실현하다가, 대전 이후로는 노동운동이 성하게 되는 동시에 자본문제는 두 번째가 되고, 노동이 첫 번째 자리를 차지하게 되었으나, 우리 조선에는 장래의 산업을 발전함에 대하여 아직도 자본문제가 첫 번째 자리에 있음을 깨달을 것이다. 곧, 각 나라에는 자본제도가 지나치게 발달하여 노동문제로 옮겼으나, 우리는 이로부터 자본주의 세우기를 도모함이 옳다. 그러하니 곧, 어떻게 해야 자본의 증가를 도모할까? 원래 자본은 이윤을 낳는 것이니, 이윤이 생겨나지 않음에 쓰는 것은 자본이라 일컬을 수 없으며, 바꾸어 말하면 동일한 재화라도 생산사업에 쓰면 자본이 되고, 그렇지 않으면 자본이 되지 못하는 것이니 재화를 자본 되게 하여 자본이 이윤을 낳고, 이윤이 또 자본이 되어 또 이윤을 낳고, 이 이윤이 자라 다시 자본이 되어 또 이윤을 낳는 것이, 마치 어미가 자식을 낳고 자식이 자라 또 자식을 낳음과 같은 것이다. 그러므로 자본을 '모은母銀'이라 말하고, 이식[89]을 '자子'라 일컬음이 있으니, 자식이 없으면 어미가 없고, 어미가 없으면 자식도 또한 없는 것이다. 우리 조선에 재화가 없음이 아니라, 재화를 자본으로 이용함이 적으므로 이윤을 낳음이 없고, 자본의 증가를 보지 못하며, 백성의 부가 어려운 지경에 있음을 면치 못하는 것이다. 곧 우리 조선에는 재화를 쓰지 않고 넣어두거나 생산이 아닌 소비에 씀이 자본으로 씀보다 늘 많은 것이다. 고리대금업자가 대출하는 재화는 이것이 곧, 대금업자의 자본이니 이것은 이윤을 낳는 까닭이다. 그러나 부랑자가 이것을 꾸어 들여 유흥비로 다 써버리면 이것은 자본이 되지 못함이니 곧, 이윤을 낳지 않을 뿐 아니라 모은까지 잃는 것이다. 은행이나 금융조합의 대출고가 예사롭지 않게 많은 액수를 웃도나, 조선 사람에게 유통되는 이 대출고를 조사하면 그 대출고가 모두다 생산사업 곧, 이윤을 낳음에 사용하는 것이 아니라, 3할 내지 4할은 생산 아닌 소비로 돌아간다. 지방 금융조합에 가서 소를 구입한다 하고 돈을 꾸어 들였지만, 그 실제는 결혼하는 비용에 쓰고, 소는 사들이지 않았다가 조합 이사가 출장 조사하면 다른 소를 가리켜 속이고 지나감을 여러 곳에서 보았다. 조선 사람의 재화는 생산 아닌 소비로 쓰거나 그렇지 않으면 쓰지 않고 넣어둬 자본으로 활용하지 않음이 많다. 자본은 곧 이윤을 낳기 위하여 사용하는 재화이니, 돈만 자본 될 뿐 아니라 돈으로 계산할 수 있는 재물은 무슨 물건이든지 자본 될 수 있는 것이니 곧, 자본의 증가를 도모하려면 먼저 현재의 재화를 자본으로 향하게 할 것이요, 자본으로 향하여 이윤이 생긴 뒤에 그 이윤을 여러 차례 거듭하여 또 자본화하게 하면 자본이 증가할 것이다. 또 자본에는 많고 적음을 논하지 않으니, 가령 나에게 일 원이 있으면 이 일

89) 利息 : 돈에서 느는 이자, 빚돈에 대하여 얼마의 기간 동안에 얼마씩 덧붙여 주는 돈. 이자利子, 변리邊利, 길미.

원의 작은 액수로 나는 이것을 자본 되게 하기 어려우나, 이 일 원을 은행에 예금하면 은행은 이 일 원을 생산사업에 융통하는 것이니 곧, 내가 이 작은 금액의 일 원을 간접으로 자본 되게 함이다. 직접 간접을 물론하고 일반 민족이 노력하고 떨쳐 일어나면 자본의 증가를 도모할 수 있을 것이다.

이二. 노동력을 크게 할 일

노동은 자본과 함께 생산에 가장 중요한 조건이니, 한 나라의 부는 기업의 성공 여부에 있고, 기업의 성공은 그 목적을 이루는 수단 되는 노동과 자본이 충실한 여부에 있는데, 그 가운데에도 노동과 자본을 서로 비교하여 무엇이 더욱 중요하냐 하면, 노동이 자본보다 더욱 긴요하다고 답할 것이니, 한 나라의 경제적 활동에는 이미 전에 쌓아놓은 부보다 해마다 새롭게 덧붙이는 부가 더욱 긴요한 까닭이다. 곧, '나라가 부유하다' 하는 말은 '경제적 활동이 크다'는 말과 같으니 곧, '부국富國'이라 함은 현재에 쌓아놓은 부의 총액을 말함이 아니요, 해마다의 생산고가 큰 것, 매년 소득고所得高의 많음을 말함이다. 그러므로 한 나라의 매년 소득고는 자본현재고資本現在高의 관계도 물론 중요하지마는 자본으로 하여금 많은 액수의 소득을 생산해내게 하는 수단을 가득 채움이 가장 필요하니, 이 수단은 곧, 노동이다. 그러하니 곧, 나라의 부를 생각할 때에 자본 총액의 많고 적음보다도 그 나라에 있는 노동력의 크고 작음이 더욱 중요한 것이다. 장래 세계 여러 나라의 경쟁장 안에 처하여 맨 나중의 승리를 차지할 자는 큰 자본국이 아니라, 큰 노동국이라고 미리 말할 수 있을 것이니, 앞으로의 세계는 이미 있던 자본력으로만은 결코 세계경제의 지도자가 될 수는 없을 것이요, 그 나라의 노동력이 크고 국민의 노동 능률이 가장 높은 나라이어야 우승자의 자격을 갖출 것이다. 자본에는 부하나 노동력은 크지 못한 프랑스의 현상은 후진국의 거울삼아 경계함이 될

만하고, 미국이 장래에 유망하다 함은, 천박한 사람의 겉으로 관찰함과 같이 그 자본력의 큼을 가리킴이 아니라, 미국의 노동력이 매우 크고 미국 사람의 노동 능률이 매우 높음을 말함이다. 우리 조선에는 노동력이 매우 작고, 노동 능률도 낮은 수준에 있어 전 인구의 5분의 1의 노동력에 지나지 않으며, 과학 및 기술적 노동은 전혀 없다 말하여도 지나친 말이 아니니 곧, 우리 민족으로 하여금 늙은이나 어린아이를 제외하고는 모두 노동으로 향하게 하는 동시에 그 능률을 높게 하기를 서로 노력하면, 한편으로 자본을 늘리고, 한편으로 노동을 늘려 장래의 경제상 반도를 우리가 유지함을 얻을 수 있을 듯하다. (완)

— 《청년青年》(1-1·2·3, 1921.3·4·5).

조선인을 본위로 하라[90]

(산업조사회産業調査會에 대한 요망)

산업조사회가 설치됨에 대하여 우리들의 요망을 털어놓고 말할 기회를 얻었음을 기쁘고 다행스럽게 생각하는 바이다. 당국에 대하여 요망할 것은 우선 산업정책을 조선인을 본위[91]로 하라는 것입니다. 당국에서 산업조사회를 조직하여 산업에 관한 중요 사항을 자문심의諮問審議한다는 규정을 세상에 널리 펴게 되어 일부 인사 사이에는 조선 산업이 이 기회로 인하여 금방 성하게 일어날 것 같이 말하지마는 조사 시행하는 산업정책의 본위가 서로 어긋나 잘못 알면 상당한 효과를 얻지 못할 것은 물론입니다.

교통기관이라든지, 전기사업이라든지 기타의 큰 공업이 모두 다 필요하지마는 이들 큰 사업보다 작은 자본으로 경영할 수 있을 만한 작은 사업을 조사하여 조선인으로 하여금 경영함에 적당한 것을 가르쳐 이끄는 것이 급한 일이라고 생각합니다. 옛날부터 지금까지 당국이 행한 산업정

---

90) 역자 주 : 다른 글들과 달리 이 글에는 제목에 이은 안국선의 성명 앞에 '해은서무과장海銀庶務課長'이라는 직함이 붙어 있다. '해은'이란, 1920년 6월 29일 자본금 50만 원으로 설립된 순수 민족계 은행인 '해동海東은행'이다.

91) 本位 : 기본이 되는 표준, 근본의 위치.

책을 보면, 본위를 잘못 안 듯한 느낌이 없지 않다고 할 것입니다. 동양 척식회사東洋拓殖會社를 설립하고 식민정책을 행한 것이든지, 농공은행農工銀行이 개조되어 식산은행殖産銀行으로 된 뒤에 행하는 일과, 수리조합水利組合, 경편철도輕便鐵道, 면화棉花재배, 어업에 관한 일 등 기타 여러 가지 사업이 조선인을 희생으로 하면서도 일본인의 산업을 본위로 한 듯한 뒤에 남은 흔적이 있으니 이른바 정무政務를 보기 시작한 뒤에 조선의 사업, 그 가운데에도 공업 등이 빠른 걸음의 진보로 발달하였다 하나 그 속은 곧, 일본인의 사업이 발달한 통계표에 지나지 않고, 조선인의 사업으로는 볼 만한 것이 얼마나 있습니까? 나라의 부는 백성의 부로 말미암는 것이요, 백성은 많은 수를 위함이니 40만에 지나지 않는 일본인의 산업을 본위로 함보다 1,700만의 민중인 조선인의 산업을 본위로 하여 당국의 산업정책을 시행하는 것이 효과가 많고 클 것이니, 그런 까닭에 나는 당국이 이번에 산업조사회를 설치하고 산업에 관한 일을 조사하여 발전케 할 산업 방침을 정하려는 이 시기에 당국에 대하여 요망할 것은, 산업정책의 본위를 조선인에 두라고 함입니다. 그런데 그 방법에 나아가 한마디 하면, 이것은 산업조사회에서 조선인이 경영할 수 있을 만하고 또 작은 자본과 작은 규모로도 성공할 수 있을 만하며, 일본 및 다른 나라에는 있으나 조선에는 아직 베풀어 설치됨이 없는 사업의 각 종류와 조선에 있어 온 산업 가운데에도 개량 발전할 것을 세밀히 조사 발표하여 이것을 경영하도록 힘써 권하고 이에 대해서는 자금이라든지, 시설 경영에 대하여 힘을 돕고 보호하여 편의를 줌이 가장 절실할 것입니다. 어떠한 사업이든지, 가령 '고무' 원료제조 및 기타 가공업이라든지, '셀룰로이드Celluloid'[92] 원료제조 및 그 가공업과 농산물로 제조하는 부업 및 기타

---

92) 니트로셀룰로우스Nitrocellulose에 장뇌樟腦를 섞어 압착하여 만든 반투명의 물질, 여러 가지 제약물의 원료로서 용도가 넓다. '장뇌'란, 장뇌나무 조각을 수증기로 증류하여 결정시킨 휘발성 백색결정으로서 특유한 향기를 갖는다. 장뇌는 테레빈Terebene 유油의 주성분인 피넨Pinen을 합성해 인공으로 만들기도 한다.

요업窯業 등을 조사하여 경영방법, 설비계산과 손익관계 및 수요·공급 등을 세밀히 조사 지도하여 조선인의 기업가를 힘써 권하면 산업조사회를 설치하는 효과가 적지 않을 것입니다. 그러나 지난번에 교육조사회와 같이 공문[93]적 자문기관에 지나지 않는다면 별로 기대할 것도 없을 것입니다. 그러하니 곧, 당국은 이 즈음에 조선인 본위의 산업정책으로 산업조사회에 임하여 백성 부의 증진을 도모할 것을 이에 희망하는 바입니다. 당국에서 이와 같은 아량이 있을 이치가 전혀 없다 말하는 자가 있으나, 당국에서도 위정자의 본뜻을 드러내 위대한 방침과 참된 의미로 이와 같이 해야 할 것은 물론이며, 조사위원에 뽑혀 임명된 여러분도 공명정대한 태도와 함께 조화롭게 협동하는 진실한 마음으로 이와 같이 해야 할 것입니다. 가령, 일본인을 조선으로 이민하고 조선인을 만주로 이주케 하는 식민정책이 뜻한 대로 된다 할지라도 일본을 위하여 취하지 않을 점이 많을 것입니다. 조선에 있어서는 조선인을 본위로 하여 보증 장려하며, 산업을 발전하여 백성의 부를 증진케 하는 것이 지름길이며, 바른 길이라 할 것입니다.

— 《동아일보》(1921.6.13).

---

93) 空文 : 실행할 수 없는 글, 전혀 효력이 없는 문구나 법규, 지상공문紙上空文.

레닌주의는 합리한가

레닌[94]주의가 합리하냐고? 나에게 이러한 문제를 말씀하라 하니 내가 레닌을 알지도 못하는데, 매우 곤란한 문제라 하겠습니다. 더구나 레닌 주의의 찬동자贊同者도 아닌 내가 알지도 못하고 이러한 말을 하다가 취체나 당하지 않을까요? 레닌은 어떠한 사람이며, 그 주의는 어떠한 것인가. 전제정치의 포학에 신음하던 몇 천만 사람에게는 저를 천사로 알며, 계급특권의 횡포를 미워하고 싫어하던 몇 천만 사람에게는 그를 복음福音으로 믿어 절대무한의 신성불가침이라던 로마노프Romanov 제정[95]을 아주 짧은 시간에 뒤집어엎고, 현재 러시아 정부의 수상에 있는 그가 곧, 레닌 그 사람이요, 노농정부를 건설하여 나라 안에서는 공산제도를 시행하고, 적화운동을 맹렬히 하여 과격사상으로 세계 각 나라를 위협함에 종래의 특권계급이었던 귀족·승려·부호 등이 반항하며, 머뭇거리고, 위험사상이라 하여 그 침입을 금지하여 막고자 사방 여러 나라가 사갈시[96] 하는 목표인 그 사람이 곧, 레닌 그 사람이다. 그러하니 곧, 전제주의를

---

94) 1870~1924. 본명은 블라디미르 일리치 울리야노프Vladimir Ilich Ulyanov. 니콜라이 레닌은 1902년경부터 사용한 필명. 1917년 러시아 10월 혁명의 중심인물로서 독일과 마르크스주의자 K.카우츠키의 사회민주주의에 대립해 마르크스주의를 후진국 러시아에 적용함으로써 러시아과 마르크스주의를 발전시킨 혁명이론가이자 사상가이다.
95) 1613부터 1917까지 지속되었던 러시아의 왕조.
96) 蛇蝎視 : 남을 악독한 사람과 같이 봄, '사갈'은 뱀과 전갈, 남을 해치는 사람의 비유.

깨 없애고, 특권계급을 걷어치우는 것이 레닌주의인가? 재산의 사유제도를 깨뜨리고, 법률조항에서 소유권이라 하는 문자를 빼 없애 나라 안의 재산은 국민 전체의 공유로 하는 것이 과연 레닌주의인가? 사회의 현재 제도는 모두 다 쳐 깨뜨리고, 과격사상만 선포하여 질서를 뒤섞여 복잡하게 하고, 그 뒤에는 천당 같은 황금세계를 새로 생각해내려는 것이 곧 레닌주의인가? 나는 레닌주의를 알지 못하오. 다만 레닌의 아버지는 심비르스크Simbirsk[97] 지방의 농부로 그 지방 관청의 참의관參議官이 되고, 귀족의 칭호까지 받았으며, 레닌의 형 알렉산드르 울리야노프 Alexander Ulyanov는 황제 알렉산드르Alexander II세[98]를 암살한 테러리스트당(민의당民意黨)의 비밀결사원秘密結社員으로 황제 알렉산드르 III세를 암살하려다가 사형을 당하였으며, 레닌 자신은 그 형과 같이 전제정치 아래에 횡포를 당하고, 특권계급의 위압威壓 아래에서 신음하는 몇 천만의 백성을 구제하겠다는 주의가 있었던 것은 그 내력來歷에 의지하여 미루어 알 수 있을 만합니다.

뭐? 레닌주의에 합리와 정도正道가 있느냐고? 예, 어느 주의든지 합리와 정도가 없으면 행하지 못하는 것이요, 레닌주의가 과연 세계를 정복하겠느냐고 물으시니 그 주의에 합리·정도가 있으면 어느 때든지 세계가 그 주의 아래에 복종할 것이며, 합리와 정도가 없으면 한 때는 세력이 핑장할지라도 맨 끝에는 없어져버리는 법이지요. 예수의 가르침이든지, 공자의 도道든지 당시에는 옛날부터 지금까지 관습의 세력으로 인하여 행하지 못하고 곤란을 당하며 핍박을 받았지마는 합리와 정도가 있으므로 어느 때든지 그 도와 그 가르침이 행하는 때가 있는 것이요, 그러한 까닭에 장래에 세계를 정복할 수 있겠느냐, 못하겠느냐, 이것을 판단하려면 그

---

97) 러시아 심비르스크 주의 주도州都, 옛 이름은 울리야노프스크Ulyanovsk, 쿠이비셰프 저수지에 면한 항구와 공항이 있는 볼가 강 중류의 교통요지이다. 레닌의 출생지이다.
98) 1855년부터 1881년까지 제정 러시아를 다스린 황제, 러시아를 강대국의 반열에 올려놓기 위해 서구화 추진 작업을 통치목표로 삼고, 1861년 농노해방령을 선포하였다.

주의에 합리와 정도가 있느냐, 없느냐, 그것을 관찰할 필요가 있습니다.

응, 레닌의 주장하는 학문상의 이론 말씀이오? 레닌은 페트로그라드 Petrograd[99] 대학을 졸업하고 법률과 경제의 학문을 연구하여 변호사가 되어, 다만 한 번 재판정에 섰다가 법관의 전횡을 매우 분하게 여겨 곧바로 변호사 일을 내버리고, 러시아에 전제정치 아래에서 성립한 모든 제도를 쳐 깨뜨리고, 평등의 조직을 내보이기로 결심하였다 합디다. 그 경제상으로는 사유재산제도를 인정하지 않으며, 재산을 해석하는 그들의 이른바 학설은 곧, 원래 토지는 소유권을 어느 사람이든지 어느 법이든지 인정할 수 없는 것이라고 주장합니다. 재산의 기원에 대하여 경제학자들의 정의定議가 원래 제 각각 같지 않지요. 어떤 사람은 재산이 점유占有로 인하여 되는 것이라 하며, 어떤 사람은 재산이 노동의 결과라 하는데 레닌은 노동의 결과 이외에는 재산이 성립되지 못할 것으로 단정하여 '노동하지 않는 자는 먹지 못한다'고 한답니다. 또 토지는 사유되지 못하는 것이니 옛날부터 지금까지 법률이 토지의 소유권을 인정한 것은 자연적 이치에도 합하지 않고, 소유권을 인정할 권리가 아무에게도 없는 것이라 한데요!

어찌 그러하냐고? 그것은 토지는 공기와 햇빛과 같이 천연적으로 삶에 필요한 것인데, 어떤 사람이든지 혼자 차지하여 다른 사람과 함께 씀을 배척할 수 없는 것이다. 공기와 햇빛을 어떤 사람이 혼자 차지하고 다른 사람과 함께 씀을 허락지 않으면 다른 사람은 모두 다 곧바로 죽어 없어지겠구나. 토지도 그와 같이 혼자 차지할 수 없는 것인데 어느 때의 무슨 법으로, 어떤 사람이 무슨 권리로 처음 만들었는지 토지의 소유권이라 하던 것이 사회의 공약같이 성립되었으니 토지를 어찌 소유하느냐? 사

---

99) 러시아 연방 북서부 끝에 위치한 러시아 연방 제2의 도시. '상트 페테르부르크St. Petersburg'란 이름으로 그 역사를 시작하여 '페트로그라드', '레닌그라드Leningrad' 등으로 개명되었다가 1991년부터 옛 명칭인 '상트 페테르부르크'로 다시 불리게 되었다.

람이 노동하여 황무지를 개척하였다 하면 그 노력의 결과로 그 토지는 그 사람이 사용하지마는 이것은 노동의 보수로 하여 그 사람의 사용권만 있을 것이지, 토지를 소유치 못하며, 자손에게 상속하는 것도 이치에 맞지 않고, 매매의 목적물 삼는 것도 부당하다 합니다. 그러므로 토지는 사회 많은 백성의 공동소유요, 한 개인의 혼자 차지한 소유가 되지 못할 것이니 곧, 과거 및 현재의 제도가 토지의 소유를 인정한 것은 하느님이 인간의 삶을 위하여 갖추어놓은 본 뜻에 거스르고 어김이요, 조화주造化主에 대한 큰 죄악이라고 공산주의파派들은 주장한다 합디다.

　저들의 주장하는 이론은 인간 삶의 사회상 평등이며, 경제상 평균이니 사람은 어떤 사람이든지 그 생명에 필요한 물건을 오로지 쓸 하늘로부터 부여받은 자연적 권리가 있고, 다른 사람의 오로지 씀을 침범해 해치면 평등이라 하는 것은 깨지게 되는 것이라 합니다. 공기, 물, 불 등은 삶의 필요품이니 곧, 이것을 어떤 사람이 혼자 차지하고 다른 사람의 오로지 씀을 허락하지 않으면 그 사람은 심한 고통을 받을 수밖에 없으니 가령, 공기를 어떤 사람에게 이용을 빼앗기면 두세 번 눈 깜박일 사이에 그 사람은 생명을 잃을 것이며, 일부분을 빼앗기면 시간은 줄일 수 있으나 예사롭지 못한 고통을 느낌은 물론이다. 흙은 삶의 정착定着적 필요물이니 곧, 공기와 같이 사람이 자유 이용할 권리가 있는데, 혼자 소유함을 허락하고 인정하여 다른 사람의 이용을 방해하니 조화주가 평등으로 인간에게 지구를 준 본뜻에 어긋남이다. 공기는 사람의 삶에 빠질 수 없는 필요물이니 곧, 사람의 이용을 금지하지 못할 것이며, 각 사람이 평등으로 함께 소유한 것이다. 토지도 인간에게 빠질 수 없는 필요물이며, 사회 많은 백성의 함께 소유할 것이니 곧, 노동의 결과로 그 노력한 자에게 사용권은 있을지라도 소유권은 있을 수 없는 것이며, 매매의 목적물이 되지 못할 것이며, 어떤 사람이든지 평등으로 사용할 것이라 하는 이론입니다.

　이론으로는 그러할 듯하지 않습니까? 포르투갈 사람이 인도印度에 이르는 희망봉[100]의 항로를 발견하고, 이 항로를 포르투갈 사람의 독점권이 있다고 제멋대로 일컫더니, 네덜란드가 반대하고 해양은 어느 나라 어떤 사람에게든지 독점권이 없는 것을 증명하기 위하여 학자 그로티우스 Hugo Grotius[101] 씨에게 부탁해 맡겨 해양자유의 논문을 기초케 하였습니다. 레닌은 공기, 햇빛, 토지, 물 등은 독점권을 허락하고 인정할 성질이 아니라 함으로 경제학에 논의의 취지를 세워 토지도 또한 사회 많은 백성의 공동 소유로 하고, 노동의 공동 생산으로 제도를 성취하려는 듯합니다. 토지소유권을 펀드는 자는 말하기를, "내가 나의 노력으로 나의 토지를 얻어 가졌다"라 하지요. 이에 대하여 레닌은 답하기를, "누가 너에게 이 일을 할당하였는가? 또 어떠한 권리로 너는 아무도 의지하거나 힘입지 않은 노력에 대하여 지불을 요구하느냐?"라 하고, 토지의 얻어 가짐을 거절합니다. 오늘날의 제도, 길고 오랜 역사를 지속하고 세력 있는 오늘날의 제도 곧, 토지의 독점제도를 쳐 깨뜨리려하니 이 제도 아래에서 잘되어 한창 성한 나라, 이 제도 아래에서 편하고 즐거운 사람, 이 제도 아래에서 웃는 자(우는 자도 많겠지마는) 모두 다 레닌주의는 불가능한 일이라고 배척하고, 현 제도의 반역자라 하고, 위험한 사상이라 하여 절대로 금지하고 막습니다.

하, 하, 그렇지요! 레닌주의의 운동과 각 나라의 금지하고 막는 세력과 서로 마주보고 버티며 있는 힘을 다해 싸우는 결과야 어찌될는지 모르지요. 앞에 말함과 같이 그 주의에 합리와 정도가 있으면 마지막에는 승리를 얻을 것이요, 그렇지 않으면 사라져버리고 말 터이지요. 예, 안녕히 가시오.(또 있소) —《청년》1-5(7-8 하기 증대호, 1921.7).

---

100) 希望峰: 남아프리카공화국 남서쪽 끝을 이루는 곳(串), 1488년 포르투갈의 항해자 바르톨로뮤 디아스 Bartolomeu Diaz(1450?~1500)가 발견했고, 1497년 포르투갈의 바스코 다 가마Vasco da Gama(1469 ~1524)가 이곳을 통과해 인도로 가는 항로를 개척한 데서 연유하여 포르투갈 왕 주앙 II세가 '희망의 곶'이라 개칭하였다.

101) 1583~1645. 네덜란드의 법학자. '국제법'의 아버지, '자연법'의 아버지라 불린다. 저서에는《전쟁과 평화의 법》이 있으며, 국제법 전반을 체계적으로 저술한 최초의 책이다.

신설할만한 유리사업

일ㅡ. 총론總論

옛날부터 지금까지 우리 조선에 아직 그 경영이 없는 신설사업으로 적당한 것을 조사하여 여러 가지 사업 가운데에 어느 것이 우리 조선 및 조선인에게 적합하고, 유리할 것과 작은 자본으로도 경영할 수 있을 만한 것을 선택하여 뜻 있는 기업가의 참고에 이바지하려 하는 것이니, 사업은 원래로 종류가 많은 가운데에 관계가 매우 복잡하니 곧, 기업자企業者는 어떠한 사업을 경영하든지 사업의 선택이 가장 절실한 것이다. 그러므로 유럽과 미국의 사업가는 사업을 선택하기 위하여 자본의 절반 분량을 다 써버리는 일도 있다 하니 그 선택을 한 번 잘못하면 사업의 성공은 충분하지 못한 까닭이다, 그러하니 곧, 어떻게 사업을 선택할까? 첫 번째는 자본 관계를 확실히 하여 예산을 확립하고, 중도에 자본을 단속하는 일이 없도록 준비해야 할 것이니 사업과 자본을 비교 결정할 것이며, 두 번째는 지리地理의 관계를 주의할 것이니, 제품의 운반해 냄과 재료의 구입 등이 편리한 것을 선택해야 할 것이며, 세 번째는 경영자의 관계를 스스로 돌아볼 필요가 있으니 그 사업에 대하여 얼마간이나 혹은 직접 간접으로 경험이 있거나, 취미가 있거나 또는 가족 전체가 그 사업에 종사할 수 있는 것인가? 그 가운데의 무엇이든지 편리한 것이 있는 것을 선택할 것이요, 네 번째는 재료의 구입을 살피는 법이니, 제품이 고가高價되고 안 됨은 재료의 구입을 살핌에 매우 큰 관계가 있는 것이니 곧, 재료의 때마다 변동함을 충분히 주의할 것이며, 다섯 번째는 제품의 판매법이니, 제품은 아무쪼록 우량한 것을 제작하여 수요자의 신용을 오래도록 지속하기를 도모할 것이며, 그밖에도 직공이며, 기호嗜好이며, 사회상태 등까지라도 빈구석이 없고 자세하게 관찰할 필요가 있으나 번거롭고 긴 것은 그만두고 실제 논의로 들어가서 여러 가지 사업의 성질 방법, 적합 여부, 이익 관계, 수요 관계, 수입 지출의 계산, 들여온 자본의 많고 적음 등을 구체적으로 기술하여 어떤 사람이든지 풀어 알기 쉽도록 이 잡지의 여백을 빌어 매호每號에 한두 가지씩을 발표하려 하는 것이니 그 가운데에 유리하고 적당한 것이어서 경영하는 기업가의 참고가 되고 하나의 도움이 되면 이 글을 쓴 나의 행심幸甚이요, 영광이 될 것이다.

이二. 셀룰로이드 제조업(가금패[102], 가대모[103] 류)

제일第一. 자본관계

셀룰로이드 공업에는 '원료제조업'과 '가공업'의 두 종류가 있으니, '원료제조업'은 큰 자본을 필요로 하며, 작은 자본으로 경영하려는 자에게는 가공업이 적당하다. '가공업'이라 함은 원료 셀룰로이드로 각종의 기구(완구, 두발용 핀Pin, 빗, 비누 갑, 담배 갑, 물부리[104] 등)를 제조하는 것이니 이들 가공업은 이삼백 원의 작은 자본으로 개시할 수 있는 것이다.

완구류는 그 형금型金(조선말로는 본보기, 일본말로 가다가네)이 비교적 고가이며, 낱낱이 서로 다른 형금을 필요로 하는 까닭에 이삼백 원의 작은 자본으로는 곤란하지마는 핀 막대기, 담배 갑, 물부리, 비누 갑 등처럼

---

102) 假錦貝 : 누르고 투명한 호박琥珀의 한 가지.
103) 假玳瑁 : 열대지방에 사는 바다거북의 황갈색 등껍데기로 공예재료임, 대모갑玳瑁甲.
104) 담배에 끼워 입에 물고 빠는 물건.

같은 형금으로 제조하는 것은 이삼백 원으로 충분한 것이요, 큰 규모로 경영하려면, 몇 천 원, 몇 만 원으로도 할 것인데 이와 같이 하면 이익이 더욱 많은 것이다.

제이第二. 원료 셀룰로이드 제조법

셀룰로이드 원료는 식물섬유에 종이(특별히 셀룰로이드용用으로 제조하여 풀을 함유한 종이)를 초화硝化하여 제조하는 것이니, 그 순서는 아래와 같다.

일一. 공정工程 초화법硝化法

앞에 적은 종이를 말려 충분히 물기를 없애고 기계로 잘게 잘라, 유산硫酸 42(백분百分에 대하여), 초산 39, 물 19로 된 비례로 된 혼합액 3瓩(킬로그램)에 대하여 이 종이 100瓦(그램)을 넣고 섭씨 40도 내지 50도로 2시간쯤을 초화한 뒤에 산을 아주 함유하지 않도록 물로 씻고, 비중 1.01의 표백분으로 햇볕에 쬐어 말리는 것이니, 이와 같이 하여 초화한 것은 질소 함유량 5 또는 10.5%로 알콜(96°% 함유) 용해하는 것이다.

이二. 공정 날화법捏化法

젖어서 질척질척한 초화지硝化紙를 자르는 기계로 작게 자르고, 초화지 반량(말린 때의 반량)에 상당한 장뇌를 가장 잘게 부숴 더하고 잘 혼합한 것을 압착기로 눌러 뽑아 물기를 없애는 것이니, 색을 입히려면 이 덩어리를 부숴 염료染料(알콜 용해의) 또는 안료顔料를 더하여 잘 혼합하는 것인데, 염료를 더한 것은 투명하고, 안료를 더한 것은 불투명한 것이다.

삼三. 공정 교환법交換法

위와 같은 초화지, 장뇌 및 착색제의 혼합물에 장뇌와 같은 양의 알콜을 분무기로 안개 모양을 이루어 더하는 것인데, 이 작업 가운데에는 준비한 교반기攪拌機로 충분히 잘 휘저어 섞어 주는 것이니, 이 알콜주입注入법은 가장 숙련을 필요로 하는 것이다. 원래 셀룰로이드용 초산지는 알콜에 쉽게 녹는 까닭에 이것을 더해 넣을 때에 즉시 용해 흡수하여 다른 부분을 젖어 질척질척하지 않게 하는 염려가 있으므로 지나친 양을 사용하여 손해될 뿐 아니라 뒤에 조작하는 경우에 곤란한 것이다.

이와 같이 알콜을 더 넣은 것을 롤러라 하는 기계에 걸어 임의로 두껍고 얇은 판 모양을 만들며, 혹은 얼마간 작은 구멍이 나란히 난 모양의 기계로 눌러내 막대기 모양을 만들며, 또는 적당한 모양의 기계에 넣어 관管 모양으로 하든지, 소용에 의하여 적당한 재료를 만드는 것인데, 이상의 생성물은 불기운 및 폭발 등의 위험이 있으므로 찌풰니, 롸민 등의 알콜 용액을 알콜을 더 넣을 때에 첨가하는 것이다.

제삼第三. 재제법再製法

이상에 진술한 것은 새 원료로 제조하는 것이거니와 일단 제품이 된 것의 가루 곧, 완구의 부서진 것, 또는 제조 중에 생긴 가루와, 빗이나 핀이나 기타 쓰지 않음에 이미 버린 것을 폐품 이용으로 모아 다시 만드는 경우도 많이 있으니 이들의 가루를 잘 물에 씻은 뒤에 알콜(메틸 알콜도 상관없음) 또는 아세톤acetone 등의 용해제를 섞어 넣어 녹여 되돌릴 뿐이요, 기타 방법은 앞에 적음과 같은 것이다.

제사第四. 수요 상태

이상은 셀룰로이드 원료 제조법이니 이와 같이 만들어 이룬 것은 가공업자의 손으로 건너가 여러 가지의 제조품이 되는 것이니 관 모양은 펜촉軸, 의료기계의 재료, 담배물부리 등에 쓰고, 막대기 모양은 두발용 핀, 갈고리 및 기타에 사용하고, 판 모양은 완구, 비누 갑 등에 쓰고, 두꺼운 판은 머리 빗, 구鈕(단추) 및 기타에 쓰는 것인데, 그 가공품의 수용은 매우 커서 일본 동경의 조사에 의하면, 동경 일부만하여도 연액年額 500만 엔이며, 또 해마다 두드러지게 높은 비율로 증가하고 조선에 옮겨 들어 오는 것도 많은 액수에 웃돌며, 조선인의 오로지 쓰는 물건으로 제조할 것도 많으니 장래에 가장 유망한 사업이다.

제오第五. 수지收支 계산

셀룰로이드 원료 제조의 수지 계산을 매일 300 엔의 원료 제조를 할 수 있는 설비로 계산하면 아래와 같으니,

수입부收入部		지출부支出簿	
제조품 매상대賣上代 (일관목십오원—貫目十五圓)	300엔	셀룰로이드 원료지 이십관목대	140엔
설급잔품屑及殘品 견적	1엔 40전錢	알콜, 아세톤 등 약품대	36엔
		색료급 장뇌대樟腦代	2엔
		직공임 이원오십전 일인, 일원오십전 오인	10엔
		전기동력급석탄비	1엔 60전
		유급油及수선비	30전
계計	301엔 40전		189엔 90전
차인이익	111엔 50전		

한 달에 3일간 휴업으로 하고, 27일간을 작업하면,

지출　　5,127엔 30전

수입　　8,137엔 80전

차인이익　3,010엔 50전

제육第六. 자본 및 설비

이상과 같이 매달 300엔씩을 생산할만한 설비에는 자본과 그 설비가
대략大略 아래와 같으니,

일금一金	300 엔야也	모터	일 마력	두 대
일금	140 엔야	연기練機		두 대
일금	500 엔야	압출기계壓出機械		두 대
일금	56 엔야	사입기仕入機		네 개
일금	160 엔야	구금口金(대소를 각종으로 하는 기구)		
일금	400 엔야	보일러	삼 척尺	두 대
일금	40 엔야	대칭臺秤		한 대
일금	300 엔야	샤프트, 파이프 기타 소도구		
일금	70 엔야	벨트 두 개		
우계금右計金	1,966 엔야			
일금	1,400 엔야	공장 24평坪		
일금	240 엔야	보일러 실室 4평		
일금	660 엔야	고간庫間 6평		
일금	100 엔야	직공변소급職工便所及 기타		

합계 4,066 엔야

이상의 고정자본固定資本 4,000여 엔과 앞에 적은 지출의 유동자금 한달
분 5,000여 엔과 그밖에 예비금으로 몇 백 엔, 대략 자금 1만 엔이면 이
익예산의 절반만 하여도 한 달에 약 1,500엔의 이익을 낳을 것이다.

이것은 원료제조업이니 곧, 가공업을 아울러 경영하든지, 분업分業으로
개인경영의 가공자가 많음을 필요로 하므로 이것은 다음 호로 양보함.

(속) 삼三. 셀룰로이드 가공업

제일第一. 가공품의 종류

셀룰로이드 가공품의 종류는 몇 백 종의 많은 수가 있으나, 그 가운데에 중요한 것은 완구 류, 머리빗 류, 두발용 핀, 연기가 관통官筒하는 류, 물부리, 만년필 축 및 펜 축 류, 의료기계의 일부, 과자용기 류, 담배 갑, 비누 갑, 명함 갑, 엽서 갑, 작은 상자 류, 단추 류, 기타 열에 닿지 않는 기구나 물건이면 무엇이든 제작할 수 있는 것이니 곧, 조선인의 오로지 쓸 수 있는 물건으로도 안경테, 모자 끈, 비녀, 마고자 단추 등과 기타 각종류에 마땅히 쓸 것이니 그 종류를 낱낱이 들기에 겨를이 없다.

제이第二. 가공법

종류가 서로 다름을 따라 방법도 같지 않으나, 요점은 대개 같은 것이니 곧, 왼쪽에 '담배물부리 제조법'에 대하여 그 한 예를 보면, 물부리는 그 담배에 직접 닿아 들어가는 부분은 목제, 골제 또는 상아제象牙製로 하고, 흡구吸口만 이 셀룰로이드제로 하는 것이니 곧, 한 개의 독립사업으로 일본에서는 오사카(大阪), 나고야(名古屋) 등지에서 성히 제조하고 그 수요가 많은 것이다. 이것을 제조함에는 형금이 필요하니 물부리 12개씩을 제조하는 형금의 가격이 30엔 내외요, 소형 프레스press 및 화로(화로는 형금을 가열함에 쓰는 것인데, 길이 3자(尺), 폭 1자 3, 4치(寸)쯤 되는 연와제煉瓦製나 혹은 석유관石油鑵 등을 이용함도 해로울 것이 없으니 이는 물론 가장 작은 규모의 경우)이다. 기타 용구用具는 수통이니 냉각에 쓰는 것인데 술항아리 등을 이용하여도 또한 할 수 있으니 곧, 자금 4, 5백 원이면 두세 사람의 가내공업으로 하기에 적당한 것이다.

이것을 제조함에는 먼저 물부리에 알맞게 큰 셀룰로이드 관 막대기를 두세 치씩 적당하게 자르고, 한 개 마다에 철사로 관을 통하여 구멍이 막히지 않도록 하고, 이것을 형금의 홈통에 나란히 끼우고, 위로 덮어 합한 뒤에 프레스로 얽어매 불에 가열하고, 적당한 때에 이것을 물속에 넣어 식히고, 앞에 적은 철사를 뽑아 없애는 것이니, 이것은 셀룰로이드제의 물부리 흡구 부분뿐이요, 그 다음에는 주위를 깎고 갈아 담배 끼우는 부분 곧, 목제를 취하여 두 부분을 합하는 것이다.

또 '부인의 머리를 묶는 데 쓰는 핀 막대기'에 대한 예를 들면, 만드는 법이 퍽이나 간단하니, 셀룰로이드 생산 공장에서 전선만큼 큰, 가늘고 긴 셀룰로이드 막대기로 만든 것을 구입하여 적당하게 자르고 그 두 끝을 녹로[105]식 도구나 또는 기타 장치물로 아주 가늘게 잘라 떨어뜨리고, 그 가운데를 따뜻하게 하여 'U'자 모양으로 굽히는 것이니 직경 4, 5푼分 쯤의 철 막대기로 불 위에 가열하면서 굽힘이 편리하다.

셀룰로이드 가공품은 맨 처음에 원료제조 할 때에 붉은색, 검은색, 또는 거북 등껍질 색으로 색을 입힌 것도 있고, 색 없는 막대기를 사입仕入하여 가공할 때에 기호를 따라 색을 입히기도 하는 것이다.

제삼第三. 수용 상태

제품 각종의 수용은 일본에서는 매우 큰 금액에 올라 수출품을 합하면 연간 2천만 엔이며, 조선에서 수용하는 것은 일본인의 수용이 가장 많지마는 조선인의 수용도 적지 않으니, 여학생의 머리 묶는 데 쓰는 핀 막대기과 양복 단추, 물부리, 담배 갑, 비누 갑 등이요, 날마다 쓰는 가구 상에도 이용할 방법을 연구하는 중이니 곧, 장래에는 수용액이 더더욱 증가할 것이며, 세상의 진보를 따라 완구 류와 기타의 수용도 예사롭지 않게 증가할 것인데, 일본에는 완구 류의 총생산액이 약 3천만 엔인 바 그 가운데 약 3분의 1 곧, 천만 엔 가량은 셀룰로이드제가 이를 차지하였다.

---

105) 轆轤: 회전하며 둥근 그릇을 만드는 제구製具.

제사第四. 사업 개황

이 사업을 경영함에는 앞 호에 진술한 다시 만드는 재료로 새로운 것을 제조하고, 또 한편으로는 이들의 새로운 것으로 각종의 가공품을 제작할 것이니 곧, 생지제조生地製造와 가공품제 업을 아울러 행하는 것이 조선에서는 편리하다. 그러하니 곧, 생지제조에 필요로 하는 자본(앞 호에 실은)과 가공업에 필요로 할 자본을 합하여 약 1만 5천 엔으로 작은 규모의 회사나 또는 개인영업의 공장을 설치하면 매달 3할의 이익을 얻어 갖기는 쉬울 것이다.

다만, 이 사업은 불에 탈 수 있는 성질이 강하므로 인가가 빽빽한 장소에는 허가하지 않을 것이니 곧, 공장의 설계 등은 공장법의 규정을 의지하여 설비함을 필요로 하며, 실제에도 화재는 매우 주의하여야 할 것이나, 이익상으로 보면 얼마의 위험은 어찌할 수 없는 것이다.

열에 견디는 도료塗料나 또는 기타의 방법으로 불에 타지 않는 성질이 되게 하는 방법을 연구하는 중이니 곧, 이 불에 타지 않는 성질의 연구가 발명되면 사업경영에도 매우 편리하려니와 제품의 새로운 생각도 역시 많아 수용도 매우 증가할 것이다.

제오第五. 이익 계산

가공품에 대한 이익 계산은 종류에 의지하여 일정치 아니하나, 물부리와 핀 막대기 등은 일정하여 변하지 않는 것인 까닭에 이익 계산도 매우 분명하여 똑똑하며, 큰 것에는 완구 류 및 기타도 큰 차이는 없으니 곧, 여기에 핀 막대기로 표준標準하여 수지 계산을 보인다면, 아래와 같다. (다만, 매달 56엔의 가공품을 제조할 만한 것으로 계산함)

수입부		지출부	
제품매상대금	56엔	핀 봉생지일관중대	17엔 50전
		연료 콕스 대	75전
		제품입상자대	5엔 60전
		아세톤 급 색소	50전
		공임 남공男工 이인二人	
		여공女工 이인	6엔
		잡비	2엔
계	56엔		32엔 35전
차인이익			23엔 65전

한 달에 3일간은 휴업으로 하고, 27일간을 계속하면, 수입금 1,512엔
이요, 지출금 872엔 45전이니 곧, 차인 한 달 이익이 금 638엔 55전이다.

제육第六. 발명 각종

셀룰로이드 제조상에 이미 발명한 것이 많은데, 장래에도 새로운 발명
의 여지가 많은 것이다. 이미 발명한 중요한 것을 든다면,

착색 셀룰로이드 제법製法, 개량 셀룰로이드 제법, 셀룰로이드면 처리
용해제, 셀룰로이드 대용품 제조, 불연성 제법, 장뇌 불함不含 셀룰로이
드, 셀룰로이드와 피혁접합제 첩부[106] 용호,[107] 셀룰로이드 유연증탄柔軟增
彈 방법, 상아모조象牙模造 셀룰로이드 제법, 셀룰로이드 가루로 의초[108]제
법, 기타 여러 종류.

— 《계명啓明》 3·4(1921.9·11).

---

106) 貼付 : 착 들러붙게 붙임.
107) 用糊 : 풀을 씀.
108) 擬草 : 풀을 흉내냄.

화부회의 효과

지난해 말의 재계財界는 특수한 변동이 없이 지났음은 기뻐할 만한 일
이며, 새해에는 예사롭지 않은 발전을 이루리라고 생각하니 지난해 겨울
에 들어 미곡의 출동 및 기타 자금의 들여 씀으로 인하여 금융이 번거로
우며 매우 바빴고, 자금의 운전이 날쌔고 활발하여야 할 터인데, 조선은
행 발행고는 1억 2천만 원圓에 웃돌았으나 실제의 금융은 막힌 경향을 봐
각 은행이 도로 거두어들임에 힘을 다하고, 내놓음에는 매우 경계하였으
니 이것은 융통기에 들어가 경제의 일반 사정이 여기에 반反함은 모두 워
싱턴Washington회의[109]의 영향이라고 나는 생각한다. 워싱턴 회의의 앞
길에 대해서는 회의가 열리기 전부터 세계 일반이 주목하던 바이며, 회
의가 열린 이후에도 어떠한 풍운이 일어날까 하여 의심하고 두려워하는
생각을 없애기 어려웠던 것이니 군비축소는 물론이거니와 그밖에 복잡
한 문제가 많아 해군근거지문제, 중국문제, 시베리아문제, 기타 중요한
문제가 모두 다 동양의 대세를 좌우함에 유력한 문제이니 곧, 이것이 과
연 원만하게 타협하여 길고 오랜 평화를 도모할 여부는 모두 주목하는

---

109) 1921년 11월 12일부터 1922년 2월 6일까지 워싱턴에서 열린 국제회의. 동아시아 문제, 군비확장 경쟁
등 '베르사유 체제'의 문제점을 토의하기 위해 미국의 제창으로 개최되어 영국·프랑스·이탈리아·중
국·벨기에·네덜란드·포르투갈·일본 등 9개국이 참가해 해군군비제한조약, 중국에 관한 9개국조약,
태평양에 관한 4개국(미·영·프·일)조약 등 7개 조약이 성립되었다.

바이며, 경제계에 미치는 영향이 또한 매우 큰지라 물론 이로 인하여 무역이 떨치지 못하고 기타 경제상에 중대한 파란을 불러일으킴에 지나지 않는다 할지라도 자산가資産家 및 금융업자가 장래의 의심과 두려움을 안아 돈을 긴축하므로 금융의 막힘을 오게 함은 당연한 이치라 말할 것이다. 해군축소문제로 인하여 철물의 폭락과 주식계株式界의 떨치지 못함과 기타 물가의 낮게 떨어짐으로 얼마간 경제계에는 겨울철의 번거롭고 바쁜 시기에 있어 반대로 변하는 상태로 나아갔으니 일본 재계의 영향은 간절히 조선 재계에 파급하는 까닭에 일본의 자산가 및 금융업자가 경계를 더하여 금융을 긴축하므로 조선에도 또한 긴축방침을 집행하였으니 지방의 금융은 쌀값 고조와 곡물이 시장에 나옴 등으로 자금을 필요로 하는 동시에 얼마 분량의 융통을 보았으나 역시 충분치 못한 모양이요, 한낱 변하는 태도의 정황이라 말하겠는데 오늘날 재계의 정황이 이와 같으니 곧, 워싱턴회의가 순조롭게 진행하는 한限에는 경제계에도 현재 형편에서 특수한 변동이 없을 것이며, 워싱턴정부회의가 과연 성공하여 군비를 축소하고 길고 오랜 평화를 보장하게 되면, 새해의 경제계는 아직까지 있어 본 적이 없는 발전을 하게 될 것이니, 세계의 재계 형편이 두드러지게 불공평하였던 것도 점차 회복하게 될 것이다. 가령, 미화美貨 1불에 대하여 프랑스의 프랑 franc은 3분의 1, 독일의 마르크mark는 50분의 1 혹은 16분의 1이라 하는 매우 심한 격차가 회복되어야 재계의 평준을 지킬 것이니 워싱턴정부회의가 무사히 성공하는 날에는 세계경제가 새로운 기원紀元을 만들어 나아갈 길을 열 터이다. 원래 해군축소로 인하여 한쪽에는 불경기가 되리라 하는 비관설도 많으나, 이것은 해군의 직접 관계가 있는 배를 만드는 장소, 공장, 철물에 대하여 그러할 것이요, 군비를 축소함으로 인하여 생기는 남은 돈은 모두 다 산업계로 향할 터이니 곧, 지방 면으로는 경제계에 예사롭지 않은 혜택을 줄 것이다. 또 원리로 말할지라도 오늘날의 줄임은 장래의 폄을 뜻함이니 겨울철에 들어 재계가 긴축하였으나 워싱턴정부회의의 양호한 결과가 있으면, 새해에 이르러 크게 펼 것이다. 세계의 경제 형편이 큰 변혁을 오게 하려는 이 즈음에 우리 조선인도 충분한 주의를 틸고, 큰 노력을 더하여 대세에 순응하고, 삶을 개량하여 경제상의 발전을 꾀함이 옳다 할 것이다.

— 《동아일보》(1922.1.1).

세계적 경제형편

　1914년부터 1918년 휴전조약을 체결할 때까지 길고 오랜 동안 대전의 참화를 받았던 세계는 또 근동近東지방[110]에서 그리스와 터키가 전쟁을 일으키고, 극단으로 배치하여 영국이며 프랑스가 직접의 이해관계가 있으므로 또한 배치의 형세가 내용의 관계를 더욱 분규케 하며, 기타 각 나라의 관계도 서로 관련하여 회의의 성립이 곤란한 모양으로 늘 불안의 상태를 계속하며, 유럽대전의 모든 난리를 평정함도 아직 바르게 되지 못하여 가장 어려운 문제라 하는 독일의 배상금 문제를 해결하지 못하고, 마르크 시세는 하락을 계속하여 막을 바를 알지 못하여 세계의 무역을 혼란케 하므로 전후 경제는 회복은 그만두고라도 더욱 무너지려는 형세에 이르러 프랑스와 벨기에 두 나라는 루르Ruhr[111] 점령을 단행하여 점차로 점령 지역을 확대하며, 공장 등을 점령하여 독일의 급소를 움직임에 백성의 반항이 일어나고, 요즈음에는 또 공산당의 소요를 불러일으켜 더욱 분란 상태에 있다.

　세계의 형세는 늘 변화하여 유럽과 아메리카에 대한 교통 무역의 이어

---

110) 동양의 서쪽 부분으로 터키, 레바논, 이스라엘, 요르단, 이란, 이라크, 사우디아라비아, 아프가니스탄 등의 지역.
111) 독일 북서부 노르트라인베스트팔렌 주에 있는 공업지대. 라인강 하류와 루르강, 리페강 사이에 있는 대탄전 지대를 바탕으로 발전한 유럽 최대의 공업지역.

진 선線이 비교적 드문 우리 조선까지도 중대한 영향을 파급하니 곧, 오늘날에 우리가 곤란을 당하여 고통하는 경제상 불경기라 하는 것이 빨리 회복되지 못하는 것이 또한 세계의 형세가 이와 같이 혼란한 상태에 있는 까닭이다. 지금 이후에는 불경기가 어느 때에까지 지속할 것인가? 곧 어느 때에나 회복될 것인가? 이 문제는 곧 세계의 형세가 안정되거나 그렇지 않음에 따라 연결되어 있음은 물론이나, 각 나라의 관측하는 바와 각 사람의 말하는 바는 서로 같지 않으니 그 가운데 많은 수의 의견을 따라 고찰하면, 오늘날 경제계의 세계적 혼란은 무엇이 원인인가 하면 물론 큰 전쟁의 결과였으니 이 큰 전쟁의 결과가 세계의 부를 얼만큼이나 파괴하였는가 하면 프랑스 사람의 확실한 계산을 의거하니 곧, 5천억 원이라 하니 독일의 배상금 660억 원쯤은 그 1할 남짓에 지나지 않는 것이다. 5천억 원이라 하는 매우 큰 부를 부순 오늘날에 있어 이를 회복하기 곤란함은 물론이요, 또 노동자의 계급은 전시 공업의 단꿈을 맛 본 뒤로 고급의 급료를 유지하려는 노동운동이다. '스트라이크strike'라 하는 것이 각 방면에 속행되어 이것의 손해가 또한 막대하였다. 재작년에 영국에서 유명한 석탄 스트라이크가 갑자기 일어나 백만의 광부가 3개월간을 일을 없애게 되었는데, 그때의 영국 정부가 하원下院에서 발표한 숫자를 보면, 손해액이 9억 1천만 원이란 계산이었고, 그밖에 또 스트라이크를 일으킨 노동자 측에서 조합이 차금借金한 것이 2천만 원이라 하니 한낱 석탄 스트라이크에 3개월간 9억 3천만 원의 손실을 물어준 것이다. 이것은 한 예를 듦에 지나지 않음이요, 유럽과 아메리카 여러 나라에는 재작년과 작년에 이와 같은 노동 소동이 많았으며, 미국에서도 석탄 및 철도 종사자의 스트라이크가 일어났었는데 전쟁 뒤에 이들 스트라이크로 인하여 부서진 손실이 경제상에 예사롭지 못한 불경기를 오게 한 하나의 커다란 원인이 됨은 다투지 못할 사실이다. 그러나 근본적 경제문제의 중심은 독일 배상문제에 있으니 이 문제가 해결되기 전에는 세계경제의 안정을 바랄 수가 없는 것이다. 가령, 한 예를 들어서 말한다면, 독일의 배상문제가 해결되지 못하면 그 경제상황이 진정되지 못하고, 또 독일과 공통 지위에 있는 체코슬로바키아, 오스트리아 등의 경제가 성립되지 못하며, 이어서 유럽과 아메리카 여러 나라가 회복되지 못하여 영국, 미국 등의 생산국이 물품을 생산할지라도 수용자가 없으며, 미국이 생산물을 공급할 수 없으면 일본의 생사生絲와 차茶 등을 수용하지 않게되고, 따라서 조선에까지 영향을 미치는 것이니 곧, 유럽의 경제계 혼란이 동양에 영향하는 바가 매우 큼이요, 오늘날 세계적으로 재정이 혼란한 것은 결국 유럽의 전후경제가 안정치 못함에 원인함이라 하는 것은 대개의 의논이 일치하는구나.

그러하니 곧, 유럽의 질서를 회복하는 것이 세계를 위하여 이와 같이 절실하고 유럽의 질서를 회복하려면 첫 번째로 독일의 질서를 회복하는 것이 필요하니 곧, 이 문제를 해결함에는 채권국이 모여 절충 타협하면 간단히 해결할 것 같으나, 그렇게 쉽게 되지 못함은 복잡한 사정이 존재하여 각자 고집하고 서로 시기하여 다툼에 다툼이 생기고, 문제에 문제를 거듭하여 해결이 될 듯하다가 해결치 못하며, 찢어질 듯하다가 찢어짐에는 이르지 않으니 이 복잡한 이유를 분명히 함이 지금 이후에 경제문제를 연구함에 필요하다.

대강 독일의 배상금액은 작년 5월에 결정한 것이니, 여러 나라가 런던에 모여 그 금액을 660억 원으로 정한 것인데, 전쟁의 손해액 5천억 원에 비해서는 많이 적다하나 독일의 지불력 유무는 문제였던 까닭에 이 660억 원이 독일 수출무역의 이익을 마땅히 끌어 해마다 차이를 줄여 갚아 없앨 방침이었으나 그 뒤의 실행은 뜻과 같지 못해 오늘날에 이르기까지 지불 정체가 많았으며, 한쪽으로는 독일의 돈이 더더욱 낮게 떨어져 전쟁 전에 일본 돈 10엔이 독일 돈 20마르크 곧, 1마르크에 50전錢이었던 것이 재작년 여름에는 일본 돈 10엔에 300마르크로 내렸다가 같은 해 11

월에 들어 800마르크가 되어 1마르크가 1전 2리厘에 지나지 않으며, 그 뒤에는 한 번 올랐다 한 번 내려 동요가 예사롭지 않았으나 오늘날에 이르러서는 일본 돈 10엔에 대하여 독일 돈은 몇 만, 몇 천 마르크라 하는 시대가 되었으니 이와 같이 독일 돈의 하락은 러시아의 루불rouble 화와 오스트리아의 크로네klone 화의 다음에 있는, 가치 없는 돈이 되었구나. 러시아의 루불 화는 다시 의논할 것도 못되지마는 오스트리아의 크로네 화는 일본 돈 10원에 대하여 거의 십만여 크로네가 되는 터이니 곧, 독일이 또한 오스트리아와 러시아의 파괴에 가까워 가난한 상황이라고 말하겠다. 그러하니 곧 마르크 시세의 이와 같이 하락한 원인은 어디에 있는가? 원래 독일은 배상금을 지불하기 위하여 제1회로 미국 뉴욕 시에서 지폐 마르크로 미화 달러를 사들였는데, 이것을 사들일 때에는 뒷날에 만약 마르크 시세가 떨어지면 그만큼 마르크를 추가할 약속의 조건부매매였으나 그 뒤의 수출무역의 이익으로 다른 나라 화폐를 사들이기가 도저히 불가능하므로 마르크 지폐를 발행하는 외에 다른 방책이 없으니 곧, 마르크 시세는 더욱 떨어지는 동시에 독일 안의 국민은 일반이 자기의 부가 불안하게 되므로 다른 나라 화폐를 사 저축함이 유익하고, 또 안심이 된다 하여 나라를 들어 마르크를 팔아냄에 향하는 까닭에 잠시 그러한 시세가 혼란해졌으며, 프랑스의 프랑도 영향을 입어 떨어지고, 영국도 무역을 할 수 없게 되어 어쩔 수 없이 마르크의 안정을 도모할 필요를 깨달았으나, 각 나라의 이해가 서로 반대됨으로 의사가 움직이지 않고 의논이 일치하지 못하여 해결을 알리지 못하였으니 프랑스는 독일의 회복을 좋아하지 않고, 영국은 독일의 배상을 몇 년이나 연기하거나 혹은 감액하여도 해롭지 않다 하여 주요한 각 나라의 처지가 서로 다르므로 작년에 칸느Cannes 회의를 열고 런던 회의에서 결정한 배상금 660억

---

112) 1848~1930. 케임브리지 대학 졸업 후, 1874년부터 보수당 소속 의회의원이 되었으며, 1902년 총리에 취임했다. '영일동맹', '영국·프랑스협약' 등을 체결하여 외교정책의 전환을 꾀하였다.

원을 경감하려 하였으나, 프랑스는 지나치게 반대하므로 유회流會가 되고, 프랑스의 주장하는 바는 영국과 미국이 프랑스의 채무를 탕감해주면 그 탕감하는 금액에 상당한 액수를 배상금에서 감하겠다 하고 문제 해결의 의향을 보이니 곧, 영국은 프랑스와 이탈리아에 대한 전시채권戰時債權을 탕감하려 함은 결국 미국에 대한 부채만 남길 터인 까닭에 영국은 미국에 대해서는 교섭하지 않고 간접사격의 방법과 꾀를 써서 이른바 '밸푸어Balfour 통첩'이라 하는 것이 있었으니 이것은 대신大臣 밸푸어[112] 씨가 프랑스에 대하여 통첩하기를, '영국이 프랑스에 대한 전시채권을 감하여 주겠다. 그러나 영국이 미국에게서 차입한 금액을 미국이 탕감하여 주는 정도에 한한다' 하는 권모權謀의 통첩이었는데, 여기에 대하여 미국이 분노하여 형세가 도리어 좋지 않게 되었으며, 영국 내에서는 외교실책의 공격이 일어나 로이드 조지David Lloyd George[113] 내각이 갈리게 되고, 프랑스와 벨기에는 독일의 배상금을 얻을 방법을 강구하지 않으면 경제복구가 조금도 될 수 없는 까닭에 독일이 석탄 및 목재를 배상금의 일부분으로 현물인도現物引渡할 의무를 게을리 하였다는 이유 아래에서 파리회의가 깨지는 동시에 단독행위를 얻어 루르 지방을 점령하였으니, 루르 지방은 석탄 산지로 유명하여 루르의 석탄이 아니면 공업이 못되는 형편이므로 프랑스의 루르 점령은 독일 공업의 큰 타격이요, 프랑스는 독일의 경제적 혁명을 쥔 것이다.

프랑스가 루르 지방을 점령할 때 미리 헤아린 것은 독일의 석탄을 점령하여 독일의 공업을 무너지게 하고, 농업 본위의 프랑스로 공업을 힘써 권함에 노력하려 함이니 독일은 앞에 말함과 같이 마르크가 매우 하락하여 국민생활이 곤란하나 공업으로는 각 나라에 우등한 장점이 되었으니 곧, 마르크가 하락하여 생산비가 저렴하므로 공업제품이 모두 다 다른

---

113) 1863~1945. 영국의 정치가. 1890년 자유당 하원의원을 거처, 1908년 재무장관, 1911년에는 상원의 권한을 축소하는 의원법을 성립했고, 사회보장제도의 기초를 확립했다.

나라에 수출되어 다른 나라 제품보다 싼값으로 팔아도 이익이 오히려 많으니 곧, 공장주工場主 곧, 자본가는 이익이 많아 공업의 회복은 다른 나라보다 매우 쉬울 것이라 하는 터인데, 프랑스는 원래 독일의 회복을 좋아하지 않는 관계상 루르 점령은 퍽이나 배상금 문제가 해결될 뿐 아니라는 관측이 많다.

그러나 그 뒤의 세계적 경제 형편은 오히려 혼란 상태를 벗어나지 못하고, 프랑스의 정책도 그 효과를 아뢰지 못하여 오늘날에 이르러서는 루르 점령이 다른 나라의 반감만 사고 점령군의 비용도 상상치 못하게 되어 배상금의 거두어 받는 방책은 루르 점령으로 해결되지 못하고, 영국의 채권탕감책이나 미국의 대독화금책對獨貨金策 이외에 다른 도리가 없게되는 형편이니 곧, 프랑스의 거론도 루르 점령이 잘못된 것을 공언하게되고, 정부도 점령군의 철수 의사가 있음을 전하게 되었으니, 멀고 먼 서구에서 일어나는 사건이요, 이것과 관계가 매우 적은 우리 조선에서도 경제계의 장래를 추측함에는 저 서구의 배상금 문제의 해결이 가장 흥미있는 주의할 일이라 하는 것이니, 세계경제가 장차 어떻게 되며, 이어서 조선의 경제상 불경기가 어느 때에 회복될까 함을 관측하려면 무역의 수출·수입이며, 기타 여러 가지 사항을 상의할 필요가 중요함은 물론이나, 독일 배상금 문제에 관한 미국의 태도 등이 가장 주의할 바이다.

—《청년靑年》 3-7(하기 7·8월 합호, 1923.7).

안국선의 생애와 작품 세계

1. 생애

안국선安國善은 1878년 12월 5일 아버지 안직수安稷壽와 어머니 오吳씨氏 사이의 장남으로 태어났다. 그의 본적지는 경기도 용인군 고삼면 봉산리 260번지이다. 이 본적지는 지적 변경에 의하여, 지금은 안성군 고삼면 월향리 171번지가 되었다. 그는 1911년 4월 14일 큰아버지 안경수安駧壽의 양자로 입적함과 동시에 호주 상속을 받았다.

안국선은 그의 후견인이었던 안경수의 도움으로 일본에 유학한 것으로 알려져 있다. 안경수는 군부대신 등 한말의 주요 관직을 맡았던 인물이다. 안국선은 1895년 관비유학생에 선발되어 경응의숙慶應義塾에 입학하여 1년간 공부하였다. 이후 그는 동경전문학교東京專門學校 방어정치과邦語政治科로 옮겨갔고, 1899년 그곳을 졸업한 후 귀국하였다.

안국선은 귀국 직후인 1899년 11월 모종의 정치 사건에 연루되어 체포된 후 종신형을 선고받고 전라남도 진도로 유배된다. 그는 이 기간 동안 기독교로 개종하였고, 유배지에서 부인 이씨를 만나 결혼하였다. 그의 유배는 1907년 3월에 풀리게 된다.

그 후 서울로 돌아온 안국선은 《정치원론》(중앙서관, 1907), 《연설법방》(일한인쇄주식회사, 1907) 등의 저서, 그리고 《외교통의》(보성관, 1907), 《행정법》(보성관 1908) 등의 번역서를 출간한다. 아울러, 신문과 잡지에도 적지 않은 글을 투고한다. 《연설법방》은 연설의 이론과 실제에 대해 상세히 설명한 책이다. 이 책은 크게 두 부분으로 구성된다. 전반부는 연설이란 무엇이며 좋은 연설을 하기 위해서는 어떠한 요건을 갖추어야 하는가라는 내용들로 구성되어 있다. 후반부에는 구체적인 연설 사례들이 제시되어 있다. 안국선의 대표작 〈금수회의록〉이 연설체로 되어 있기 때문에, 이 책과 〈금수회의록〉 사이에 일정한 관계가 있다는 추정도 가능하다. 신문과 잡지에 발표한 글들은, 정치·경제·사회에 대한 그의 관심을 표명한 것이 대부분이다. 이 시기에 발표한 글의 목록을 일부 제시하면 다음과 같다.

〈응용경제〉(《야뢰》, 1907.2), 〈민원론〉(《야뢰》, 1907.3), 〈국채와 경제〉(《야뢰》, 1907.4), 〈풍년불여흉년론豊年不如凶年論〉(《야뢰》, 1907.5), 〈조합의 필요〉(《야뢰》, 1907.6), 〈정당론政黨論〉(《대한협회회보》, 1908.6), 〈회사의 종류〉(《대한협회회보》, 1908.7), 〈민법과 상법〉(《대한협회회보》, 1908.7), 〈정치가〉(《대한협회회보》, 1908.8), 〈고대의 정치학과 근세의 정치학〉(《대한협회회보》, 1908.9), 〈정부의 성질〉(《대한협회회보》, 1908.10.11, 1909.2.3), 〈정치학 연구의 필요〉(《기호흥학회월보》, 1908.9), 〈고대의 정치학〉(《기호흥학회월보》, 1908.11).

이 외에도, 안국선의 아들 안회남이 쓴 〈선고유사先考遺事〉에는, 《발섭기跋涉記》 상·하 두 권과 〈묘염라전〉이라는 창작 원고 및 코난 도일의 탐정소설 번역본 등이 있다고 하지만 이 자료들은 현재 전하지 않는다.

안국선이 처음으로 관리의 길에 들어선 때는 1907년 11월 30일이었다. 그는 이때 제실재산정리국帝室財産整理局 사무관에 임명됨으로써 최초로 관리의 길에 들어선다. 그러나 관리로서 그의 길은 그리 순탄한 것이 아니었다. 그는 무슨 이유에서인지는 알 수 없으나, 관리가 된 지 1개월 만인 1907년 12월 30일 그 직책에서 의원 면직된다.

안국선의 생애 중 이러한 사실의 정리는, 그의 대표작인 〈금수회의록〉이 씌어지던 시기의 안국선의 삶의 위상을 밝힌다는 면에서 중요한 의미를 갖는다. 안국선은 관직에서 일시 물러나 있으면서, 관리 체험을 바탕으로 〈금수회의록〉을 쓴 것이다. 〈금수회의록〉을 쓰고 그 책이 발매금지 처분을 받게 된 이후, 출판사 보성관의 번역원을 지내던 안국선은 다시 관리가 되어 탁지부에 들어가게 된다. 1908년 안국선은 대한협회 평의원으로 재임하였고, 기호흥학회에도 관계했던 것으로 보인다. 1908년 7월 20일 안국선은 대한협회 평의원을 사임하고 탁지부 서기관이 된다. 그후 1910년 한일합방과 함께 탁지부는 없어지고, 수개월 뒤인 1911년 3월 2일, 안국선은 경상북도 청도군수로 임명된다. 안국선은 거기에서 1913년 6월 28일까지 군수를 지낸다.

군수를 그만둔 후 안국선은 서울로 올라와 대동전문학교 등지에서 정치와 경제에 대한 강의를 하였다. 또한 1915년에는 단편소설집《공진회》를 발행하면서 발행소를 자신의 집으로 표기하였는데, 이때 주소는 경성부京城府 서대문으로 되어있다. 그 후 1916년 고향으로 내려간 그는 개간開墾·금광·미두米豆·주권株券 등에 손을 댔으나 모두 실패한다. 1920년 다시 서울로 올라온 그는 주소지를 다옥정茶屋町에 두고 생활한다.

재상경한 1920년 이후 안국선은 해동은행海東銀行 서무과장으로 일하게 된다. 이 시기 그는 경제문제 전문가로서 여러 집회에서 강연하며, 당시 조선 경제에 대한 분석과 전망에 관한 글을 신문에 기고한다. 《동아일보》에 수록된 기고문 〈세계경제와 조선〉의 원고에 표기된 '조선경제회 강연회에서'라는 부기는 당시 그의 활동상황의 일면을 알게 한다. 〈화부회華府會의 효과〉는 신년도 경제를 전망하는 신문사의 기획기사의 하나로 들어가 있다. 이런 점들은 당시 경제 전문가으로서의 안국선의 사회적 지명도를 알 수 있게 한다. 그는 1926년 7월 8일 48세의 나이로 세상을 떠나게 된다.

2.작품의 이해

《금수회의록》은 1908년 2월에 초판이 발행되었으며, 발행처는 황성서적업조합皇城書籍業組合이다. 이 책은 발행 후 3개월 만인 1908년 5월 재판이 발행되었다. 이를 보면 이 책이 당시 독자들에게 상당히 인기가 있었음을 알 수 있다. 안국선의 아들이자 소설가인 안회남은 《금수회의록》이 약 4만 부 가량 판매되었다는 기사가 《매일신보》에 실린 적이 있다고 술회했다.

하지만, 《금수회의록》은 당시 치안 담당자들로부터 곧 금서禁書 처분을 받게 된다. 《금수회의록》의 정확한 금서 처분 일자는 1909년 5월 5일이다.

〈금수회의록〉이 창작된 1908년은, 안국선이 정치·사회 문제와 연관된 여러 가지 논설을 쓰면서 왕성한 문필 활동을 하던 시기이다. 〈금수회의록〉에는 이 시기 안국선의 사상이 깊이 있게 반영되어 있다.

〈금수회의록〉은 작가의 세계관 및 인간관을 철저하게 대조對照와 역설逆說적 표현에 의존하여 기술해낸 작품이다. 이러한 대조와 역설의 표현을 자연스럽게 담아내기 위한 장치가 동물 우화의 양식이었다.

그러면 〈금수회의록〉에 나타난 안국선의 세계관과 인간관은 어떠한 것이었는가? 〈금수회의록〉의 '서언'에 나타난, 이야기 서술자 겸 작가인 그의 세계관과 인간관은 다음의 세 가지로 요약된다.

첫째, 우주는 변함이 없고 의연히 한결같으나, 사람의 일은 고금古今이 달라 변화가 무쌍하다(항목 1).

둘째, 인간세상은 착한 사람과 악한 사람이 거꾸로 되어있고 충신과 역적이 뒤바뀐 세상이며 이러한 세상 속에서의 인간의 삶은 더럽고, 어둡고, 어리석고, 악독하다(항목 2).

셋째, 그리하여 현재 인간의 사는 모습은 금수禽獸만도 못한 것이라 할 수 있다. 따라서 인간은 금수에게 비난받아 마땅한 지경에 이르러 있다

(항목 3).

신소설 〈금수회의록〉의 '개회취지' 이하 '제일석'에서 '제팔석'까지의 내용은 바로 이러한 세 가지 사항의 극화劇化이다. 경우에 따라서는 첫째 항목은 생략되고 둘째와 셋째 항목만으로 이루어지는 경우도 있으나, 대개는 이러한 삼 단계의 틀을 그대로 유지하고 있다.

그러면 이러한 세 가지 항목이 어떻게 극화되고 있는지 차례로 살펴보기로 하자. 먼저 '개회취지'를 보기로 한다. 본래 하나님께서 세상을 창조하시었고, 만물은 다 각각 천지 본래의 이치를 좇아서 하나님의 뜻대로 본분을 지키며 살아야 하는 것이거늘, 지금 세상사람의 하는 일은 하나님의 영광을 더럽게 하며 은혜를 배반하고 있다(항목 1).

세상사람들은 이제 외국사람에게 아첨하여 벼슬만 하려 하고, 제 나라가 다 망하든지 제 동포가 다 죽든지 불고不顧하는 역적놈도 있으며, 임군을 속이고 백성을 해롭게 하여 나랏일을 결딴내는 소인놈도 있으며, 부모는 자식을 사랑하지 아니하고 자식은 부모를 섬기지 않는 등 그 행실을 이루 다 말하기 어렵다(항목 2).

이제 인류는 하나임이 내린 특권과 성품을 모두 잃었으니, 금수·초목과 사람을 비교해보면 사람이 도리어 낮고 천하며 금수·초목이 도리어 귀하고 높은 위치와 지위에 있다 하겠다(항목 3).

이하 '제일석'에서 '제팔석'까지는 '개회취지'에서 제시된 인간의 타락상이 하나하나 구체적으로 제시·비판되는데 이 세 가지 항목을 중심으로 그 내용이 이루어져 있음은 위와 같다. 단 이 '제일석'에서 '제팔석'까지는 구체적인 동물들이 등장하여 인간의 행실을 비판하게 되는데, 비판의 효과를 높이기 위해 등장한 동물들의 행실을 상대적으로 미화하는 부분이 삽입된다. 따라서 '제일석'에서 '제팔석'까지의 내용은 위의 세 항목의 극화에다 각 동물에 대한 미화로 이루어진다. 그 형식은 먼저 각 동물이 말하고자 하는 주제를 내세운 후(이 주제는 '제일석'에서 '제팔석'

까지의 부제 속에 이미 드러나 있다), 이 주제에 역행하는 인간의 타락상을 공격하고, 각 동물들에 관한 미담을 고사故事혹은 동서고금의 작품 속에서 찾아 인용한 후, 인간이 결국 금수만도 못함을 확인하는 과정으로 짜여있다. 이 경우 각 항목의 순서에는 간혹 예외가 있기는 하나 대체적으로 그 순서가 지켜지는 편이다.

'제일석'은 효孝가 주제이다. 따라서 여기서는 인간의 불효가 집중적으로 다루어진다. 옛날 성현들은 효가 곧 덕의 근본이며, 모든 행실의 근원이라 하여 효를 중시하였다. 그러나 지금 세상 사람들은 하나님의 법인 효를 지키지 아니한다(항목 1).

그들은 주색잡기에 침혹하여 부모의 뜻을 어기며, 형제간에 재물로 다투어 부모의 마음을 상하게 하며, 제 한 몸만 생각한다. 사람들이 일백 행실의 근본되는 효를 알지 못하니 다른 것은 더 말할 것이 무엇이겠는가(항목 2).

사람들이 어찌 까마귀 족속만 하리오. 까마귀가 사람에게 업수이 여김 받을 까닭이 없음을 살피시오(항목 3).

'제이석'은 인간의 간사함과 요망·교활함이 주제이다. 여기에서는 항목1에 해당하는 옛 사람과 지금 사람의 변화에 대한 언급 과정은 생략된 채 바로 현실에 대한 비판으로 들어간다. 지금 세상 사람들은 하나님의 위엄을 빌어야 할 터인데, 외국의 세력을 빌어 의뢰하여 몸을 보전하고 벼슬을 얻어 하며, 타국 사람을 부동하여 제 나라를 망하고 제 동포를 압박한다(항목 2).

천지간에 더럽고 요망하고 간사한 것은 사람이오, 이후로는 사람을 여우라 하고 여우를 사람이라 하는 것이 옳을 것이다(항목 3).

'제삼석'은 사람들의 좁은 소견에 대한 공격이 주제이다. 그들은 외국 형편도 모르고 천하대세도 살피지 못하고 공연히 떠들며, 무엇을 아는 체 하고, 나라는 다 망하여 가건마는 썩은 생각으로 갑갑한 말만 한다(항목 2).

무슨 동물이든 자식이 아비 닮는 것은 하나님의 정하신 뜻이라. 개구리는 자식이 아비 닮고 손자가 할아비를 닮되 형용도 똑같고 성품도 같아서 추호도 틀리지 않거늘, 사람의 자식은 제 아비 닮는 것이 별로 없다(항목 1).

사람이 하나님의 이치를 알지 못하고 악한 일만 많이 하니 그대로 둘 수 없고, 차후로는 사람이라는 명칭을 주지 않는 것이 옳을 것이다(항목 3).

'제사석'은 입에는 꿀이 있으나 배에는 칼을 품고 있는 인간들의 이중성에 대한 비판이 주제이다. 하나님이 사람을 그 아들로 창조하였으나, 세상이 오래되어 갈수록 사람은 하나님과 더욱 멀어지고, 오늘날 와서는 거죽은 사람 그대로 있으나 실상은 마귀처럼 변하여 가고 있다(항목 1).

사람은 서로 싸우고 서로 죽이고, 서로 잡아먹어서 약한 자의 고기는 강한 자의 밥이 되고, 큰 것은 작은 것을 압제하여 남의 권리를 빼앗고, 남의 나라를 위협하여 망하게 하니 그 흉측하고 악독함을 무엇이라 이르겠는가(항목 2).

벌아 사람에게 시비들을 것 조금도 없소(항목 3).

'제오석'은 지금 세상에는 옳은 창자를 갖고 사는 사람이 하나도 없으며, 옳은 마음먹은 이보다는 그 반대의 경우가 많음을 비판하는 것이 주제이다. 지금 세상 사는 사람 중에 옳은 창자 가진 사람이 몇 명이나 되겠는가. 의복을 잘 지어 입어 외양은 좋아도 다 가죽만 사람이지 그 속에는 똥밖에 아무 것도 없소. 욕을 보아도 성낼 줄도 모르고, 좋은 일을 보아도 기뻐할 줄 모르며, 남의 압제를 받아 살 수 없는 지경에 이르러도 깨닫고 분노할 줄 모르며, 남에게 욕을 보아도 노여워할 줄 모르고, 압박을 당하여도 자유를 찾을 생각이 도무지 없으니, 이것이 창자 있는 사람이라 할 수 있는가(항목 2).

지금 사람들은 창자가 다 썩어서 미구未久에 창자 있는 사람은 한 개도 없이 다 무장공자가 될 것이니, 이 다음에는 사람더러 무장공자라 불러야 옳을 것이다(항목 3).

'제육석'은 간사한 소인의 성품과 태도에 대한 비판이 주제이다. 지금 도덕은 땅에 떨어지고 효박한 풍기를 보면 온 세계가 다 조조 같은 소인이라, 웃음 속에 칼이 있고 말 속에 총이 있어 친구라고 사귀다가 저 잘되면 차버리고, 동지라고 상종타가 남 죽이고 저 잘되기, 빈천지교 저버리고 조강지처 내쫓으며, 유지지사有志之士 고발하여 감옥에 몰아넣고 저 잘되기 희망하니 그것도 사람인가(항목 2).

사람들아 파리를 미워하지 말고 하나님이 미워하시는 너희들 해치는 마귀를 쫓으라(항목 3).

'제칠석'은 까다로운 정사政事가 호랑이보다 더 무섭다 하여, 사람에게 혹독한 것이 바로 사람임을 비판하는 것이 주제이다. 사람들은 학문을 배워서 유익한 일에 쓰는 것은 별로 없고, 각색 병기를 발명하여 대포, 총, 화약, 칼 등의 물건을 만들어 재물을 무한히 내버리고, 사람을 무수히 죽여서, 나라를 만들 때의 만반 경륜은 다 남을 해하려는 마음뿐이라(항목 2).

속담에 이르기를, 호랑이 죽음은 껍질에 있고 사람의 죽음은 이름에 있다 하나, 지금 세상 사람에 명예 있는 사람이 얼마나 있는가. 옛적 사람은 호랑이의 가죽을 쓰고 도적질을 하였으나, 지금 사람들은 껍질은 사람의 껍질을 쓰고 마음은 호랑이의 마음을 가져 더욱 험악하고 더욱 흉포한지라(항목 1).

이같이 험악하고 흉포한 것들에게 제일 귀하고 신령하다는 권리를 줄 까닭이 무엇인가. 사람으로 못된 일 하는 자의 종자를 없애는 것이 좋은 줄로 생각한다(항목 3).

'제팔석'은 인간의 음란성에 대한 공격과 아울러 일부일처제를 옹호함이 그 주제이다. 지금 세상 사람들은 괴악하고 음란하고 박정하여 길가의 한 가지 버들을 꺾기 위하여 백년해로하려던 사람을 잊어버리고, 동산의 한 송이 꽃을 보기 위하여 조강지처를 내쫓으며, 남편이 병이 들어 누웠는데 의원과 간통하는 일도 있고, 복을 빌어 불공한다 가탁하고 중 서방하는 일도 있고, 남편 죽어 사흘이 못되어 서방 해갈 주선하는 일도 있으니, 사람들은 계집이나 사나이나 인정도 없고 의리도 없고 다만 음란한 생각 뿐이라 할 수밖에 없고(항목 2).

세상에 제일 더럽고 괴악한 것은 사람이라. 다 말하려면 내 입이 더러워질 터이니까 그만두겠소(항목 3).

그런데 이 '제팔석'은, 일부일처를 주장함과 아울러, 상처한 후에 재취하는 일이나 혹은 남편을 잃은 후 개가하는 일에 대해서도 비난을 함으로써, 당시 이인직 등에 의한 신소설이 과부의 개가를 당연한 일로 받아들이던 것과는 대조를 이룬다.

〈금수회의록〉은 인간의 비도덕성 내지 비윤리성·표리부동성·이기심 등으로부터 유래하는 모든 악행을 고발한다. 그런데 이러한 인간의 보편적 부도덕성 외에도 이 작품에서는 일본 제국주의의 침략에 대한 우회적 공격이 보인다. 일본 제국주의의 침략 및 정부 관리들의 무능력함에 대한 비판을 담고 있는 대목들을 일부 인용해 보면 다음과 같다.

약한 자의 고기는 강한 자의 밥이 되고, 큰 것은 작은 것을 압제하여 남의 권리를 늑탈하여 남의 재산을 속여 빼앗으며, 남의 토지를 앗아가며, 남의 나라를 위협하여 망케 하니, 그 흉칙하고 악독함을 무엇이라 이르겠소.

지금 어떤 나라 정부를 보면 깨끗한 창자라고는 아마 몇 개가 없으리다. 신문에 그렇게 나무라고, 사회에서 그렇게 시비하고, 백성이 그렇게 원망하고, 외국 사람이 그렇게 욕들을 하여도 모르는 체하니, 이것이 창자 있는 사람들이오. 그 정부에 옳은 마음먹고 벼슬하는 사람 누가 있소. 한 사람이라도 있거든 있다고 하시오. 만판 경륜이 임군 속일 생각, 백성 잡아먹을 생각, 나라 팔아먹을 생각 밖에 아무 생각 없소.

사슴을 가리켜 말이라, 하여 임군을 속인 것이 비단 '조고' 한 사람뿐 아니라, 지금 망하여 가는 나라조정을 보면 온 정부가 다 '조고' 같은 간신이오, 천자를 끼고 제후에게 호령함이 또한 '조조' 한 사람뿐 아니라, 지금은 도덕은 떨어지고 효박한 풍기를 보면 온 세계가 다 '조조' 같은 소인이라.

〈금수회의록〉의 또 다른 특기할 만한 사항으로는 작품 속에 나타난 기독교적 요소를 지적할 수 있다. 이 작품에는 기독교적인 요소가 많이 들어있다. 이는 기독교도로 개종한 저자 안국선의 종교관을 반영한 것이기도 하다. 이 작품에 나타난 기독교적 요소는 매우 많지만, 그 중 한 부분만을 인용해보면 다음과 같다.

대저 우리들이 거주하여 사는 이 세상은 당초부터 있던 것이 아니라, 지극히 거룩하시고 지극히 전능하신 하나님께서 조화로 만드신 것이라. 세계 만물을 창조하신 조화주를 곧 하나님이라 하나니, 일만 이치의 주인 되시는 하나님께서 세계를 만드시고 또 만물을 만들어 각색 물건이 세상에 생기게 하셨으니, 이같이 만드신 목적은 그 영광을 나타내어 모든 생물로 하여금 인자한 은덕을 베풀어 영원한 행복을 받게 하려 함이라.

〈금수회의록〉은 작품 구조에서도 기독교 사상과 연관되는 측면이 있다. 이 작품은 '서언'을 통해 인류사회의 타락을 깨닫게 하고, 전체적인 전개 과정에서는 인류의 타락의 정도가 어느 정도인가를 소상히 열거하여 꾸짖으며, '폐회'를 통해서는 그러한 타락상이 존재하는 현실임에도 불구하고 구원의 가능성을 열어 보인다. 이는 '회개와 구원'이라는 종교의례宗敎儀禮적인 구조와도 연관된다. 그런 점에서, "예수 씨의 말씀을 들으니 하나님이 아직도 사람을 사랑하신다 하니, 사람들이 악한 일을 많이 하였을지라도 회개悔改하면 구원 얻는 길이 있다 하였으니, 이 세상에 있는 여러 형제자매는 깊이깊이 생각하시오"[1]라는 결말은, 그 내용적인 면에서나 작품을 마무리하는 구조적인 면에서 모두 중요한 역할을 하고 있는 것이다.

《공진회》는 1915년 8월 25일 발행된 소설집이다. 이 책의 원 발매소는 수문서관修文書館이다. 《공진회》에는 〈기생〉〈인력거군〉〈시골노인이야기〉라고 하는 세 편의 작품이 수록되어 있다.

《공진회》에는, 위에 적은 세 편의 작품 외에도 〈이 책 보는 사람에게 주는 글(贈讀者文)〉〈이 책 본 사람에게 주는 글〉 등의 저자 서문 및 후기가 실려 있다. 이 글들은 안국선의 문학관을 이해하는데 중요한 자료가 된다.

《공진회》가 발행된 시기는 안국선이 〈금수회의록〉을 쓴 지 7년이 지난 후이다. 그 사이 한국근대사는 한일합방으로 인한 국권의 상실 등 엄청난 격랑을 겪게 된다. 그러한 역사의 격랑 속에서 안국선의 삶에도 커다란 변화가 있었다. 그는 한일합방 직후 청도 군수를 지내는 등 친일 관리의 길을 걷게 된다.

〈공진회〉를 집필한 1915년은 그가 관리생활을 끝낸 지 얼마 지나지 않은 시기이다. 〈공진회〉는 〈금수회의록〉 이후 변화된 안국선의 의식세계를 보여준다. 안국선이 〈금수회의록〉을 쓴 것은, 세상 사람들의 타락상을 비판하고 그들로 하여금 경계를 삼도록 하기 위함이었다. 그러나 '공진회'를 쓴 이유는 무엇보다 세상 사람들에게 재미있는 읽을거리를 제공하기 위한 것이었다. 〈공진회〉의 서문에 기록된 다음의 내용은 이를 분명히 보여준다.

---

1) 안국선, 〈금수회의록〉, 32쪽.

물산 공진회는 돌아다니며 구경하는 것이오, 소설 공진회는 앉아서 드러누워 보는 것이라. 물산 공진회를 구경하고 돌아와서, 여관 한등 적적한 밤과 기차 타고 심심할 적과 집에 가서 한가할 때에 이 책을 펼쳐들고 한 대문 내려보면 피곤 근심 간데 없고, 재미가 진진하여 두 대문 세 대문을 책 놓을 수 없을 만치 아무쪼록 재미있게 성대한 공진회의 여흥을 돕고자 붓을 들어 기록하니, 이 때는 대정 사년 초팔월이라.

〈공진회〉는 교훈성이나 계몽성이 〈금수회의록〉보다 약한 작품이지만, 그렇다고 해서 〈공진회〉에는 교훈성이 없고, 재미만 강조되었다고 보는 것은 잘못이다. 〈공진회〉는 흥미와 교훈을 적절히 조화시킨 작품집이라 할 수 있다. 〈공진회〉의 교훈성은 저자 후기라고 할 수 있는 〈이 책 본 사람에게 주는 글〉에서도 확인된다.

그러나 마음의 옳고 그름으로 인연하여 나중 결과가 다르니, 마음을 옳게 먹은 사람은 슬프고 겁나는 중에 있을지라도 나중에는 즐겁고 기꺼운 결과를 보고, 마음을 옳지 않게 가진 사람은 그 마음을 고치지 아니하면 항상 슬프고 겁나는 걱정, 근심 중에서 몸을 마치는지라, 이 책 읽은 여러 군자는 책 속에 기록한 여러 가지 사정을 가지고 각기 자기의 마음을 비치어 볼지어다.

이 소설의 내용을 참고 삼아 각자 자신의 마음을 비추어 보라 한 것은, 작가의 계몽적 의도를 직접적으로 표현한 것이다.

《공진회》에 수록된 세 작품에는 공통적인 면이 있다. 세 작품은 모두 곤경에 처한 주인공들이 그 곤경을 극복하고 행복한 결말을 맞게 되는 구조를 지니고 있다. 고난으로부터 행복에 이르는 구조는 가장 대중적 흥미를 유발시킬 수 있는 구조의 하나이다. 안국선은 이렇게 고난으로부터 행복으로 가는 과정 속에 흥미와 교훈을 적절히 융합시켜 놓는다. 그가 작품의 흥미를 높이기 위해 사용하는 수단은 주인공의 '꾀' 혹은 '재치'라는 장치이고, '꾀' 혹은 '재치'를 통한 행복의 성취 뒤에는 항상 교훈을 남겨 놓는다.

첫 번째 작품 〈기생〉에서는 향운개라는 이름의 기생이 주인공이다. 그녀는 자신이 마음에 둔 남자 최유만과 가까이 지내지 못하고, 김부자의 첩이 될 운명에 놓인다. 그러나, 정절 굳은 향운개는 꾀를 내어 그 위기를 벗어난다. 즉 김부자의 아버지 제삿날에 한 노인을 시켜서 '향운개는 전생에 너와 동복이니 취하면 앙화 있으리라'는 전갈을 보냄으로써 그 위기를 벗어나게 되는 것이다. 뒷날 향운개는, 죽은 줄로만 알았던 최유만을 만나게 됨으로써 행복한 결말에 이르게 된다. 이 작품이 주는 가장 큰 교훈은 여자의 굳은 정절이다. '내가 불행히 기생의 몸이 되었을 지라도 절개는 지킬 수밖에 없으니, 계집사람이 일부종사 못하고 이 사람 저 사람 뭇 사람을 상관하면 짐승이나 다른 것이 무엇 있사오리까. 짐승 중에서도 원앙새나 제비 같은 것은 그렇지 아니하니, 사람이 되어 미물만 못하오리까' 하는 대목은 마치 〈금수회의록〉의 '제팔석'에서 원앙을 통해 보여주는 쌍거쌍래雙去雙來의 주제를 연상시킨다.

두 번째 작품 〈인력거군〉의 주인공은 김서방의 아내이다. 김서방은 본래 양반의 자식이었으나 가세가 타락하여 남의 집 행랑채에서 곤궁하게 살아가며, 술을 지나치게 좋아한다. 어느 날 아내의 말을 따라 인력거를 끌며 근면하게 살려고 결심하나, 갑자기 돈보따리를 줍는 횡재를 만나자 다시 술에 빠질 위기에 놓인다. 그 때 아내가 꾀를 내어, 돈보따리를 얻은 것이 현실이 아니라 꿈을 꾼 것이라 말하고, 남편과 열심히 일하며 절약하여 저축을 해 나간다. 삼 년 후 남편과 아내의 노력의 결과 잘 살게 되었을 때, 아내는 그간의 사정을 털어놓은 후 돈보따리를 내 놓는다. 돈보따리는 경찰서에 신고한 후 기일이 지나도 임자가 나오지 않았기 때문에 다시 돌려 받은 것이다. 이 소설이 주는 교훈은 두 가지인데, 하나는 성실하고 근면한 삶의 자세에 대한 강조이고, 다른 하나는 아내의 남편에 대한 공대恭待이다. 근면성에 대한 강조는 소설 전체를 통해 나타난다. 남편에 대한 공대는 김서방 부인이 처음에 '하루 몇 번 죽을 마음도 먹어 보았으며, 도망하여 다른 서방을 얻어 살 생각도 하여 보았지만' 하는 유혹에 흔들리다가, 남편을 공대하게 되면서 결국 행복한 결말을 맞게 된다는 사실에서 확인된다.

마지막 작품 〈시골노인 이야기〉에 나오는 여주인공 박명희 역시, 꾀를 내어 자신이 처한 위기를 벗어나게 됨으로써, 효孝와 열烈을 모두 지키는 이에게 돌아오는 행복한 결말을 보여준다. 어릴 적 집안 어른들의 언약에 의하여, 박명희와 혼인하기로 되었던 김용필은 가세가 기울자 고향을 떠나게 된다. 그 후 박명희는 김용필이 속한 군대의 상관 대대장 김참령의 강요로 그의 첩이 될 위기에 놓인다. 김참령은 박명희의 아버지 박참봉을 볼모로 결혼을 강요하는 것이다. 결국 박명희는 꾀를 내어, 연대장을 해결의 중재자로 끌어들이는데 성공함으로써 위기에서 벗어난다. 이후 김참령은 처벌받고 관직에서 파면되며, 김용필이 대대장으로 승진한다. 두 사람은 결혼하여 화락한 가정을 이루게 된다.

소설집 《공진회》에 수록된 세 편의 작품은 모두, 여성의 정절을 강조하는 교훈적 주제를 담고 있다. 이러한 주제는 〈금수회의록〉이 담고 있는 도덕성이라는 주제와 어긋나지 않는다.

한편, 소설집 《공진회》는 효와 정절 등 전통적 도덕관을 옹호하고 있지만, 이 소설집에는 근대적 요소 역시 적지 않게 들어가 있다. 《공진회》가 지닌 근대소설적 요소의 하나는, 이 작품의 주요 등장 인물이 평범한 인물들 혹은 하층계급의 인물이라는 것이다. 〈기생〉〈인력거군〉〈시골 노인 이야기〉가 그 주제는 정절의 도덕성 강조라는 전통적인 고소설의 주제 속에 머물러 있을지라도, 그러한 주제 구현을 위해 기생이나 몰락한 양반을 소재로 이야기를 전개시키고 있다는 사실 자체는 주목할 만한 것이다. 작품의 주요 인물을 이러한 신분계층에서 선택하고 있다는 사실은, 1900년대의 상당수 신소설이 높은 신분계층의 주인공을 선택함으로써 고대소설적 인물 설정의 답습이라는 지적을 받았던 것과 대조가 된다.

또 한편, 작가의식의 반영이라는 측면을 생각할 때 〈금수회의록〉과 〈공진회〉 사이에는 매우 큰 거리가 존재한다. 그것은 곧 두 작품에 나타난 작가 안국선의 정치, 사회적 현실에 대한 인식의 차이를 말해준다. 〈공진회〉에서는, 〈금수회의록〉에서 보였던 일본 제국주의의 주권 침탈에 대한 항변과, 관리의 무능과 부패에 대한 예리한 비판이 모두 사라진다. 그리고는 황국 신민으로서 총독정치의 은덕을 칭송하는 새로운 안국선의 모습이 나타난다. 당시 안국선의 현실 인식을 보여주는 대목으로는 〈인력거군〉의 다음 부분을 인용해 볼 수 있다.

공진회를 개최한다는 소문이 있더니, 서울서 공진회 협찬회가 조직이 되었는데, 공진회는 총독정치를 시행한 지 다섯 해 된 기념으로 하는 것이라 하는 말을 김서방의 내외가 들었던지, 경찰서에서 돈을 내어준 것을 항상 고마워하고 총독정치의 공명함을 평생 감사하게 여기던 터이라, 공진회 협찬회에 대하여 돈 이백 원을 무명씨로 기부한 사람이 있는데, 이 무명씨가 아마 김서방인 듯하다더라.

여기에서는 총독정치의 공명함에 대한 고마움이 주를 이룬다. 아울러, 〈시골 노인 이야기〉에서 주인공 김용필이 강원도 의병을 토벌하는 대목 역시 안국선의 변화된 작가의식을 드러낸다.

용필의 위인이 똑똑하고 문필이 유려하고 매사에 영리하여 시골아이의 태도가 도무지 없는 고로 김부령이 매양 사랑하더니, 자기 아우 김참령이 강원도 의병 진멸차로 대대장으로 출주하게 되니, 그 아우 수하에 사람스러운 보좌원이 없음을 한탄하여 김용필이를 병정에 넣어서 김창령의 수하병이 되게 하여 함께 강원도로 출진할 새, 의병과 수삼 차 접전하여 김용필이가 접전할 때마다 비상한 대공을 이루니 이 일이 자연 연대장에게 입문되어, 연대장이 대단히 김용필의 공로를 가상히 여기어 서울로 보고하였더니, 특별히 참위 벼슬에 임명하여 소대장이 되게 하매, 항상 김참령의 하관이 되어 병정 거느리기를 제제창창하게 하고 의병 진정하기를 귀신같이 하여 명예가 더욱 나타나더라.

사람됨이 똑똑한 김용필이 그 재주를 드러내는 일이 의병 토벌이라고 하는 사실은, 안국선의 사회·역사 의식의 변모가 어느 정도에 이르렀는가를 단적으로 보여주는 것이다.

〈인력거군〉〈시골노인이야기〉에서 뿐만 아니라, 〈기생〉에서도 〈공진회〉의 친일성은 드러난다. 〈기생〉의 여주인공 향운개는 일본에 건너가 적십자사 병원의 간호부가 된 후, 자원하여 전지戰地인 중국 청도靑島로 가게 된다.

그때 향운개는 적십자사 병원에서 모든 간호부보다 출중하게 간호사무를 보는데, 이왕 사오 년 동안을 동경에서 있었는고로 언어, 행동이 조금도 내지 여자와 다름이 없고 이름조차 내지인의 성명과 같이 부르게 되었으니, 글자로 쓰면 향운개자香雲介子라 쓰고, 다른 사람들이 부르기는 '가구모상(香雲様)', 혹은 '오스께상(御介様)' 이라 부르더라.

남주인공 최유만 역시 일본인 이등대좌의 보살핌 속에 공부를 마치고, 청도공위군 사령관이 되어 떠나는 이등대좌를 따라 통역으로 그곳에 가게 되며, 결국 청도에서 두 사람은 감격적인 상봉을 하게 된다.

그런데 《공진회》는, 〈금수회의록〉처럼 금서처분을 받지는 않았으나, 발행에 앞서 이루어진 원고 검열에서 두 편의 작품이 삭제된다. 원래 《공진회》에는 여기에 수록된 세 편의 작품들 이외에도 〈탐정순사〉 및 〈외국인의 화話〉라 제목을 붙인 작품들이 있었으나, 경무총장의 명령에 의하여 그 작품들을 삭제하였다는 것이다.

작품집 《공진회》의 친일적 내용 등으로 미루어볼 때, 여기에 수록할 예정이었던 또 다른 작품들인 〈탐정순사〉와 〈외국인의 화〉가 당국의 검열로 인해 삭제되었다는 사실은 쉽게 이해가 되지 않는다. 어떠한 연유로 그 두 작품은 검열을 통과하지 못했을까? 〈금수회의록〉의 출판금지 이유가 치안에 있었던 것과는 달리, 이 경우는 단순히 '풍속의 문제'였을 것으로 추정된다. 검열을 통과하지 못한 두 작품이, 하나는 탐정소설이고 하나는 외국인의 이야기를 다루고 있다는 점에서 그러한 추정이 가능하다. 즉 우리의 현실에는 어울리지 않는 풍속 묘사, 이른바 미풍양속을 해친다는 이유로 검열에서 삭제되었을 가능성이 가장 높은 것이다.

3. 문학사적 의의

근대계몽기의 주된 문학 양식 가운데 하나였던 신소설은 크게 보면 '서사 중심' 신소설과 '논설 중심' 신소설로 나눌 수 있다. 서사 중심 신소설이란 줄거리가 있는 이야기 중심의 신소설을 말한다. 이인직의 〈혈의루〉와 〈귀의성〉 등의 작품이 여기에 속한다. 논설 중심 신소설이란 작가의 주장을 중심으로 한 신소설이다. 안국선의 〈금수회의록〉은 이러한 논설 중심 신소설의 시초이자 그 대표작 가운데 하나로 볼 수 있다. 안국선의 〈금수회의록〉 이외에도 김필수의 〈경세종〉이나 이해조의 〈자유종〉 등이 이러한 논설 중심 계열의 신소설에 속한다.

근대계몽기의 서사 중심 신소설은 작품의 주제가 개화와 친일로 이어지는 경우가 대부분이었다. 하지만 논설 중심 신소설은 대체로 그 주제가 민족의 주체성을 강조하는 측면으로 이어진다. 그러므로 서사 중심 신소설이 비자주적 개화 지향의 신소설이라면 논설 중심 신소설은 자주적 개화 지향의 신소설이라고도 할 수 있다.

그런데, 논설 중심 신소설은, 서사 중심 신소설에 비해 작품 수도 그렇게 많지 않으며 또 그 명맥이 오래 가지도 못했다. 그 가장 큰 이유는 정치적인 데에 있었다. 한일합방을 전후해서 논설 중심 신소설은 치안을 어지럽히는 소설로 분류되었고, 따라서 이 계열의 소설들은 모두가 금서 처분을 받게 된다. 논설 중심 신소설은 모두가 한일합방 이전에 발표된 작품들이라는 공통성을 지닌다.

〈금수회의록〉을 비롯한 논설 중심 신소설에서는 작가가 작품을 쓰는 가장 큰 목적이 작가의 논설적 의지를 효과적으로 드러내는 일이다. 논설 중심 신소설의 작가들은 논설과 계몽의 의도를 드러내는 가장 효과적인 방법을 토론체로 보았다. 따라서 〈금수회의록〉과 같은 논설 중심 신소설들은 주로 토론체의 형태로 나타나게 되었던 것이다.

《공진회》는 우리나라 최초의 단편소설집으로 분류된다. 이 소설집이 출간된 1910년대는 우리나라 소설사에서 일종의 전환기에 속한다. 이 시기는 1900년대 중반부터 활성화된 신소설이 더욱 통속화되어가던 시기이다. 당시 지식인 가운데 일부는 이러한 신소설의 통속화에 대해 크게 우려하는 시각을 지니고 있었다. 아울러 이 시기는 1920년대에 이르러서 본격화되는 근대 단편소설의 싹이 터 나오던 시기이기도 하다. 《공진회》는 이러한 시기에 나타난 과도기의 단편소설집이었던 것이다. 《공진회》에 수록된 작품들은 본격적인 의미의 근대적 단편소설이라기보다는 아직 신소설의 단계를 크게 벗어나지 않은 소설이면서도, 아울러 새로운 형태를 지향하던 소설이다. 《공진회》에 실린 작품들은 스토리 중심 소설들로 신소설을 축약한 형태에 가깝다. 《공진회》가 신소설 축약형의 스토리 중심 소설이라고 하는 것은, 〈금수회의록〉을 쓴 안국선이 논설 중심 소설의 작가에서 서사 중심 소설의 작가로 옮겨갔다는 사실을 말해주는 것이기도 하다. 논설의 요소가 점차 약해지고 서사의 요소가 점차 강해지는 것은 한국 근대소설사가 보여준 전반적 변화의 방향이기도 했다. 그런 점에서 〈금수회의록〉에서 출발해 《공진회》에 이르는 안국선 소설의 변화는 곧 한국 근대소설사의 변화를 보여주는 하나의 전형적 사례라고도 할 수 있다.

안국선의 기타 저작물해제

1. 단편 논설류

〈일견과 백문의 우열〉은 국한문혼용체로 1896년 4월 《친목회회보》제 2호에 실렸다. 현재까지 확인된 바로는 안국선이 지면을 통해 발표한 최초의 글이다. 독서 등을 통한 지식습득을 '백문'에 비유하고, '일견'으로 대표되는 실제 경험의 우열을 논했다. 결론적으로 그 둘 사이에는 우열이 있을 수 없으며, 두 가지 모두 삶에 있어서 중요한 사항이라고 했다.

〈정치의 득실〉은 국한문혼용체로 1896년 6월 《친목회회보》제3호에 실렸다. 정치와 관련된 안국선의 본격적인 글이다. '정치가'는 인정을 파악한 뒤에 행정을 논할 것을 주장했다. '정체'를 분류하고, 정체를 이끌어나가는 정치가의 자질 여부에 따라 국가와 백성의 흥망성쇠가 결정된다고 했다. 특히, 안국선은 이 글에서 '대의정치 옹호론'을 펼쳤는데, 이 점은 다른 단편 논설이나 《정치원론》 등에서도 찾아볼 수 있으므로 '대의정치' 야말로 그가 정치상으로 구상했던 이상적 정치형태였음을 짐작할 수 있다.

〈북미합중국의 독립사를 열하다가 아我 대조선국大朝鮮國 독립을 논함이라〉는 국한문혼용체로 1897년 1월 《대조선독립협회회보》제4호에 실렸다. 미국 독립의 역사를 서사적으로 나열했다. 이어서 그때까지 무기력했던 조선의 역사가 1896년(고종33)부터 사용한 '건양建陽' 연호年號를 시발점으로 자주독립의 기본을 단단하고 굳게 할 수 있었다고 했다. 또한 안국선은 그 당시가 자주독립의 기운이 무르익은 시기라고 생각했고, 우리나라의 영원한 독립을 보존할 방침에 힘써야 한다면서 그 구체적 실천 방안을 제시했다.

〈정도론政道論〉은 국한문혼용체로 1897년 6월 《친목회회보》 제5호에 실렸다. 이 글은 1897년 2월 14일에 안국선이 '친목회 21회 통상회'에서 행했던 연설문이다. 이 연설은 지금까지 알려진 안국선의 최초 연설이다. '정도'의 개념을 정의했고, '정치가의 역할'은 실제를 행하는 것이라고 하였다. 아울러 이러한 '정치가의 자격'도 언급했다.

〈부지런할 일〉은 안국선의 글 가운데에서 보기 드문 순 한글문체로 1906년 10월 《가정잡지》 제4호에 실렸다. 부지런할 것을 강조한 글이다. 계몽적 성격의 글이기 때문에 순 한글문체를 사용했던 것으로 보인다. 또한 이 점은 글이 실린 발표매체의 성격과도 무관하지는 않을 것이다. 부지런은 쾌락의 근본이요, 성공의 비결이므로 부지런해야 가정과 국가가 성하게 된다고 했다. 서양의 교훈적인 옛 이야기 네 가지를 옴니버스식으로 나열했다.

〈일본 행위에 대한 국제법 해석〉은 국한문혼용체로 1906년 11월 1일자 《대한매일신보》에 실렸다. 그 당시 일제에 의해 자행되었던 궁궐 불법수색 사건을 비판한 글이다. 안국선은 대한제국이 일본과 핍박적 보호조약을 체결하고도 조약의 의무를 실행했는데, 일본은 보호국의 입장에서 부정행위를 자행했다고 하면서 대한제국 정부는 이러한 조약위반과 황실 존엄의 침범에 대해 침묵해서는 안 된다고 역설하면서 일제를 강도 높게 비판한 글이다.

〈응용경제〉는 국한문혼용체로 1907년 2월 《야뢰夜雷》 제1권 제1호에 실렸다. 안국선이 경제문제에 관심을 갖고 〈가정경제론〉에 뒤이어 발표한 경제 관련 글이다. 이 글에서는 문제의 규모를 넓혀 본격적인 국가경제의 원론적 개념을 논했다. 중요한 것은 국가경제이든, 개인경제이든

생산과 소비의 균형을 지키는 것이며, 개인의 경우에 생산을 늘리고 소비를 줄이는 데 힘써서 그 나머지는 저축하는 것이 중요하다고 역설하였다.

〈민원론〉은 국한문혼용체로 1907년 3월 《야뢰》 제1권 제2호에 실렸다. '민원'은 국제 경쟁시대에 불가피한 원칙이며, 국운의 성쇠를 결정짓는 요소인데, 대한제국은 그 당시 국민의 원기元氣가 쇠잔했기 때문에 나라의 주권도 역시 약해질 수밖에 없었다고 탄식했다. 이를 타파하기 위해서는 비굴하게 다른 사람에게 아첨하고 비위를 맞추는 나쁜 풍습을 물리쳐야 민원을 회복할 수 있으며, 무사안일한 태도를 지양止揚해야 한다고 했다.

〈국채와 경제〉는 국한문혼용체로 1907년 4월 《야뢰》 제1권 제3호에 실렸다. 국채와 경제의 관계를 논했다. 당시의 열악한 재정상태를 비판한 후, '국채보상운동'의 정당성을 옹호하며, 이러한 국민의 정성이 독립의 초석임을 강조했다. 결국 문제점을 최소화하면서 대한제국의 경제를 구하는 선후방침은 '국채보상운동'과 함께 농업의 개량 및 장려, 수입의 축소 및 수출의 증대 등이라고 요약하였다.

〈풍년불여연흉론〉은 순 한문체 글로 1907년 5월 《야뢰》 제1권 제4호에 실렸다. 옥주沃州(진도珍島)를 배경으로 '천수인天水人'과 '무릉인茂陵人'이란 두 인물이 등장하는 대화체 글이다. '천수인'과 '무릉인'이 각자 고향의 어려운 상황을 이야기하며, 그 원인이 한결같이 무능력한 탐관오리의 학정에 있음을 비판하고, 그 처지를 한탄하는 내용이다.

〈계연금주의〉는 순 한문체에 가까운 국한문혼용체로 1907년 5월 《야뢰》 제1권 제4호에 실렸다. 담배와 술의 무익함을 열거하고, '단연'을 '금주'와 아울러 도덕적으로 계도했다. 이 글에서는 다분히 그 당시에 일어난 '국채보상 단연동맹'의 시대적 분위기를 정당화하려는 의도를 엿볼 수 있으며, 나아가 그 목적은 다를지라도 이미 백여 년 전에 사회지식인에 의해 금연 및 금주의 필요성이 주장되었다는 흥미로운 사실을 확인할 수 있다.

〈조합의 필요〉는 순 한문체에 가까운 국한문혼용체로 1907년 6월《야뢰》제1권 제5호에 실렸다. 대한제국의 급선무는 실업을 장려하여 국부國富를 계발하는 데 있다고 강조했다. 또한 부족한 공동체 의식과 분발하는 기운을 일으키기 위해서는 조합사업을 일으켜야 하고, 이를 통해서만 자연스럽게 산업의 진흥을 기대할 수 있다고 했다. 구체적으로 '조합'의 개념을 정의하고, 조합의 성질을 간략하게 설명했다.

〈안국선 씨 대한금일선후책〉은 국한문혼용체로 1907년 9월에 출판된 김대희金大熙의 저서《20세기 조선론》에 실린 글이다. 그는 20세기 조선의 선후책으로 '교화'와 '실업'을 들었다. 특이한 점은 다른 사람의 저서에 서문 형식으로 실린 안국선의 유일한 글이라는 점과 구어체 형식을 그대로 옮긴 문체라는 점이다. 이와 같은 '구어체의 문어체화'는 단편 논설〈레닌주의는 합리合理한가〉나《연설법방》등 안국선의 다른 글에서도 적지 않게 그 용례를 확인할 수 있다. 따라서 이 점은 안국선 문체의 한 특성내지는 계몽을 목적으로 한 연설문이 성행했던 그 당시 문체의 보편적 특성을 이룬다고 할 수 있다.

〈정당론政黨論〉은 국한문혼용체로 1908년 6월《대한협회회보》제3호에 실렸다. 먼저 '정당'의 개념을 정의하였다. 그리고 문명사회에서 정당의 필요성과 발생원인, 필수조건 등을 설명했다. 아울러 영국의 내각제를 예로 들어 정당정치의 유익한 점을 설명하였다.

〈회사의 종류〉는 국한문혼용체로 1908년 7월《대한협회회보》제4호에 실렸다. 당시에 생겨나기 시작한 회사의 종류와 성격을 밝혀 실업가나 경제에 관심 있는 사람들이 참고토록 한 글이다. 회사의 종류를 '합명회사', '합자合資회사', '주식회사', '주식합자회사'로 나누어 설명하였다.

〈민법과 상법〉은 국한문혼용체로 1908년 7월《대한협회회보》제4호에 실렸다. 그 당시에는 민법과 상법에 관한 규정이 없어서 민사와 상사商事에 관한 사항을 모두 관습에 따랐으므로 민법과 상법의 관계가 모호하였다. 따라서 안국선이 민법과 상법의 관계를 구체적으로 밝힌 글이다. 이글은 지식인의 입장에서 정부의 정책을 비판하고, 대안적 측면에서 자신의 의견을 개진하는 성격의 글이라고 하겠다.

〈정치가〉는 국한문혼용체로 1908년 8월 《대한협회회보》 제5호에 실렸다. 플라톤의 《정치가》를 근거로 '정치가의 임무'는 덕행의 이상적 표준에 적합한 국민을 길러내는 데 있고, '정치학의 목적'은 법률에 의지하거나 하지 않음을 불문하고, 국민을 정의로 지도할만한 참된 지식을 드러내 밝히는 데 있다고 하였다.

〈고대의 정치학과 근세의 정치학〉은 국한문혼용체로 1908년 9월 《대한협회회보》 제6호에 실렸다. 정치학의 발전 상황을 고대, 중세, 근세로 나누어 설명하였다. '고대'는 별다른 진전이나 정당한 논리가 없었고, '중세'는 일반 학문과 더불어 정치학 역시 쇠퇴의 길을 걸었지만, '근세'에는 과학의 진보와 정치상의 상황에 힘입어 정치학, 경제학, 공법학公法學 등이 분화 발전할 수 있었다고 하였다.

〈정치학 연구의 필요〉는 국한문혼용체로 1908년 9월 《기호흥학회월보》 제2호에 실렸다. 정치학 연구의 필요성을 역설한 글이다. '정치학'의 개념을 정의했으며, 국가를 모든 방면으로 관찰하여 사실적 설명을 주는 것이 정치학의 본래 성질이므로 정치학 연구가 반드시 필요하고, 평상시 정치교육을 통한 교양이 있어서 정치학의 지식을 미리 준비한 자가 아니면 어려운 문제를 해석하여 나라의 시급한 정책을 확립할 수 없을 것이라고 그 필요성을 역설하였다.

〈경제의 전도〉는 국한문혼용체로 1908년 10월 10일과 11일자 《황성신문》에 2회로 나뉘어 실렸다. 서두의 기록에 따르면, 이는 원래 1908년 10월 3일에 '아국我國 경제의 전도'라는 제목으로 '대한중앙학회大韓中央學

舍'에서 행했던 연설내용이다. 따라서 문체적 특성은 주로 연설투를 사용하고 있다는 점이다. '1회'에서는 우리나라의 앞길과 민족의 장래는 경제에 의해 좌우될 것이라고 했고, 그 당시 열강이었던 영국과 일본의 발달과 대한제국의 비관적 경제를 견주었다. '2회'에서는 그 당시 어려운 민생경제를 개탄하며 '저축'에 힘쓸 것을 역설하였다.

〈정부의 성질〉은 국한문혼용체로 1908년 10월과 11월, 1909년 2월과 3월에 걸쳐 《대한협회회보》 7·8·11·12호에 4회로 나뉘어 실렸다. '1회'에서는 먼저 '정부'의 개념을 규정했다. '2회'에서는 문명국의 정치가 '여론정치'이며, 이는 그 당시 사회에서 찾아볼 수 있는 민주제도라고 하였다. '3회'에서는 고대 권력의 출처를 규명코자 하였다. '4회'에서는 결론적으로 정부의 성질에 대하여 논하였다.

〈고대의 정치학〉은 국한문혼용체로 1908년 11월 《기호흥학회월보》 제4호에 실렸다. 고대 정치학에 대한 역사적 사실과 자신의 견해를 정리한 글이다. 특히, 고대 서구의 그리스를 정치학의 근원으로 들었는데, 학자들에 의하면 역사적으로 그리스에는 BC 7백 년대 '귀족정체'가 행해지다가, 지식의 진보에 따른 백성의 의식개혁과 귀족의 부패로 말미암아 '전제정체'가 행해졌으며, 전제정체의 압제와 폭역에 의해 시민이 귀족과 결탁하여 '민주정체'를 이룩하게 되었다고 하였다.

〈세계 경제와 조선〉은 국한문혼용체로 1920년 6월 15·16·17·18일자 《동아일보》에 4회로 나뉘어 실렸다. 이는 원래 1920년 5월 20일 동일한 제목으로 '조선경제회'에서 행했던 연설내용이다. '1회'에서는 그 당시를 정치적으로 '데모크라시Democracy시대'로 규정했고, 경제적으로는 '자본적 제국주의시대'로 규정했다. '2회'에서는 그 당시 일본의 자본적 제국주의 세력과 조선의 어려운 경제생활에 대해 언급했다. '3회'에서는 조선의 경제적 지위를 향상 발전시킬 수 있는 구체적 방안을 제시하였다. '4회'에서는 부를 자본으로 활용하여 열악한 조선의 경제상황을 일신할 수 있는 방안을 제시했다. 이전의 경제 관련 글들과 견줄 때, 이 글은 분량으로 보나 내용으로 보나 그 당시 세계정세 및 경제에 대한 안국선의 본격적인 논의라고 할 수 있다. 특히 노동문제에 대한 그의 관심은 눈여겨볼 필요가 있다.

〈경제상으로 본 반도의 장래〉는 국한문혼용체로 1921년 3·4·5월 《청년》 창간호(1권 1호), 4월호(1권 2호), 5월호(1권 3호)에 3회로 나뉘어 실렸다. '1회'에서 안국선은 그 당시에 조선을 비롯한 각 나라마다 특수한 사정이 있어 경제적 혼돈상태를 면치 못하고 있다고 보고, 이를 개선할 수 있는 정부시책과 민간 차원의 방책을 세워야 한다고 주장했다. 이 가운데 조선인 위주의 산업정책은 이후에 발표된 글 〈조선인을 본위로 하라〉에서 구체적으로 언급할 만큼 안국선이 중요시했던 문제였다. '2회'에서는 조선의 경제상 장래를 진단했다. 장래의 관측에 대한 효과적 방침으로는 앞서 언급했던 조선 위주의 경제정책 및 조선인 위주의 산업정책과 민간의 호응 등을 들었다. '3회'에서는 조선 위주의 경제정책과 산업정책을 시행할 수 있는 구체적 실천방안을 '생산'과 '소비'의 측면에서 제시했다. 앞서 발표했던 〈세계경제와 조선〉이 그 당시 세계경제의 상황과 조선 경제의 장래를 진단했던 범론적 성격의 글이었다면, 이 글은 보다 구체적 개선 방안을 제시한 세부 전개에 해당된다고 하겠다. 두 글을 통해 보면, 안국선은 결국 경제적으로 어려운 국가적 경제상황을 타파할 수 있는 방법으로 자본과 노동력의 증가를 매우 중시했었음을 알 수 있다.

〈조선인을 본위로 하라〉는 국한문혼용체로 1921년 6월 13일자 《동아일보》에 실렸으며, '산업조사회에 대한 요망'이라는 부제가 붙어있다. 안국선은 적은 자본으로 경영할 수 있는 작은 사업을 조사하여 그 당시 조선인이 경영하기에 적당한 것을 지도하는 일이 급선무라고 하였다. 따라서 앞으로는 산업정책의 큰 효과를 위해서라도 정부 당국은 물론 조사위원도 산업정책의 본위를 조선인에 두라고 주장했다.

〈레닌주의는 합리한가〉는 국한문혼용체로 1921년 7월 《청년》 7·8월 하기증대호(1권 5호)에 실렸다. 문체가 질문이 생략된 답변 위주의 대담對 談체인 것으로 보아 연설에 사용된 글이거나 어떤 대상을 전제로 강의하였던 내용을 정리한 글로 보인다. 특히 흥미로운 점은 글의 말미에 "쏘 잇소"라는 문구가 있는 것으로 미루어 혹시 이 글이 미완성된 글일 수 있으며, 후속편의 기획이나 실재도 짐작케 하지만 현재 밝혀진 자료를 가지고는 확인할 수 없다. 내용을 살펴보면, 안국선은 먼저 레닌의 가계와 전기적 사실을 서술했다. 이어서 레닌의 이론을 학문적으로 분석하여 설명하였다. 앞으로 레닌주의에 대한 찬반 세력간 투쟁의 결과는 어떻게 전개될지 알 수 없다고 하였다.

〈신설할만한 유리 사업〉은 국한문혼용체로 1921년 9월과 11월에 《계명》 제3호와 제4호에 실렸다. 내용의 전문성과 어휘의 일본식 발음 표기로 보아 안국선이 그 당시 일본어 서적의 내용 중 일부나 전체를 국한문혼용체로 옮겼을 가능성이 크다. 내용은 크게 세 부분으로 나뉜다. 첫 번째 부분은 '총론'으로 여기에서는 신설사업을 선택할 때 고려할 점을 제시했다. 두 번째 부분은 '셀룰로이드 제조업' 부분이다. 세 번째 부분은 두 번째 부분의 연장으로 '셀룰로이드 가공업' 부분이다. 이 글은 그간 안국선이 강조해왔던 강대국으로부터의 정치적 자유를 위해서는 경제 부흥이 가장 중요하고, 이를 위해서는 공산품 수입 대체 및 수출의 증대가 이루어져야 한다는 도식적 이론의 정점에 위치하는 글이라고 할 수 있다. 즉, 안국선이 꾀했던 경제 부흥을 통한 정치적 자유 획득이라는 야심찬 발상의 전문적, 실제적 구상이 '셀룰로이드 제조'라는 실상에 반영된 글인 것이다.

〈화부회의 효과〉는 국한문 혼용체로 1922년 1월 1일자 《동아일보》에 실렸다. 1921년 11월 12일부터 열렸던 '워싱턴 회의'가 일본과 조선의 경제계에 미칠 영향에 대한 견해를 피력한 글이다. 이 글은 발표일자를 통해서도 알 수 있듯이 새해를 맞아 어떤 분야의 전문가가 앞으로의 전망을 피력한 글이라고 할 수 있는데, 안국선이 중앙지를 통해 경제 관련 전망을 내놓았다는 것은 당시에 그가 이 분야에 있어서 상당한 식견과 지명도를 가지고 있었다는 점을 입증하는 것이라고 하겠다.

〈세계적 경제 형편〉은 국한문 혼용체로 1923년 7월 《청년》 하기夏期 7·8월月 합호合號(3권 7호)에 실렸다. 제1차 세계대전 이후의 세계 경제 상황에 대해 서술한 글이다. 당시 근본적 경제 문제의 중심은 독일의 전쟁 배상 문제에 있어서 이 문제가 해결되기 전에는 세계 경제의 안정을 바랄 수가 없다는 점이라고 하였다. 이것은 조선과는 거리가 먼 듯한 서구의 배상문제이지만, 우리 경제계의 장래를 추측하는 데는 무역의 수출·수입 등을 비롯해 흥미롭고 주의할만한 일이라고 하였다.

위에 소개한 29편의 단편 논설 이외에 지금까지 알려진 안국선의 글로는 〈가정경제론〉〈부인을 낮게 봄이 불가한일〉〈족足의 속박을 해방하라〉라는 글들을 더 확인할 수 있다. 〈가정경제론〉은 1906년 10월 《가정잡지》 제4호에 실린 글로, 주부가 규모 있는 가계를 운용해야 한다는 점을 지적한 글이다. 즉, 가정경제는 수입에 따라 지출을 배정하기 때문에 효율적 가계 운용을 위해서는 매달 예산할 것과 저축할 것을 강조하였다. 〈부인을 낮게 봄이 불가한 일〉은 1907년 1월 《가정잡지》 제7호에 실린 글이다. 이 글에서는 그 당시에 부인들을 낮게 보는 폐단의 예를 '축첩과 교육의 부재', '남아선호와 여자를 노리개로 여기는 사회현상' 을 예로 들어서 비판하였다. 〈족足의 속박을 해방하라〉는 1921년 6월 《계명》 제2호에 실렸는데, 풍속개량의 측면에서 그 당시에 발 모양을 숭상하던 폐습을 비판한 글이다.

2. 〈정치원론〉

《정치원론》은 1907년 10월에 발행한 안국선의 단행본 저서이다. 간기

刊記에 따르면, 편술자 및 발행자는 안국선, 인쇄소는 황성신문사, 발매소는 중앙서관, 광학서관, 대동서시, 고금서해관, 회동서관이며, 제책소는 서서사동 이성춘李聖春이다. 안국선이 일본 유학 시절, 일본인 이찌시마 켄기찌(市島謙吉, 1860~1944)가 1889년에 와세다 대학의 전신인 동경전문학교東京專門學校의 참고서로 저술했던 《정치원론》의 영향을 받아 귀국 후 지었던 것으로 보인다.

이 사실은 조창한의 '정치원론 서序'와 이기용李埼鎔의 '서'를 통해서도 확인할 수 있다. 조창한은 조선에 정치학 관련 이론서가 없었던 저간這間의 사정을 설명하고, 돌아와 안국선이 이 책을 저술한 뜻은 동서고금의 정치제도와 연혁 및 득실이폐의 연구를 통해 모든 사람이 정치학의 원리·원칙을 추구하기 바라는 것이라고 해서 이 책이 안국선의 저술임을 분명히 했다.

또한 이기용은 이 책이 일본에서 돌아온 안국선이 돈명의숙敦明義塾의 강사로 재직할 당시의 정치학 강의록을 편술한 것이라고 하면서 정치학 원리의 본말本末을 자세하게 밝힌 뛰어난 책이라고 하였다. 이와 아울러 표지나 내용 중 어디에도 원저자라 할 수 있는 이찌시마 켄기찌의 성명을 언급하지 않았다는 점, '엮어서 지어냈다'는 의미의 '편술'이란 어휘를 사용했다는 점, 내용 중에 간혹 안국선 본인의 견해인 듯한 내용들이 포함되어 있다는 점 등을 종합하면, 《정치원론》은 그의 유학시절 이찌시마 켄기찌의 《정치원론》에서 얼마간 영향을 받았을 뿐, 순수 번역과 창작의 중간에 위치하는 안국선의 저작물이라고 할 수 있다.

안국선의 《정치원론》은 본격 정치학 입문 서적이라고 할 수 있으며, 상·중·하 3편에 총 24장으로 구성되어 있다. '상편'에서는 정치학 관련 기초이론을 소개했고, '중편'에서는 헌법과 의회 대의제도 및 선거와 정당 관련 이론을, '하편'에서는 정부론과 입법·사법·행정 간의 관계를 다루었다.

3. 《연설법방》

《연설법방》은 1907년 11월에 발행한 안국선의 단행본 저서이다. 간기에 따르면, 인쇄소는 '탑인사', 원매소는 '창신사내'이다. 제목을 통해서도 알 수 있듯이 내용은 효과적인 연설을 하기 위한 이론 및 실제 연설문의 예들로 구성되어 있으며, 맨 앞에는 석옹石翁 조창한趙彰漢의 '서序'와 안국선의 '서언'이 실려 있다.

조창한은 '서'에서 세계 문명의 대세가 '석방주의'와 '헌정시대'로 변화한 만큼 언론자유가 중요하며, 안국선이 바로 언론자유의 귀중함에 뜻을 두고 이 책을 지었으니 책을 접하는 젊은이들이 이를 깨닫고, 석방적 주의의 문명과 헌정적 시대의 정치를 일으켜 나아가게 하면 저자의 뜻에 부응할 수 있다고 하였다.

한편, 안국선은 '서언'에서 그 당시가 필연적으로 변론의 중요성이 대두될 수밖에 없는 시기라고 규정하고, 언론의 자유와 연설의 중요성을 역설했다. 또한 그 당시가 몽매한 상태이기 때문에 언론 사회의 분위기 조장을 위해 책을 지어 내놓는다고 하여 이 책을 기획하게 된 의도를 분명히 하였다.

《연설법방》의 본격적 구성을 살펴보면, '웅변가의 최초'부터 '연설의 종결'까지는 제1부에 해당하는데, 효과적 연설을 위한 이론을 정리한 이론 입문편적 성격의 글들로 구성되었다.

'연설'이라는 부제 아래의 글 8편은 안국선이 창작한 연설 응용편적 성격의 실제 연설문들로 구성되었으며, 제2부에 해당한다. 구성상, 제1부에서는 효과적 연설 준비 및 진행에 필요한 이론과 아울러 역사적으로 유명한 연설문들을 인용했으며, 제2부에서는 몇 가지 상황을 설정하여 그 당시 민감했던 사안들과 관련된 자신의 견해를 연설문의 형식을 빌어 제시했다. (번역자·김형태)

1878년 12월 경기도 안성에서 아버지 안직수와 어머니 오씨 사이의 장남으로
        출생.
1895년 8월 관비유학생에 선발되어 일본으로 건너감. 경응의숙慶應義塾 보통과에
        입학.
1896년 7월 경응의숙 보통과 졸업.
1896년 8월 동경전문학교 방어정치과邦語政治科 입학.
1899년 7월 동경전문학교 방어정치과 졸업.
1899년 11월 귀국 직후 정치 사건에 연루되어 체포.
1904년 3월 종신형을 선고받고 전라남도 진도로 유배됨.
1907년 3월 유배에서 풀려나 서울로 귀환. 보성관 번역원을 지냄.
1907년 11월 제실재산정리국 사무관에 임명됨.
1907년 12월 제실재산정리국 사무관 사임.
1908년 7월 탁지부 서기관에 임명됨.
1911년 3월 경상북도 청도군수에 임명됨.
1913년 6월 경상북도 청도군수 사임.
1916년 고향으로 내려가 금광, 미두, 주권 등에 관여.
1919년 12월 조선경제회 상무이사.
1920년 해동은행 서무과장. 이후 서무부장으로 승진. 경제 전문가로 활동함.
1926년 7월 별세.

〈일견과 백문의 우열〉, 《친목회회보》제2호, 1896. 4.

〈정치의 득실〉, 《친목회회보》제3호, 1896. 6.

〈북미합중국의 독립사를 열閱하다가 아대조선국독립我大朝鮮國獨立을 논함이라〉, 《대조선독립협회회보》제4호, 1897. 1.

〈정도론〉, 《친목회회보》제5호, 1897. 6.

〈부지런할 일〉, 《가정잡지》제4호, 1906. 10.

〈가정경제론〉, 《가정잡지》제4호, 1906. 10.

〈일본행위에 대한 국제법해석〉, 《대한매일신보》, 1906. 11. 1.

〈부인을 낮게 봄이 불가한 일〉, 《가정잡지》제7호, 1907. 1.

〈응용경제〉, 《야뢰》제1권 제1호, 1907. 2.

〈민원론〉, 《야뢰》제1권 제2호, 1907. 3.

〈국채와 경제〉, 《야뢰》제1권 제3호, 1907. 4.

〈풍년불여연흉론〉, 《야뢰》제1권 제4호, 1907. 5.

〈계연금주의戒烟禁酒議〉, 《야뢰》제1권 제4호, 1907. 5.

〈조합의 필요〉, 《야뢰》제1권 제5호, 1907. 6.

〈안국선 씨 대한금일선후책〉, 《20세기 조선론》, 1907. 9.

《정치원론》, 중앙서관, 1907. 10.

《연설법방》, 창신사, 1907. 11.

《금수회의록》, 황성서적업조합, 1908. 2.

〈정당론〉, 《대한협회회보》제3호, 1908. 6.

〈회사의 종류〉, 《대한협회회보》제4호, 1908. 7.

〈민법과 상법〉, 《대한협회회보》제4호, 1908. 7.

〈정치가〉, 《대한협회회보》제5호, 1908. 8.

〈고대의 정치학과 근세의 정치학〉, 《대한협회회보》제6호, 1908. 9.

〈정치학연구의 필요〉, 《기호흥학회월보》제2호, 1908. 9.

〈경제의 전도〉, 《황성신문》, 1908. 10. 10.

〈경제의 전도〉 속, 《황성신문》, 1908. 10. 11.

〈정부의 성질〉, 《대한협회회보》제7호, 1908. 10.

〈고대의 정치학〉, 《기호흥학회월보》제4호, 1908. 11.

〈정부의 성질〉속,《대한협회회보》제8호, 1908. 11.
〈정부의 성질〉속,《대한협회회보》제11호, 1909. 2.
〈정부의 성질〉속,《대한협회회보》제12호, 1909. 3.
《공진회》, 수문서관, 1915. 8.
〈세계경제와 조선〉1~4,《동아일보》, 1920. 6. 15~18.
〈경제상으로 견뢰한 반도의 장래〉,《청년》창간호, 1921. 3.
〈경제상으로 견한 반도의 장래〉속,《청년》제1-2호, 1921. 4.
〈경제상으로 견한 반도의 장래〉속,《청년》제1-3호, 1921. 5.
〈족尾의 속박을 해방하라〉,《계명》제2호, 1921. 6
〈조선인을 본위로 하라〉,《동아일보》, 1921. 6. 13.
〈레닌주의는 합리한가〉,《청년》제1-5호, 1921. 7.
〈신설할만한 유리사업〉,《계명》제3호, 1921. 9.
〈신설할만한 유리사업〉속,《계명》제4호, 1921. 11.
〈화부회의 효과〉,《동아일보》, 1922. 1. 1.
〈세계적 경제형편〉,《청년》제3-7호, 1923. 7.

강상대, 〈개화기 정치소설의 성격〉, 《도솔어문》15, 2001.

고정욱, 〈〈금수회의록〉연구〉, 성균관대 석사논문, 1986.

권영민, 〈개화기 소설 작가의 사회적 성격〉, 《한국학보》19, 1980.

_____, 〈안국선의 생애와 작품세계〉, 《관악어문연구》2, 1977.

_____, 《서사양식과 담론의 근대성》, 서울대출판부, 1999.

김경완, 〈개화기 기독교소설 〈금수회의록〉연구〉, 《국제어문》21, 2000.

_____, 〈한국 개화기 기독교소설 연구〉, 숭실대 《인문과학》29, 1999.

김경욱, 〈후기 신소설과 전기 신소설의 연계성〉, 《외국문학》50, 1997.

김교봉, 〈신소설의 서사양식과 주제의식에 관한 연구〉, 연세대 박사논문, 1986.

_____, 설성경, 《근대전환기 소설연구》, 국학자료원, 1991.

김수남, 〈안국선의 〈금수회의록〉연구〉, 《교과교육연구》23권 제1호, 2002.

김영민, 〈안국선 문학 연구〉, 《매지논총》6, 1989.

_____, 《한국근대소설사》, 솔, 1997.

김영택, 〈개화기 우화체 소설에 나타난 풍자성〉, 목원대 《어문학연구》6, 1997.

김용재, 〈《공진회》의 구조적 의미와 서술 특징〉, 《국어문학》27, 1989.

김윤재, 〈개화기 소설을 통해 본 사회진화론의 수용 양상〉, 《이문논총》19, 1999.

김진석, 〈금수회의록 연구〉, 서원대 《논문집》15, 1985.

김학준, 〈대한제국 시기 정치학 수용의 선구자 안국선의 정치학〉, 《한국정치연구》7, 1997.

_____, 《한말의 서양정치학 수용 연구》, 서울대출판부, 2000.

두창구, 〈천강 안국선 작품고〉, 관동대 《논문집》11, 1983.

류승렬, 〈안국선 소설의 전략과 권력〉, 부산전문대 《논문집》15, 1992.

박경현, 〈개화기 화법 교육의 편린〉, 《기전어문학》8?9, 1994.

박태상, 〈안국선의 금수회의록 연구〉, 《연세》16, 1982.

소재영, 〈기독교의 전래와 한국문학〉, 숭실대 《인문과학》19, 1989.

송민호, 《한국 개화기 소설의 사적 연구》, 일지사, 1975.

송지현, 〈안국선 소설에 나타난 이상주의의 변모양상 연구〉, 《한국언어문학》26, 1988.

신상용, 〈신소설의 서술구조에 관한 연구〉, 고려대 석사논문, 1974.

안용준, 〈개화기 서구정치학의 도입에 관한 연구〉, 경남대 박사논문, 1999.

_____, 〈안국선의 정치학에 관한 연구 : 〈정치원론〉을 중심으로〉, 경남대 석사논문, 1989.

안창수, 〈개화기 동물우언소설의 변화 양상 연구〉, 단국대 석사논문, 2000.

오승균, 〈개화기 소설에 미친 기독교 영향〉, 단국대 석사논문, 1988.

오현주, 〈개화기 소설의 현실대응 방식 연구〉, 연세대 석사논문, 1987.

윤명구, 〈안국선 연구〉, 서울대 석사논문, 1974.

_____, 《개화기 소설의 이해》, 인하대출판부, 1986.

이건지, 〈안국선과 라쿠고(落語)〉, 《비교문학》별권, 1998.

이명수, 〈안국선소설논고〉, 숭실대 《국어국문학연구》17, 1977.

이인복, 〈한국소설문학에 수용된 기독교사상 연구〉, 숙명여대 《논문집》 23, 1983.

이재선, 《한국 개화기소설연구》, 일조각, 1972.

_____, 《한국 단편소설연구》, 일조각, 1975.

이주엽, 〈안국선 문학 연구〉, 연세대 석사논문, 1994.

이혜경, 〈개화기 정치류 소설의 풍자법 연구〉, 《어문연구》 25, 1994.

이호열, 〈근대 한국소설에 나타난 기독교사상 연구〉, 연세대 석사논문, 1980.

인권환, 〈《금수회의록》의 재래적 원천에 대하여〉, 고려대 《어문논집》 19·20, 1977.

임병학, 〈유길준과 안국선의 국가관 비교 연구〉, 《논문집》 18, 2000.

전광용, 《신소설 연구》, 새문사, 1990.

정인문, 〈《금수회의록》에 나타난 기독교관과 현실비판〉, 부산여자전문대 《논문집》10, 1989.

조남현, 〈개화기 지식인 소설의 양상〉, 《한국학보》 24, 1981.

조동일, 《신소설과 문학사적 성격》, 서울대출판부, 1973.

조신권, 《한국문학과 기독교》, 연세대출판부, 1983.

최광수, 〈《호질》과 〈금수회의록〉의 비교 연구〉, 중앙대 《교육논총》 11, 1994.

최기영, 〈안국선(1879-1926)의 생애와 계몽사상〉(상·하), 《한국학보》 63·64, 1991.

_____, 〈한말 안국선의 기독교 수용〉, 《한국기독교와역사》 5, 1996.

최선욱, 〈〈금수회의록〉과 〈경세종〉의 비교 고찰〉, 《한국언어문학》 30, 1992.

한기형, 〈신소설 형성의 양식적 기반〉, 《민족문학사연구》 14, 1999.

_____, 《한국 근대소설사의 시각》, 소명, 1999.

홍경표, 〈우화소설 '금수회의록'의 풍자의식〉, 경북대 《어문논총》13·14, 1980.
홍일식, 〈개화기 문학의 사상적 연구〉, 고려대 박사논문, 1979.
황정현, 〈신소설의 분석적 연구〉, 연세대 박사논문, 1992.

책임편집 김영민

연세대학교 국어국문학과 및 대학원 졸업.
문학박사. 문학평론가.
전북대 조교수와 미국 하버드대 옌칭연구소 객원교수 역임.
현재 연세대학교 문리대 국문과 교수.
'연세학술상'과 '한국백상출판문화상 저작상'을 수상.
주요 저서로 《한국문학비평논쟁사》 《한국근대소설사》
《한국현대문학비평사》 등이 있음.

번역·역주 김형태

연세대학교 국어국문학과 및 대학원 박사과정 수료.
현재 연세대 강사.
주요 논문으로 〈강호가사 어구 성립에 관한 연구〉 등이 있음.

범우비평판 한국문학·4-❶

금수회의록(외)

초판 1쇄 인쇄 2004년 7월 26일
초판 1쇄 발행 2004년 8월 2일

지은이   안국선
책임편집   김영민
펴낸이   윤형두
펴낸데   종합출판 범우(주)
기획·편집 임헌영 오창은 장현규
디자인   왕지현
등 록   2004. 1. 6. 제105-86-62585
주 소   413-832 경기도 파주시 교하읍 문발리 535-10 출판문화정보산업단지
전 화   (031) 955-6900~4
팩 스   (031) 955-6905
홈페이지   http://www.bumwoosa.co.kr
이메일   bumwoosa@chol.com
ISBN   89-954861-4-7 04810
          89-954861-0-4 (세트)

값 13,000원

작가별 작품론— 출판 38년이 일궈낸 세계문학의 보고!

대학입시생에게 논리적 사고를 길러주고 대학생에게는 사회진출의 길을 열어주며,
일반 독자에게는 생활의 지혜를 듬뿍 심어주는 문학시리즈로서
범우비평판은 이제 독자여러분의 서가에서 오랜 친구로 늘 함께 할 것입니다.

(全冊 새로운 편집 · 장정 / 크라운변형판)
계속 발간됩니다.

범우사 www.bumwoosa.co.kr TEL 02)717-2121

주머니 속에 책 한 권을!

범우문고

【각권 값 2,800원】

계속
출간됩니다

범우사   www.bumwoosa.co.kr TEL 02)717-2121

범우고전선

시대를 초월해 인간성 구현의 모범으로 삼을 만한 책을 엄선

▶ 계속 펴냅니다

범우사 서울시 마포구 구수동 21-1호 TEL 717-2121, FAX 717-0429
http://www.bumwoosa.co.kr (E-mail) bumwoosa@chollian.net